HEYNE
BÜCHER

Das Buch

New York in den neunziger Jahren: Die mächtigsten Männer der sizilianischen Mafia sind alt und grau geworden. Ihr Reichtum und ihr Einfluß sind mehr und mehr im Schwinden begriffen. Der Grund: Junge und zu allem entschlossene Verbrechersyndikate aus Fernost – die Triaden – machen ihnen den Rang streitig und drohen schon bald an ihre Stelle zu treten. Angesichts der düsteren Lage unternehmen die Paten der ehrenwerten Gesellschaft eine letzte gigantische Kraftanstrengung, um das Ruder noch einmal herumzureißen. Den Auftrag zur Führung dieser Mission erhält der junge Johnny Di Pietro, der damit von einem Tag auf den anderen von einem kleinen Auftragskiller zu einem der mächtigsten Männer im internationalen Heroinhandel aufsteigt. In einer apokalyptischen Schlacht, die sich über alle großen Mafia-Sitze der Welt erstreckt, werden die Würfel neu fallen. Von Mailand und Palermo über Manhattan und Brooklyn erstreckt sich ein nie dagewesener strategischer Machtkampf bis nach Hongkong. Die Waffen sind Finanztransaktionen, Waffenhandel, politische Infiltration – und Mord.

Der Autor

Nick Tosches hat für die ›New York Times‹, ›Esquire‹, ›Vanity Fair‹ und ›Rolling Stone‹ geschrieben. Er ist der Autor von *Hellfire*, der berühmten Biografie über Jerry Lee Lewis, sowie einer Biografie über Dean Martin. 1990 erhielt er den französischen ›Prix Calibre 38‹ für seinen ersten Roman *Cut Numbers (Kopf an Kopf)*. Nick Tosches lebt in New York.

NICK TOSCHES

DIE MEISTER DES BÖSEN

Roman

Aus dem Amerikanischen
von Fritz Schneider

WILHELM HEYNE VERLAG
MÜNCHEN

HEYNE ALLGEMEINE REIHE
Nr. 01/10358

Titel der Originalausgabe
TRINITIES

Umwelthinweis:
Das Buch wurde auf
chlor- und säurefreiem Papier gedruckt.

Wilhelm Heyne Verlag GmbH & Co. KG, München
Printed in Germany 1997
Umschlagillustration: Gruner + Jahr/photonica/Joshiki Komai
Umschlaggestaltung: Atelier Ingrid Schütz, München
Gesamtherstellung: Ebner Ulm

ISBN 3-453-12529-0

Für sie,
Heilerin und Zerstörerin,
Dreimal Verfluchte, dreimal Gebenedeite,
Unsere Gebieterin der Sturmböen,
Inspiratrix.

Es begegnet dasselbe dem einen wie dem anderen:
dem Gerechten wie dem Gottlosen, dem Guten und
Reinen wie dem Unreinen, dem, der opfert,
wie dem, der nicht opfert. Wie es dem Guten geht,
so geht's auch dem Sünder. Wie es dem geht,
der schwört, so geht's auch dem, der den Eid scheut.
Das ist das Unglück bei allem, was unter der Sonne
geschieht, daß es dem einen geht wie dem andern.
Und dazu ist das Herz der Menschen voll Bosheit, und
Torheit ist in ihrem Herzen, solange sie leben;
danach müssen sie sterben.
Prediger Salomo 9, 2–3

Kann es sein, daß der Mensch als böse erachtet, was Gott
als gut erachtet?
Liu Chi, Yü-li tzu

1

Er stand da wie das diffuse Ende seines eigenen Schattens, stand da, so wie jeden Abend, auf der Second Avenue neben der Bodega an der südwestlichen Ecke der 115th Street, eine auf vage Art beunruhigende, schemenhafte Gestalt in einer Kunstlederjacke. Er war knapp fünfundzwanzig Jahre alt, doch alle Jugend war aus ihm gewichen, und er hatte das fahle, maskenhafte Gesicht einer Leiche. Selbst die dünnen Fransen seines ungepflegten Schnauzbarts erinnerten an die weitersprießenden Haare eines Toten.

In seiner linken Hand hielt er eine aufgerissene Zellophantüte mit Rolets' gerösteten Barbecue-Schweinskrusten. Mit seiner rechten Hand fischte er darin herum und stopfte sich die letzten Krümel in den Mund. Er warf die schmierige Tüte auf den Boden und wischte sich mit seinem Kunstlederärmel Fett und Krümel von Mund und Bart. Geistesabwesend schaute er auf den Handrücken vor seinem Gesicht. »*Mierda*«, murmelte er. Seine Haut färbte sich schon wieder gelb. Er verscheuchte den Gedanken daran. Nein, sagte er sich, das war bloß das häßliche Licht aus der Bodega. Er schaute hinauf zum Mond, der am allmählich dunkler werdenden Himmel aufging, und sah, daß auch dieser ein häßliches Licht warf.

»*El Jockey ha vuelto*«, flüsterte er den Vorübergehenden zu: *los toxicómanos*, Elendsgestalten wie er selbst und jugendliche Herumtreiber, die in lautstarken Rudeln die Straße entlangkamen.

Diesmal, sagte er sich, hatte er zu früh wieder angefangen nach dem Entzug. Gleich morgen würde er aufhören. Diesmal würde er versuchen, ohne fremde Hilfe clean zu werden. Kein Thorazin, keine klinische Entgiftung, nein, auf diesen Scheiß konnte er verzichten. Er hatte noch etwas Trexan. Er würde etwas Methadon auftreiben, etwas

Librium. Morgen fand ein Meeting in ›Unserer heiligen Madonna der Engel‹ statt. Es würde schon wieder werden. *Mañana.* Er verfluchte sich selbst, doch sein Fluch wurde hinweggespült vom sanft wirbelnden Sog der süßen Flut des Todes in seinen Venen. Er kratzte durch das Kunstleder an der sklerotischen Haut seines linken Arms, und fast hätte er gelächelt, als sich seine Augen zu schließen begannen.

»*El Jockey ha vuelto, el Jockey ha vuelto.*«

Er hatte einen Kunden, dann noch einen. Es würde eine gute Nacht werden, er könnte früh Feierabend machen.

Nicht weit von der Stelle, wo er stand, saßen zwei Männer aus Brooklyn an einem Tisch im kleinen Speiseraum einer Taverne an der Ecke First Avenue und 116th Street. Die beiden waren Mitte Dreißig. Einer von ihnen, seinen Mitmenschen als Willie Gloves bekannt, hatte Übergewicht, ohne wirklich dick zu sein. Sein dunkles, schütteres Haar war mit einem glänzenden Haarsprayfilm fest an den Schädel gepappt. Es wurde bereits grau und verriet Ansätze von Geheimratsecken. Der andere, ein Mann namens Johnny Di Pietro, war schlank und drahtig und hatte sein Haar in kastanienbraunen Wellen nach hinten gekämmt. Der bullige Mann trug ein langärmliges geblümtes Hemd aus Kunstseide und ein goldenes Armband, der andere einen marineblauen Pullover und einen Anzug aus Kid-Mohair. Sie aßen in entspanntem Schweigen und schenkten sich gelegentlich aus einer zwischen ihnen deponierten Flasche Wein nach. Der schlanke Mann, der weniger und langsamer trank als sein Gegenüber, drehte sich hin und wieder um und schaute durch das Fenster zu dem heruntergekommenen Chrysler, der vor dem Lokal geparkt war.

Nur zwei der anderen sieben Tische waren besetzt. Hinter dem gitterartigen Raumteiler saßen Männer an der Bar, in Gruppen, die sich gedämpft unterhielten, oder allein in stiller Betrunkenheit. Hier, wo die beiden bedrohlichen Latino-Brisen East Harlems nicht hereinwehten, hier, wo der Modergeruch und die Düsternis älterer und bedrohlicherer Brisen fortlebten, schien sogar die Musikbox zu flüstern. Gerade noch wahrnehmbar schwebten die Crescendi von Jimmy Rosellis ›Mala Femmina‹ durch den Raum wie das schwache Wispern einer fernen wütenden Wehklage. Die beiden Männer aus Brooklyn, die mit der Flasche zwischen sich am Tisch saßen und aßen, kannten dieses Lokal, seit sie Jungen waren, und für sie war der alte Mann, der das Lokal führte und das Essen zubereitete, schon immer ein alter Mann gewesen. Jetzt, da Jahre verstrichen waren, glich er eher einem Geist als einem Menschen, und das Lokal selbst, das früher farbenfroh geleuchtet hatte, war nun ein düsteres Chiaroscuro aus braunen und verblichenen Ockertönen, das unter einer Patina aus Nikotin und Alter allmählich dunkler und dunkler wurde. Nein, dies war inzwischen weniger eine Bar oder ein Restaurant, sondern eher ein verwunschenes Heiligtum, und der alte Mann war dessen Hüter, er bewachte etwas, das es nicht mehr gab, bewahrte Zeiten und respektvolle Umgangsformen, die schon lange nicht mehr existierten außer in seiner Erinnerung und in der des ständig schrumpfenden Häufleins von Gästen, mittlerweile Fremde in ihren eigenen Straßen, die noch immer hier zusammenkamen.

Doch der Tintenfisch in diesem Lokal hatte etwas, was die beiden Männer aus Brooklyn immer wieder hierhin zurückkehren ließ. Es war nicht die Sauce – sämig, mit viel Knoblauch und Wein angemacht –, auch wenn sie noch so gut war. Nein. Es war der Tintenfisch als solcher. Der Tintenfisch des alten Mannes zählte nicht zu dem faden, weißen, gummiartigen Zeug, das einem in anderen Lokalen aufgetischt wurde. Er verwendete nur *calamaretti,* die kleinsten Jungtintenfische; und das Fleisch ihrer Tintenbeutel und Fangarme war von erlesener Zartheit und besaß ein feines, angenehmes Meeresaroma. Die *calamaretti* müssen *freschissimi* sein, betonte der alte Mann unablässig, wobei er die sizilianischen Wörter *calamaricchiu* und *frischissimu* gebrauchte. Zwei Tage nach dem Tod, sagte er, seien ihre ursprüngliche Saftigkeit und der feine Geschmack dahin. Wie man Tintenfisch zubereitete, hatte er als Junge in Sciacca von seinem Onkel gelernt. Er hatte gelernt, die kleinen Exemplare langsam auf Eis sterben zu lassen, denn der kalte, allmähliche Tod entspannte ihr Fleisch und machte sie zart. Er hatte gelernt, die Fangarme so vom Tintenbeutel abzuziehen, daß die Eingeweide mit einem Ruck sauber herauskamen. Ihre kleinen hervorquellenden Augen würden noch immer klar glänzen, wenn er das Messer über ihnen ansetzte. Ihr Fleisch sei im Frühling immer am köstlichsten, sagte der alte Mann. Und jetzt war Frühling.

Wirklich, der Tintenfisch in diesem Lokal hatte etwas. Er war der Grund, warum die beiden Männer aus Brooklyn jeden Freitag in dieses Lokal kamen, jahrein, jahraus. Und die Tatsache, daß der alte Mann nur freitags Tintenfisch servierte, war auch der einzige Grund, weshalb es jener fahlgesichtigen Gestalt in der Kunstlederjacke vergönnt war, die Woche zu überleben.

Die beiden Männer wischten ihre Schüsseln mit Brotstücken aus und tranken den letzten Schluck Wein. Einer der beiden legte eine Fünfzigdollarnote auf den Tisch, und sie erhoben sich, noch immer schweigend. Inmitten seiner hängenden Töpfe und Pfannen, umrahmt vom Küchendurchgang, hob der alte Mann einen Arm und winkte mit einer bedächtigen, leichten Bogenbewegung. Sie erwiderten die Geste und schritten dann zur Tür, wobei sie denjenigen an der Bar, die von ihrem Abgang Notiz nahmen, im Vorübergehen ihre wortlosen Grüße zunickten.

Sie gingen zu dem heruntergekommenen Chrysler, und der drahtige Mann setzte sich hinter das Lenkrad. Der andere holte aus dem Handschuhfach eine 22er Colt-Woodsmann-Pistole und einen langen Gold-Star-Schalldämpfer und verschraubte sie miteinander. Er kurbelte das Autofenster herunter und schob seinen Ellenbogen nach draußen, wobei er den Arm in einer natürlichen Haltung auf dem Fensterrahmen ruhen ließ. Mit seinem über den Bauch gelegten linken Arm hielt er die Waffe der Länge nach an die Innenverkleidung der Tür, die Mündung des

Schalldämpfers ruhte in der Nähe seiner Achselhöhle. Der Fahrer wartete, bis der Mann mit der Pistole richtig Platz genommen hatte. Dann setzte er das Auto zurück, um loszufahren. Als er vom Leerlauf in den Rückwärtsgang schaltete, kam vom Boden des Wagens ein tiefes, dumpf schepperndes Geräusch, so als polterten schwere Gegenstände in einem Blechfaß herum. Keiner der beiden reagierte darauf; beide blickten stur geradeaus.

Das Auto bewegte sich langsam in westlicher Richtung die 116th Street entlang, dann bog es in die Second Avenue, die es in südlicher Richtung hinunterfuhr.

»Da ist es«, sagte der Fahrer. »Mein neues Getriebe.«

Gemächlich rollte der Chrysler im Leerlauf aus und hielt ungefähr an der Stelle, wo der junge Mann stand. Er schielte kurz zu ihnen herüber, dann kam er zum Auto geschlendert.

Er wandte sich an den Mann, dessen Arm im Autofenster ruhte, und flüsterte auf englisch: »Der Jockey ist zurück.«

Der Ellbogen des aufgestützten Arms hob sich ein paar Zentimeter, ohne Vorwarnung, und dann gab es direkt darunter drei rasch aufeinanderfolgende, dumpfe Explosionen eines matt aufschimmernden Lichts. Bevor er nach hinten wegkippte und umfiel, schlossen sich die Augen des jungen Mannes, sein Mund klappte auf, und er gab ein sonderbares Geräusch von sich. Für den Mann im geblümten Hemd sah er in diesem Augenblick wie eine Braut aus, die in den Arsch gefickt wird und gerade anfängt, es zu mögen.

Sie hatten schon fast die George Washington Bridge überquert, als sie zu reden anfingen.

»Dieser blöde Spic sah so aus, als wäre er demnächst von ganz alleine abgekratzt«, sagte der Killer. Er zündete sich eine Zigarette an. »Du hast noch immer keine Ahnung, um was zum Teufel es bei dieser Sache gegangen ist?«

Der Fahrer grinste unbekümmert und zuckte mit den Schultern. »Bloß so ein Stück Scheiße, das mit Rauschgift dealt, um seine eigene Sucht finanzieren zu können«, sagte er. »Vielleicht ist er zu groß für seine Reeboks geworden, oder er hat seine *chuchifritos* irgendwo hingesteckt, wo sie nichts zu suchen haben. Woher zum Teufel soll ich das wissen?«

»Scheiße, Mann, ich kann mich kaum erinnern, wann ich das letzte Spic-Arschloch gesehen habe, das älter als fünfzehn war und auf der Straße 10-Dollar-Briefchen verkauft hat. Und abgesehen davon muß es schon was Wichtiges gewesen sein, denn sonst hätten sie nicht uns mit der Sache beauftragt.«

Der Fahrer schwieg, und als er schließlich den Mund aufmachte, lag eine bittere Resignation in seiner Stimme. »Nichts von dem, was wir tun, ist wichtig«, sagte er. »Soviel habe ich inzwischen kapiert.«

Der Killer sah aus dem Fenster und nickte bedächtig, so als wollte er den Anschein erwecken, daß er sich die Worte des Fahrers durch den Kopf gehen ließ.

»Ach was, dein Onkel wird dir schon die richtigen Türen öffnen.«

»Klar! Um auf seinem verdammten Grab das Unkraut zu jäten. Der ist doch schon so gut wie tot. Die können's kaum noch erwarten.«

Der Fahrer holte tief Luft, und seine Augen verengten sich zu Schlitzen. Er dachte an all den miesen Kleinkram, mit dem er sich in den vergangenen sechzehn Jahren abgegeben hatte. Er wußte mehr über das Leben als Männer, die doppelt so alt waren wie er. Er hatte so ziemlich alles gemacht, was anlag: Er hatte beim illegalen Lotterie- und Wettgeschäft die Einsätze kassiert und die Kneipen abgeklappert, um die Einnahmen aus den Musikboxen und Video-Spielautomaten abzuholen. Er hatte in zwei Stadtbezirken Schutzgelder eingetrieben und in drei verschiedenen Ortsgruppen den schmutzigsten Papierkram für die Teamsters erledigt. Er hatte gestohlene Aktien und Knarren, Schnaps und Autos an den Mann gebracht. Er hatte Schlägertypen losgeschickt, Spielhöllen beaufsichtigt und mit allem möglichen gehandelt – von gefälschten Fünfzigdollarscheinen bis zu geklauten Beileidskarten, die man normalerweise im Pfarrhaus kaufte, um den trauernden Hinterbliebenen mitzuteilen, daß man für den Verstorbenen eine Messe lesen ließ. Er hatte die innere Bestie dieser Welt vor sich ausgebreitet gesehen in brutaler Vivisektion. Und trotzdem war er nie aus dem Bereich des läppischen Kleinkrams herausgekommen; kein grünes Licht, weder von seinem Onkel noch von irgend jemand anderem.

Mittlerweile hatten sie New Jersey erreicht und fuhren in Richtung Bayonne: der lange, umständliche Weg zurück nach Brooklyn. Die Stimmung des Fahrers hob sich, und er grinste zum Killer hinüber. »Scheiße, was hat er noch mal gesagt?«

»Wer?«

»Mein neues Getriebe. Der Inselnigger von vorhin.«

»Ach so, der.« Der Killer gab einen hämischen, kehligen Laut von sich, ein beiläufiges Hohngekicher. »›Der Jockey ist zurück.‹«

Der Fahrer wiederholte die Worte: ein spöttisches Gemurmel, das in einem leisen, herausgeprusteten Lachen endete. Da mußte der Killer ebenfalls lachen, auf seine eigene leise Art, und so fuhren sie eine Zeitlang weiter, kopfschüttelnd und feixend. Der Killer saugte sich das letzte Tintenfischstück aus den Zähnen und spuckte es hinaus in die Nacht.

2

Die neu ankommenden Trauergäste traten zur Seite, und einige senkten die Köpfe, als der alte Giuseppe Di Pietro, die rechte Hand fest aufs Treppengeländer, die linke fest um seinen Krückstock gelegt, langsam und mühselig die Stufen des Beerdigungsinstituts Scarpati heruntergestiegen kam. Seine Beine und sein Rückgrat schmerzten vor Schwäche, doch er ließ es nicht zu, daß seine Gesichtszüge diese Schwäche oder diese Schmerzen verrieten. Unter der aufgestülpten Krempe seines Mailänder Filzhuts blickten seine Augen durch die dicken Gläser einer hornumrandeten Zweistärkenbrille starr geradeaus, so als hätte sich die 86th Street, ja ganz Brooklyn in Luft aufgelöst. Sein Gesicht, kalt und ausdruckslos in der Verleugnung der Schmerzen, ähnelte der verwitterten Inschrift auf einem Grabstein: Wind und Verschleiß eines knappen Jahrhunderts hatten es zerfurcht, aber keine Gefühlsregung hatte auch nur die geringste Spur darauf hinterlassen.

Links von ihm, seine Schritte an das Tempo des alten Giuseppe anpassend, ging Louie Bones, ein jüngerer Mann von sechzig Jahren, der eine Ray-Ban-Sonnenbrille trug, seinen schwarzen Hut in der Hand hielt und sich die dichten Silberwellen seiner eitel zurechtgemachten Frisur von der warmen Nachmittagsbrise zerzausen ließ. Er hütete sich davor, den Arm des Älteren zu stützen oder ihm sonst irgendwie behilflich zu sein; Giuseppe Di Pietro hätte das auf keinen Fall geduldet.

Ein Mann in einem dunkelgrauen, dezent gestreiften Anzug und mit dunkelgrün getönter Brille öffnete die dem Bürgersteig zugewandte hintere Tür des schwarzen Mercedes 600 SEL, der vor dem Beerdigungsinstitut geparkt war. Mit einiger Mühe nahm der alte Giuseppe auf den weichen Lederpolstern Platz. Der Mann im dezent gestreiften Anzug schloß behutsam die Tür und ging dann um das Auto herum, um die gegenüberliegende Tür für Louie Bones aufzuhalten.

»*'A cummari secca*«, rief der alte Mann aus, als das Auto lautlos die 86th Street entlangschnurrte: die trockene Geliebte. Diese Worte sagte er immer, wenn der Tod in der Nähe weilte, und als er sie aussprach, verlieh seine Stimme diesen Worten eine erhabene Würde, die er nur für sie zu reservieren schien. Als würde er das stillschweigende Protokoll eines Ritus befolgen, wartete Louie Bones, bis Giuseppe die Worte ausgesprochen hatte, bevor er selbst etwas sagte.

»Hast du dieses Arschloch von Leichenbestatter gehört?« fragte er. Seine Stimme klang geistesabwesend, gedämpft. »›Ich seh' Sie dann demnächst‹, hat der zu mir gesagt. ›Leck mich!‹ hab' ich geantwortet. ›Ich werde *dich* demnächst sehen.‹«

Durch den Brustkorb des alten Mannes gluckerte so etwas wie der Anflug eines Lachens. Er nahm seinen Hut ab. Das Innenfutter war vom Alter vergilbt, wie die Manschetten und der Kragen seines weißen, durchwirkten Hemdes. Er schaute zu, wie der andere Mann ein paar Fusseln von seiner Stefano-Ricci-Krawatte wischte und den eleganten Sitz des dazu passenden seidenen Einstecktuchs in seiner Brusttasche überprüfte.

»Er hat schon recht, dieser *beccamort'*. Früher oder später werden wir alle bei ihm landen.« Der alte Mann starrte aus dem Fenster, während sie in westlicher Richtung durch Brooklyn fuhren. »*Brucculin'*«, flüsterte er vor sich hin: eine Verwünschung, eine Teufelsaustreibung, ein unergründlicher, finsterer Urteilsspruch. Er räusperte sich. »Schau mich doch an. Ich hab' schon bessere Kadaver an Fleischerhaken baumeln sehen. Weihnachten werde ich einundachtzig. Vorhin, dieses Stück Scheiße in der Kiste, das war erst fünfundzwanzig. Jedesmal wenn ich morgens aufwache, danke ich Gott dafür.«

»Du wirst uns noch alle überleben, Joe.«

»Ja. Das hab' ich dem Stück Scheiße in der Kiste auch immer erzählt.«

Der alte Mann zog ein Päckchen DeNobilis aus seiner Tasche. Er schob sich einen der knorrigen Zigarillos zwischen die Zähne, und Louie Bones hielt die Flamme eines goldenen Feuerzeugs darunter. Sie überquerten die Verrazano Narrows Bridge nach Staten Island.

Schweigend fuhren sie dahin. Dann sagte der alte Giuseppe noch einmal dieselben Worte: »*'A cummari secca.*« Diesmal sagte er sie langsamer; er sagte sie so, als hätte er sie vorher nicht gesagt.

Der Mercedes fuhr in die Einfahrt zu Louie Bones' Haus in der Castleton Avenue.

»In der Küche steht Kaffee«, sagte er zu dem Mann im dezent gestreiften Anzug. »Sag meiner Frau, daß wir draußen sind. Sie soll dir das Baseballspiel anmachen.«

Der alte Mann folgte Louie auf eine Natursteinterrasse mit Ausblick auf eine weitläufige Rasenfläche, die von makellos gestutzten Hecken umrahmt wurde. Es gab dort Rosensträucher und, im Schatten eines hohen blühenden Spitzahorns, ein altes Vogelbad aus Beton. An einer Wäscheleine, die vom Haus zu einer am Stamm des großen Ahornbaums befestigten Rolle führte, flatterten zwei Zimmerli-Boxershorts mit Nadelstreifenmuster, ein paar Socken und ein ausgeleierter Hüfthalter. Die Männer saßen auf schmiedeeisernen Polsterstühlen an einem großen schmiedeeisernen Tisch mit Glasplatte. Louies Frau erschien auf der Bildfläche: eine dicke Frau in einem knalligen Hausanzug. Ihr Haar, platinblond gefärbt und mit silber getönten Strähnchen durchsetzt, war mit Spray zu einer starren Groteske überbordender Unbekümmertheit geformt worden. Sie beugte sich herab und küßte den alten Mann auf die Wange.

»Hast du den Garten gesehen, Joe?«

Der alte Giuseppe sah zu den Rosensträuchern hinüber.

»In diesem Jahr Auberginen«, sagte die dicke Dame des Hauses.

»Schön.«

»Die weißen«, flötete sie.

»Aha.«

»Ach, ich muß euch ja noch den Mokka holen«, sagte sie, als löste sie sich nur widerstrebend aus einer Unterhaltung, deren Kurzweiligkeit sie von ihren dringenden häuslichen Pflichten abgelenkt hatte. Die Männer saßen schweigend da, bis sie mit einem Silbertablett zurückkehrte und den Tisch deckte: zierliche Tassen und Untertassen aus Porzellan, dampfender Espresso, Silberlöffelchen und Leinenservietten, Zucker und ein kleiner Teller mit Keksen.

Man hörte, wie ein Auto die Einfahrt herauffuhr. »Das wird Tonio sein«, sagte Louie zu dem alten Mann. Er zündete sich eine Zigarette an und nippte an seinem Kaffee. »Hol noch eine Mokkatasse«, sagte er zu seiner Frau. »Und eine Flasche – wie heißt noch mal das Scheißzeug, das er immer trinkt?«

»Er trinkt kein Scheißzeug mehr. Damit hat er aufgehört.«

Die Stimme gehörte zu einem weiteren alten Mann, der kurz nach seinen Worten auf der Terrasse erschien. Es war Antonio Pazienza, der sogar noch älter war als der alte Giuseppe und einen gebeugteren Rücken hatte, bekleidet mit einem buntkarierten, bis zum Hals zugeknöpften Hemd und weiten Gabardinehosen, die an den Hüften von einem verschlissenen Gürtel zusammengehalten wurden, der ihm einige Nummern zu groß war.

»Ja«, sagte er. »Ich hab' mir einen Stoß gegeben und hab's gekauft. *Miracle Ear. Micro-Elite*. Das Beste vom Besten. Ich frag' mich, was ihr wohl in den letzten Jahren sonst noch so gesagt habt.«

Er legte die Arme um die dicke Haushälterin und erwiderte ihren Kuß, indem er sie ebenfalls auf die Wange küßte. »Warum gibst du diesem Penner nicht den Laufpaß. Du und ich, wir beide werden zu den Niagarafällen fahren.« Die Augen hinter der Maske eines ständig bösartigen Gesichtsausdrucks hellten sich ein wenig auf, als er diesen kleinen Witz riß, denselben kleinen Witz, den er schon seit vielen Jahren machte.

»Und Louie kann unsere Koffer tragen.« Sie kicherte, als

sie mit derselben neckischen Antwort auf seinen kleinen Witz reagierte, mit der sie all die Jahre darauf reagiert hatte.

»Na los doch! Ich werde die Fahrkarten bezahlen«, sagte Louie Bones, wie er es schon seit Jahren getan hatte. Er mied ihren Blick, als wäre sie eine mit Haarspray überzogene Medusa.

»Da seht ihr mal, was das für einer ist«, sagte sie mit gespielter Entrüstung. Sie verzog sich und kehrte mit einer dritten Tasse Espresso zurück, und als sie diesmal im Haus verschwand, zog sie die Glasschiebetür hinter sich zu. Mit einem zwischen Knurren und Stöhnen angesiedelten Laut nahm Tonio auf einem Stuhl Platz.

»So«, sagte er. Die kristallene Kälte war in seine Augen zurückgekehrt und hatte wieder die wahre Natur seines bösartigen Gesichtsausdrucks hergestellt. »Da wären wir.«

Der alte Giuseppe schnaubte wütend auf. Louie Bones nickte nachdenklich. Die drei Männer saßen da, reglos und still, während die länger werdenden Nachmittagsschatten unter sanftem Zittern näher rückten.

»Die hätten unsere Namen gleich mit auf diesen Grabstein schreiben können«, sagte Giuseppe. »Die haben uns die Letzte Ölung verpaßt, als wir ihnen unseren Segen gaben.«

Die Augen des alten Tonio verloren sich in den näher kommenden, gänsehauterzeugenden Schatten, die den matten Schimmer von Dingen zu enthalten schienen, die schon lange in der Erinnerung verschwunden waren.

»Wir sind selbst schuld«, sagte Louie Bones. »Unser Segen, unser Fehler. Diese Rotznasen mit ihrem gestelzten Gerede. Diese Collegetypen mit ihren Examen und ihren Computern. Kalkulationstabellen, Risikokapital, Fusion, Währungsumtauschzyklen – dies und das, und was sonst noch alles. Sie haben uns diesen Mist aufgetischt, und wir haben's ihnen abgekauft. Daß ich nicht lache! Fremdfinanzierte Übernahme, finanzielle Hebel! Unsereiner hat mit einem gottverdammten Bleirohr mehr Hebelwirkung erzielt als die und all ihr blödes Gequatsche zusammen. Aber wir haben's ihnen abgekauft. Wir haben ihnen die Welt auf einem silbernen Tablett präsentiert. Das waren wir, nicht sie. Wir haben uns unsere verdammten Eier selbst abgeschnitten.«

Tonio löste seinen Blick von den Schatten, und dann begann er zu sprechen. »Louie hat recht. Unsere Bäuche waren voll, und wir wurden allmählich alt. Wir wollten das Blut von unseren Händen waschen. Wir wollten eine neue Art von Respekt. Und wir haben uns wie Idioten benommen: anderen zu vertrauen!«

»Und nun«, sagte Giuseppe, »haben sie alles verspielt, was wir ihnen anvertraut haben. Die Spics, die Nigger – die haben unsere Leute aus unseren eigenen Straßen vertrieben. Guckt euch doch die Scheiße an da oben in Harlem. Dort machen jetzt die Spics das Geschäft mit der *bubbonia*, und beim Kokain ist's dasselbe. Mein eigener Neffe, der Sohn meines Bruders, mußte persönlich dort oben hinfahren. Und wofür? Für nichts und wieder nichts! Sie zertreten eine Küchenschabe, und nichts ändert sich. *Tutto è marruni scuru.*

Die Jungen, so wie mein Neffe, die haben keine Chance. Schaut euch diesen *guaglion'* an, um den die FBI-Bullen so viel Wind gemacht haben, dieses Gotti-Bürschchen, das Cherry Hill eine Weile an seiner Kette herumtanzen ließ. Für die Jungen ist nichts mehr drin. Wir haben bekommen, was uns zustand, aber sie werden nicht bekommen, was ihnen zusteht. Wir haben sie im Stich gelassen. Wir sind das verdammte Ende der Fahnenstange. Diese Klugscheißer, denen wir unsere Welt anvertraut haben, mauscheln und kungeln rum und markieren den großen Mann, während sich dieser andere Abschaum kaputtlacht und sich das unter den Nagel reißt, was einmal uns gehört hat.«

»Es gehört noch immer uns«, sagte der alte Tonio.

»Nein«, sagte der alte Giuseppe. »Es gehört demjenigen, der es sich nimmt. Es gehört dem, der den Daumen drauf hat.«

Seine Worte richten sich nicht nur an die anderen Männer, sondern auch an die Schatten. Wie Tonio empfand auch er die von ihnen ausgehende düstere Verlockung. Da war, für einen Augenblick, die Halluzination des ineinander übergehenden Dufts von Zitronenblüten und Meer, die Erinnerung an ein uraltes Klagelied, daran, wie die Geheimnisse des Blutes die aufknospenden Gefühle eines kleinen Jungen mit dem langsamen, unheilvollen Tanz von Eros und Tod verdunkelt hatten.

»Und die, denen wir es gegeben haben, sind Schwächlinge«, sagte Louie Bones. »Nichts als Gier, aber keine *cugliuni.*«

»Wir wollten ehrbare Bürger werden«, sagte Tonio. »Na ja, und jetzt sind wir ehrbar. Wie eine Bande arschgesichtiger Politiker und Anwälte. Ehrbare Scheiße, das sind wir!«

»Was wir ihnen gegeben haben, können wir uns wieder zurückholen«, sagte Louie Bones. »Zum Teufel mit diesem Ehrbarkeitsfimmel!«

Die eisigen Augen in Tonios bösartiger Miene erhellten sich wieder, doch diesmal war es ein anderes, intensiveres Leuchten, ein Leuchten, das etwas von den unaussprechlichen Andeutungen der zitternden Schatten zu enthalten schien, die ihn nun erreicht hatten, über seine lederne Haut flackerten und seinen Körper umgarnten.

»Hört mal«, sagte Giuseppe, wobei er sich nach vorn beugte und zuerst Tonio und dann Louie Bones fixierte. »Wir sind anders als dieses neue Blut.«

»*Siamu siciliani viri*«, bekräftigte der alte Tonio, und dazu nickte er einmal, um seine uneingeschränkte Zustimmung zu signalisieren.

»Wir sind anders«, wiederholte der alte Giuseppe. »Und es gibt nur noch wenige von unserer Sorte. Wie Tonio gesagt hat: Wir sind echte Sizilianer. Louie, du wurdest in diesem Land geboren, aber dein Blut ist sizilianisch . . .«

»*Sì, u sangu viru.*« Tonio schaute den jüngeren Mann an, während er sprach, doch jetzt verbargen die Schatten seine Augen. Nun schien er Teil der Schatten zu sein: Schattenatem und Schattenworte.

»Und du bist so wie wir«, fuhr der alte Giuseppe fort. Er hielt inne und nahm den letzten Schluck seines Kaffees, der kalt und bitter schmeckte. »Wir drei, die wir hier sitzen, haben nicht mehr viel Kraft«, sagte er, »nicht im Kreuz und auch nicht in den Fäusten. Diese Tage sind vorbei. Doch hier oben«, er tippte sich mit dem Zeigefinger gegen die Schläfe, »da steckt immer noch Kraft drin.«

»*Sì. 'A forza di vulunatà*«, sagte Tonio.

»Und wir können uns noch immer auf die Leute verlassen, die das wahre Blut verstehen, auf Männer, die noch über die Kraft der Jugend verfügen, die wir verloren haben.«

Tonio nannte ein paar Namen; Louie Bones nannte weitere.

»Und das ist eine Kombination, die stärker ist als alles andere: die Weisheit des Alters und die Kraft der Jugend. Solange noch Zeit ist, solange es noch nicht für immer verloren ist, können wir uns alles zurückholen, was uns mal gehört hat. Und mehr.«

»Diese kolumbianischen Bastarde sind gefährlich, Giuseppe. Und dieses andere Kroppzeug, diese *schiavi*, die für sie die Dreckarbeit erledigen – *i cubani, i dominicani, i giamaicani, i haitiani, i nigeriani, cacata di tutte le tinte* –, das wird von Tag zu Tag mehr.«

»Die sind gefährlich?« spuckte Tonio aus. »Was sind wir denn? Betschwestern? Fick sie! Fick sie, wo sie atmen!«

Louie schnaubte kurz auf und schaute Giuseppe an.

»Du hast recht, Louie«, räumte sein Padrone ein. »Aber Tonio hat auch recht. Und ich glaube, daß ich recht habe, wenn ich sage, daß wir, falls wir nicht sofort was unternehmen, in einer Welt sterben werden, die wir nicht mehr kennen.« Aus dem herunterhängenden Blattwerk der Ahornzweige drang ganz plötzlich sanftes Vogelgezwitscher. »Außerdem«, fuhr Giuseppe fort, »sind es nicht die Spics und die Nigger. Die sind bloß *'a feccia*, der Abschaum an der Oberfläche.«

Tonio lehnte sich zurück und sagte langsam und bedächtig: »Giuseppe, mein Freund, deine Worte sind wie eine herrliche Wolke am Himmel. *Ma'*«, sein Tonfall verlor etwas von seiner Feierlichkeit, »*unni è 'a sustanza?*«

Giuseppe tippte sich noch einmal mit dem gekrümmten Zeigefinger seiner rechten Hand gegen die Schläfe. »*Ecculu*«, sagte er sanft, mit einem glatten Gesichtsausdruck, der nichts preisgab. »Hier«, sagte er, »hier drinnen steckt das wesentliche.« Ruhig atmete er ein. Seine Nasenflügel bebten, und als er weitersprach, schossen die Worte wie ein Sturzbach aus seinem Mund. »*Eccu, e nella putenzia che sta tra noi e il nostru calcagnu nelle culline e i sue sciavazz' delle cosche siciliane.*«

Louie Bones, der Italienisch und Sizilianisch beherrschte, aber dessen *baccàgghiu – la lingua della mala*, wie man sie in Sizilien nannte: die Sprache des Bösen – lückenhaft war, ließ die Worte noch einmal im Geist Revue passieren, um sie zu entschlüsseln. »Hier«, hatte der alte Mann gesagt, »hier, und in der Macht, die zwischen uns und unserem Freund in den Hügeln besteht und seiner« – *sciavazz' delle cosche siciliane*; bei dieser Formulierung fand in Louies Geist keine Übertragung ins Englische statt, und es bedurfte auch keiner. Sie lag einfach da, zusammengeringelt, kalt und bösartig, wie sie der alte Mann heraufbeschworen hatte.

Tonio und Louie Bones blickten auf Giuseppe und schwiegen. Und als der alte Giuseppe wieder zu sprechen begann, sagte er bloß: »*Avimu a fari comu San Giorgio. Avimu a fari muriri u dragu.*« Diese Worte artikulierte er langsam und sehr deutlich, und selbst Louie Bones erfaßte sie auf der Stelle. »Wir müssen es wie der heilige Georg machen«, hatte der alte Mann gesagt. »Wir müssen den Drachen töten.«

Inzwischen saßen sie alle im Schatten, und von der Wärme des Frühlingstages war nichts mehr zu spüren. Sie hörten, wie die Glasschiebetür aufgezogen wurde; sie blickten sich um und sahen die zuckerwattene Gorgo, den grell geschminkten, abstoßenden Mund der Verblendung, der sie strahlend anlächelte.

»Wollt ihr Jungs noch ein paar Kekse haben?«

3

Die Teetasse – die das Wappen Tao-kuangs, eines Kaisers der Ch'ing-Dynastie, trug – war vielleicht ein Jahrhundert älter als Chen Fang. Die weißen Oberflächen der Porzellantasse und des Deckels waren außen mit romantischen und innen mit obszönen Motiven dekoriert. In ausgebeulten Hosen und einem verschlissenen Unterhemd stand Fang an seiner Küchenspüle und füllte die Tasse halbvoll mit warmem Wasser. Dann trug er sie von der sonnendurchfluteten Küche voller Straßenlärm von der Baxter Street in sein Schlafzimmer, wo es ruhiger und, wegen der spätnachmittäglichen Schatten, dämmrig war; er stellte die Tasse auf ein Mahagonitischchen in der Nähe des Fensters.

Alles, was er sonst noch brauchte, war bereits im Zimmer. Er setzte sich und entfernte die orangefarbene Schutzkappe von der Kanüle der B-D-Ultra-Fine-1-cc-Injektionsspritze und tauchte ihre hauchdünne, siliziumüberzogene Spitze in die Tasse. Behutsam zog er etwas warmes Wasser in die Spritze und paßte auf, bis die 50er-Markierung erreicht war. Die fünf mit dem gedruckten Aufkleber des galoppierenden Reiters versiegelten Pergamentpapierpäckchen waren schon geöffnet, und das weiße Pulver, das sie enthielten, füllte einen verbogenen Silberlöffel bis zum Rand. Er drückte das warme Wasser aus der Spritze, um es mit dem weißen Pulver im Löffel zu vermischen, und anschließend hielt er den Löffel über die Flamme der Opferkerze, die vor ihm auf einem bronzenen Tablett brannte. Er hielt den Löffel mit ruhiger Hand und achtete darauf, daß die milchige Flüssigkeit beim Erhitzen nicht zu kochen begann. Dann legte er den heißen Löffel beiseite, rupfte ein Stück Watte aus einem Watteballen und legte es auf die Mixtur im Löffel. Er führte die Nadelspitze an die vollgesogene Watte und zog die Flüssigkeit durch die Watte in die Spritze. Dann hielt er die Nadel nach oben und klopfte sacht mit dem Zeigefinger gegen die Spritze, um die winzigen Luftblasen zu entfernen, die er in ihr erkennen konnte. Behutsam drückte er auf den Kolben und schob die Flüssigkeit bis in die Spitze der Kanüle. Mit der rechten Hand und den Zähnen wickelte er einen schwarzen, gut fünfzig Millimeter breiten Gummischlauch oberhalb des Ellbogens um den Arm, der die Spritze hielt, zog ihn fest und hielt ihn so lange gestrafft, bis die lange blaue Mittelvene seines verschrumpelten Unterarms hervorquoll. Er nahm die Spritze in die rechte Hand und schob die kalte, glänzende Nadel durch seine dünne Haut in die Vene. Mit zwei gekrümmten Fingern zog er den Kolben ein wenig zurück und beobachtete, wie ein rosiges Wölkchen seines Blutes sanft pulsierend in der blasseren Flüssigkeit emporstieg. Und dann drückte er kräftig auf den Kolben und ließ das warme, blutgetrübte Heroin in sich hineinströmen.

Xūwú: Leere. *Fanfú*: Ekstase. *Shüwu* und *guǎngshi*, wie es im Dialekt seiner Vaterstadt Schanghai hieß.

Chen Fang war im Laufe der vielen Jahrzehnte, in denen Chinatown zu seiner Heimat geworden war, mit Mandarin und Kantonesisch vertraut geworden. Doch selbst jetzt noch, wo er ein alter Mann war, dachte und träumte er unvermindert im Schanghainesisch seiner Kindheit. Er führte das darauf zurück, daß er sein ganzes Erwachsenenleben hindurch ein wortkarger Mensch gewesen war. Er verstand in Mandarin, Kantonesisch oder Englisch geäußerte Laute, aber er bediente sich ihrer nur selten, und so hatten sie die anderen Laute nie aus seiner Vorstellungskraft verbannen können.

Doch Leere und Ekstase besaßen für Chen Fang keinen inneren Klang, als er in diesem stillen, friedvollen Moment zwischen beidem dahinschritt, darin watete.

Das malaysische Mädchen in Chen Fangs Bett hielt ihm die Bettdecke auf, als er sich hinsetzte, um seine Hose auszuziehen. Sie war vielleicht zwölf oder dreizehn Jahre alt, und ihr Gesichtsausdruck verleugnete, was ihre Augen erblickten: eine bis aufs Skelett abgemagerte Gestalt mit einer Haut wie durchsichtiges Pergament und glasiggelben Augen, die in ihren aschfahlen Höhlen zu versinken drohten. Er legte sich neben sie, und wenig später spürte er die Lippen, die Zunge und die Finger des Mädchens auf seiner Haut; willenlos ließ er sich dahintreiben.

Auf einmal sah er sich selbst: einen kleinen Jungen in Schanghai, kurz vor Einbruch der Dämmerung des ersten Maitages des Jahres 1929. Der *gualo*, den er zu seinem Großvater bringen sollte, war ein *Jidò*-Mann, ein Christus-Mann, ein hochgewachsener, sauertöpfischer Jesuit, dessen Soutane den Jungen wie eine riesige schwarze Motte umflatterte, als die beiden, der kleine Schuljunge und die blasse *zengvü*-Geistermotte, gemeinsam die imposanten Granitstufen des Hotel Palace hinabstiegen. Unten wartete ein Rikscha-Fahrer auf sie, eine ausgemergelte, mißgebildete Gestalt in einer schmutzigen Kniebundhose aus Khaki und einer zerlumpten blauen Smoking-Jacke. Er verbeugte sich, grinste und bekreuzigte sich mit kriecherischer Übertriebenheit. Der Pater nickte ihm kurz zu.

Als er den Saum seiner Soutane lupfte und sich auf das abgewetzte rote Samtpolster des Gefährts setzte, bemerkte der Mottenpriester mit einigem Unbehagen, wie der Rikscha-Fahrer auf die Reisetasche starrte, die er auf seinem Schoß hielt. Er ließ zwei Finger emporschießen, mit absichtlicher Plötzlichkeit, und der Kuli richtete seinen Blick von der Tasche auf das Kruzifix darüber, das an einer goldenen Kette vom Hals des Paters herabbaumelte. Der kleine Mann bekreuzigte sich noch einmal und lächelte verständnislos in Richtung der elfenbeinernen Christusfigur an ihrem schwarzen Kreuz aus Onyx. Chen Fang sah, daß die Augen des Kulis beigegrau schimmerten, wie die eines Blinden.

Der Kuli wollte das über dem Passagiersitz angebrachte Verdeck aus Ölpapier aufklappen, doch der Pater fuhr ihm mit einer Armbewegung dazwischen. Der Kuli rieb sich die Augen und markierte, lebhaft gestikulierend, einen Hustenanfall. Der junge Chen Fang genoß diese kleine Inszenierung, doch der Pater ließ sich nicht in seiner Unnachgiebigkeit beirren und gab erneut mit einer Armbewegung zu verstehen, daß das Verdeck zugeklappt bleiben sollte.

»*Dza!*« kommandierte der Pater ungeduldig. Es klang, als wäre dies das einzige Schanghainesisch, das er kannte.

Der Kuli verbeugte sich. Dann bückte er sich nach den mit Seil unwickelten Griffen an den Bambusdeichseln seiner Rikscha. Er erhob sich und begann zu ziehen. Die Rikscha ruckte voran und gewann an Tempo, als der Kuli in einen traurigen Trab verfiel, der sie über das Kopfsteinpflaster der Mao-Ming-Straße führte.

Der Pater nahm sein Birett ab und fuhr sich mit der Hand durch das schüttere schwarze Haar. Anschließend musterte er seine Handfläche, als gehörte die Hand einem Fremden, und starrte auf den Schweiß, der in den Handlinien glitzerte. Mal überwältigte sie der Gestank der ungeklärten Abwässer im Rinnstein, mal der süße Geruch der brodelnden Fischsuppen aus den behelfsmäßigen Buden und offenen Imbißständen, die sich am Rinnstein drängten, und der Lärm der Menschen wurde immer lauter und bedrohlicher, je tiefer die Rikscha in die schweflige Dämmerung vordrang. Als der Pater seinen Blick in die Ferne schweifen ließ, konnte er die Kuppeln und schimmernden Turmspitzen der monumentalen Gebäude im Umkreis der Mündung des Hwangpu erkennen, die kommerziellen Zentren und die aus Stein gehauenen Residenzen imperialer Macht. Der dunkler werdende Himmel über ihnen war mit einem tiefen Gold und mit Grautönen durchwirkt, die ins Silberne spielten, und die Möwen stiegen empor, als seien sie die traurigen Weber dieser Farben, höher und höher, zu den rosenrot glühenden Schattierungen, und noch höher, zum unermeßlich melancholischen Seufzen der sich herabsenkenden Nacht. Die letzten Strahlen der roten Abendsonne boten dem Pater das Schauspiel seines weit auseinandergezogenen Schattens, der wie ein düsterer Segen lautlos über die heidnischen Fluten glitt.

Der Lärm verebbte, und das Menschengewimmel lichtete sich. Das Kopfsteinpflaster endete, als der Kuli die Rikscha von der Mao-Ming-Straße auf den unbefestigten, zerfurchten Verbindungsweg lenkte, der zur alten Waibaidu-Brücke führte. Als er das andere Ufer des Suzhou-Bachs erreicht hatte, stoppte der Kuli, bevor er die Bahngleise überquerte. Vor einem wuchernden Unkrautgestrüpp hockte eine Frau mit einem Säugling und zwei Flechtkörben aus Farnwedeln. Sie warf dem Pater einen flehenden Blick zu, als dieser von oben in die Körbe schaute. Der eine war mit kleinen, schimmernden Fischen gefüllt, die vergeblich in der kühlen Frühlingsluft ihres Todes zappelten, der andere enthielt ein sich windendes, schlammiges Knäuel schwarzer Schlangen. Als sich die Rikscha wieder in Bewegung setzte, kam die Frau mit dem Kind in ihren Armen herbeigerannt. Sie hob das Kind zum Pater empor, und dieser schlug mit dem Daumen ein Kreuz über die Augenbrauen des Kindes. Dann richtete er den Daumen auf die Stirn der Frau, doch sie wich vor ihm zurück. Die Rikscha holperte weiter.

Als sie in die Yanan-Straße einbogen, begann der Pater, den auf seiner Soutane angesammelten Straßenstaub mit den Fingerspitzen wegzuwischen. Der mickrige Kuli, der im Dämmerlicht auf noch erbarmungswürdigere Weise mißgestaltet wirkte als vor einer knappen Stunde, verlangsamte das Tempo und hielt bei einem Weidenbaum, ungefähr einen Meter vor einem schmalen, aber repräsentativen Hauseingang. Es war eines der Anwesen Tu Yueh-shengs: ein Ort, wo Buch geführt wurde, wo man die Einnahmen aus den nie abreißenden, gewaltigen Opium- und Heroinströmen, die durch die am Hafen gelegenen Lagerhallen der Grünen Bande geschleust wurden, registrierte und addierte, bevor sie in der Chinesischen Bank landeten, in Tus eigener Ching Wai Bank in der französischen Handelsniederlassung, in T.V. Soongs gerade gegründeter Chinesischen Zentralbank, in verschwiegenen Winkeln des Mokanshan-Klosters im Wu-liang-Gebirge und auf diversen schwarzen Konten in Nanking, Kanton,

Hongkong, Hanoi, Singapur, Bangkok, Paris, London, Amsterdam, Zürich und New York. Dieses unter Weidenbäumen, in einer stillen Biegung der Yanan-Straße gelegene Haus war der Ort, an dem die Kompradoren und Taipane der internationalen Niederlassungen ein und aus gingen. Hier bediente Chens Großvater jene Männer, deren Herrschaftsgebiet die eintausendfünfhundert Kilometer des Yangtse-Tals umfaßte, von Schanghai bis zu den mohnanbauenden Landstrichen tief im Landesinneren: Da war der ›Pockennarbige Huang‹, Anführer der ehemaligen Roten Bande und der Chef der Kriminalpolizei bei der französischen Sûreté; Chang Ching-chang, der hinkende Finanzier, Schattenboß der Republikaner, ein Händler seltener Kunstgegenstände, den die europäischen Taipane ›Antiquitäten-Chang‹ nannten; und der Mann, der vor zwanzig Jahren die Rote Bande und die Blaue Bande mit seiner eigenen, jetzt allmächtigen Grünen Bande verschmolzen hatte, der monströse ›Großohrige Tu‹ höchstpersönlich. Hier hatte sich der junge Chen kürzlich vor Chiang Kai-shek, dem Vasallen und Geschäftspartner des ›Großohrigen Tu‹, verbeugen müssen. Das war erst im letzten Herbst gewesen, kurz nachdem die von Generalissimo Chiang geführte Kuomintang-Regierung von Nanking zur Regierung ganz Chinas geworden war.

Über der Tür befand sich ein Steinsturz, auf den die zu einem einzigen, stilisierten Ideogramm verwobenen Symbole von *ji* und *shou* gemeißelt waren: »Glück und langes Leben.« Unter dem Sturz, im Dämmerlicht zwischen zwei dünnen Säulen aus Stuckmarmor, stand Chens Großvater, ein ältlicher Mann in einem langen Gewand aus blauer Seide. Er ging zur Rikscha und sagte etwas zu dem Kuli – knappe, barsche Worte im Wu-Dialekt des Schanghainesischen. Dann wandte er sich mit einer flüchtigen Verbeugung an den Pater.

»*Bouna sera, padre. Come sta?*«

Der Pater kletterte aus der Rikscha und nickte kurz mit dem Kopf. »*Sta aspettando*«, sagte Chen Fangs Großvater.

Der Pater folgte ihm durch den Eingang in eine elektrisch beleuchtete Diele, die mit schwerem Brokatstoff ausgeschlagen war. Sie betraten einen Raum, dessen einzige Lichtquelle Kerzen waren. Der alte Mann verbeugte sich noch einmal, machte kehrt und verließ den Raum. Chen Fang verfolgte das Ganze aus einiger Entfernung; als sich sein Großvater zurückgezogen hatte, pirschte er sich so nah heran, daß er durch den Türspalt in den kerzenerleuchteten Raum spähen konnte.

Hinter einem mächtigen Schreibtisch saß ein dicker Mann, dessen dunkle, sonnengebräunte Kopfhaut durch spärliche braune und silberne Locken hindurchschimmerte. Großvater und die anderen nannten ihn *Kĕsà*, Caesar. Feine Schatten glitten langsam rhythmisch über die Brust seines kragenlosen weißen Hemdes, und das milde Kerzenlicht beleuchtete das Auf und Ab seiner Atemzüge. Abgesehen von einer Flasche Thorne's Scotch sowie drei kleinen Keramikbechern war die Schreibtischplatte leer. An der Wand hinter dem dicken Mann hing in einem verrutschten, billigen Goldrahmen ein Gemälde, auf dem zu sehen war, wie Isebel von den Hunden des Herrn verschlungen wurde. Die Augen des Paters schienen sich nicht mehr von den langen Reißzähnen lösen zu wollen, die den blassen Busen Isebels zerfleischten. Doch dann trat er vor und sah hinunter auf den dicken Mann.

»*Salute, Satana. S'accomodi*«, sagte der dicke Mann mit einem Grinsen. Der Pater rührte sich nicht, und der dicke Mann änderte seinen Tonfall. »*Dunque*«, hauchte er. Dann wies er mit dem Kinn auf die Schreibtischplatte, und der Pater stellte die Tasche vor ihm ab. Der dicke Mann zog ein schweres, mit Chamoisleder umwickeltes Paket heraus. Als er die Verpackung entfernte, kam ein dickes, in rotbraunes Schafsleder gebundenes Buch mit Reliefprägung zum Vorschein, das mit Eckplatten und Schnappverschlüssen aus Messing verziert war. Das Alter hatte seine dicken Pergamentseiten gelbbraun und wellig werden lassen. Der dicke Mann probierte die Verschlüsse, die sich mühelos öffnen ließen, aber unterzog das Buch keiner weiteren Prüfung. Er hob die Augenbrauen und nickte bedeutungsvoll; dann wickelte er das Buch wieder in das Chamoisleder und steckte es zurück in die Tasche.

»*Il denaro, signore. Dov'è il denaro?*« fragte der Pater, erstmals sein Schweigen brechend.

»*Calma, eh?*« Der dicke Mann erhob sich und lächelte. Er ging zu einer Tür im hinteren Bereich des Raums. »*Ce l'ho nella cassaforte di sopra. Prego*«, sagte er, öffnete die Tür und ließ dem Pater den Vortritt.

Im Dämmerlicht hinter der Tür konnte der Pater eine üppige Pracht aus breiten grünen Blättern und tellerförmigen Blüten erhaschen, saftig-blaue Reben, Wildmaulbeerbäume und namenlose, orangeblütige Gebilde, die das Mondlicht aufsogen. Für einen Augenblick mußte er wieder ein Kind gewesen sein, verloren in einem paradiesischen Garten sonnenloser Verzauberung. Genau in diesem Augenblick hob der dicke Mann einen großen schwarzen Revolver an den Hinterkopf des Paters und pustete ihn kopfüber in die Hölle.

»*Ti scomunico, prete*«, sagte der dicke Mann. »*Ti scomunico.*«

Das plötzliche Aufbäumen seines Herzschlags dröhnte wie Donner in Chen Fangs Ohren, er zuckte zusammen und löste sich aus seinem gespenstischen Traum. Er spürte den warmen, sanften Atem und den schlanken Körper an seiner Seite. Er öffnete seine Augen und schaute auf das schlummernde Antlitz des Mädchens. Entrückt, ihren jugendlichen Atem einsaugend, verlor er sich in Träumereien, während er sie betrachtete. Er malte sich aus, wie er ihr die Kehle aufschlitzte und seine Lust stillte, während ihre Seele mit einem letzten, umnachteten Aufzucken entschwand. Er erinnerte sich an früher, an die Zeiten des funkelnden *ti-doa* und der dicken Gummilaken, an die süße Angst in den Augen und das kehlige Aufheulen der uneingeschränkten Befriedigung all seiner Begierden. Doch diese Tage waren vorbei. Nun war der Körper, so wie die Seele, welk und verdorrt.

4

Johnny Di Pietro holte tief Luft, gelangweilt und angewidert, schleuderte den *TV Guide* neben sich aufs Sofa und griff sich statt dessen die aktuelle Ausgabe der *Newsday*, wobei er auf dieselbe trübsinnige Weise ausatmete. Als Diane Di Pietro, den Spray Pal mit dem grünen Drücker in der Hand, an ihm vorbeiging und ihn auf diese Weist atmen hörte, blinzelte sie verstohlen zu ihm hinüber, bevor sie ihren Weg zu der am Fenster hängenden Spinnenpflanze fortsetzte.

Der tote Spic wurde mit keinem Wort in der Zeitung erwähnt. Gut. Er warf die zusammengefaltete *Newsday* auf den *TV Guide* und schaute quer durchs Zimmer auf den Hintern seiner Frau. Seit über einem Jahr hatte er sie nicht mehr gefickt.

»Kommt heute abend was Gutes?« wollte sie wissen.

Erst hatte sie ihm keinen mehr geblasen, und dann wurde auch der andere Kram gestrichen. Vor einigen Jahren hatte sie sich eine Halsentzündung zugezogen und diese auf sein Sperma zurückgeführt, das, wie sie gesagt – geschrien – hatte, vom hygienischen Horrortrip seiner Besäufnisse und widerlichen Ehebrüche verseucht war. Sein Samen, so hatte sie getobt, sei ein toxisches Destillat all der Krankheiten, die man sich auf Kneipentoiletten und bei Kneipenschlampen einfangen konnte. Kurz nachdem sie geschworen hatte, nie wieder seinen Glibber hinunterzuschlucken, beschuldigte sie ihn, er würde auch ihre Möse infizieren. Er konnte sich nicht mehr an den Namen der Geschlechtskrankheit erinnern, mit dem Diane um sich geschmissen hatte, nachdem sie bei ihrer lesbischen Frauenärztin gewesen war, oder an den Namen des Antibiotikums, das diese ihr verschrieben hatte; aber er war noch immer stinksauer auf diese Lesbe, weil sie nicht den Anstand oder das Savoir-faire besessen hatte, Diane mitzuteilen, daß es sich um eine simple Pilzinfektion handelte. Als er dann eines Nachts sturzbetrunken nach Hause gekommen war, hatte er sie geschlagen; und das war es dann gewesen. Die Monate waren verstrichen. Er hatte mit dem Trinken aufgehört, abgesehen von einem gelegentlichen Schluck Wein hinter ihrem Rücken, und es war ihm gelungen, sie wieder gnädig zu stimmen. Doch als sich Diane dazu durchgerungen hatte, ihn wieder näher an sich heranzulassen, da war es zu spät gewesen. Die kühle, unbehagliche Distanz zwischen ihnen war unüberbrückbar. Nun war diese kühle, unbehagliche Distanz das Band, das sie zusammenhielt und gleichzeitig voneinander entfremdete. Ihre Ehe, so wie er sie gekannt hatte, war aus und vorbei. Sie äußerte den Wunsch, den Problemen auf den Grund zu gehen, sie zu bewältigen, und sprach davon, wieder zum Anfang zurückzukehren – das Geschwätz der Auflösung. Er wußte, so eine Rückkehr würde es nie geben. Doch seine Trägheit hielt ihn davon ab, einen Schritt nach vorn zu tun. Etwas in ihm fand Trost in der dumpfen Stille hinter der unbehaglichen Fassade der Entfremdung. Immer war es Willies Finger, niemals sein eigener, der den Abzug betätigte, der als Vermittler zwischen ihm und seinem wahren Ich in Aktion trat. In der Entfremdung, die zwischen ihm und seiner Frau lag, spürte er das gleiche vage Hinausschieben der chaotischen Ansprüche und Sehnsüchte seines Willens und seiner Seele. Es war die einzige Art von Frieden, die er je gekannt hatte. Und langsam fing er an, diesen Frieden zu hassen.

»Nein«, antwortete er.

»Wie war dein Meeting gestern abend?«

Zu was für einem Meeting, hatte er ihr erzählt, wollte er gehen? AA? Gewerkschaft?

»So beschissen wie immer.« Das deckte alles ab.

»Gib der Sache doch eine Chance! Du machst dich prima. Ich bin richtig stolz auf dich.«

Also AA. Er ließ sich tatsächlich hin und wieder bei den Zusammenkünften blicken, obwohl er Diane den wahren Grund verschwiegen hatte. Dort konnte er abschleppen wie ein Weltmeister. All die einsamen Bräute, all die verzweifelten, funktionsgestörten Muschis, die im Treppenhaus dieser ›zwölf Schritte‹ herumirrten. Aber das Gelaber dieser Bräute, das konnte einem ganz schön auf den Wecker gehen.

Das Telefon klingelte. Er nahm den Hörer ab und meldete sich mit einem Tonfall kühlen Desinteresses. Die Stimme, die am anderen Ende der Leitung zurückgrüßte, erkannte er auf Anhieb, doch sie zu hören verschlug ihm vorübergehend die Sprache. Diane schaute neugierig zu ihm hinüber, als er seine Körperhaltung änderte, sich vorbeugte und den Rücken straffte.

»Onkel Joe«, sagte er.

Doch das befriedigte Dianes Neugier keineswegs, ganz im Gegenteil. Der alte Mann stieß sie ab, doch zugleich faszinierte er sie. Sie mochte naiv sein, aber dumm war sie nicht. Natürlich glaubte sie, daß Johnnys Position in der Müllarbeiter-Gewerkschaft eine seriöse Seite hatte, daß er mehr tat, als nur einen üppigen Gehaltsscheck einzustreichen und hin und wieder Zuständigkeitskonflikte zwischen Müllkutschern zu schlichten, die die gleichen Strekken abfuhren. Gleichzeitig machte sie sich keine Illusionen über die Natur jener Mächte, die Johnny in der Müllarbeiter-Gewerkschaft repräsentierte. Sie bildete sich jedoch ein, daß ihn die Seriosität seiner Tätigkeit, so wie sie sie wahrnahm, auf gewisse Weise von den Mächten unterschied, denen er zu Dank verpflichtet war. Zwar war ihr klar, daß Pete Seeger nie so über Jimmy Black singen würde, wie er über Joe Hill gesungen hatte, aber ebenso klar war, daß die Leute in den Gewerkschaften einen Segen für die Arbeiter sahen, das Rückgrat Amerikas. So wie sie die Tätigkeit ihres Mannes einschätzte – eine relativ unschuldige, eine relativ solide Position in Amerikas unabänderlichem Geflecht notwendiger Übel –, war sie ohne größere Gewissensbisse zu rechtfertigen.

Doch die Gestalt seines Onkels und die Natur seines Tuns und Trachtens ließen keine derartigen Beschwichtigungen oder Beschönigungen zu. Der alte Mann hatte

Johnny in der Gewerkschaft untergebracht, so wie er es davor schon mit seinem kleinen Bruder, Johnnys Vater, gemacht hatte. Johnnys Vater hatte sich zum Schluß seinen Weg aus dem Leben getrunken und dabei nichts hinterlassen als die zwiespältige Trauer eines Bruders und eines Sohns sowie die Spielschulden, die ihn versklavt und das Vertrauen seiner Angehörigen enttäuscht hatten. Das Schlimmste an Johnnys Position in diesem rational bemäntelten Geflecht notwendiger Übel bestand für Diane darin, daß diese im bedrückenden Schatten des Schicksals seines Vaters lag, und sie mußte sich wohl oder übel die Frage stellen, was wohl aus Johnny geworden wäre, hätte es seinen Onkel nicht gegeben, den sie eher für einen Fluch als für einen Segen hielt. Und dennoch war da diese Faszination. Onkel Joe besaß für sie eine Aura dunkler Romantik, verbreitete den betörenden Zauber geheimnisvoller Mächte. Doch es war dieses Bild von ihm, das ihre Fantasie beflügelte, nicht seine reale Erscheinung. In letzter Zeit war er beinahe aus Dianes Bewußtsein verschwunden – und aus ihrem und Johnnys Leben. Und nun war er wiederaufgetaucht, in einer völlig neuen und unverhofften Inkarnation. Er hatte vorher nie bei ihnen angerufen. Noch nie!

Der alte Mann wollte wissen, was Johnny am Montag vorhatte.

»Nichts«, antwortete sein Neffe.

»Besuch mich im Club.«

»Hester Street?«

»Ja. Elf Uhr. Ich muß dich sprechen.«

»Ist was nicht in Ordnung?«

»Nein. Ich will bloß mit dir reden. Ich möchte wissen, was du von einer bestimmten Sache hältst. Und wenn es so läuft, wie ich's mir vorstelle, machen wir hinterher eine kleine Spazierfahrt und besuchen jemand. Doch wie du dich auch entscheiden wirst: Wir werden auf jeden Fall nett zusammen Mittag essen.«

»Natürlich. Klingt gut.«

»Also dann bis Montag, elf Uhr, im Club.«

»Ja, bis dann.«

Johnny legte den Hörer behutsam auf die Gabel.

»Was wollte er denn?« fragte Diane.

»Nichts.«

Leise wiederholte sie das Wort: ein überdrüssiges, unhörbares Murren, das kaum ihre Lippen bewegte. Ihr eiskalter Blick streifte ihn, als sie an ihm vorbeiging und in der Küche verschwand. Eine Schranktür knallte, dann noch eine, dann eine Kühlschranktür. Ein Topf krachte auf den Herd und schmetterte wie ein Gong auf den Rost. Das Schneidebrett klatschte mit einem schallenden Dröhnen auf die Abtropffläche. Die Schneide- und Hackgeräusche waren anfangs hektisch, doch dann wurden sie regelmäßiger. Wenig später stieg Johnny der Duft des Knoblauchs und der Zwiebeln in die Nase, die zusammen mit Petersilie, Basilikum, Oregano und Thymian in der Pfanne vor sich hin brutzelten.

»Soll ich uns eine Videokassette holen?« rief sie aus der Küche. Diesmal lag eine überdrüssige Gelassenheit in ihrer Stimme.

»Gute Idee.«

»Was möchtest du denn sehen?« Ein Fünkchen Optimismus glimmte in ihrer Stimme auf.

»Titten. Blut. Monster. Denselben Mist wie immer.«

5

Johnny stieg an der Grand Street aus der U-Bahn der Linie B, passierte die wenigen schmalen Häuserblocks bis zur Mulberry Street, die er in südlicher Richtung hinunterlief bis zur Hester Street, in die er rechts einbog. Es war ein herrlicher Vormittag, und vor dem Eingang saßen drei Männer auf den ramponierten Plastikpolstern der rostigen Chromgestellstühle, die sie aus dem Club geholt und in die warme Frühlingssonne gestellt hatten: drei *cafon's*, die den Klischeevorstellungen der Casting-Agenturen bis aufs I-Tüpfelchen entsprochen hätten. Johnny erkannte den schwarzen Mercedes seines Onkels, der etwas weiter unten auf der Straße abgestellt war, in einer der Parklücken, die Männer jener Sorte für Männer seiner Sorte freihielten.

»Mensch, du latschst den ganzen langen Weg bis zur verdammten Spring Street, bloß um dir 'n Scheißhaarschnitt verpassen zu lassen?« hörte Johnny einen der Männer sagen.

»Scheiße, Mann, was heißt hier ›langer Weg‹? Sind doch bloß 'n paar verdammte Häuserblocks; 'n netter, kleiner Spaziergang«, entgegnete der andere.

»Du mußt doch was am Kopf haben! Dieser Sal hat seinen verdammten Laden gleich hier um die Ecke, und du läufst die ganze Scheißstrecke bis zur Spring Street.«

»Dieser Typ da, dieser Rocco, der macht mir 'n klasse Haarschnitt. Und überhaupt, was weißt du Saftsack schon von solchen Sachen! Du mit deinem beknackten *tizzun'*-Haar, das sieht doch scheiße aus, wie 'n zerrupftes *Brillo*-Büschel!«

»Ach ja? Solche Haare wie ich, da träumst du doch nur von.«

Als Johnny näher an das Trio herangekommen war, bemerkte er, daß die Haare der beiden, und die des dritten

Mannes, der nichts zu dieser Unterhaltung beigesteuert hatte, praktisch gleich aussahen. Als er die drei Stufen zur offenen Clubtür emporstieg, musterten sie ihn fragend, als würden sie ihn wiedererkennen, aber nicht richtig einordnen können; er hörte sie hinter seinem Rücken tuscheln, als er durch die offene Tür aus dem Sonnenlicht in die Schummrigkeit des Clubs trat. An einem kleinen Tisch saßen zwei Gestalten, die Kaffee tranken und sich anschwiegen. Johnny kannte einen der beiden: Frankie Blue, der Chauffeur und *guardia del corpo* seines Onkels. Er war einige Jahre älter als Johnny, und er streckte seinen Arm aus, um Johnny die Hand zu schütteln, als dieser an ihm vorbeikam. Hinter der Theke stand ein geistesabwesend wirkender Mann, der abwechselnd seine Jackentaschen abklopfte und angestrengt auf die Flaschen stierte oder zwischen und manchmal auch hinter ihnen herumfingerte, als suchte er etwas. Onkel Joe saß allein an einem Wandtisch, in *toscanello*-Qualm und Schatten gehüllt. Johnny klopfte ihm liebevoll auf den Rücken, dann nahm er ihm gegenüber Platz. Giuseppe reckte seinen gekrümmten Zeigefinger in die Luft und gab dem Mann hinter der Theke ein Zeichen. Während er das tat, wandte er sich Johnny zu.

»Immer noch so vorsichtig mit dem Alkohol?«

Johnny nickte mit Nachdruck, und Onkel Joe nickte ebenso nachdrücklich zurück. Die wenigsten konnten die feinen Nuancen im steinernen Gesichtsausdruck des alten Mannes erkennen, doch sein Neffe vermochte sie problemlos zu lesen, und diesmal konnte er in der Miene seines Onkels nicht nur Zustimmung, sondern auch Einverständnis und Bewunderung wahrnehmen.

»*Due*?« rief der Mann hinter der Theke.

Giuseppe reagierte nicht gleich, sondern sprach statt dessen zu seinem Neffen. »Das ist gut«, sagte er. »Gut für dich und gut für uns.« Dann hob er seinen Blick und antwortete: »*Sì*.«

»Wie geht's dir?« fragte Johnny.

»Ich kann nicht klagen«, erwiderte der alte Mann. »An

manchen Tagen gut, an anderen nicht so gut. Mal so, mal so. Es gibt eine Menge Burschen in meinem Alter, die gern mit mir tauschen würden.«

»Erzählst du den Leuten immer noch, du hättest die Gicht?« grinste Johnny.

»Was denn sonst! Du sagst rheumatische Arthritis, und gleich glauben alle, du bist schon jenseits von Gut und Böse.«

Der Mann hinter der Theke kam mit zwei Tassen Espresso, stellte sie auf den Tisch und konzentrierte sich anschließend wieder auf seine Nachforschungen hinter der Theke.

»Also«, fragte Johnny, »wo drückt der Schuh?«

»Ich werd's dir gleich erzählen«, sagte der alte Mann. Seine Stimme war tief, ruhig und direkt. »Aber zuerst muß ich dich was fragen.« Er nippte an seinem Espresso. »Wie stehst du zu Drogen?«

»Wie meinst du das?«

»Nun, ich will wissen, wie du zu Drogen stehst. Ob du Drogen für was Gutes hältst? Ob du Drogen für was Schlechtes hältst? Wie du eben zu Drogen stehst?«

»Ich finde, daß Drogen was Schlechtes sind. Ich halte sie für eine Pest. Ich glaube, daß sie diese gottverdammte Stadt in einen verfluchten Dschungel verwandelt haben, wo es nur so wimmelt von Abschaum. Ich glaube, daß Dealer noch tausendmal mieser sind als Anwälte. Ich glaube, daß beide zusammen verdammt gute Arbeit leisten, wenn es darum geht, diese Welt endgültig kaputtzumachen.«

»Du würdest dich also niemals damit abgeben?«

Zwei Männer betraten den Club. Der eine redete laut mit dem anderen. Johnny konnte sehen, wie Frankie Blue etwas zu den beiden sagte und mit einer knappen Kopfbewegung nach hinten in den Raum wies, dorthin, wo Johnny und sein Onkel saßen. Die Augen der beiden Männer schauten in die Richtung, die Frankie Blue mit seiner Geste angedeutet hatte. Sie nickten in ausdruckslosem, stillem Verständnis, machten dann kehrt und gingen.

»Es ist ungefähr so«, erwiderte Johnny. »Ich seh' so ein mieses, illegal eingewandertes Stück Scheiße mit zwei, drei Pfund verlausten Dreadlocks an der Birne, das in einer dieser Mietskasernen haust, in einem versifften Loch, nicht größer als 'n verdammter Seesack, und dieses Arschloch tigert die Straße rauf und runter, quasselt in diesem blöden Nigger-Kauderwelsch mit irgendeiner fetten, potthäßlichen, von Akne übersäten *ammazzacrista* und dealt mit Dope, und die verdammten Bullen tun kein bißchen dagegen. Doch wo dieser Mist nun mal hier ist und auch hierbleiben wird, direkt vor unseren Augen, und die Scheißbullen, diese verkappten Arschficker, lieber Däumchen drehen, anstatt was dagegen zu unternehmen, und wo sie dieses Zeug nun mal auf den Straßen haben wollen . . . da sag' ich, okay, fick sie, fick sie alle miteinander! Doch, ich würde mich damit abgeben. Schon aus rein ästhetischen Gründen.« Er lächelte süffisant. »Also, ich würde lieber mich die Straße entlangschleichen sehen als so einen beschissenen, ekelhaften Rasta-Typen. Ich würde viel mehr Umsatz machen.«

Der alte Mann grinste. Tatsächlich, er grinste! Dann führte er die Tasse an seine Lippen, und als er sie absetzte, hatte sich sein Gesicht wieder zu Stein verwandelt.

»Ich rede nicht von der Straße. Dieses Scheißgesindel auf den Straßen, das wird für immer dableiben. Es wird dableiben, bis es dieses Land zu Tode vergewaltigt hat, und dann wird es weiterziehen.«

Johnny schaute ihn an.

»Ich rede von der Welt, nicht von der Straße.«

»In der Welt geht's auch nicht anders zu als auf der Straße. Das sind deine eigenen Worte.«

»Und die stimmen nach wie vor. Die Welt wird der Straße in die Hölle folgen. Das hat schon angefangen. Und nichts, kein Mann und auch keine ganze Armee von Männern wird dem Einhalt gebieten können. Die Frage, die ich dir stellen will, lautet so: Erlaubt dir deine Moral – oder nenn es, wie du willst: dein Ehrenkodex, deine Prinzipien, dein Gefühl für Richtig und Falsch, dieses kleine Etwas in deinem Herzen oder auch in deiner Seele, das dich von den Monstern unterscheidet –, also erlaubt dir deine Moral, daß du dein Geld mit den Geschäften der Hölle verdienst? Angesichts dessen ...« Er suchte nach einer Formulierung, die er kannte, aber noch nie benutzt hatte, beschränkte sich dann aber auf Wörter, die ihm geläufiger waren. »Wenn man davon ausgeht, daß diese Pest nie ein Ende nehmen wird, wofür würde sich dann deine wie auch immer geartete Weisheit entscheiden? Für deine Prinzipien oder für deinen persönlichen Vorteil? Ich weiß, du bist kein Meßdiener, doch ich spreche hier von ...« Langsam hob er die rechte Hand, mit nach oben gespreizten Fingern, die sich mehrmals zusammenballten: eine Geste, die an die Stelle von Worten trat. Dann senkte er die Hand wieder, genauso langsam, und holte tief Luft.

»Als ich noch ein kleiner Junge war, damals, als ich gerade in dieses Land gekommen war, lange bevor dein Vater geboren wurde, sah ich, wie ein Pferd auf der Cornelia Street durchging. Das werde ich mein Lebtag nicht vergessen. Es war mitten im Hochsommer. Ein großes schwarzes Pferd mit weit aufgerissenen, wahnsinnigen Augen. Es hatte Schaum vor dem Mund und galoppierte völlig außer sich die Straße hinunter. Schließlich knallte es in eine große Schaufensterscheibe. Überall Blut und Glasscherben. Das Pferd lag blutend auf der Straße, es wieherte und schlug um sich, und jemand setzte ihm einen Revolver an den Kopf und erlöste es von seinen Qualen. Das tote Pferd lag noch tagelang auf der Straße, aufgedunsen und steif. Sein Bauch war aufgequollen und doppelt so groß wie vorher. Schließlich kam die Straßenreinigung, um den Kadaver abzuholen, und einer der Männer nahm ein Brecheisen und schlitzte ihm den Bauch auf. Der Eiter floß in Strömen, und den Gestank konnte man noch einen Häuserblock entfernt, in der Bleecker Street, riechen.

Heute betrachte ich diese Welt als ein schwarzes Pferd, das durchgegangen ist und der Hölle entgegenrast, den Körper voller Krankheiten. Ich stelle mir vor, daß ich mir dieses Pferd schnappe, für einen fürchterlichen Augenblick, während es auf jene Flammen zugaloppiert, und daß ich auf ihm reite und mir alles unter den Nagel reiße, was seinen Pfad der Zerstörung kreuzt, und daß ich herabspringe, bevor ich abgeworfen und zerschmettert werde. Nur diesen einen Augenblick lang. Diesen einen fürchterlichen Augenblick. Und dann werde ich zusehen, wie das todgeweihte Pferd weitergaloppiert. Nichts wird sich geändert haben. Die Welt wird nicht besser oder schlechter sein. Der einzige Unterschied wird, wie du sagst, *di estetica* sein.« Er artikulierte die Worte klar und deutlich. Wenn er sich mit seinem Neffen unterhielt, mied er das Sizilianische und streute statt dessen hin und wieder italienische Begriffe ein. Johnnys Italienisch war stokkend und bestenfalls ausreichend, aber seine Sizilianischkenntnisse beschränkten sich in erster Linie auf die ordinärsten und gängigsten Brocken.

»Welche Größenordnung hat das Geschäft, von dem wir hier sprechen?«

»Wie ich schon gesagt habe. Es geht um die Welt.«

»Und was heißt das in Geld?«

»Für dich? Oder für mich? Oder für uns alle?«

»Für uns alle«, sagte er.

»Viele Milliarden Dollar.«

»Und für dich?«

»Zwei, vielleicht drei Milliarden.«

»Und für mich?«

»Ein paar hundert Millionen. Vielleicht auch mehr.«

Diese Summe sprengte Johnnys Vorstellungsvermögen. Noch nie im Leben hatte er mehr als zehntausend Dollar auf einmal besessen. Hätte sein Onkel nicht von diesen aberwitzigen »ein paar hundert Millionen«, sondern bloß von ein paar hundert Riesen gesprochen, dann hätte die geringere Summe, wegen ihrer größeren Plausibilität und Nachvollziehbarkeit, seinen Puls beschleunigt und seine Gier entfacht. Die Vorstellung einiger hundert Millionen sackte wie eine tote und sinnentleerte Abstraktion auf den Grund seines Bewußtseins. Ihm erschien das nicht wie eine ungeheure Masse Geld – es lag weit jenseits seiner Vorstellung von Ungeheuerlichkeit. Es erschien ihm eher wie eine ungeheure Masse nicht enden wollender Finsternis. Es schien unwirklich und tödlich in einem.

»Und wie riskant ist das Ganze?«

»Wir können gewinnen oder verlieren. Es gibt nur eine Möglichkeit, bei der wir gewinnen. Und es gibt drei Möglichkeiten, zu verlieren. Eine davon wird dich nicht betreffen, weil du kein Geld in die Sache investierst. Dein Risiko hat zwei Gesichter: Tod oder Gefängnis. Die Gewinnchancen sind hoch. Zwei zu eins. Eine Favoritenwette. Doch die Einsätze sind auch nicht von Pappe. In meinem Alter ist der Tod nicht mehr das, was er für dich ist. Und für das Geld gilt im Prinzip genau dasselbe.«

»Warum dann? Ich meine, du in deinem Alter. Hast du mittlerweile nicht genug? Geld, meine ich. Ist die Sache das wert?«

»Ich bin ein alter Mann und habe meine Schäfchen ins trockene gebracht. Ich könnte der Welt getrost den Rücken kehren und die mir verbleibenden Tage bequem in der Sonne ausklingen lassen. Doch diese Tage würden nicht geruhsam sein – genausowenig, wie sie es zur Zeit sind. Zu glauben, sie würden es sein, war ein Irrtum. Auf gewisse Weise – und, Johnny, versteh mich hier bitte nicht falsch! – möchte ich die Welt retten: *meine* Welt, die Welt, die ich mal gekannt habe. Ich rede nicht davon, sie vor dem Bösen zu erretten. Ich rede von etwas anderem. Ich rede von etwas, das hier drinnen steckt.« Er legte zwei Finger an sein Herz. »Der Traum eines alten Mannes, mag sein. Doch was auch dahintersteckt, ob Weisheit oder Torheit: Meine Motive sollten deine Entscheidung nicht beeinflussen.«

»Du redest von ›dir‹, du redest von ›mir‹, und du redest von ›uns allen‹. Was verbirgt sich hinter diesem ›wir alle‹?«

»Andere alte Männer wie ich. Du kennst einige von ihnen. Tonio Pazienza. Louie Bones. Und noch ein paar mehr. Männer, die an das glauben, woran wir glauben, und die so denken, wie wir denken.«

»Aber warum ausgerechnet ich? Ich habe kein Geld. Du bist immer gut zu mir gewesen, aber außer diesem Gewerkschaftskram haben wir nie etwas miteinander zu schaffen gehabt. Wozu brauchst du mich?«

»Ich brauche dich, weil ich dir vertraue.«

»Du vertraust mir?«

»Sicher.«

»Ich habe immer gedacht, du würdest nicht an diese Scheiße glauben.«

»Und ob ich das tue!« Diesmal gelang es selbst Johnny nicht, den Gesichtsausdruck des alten Mannes zu entschlüsseln. »Vertrauen. Liebe. Der ganze Kram. Ich glaube so daran, wie ich an Rauschgift glaube. Mit so was habe ich mein Leben lang zu tun gehabt.« Er nahm den letzten Schluck seines Kaffees. »Doch jetzt spreche ich von was anderem. Von einer anderen Sorte Vertrauen. Dasselbe Wort, aber anderer Kram.

Du bist mein Patenkind und mein einziger noch lebender Blutsverwandter. Das zählt etwas, selbst in diesen Zeiten. Und du hast was im Kopf. Schon als kleiner Junge, mit deinen Büchern und deinem Chemie-Baukasten, hast du was im Kopf gehabt. Daß du dich entschieden hast, lieber darauf zu sitzen, nun, das ist ein anderes Kapitel. Auf jeden Fall bist du nicht dumm. Du hast Grips. Und du kannst dich bewegen. Du besitzt die Kraft, die mir fehlt. Ich möchte dich haben, weil ich Arme und Beine brauche, ein Rückgrat und ein Gehirn, auf die ich mich verlassen kann. So einfach ist das. Und ich würde lieber sehen, daß du von der Sache profitierst als jemand anders.«

Und würdest du mich genauso gerne sterben sehen? Johnny ließ sich diese Frage durch den Kopf gehen, sprach sie aber nicht aus. Statt dessen formulierte er eine andere:

»Und um was genau geht es?«

»Um die Kontrolle des Heroingeschäfts direkt an seiner Basis, auf der Morphinebene, und darüber hinaus bis hin zur Heroinherstellung und zur primären und sekundären Vertriebsebene. Mehr will ich im Moment nicht sagen. Wenn du bei mir einsteigst, wirst du alles erfahren, was du wissen mußt.«

»Und wann willst du meine Antwort haben?«

»Sofort.«

»Ich bin dabei.«

Der alte Mann würdigte die Entschlossenheit seines Neffen mit einem kurzen Nicken und klopfte mit der flachen Hand sanft auf die Tischplatte.

»So«, sagte er. »Und jetzt laß uns was essen gehen. Danach werden wir in die City fahren. Von nun an marschieren wir gemeinsam.«

Der alte Giuseppe stand auf, und daraufhin erhob sich auch Frankie Blue, der die ganze Zeit in der gegenüberliegenden Ecke gesessen hatte. Der Mann, der sie bedient hatte, schien seine Sucherei hinter der Theke abgeschlossen zu haben und lehnte nun im Türrahmen. Als sie sich dem Ausgang näherten, straffte er seine Körperhaltung und trat einen Schritt zur Seite. »*Grazie tanto, Signor Giuseppe . . .*«, sagte er, »*. . . e grazie a Lei, signore*«, ergänzte er dann in Richtung Johnny, als sei ihm dies erst nachträglich eingefallen. Der Mann, der an Frankies Tisch gesessen hatte, war aufgestanden, und Giuseppe ergriff die Hand des Mannes und nahm sie zwischen seine eigenen Hände.

»Mein Neffe«, sagte er mit einer Spur von Stolz.

»Sehr angenehm«, antwortete der Mann. Er nickte bedächtig, als hätte er in Giuseppes Worten einen tieferen, versteckten Sinn entdeckt, und reichte Johnny die Hand.

Die Friseur-Akademie auf den Chromgestellstühlen verstummte augenblicklich, als Giuseppe ins helle Tageslicht trat und mitten unter ihnen auftauchte. Erst als er ihnen einen Anerkennungsknochen hingeworfen hatte – »Schönen Tag noch, Jungs!« –, brachen sie ihr ehrfürchtiges Schweigen und ließen überschwengliche Dankesworte und Segenswünsche aus sich heraussprudeln.

Frankie bog an der nächsten Ecke links ab, fuhr durch die Baxter Street zur White Street, dann auf der White bis zur südöstlichen Ecke der Church Street, wo er den Wagen langsam ausrollen ließ, bis er direkt an der Ampel zum Stehen kam.

»Gib uns ungefähr anderthalb Stunden, Frank. Und ruf bei diesem Schnösel in der Wallstreet 67 an, damit er nicht vergißt, daß wir verabredet sind.« Der alte Mann ließ sich von seinem Neffen aus dem Wagen helfen. »Das Lokal wird dir gefallen«, sagte er, als er vornübergebeugt aus dem Auto kletterte, wobei er nicht nur seinen Krückstock, sondern auch Johnnys Arm zur Hilfe nahm, um das Gleichgewicht zu wahren. »Es ist was Besonderes.« Als sie das Restaurant betraten, murmelte er dessen Namen vor sich hin: »Arquà.« Er schnaubte verächtlich. »Weißt du, was das auf italienisch heißt?« Johnny schüttelte den Kopf, und sein Onkel schnaubte noch einmal auf – ein Geräusch wie das gespenstische Echo eines totgeborenen Lachens. »Einen Scheißdreck heißt es!«

Johnny sah sich um. Es war ein kleines Restaurant, doch die Anordnung der Tische, die hohe Decke, die mattgelb getünchten Wände und die milde Beleuchtung verbreiteten eine angenehme, großzügige Atmosphäre. An der Bar zu ihrer Rechten stand einer der jungen, dunkelhaarigen, weiß beschürzten Ober und strahlte sie an.

»*Buon giorno, Signor Joe.*« Es war eher so, daß der Ober, so wie Johnny, dem alten Mann folgte, anstatt ihn zu einem der Tische zu führen, die weiter hinten an der Wand standen, einem Tisch für vier Personen.

»Los, erzähl ihm mal, was ›Arquà‹ bedeutet!« sagte Giuseppe zu dem Ober.

»Das ist ein kleiner Ort in Venetien«, klärte der Ober Johnny auf, als er für sie die Stühle zurückzog. Sein Lächeln verzerrte sich zu einer gequälten Grimasse. »Als ich hier anfing, habe ich mal danach gefragt, und das haben sie mir erzählt.«

»Hab' ich's nicht gesagt!« rief Giuseppe aus. »Es bedeutet einen Scheißdreck.«

»*Acqua e vino?*«

Der alte Mann nickte, und der Ober ließ sie mit den Speisekarten allein. Als er zurückkam, stellte er einen Liter San-Bernardo-Mineralwasser und eine Flasche 1986er Barbaresco Santo Stefano auf den Tisch.

»*Ecco. I santi*«, sagte der Ober gut gelaunt, als er den Wein entkorkte. Dann wandte er sich an Johnny: »Mein

Freund hier, der mag diese zwei Heiligen.« Er schenkte ihnen ein. Seine Stimme senkte sich zu einem Flüstern. »Jedesmal diese zwei Heiligen. *I due santi. Molto religioso.*«

Johnny studierte die Speisekarte. Das Angebot sah verlockend aus: sautierte *polenta* mit gegrillten Pilzen, hausgemachte *salsiccia*, kalter Kaninchenbraten mit Füllung, *osso buco*, gemischter Wildeintopf. Es gab sogar junge *calamari*.

»Das Risotto ist gut«, erklärte ihm sein Onkel, »aber sie bereiten es so zu, wie es sich gehört, aus frischen Zutaten, und deshalb dauert's ein bißchen. Die Lasagne kann ich auch empfehlen.«

Johnny bestellte *calamaretti* und Lasagne. Der alte Mann bestellte eine gedünstete junge Artischocke und *pappardelle* mit Wurst, Pilzen und Tomatensauce. Johnny mußte an die 116th Street denken, und er spürte die Distanz zwischen diesem Lokal und dem anderen: nicht die in Häuserblocks oder Kilometern bemessene Entfernung, die beide voneinander trennte, sondern die immaterielle Kluft zwischen der alles überschattenden, verwunschenen Düsternis jenes tristen Refugiums und dem unbeschwerten Atem dieses Lokals. Hier besaß der zarte, dezent mit Zitronensaft und Öl beträufelte Tintenfisch eine Delikatesse, die dem Ragout des alten Mannes oben in der 116th Street fehlte, so gut es auch schmeckte. Und mit den ockerfarbenen Wänden verhielt es sich ganz ähnlich: In diesem Lokal strahlten sie eher hell und freundlich, während sie dort matt und stumpf waren von der angesammelten Patina aus Nikotin, Alter und dahinwelkendem Atem. Er schaute aus dem Fenster. Auf der anderen Seite der schäbigen Straße, an der gegenüberliegenden Kreuzung, markierte ein primitives Schild den Eingang zur Baby Doll Lounge. Rote und blaue Neonbuchstaben verhießen ›OBEN-OHNE GO-GO GIRLS‹. Unter dem Neonschriftzug war ein handgeschriebenes Plakat an die Wand geheftet: ›MITTWOCHS: JEDES BIER 3.00 $‹. Diese Distanz, dieser Kontrast, dieser Januskopf des Lebens, war überall anzutreffen. Sein Onkel schien die beiden Ufer zu überbrücken. Inmitten all der gutgekleideten Geschäftsmänner verbreitete er eine ganz bestimmte Aura, wobei er die warme, schlichte Eleganz des Lokals mit einer dunkleren, kühleren Ausstrahlung alter, unvergänglicher Prinzipien überlagerte, ebenso deutlich, wie er die Stätte der ordinären, gesetzwidrigen Träume in der Hester Street mit einer vagen, aber unleugbaren Würde und Erhabenheit, mit seiner eigenen schlichten Eleganz erfüllt hatte.

Johnny mochte die *calamari* beider Ufer – hätte er freilich wählen müssen, dann hätte er die des alten Mannes oben in East Harlem vorgezogen. Doch hier gefiel ihm die Aussicht besser, das Sonnenlicht und das Gefühl heiterer Unbeschwertheit.

»Weihst du deine Frau in deine Geschäfte ein?« wollte sein Onkel wissen.

»Nein.«

»Gut. Und wie steht's mir diesem *cafùn*, mit dem du durch die Gegend ziehst? Mit diesem Willie Gloves?«

»Wir kennen uns seit frühester Kindheit.«

»Also, von nun an werdet ihr euch nicht mehr so gut kennen. Du redest mit niemandem über diese Sache. Nicht ein Sterbenswörtchen!«

»Ich bin doch nicht dumm«, protestierte Johnny.

»Jeder ist dumm, Johnny. So wurden wir geboren, und daran wird sich auch nichts ändern. Hauptsache, man verliert das nie aus den Augen und läßt sich nicht von dem bißchen Weisheit, das man vielleicht hat, blind machen.«

Der alte Mann aß seine Pasta mit einem Gesichtsausdruck verzückter, sinnlicher Endgültigkeit, so als gäbe es nichts auf dieser Welt außer ihm und dem vor ihm stehenden Essen.

»Dieser Willie ist dein *amico*, und arbeitsscheu ist er auch nicht. Mach dir keine Sorgen, ich werde mich für ihn stark machen. Ich werde schon eine Verwendung für ihn finden. Doch unser Geschäft, das behältst du für dich. Das ist alles.«

Er nahm einen Schluck Wein und nickte versonnen, wie in stiller Komplizenschaft mit jener sinnlichen Endgültigkeit.

»Ich besitze noch immer diese Wohnung oben in Manhattan. Seit dem Tod deiner Tante habe ich sie nicht mehr benutzt. Wenn du willst, kannst du sie übernehmen.«

Diese Worte verblüfften Johnny mehr als die ›paar hundert Millionen‹, von denen sein Onkel vorhin gesprochen hatte – sie verblüfften ihn mehr, weil sie etwas beschrieben, das im Bereich seines Vorstellungsvermögens lag. Johnny kannte die Wohnung: eine komplette Etage in einem hübschen, rötlich-braunen Sandsteinhaus in der East 67th Street, zwischen Central Park und Madison Avenue. Dort hatte Onkel Joe seine *comare* untergebracht, als seine Frau, Johnnys Tante Matilda – Onkel Joe hatte sein Müllabfuhrunternehmen nach ihr benannt –, noch lebte. Giuseppe, der als Ehemann untreu gewesen war, fing als Witwer damit an, seiner Frau treu zu bleiben, so als würde ihn irgendein perverses Gefühl von Pietät daran hindern, die Heiligkeit der Erinnerung an sie mit jenen Wonnen zu beschmutzen, mit denen er die Heiligkeit ihrer Ehe beschmutzt hatte, als wäre die Letzte Ölung das Sakrament, das sie miteinander verbunden hatte, und nicht die Ehe. So schien es zumindest. In Wahrheit hatte sein Onkel die Angelegenheit schon vor geraumer Zeit auf den Punkt gebracht: ›*Solo pisciare!*‹ Sein Schwanz taugte nur noch zum Pissen. Johnny wußte, daß sein Onkel es vorzog, mit den Schatten seiner Vergangenheit und seinen Erinnerungen in der alten Wohnung in Little Italy zu leben, in der Sullivan Street, wo er seit mehr als einem halben Jahrhundert gewohnt hatte. Er wußte nicht, daß seinem Onkel das gesamte Mietshaus in der 67th Street gehörte, daß er der Hauswirt war. Bis vor wenigen Sekunden hatte er noch nicht einmal gewußt, daß sein Onkel die Wohnung in Manhattan behalten hatte.

»Ich werd' verrückt! Wieviel?«

»Das werden wir schon irgendwie regeln«, sagte Giuseppe, wobei er das Thema mit einer flüchtigen Handbewegung in Richtung Johnny für abgeschlossen erklärte.

Es war Frankie gelungen, in zweiter Spur vor einem Laster zu parken, der ein Stück weiter unten rückwärts an eine Laderampe gefahren war. Dort wartete er auf sie und war abfahrbereit, als sie aus dem Restaurant traten. Sie bogen links in die Church Street, dann gleich wieder links in die Franklin, und schließlich fuhren sie den Broadway hinunter bis zur Wallstreet. Der Wagen stoppte an der Ecke Wallstreet und Pearl.

»Es kann nicht lange dauern«, sagte der alte Mann.

Sie verließen den Fahrstuhl im siebzehnten Stock. Johnny folgte seinem Onkel bis zu einer der durchnumerierten Türen, auf der die Worte NOVARCA MANAGEMENT GROUP prangten.

»Novarca«, murmelte sein Onkel vor sich hin. »Das bedeutet auch nur einen Scheißdreck. Newark auf lateinisch oder was weiß ich.« Da war es wieder, dieses gespenstische Echo eines totgeborenen Lachens. »Worte!«

Der Empfangsbereich war in einem Hellblau gestrichen, das man aus purer Bequemlichkeit allmählich in Grau übergehen ließ. Die billige Velours-Auslegware aus blauem Nylon, die den Boden bedeckte, war abgewetzt und löcherig und hier und da mit blauem Vinyl-Klebeband geflickt, das sich farblich vom Teppichboden abhob. Da war eine billige schwarze Naugahyde-Couch, ebenfalls geflickt, allerdings mit schwarzem Isolierband, das nicht ganz so deutlich auf sich aufmerksam machte. Neben der Couch stand ein hoher Gummibaum mit herabhängenden Blättern, die von Staub überzogen und an den Rändern braun und vertrocknet waren, und daneben stand, im rechten Winkel zur Couch, ein Schreibtisch aus Spanplatte, dessen Holzfurnier stumpf und zerkratzt war. Auf dem Schreibtisch befanden sich ein Telefon samt Schaltkonsole, eine Computertastatur, ein Monitor und ein Aschenbecher, der von lippenstiftverschmierten Zigarettenstummeln überquoll.

Am Schreibtisch, unter einem Fließbandgemälde mit der im Sonnenuntergang liegenden Skyline Manhattans, saß Onkel Joes ehemalige *comare*, eine Frau namens Rose, die mittlerweile an die fünfzig Jahre alt sein mußte und zuviel Make-up aufgelegt hatte.

»Guten Tag, Mister Di Pietro.«

»Zwei«, sagte er zu ihr. »Zwei Mister Di Pietro! Erinnerst du dich nicht mehr an meinen Neffen?«

»Aber natürlich. Johnny«, sagte sie verlegen.

Ohne ein weiteres Wort zu verlieren, ging Giuseppe durch den Raum, vorbei an zwei geschlossenen Türen, bis zu einem offenen Büro, das auch nicht viel besser möbliert war als der Empfangsbereich, aber von einer Aussicht auf den East River erhellt wurde, den man durch das einzige, große Fenster des Büros zwischen den alles dominierenden Wolkenkratzern hindurchschimmern sah. Der Mann, der sich erhob, um Giuseppe zu begrüßen, war jünger als Johnny. Er trug ein weißes Oberhemd und eine teuer aussehende Krawatte mit dazu passenden Hosenträgern, deren Lederlaschen an eine olivgrüne Hose mit Bügelfalten geknöpft waren. Er sah so aus, als würde er regelmäßig ein Fitneßstudio aufsuchen, einmal pro Woche zum Friseur gehen und völlig aufgeschmissen sein ohne die Lifestyle-Seiten der *New York Times*.

Giuseppe winkte ab, als der Mann ihnen Kaffee anbot. Er setzte sich und forderte Johnny auf, das gleiche zu tun. Er schob sich eine DeNobili zwischen die Zähne und zündete sie an. Dann hielt er dem Mann hinter dem Schreibtisch das abgebrannte Streichholz entgegen, woraufhin dieser aufsprang, um einen Aschenbecher zu besorgen.

»Bill, das hier ist John, mein Neffe.« Er wandte sich an seinen Neffen. »Bill arbeitet für uns. Er macht den Papierkram«, sagte er. Dann kehrte er sich wieder Bill zu, gerade noch rechtzeitig, um das verärgerte Zucken der Mundwinkel seines Gegenübers mitzubekommen. »Setz für Johnny ein paar Vollmachten auf. Mach ihn zum Generalbevollmächtigten meiner Anteile an dieser neuen Firma – dieser . . . na, wie hieß sie doch gleich?«

»R. P. Corp.«

»Und wenn du in Zukunft mit John hier sprichst, über den Kram, der die R. P. betrifft, dann ist das so, als würdest du mit mir persönlich sprechen. Jedenfalls so lange, bis ich dir was anderes sage.«

Bill gab mit einem Kopfnicken zu verstehen, daß er

verstanden hatte – ein Verstehen, das weniger von Einsicht als von Resignation geprägt war.

»Und ich will, daß du bei der Lupino ein Darlehen über hundert Millionen Dollar für die R. P. aufnimmst. Du transferierst das Geld über unsere Treuhänder auf den Inseln zu der Inhaberaktiengesellschaft in Holland, und anschließend deponierst du es bei der Banca Masini in Mailand.«

Bill warf ihm einen konsternierten Blick zu. »Das wird problematisch sein. Die Lupino Corporation ist mit dreiunddreißig Prozent an einem Joint-venture beteiligt, das gerade einen größeren Auftrag von der städtischen Umweltschutzbehörde an Land gezogen hat. Der Anteil der Lupino wird sich auf einen Nettogewinn von über fünfzig Millionen belaufen, aber das Ganze ist eine kapitalintensive Investition, bei der ein Haufen neuer Technik angeschafft werden muß. Wir werden in die Anlagenfinanzierung einsteigen, sobald der Vertrag in Kraft tritt, am ersten Juli, aber bis dahin wird die Lupino nicht mit solchen Summen um sich schmeißen können.«

»Wovon zum Teufel sprichst du?« herrschte ihn Giuseppe an. »Ein Vertrag? Wofür?«

»Beseitigung von Klärschlamm. Die Lupino wird sich an der Beseitigung des Klärschlamms aus den städtischen Müllverarbeitungsanlagen beteiligen.«

»Beseitigung von Klärschlamm!« Giuseppe schnaubte auf. Diesmal konnte Johnny Verärgerung heraushören. »Und was machen wir mit diesem Klärschlamm?«

»Ich schätze, wir kippen ihn in New Jersey ab, so wie das übrige Zeug auch.« Bill grinste unsicher.

»Welches Arschloch hat diese famose Idee gehabt?«

»Ihr eigener Geschäftsführer.«

»Hol ihn ans verdammte Telefon! Sofort!«

Bill hob den Hörer ab und ließ seinen Zeigefinger nervös über das Tastenfeld tanzen. Er schaukelte mit dem Oberkörper vor und zurück, die Augen zur Zimmerdecke gerichtet, und dann lehnte er sich vor. »Mister Krauss bitte.« Er lehnte sich zurück. »Dolores, hier spricht Bill Raymond. Ich muß mit Stanley reden.« Er lehnte sich vor. »Ach so, und wo steckt er? Hast du die Nummer?« Er lehnte sich zurück. »Du kannst mir ruhig glauben: Die Sache ist äußerst dringend. Mister Di Pietro ist hier bei mir.« Er lehnte sich vor, nahm einen Kugelschreiber und schrieb etwas auf. Dann wandte er sich an Giuseppe und wählte noch einmal. »Er ist bei *Bouley* zum Lunch, zusammen mit dem Aufsichtsratsvorsitzenden der Umweltbehörde.«

Giuseppe verzog das Gesicht, kehrte die Handflächen nach oben und zuckte mit den Schultern.

»Stanley, hier ist Bill. Entschuldige, aber –«

»Los, her mit dem verdammten Telefon!«

Bill kam der Aufforderung nach.

»Was zum Teufel bedeutet diese Klärschlammbeseitigungsscheiße?« knurrte Giuseppe in die Sprechmuschel. Seine Augen wurden immer größer. »Verdammt noch mal, was soll das heißen: ›Wer ist da am Apparat?‹ Hier ist dein gottverdammter Boß! Der Typ, dem dein verwichster, rosaroter, parfürmierter Arsch gehört! Genau. Das klingt schon besser.

Und jetzt läßt du das blöde Gequassel und beantwortest mir endlich meine Frage! Wer hat dir für diese Sache grünes Licht gegeben? Ich will nichts hören von meinem berechtigten Interesse. Ich scheiß' auf mein berechtigtes Interesse. Rosario! Rosario kann mich mal am Arsch lecken. Wer? Jimmy Guarino? Jimmy Guarino, der kann mich auch am Arsch lecken. Ich scheiß' auf alle diese Wichser. Das sind Typen wie du, Stanley. Die arbeiten für mich, komm mir nicht schon wieder mit meinem verdammten berechtigten Interesse. Ich weiß, sie lieben mich, du liebst mich, ihr alle liebt mich bis zum Verrecken. Aber jetzt hören wir mit dem Gesülze auf, sonst wird mir noch die Möse feucht – kapiert! Also, sperr die Ohren auf! Ich habe Bill hier gesagt, daß ich hundert verdammte Millionen von der Lupino nach Mailand überwiesen haben will. Und zwar auf der Stelle. Heute, morgen, auf jeden Fall diese Woche. Und ich will noch zwei- bis dreihundert weitere, zu meiner freien Disposition und fertig zum Überweisen, wenn ich das Kommando gebe. Stanley, das ist mir völlig schnuppe! Es interessiert mich einen Scheißdreck, worauf du zu achten hast. Du machst es einfach. Ich will nichts hören von irgendwelchen ›besicherten Darlehen‹. Verschone mich mit solchem Mist. Auf so was scheiß' ich, und auf dich scheiß' ich auch. Du kriegst raus, wie du die Sache deichseln kannst, und dann machst du es einfach. Und damit basta! Ja. Meinetwegen kannst du dran ersticken. Und der genauso.«

Giuseppe legte den Hörer auf, mit einer angewiderten Grimasse, so als handelte es sich dabei um einen übelriechenden, klebrigen Gegenstand, und wandte sich gleichzeitig wieder an Bill.

»So, das war's. Du setzt jetzt diese Vollmachten auf. Und dann manövrierst du die hundert Millionen auf die Banca Masini.«

Als sie gingen, bemerkte Johnny, daß Rose ihr Make-up aufgefrischt und ihre Haare neu gerichtet hatte. Ihre Lippen präsentierten jetzt ein anderes Rot.

Der Wind kühlte allmählich ab, und im matten Licht des Spätnachmittags begannen die Schatten länger zu werden.

»Klärschlamm«, flüsterte der alte Mann mit einer kehligen, höhnischen Stimme vor sich hin.

6

Die drei Männer, die in dunklen Anzügen und mit zum Gebet gesenkten Köpfen vor dem rot und goldenen drapierten Schrein der ›Königin des Himmels‹ standen, konnten die gezupften, wehklagenden Laute hören, die wie Seufzer eines fernen Frühlings durch den Tempel geisterten. Das Licht der hohen, kegelförmigen Kerzen schien zur singenden Melodie und im wiegenden Rhythmus jener matten Klageseufzer zu tanzen.

Der ›Grünäugige Shang Wing-fu‹, jener Shan-Kriegsherr, der sich als Asim Sau, ›der Herr der Leuchtenden Kraft‹, in der Welt einen Namen gemacht hatte, war der größte und älteste der drei. Als General der Vereinigten Shan-Armee und Untergrundherrscher über die weitläufigen Mohnfelder der Shan-Hochebene kontrollierte der sechzigjährige Asim Sau das Anbaugebiet von beinahe drei Vierteln der weltweiten Opiumernte. Die beiden etwa fünfzigjährigen Männer, die ihn flankierten, waren seine Geschäftspartner, mit denen er ein Dutzend Heroinraffinerien betrieb, die entlang der von Urwald überwucherten Grenze zwischen Myanmar und China, Laos und Thailand verstreut waren, sowie die kleineren Heroinfabriken, die sich im Dunst der zweihundertfünfunddreißig Inseln Hongkongs versteckten: der thailändische Schattenboß Tuan Ching-kuo, der als Verbindungsmann zwischen ihrer Machtsphäre und der Kuomintang Taiwans, ihrem größten Abnehmer, fungierte, und Ng Taihei, das Oberhaupt der Triade 14K Ngai, die die Drehscheibe des internationalen Heroinmarktes, Hongkong, unter Kontrolle hatte.

Neben dem Tai-Shan-Dialekt seiner Heimat im Shan-Staat von Myanmar sprach Asim Sau Burmesisch, ein paar Brocken T'hai, etwas Französisch und ein bißchen Yünnanesisch, die Sprache seines Vaters, der ein Kuomintang-General gewesen war. Tuan Ching-kuo sprach fließend T'hai und Shan-tou-Kantonesisch, beherrschte aber noch das Min-nan-Fujianesisch Chinas und Taiwans. Ng Tai-hei sprach Kantonesisch. Obwohl jeder von ihnen leidlich mit den Muttersprachen seiner Geschäftspartner vertraut war, bedienten sie sich des Englischen, wenn sie bei so seltenen Gelegenheiten wie dieser zusammenkamen.

»Ich habe es für das Beste gehalten, wenn wir uns erst mal allein unterhalten, bevor wir die anderen treffen«, sagte Ng Tai-hei, als sich die drei Männer ruhigen Schrittes vom Tin-Hau-Tempel entfernten und an den hier und da versammelten Grüppchen alter Männer vorbeigingen, die im Vorhof des Tempels um Geld spielten. Sie blieben auf einem mit Bäumen bewachsenen Grashügel stehen, der sich wie ein Puffer zwischen die idyllische Ruhe dieser uralten heiligen Stätte und das lärmende Gewimmel auf der Nathan-Road schob, die sich mitten durch das Herz des Yaumatei-Viertels von Kowloon fraß. Ein paar Meter entfernt stand ein Chauffeur neben einer schwarzen Rolls-Royce-Limousine, der auf sie wartete. Die leichte Nachmittagsbrise fuhr unter die aufgeknöpfte Jacke seines schwarzen Baromon-Anzugs und ließ den Haltegurt eines schwarzen, kalbsledernen Schulterhalfters sichtbar werden.

»Gibt es denn überhaupt was zu besprechen?« fragte Asim Sau. »Ein verrückter alter Mann namens Chen Fang, der schon seit Jahren ein Wrack und praktisch tot ist, kriecht unter seinem glitschigen Stein hervor und kommt zu uns mit einem Traum, den ihm andere alte und verrückte Männer anvertraut haben. Keine Geringeren als *gwailou*-Männer!«

Asim Saus Worte brachten Tuan Ching-kuo zum Lächeln. »In Taipeh habe ich von alten Männern Geschichten über Chen Fang gehört. Die sagen, wo er hingeht, stirbt alles.«

»Chen Fang ist für diese Männer lediglich eine Brieftaube«, sagte Ng Tai-hei. »Und ich glaube, daß wir eine ganze Menge zu besprechen haben. Schaut uns doch an! Du, Fu, den sie den Herrn dieser Welt nennen, stehst in den Vereinigten Staaten von Amerika schon seit Jahren offiziell unter Anklage, genauer gesagt, seit Februar 1990 – im Grunde eher eine Sache, über die man lachen als sich den Kopf zerbrechen sollte. Doch es gibt Kräfte in deinem eigenen Land, die vor nichts zurückschrecken würden, um den großzügigen Strom amerikanischer Hilfsleistungen wieder zum Fließen zu bringen, den deine ungebrochene Freiheit und Macht haben versiegen lassen.

Und Kuo hier, dem ergeht es mit den sogenannten prodemokratischen Kräften in Thailand ganz ähnlich: Die vom dortigen Regime praktizierte Politik, diese Leute gleich reihenweise auf den Straßen Bangkoks über den Haufen zu schießen, ruft in zunehmendem Maß nicht nur Zorn und Mißfallen im Ausland hervor, sondern auch Besorgnis bei vielen von Kuos Landsleuten. Die lange Herrschaft der Generäle scheint sich langsam ihrem Ende zuzuneigen. Darüber hinaus haben die Taiwanesen, die Kuo bei unseren Geschäften mit diesen vertritt, eine noch profitablere Handelsbeziehung zu den Fujianesen vom Festland geknüpft, und diese wiederum beliefern heimlich, still und leise die Vietnamesen in Amerika und anderswo – eine Quelle ständig wachsender Wut und Verbitterung bei anderen chinesischen Gruppierungen hier und im Ausland. Und will irgend jemand bezweifeln, daß die Tage der Kuomintang in Taiwan gezählt sind?

Und dann gibt es noch mich, den Mann, der es geschafft hat, gleich nach dem Tod des alten Dai Bei-tang in dessen Fußstapfen zu treten: Der Thron des Imperiums, das ich geerbt habe, steht mittlerweile auf schwankendem Boden. Es dauert nicht mehr lange, dann wird diese Stadt Hongkong wieder chinesisches Hoheitsgebiet sein, und bis heute ist mir noch kein Wahrsager über den Weg gelaufen, ob er nun Brite war oder Chinese, der mir überzeugend darlegen konnte, was das tatsächlich für die Zukunft bedeutet.

Zusammen repräsentieren wir eine Sache, die vielleicht

das lukrativste Geschäft der Welt ist. Aber es ist auch das gefährlichste. Und in letzter Zeit ziehen überall Gewitterwolken auf. Doch, ich bin durchaus der Ansicht, daß es etwas zu besprechen gibt.«

»Und im Mittelpunkt dieser Besprechung«, sagte Asim Sau, »wird zweifellos dein Vorschlag stehen, daß wir uns aus der Welt, wie wir sie kennen, zurückziehen sollen, um uns einem Leben in klösterlicher Abgeschiedenheit zu widmen.«

»Hast du je innegehalten, um deinen Reichtum zu ermessen?« fragte ihn Ng Tai-hei, um dann, an ihm vorbei, zu Tuan Ching-kuo zu sprechen: »Oder du?« Als keiner der beiden antwortete, fuhr Ng Tai-hei fort. »Wir drei gebieten über den Reichtum der Nationen. Kein Pfennig, den wir von heute an bis zu unserem Lebensende verdienen, wird je gezählt, angerührt oder ausgegeben werden. Unser Goldbrunnen ist bereits viel zu tief, als daß man ihn je ausloten könnte. Und trotzdem machen wir weiter.«

»Gold ist nicht alles«, sagte Tuan Ching-kuo.

»Richtig«, antwortete ihm Ng Tai-hei. »Wir genießen eine Aussicht, die wir nur mit den Göttern teilen.«

»Wer sind denn diese Männer, die Chen Fang von den Toten erweckt haben, damit er in unsere Ohren flüstern kann?«

»Männer in Amerika und Männer in Italien. Männer, die, so wie wir, gemeinsame Überzeugungen und Interessen verfolgen. Und den alten Chen Fang würde ich nicht so pauschal und voreilig abschreiben. Er war mal ein mächtiger Mann und mit allen Wassern gewaschen – und er hat einen Augenblick lang dieselbe Aussicht genossen, die heute uns gehört.«

»Das weiße Pulver, der Drachen in seinem eigenen Garten, das hat ihn zugrunde gerichtet«, sagte Tuan Ching-kuo. »So sagt man jedenfalls.«

»Und was genau schlagen sie uns vor, diese *gwailou*-Männer, die so sein sollen wie wir?« platzte es aus Asim Sau heraus.

»Sie schlagen uns ein Abkommen vor, das sie im Endeffekt zu unseren gleichberechtigten Partnern machen würde. Als Gegenleistung für ihre Beteiligung an der Basis stellen sie uns einen Haufen Geld in Aussicht sowie andere Leistungen, die schwerer zu quantifizieren, aber trotzdem nicht weniger attraktiv sind.«

Asim Sau lachte lauthals und zündete sich eine Zigarette an.

»Erst redest du von einem Goldbrunnen, der zu tief sei, um ihn je ausloten zu können«, sagte Tuan Ching-kuo, »und im nächsten Atemzug sprichst du davon, noch mehr auf das bereits Vorhandene zu häufen.«

»Ich erinnere dich an deine eigenen Worte: Gold ist nicht alles.«

»Wir kennen diese Männer«, erklärte Asim Sau. »Unter anderen Namen vielleicht oder mit anderen Gesichtern. Aber wir kennen sie. Bei ihnen handelt es sich um eine sterbende Rasse. Vor vierzig Jahren und noch weiter zurück, da besaßen diese Männer eine Macht auf Erden, die der unsrigen entsprochen hat. Damals, als die Cowboys von der Central Intelligence Agency zum erstenmal in meiner Heimat auftauchten, waren unsere Mohnfelder, verglichen mit denen in der Türkei, ein Witz, und diese Männer haben im Bündnis mit den Korsen aus Marseille jene Welt kontrolliert, die inzwischen auf uns übergegangen ist. Heute, das heißt seit einem knappen Vierteljahrhundert, sind sie für uns nur noch wichtige Kunden.«

»*Yoū shèng, lìe bài*«, warf Tuan Ching-kuo ein. Ein altes Sprichwort: Der Stärkere gewinnt, der Schwächere verliert.

»Selbst in ihren eigenen amerikanischen Städten«, fuhr Asim Sau fort, »sind sie zur Machtlosigkeit verdammt worden und dienen bloß noch als Futter für den Ehrgeiz wichtigtuerischer Anklagevertreter der Regierung. Oder sie geistern als kuriose, romantische Fabelgestalten durch die Comic-Heft-Fantasien einer Nation, deren wahre Hauptstadt Hollywood ist. *Cán zhá yú niè*«, zischte er verächtlich: der miese Abschaum einer toten Gesellschaft. Mit einem Schnippen seines Mittelfingers ließ er den glühenden Zigarettenstummel in einem langen, flachen Bogen durch die Luft segeln. »Weshalb sollten wir aus Kunden Kompagnons machen?«

»Wegen der Gewitterwolken. Und weil diejenigen, die nach unserem Blut lechzen, vielleicht mit dem Blut dieser Leute zufriedenzustellen sind. Weil sich die Zeit nähert, wo wir ein Opfertier brauchen werden, und weil diese Leute bereit sind, dafür zu bezahlen, daß man sie mit verbundenen Augen zu jenem steinernen Altar führt.«

Seine Geschäftspartner sahen ihn an und schwiegen eine Weile. Dann meldete sich Asim Sau zu Wort.

»Vielleicht hast du recht«, sagte er. »Vielleicht gibt es tatsächlich eine Menge zu besprechen.«

Die lange schwarze Limousine trug die drei Männer nach Süden, zur Austin Road, und bog dann links ab, auf das breite, geschwungene Band der Austin Avenue. Sie stoppte nahe der Hausnummer 16, an der Einmündung einer schmalen Sackgasse, wo die drei von einem Leibwächtertrio in schwarzen Anzügen empfangen wurden, das sie zu einer Stahltür geleitete, die am Ende des Sträßleins in die Mauer eingepaßt war. Einer der Bodyguards klopfte energisch an die Tür. Ein älterer Mann öffnete sie und senkte seinen mit schütterem, schneeweißem Haar bedeckten Schädel, als der Bodyguard an ihm vorbeischritt, gefolgt von Ng Tai-hei, Asim Sau, Tuan Ching-kuo und der restlichen Eskorte. Im Gänsemarsch gingen sie durch einen langen, braun getünchten Korridor, passierten eine weitere Tür und stiegen schließlich eine Treppe hinunter, die in einen Weinkeller führte. Die drei Leibwächter folgten ihren Herren nur bis hier und gesellten sich dann zu den anderen Gefolgsmännern, die geschäftig herumwieselten oder schwatzend auf Holzbänken saßen, die zu einem großen Brettertisch gehörten, der sich über die gesamte Länge des Raums erstreckte. Ng Tai-hei, Asim Sau und Tuan Ching-kuo passierten eine letzte Tür: eine Tür, über deren Schwelle noch nie ein *gwailou* seinen Fuß gesetzt hatte.

Die Tür führte zu einem großen Kellerraum von majestätischem Prunk: der geheime Bankettsaal unter dem Restaurant Tian Zi. An den mit glänzendem Teakholz getäfelten Wänden des Raums hingen im milden Licht der seidenbespannten Messinglampen die hingehauchten Tusche- und Aquarell-Paradiese von Dynastien, die ganze Jahrhunderte umspannt hatten. An der gegenüberliegenden Wand war ein schwarzes Seidenbanner zu sehen, verziert mit einer Goldstickerei, die zwei Löwen darstellte, deren Vordertatzen auf einem Globus ruhten: das Wappen, mit dem das Triumvirat sein ›Uoglobe‹ getauftes Heroin Nr. 4 kennzeichnete. Den größten Teil des blankpolierten Steinfußbodens bedeckte ein weinroter Teppich mit einer schwarzen Bordüre, auf der acht aus Goldfäden gewebte Drachen, in jeder Ecke zwei, versammelt waren, um die Sphären von Himmel und Erde zu verschlingen. Die geschwungenen, kunstvoll geschnitzten Beine, auf denen die große runde Tischplatte aus Mahagoni ruhte, und die Beine der zwölf ledernen Polsterstühle, die rings um den Tisch standen, spiegelten dieses Motiv grenzenloser Gier: Sie alle endeten in mit Elfenbein-Intarsien verzierten Klauen, die eine Kugel umkrallten.

Neun dieser zwölf Stühle waren von Männern verschiedener asiatischer Nationalitäten besetzt. Altersgemäß lagen sie zwischen dem jungen Phoumi Ma aus Laos, der knapp vierzig war, und dem schweigsamen alten Li Kwang-chih, der nur sieben Jahre jünger war als das Jahrhundert selbst und von den meisten mit *suksùk* angeredet wurde, dem kantonesischen Wort für Onkel. Als Ng Taihei, Asim Sau und Tuan Ching-kuo eintraten, erhoben sich die neun Männer, mit Ausnahme des greisen Li Kwang-chih, und blieben mit gesenkten Köpfen vor ihnen stehen, ungefähr in der gleichen Haltung, in der die drei vor der Gottheit Tin Hau gestanden hatten.

Zwei livrierte Diener verließen ihre Warteposition links und rechts eines Büfetts aus Rosenholz, das am anderen Ende des Raums an der Wand stand, direkt unter dem Uoglobe-Banner. Sie zogen die drei freigebliebenen Stühle zurück und verbeugten sich, als Asim Sau und Tuan

Ching-kuo Platz genommen hatten. Ng blieb zwischen den beiden stehen, und die Diener verzogen sich wieder wortlos zu ihren Plätzen an der gegenüberliegenden Wand.

»Bitte«, sagte Ng, wobei er den anderen mit einer bedächtigen, huldvollen Handbewegung zu verstehen gab, daß sie wieder Platz nehmen sollten. Auf dem rosafarbenen Leinentischtuch war vor jedem der Männer ein Gedeck aufgelegt: blaues Knochenporzellan von Aynsley mit Kobaltglasur und 22karätigem Goldrand, gravierte Eßstäbchen aus Elfenbein mit vergoldeten Kanten, Kristallkelche und ein weißes Porzellanschälchen. Im Zentrum des Tisches, umgeben von Aschenbechern aus weißer Jade und in das warme Licht eines vom Deckengewölbe herabhängenden Kronleuchters getaucht, befanden sich Kirschblütenzweige, kunstvoll arrangiert in einer hohen Kangxi-Vase, die auf der ruhenden Achse eines großen *zhuàn taí* thronte, dem bei Gelagen dieser Art unabkömmlichen Drehtablett aus Hartholz.

»Wieder einmal, meine Freunde, haben wir uns hier versammelt, um die Geburt der Königin des Himmels zu feiern. Es ist ein gutes Jahr gewesen. Angesichts der Talfahrt des Nikkei, des unverändert stagnierenden amerikanischen Markts für Wirtschaftsimmobilien sowie einiger anderer Faktoren, die in den euch vorliegenden Kopien unseres Jahresberichts detailliert erläutert werden, ist es unserem kleinen Tin-Hau-Fonds nicht so gut ergangen wie in früheren Jahren. Trotzdem sieht das Verhältnis von Einnahmen und durchschnittlichem Nettovermögen um einiges günstiger aus als bei den meisten öffentlich gehandelten Fonds: einundzwanzig Komma sieben Prozent, das ist mehr als passabel. Und unter dem Strich hat die Wertsteigerung unserer diversen internationalen Investitionen im selben Zeitraum erneut jeden relevanten Börsenindex der Welt hinter sich gelassen, auch den Hang Seng, der eine recht beachtliche Steigerungsrate von sechsundzwanzig Prozent verzeichnen konnte.« Mit einer würdevollen Handbewegung deutete er auf einen der Männer, die ihm gegenübersaßen. »Der geschätzte Guo Chao, dem die Verwaltung unseres Fonds obliegt, beschämt und entzückt uns immer wieder mit seinem Sachverstand.«

Zunächst lächelten die anderen, doch dann kam am Tisch Bewegung auf, gedämpfter Applaus und leises Getuschel in den verschiedensten Sprachen: Burmesisch, Kantonesisch, Mandarin, Taiwanesisch, Lao und T'hai. Ng nickte den Dienern zu, und jeder der beiden zog eine Magnum-Flasche 1982er Krug Private Cuvée aus einer mit Eis gefüllten Silberschale, die auf dem Büfett stand, hüllte sie in ein weißes Leinentuch und entkorkte sie geräuschlos mit einer kräftigen, fachmännischen Drehbewegung.

»Natürlich«, fuhr Ng Tai-hei fort, »ist unser kleiner Fonds nur das Symbol eines stärkeren Bandes, das uns miteinander verknüpft – ein Band der Brüderlichkeit ebensosehr wie des Geschäftes. Wir alle an diesem Tisch – Männer aus der Finanzwelt, Männer der Triaden, Männer aus Regierungs- und Wirtschaftskreisen – sind nur getrennte Strahlen ein und derselben Sonne, deren Kraft wir gemeinsam teilen als Quelle unserer eigenen Kraft. Und wie wir alle wissen, scheint diese goldene Sonne heller und kräftiger als jemals zuvor.« Die Diener machten ihre Runde um den Tisch, um den eisgekühlten Champagner in die langstieligen Kristallflöten einzuschenken. »Dafür schulden wir Dank – nicht nur der Vorsehung oder unserer Königin des Himmels, sondern auch jenem Mann, dessen fruchtbare Felder unseren Wohlstand hervorbringen.« Ng Tai-hei hob sein Glas und wandte sich an Asim Sau. »Auf den Herrscher unserer Welt. Mögen ihn die Götter stets so lieben, wie wir ihn lieben.«

Diese Worte wurden mit einem ausgelassenen Prosit in vielerlei Sprachen begrüßt, und alle außer Asim Sau, der würdevoll nickte, tranken einen Schluck Champagner. Ng Tai-hei verbeugte sich und nahm Platz, und dann erhob sich Asim Sau mit dem Glas in der Hand.

»Auf euer Wohl, meine Freunde«, sagte er und leerte sein Glas mit einem einzigen langen Schluck. Die Männer am Tisch beklatschten diese Geste, und er hielt den Dienern sein Glas hin, um sich nachschenken zu lassen. »Das Fest möge beginnen.«

Einer der Diener kümmerte sich um Asim Saus Glas und danach um die Wünsche der anderen, die nach mehr Champagner oder nach Scotch, Mineralwasser, Bier und *chiu* verlangten; sein Kollege verließ den Raum und kehrte kurz darauf mit einer weiß gekleideten Kellnerriege zurück. Sie stellten ein stattliches Angebot von *choi*-Speisen auf das Drehtablett: Silberplatten mit geschmorten Haifischflossen, eisgekühlten Ingwer-Quallen, Seebarschrogen, gelierten Schweinsfüßen; Pfefferschinken, Würstchen aus Pökelfleisch und mit Rosenöl aromatisierten Wodka; Schüsseln mit Wachtelconsommé und Keramikterrinen mit einer Suppe aus grünen Krebsen und Vogelnestern; in Salzwasser gegarte Garnelen und Krebse mit kalten Saucen aus Essig, rotem Szetschuan-Öl, Pfefferschoten und Soja; und Kessel mit dampfendem Chrysanthemen-Tee. Jedem Mann wurde eine *fan*-Schale Acht-Kostbarkeiten-Reis serviert, gesüßt mit Lotos- und Mandelsamen, kandierten Früchten und in Streifen geschnittenen roten Datteln. Die Kellnerriege verzog sich und kehrte immer wieder zurück, während der Abend verstrich und sich die Nacht herniedersenkte, ohne daß jemand in dem unterirdischen Kellergewölbe davon Notiz nahm. Es gab eine neungängige Peking-Ente: zartes, süßes Fleisch und knusprige Haut; sautierte Enteninnereien, eine Auswahl aus Leber, Niere und Gekröse; geeiste Entenzunge und in Salz gebackenes Enten-Pankreas; geräuchertes Entenhirn und in Entenfett gedünstetes Ei. Es gab das als *kam tsu siu iuk* bekannte, goldglänzende Spanferkel und in Lotosblättern gedünstete Silberkarpfen; flaschenweise 1989er Château Haut-Brion Blanc; mit Garnelenfleisch gefüllte und mit schwarzem Seetang umwickelte *dim-sum*-Klößchen, Messermuscheln und Tintenfisch; in Kampfer und Tee geräucherte Gans; rustikalen Eintopf aus Waldpilzen, Bambussprossen, Wildwurzeln und Hasenfleisch; eine Magnum-Flasche 1947er Château Pétrus, die als jüngste Demutsgeste aus Cali eingetroffen war; gedörrtes Rindfleisch in einer Anispfeffersauce, rohe Austern, geschmorte Wellhornschnecken; mit Knoblauch gedünstete Senfsprossen, sautierten Kohl mit Sternanis und Taglilienknospen; pochierte Seeschlange und gegrilltes Wildbret; einen Château Margaux des Jahrgangs 1900; sonnengetrocknete Walnüsse; Wildbirnen und Mandarinen; Pinien- und Eibenkerne; einen Château d'Yquem des Jahrgangs 1921; süße Pastete mit Wassernüssen, kandierte Pfefferminzblätter und Melonen; Armagnacs und Madeiras aus dem vergangenen Jahrhundert; Kaffee aus Zichorienwurzel, Neun-Drachen-Tee und einen Steinkrug, der Wolfsdorn-Brandy enthielt und bis vor wenigen Minuten mit einem ungebrochenen Siegel versehen gewesen war, auf dem das Symbol der Ch'ing-Dynastie geprangt hatte.

Während der Stunden des Festbanketts wurde ausgiebig über die Frühjahrsernte gesprochen, über Transportrouten, Wegzölle und die Preisabsprachen mit den Führern der Hmong und anderer mohnanbauender Bergstämme. Man diskutierte auf der Ebene von Tonnen und Kilogramm über Einzel- und Gruppenbestellungen von Rohopiumpaste, Morphinbase und neunundneunzigprozentigem Heroin Nr. 4. Auf großes Interesse stieß, was die Triadenchefs aus Hangtschou und Schanghai über die logistischen Hintergründe der aktuellen Verhandlungen mit Hashemi Rafsanjani zu berichten wußten, bei denen es darum ging, den Löwenanteil der iranischen Jahresernte von zweihundert Tonnen Opium gegen ballistische Raketen einzutauschen. Die Frage, ob man das seit langem bestehende Verbot direkter Geschäftskontakte mit den Nigerianern und Vietnamesen aufheben sollte, wurde kontrovers diskutiert. Als schließlich der Brandy serviert wurde, befanden sich die meisten der zwölf am Tisch versammelten Männer dort, wo sich früher so mancher ihrer klassischen Dichter gewähnt hatte, im Stadium des *zui*: an der paradiesischen Pforte zu den duftenden Gärten der Trunkenheit. Förmliche Anreden wie *seng* oder *xian-sheng* waren durch zwanglose Vertraulichkeiten wie *ah* oder *gau* oder *xiao* oder *lao* ersetzt worden. Tuan Ching-kuo beispielsweise hatte das Fest als der hochgeschätzte Tuan Seng begonnen und war nun, da Wein und Schnaps in Strömen flossen, zu Ah Kuo geworden. Der alte Li Kwang-chih war nun nicht mehr Li Xian-sheng, sondern wurde von den anderen als Lao Li, ›der alte Li‹, in die Arme genommen. Es gab Gesang und Gelächter und manch launigen Zuruf: »*Diu nei!*« – »Fick dich selbst!« – »*Diu nei loumou!*« – »Fick doch deine Mutter!« Es war bei ihnen Usus, kein Wort für bare Münze zu nehmen, solange es nicht am hellichten Tag und mit klarem Kopf bestätigt wurde.

Die Festivitäten wurden in einer Penthouse-Suite des Regent Hotel in der Salisbury Road fortgesetzt. Die achtzehn Huren, Asiatinnen und Europäerinnen, hatte einer von Ng Tai-heis Vasallen nach ihrer Schönheit und Anmut ausgewählt, ein Mann namens Kung, der den Hongkonger-Prostitutionsring der Triade 14K organisierte. Es gab mehrere junge Männer in schwarzen Hosen, onyxbesetzten weißen Frackhemden und schwarzen Kellnerjakken. Einer von ihnen kümmerte sich um die Bar, die anderen liefen mit Tabletts umher, auf denen ein ständig wechselndes Angebot von *dim-sum*-Klößchen gereicht wurde. Es verstand sich ganz von selbst, daß diese jungen Männer, genauso wie die Frauen, für die Erfüllung jeder Fantasie oder Begierde zur Verfügung standen.

Auf einem Eckdiwan hockte eine einsam und verlassen wirkende Minderjährige, die die Augen eines traurigen, verängstigten Rehkitzes besaß. Vor zehn Jahren, drei Jahre nach ihrer Geburt in einem armen Dorf der Provinz Yünnan, war sie von ihren Eltern für fünfzigtausend Yuan an einen Boten des alten Li Kwang-chih verkauft worden. Man hatte das Kind in einem etwas abgelegeneren Haushalt untergebracht, wo zwei steinalte Jungfern wohnten, die mit der mühseligen Prozedur begonnen hatten, die kleinen Mädchenfüße gemäß der Lotos-Tradition einzubinden: ein Brauch, der seit den Jugendtagen der beiden Alten verboten war. Am vierundzwanzigsten Tag des achten Monats des Mondjahres, während des Festes zu

Ehren jener Göttin, die man ›das kleinfüßige Fräulein‹ nannte, wurden die vier kleineren Zehen ihrer zarten, geschmeidigen Füße nach unten gebogen und in dieser Position mit langen, straff angezogenen Seidenbandagen fixiert, die anschließend um Spann, Ferse und Knöchel gewickelt wurden, auf eine Weise, die den Fuß in eine unnatürliche, senkrechte Bogenform zwang. Zweimal wöchentlich wurden die Bandagen abgenommen, um die Füße in einer Wanne mit heißem Wasser, Balsampuder und Alaun zu waschen. Nach jeder dieser rituellen Waschungen wurden die Bandagen erneuert und noch strammer angezogen, und alle zwei Wochen wurden die Füße gewaltsam in ein neues Paar winziger Schuhe gequetscht, wobei die Schuhe von Mal zu Mal kleiner wurden. Das bei diesem Deformationsprozeß verfaulende Fleisch wurde bei jeder Waschung abgezupft, der Eiter sickerte durch die Seidenbandagen, doch die Zehen fielen nicht heraus. Nach zwei Jahren hatten die gellenden Schmerzensschreie der Kleinen aufgehört, und ihre Augen hatten allmählich jenen traurigen Blick eines Rehkitzes angenommen, der seitdem nie mehr aus ihnen gewichen war. Zu jener Zeit waren aus ihren Füßen echte Lotos-Haken geworden. Die vier kleineren Zehen ihrer abgestorbenen Füße waren unverrückbar unter die Mittelfußknochen gebogen, das Fußgewölbe hatte sich zu einem gräßlichen Klumpen zusammengezogen, und die veränderte Knochenstruktur der verkrüppelten Füßchen hatte diese in schmale, dreieckige Anhängsel verwandelt, in Hufe aus verwestem Fleisch, die beinahe senkrecht herabhingen. Als die Lotos-Umformung abgeschlossen war, hatte das Mädchen nach und nach begonnen, seine Bandagen selbständig zu erneuern, und daran Gefallen gefunden, wohlriechende Spülungen aus allerlei Pflanzenessenzen zusammenzustellen, um das verkrustete Smegma und den talgigen Schimmel aufzuweichen, die sich in den tiefen Hautfalten und Rissen anzusammeln pflegten, obwohl ihr die alten Jungfern versicherten, daß der Gestank, den sie zu beseitigen suchte, für einen wahren Lotos-

Connaisseur so herrlich wie das himmlische Ambrosia selbst duftete.

Die Erziehung des jungen Mädchens war oberflächlich geblieben. Durch die Verformung ihrer Füße zum Krüppel geworden, entfernte sie sich nur selten vom Haus der beiden Alten, und dann auch nur in einem Rollstuhl, eine Decke über ihre Beine gebreitet, um die wahre Natur ihrer Behinderung zu verbergen. Im vergangenen Jahr, am vierundzwanzigsten Tag des achten Monats des Mondjahres, hatte Li Kwang-chihs Bote dem Mädchen sein erstes Paar kunstvoll verzierter, gekrümmter Lotos-Pantoletten gebracht sowie ein Paar rotseidener Bettschuhe. Nun, da er sie aus dem kleinen Dorf der beiden alten Jungfern abgeholt hatte, um sie ihrem wahren Herrn und Gebieter zu übergeben, hatte der Bote die Kleine in die schwarze Satin-*chángpáo* einer Märchenprinzessin gehüllt und ihre in weißen Söckchen verborgenen Lotos-Haken in Schuhe aus tiefblauer Seide gesteckt, die mit schwarzen Perlen und Goldfäden geschmückt waren. Die Augen der im Raum versammelten Männer wurden immer wieder von ihr angezogen, wie gebannt von dem ernsten jungen Mädchen in der kaiserlichen Drachenrobe, das traurig auf seine Füße starrte, die wie zu Fleisch und Blut gewordene Ausgeburten eines Traums, oder eines Alptraums, erschienen. Der Bote, der das Mädchen als Li Kwang-chihs ›zur Blüte gereiften Schatz‹ bezeichnete, stand an seiner Seite und präsentierte es dem alten Mann als ›die seltenste Blume ihrer Generation‹. Für Lao Li war dies ein Augenblick, der ihm viel Gesicht verlieh.

Ng Tai-hei hatte ein Feuerwerk arrangiert, angeblich als Beitrag zu den Tin-Hau-Feierlichkeiten der Stadt, das im Hafen von Victoria abgebrannt werden sollte, den man oben von der Suite des Regent in seiner ganzen Ausdehnung überblicken konnte. Ng stand auf der Terrasse der Suite und schaute gedankenverloren auf die hinter dem Hafen schimmernden Lichter des Geschäftszentrums von Hongkong.

Aus dem großen Schlafzimmer der Suite, wo Asim Sau

mit dem Rücken an der Wand lehnte und einen tiefen Zug von seiner Zigarette nahm, kam ein schwaches, abruptes Geräusch, etwa wie das Knacken von Anmachholz. Die vor ihm kniende Blondine wimmerte, und Asim Sau tätschelte und streichelte ihre gerötete Wange sanft mit den Fingerspitzen. Dann schloß er den Reißverschluß seiner Hose und schlenderte aus dem Raum.

Ng Tai-hei rührte sich nicht, als Asim Sau neben ihn trat. Eine Weile standen die beiden Männer schweigend in der nächtlichen Frühlingsluft. Dann begann Asim Sau zu sprechen, kantonesische Worte, in einem Tonfall, der fast schon ein Flüstern war.

»Deine Rede vorhin auf dem Bankett, Ah Hei, verriet deine Liebe zur Poesie, die ich bei dir nie vermutet hätte.«

Ng Tai-hei schaute ihn an, ohne etwas zu sagen.

»Du hast wunderschön gesprochen, von einer goldenen Sonne, die hell erstrahlt. Doch über die Gewitterwolken, die du siehst, über die hast du kein einziges Wort verloren.«

Ng Tai-hei seufzte, und Asim Sau konnte den Schatten eines leichten Lächelns erkennen.

»Demnächst treffe ich diese« – Ng Tai-hei schien nach einem Wort zu suchen, oder nach Worten, und beschied sich dann mit der schlichtesten Variante – »Männer. Und danach werden wir uns unterhalten. Über die Sonne, über Gewitter, über vieles.«

Von einem Schleppkahn jagte die erste Rakete in die Höhe, ein emporsteigender Bogen aus funkelnden Lichtkaskaden und Rauch, und plötzlich erfüllte sich der schwarze Himmel mit einer riesigen aufplatzenden Chrysantheme aus Rot und Gold. Und dann erstrahlte das ganze Firmament von hochschießenden Knallkörpern und flammenden Kometenschweifen, und jede Detonation brachte ihren eigenen wild wirbelnden Regenbogen zum Leuchten. Die anderen begaben sich zu Ng Tai-hei und Asim Sau auf die Terrasse, die Huren mit weit aufgerissenen Kinderaugen. Die Lotos-Prinzessin schleppte sich nach draußen, links auf die blonde Hure und rechts auf den Boten des alten Kwang-chih gestützt; sogar sie öffnete den Mund mit einem Ausdruck unschuldigen Staunens, mit einem Mienenspiel, in dem vielleicht Glückseligkeit lag, so als wären die ungeheuerlichen Wunderdinge am Nachthimmel die tröstliche Offenbarung von etwas, das auf gewisse Weise mit dem Gefühl ihrer eigenen Ungeheuerlichkeit verwandt war, das ihrer Traurigkeit zugrunde lag.

7

Johnny war früher mit einem *albanese* Kredithai namens Lou durch die Gegend gezogen. Eines Abends, in einer schwachen, alkoholumnebelten Stunde, hatte er Lou über den immer tiefer werdenden Riß in seiner Ehe ins Vertrauen gezogen. »Ich weiß nicht mehr, was ich tun soll«, hatte er ihm gestanden. Der Rat des verständnisvollen *albanese* war einfühlsam, freundlich und direkt gewesen: »Mach die blöde Fotze kalt!« Als Diane jetzt vor ihm stand und ihn von oben anschrie, während er sich auf der Bettkante sitzend die Socken anzog, konnte Johnny die ruhige Stimme Lous und dessen Empfehlung hören, wie eine innere Beschwörung, die dem Rhythmus seines hämmernden Pulsschlags folgte.

»Ich frage dich jetzt zum allerletzten Mal«, kreischte sie, »und ich will eine ehrliche Antwort: Was zum Teufel ist mit dir los?«

»Nichts«, entgegnete er, so neutral wie möglich, während er nach seinen Schuhen griff.

»Du verlogener Hurensohn!«

»Paß auf, was du sagst.«

»Du kannst mich mal!« zischte sie. »Nach sieben verdammten Ehejahren kommst du an und erzählst mir, du brauchst für 'ne Weile etwas Raum zum Atmen? Ich hab's satt, verstehst du! Ich scheiß' auf dich und deinen Atem.«

»Sieben Ehejahre«, höhnte er. »Diese beschissene Zeit nennst du eine Ehe?«

»Das ist es jedenfalls gewesen, bis du alles kaputtgemacht hast, verdammt noch mal.« Ihre Stimme versagte, Tränen schossen ihr in die Augen, und sie begann zu schluchzen. Wie immer brachten ihre Tränen das Eis und die Verärgerung in seinem Inneren zum Schmelzen. Irgend etwas in Dianes Art zu weinen, etwas, das das verlorene, unschuldige, verwundbare und einsame kleine

Mädchen in ihr zum Vorschein kommen ließ, schaffte es immer wieder, das Ungeheuer zu besänftigten, sein Herz zu erweichen und all die Anteilnahme zu wecken, die im Schatten dieses Ungeheuers vor sich hin vegetierte. Es waren nicht so sehr die Tränen, die ihn betroffen machten. Es war die aus ihnen sprudelnde, unwiderlegbare Wahrheit: die Wahrheit ihres Schmerzes, die Offenbarung und das Wiedererkennen jener Empfindungen, die in ihm verlorengegangen, gestorben oder zerstört waren – Liebe, Vertrauen und die vielen schutzlosen, zarten Regungen der Seele –, die Vergegenwärtigung all jener Dinge, die in ihr noch immer aufbegehrten und nach Licht schrien, und die Bewußtwerdung jenes Sees voll Trauer, der zwischen seinem Verlust und ihrem bohrenden Kummer lag. Er konnte Männer zu seinen Füßen sterben sehen, an seiner und ihrer eigenen Bosheit, und er konnte auf sie spucken und dabei nichts weiter empfinden als ein diffuses, irritierendes Gefühl der Unsauberkeit. Doch Diane weinen zu sehen konnte er nicht ertragen. Er stand auf und streckte seinen Arm aus, um sie zu berühren, doch sie wandte sich von ihm ab und begann noch heftiger zu schluchzen. Aber schließlich ließ sie sich doch von ihm in die Arme nehmen, überwältigt von einem Schmerz, der alle Vernunft und jede Gerechtigkeit wegwischte.

»Das wird schon wieder werden«, sagte er besänftigend zu ihr und drückte seine Lippen sanft gegen ihre Stirn, wobei er die Hohlheit seiner eigenen Lüge spüren konnte.

»O Gott, Johnny, was ist bloß mit uns passiert?« Ihre Stimme war ein Flüstern, wie eine schwache Brise im Anschluß an einen Sturm, der alle Hoffnungen und Illusionen zunichte gemacht hatte. Er wußte die Antwort auf ihre Frage: *Ich bin uns passiert!* Doch statt dessen sagte er: »Wir werden das schon wieder hinkriegen.« Das Weinen hatte sie erschöpft, und jetzt lag in ihrer Stimme und in ihren Augen nur noch eine zarte, entwaffnende Traurigkeit.

»Was willst du, Johnny? Was willst du?«

»Ich will dich. Ich will, daß es wieder so wie früher wird. Ich will, daß wir beide glücklich sind.«

Das stimmte. Er wollte sie. Er wollte sich wieder in den Wogen ihrer anschwellenden Liebe verlieren. Er wollte alles – die ganze Welt. Er wollte Diane mit Haut und Haaren – genauso wie den Körper jeder x-beliebigen Schlampe, die seine Blicke auf sich zog –, allerdings ohne das kleinste Fünkchen seiner selbst zu offenbaren, so wie er sich nach Reichtum sehnte, ohne sich die Hände mit Arbeit schmutzig zu machen, so wie er alles Glück und alle Freude dieser Welt in den toten Strudel seines Ichs zerren wollte, ohne dafür eine Gegenleistung zu erbringen. So wie er einem anderen das Töten überließ, so wollte er Diane – und die Welt – als Magd und Gefäß seines persönlichen Wohlergehens und Seelenheils benutzen. Er wollte all das, was er ihr oder jemand anderem nie gestattet oder verziehen hätte: Wahrheit mit Lüge vergelten, Loyalität mit Untreue, Liebe mit Kälte, Hingabe mit Gleichgültigkeit, Respekt mit Verachtung, Reichtum mit Nichtstun, Richtiges mit Falschem. Er sah die Ungerechtigkeit und das Gemeine daran, und trotzdem ließ er sich nicht von seinem Verhalten abbringen, als glaubte er auf irgendeine Weise an ein schwer zu definierendes, diabolisches Privileg, an ein Geburtsrecht, an ein gewisses *droit du mal*, das nur ihm und niemandem sonst zustand.

»Wir machen gerade eine schlechte Phase durch, mehr nicht«, sagte er. »Das wird sich wieder einrenken. Solange wir uns lieben, müssen wir uns keine Gedanken machen.«

»Wir lieben uns doch, Johnny, oder?«

»Das haben wir immer getan, und daran wird sich auch nichts ändern. Wir hatten gute Zeiten, und wir hatten schlechte Zeiten. Wir haben nie das Kind bekommen, das wir uns gewünscht haben. Ich habe dir oft weh getan. Wir haben uns voneinander entfernt. Doch wir hängen noch immer aneinander, und das wird immer so bleiben.«

Er meinte, was er sagte, doch er sagte das alles weniger, um die Wahrheit auszudrücken und seine eigenen Worte zu beherzigen, sondern deshalb, weil er sich ihre hinhaltende Wirkung auf Diane zunutze machen wollte. Die ewige Liebe konnte warten. Onkel Joe und Tony Pazienza würden das nicht tun. Gleich mußte er die Wohnung verlassen, und er wollte sich lieber mit einem Kuß verabschieden als mit einer zugeschmetterten Tür.

Sein Vorhaben, in die Stadtwohnung seines Onkels zu ziehen, hatte diese unangenehme Situation heraufbeschworen. Er hatte es für das Beste gehalten, wenn er Diane die Neuigkeit so beibrächte, daß sie im Gewand einer konstruktiven Botschaft daherkam: als eine Trennung auf Zeit, die ihnen beiden Raum zum Atmen geben würde, um sie am Ende wieder näher zusammenzubringen und die frühere Harmonie zwischen ihnen wiederherzustellen.

»Wir müssen uns neu entdecken«, sagte er. »Wir müssen lernen, wieder all die Dinge am anderen zu schätzen, die wir als selbstverständlich hingenommen haben.« Er legte eine Kunstpause ein, weil er sich das Beste für den Schluß aufheben wollte. Ihre unschuldigen, vertrauensseligen Augen verloren sich in seinen, und dann rückte er damit heraus:

»Wir müssen uns noch einmal ineinander verlieben.«

»Glaubst du wirklich, daß wir das können, Johnny?«

»Ich weiß, daß wir das können.« *Verdammt*, er war wirklich gut. Es gab doch nichts Besseres als eine Prise Wahrheit, um einer Zeile ausgemachten Schwachsinns jene Aufrichtigkeit und Überzeugungskraft zu verpassen, die Aufrichtigkeit und Überzeugungskraft für sich genommen nie besaßen. Er konnte es in ihren Augen lesen. Sie schaute ihn an und sah diesen gottverdammten Trevor Howard. »Im Moment fühle ich eine Menge Verantwortung in mir«, sagte er, »eine Verantwortung, vor der ich mich bislang gedrückt habe. Vor allem Verantwortung dir gegenüber. Gegenüber uns beiden, ehrlich. Und ich weiß, wie du über meinen Onkel denkst« – Diane bewegte ihren Kopf, eine unauffällige, aber vielsagende Geste, ein Gewissensbiß: fantastisch –, »aber ich bin alles an Familie, was er noch hat, und ihm geht's nicht besonders. Er ist alt und viel gebrechlicher, als ich gedacht habe, und ich kann ihn jetzt unmöglich im Stich lassen.«

Sie umarmte ihn, und dann standen sie einfach nur so da, leicht vor und zurück schaukelnd, in einer langen, stummen Umarmung. Sie erinnerte sich daran, wie Johnny und sie früher engumschlungen zu ›You Belong to Me‹ getanzt hatten.

»Mußt du heute abend wirklich noch mal weg?«

»Ich wünschte, es wäre nicht so.«

»Ich liebe dich«, sagte sie zu ihm – oder zu dem Phantom, das er zusammengewoben hatte.

»Ich liebe dich auch«, sagte er, und er meinte es ehrlich – doch plötzlich wußte er nicht mehr, wer oder was er war, und er sah einen kleinen Jungen, dessen Seele jubiliert hatte angesichts der grenzenlosen Welt, die sich vor ihm auftat, einen Jungen, dem einmal vorgeschwebt hatte, Bilder zu malen, Gedichte zu schreiben und die Weltmeere zu befahren, und im selben Atemzug sah er einen Mann, dessen Seele sich in einen stumpfen Fleck ohne Sinn und Bedeutung verwandelt hatte, dessen Bilder düster waren und bloß in seiner Fantasie existierten, aus dem Poesie und Leidenschaft gewichen waren und nichts zurückgelassen hatten außer den monotonen und reimlosen Rhythmen eines Herzschlags, der die Kadenzen seines eigenen Trauermarsches herunterhämmerte, einen Mann, dem seine Anlegestelle in Brooklyn und die wenigen trostlosen Kilometer dahinter nie aus dem Blickfeld geraten waren. Und in diesem Moment schien es ihm so, als würden diese beiden Fremden wie zwei Narren in die Luft greifen, um das Rätsel zu erhaschen, das zwischen ihnen schwebte.

Onkel Joe saß in seinem bequemen Lehnstuhl und schaute sich im Fernsehen eine *National-Geographic-Sendung* an. Johnny konnte sehen, wie ein Rudel Hyänen ein Zebra zerfleischte.

»Diese Tierfilme gefallen mir«, sagte der alte Mann.

Johnny ließ seinen Blick vom nächtlichen Freßgelage der Hyänen zu dem Baseballschläger schweifen, der neben dem Türrahmen an der Wand lehnte. Dieser Schläger hatte dort gestanden, solange er sich zurückerinnern konnte. Er fragte sich nebenbei, ob sein Onkel wohl noch immer die Kraft hatte, ihn zu schwingen.

»Wo ist Tony?«

»Der wird gleich kommen. Ich wollte zuerst mit dir reden. Mit dir allein.« Der alte Mann saß still und ruhig da, während das Bankett der Hyänen verschwommen über seine Brillengläser flackerte. Als das Festmahl beendet war, erhob er sich langsam aus seinem Sessel, und Johnny folgte ihm in die Küche, zu einem alten, mit Linoleum überzogenen Küchentisch, der, wie der Baseballschläger, schon so lange dort gestanden hatte, wie er sich zurückerinnern konnte. Auf dem Tisch lag neben einem Plastikaschenbecher mit dem Reklameaufdruck eines Lokals namens Dario's, das schon vor geraumer Zeit dichtgemacht hatte, ein Briefumschlag, den ihm der alte Mann zuschob, nachdem er Platz genommen hatte.

»Kauf dir einen neuen Anzug und ein paar Hemden«, sagte er. »Aber nichts Extravagantes.«

Johnny öffnete den Umschlag und entdeckte einen dikken Packen Hundertdollarscheine. Mit einer Handbewegung unterband der alte Mann die unbeholfenen Dankesworte seines verblüfften Neffen.

»Tonio wird dir ein bißchen Blut abzapfen wollen«, sagte er. »Tu ihm den Gefallen und mach mit. Es ist keine große Sache.«

»Wie soll ich das verstehen: ›ein bißchen Blut abzapfen‹?«

»Ein bißchen Blut«, wiederholte Joe, wobei er zur Demonstration mit dem Nagel des rechten Mittelfingers über die Innenseite seines linken Mittelfingers schnipste. »Das ist so was wie ein« – er wedelte geistesabwesend mit der Hand und wollte damit andeuten, daß er das Ganze für ausgesprochenen Unfug hielt –, »wie ein Schwur. Und das Blut besiegelt den Schwur. Irgend so ein Mumpitz. Tonio gehört noch zur alten Schule, er legt großen Wert auf solchen Hokuspokus. Also mach ihm einfach die Freude und spiel mit.«

»Wie soll ich das verstehen: ›ein Schwur‹?«

»Ehre. Treue. Der ganze Zinnober. Das ist wie die Pfadfinder für *cafùn*'s. Für Burschen wie Tonio und mich war das früher eine große Sache, damals, als wir nach oben kamen. Jeder von uns hat das über sich ergehen lassen. Tonio, der lebt noch immer in den alten Zeiten. Er ist genau der Typ. Er rennt am Muttertag noch immer mit 'ner Nelke im Knopfloch durch die Gegend. Wie gesagt: Spiel einfach mit. Mach ihn glücklich.«

»War es das, was du mir erzählen wolltest, bevor er hier auftaucht?«

»Nein. Ich wollte mit dir über den Spic reden, den ihr neulich abend umgelegt habt. Hast du ihn weggeputzt oder dein Kumpel?«

»Ich bin gefahren.«

»Du bist gefahren.« Der alte Mann schnaubte auf. »Hast du dir bei solchem Kram irgendwann einmal das eigene Hemd schmutzig gemacht?«

Johnny schüttelte den Kopf und murmelte etwas.

»Irgendwie erleichtert mich das«, sagte Giuseppe. »Denn für mich wirst du immer zuerst mein Patensohn sein. Ich schau' dich an und sehe immer noch den kleinen Jungen mit den Büchern und dem Chemiebaukasten. Und deshalb machen mich deine Worte auf gewisse Weise froh. Aber irgendwie stimmen sie mich auch nachdenklich. Ich frage mich, ob das eher auf deinen Grips oder auf den Saft in deinen Eiern zurückzuführen ist. Ich meine, ob du bloß das eine hast und ob dir das andere vielleicht fehlt.«

Johnny schlug kurz die Augen nieder, und dann sah er ihm direkt ins Gesicht, ohne zu wissen, was er antworten sollte.

»Wenn du bei dieser Sache mitmischen willst, wirst du nämlich beides brauchen. Dies ist etwas anderes als eine der üblichen Transaktionen. Dieser Spic oben in Harlem, das war ein Niemand. Das war bloß der drogensüchtige Bruder eines anderen Arschlochs. Das Ganze ist auf Rosarios Mist gewachsen. Es ist seine Art, die Dinge zu erledigen. Er schleicht wie die Katze um den heißen Brei, läßt den einen Bruder umlegen, um dem anderen eine Warnung zu verpassen. Meine Methode ist anders. Die beste Verbindung zwischen zwei Punkten ist eine gerade Linie, und daran habe ich mich immer gehalten. Mit diesem verdammten Herumgeschleiche ist jetzt ein für allemal Schluß. Genau deswegen sind Rosario und die anderen und wir zusammen mit ihnen auf dem absteigenden Ast gelandet. Also, der Bruder dieses Spics, der ist da oben eine große Nummer. Jedenfalls hält er sich dafür. Früher hat er unseren Jungs jede Menge *bubbonia* abgekauft. Doch dann ist er zu den Gum Sing, den Vietnamesen, abgewandert. Und Rosario wollte ihn auf diese Weise dazu bringen, wieder bei uns zu kaufen. Vermutlich ist bei der ganzen Aktion nicht mehr herausgekommen, als daß er diesem Arschloch einen Gefallen getan und ihn von seinem verdammten Junkie-Bruder befreit hat, der ihm sowieso schon auf den Wecker ging.

Worum es geht, Johnny, ist folgendes. Die *bubbonia* kommt von den Chinesen. Wir kaufen sie bei ihnen. An die Vietnamesen verkaufen die nicht. Die hassen die Vietnamesen wie die Pest. Doch es gibt ein paar Chinesen, die in letzter Zeit angefangen haben, ihren Stoff an die Vietnamesen zu verkaufen. Bei ihnen handelt es sich um Fukianesen. Oder meinetwegen auch Fujianesen. Doch wie man die Brüder auch nennt, sie haben vor, sich für immer bei uns einzunisten. Das sind richtige Scheißkerle, und die anderen Chinesen haben Angst, ihnen in die Quere zu kommen. Sie sind es, zusammen mit ihren vietnamesischen Freunden, die sich das unter den Nagel reißen, was früher uns Italienern gehörte, und die übrigen Schlitzaugen schließen sich ihnen an. Sie verkaufen direkt an die Spics, an die Bimbos, an buchstäblich jeden. Die Spics sind für uns wichtiger als die Nigger, weil die Nigger nur an ihre eigenen Leute verkaufen, während die Spics an jeden verkaufen – an Weiße, an Nigger, an andere Spics. Versteh mich nicht falsch. Die Nigger bringen natürlich auch Geld, aber die Spics machen viel mehr Umsatz. Wie dem auch sei: Dieses ganze Gesocks, Spics, Nigger, hat seine *bubbo-*

nia immer von uns bezogen. Doch das ist jetzt anders geworden.

Wir wollen wieder Ordnung in den Laden bringen. Und der einzige Weg, auf dem das geht, ist eine gerade Linie. Du wirst in etwa einer Woche nach Mailand fliegen, zusammen mit Louie Bones. Ihr werdet einen Freund von uns besuchen, einen Freund von Tonio und mir, jemanden aus Sizilien. Er wird sich dort mit einem Mann aus Hongkong treffen. Du, Johnny, sollst bei diesem Treffen als meine Augen und Ohren in Erscheinung treten. Bevor du dich auf den Weg machst, wirst du dich hier mit einem unserer chinesischen Freunde treffen. Dieser Bursche, Billy Sing, wird dir alles Nötige erklären. Und in der Zwischenzeit werde ich hier mit Tonio und Louie Bones ein paar Tanzkarten verteilen. Es wird allerhand passieren. Es wird ein paar Warnungen geben, und die werden nichts mit irgendwelchen kleinkarierten Junkies oben in Harlem zu tun haben. Und du wirst auch nichts damit zu tun haben. Aber wie schon gesagt: Es sind deine Eier, die zwischen deinem Kopf und deinem Arsch baumeln. Vergiß das nicht! Und zieh dir bloß keine Hemden an, die du dir nicht schmutzig machen willst.«

»Was meinst du«, fragte Johnny, verlegen lächelnd, um die Stimmung ein wenig aufzulockern, »soll ich dafür sorgen, daß mit meinem Testament alles geregelt ist, oder was?«

Der alte Mann ließ ein langes Röhrchen grauer *toscanello*-Asche in den Plastikaschenbecher fallen. »Testament? Mit so was wisch' ich mir den Arsch ab.« Er lachte. »Das bringt die Leute doch bloß dazu, auf deinen Tod zu spekulieren.«

Das Geheul der Hyänen hatte aufgehört, als Tonio eintraf. Nachdem sie ein bißchen Konversation betrieben hatten, griff Tonio in seine Tasche und legte ein altes Federmesser mit Hirschhorngriff und einen kleinen, zusammengefalteten Zettel auf den Tisch, der auf den ersten Blick wie ein Stück Zeitungspapier aussah. Als Johnny genauer hinschaute, konnte er erkennen, daß es sich um die herausgerissene Seite aus einer italienischen Bibel handelte.

»Gib mir deine Hand«, sagte Tonio, wobei er ihm seine eigene Hand entgegenstreckte, auf eine Art, die Johnny an Michelangelos Deckenfresko in der Sixtinischen Kapelle erinnerte. Johnny gehorchte, und der alte Tonio fuhr in seiner Rede fort:

»Schwörst du, mit offenen Augen und aus tiefstem Herzen, bei deinem Leben, bei deiner Seele und bei allem, was dir heilig ist, daß du diejenigen, die in dieser Nacht an deiner Seite sitzen, niemals verraten wirst, weder mit Worten noch mit Taten?«

Johnny blinzelte zu seinem Onkel hinüber, der so am Tisch hockte, als wäre er mit seinen Gedanken ganz woanders, die Augen versteckt hinter Zigarilloqualm und dikken Brillengläsern. Aus dem Nachbarzimmer drangen die rhythmischen Klänge eines kitschig-sentimentalen Songs – ›Groovy Kind of Love‹ – und ein Hinweis darauf, daß »*Magische Momente*, die Musik, die Sie lieben, im normalen Handel nicht erhältlich ist. Sparen Sie die Nachnahmegebühr, indem Sie uns einen Scheck schicken oder das Geld direkt auf unser Konto überweisen.« Johnny schaute hinunter auf die Messerklinge, die Tonio an seinen Zeigefinger hielt.

»Selbstverständlich!«

Die scharfe Klinge ritzte über seine Haut. Tonio drehte den blutenden Finger nach unten und fing an, sizilianische Worte zu murmeln, während das Blut auf die herausgerissene Bibelstelle tropfte. Johnny beobachtete Tonios Augen, die, während er sprach, unverwandt auf das Blutvergießen starrten, und dabei hörte er den sonderbaren rituellen Singsang der Formulierungen: ». . . *d'u sangu unu e medesimu . . . un onuri luntanu da chiddu degl'autri omini . . .*«

– und ein munteres, schwesterliches Gezwitscher, das aus dem anderen Raum herüberwehte: »Dafür sollten Sie sich besser hinsetzen: Der Tampon, den Sie benutzen, wurde wahrscheinlich von einem Mann entwickelt.«

»... non tradiri questu duviri sacru ... avribbi far muriri terribilmenti e suffriri nu focu d'inferno eternu ...«

»Mit *o. b.* können Sie überall bestehen.«

»... non duviri dimenticarlu ...«

Tonio zerknüllte den blutigen Papierfetzen und legte ihn in den Aschenbecher. Dann zündete er ihn mit einem Streichholz an. Er blickte zu Johnny, lächelte ihn an und gab ihm einen freundschaftlichen Klaps auf den Hinterkopf. Die letzte, an ein Spitzenmuster erinnernde Glut verlosch, und der verbrannte Klumpen im Aschenbecher glich einer winzigen, vertrockneten schwarzen Blume.

»In Ordnung«, sagte Tonio befriedigt. *»Nuovo sangu, nuovo viguri.«*

In jener Nacht machte Johnny einen langen, einsamen Spaziergang. Er wanderte stundenlang umher, ohne nachzudenken, und er spürte nichts außer einem schwachen Plätschern an den Rändern seines Bewußtseins: das Plätschern von etwas, das ihm wie eine undeutliche, langsam näher rückende dunkle Flutwelle erschien, wie eine böse Vorahnung. Schließlich landete er an einem kleinen Tisch in einem Café in der Mulberry Street, von dem er ausdruckslos durch die Fensterscheibe auf die nächtliche Stadt hinausstarrte. Das Lokal war so gut wie leer, und für die Straße galt das gleiche. Als er seine Kaffeetasse zum Mund führen wollte, hielt er inne, als sein Blick auf das dunkelrot verfärbte Heftpflaster an seinem Zeigefinger fiel: Es ließ die Leere belanglos werden, die drinnen genauso wie die draußen.

8

Special Agent Robert J. Marshall stand auf dem Balkon im dritten Stock des Hewitt Wellington. Er genoß das vor ihm ausgebreitete Panorama des Sees mit den dahinter blühenden Bäumen und beobachtete, wie die goldene Scheibe der Morgensonne über dem Meer aufging. Für einen Augenblick schloß er die Augen und räkelte sich im warmen Licht des Tagesanbruchs und im sanften Streicheln der vom Meer herüberwehenden Frühlingsbrise.

Ja, er liebte diese Gegend! Er war keine siebzig Meilen von hier geboren worden, doch in einer völlig anderen Welt. Seit seiner Jugend in der vor sich hin faulenden Hölle von Newark war er Sommer für Sommer nach Süden an die Küste New Jerseys gefahren. Eigentlich hatte er geglaubt, alle heruntergekommenen Küstenorte und verschmutzten Strände zwischen Keansburg, Asbury Park und Atlantic City zu kennen. Und dennoch hatte es die ganze Zeit hier gelegen, unbemerkt von ihm, an die Küste geschmiegt knapp unterhalb des protzigen Badeorts Belmar: das Paradies, der idyllische Flecken Spring Lake, eine kleine Gemeinde mit viktorianischen Einfamilienhäusern und stillen, von Bäumen gesäumten Straßen und das herrlichste, sauberste Stück Strand der gesamten Küste. Die Gemeinde war wohlhabend, überwiegend irischer oder italienischer Abstammung, und seit mehr als einem Jahrhundert hatte dieser Wohlstand Spring Lake davor bewahrt, das deprimierende Schicksal der anderen Orte an der Küste New Jerseys teilen zu müssen. Hier gab es keine Nachtlokale, und Essen und Trinken waren am Strand untersagt. Es gab keine Kriminalität, keinen Müll auf den Straßen, keine Graffiti. Selbst die Autos schienen sich still und leise zu bewegen, wie beschämt von der seltsamen Erhabenheit eines Ortes, wo Vogelgesang und Meeresrauschen den Ton angaben, wo eher Naturgesetze als amtliche Verfügungen dafür zu sorgen schienen, daß der Schall und Wahn der hupenden und dröhnenden Pontiac Grand Ams, die ordinäre und abstoßende Impotenz des Menschen, ausgesperrt blieben. Als er eines Nachmittags aus einer Laune heraus vom Highway 524 abgebogen war, hatte er den Ort entdeckt und sich auf der Stelle in ihn verliebt.

Das war vor sieben Jahren gewesen, zu der Zeit, als man ihn, einen Detective Sergeant bei der New Yorker Stadtpolizei, Einsatzgruppe ›Asiatische Kriminalität‹, befördert und zur Fahndungsabteilung der New Yorker Niederlassung der Drug Enforcement Administration versetzt hatte; es war auch das Jahr gewesen, in dem er Mary kennengelernt hatte, wenige Tage bevor er die Stadt wegen des Lehrgangs an der DEA-Akademie in Quantico verlassen mußte. Dort hatte er – in Klassenräumen und Konferenzzimmern, in *Hogan's Alley* und *Combat Village*, im Schlafsaal und in der Cafeteria, in den hügeligen Wäldern rings um den Ausbildungskomplex – fünfzehn Wochen lang mit der gleichen Hingabe über Mary nachgedacht wie über verdeckte Laboruntersuchungen und Verfassungsrecht, und er hatte gemerkt, daß er von der Liebe genauso besessen war wie von praktischen Razziaübungen und der Strafprozeßordnung der Bundesgerichte. Er qualifizierte sich für halbautomatische Schrotflinten des Kalibers 12, M16-Karabiner, Maschinenpistolen, Pistolen des Fabrikats SIG-Sauer und Colt-Revolver, trainierte Tag und Nacht für den Belastungstest – mit jeder Hand vierzig rasch hintereinander ausgeführte Betätigungen des Abzugshebels eines ungeladenen Revolvers mit hohem Druckpunkt –, bis ihm die Unterarme und Handgelenke weh taten, steigerte sich auf zwanzig Klimmzüge, einundsiebzig Liegestütze, hundert Rumpfbeugen im Liegen, drückte bei der Pendelstaffel seine Zeit für die einhundertzwanzig Yards auf glatte einundzwanzig Komma null und die für die Zwei-Meilen-Distanz auf unter zwölf Minuten, absolvierte Geländeübungen, ärztliche und psychologische Untersuchungen und siebzehn schriftliche

Tests – und immer, bei jeder seiner seltenen Verschnaufpausen, konnte er Marys Augen sehen und ihre Lippen spüren. Zwei Jahre später hatten Mary und er ihre Flitterwochen in Spring Lake verbracht. Eines Abends im Eggiman's hatten sie bei Muschelkrebs-Sandwiches und Bier beschlossen, daß sie eines Tages an diesem Ort leben würden: Hier wollten sie ihre Kinder aufziehen und ihre Liebe teilen.

Inzwischen war das erste dieser Kinder unterwegs, Marys mädchenhafter Bauch zeigte schon eine leichte Wölbung, und ihr Traum schien langsam wahr zu werden. Die jüngste Beförderung hatte sein Gehalt auf die Besoldungsstufe GS-15 klettern lassen. Mit fünfundzwanzig Prozent Überstunden machte er schon jetzt beinahe siebzig Riesen im Jahr. Mit dem Grundstock des Geldes, das er und Mary gespart hatten, würden sie eine anständige Hypothek an Land ziehen können. Ihre Termine mit dem Immobilienmakler waren aus den Gefilden vager Wunschvorstellungen in die Domäne von Dollars und Details vorgedrungen. Häuser kosteten einen Haufen Geld, aber die Vermögenssteuer war niedrig, und auf dem Immobilienmarkt herrschte gerade Flaute. Für dreihundert Riesen, sagte der Makler, würden sie schon was Nettes bekommen: nichts Großes, nichts Ausgefallenes, nichts in unmittelbarer Meeresnähe, aber nichtsdestoweniger ihr eigenes kleines Stück vom Paradies.

Der Morgenhimmel ging allmählich in ein sattes, leuchtendes Blau über. Inzwischen würde unten im Speisesaal des Hotels der Kaffee dampfen, doch Robert beschloß, um den See herum zu einem Café in der Main Street zu gehen. Er trat vom Balkon ins Zimmer, wo Mary immer noch schlief, in der abnehmenden Dunkelheit, in die das Tageslicht bisher nicht vorgedrungen war. Er stand eine Weile da und betrachtete ihr Schlummern. Sie war wunderschön. Ja, dachte er, sie gehörte hierher. Und er selbst? Nun, er war bloß ein Glückspilz. Ein gütiges Schicksal hatte ihn von den Straßen Newarks auf die New Yorker Polizeischule und das John-Jay-College für Strafrecht gebracht, ihn zum jüngsten Detective Sergeant in den Annalen des 5. Reviers gemacht und für seinen rasanten Aufstieg vom Drogen-Sonderdezernat der New Yorker Stadtpolizei zur DEA gesorgt. Und dasselbe gütige Schicksal hatte ihn mit Mary beglückt.

Er beugte sich hinunter und küßte sie sanft auf die Schläfe, wobei er ihr zärtlich durch die Haarsträhnen strich, die der Schlaf wie windzerzauste Maiskolbenseide aus ihrer blonden Lockenpracht herausgelöst hatte. Sie schnurrte und lächelte, widerstandslos im seligen Dämmerzustand zwischen Schlaf und Erwachen dahintreibend. Sie war jetzt zweiunddreißig, fünf Jahre jünger als er, und in seinen Augen sah sie noch immer aus wie eine Göttin. Er liebte sie. Er liebte diesen Ort. Er liebte diesen Morgen. Sein Job, der menschliche Abschaum und das Böse in der Welt, all die Dinge, die sich tagaus, tagein wie Ruß auf seiner Seele und seinem Geist niederließen – er war davon befreit, und wenn auch nur für einen Augenblick. Die Geräusche der Brandung, das strömende Sonnenlicht und die Liebe hatten all das hinweggeschwemmt, und jeder seiner Atemzüge war wie das Wispern einer süßen Glückseligkeit.

Der alte Chen Fang kniete mit gesenktem Kopf nackt vor der Klosettschüssel, die knochigen Arme um den bräunlich angelaufenen Porzellanrand gelegt, und übergab sich, wobei sein ausgemergelter, zusammengekauerter Körper zitterte wie der eines verletzten Nestlings. Der tief aus seinen Eingeweiden dringende Schwall bitterer Galle und übelriechender Körpersäfte ließ mehrere Klumpen schwarzgeronnenen Blutes aus seinem Mund schießen. Er keuchte und schnappte verzweifelt nach Luft, bis die Zukkungen seines Körpers endlich abgeklungen waren.

Er starb. So einfach und banal war das. Er hatte gespürt, daß *er* sich näherte: der Tod, der nach Westen ziehende Reiter, der unbarmherzige Schnitter. Und jetzt hatte er sich persönlich angekündigt. Nichts und niemand würde ihn noch retten können: kein neunmalkluger Doktor des

Memorial Sloan-Kettering und auch kein Wurzelmann traditioneller Art, kein Gebet und auch kein Bittopfer. Der Tod war angekommen und stand direkt neben ihm.

Chen Fang erhob sich mit zittrigen Knien und wusch den Todesschleim aus seinem Gesicht. Als er sich in dem zersprungenen Spiegel über dem Waschbecken erblickte, murmelte er schanghainesische Worte vor sich hin, die seinen Anblick beschreiben sollten: »*Gua sa zu za*«, ein Häufchen Elend, das zu Schatten und Knochen zerfiel. Er schleppte sich zum Mahagonitisch im anderen Zimmer. Unter ständigem Geschimpfe über das Zittern in seiner rechten Hand rührte er sein weißes Pulver an und schoß es sich wie Schlangengift in die Blutbahn, wobei er kurzatmig durch seine zusammengepreßten, fauligen Zähne zischte.

Eine knappe Stunde später, als er aus seinem Tagtraum vom Tod aufgeschreckt und in der Welt seiner tatsächlichen Anwesenheit gelandet war, setzte er etwas Wasser auf und kochte sich einen dampfenden Sud aus der Rezeptur, die der Kräuterarzt für ihn zusammengestellt hatte: Binsenpollen, um die inneren Blutungen und den blutigen Auswurf zu stillen; Schwammkürbis und Mimosenrinde, um die Krebsgeschwüre abschwellen zu lassen; Ginsengwurzel, um die Krebszellen einzudämmen und seinen vom Blutverlust geschwächten Körper aufzubauen; und Ligusterbeeren, um das Leben zu verlängern. Er zog sich an und schritt hinaus ins Tageslicht. Er hatte keine Angst, und seine Schmerzen hielten sich in Grenzen, doch seine Schwermut war so grenzenlos wie der Himmel. Es kam ihm vor, als wäre alles bisher Geschehene nichts als ein hohler Traum gewesen, *tzis shing mŏng shìang*, ein bedeutungsloses Fantasiegebilde, das nur für einen Atemzug existiert hatte, bloß um anschließend in ewiger Finsternis zu versinken.

Doch andererseits war es schon immer finster gewesen. Er spazierte gemächlich in östlicher Richtung die Bayard Street hinunter, und es schien, als führte ihn jeder Schritt tiefer in die Erinnerung an jenen hohlen Traum, an jenes versunkene Fantasiegebilde ohne Bedeutung. Er kam an Winnie's Bar vorbei. Im Eingang lehnten zwei junge Männer, die ihm respektvoll zunickten und ihn als Chen Xinseng anredeten, mit jener kantonesischen Begrüßungsfloskel, die uneingeschränkte Hochachtung signalisiert. Sie waren nicht zu jung, um es noch zu wissen, ging Chen Fang durch den Kopf: nicht zu jung, um zu wissen, daß sie ihren Platz in der Welt niemand anderem zu verdanken hatten als dieser mitten unter ihnen wandelnden, klapprigen Vogelscheuche.

Vor mehr als einem Vierteljahrhundert, als das neue Einwanderungs- und Einbürgerungsgesetz von 1965 große Wellen von Chinesen nach New York gespült hatte, erstmals wieder seit der Einführung der strengen Quotenregelungen der zwanziger Jahre, hatten sich die heranwachsenden Söhne der neuen Einwandererfamilien in Gangs zusammengeschlossen, um sich gegen die *ha ju* und die *shibenga ju*, die schwarzen und braunen Teufel, wehren zu können, denen sie damals an den staatlichen Schulen rings um Chinatown zahlenmäßig weit unterlegen waren. Sogar die *tzo gang*, die in Amerika geborenen chinesischen Jugendlichen, waren ihre Feinde und hatten sie als *tzo nga* gebrandmarkt. Doch es hatte nicht lange gedauert, bis diese *tzo-nga*-Außenseiter von der reinen Selbstverteidigung dazu übergegangen waren, ihrerseits Terror auszuüben. Da ihnen nicht entgangen war, daß die chinesische Gemeinde die *gualo*-Behörden genauso fürchtete wie ignorierte, hatten diese neuen Gangs begonnen, Ladenbesitzer zu erpressen, und es war ihnen gelungen, die Continentals zu verdrängen, die ältere, harmlosere Gang der in Amerika geborenen Chinesen. Wenig später hatten sie sogar die Stirn besessen, die Spielhöllen der Dongs zu überfallen und auszurauben.

Die Dongs hatten zunächst beschlossen, diese Jungen zu töten. Doch kein Geringerer als Chen Fang, damals eine Schattenmacht im Dong On Leon, hatte sich dagegen ausgesprochen. Es wäre viel sinnvoller, so hatte er argumentiert, diese jungen Burschen anzuheuern, sie zu unterweisen und zu erziehen, damit sie die Befehle der On Leong befolgten wie eine Meute treuer Hunde, und sie auf den Straßen die Interessen der On Leong gegenüber anderen Jugendbanden verteidigen zu lassen. Auf diese Weise war die als White Eagles bekannte Gang entstanden, unter der Schirmherrschaft der Kampfsportgruppe des Dongs, dem On-Leong-Jugendclub. Einige White Eagles hatten sich später abgespalten und die Black Eagles gegründet. Die On Leong hatten zugesehen, wie die White Eagles von den Black Eagles und anderen Gangs herausgefordert wurden: zunächst von den Chung Yee, dann von den Quem Ying aus der Henry Street, den späteren Liang Shan. Inzwischen hatte der Dong Hip Sing seine eigene Jugendgang auf die Beine gestellt, die Flying Dragons. Die On Leong hatten gewartet, bis die Schwächeren auf der Strecke und nur die Stärksten übriggeblieben waren, und anschließend den Treueschwur der Liang Shan, der Keimzelle der späteren Ghost Shadows, entgegengenommen, während die White Eagles und die Black Eagles mit den Flying Dragons der Hip Sing verschmolzen waren.

Fang fragte sich, ob die beiden Ghost Shadows in der Tür es zu etwas bringen würden. Es traf zu, daß etliche Gangmitglieder in den inneren Kreis, in den Dong selbst, aufgestiegen waren – »Ich bin kein Ghost Shadow mehr, ich bin jetzt ein On Leong«, hatte Fang einen jungen Mann vor kurzem prahlen gehört –, und selbst der derzeitige Präsident des New Yorker Zweigs der On Leong war ein ehemaliger Ghost Shadow. Doch die meisten von ihnen kamen einfach bei sinnlosen Auseinandersetzungen um, bei denen sie Gesicht beweisen wollten, oder sie begnügten sich nach und nach mit einem Leben als Taxifahrer, Junkie, Handtaschenräuber oder Gemüsehändler. Auf der Straße, da waren sie *jǒ ling*, große Tiere, mit finsterer Miene einherstolzierende, vornehme Prinzen, doch für den Dong, der sie ernährte und sich ihrer bediente, waren sie kaum mehr als kläffende Köter, die den Frieden eines Gartens bewachten, dessen lauschige Winkel sie niemals kennenlernen würden.

Chen Fang setzte seinen Weg fort, vorbei an der Hausnummer 85, der Spielhölle der On Leong, vorbei am Coffee House, wo noch mehr Ghost Shadows herumlungerten, vorbei an der Hausnummer 63 mit dem Eingang zum geheimen Versammlungskeller der Chinesischen Freimaurer. Doch was für Geheimnisse hätten ihm diese verkalkten Trottel schon offenbaren können?

Er überquerte die Bowery und befand sich nun auf dem Territorium des Dong Tung On. Obwohl er ein On Leong war, schritt er ohne Angst weiter, denn man achtete ihn noch immer als *dzeng ning jüng dzi*, als einen Mann von Ehre, der sich überall frei bewegen durfte. Als er noch weiter in Richtung Nordosten vorstieß, passierte er das am East Broadway gelegene Hauptquartier der Fujianesen. Diese Chinesen mit ihren zwei undurchschaubaren Dialekten gingen über Leichen und hatten sich zur aggressivsten Kraft im Reich des weißen Pulvers entwickelt. Die beiden steinernen Drachen, die so neben dem Eingang standen, als bewachten sie das Hauptquartier ihres Dongs, die Fuk-Ching-Vereinigung am East Broadway 125, waren für Chen schon immer Symbole der Vorgehensweise dieser Leute gewesen: eine grelle Erinnerung an eine grausame Vergangenheit – und das zu einer Zeit, in der andere, ältere Dongs um eine Fassade sozialer Wohltätigkeit bemüht waren.

Nachdem er wie immer kurz stehengeblieben war, um an der Ecke Market Street das Fischangebot bei Hing Hing zu studieren, wanderte er zurück und passierte die Spielhölle der Tung On an der Kreuzung Division und Catherine Street. Dann überquerte er wieder die Bowery und betrat die enge, gewundene Pell Street, das Territorium des Dong Hip Sing.

Als er die Spielhölle der Hip Sing in Nummer 9 hinter sich gelassen hatte, blieb er für einen Moment an der Stelle stehen, wo früher einmal die Nummer 13 gewesen war. Er erinnerte sich an die Opiumhöhle, die es dort vor langer Zeit gegeben hatte, und an die intensive, rauchgeschwängerte Atmosphäre jenes Ortes, an das Duftgemisch aus unterschiedlichsten Opiumsorten: Ti Yuen und Ti Sin, Wing Chong und Quan Kai, das herrlich milde Fuk Yuen und das fruchtige Li Yuen. Ihm fielen wieder die zierlichen, kleinen Flammen in den Opiumlampen ein, die wie Glühwürmchen in den Schatten einer unendlichen, verbotenen Nacht geflimmert hatten; die lange, schlanke Stahlnadel, die über dieses Flimmern gehalten wurde; der süße *yapiyia*-Teer, der an der Nadel Bläschen warf und anschwoll, wobei sich seine Farbe von Pechschwarz in Kupfergold verwandelte; die in der Schale des *yia chiang* herumrührende Nadel; der Geschmack des elfenbeinernen Mundstücks; und das erste, tiefe Inhalieren des süßen weißen Rauchs. Als Chen Fang zum erstenmal nach Chinatown gekommen war, hatte diese Opiumhöhle schon länger existiert, als man sich zurückerinnern konnte. Im alten Jahrhundert, so hatte es geheißen, zu der Zeit, als das *yapiyia* noch legal gewesen war, konnten Männer in der Nummer 13 nicht nur rauchen, sondern sich auch Frauen kaufen, und zu Chen Fangs Zeiten hatte es dort immer noch Frauen gegeben, steinalte Witwen, die geprahlt hatten, daß sie einst von einflußreichen und vermögenden Männern für enorme Summen gekauft worden seien. Chen Fang selbst hatte dort vor vielen Jahren Frauen gehabt, doch die waren *gualo* gewesen, aus der Bahn geworfene weiße Frauen, Sklavinnen, deren Herr und Gebieter das *yapiyia* war; und es waren nur wenige gewesen, denn damals brach bereits das Zeitalter des weißen Pulvers, des herrlichen *héloying*, an. Jetzt war die Nummer 13, so wie der Rauch selbst, verschwunden, und an ihrem Platz hatte sich die neue Hip Sing Federal Credit Union breitgemacht, die Bank vom Nachbargrundstück, der Nummer 15, wo früher das alte Hauptquartier des Dong Hip Sing gestanden hatte. Aus dem Eingang der Nummer 16, der derzeitigen Adresse der Hip-Sing-Vereinigung, winkte ein alter Mann träge über die Straße zu Chen Fang, jemand, von dem Chen Fang gedacht hatte, er wäre schon vor Jahren gestorben. Er winkte zurück – zwei Gespenster, die einander zu erkennen gaben.

Als er das Ende der Pell Street erreicht hatte, bog er rechts in die Mott Street ein. Nummer 53 war jetzt ein namenloser Ramschladen. Chen konnte noch immer den verblichenen, abblätternden Schriftzug in der Ecke des Schaufensters erkennen: N. Y. STATE LIQUOR LICENSE L-1662. In diesen Räumlichkeiten hatte Peter Woo viele Jahre lang sein Spirituosengeschäft betrieben, Tai Pei Liquors. Schnaps war freilich nicht die Haupteinnahmequelle des alten Woo gewesen. Woo hatte das Glückspielgeschäft des Dongs geleitet und sich dabei eine goldene Nase verdient, doch das hatte ihm nicht gereicht, und so hatte er, mit Chens Vermittlung, Kontakte zu Leuten aus der Triade 14K geknüpft und war *ba feng ka* geworden, ein Makler des weißen Pulvers. Als solcher hatte er Reichtümer zusammengerafft, die noch weit jenseits der Träume von Glücksspielern lagen. Woo war zweiundsiebzig Jahre alt gewesen und noch immer von der Gier getrieben, als er im Winter 1989 mit achthundertzwanzig Pfund Uoglobe-Heroin Nr. 4 von DEA-Agenten verhaftet wurde. Jetzt waren diese schäbigen Ramschverkäufer freiere Männer als er, und nur jener nach Westen ziehende Reiter, dem sich jeder anschließen muß, würde ihn aus seinem Käfig befreien können.

Chen passierte die Nummer 57, eine unauffällige Tür, die zu einem Dach führte, wo die Ghost Shadows ihre Waffen versteckten, und die Nummer 63, das Restaurant Hong Fat, in dessen Kellergeschoß eine Spielhölle der On Leong untergebracht war. Chen sah, daß die Polizei den Laden dichtgemacht hatte, doch in der zweiten Spielhölle, die die On Leong in diesem Abschnitt der Mott Street unterhielten, auf der gegenüberliegenden Straßenseite, in der Nummer 66, unterhalb des Restaurants Western Villa, schien reger Betrieb zu herrschen. Ein paar Häuser weiter, ebenfalls in einem Kellergeschoß, lag der Mayfair Tea Room, ein anderer Treffpunkt der Ghost Shadows. Er passierte das Hauptquartier des Dongs, die, wie der Schriftzug auf der Glasscheibe besagte, On-Leong-Handelsvereinigung, und überquerte anschließend die Canal Street, deren nördliche Seite nun von vietnamesischen Straßenhändlern und den vietnamesischen Gangs beherrscht wurde, die sich an ihnen schadlos hielten.

Er bog in die Mulberry Street ein und blieb vor der Nummer 163 stehen, um einen Blick auf die alte, braun gestrichene Stahltür zu werfen. Hierher war der junge Chen, gerade zwölf Jahre alt, von jenen Männern gebracht worden, in deren Obhut ihn sein Großvater gegeben hatte.

Hier hatte alles begonnen. Hier, im Kellergeschoß dieses Hauses, in der Zeit vor Chens Ankunft, hatten *yídaliníng* – Italiener aus Sizilien; *hasar do*, Männer der Schwarzen Hand – und Männer aus Schanghai ein Bündnis geschlossen, um das Geschäft mit dem weißen Pulver gemeinsam abzuwickeln. Hier hatte für beide der amerikanische Traum wirklich Gestalt angenommen. Der Mann, der diese Partnerschaft zuwege gebracht hatte, der jüdische Spieler Arnold Rothstein, war bereits ermordet worden, als Chen an diesen Ort gekommen war. Doch Rothsteins Protegés hatte Chen noch persönlich kennengelernt: Salvatore Lucania und Tommaso Pennacchio, die als Lucky Luciano und Tommy der Stier bekannt wurden. Von den Lagerhallen der Grünen Bande im Schanghaier Hafen war es über den Ozean zu den Docks Amerikas und schließlich in diesen Keller gekommen: das Glück einiger weniger und das Verhängnis vieler. Chen erinnerte sich an Pennacchios Wohnung etwas weiter unten in der Straße, bei der Nummer 89, wo sich nun der Siu-Cheong-Fleischmarkt befand, und daran, wie sich die Männer dort immer getroffen hatten, Chinesen und *gwailou* – der Mann, den sie in Schanghai *Kĕsà*, Caesar, genannt hatten, war mindestens einmal dabeigewesen. Er erinnerte sich daran, wie das Geld abgezählt und zu dicken Packen von der Größe eines Ziegelsteins gebündelt wurde, und an das große Kruzifix an der Wand, an die Gipsaugen des *gwailou*-Christus, die voll Traurigkeit auf sie hinuntergesehen hatten.

Chen war noch ein Teenager gewesen, als Luciano und Pennacchio ins Gefängnis kamen. Pennacchios Frau Mary und sein Bruder Vito hatten versucht, die Thronfolge im Reich des weißen Pulvers anzutreten, wurden aber wenig später verhaftet, zusammen mit vielen Chinesen. Doch die Partnerschaft hatte gehalten. Andere Kruzifixe, andere Männer. Erst als der Strom des Heroins während des Zweiten Weltkriegs wegen der Seeblockaden und der Sicherheitsvorkehrungen in den Häfen zu einem Rinnsal verkümmert war, hatte sich die Allianz zwischen Chinesen und Italienern aufgelöst. Angesichts des vom kommunistischen Regime herbeigeführten Endes der chinesischen Opiumproduktion hatten die Mohnfelder des Nahen und Mittleren Ostens Chinas Platz als Herzland des Heroingeschäfts übernommen, und Marseille hatte Schanghai und Hongkong als Exportzentrale den Rang abgelaufen. Die Kruzifix-Männer hatten die Chinesen vergessen und unter Führung des Mannes mit dem Namen Vito Genovese eine Partnerschaft mit den Korsen in Marseille gebildet. Um 1970 herum hatte sich das Blatt jedoch gewendet. Burma hatte den Iran als größten Opiumproduzenten überholt, und Hongkong hatte den internationalen Markt wieder unter chinesische Kontrolle bringen können. Um an ihr weißes Pulver zu kommen, mußten sich die Kruzifix-Männer nun in die Schlange der anderen *gwailou* einreihen. Die Chinesen hatten ein Vermögen gemacht, für sich allein, nicht als Partner, und wenn nun das Geld abgezählt und zu dicken Packen zusammengebündelt wurde, dann geschah dies unter dem Symbol der Triade, weit entfernt von den traurigen Gipsaugen des *gwailou*-Christus.

Ja. Hier hatte alles begonnen. Und nicht weit von hier, dachte Chen, unter dem Symbol des Kreuzes oder dem der Triade, würde vielleicht alles enden.

9

Als er sich in der Wohnung im dritten Stock von Onkel Joes Mietshaus in der East 67th Street umschaute, fragte sich Johnny, wann der alte Mann wohl das letzte Mal seinen Fuß über die Schwelle gesetzt hatte. Beim Durchstreifen der geräumigen Zimmer schien es ihm, als wäre der Staub der einzige Besucher, der diesen Ort in den letzten Jahren mit seiner Anwesenheit beglückt hatte.

Die Wohnung war offensichtlich von einer Frau eingerichtet worden oder von einer Schwuchtel. War es vielleicht Rose gewesen, die alte *comare* seines Onkels? Vermutlich eher ein von ihr beauftragter Innenarchitekt. Hier und da wurde der Schöner-Wohnen-Effekt von unübersehbaren Spuren der schlichten Ästhetik des alten Mannes durchkreuzt. Da war das große Kruzifix aus Bronze, das im Schlafzimmer über dem Walnußkopfteil des Bettes hing. Im Wohnzimmer stand ein modernes, blau geblümtes Sofa mit einer zerschlissenen Häkeldecke darüber, und neben der Couch befand sich ein Mosler-Safe, gekrönt von einem Zierdeckchen und einem Aschenbecher. Auf einem Wandregal standen ein paar abgegriffene Bücher: *Dodici Cesari*; eine aus dem Leim gegangene dreibändige Ausgabe eines Werks mit dem Titel *La Guerra del Vespro Siciliano*; ein brüchiges Taschenbuch von 1949, *Vom Glück, ein Yankee zu sein*, von Joe DiMaggio. Er öffnete das Taschenbuch und entdeckte innen im Buchdeckel den eingestempelten Vermerk BIBLIOTHEK · BESSERUNGSANSTALT GREEN HAVEN · STORMVILLE, N. Y. In der Küche hing ein ausgeblichener Druck mit einem religiösen Motiv: der heilige Georg, der auf seinem weißen Streitroß saß und mit angelegter Lanze den geflügelten Drachen zu seinen Füßen durchbohrte, während die Jungfrau Maria mit gefalteten Händen im Hintergrund kniete und die Szene beobachtete. Als Johnny das Streitroß sah, das sich mit einem panischen Ausdruck in den Augen aufbäumte, fiel ihm wieder die Geschichte ein, die ihm der alte Mann über das Pferd erzählt hatte, das auf der Cornelia Street durchgegangen war, das *equus mundi,* das seinem Untergang entgegenpreschte und auf dem sein Onkel reiten wollte. Johnny las die Worte am unteren Bildrand: S. GIORGIO, PROTEGGI LA NOSTRA CASA DALL'INSIDIA DEL MALE. Komisch, dachte er, daß ein Mann vom Schlage seines Onkels einen Heiligen bat, sein Haus vor der Arglist des Bösen zu beschützen.

Er ging wieder ins Wohnzimmer, zog die Vorhänge auf und öffnete die schweren, klassizistisch geschnittenen Fenster, von denen man die Straße überblicken konnte. In den Räumen schien ein Durst zu herrschen, der nun das luftige Sonnenlicht aufschleckte und die muffige Stille im Hochgefühl einer unbeschwerten Atempause durcheinanderwirbelte. Johnny stand einfach da, ließ sich von der sonnigen Brise umspülen und lächelte vor sich hin. Jetzt mußte er nur noch veranlassen, daß das Telefon wieder angeschlossen wurde, und eine Raumpflegerin auftreiben, die die Wohnung gründlich saubermachte.

Ganz allmählich kam ihm zu Bewußtsein, daß die luftige Stimmung, die er um sich herum fühlte, in Wirklichkeit in ihm selbst herrschte. Als er so in dieser neuen, unwirklichen Umgebung stand, spürte er das Kribbeln eines Neuanfangs. Der tote Strudel in seinem Inneren machte für einen Augenblick einer unbeschwerten, lebhaften Strömung Platz, und der übliche, an einen Trauermarsch erinnernde Rhythmus seines Herzschlags wurde beschwingter.

Er war noch immer in dieser Hochstimmung, als er in Brooklyn aus der U-Bahn stieg. Auf dem Weg zu seiner Wohnung kaufte er in einem koreanischen Lebensmittelladen einen Blumenstrauß und ein Päckchen Pariser.

Der Aussprache-und-Verständnis-Schmus vom gestrigen Abend hatte Diane besänftigt. Auch sie spürte den Schimmer eines Neuanfangs, der jedoch nicht von einem frischen Luftzug durch ein offenes Fenster herrührte, sondern von etwas, das noch viel schwerer greifbar war: von Worten, deren betörender Zauber die Anode und Kathode von Lüge und Wahrheit verschleiert hatte, von denen sie losgetänzelt waren.

Früher hatte Diane in der Wohnung immer nur Unterwäsche getragen. Im letzten Jahr, seitdem sie ihn auf sexuelle Nulldiät gesetzt hatte und die Distanz zwischen ihnen immer frostiger und frustrierender geworden war, hatte der keusche Panzer ihrer Jeans den Anblick ihres in leichte Baumwolle, Antron oder Lycra gehüllten Fleisches verdrängt. Er konnte sich noch immer an die Zeit erinnern, als ihre Liebe und ihre Wollust ungezügelt gewesen waren. Er konnte sich an ihr verschämtes, geiles Geflüster im Dunklen erinnern, an die Seufzer, die tief aus ihrem Inneren gedrungen waren, wenn er ihre Handgelenke und Knöchel mit Nylonstrümpfen und Halstüchern an die Bettpfosten gefesselt hatte. Eines Nachts hatte er ihr zusätzlich die Augen verbunden und sie an einer Zigarette saugen lassen, die er an ihren Mund geführt hatte. Dann hatte er die Zigarette durch seinen Zeigefinger ersetzt, dann durch seinen Schwanz, und immer so weiter, und dabei hatte er zugesehen, wie sie all ihre Hemmungen verlor und sich in wollüstiger Ekstase dahintreiben ließ. Sie hatte es gemocht, wenn er sie in den Mund fickte, während sie masturbierte. Dabei hatte sie ihren Kopf völlig ruhig und passiv gehalten und mit Inbrunst an ihm gesaugt, doch beim ersten Anzeichen ihres Orgasmus hatte sie darauf gedrängt, daß er sie in die Möse fickte. Es hatte ihr gefallen, an der Schlafzimmerwand zu lehnen, ein Kissen hinter den Rücken gestopft, die Knie ihrer gespreizten Beine bis zu den Brüsten emporgestreckt, und ihre Klitoris mit ihrem elektrischen Panabrator zu massieren, während er sie auf der Seite liegend fickte, ohne aufzuhören, wie es schien, wobei sie immer wieder kam, so lange, bis sie es nicht mehr aushalten konnte.

Doch diese Zeiten waren lange vorbei. Als er noch getrunken hatte, war es vorgekommen, daß ihm die Bräute in den Bars einen geblasen hatten. Und in den langen Monaten danach waren da hin und wieder Bills Mädchen gewesen, die gar nicht so anonymen einsamen Herzen bei den Anonymen Alkoholikern. Doch diese Zwölf-Schritte-Techtelmechtel waren mit der Zeit immer seltener geworden, denn für ihn vertrugen sich Gelegenheitssex und Nüchternheit so wie Feuer und Wasser. Der Alkohol war sein Aphrodisiakum, sein Gleitmittel und sein Befreier. Die meisten Männer in seinem Bekanntenkreis, Männer, die in der Regel sehr viel weniger tranken als er, beklagten sich über den abstumpfenden Effekt des Alkohols. Bei ihm jedoch war der Effekt ein völlig anderer gewesen. Der Alkohol ließ all die törichten, gespreizten Albernheiten erträglich, ja sogar annehmbar werden, die die Vertreterinnen des weiblichen Geschlechts als unabdingbare Ouvertüre verlangten, bevor sie für einen Fremden ihre Schlüpfer fallen ließen, jenen Tribut aus hohlem Geschwafel, den der haarige Unterleibskobold von jedem einklagte, der dort unten Einlaß begehrte, so als unterscheide sich das leere, alberne Geschwätz und Herumgeblöke irgendeines Mannes von dem anderer. Der Alkohol sorgte dafür, daß sich Reizlosigkeit in Schönheit verwandelte, er ließ den Blick verschwimmen und betäubte die Fingerspitzen und löschte so die vielfältigen Unzulänglichkeiten derjenigen aus, die Johnny wie gemästete Kälber zur Opferpritsche geführt hatte.

Doch in Johnnys Augen hatte keine Frau Diane, so wie sie in jenen längst verflossenen Tagen gewesen war, das Wasser reichen können, in jenen Tagen, die er nicht vergessen konnte, genausowenig wie er darauf hoffen durfte, sie jemals wieder heraufbeschwören zu können. Heute abend jedoch stand die Stimmung unter dem günstigen Stern der verschwörerischen Übereinstimmung ihrer Gefühlslagen, und Dianes schwesterliche Jeans waren im Kleiderschrank verschwunden. Als sie sich auf der Couch an ihn schmiegte, in ihrer pfirsichfarbenen Garnitur aus Mieder und Höschen, schien sie wieder die Frau zu sein, deren Seele er angebetet und deren Körper er vergöttert hatte. Beim Anblick der Innenseiten ihrer Oberschenkel und der sanften, luftigen Konturen ihres Höschens spürte er, daß ihn bloß die Erinnerung an die Kälte der zwischen ihnen liegenden Distanz davon abhielt, an Ort und Stelle auf die Knie zu fallen und seinen Mund in ihrem Schoß zu vergraben. Im Gegensatz zu Willie Gloves und anderen Männern in seinem Bekanntenkreis hatte er das schwachsinnige Zeug ignoriert, das die alten Knaben zum Thema Möselecken von sich gaben. Für sie und die *vecchioni*, von denen sie ihre Weisheit hatten, war es *proibito*, einer Braut die Zunge zwischen die Schenkel zu schieben – das sei so, als würde man mit einem Nigger herumknutschen. Glaubte man ihnen, dann würde ein Mundvoll *succo di figa* die Männlichkeit auslöschen und bloß der verhängnisvolle erste Schritt in Richtung dauerhafter Impotenz sein. Nein, ihm machte es Spaß, eine Möse zu lecken – Dianes Möse jedenfalls –, und er mochte das Gefühl der Macht, das er verspürte, wenn er sie in fieberhaften Wellen restlos um den Verstand brachte, das Gefühl des Eintauchens und Miteinanderverschmelzens, das ihn durchflutete, wenn er auf diese Weise in ihr war. Aber auch das gehörte jenen längst verflossenen Tagen an.

In dieser Nacht, als er im Bett seine Lippen auf die von Diane drückte, öffnete sich ihr Mund voller Wärme, so als wollte sie zärtlich seinen Atem einsaugen. Er knabberte sanft am unteren Rand ihrer Oberlippe und an der darüber liegenden kleinen Einbuchtung. Ihre Nasenlöcher bebten, und ihre Atemzüge wurden heftiger. Er ließ seinen Mund zu ihrer Brust hinunterwandern, umkreiste mit seiner Zungenspitze ihre Brustwarze, bis sie hart wurde, und dann nahm er sie zwischen seine Lippen und saugte daran. Behutsam lenkte Diane seinen Kopf zu ihrem Gesicht empor und öffnete ihren Mund erneut für seine Küsse. Als er sie näher an sich heranzog und sich gegen das Fleisch unterhalb ihrer linken Hüfte preßte, konnte er spüren, wie sich die kleinen Härchen auf ihrer Haut als Reaktion auf die Zuckungen seines anschwellenden Schwanzes aufrichteten. Ihre Fingerspitzen glitten nach unten und ließen dieses Zucken durch sanfte Streichelbewegungen immer ungestümer werden, und dann drückte sie ihre Hand fest um das Pulsieren seiner stillen Kraft. Seine eigenen Finger schlüpften unter den seidenen Schleier ihres Höschens und wanderten von ihrem Hüftbogen zur Leistenbeuge. Ihre Schamlippen glitten wie von selbst auseinander. Seine Finger strichen aufwärts, von der Nässe ihrer feuchten Hitze zur Spitze ihrer Klitoris. Tief aus ihrem Inneren drang ein Seufzer, und sie drückte ihn noch heftiger. Er hatte das Gefühl, er würde jeden Moment in ihrer Hand kommen und ihr das schicke Höschen und die zitternde Hüfte naß spritzen. Doch das würde nicht reichen, nicht heute nacht, nicht nach all der Zeit. Er brauchte Wesensverwandlung, Erneuerung, Erlösung.

Die Pariser verwahrte er in der Nachttischschublade neben dem Bett. Nach einem Abschiedsstreicheln – einer beruhigenden Geste des *arrivederci*, nicht des Lebewohls, die dem kleinen Mann im Boot galt – ließ er sich zur Seite rollen und zog die Schublade auf. Er legte das Zellophantütchen in Dianes Hand, sie öffnete es mit ihren Zähnen und pfropfte den Gummi oben auf seinen Schwanz. Mit festen Handbewegungen rollte sie die enge, angefeuchtete Latexhülle nach unten. Er zitterte am ganzen Körper, und wieder glaubte er, daß er sich nicht mehr länger beherrschen könne. Seine Finger kehrten zu der feuchten Hitze zwischen ihren Oberschenkeln zurück. Er küßte sie auf die Wange, auf den Mund, auf den Nacken. Sie hob ihr rechtes Bein ein wenig an: Dies war, wie er sich erinnerte, das Signal, mit dem sie ihm zu verstehen gab, daß er sich auf sie legen sollte.

Er war fast in sie eingedrungen. Sein Schwanz fühlte sich an wie ein galvanisiertes Stahlrohr. Er war unbesiegbar. Wesensverwandlung, Erlösung und Erneuerung waren zum Greifen nah. Sie lutschte ihm zwar keinen ab, aber das hier war immerhin ein Anfang.

»Johnny«, hauchte sie.

Er mochte den Klang ihrer Stimme. Er preßte seinen Schwanz gegen ihren Schamhügel, und dann hob er sein

Becken ein wenig an und ließ seine pralle Eichel die warmen, feuchten Falten ihrer Schamlippen finden.

»Johnny.« Diesmal klang ihre Stimme anders. »Ich muß dich was fragen.«

»Was?« Ihm stockte das Herz.

»Werd aber nicht gleich böse.«

Galvanisierter Stahl verwandelte sich in Kupfer.

»Keine Bange, werd' ich nicht.«

Das Kupferrohr verbog sich zu einem Kniestück.

»Aber ich hör's doch an deiner Stimme.«

Das Kniestück knickte um und verschrumpelte zu einem wabbeligen Gummischlauch.

»Was gibt's denn?«

Der Gummischlauch schmolz.

»Ich will mich bloß vergewissern.«

Jetzt war da unten gar nichts mehr, absolut nichts.

»Was soll das heißen?« Er wußte ganz genau, worauf sie hinauswollte.

»Ich liebe dich, Johnny, aber ich möchte dabei ein gutes Gefühl haben.«

»Vor ein paar Minuten schienst du dich noch ganz gut zu fühlen.«

»Hab' ich auch. Ich fühl' mich immer noch so. Ich habe bloß Angst. Ich habe davor Angst, meine Hoffnungen in den Himmel wachsen zu lassen, nur damit mir am Ende wieder weh getan wird. Ich möchte mir sicher sein, aber ich bin's einfach nicht. Diese Geschichte, daß wir uns eine Zeitlang trennen sollen. Ich weiß nicht, was ich davon halten soll. Aber eins weiß ich genau: Ich werde nie wieder zulassen, daß man mir weh tut.«

»Niemand wird dir weh tun, Kleines.«

»Johnny.« Sie sagte seinen Namen langsam, traurig, ein Trochäus voll hilfloser Verzweiflung. »Du begreifst das einfach nicht.«

»Immerhin habe ich soviel begriffen, daß ich die Dinge zwischen uns wieder in Ordnung bringen möchte.«

»Das will ich doch auch.«

»Um was zum Teufel ist es denn eben gegangen?«

»Jetzt fängst du schon wieder so an.«

»Nein, meine Liebe, ich fang' mit gar nichts an! Ich hör' jetzt nämlich auf.« Er stieg aus dem Bett und schlüpfte in seine Boxershorts.

»Was hast du vor?«

»Keine Ahnung.«

»Jetzt hab dich nicht so! Los, komm wieder ins Bett zurück.«

»Ich bin noch nicht müde.«

»Wir könnten miteinander reden.«

Reden, zischte er höhnisch vor sich hin. Am liebsten hätte er sich jetzt einen angesoffen. Doch das würde nicht gehen, heute nacht nicht, eine ganze Weile nicht, vielleicht nie wieder. Er atmete aus. »Mir ist nicht nach Reden zumute.«

»Dann komm einfach nur ins Bett zurück.«

Er schimpfte noch einmal mit angehaltenem Atem vor sich hin. Dann kletterte er ins Bett zurück, behielt seine Unterhose jedoch an. Und er lag mit offenen Augen in der Dunkelheit und versuchte, sich das Gefühl jener sonnigen Brise zu vergegenwärtigen, die durch das geöffnete Fenster in der East 67th Street gestrichen war.

»Liebst du mich wirklich?« flüsterte sie.

»Aber sicher.«

»Wir beide werden das schon wieder hinkriegen, nicht wahr?«

»Na klar«, sagte er. »Sicher werden wir das.«

Er hörte Diane einatmen, eine Art Seufzen, und danach blieb sie still. Er fragte sich kurz, wie er dieses Schweigen interpretieren sollte, dann schloß er seine Augen und wartete darauf, daß sich die Brise wieder einstellte.

10

Von seinem Tisch im Café konnte Johnny über die Mulberry Street auf den namenlosen Club blicken, dessen Schaufenster zwei Gipsfiguren zierten: links neben der Eingangstür befand sich ein Christus, rechts eine Büste des heiligen Gennaro. Er hatte gerade seinen zweiten Espresso bestellt, als er sah, wie Willie Gloves aus der Tür auf der gegenüberliegenden Straßenseite trat und kurz innehielt, um sich eine Zigarette anzuzünden, wobei sich für einen Moment die wohl merkwürdigste Trinität ergab, die man sich vorstellen konnte.

»Hallo«, sagte Willie, als er an Johnnys Tisch Platz nahm. »Bist du schon lange hier?«

»Ein paar Minuten.«

Der Kellner kam an ihren Tisch. Willie zeigte auf Johnnys Tasse. »Für mich dasselbe.«

»Gehört dieser Laden noch immer diesem Dingsbums?« fragte Willie, als sich der Kellner zur Theke begab.

Johnny zuckte mit den Achseln. Der Kellner brachte Willies Kaffee, und dieser kippte ihn mit einer kurzen Handbewegung hinunter. Er legte fünf Dollar auf den Tisch, Johnny zehn, und dann gingen sie.

»Wie viele Stationen mußt du noch abklappern?« fragte Johnny, als sie in der spätnachmittäglichen Sonne die Mulberry Street hinaufschlenderten.

»Keine Ahnung. Sechs oder sieben. Die übliche Runde.«

Sie überquerten die Grand Street und folgten der Mulberry Richtung Norden zur Broome. Dort betraten sie ein Café. Drinnen saßen jeweils zwei Männer mittleren Alters an wackeligen Tischen und spielten um Geld Binokel. Ein älterer Mann in kariertem Hemd und aufgeknöpfter Strickweste hockte allein an einem Tisch in Fensternähe.

Beim Anblick Willies rief einer der Binokelspieler, ein Mann in einem weißen Unterhemd mit V-Ausschnitt und

Jogginghosen: »Da kommt ja der verdammte Sensenmann.«

»Hey«, sagte ein anderer Kartenspieler, als er Johnny erkannte. »Siehst gut aus, alter Casanova. Mit wem hast du gebumst?« Dieser Mann trug Shorts und ein extravagantes Seidenhemd, das er bis zum Bauchnabel aufgeknöpft hatte.

»Mit niemandem«, erwiderte Johnny.

»Genau, das ist das ganze Geheimnis.«

»Los, her mit der Kohle, ihr Säcke, sonst werde ich ungemütlich!« rief Willie.

Die Miene des alten Mannes hellte sich auf, und der Binokelspieler im Unterhemd griff in seine Jogginghose und zauberte ein dickes Bündel in der Mitte zusammengefalteter Geldscheine hervor. Er blätterte elf Hundertdollarscheine auf den Tisch. Willie nahm die Scheine, klappte sie wieder zusammen und fixierte sie mit einer Büroklammer. Anschließend schrieb er mit einem schwarzen Filzstift die Initialen des Binokelspielers auf den außen klemmenden Geldschein.

»Und wie sieht's mit der Lotterie aus, Opa?« fragte er den alten Mann.

Der alte Mann holte aus der Tasche seiner Strickweste einen zusammengeklappten Umschlag, auf dem eine Menge Zahlen notiert waren. Er händigte Willie den Umschlag aus. »Die alte Lady vom Münzwaschsalon. Mott Street. Die hat 'n Volltreffer gelandet. Fünf Dollar Einsatz«, sagte er.

»Weiß ich, Opa, weiß ich.« Willie überflog die Zahlenkolonnen auf dem Umschlag und zählte die darin enthaltenen Geldscheine. Dann leckte er an der Gummierung und klebte den Umschlag zu. Aus seiner linken Hosentasche holte er einen dicken Packen Geldscheine, der von einem Gummiband zusammengehalten wurde. Er zählte fünfundzwanzig Hundertdollarnoten ab und gab sie dem alten Mann. »Das müßte 'ne ganze Weile für ihren Hüfthalter- und Zigarettennachschub reichen«, sagte er, und wieder huschte ein Lächeln über das Gesicht des alten Mannes.

»Okay.« Willie seufzte, als er den Umschlag und das Geld des Binokelspielers in seiner Jackentasche verstaute. »Kann ich euch Jungs noch mit irgendwas dienen? Wie sieht's mit dir aus, du Penner, willst du aus den Miesen rauskommen oder was?«

»Wie ist die Quote der Phillies?«

»Bekomme ich erst später. Gib deine Wette telefonisch durch.«

»Meadowlands. Drittes Rennen, heute abend«, sagte der Kontrahent des Mannes im weißen Unterhemd, ohne von seinen Karten aufzublicken. »Gina's Grace.«

»Was soll ich mit dem verdammten Namen. Gib mir den offiziellen Wettbuchstaben.« Willie holte seinen Stift und einen zusammengefalteten Zettel hervor.

»Du setzt auf Traber?« fragte einer der Kartenspieler vom anderen Tisch mit abschätzigem Tonfall. Er schaute den Wetter von der Seite an, wobei seine Augen unter der aufgestülpten Hutkrempe hervorblitzten.

Der Wetter, er trug auf seinem nackten Oberkörper eine Strickjacke aus Kaschmirwolle, reagierte nicht. Er blätterte die Tageszeitung durch, bis er die Renntabellen gefunden hatte. »D«, sagte er. »Pferd D. Ich setzte hundert auf Platz drei.«

»Du weißt genau, daß das nicht geht. Entweder du wettest auf Sieg, oder du machst 'ne korrekte Platzwette, also Platz eins, zwei oder drei. Diese Platz-drei-Scheiße, die läuft nicht.«

»Okay, dann Platzwette. Fünfzig auf Pferd D.«

Willie notierte die Wette.

»Sonst noch jemand ohne Führerschein?« Die beiden anderen Binokelspieler verzogen das Gesicht und schüttelten den Kopf, ohne den Blick von ihrem Blatt zu nehmen. Willie ließ Stift und Zettel wieder in seiner Tasche verschwinden.

»Paß auf dich auf, Opa«, sagte er zu dem alten Mann.

Willie und Johnny verließen das Café. In ihrem Rücken konnten sie die Stimme des Mannes mit dem Hut hören: »Der setzt auf die beschissenen Traber. Ich faß es nicht!«

Ein paar Häuser weiter befand sich wieder ein Café. An den zugezogenen schwarzen Vorhängen hinter dem Fenster steckte ein Schild mit der Aufschrift NUR FÜR MITGLIEDER. Auf der gegenüberliegenden Straßenseite gab es eine Taverne. Diesmal ignorierte Johnny Willies kleine Show und setzte sich an die Theke. Er bestellte sich ein Mineralwasser und ließ seinen Blick von den vertrauten Fotos über der Bar – Tony mit Marylin, Tony mit Sinatra, Tony mit Reagan – zum Fernsehapparat neben dem Fenster schweifen. »*Die Sache läuft prima, genau wie ich's mir vorgestellt habe. Den Leuten mit übersinnlichem Hokuspokus das Geld aus der Tasche ziehen*«, sagte Tyrone Power in Schwarzweiß. »*Da macht mir so schnell keiner was vor.*« Der alte Knabe neben Johnny regte sich. »Ein toller Film. Den hab' ich mal gesehen, als ich noch jung war, in diesem Filmpalast« – bei ihm klang das wie ›Fimberlast‹ – »oben am Times Square.«

»Hör mal«, sagte Willie in ihrem Rücken, inmitten der Schatten, die im Hinterzimmer herumlungerten, »mir persönlich ist es scheißegal, ob du mit der Kohle rüberkommst oder nicht. Es gibt viele Typen wie dich, Jimmy, die nach ihrem Geld krähen, wenn sie gewonnen haben, aber nicht blechen wollen, wenn sie verloren haben. Meinetwegen, jeder kann machen, was er will. Doch wenn solche Leute hinterher in die Mangel genommen werden, das juckt mich dann genausowenig.«

»Ich kriege meinen Lohn am Dritten«, sagte der Schatten.

»Wen zum Teufel interessiert das. Sollen wir uns etwa nach deinem Terminkalender richten oder was?«

»Ich kriege meinen Lohn am Dritten«, wiederholte der Mann.

»Ich glaube, das war im *Mayfair*«, sagte der Alte. »Ich war da mal mit 'ner Braut, die hat mir einen geblasen, oben in der Loge. 47th Street Ecke Seventh Avenue. Ein toller Fimberlast. Ehrlich!«

»Und was verdammt noch mal« – Willies Stimme – »soll ich ihm deiner Meinung nach sagen?«

»Ich kriege meinen Lohn am Dritten. Sag ihm einfach, ich kriege meinen Lohn am Dritten.«

»Tyrone Power, der war wirklich gut. Ich glaube allerdings, daß er 'n Ire war.«

»Wenn ich wegen dir Streß kriege, Jimmy, dann werde ich dafür sorgen, daß du einen Höllenärger bekommst. Bist du eigentlich so bescheuert, oder tust du nur so? Du wirst dir alle möglichen Probleme einhandeln, und das wegen einer lumpigen 20-Dollar-Baseball-Wette. Wie willst du überhaupt deinen verdammten Drink bezahlen?«

»Ich kann hier anschreiben lassen. Tony weiß, daß ich meinen Lohn am Dritten kriege.«

»Und 'n Homo soll er auch gewesen sein.«

»Scheiß auf dich und deinen verdammten Dritten!«

»Aber was soll's, da draußen in Hollywood, da haben sie ja alle 'ne Macke.«

An der Ecke Mulberry und Spring betraten sie eine Bar. An der Wand über der Registrierkasse hing ein ausgestopfter Haifisch, der mit elektrischen Weihnachtskerzen dekoriert war, die jedoch nicht angeschaltet waren. Der Hai war Johnny bestens vertraut.

»Na, mein Junge, noch immer auf dem steinigen Pfad der Tugend?« fragte ihn der Barmann hinter der halbmondförmigen Theke. Aus einer Zigarrenschachtel neben der Kasse holte er einen Umschlag und überreichte ihn Willie.

Bevor sie sich nach Westen wandten, um die Spring Street hinunterzugehen, blieb Willie draußen vor der Tür stehen und blickte auf das nördliche Ende der Mulberry.

Dabei sagte er: »Sprach der Rabe: ›Nimmermehr.‹«

Johnny schaute ihn verblüfft an.

»Das Ravenite«, sagte er und wies auf den nördlichen Abschnitt der Mulberry, den sie ausgespart hatten. »Carlo Gambinos Lieblingsgedicht. Daher kam der Name der Kneipe da drüben. Das ist früher das Alto gewesen, bevor er den Schuppen umgetauft hat. Am Tag, als sie die Kneipe dichtmachten, wurde ihr die Hausnummer zugeteilt. Zwei-siebenundvierzig. Unter der Adresse hat sich dann nichts mehr abgespielt.«

»Aber jetzt haben sie wieder geöffnet. Joe der Maler hat denen zu Ostern Palmen geliefert.«

Willie entdeckte auf dem Bürgersteig einen Penny. Als er sich danach bückte, fiel ein dicker Umschlag voller Geldscheine und Notizzettel aus seiner Gesäßtasche. Willie steckte den Penny ein und ließ den Umschlag auf dem Boden liegen, ohne es zu bemerken. Als er weitergehen wollte, packte ihn Johnny am Ellbogen und lachte. Willie steckt den Umschlag ein, schüttelte den Kopf, und dann mußte auch er lachen: »Die Geschichte meines verdammten Lebens. Bückt sich nach einem Penny und wird in den Arsch gefickt.« Dann schob er eine Art Erklärung nach: »In halte Ausschau nach den Strohhalmen.«

Sie kamen an einem leerstehenden Laden vorbei. Johnny warf einen Blick auf den Zettel, der auf die Fensterscheibe geklebt war: ZU VERMIETEN – WENDEN SIE SICH AN MR. YEE, und dann folgte eine Telefonnummer.

»Little Italy schrumpft immer mehr zusammen, und Chinatown wird von Tag zu Tag größer«, sagte er.

»Dasselbe habe ich vorhin auch gedacht. Heute habe ich meine Runde unten in der Baxter Street begonnen, und da ist mir exakt dasselbe durch den Kopf gegangen. Früher ist alles, was nördlich der Canal Street lag, fest in italienischer Hand gewesen, und Little Italy schwappte rüber bis nach Chinatown. Und was ist in Chinatown davon heute noch übrig? Dieses Drecksloch Forlini's, diese miese Kaschemme Val's, aber dann ist auch schon Feierabend. Das Limehouse gibt's schon lange nicht mehr. An der Ecke, wo früher mal das Limehouse war, ist jetzt so 'n blöder Schlitzaugenschuppen, der Brillen verkauft. Und schau dir die Mott nördlich der Canal an: Chinesen, Koreaner, Vietnamesen und weiß der Himmel, was sonst noch alles.«

»Die Italiener regen sich auf, aber wer zum Teufel hat denn den Ausverkauf an die Schlitzaugen betrieben? Sie selber! So einfach ist das.« Sie bogen nach rechts in die Sullivan Street. »Jesus«, sagte Johnny, »was hat sich diese Gegend verändert!« Sie kamen an einem öden, von Sitzbänken umsäumten Kinderspielplatz vorbei. »Erinnerst du dich noch an die Bocciabahnen, die es hier mal gab?«

»Und was ist mit dem Lokal, wo wir immer hingegangen sind, wenn in den anderen Läden die Stühle hochgestellt wurden?« fragte Willie, als sie an einer koreanischen Schnellreinigung vorbeikamen. »Das waren noch Zeiten, Johnny. Der alte Mann ist jetzt wie lange tot?«

»Mein Gott, wann ist der noch mal gestorben? Fünfundachtzig, würde ich sagen. Frühjahr '85. Sie haben ihn bei Nucciarone aufgebahrt, gleich da vorne.«

»Und selbst den gibt's heute nicht mehr. Sogar das Bestattungsinstitut ist verschwunden.«

»Sprach der Rabe: ›Nimmermehr.‹«

Neben der Schnellreinigung befand sich eine schwarz getünchte Ladenfront. Die New-York-State-Konzession im Schaufenster war auf die *Ritter von Trapani* ausgestellt. Die Tür stand offen, aber drinnen war keine Menschenseele zu sehen. Willie zuckte mit den Achseln.

»Vermutlich ausgeritten zu einem Turnier«, sagte Johnny.

»Ich glaube, ich spinne«, sagte Willie, als er eine Hausnummer weiter in die hellerleuchteten Ausstellungsräume der Horodner-Romley-Galerie schaute. »Erinnerst du dich noch an die Zeiten, als der alte Louie diesen Laden hatte?«

»Das verdammt beste Delikatessengeschäft von New York«, sagte Johnny. »Wenn wir morgens aus unserer Nachtkneipe kamen, so um sieben oder acht, hat der uns immer diese wahnsinnigen Sandwiches gemacht.«

Sie gingen weiter, vorbei an einem Geschäft, das tibetanisches Kunsthandwerk verkaufte, und an Depression Modern, einem exklusiven Antiquitätenladen, der auf Möbel und Einrichtungsgegenstände der dreißiger Jahre spezialisiert war. Sie bogen rechts in die Houston Street ein, liefen bis zum Vereinsheim des Genoa Football Club und kehrten dann zur Sullivan zurück, auf der sie in nördlicher Richtung weitergingen.

»Da drüben, das Venus«, sagte Johnny und zeigte auf einen verriegelten Kellereingang auf der anderen Straßenseite.

»In dem Laden haben sie mich beim Blackjack mächtig über den Tisch gezogen. Ich glaube, die Typen geben heute noch mein Geld aus.«

»Ich war da, als sie Jimmy ein Loch durch die Wand geballert haben.«

»Man hat nie rausbekommen, wer dahintergesteckt hat, oder?«

»Mitten durch die gottverdammte Wand!«

»Danach hatte er diesen Schuppen auf der Hudson Street.«

»Aber der hat bald wieder dichtgemacht.«

Sie überquerten die Bleeker Street und gelangten an eine große, heruntergekommene Ladenfront. Die abblätternden roten Buchstaben auf den schwarzen Fensterscheiben ließen sich nur noch mit Mühe entziffern: DAS DREIECK – BÜRGERVEREINIGUNG & FREIZEITCLUB. Auf der Tür befand sich ein rundes Wappen mit den Worten ITALO-AMERIKANISCHE BÜRGERRECHTSLIGA, und auf die mit schwarzen Brettern vernagelte Wand links neben dem Eingang hatte jemand in großen Lettern die hervorstechendsten Worte gesprayt: HUNDEPISSE VERBOTEN! Der Laden war mit einem Vorhängeschloß verriegelt. Sie gingen weiter in Richtung West Third Street.

»Dieses verdammte Greenwich Village ist völlig auf den Hund gekommen.«

»Stimmt. Ich kann diesen Typen da einfach nicht verstehen«, sagte Willie, während er auf die andere Straßenseite deutete, wo ein graues, sechsstöckiges Apartmenthaus mit einer schwarz angestrichenen Tür stand. »Diese gequirlte Scheiße von wegen Italo-Amerikanische Bürgerrechtsliga können sie sich an den Hut stecken. Die sollten sich lieber die Fahne dieser verdammten Regenbogenkoalition an die Wand nageln. Man vertraut ihm das hier an, und was ist daraus geworden? Mitten auf der Sixth-Avenue, keine zwei lausige Häuserblocks von seiner Wohnung entfernt, kommst du dir vor, als wärst du im gottverdammten Nigeria gelandet. Zuerst kam der blöde Basketballplatz, dann das beschissene McDonald's, dieses verdammte *mulagnan'*-Sparks, mitten auf der West Third, direkt in seinem eigenen Hinterhof. Es ist unglaublich, aber Freitag und Samstag nacht sieht das hier so aus, als würde es Wassermelonen und Wein gratis geben. Das schwärzeste, beschissenste Afrika. Ich kapier' das einfach nicht! Und dann diese gottverdammten Schwulen. Vor Jahren, als es noch verboten war, ein perverser Mistkerl zu sein, hat sein *cumpare* hier unten ein Vermögen mit diesen beschissenen Schwulenbars gescheffelt. Sie legalisieren diese widerliche Schwanzlutscherei, und was kommt dabei heraus? Die Schwulen nehmen das Geschäft mit ihren Bars selbst in die Hand, und jetzt haben wir diesen Dreck am Hals von wegen homosexueller Gleichberechtigung. Dieses Arschloch Vito Genovese – seine Frau soll ja 'ne Scheißlesbe gewesen sein – hat diesen Mist verzapft. *Ihm* sollten sie ein Denkmal in der verdammten Christopher Street errichten. Am Ende werden sie sich noch sein ganzes verfluchtes Viertel unter den Nagel reißen. Ein Kopf-an-Kopf-Rennen zwischen Schwulen und Niggern! Einen beschißneren Zieleinlauf kann man sich kaum vorstellen.«

»Kannst du dich noch an die Zeiten erinnern, das ist schon eine Ewigkeit her, als die Kids mit Baseballschlägern über den Washington Square gefegt sind und den Niggern gezeigt haben, wo's langgeht? Die Hälfte dieser Rotznasen ist im Staatsgefängnis gelandet, oben in Dannemora. Diese gottverdammten Professorenarschlöcher und all die anderen Wichser von der New York University, die umsonst in diesen piekfeinen Häusern am Washington Square wohnen, haben damals mächtig das Maul aufgerissen, von wegen Bürgerrechte und so. Heute jammern dieselben blöden Wichser über Kriminalität und Drogen, und die Bullen rühren keinen verdammten Finger – jeden

Fühling eine kosmetische Säuberung, zu Beginn der Touristensaison, aber mehr auch nicht.«

»Genauso seh' ich's auch. Diese beschissenen Niggerfreunde, die schneien aus der Provinz hier rein, haben keinen blassen Dunst von irgendwas und bringen alles durcheinander. Den Niggern gebe ich nicht die Schuld. Ich gebe denen die Schuld. Die haben das verbockt.«

Willie mußte noch eine Adresse in der Sullivan Street abhaken, einen mit purpurfarbenen Vorhängen versehenen Laden in der Nähe der West Third. Nachdem sie den Club verlassen hatten, warf Willie ein paar 25-Cent-Stücke in einen Münzfernsprecher.

»Schieß los«, sagte er in die Sprechmuschel, den Filzstift auf einen Notizzettel gerichtet, den er auf das kleine Pult unterhalb des Telefons gelegt hatte. Er kritzelte und murmelte eine Weile vor sich hin – »Houston-Mets, acht-neun. Phillies-Rockies, zwölf-vierzehn. Yankees-Rangers, parisechs. Tigers-Angels, sieben-acht« –, dann hängte er den Hörer ein und drehte sich zu Johnny um.

»Ich muß jetzt nur noch zu den Jungs in Blau. Willst du laufen, oder sollen wir uns ein Taxi nehmen?«

Johnny schaute nach Westen. Der Himmel über dem Hudson River hatte sich tiefblau verfärbt, und die Bäuche der dahintreibenden Wolken erstrahlten im melancholischen Glanz der untergehenden Sonne – ein kupfernes Gold mit pastellfarbenen rosaroten Streifen.

Sie schlenderten Richtung Süden zu einer Taverne in der Nähe des Holland-Tunnels. Drinnen steuerte Willie nach links zu einer Gruppe von Männern, die sich lauthals stritten. Einige von ihnen trugen Windjacken mit dem Aufdruck NEW YORK POLICE DEPARTMENT, andere hatten T-Shirts oder Sweatshirts mit den Emblemen von Football- oder Basketballmannschaften an. Ein paar trugen Strickpullover mit den Markenzeichen von Lacoste oder Polo auf der Brust. Hier und da hatte sich ein Moe-Ginsburg-Anzug mit gemusterter Krawatte unter sie gemischt. Und es gab haufenweise Schnurrbärte und goldene Kettchen und Ringe.

»Los, gib den Jungens was zu trinken«, rief einer der Männer der jungen Frau hinter der Theke zu, wobei er seinen Kopf hob und mit der Hand auf Willie und Johnny deutete. Beide bestellten Sodawasser. Aber dann sagte Willie zu der Frau, sie solle einen Moment warten.

»Vergiß das Sodawasser«, sagte er. »Das geht auf die Rechnung von dem Knilch da drüben, also nehmen wir Perrier. Nein, Evian. Habt ihr Evian? Ach, gib uns einfach das teuerste Wasser, das ihr habt.«

»Nette Titten«, stellte Johnny fest.

»Vergiß es, die vögelt sicher nur mit Bullen.«

Eine der Windjacken gesellte sich zu Willie und gab ihm einen Briefumschlag. »Billy ist knapp bei Kasse«, sagte er.

»Was soll das heißen? Ich dachte, ihr Typen haltet immer zusammen. Ich dachte, ihr wärt so was wie Brüder. Das weiß ich aus einer dieser Fernsehserien.« Sein hämisches Grinsen traf genau jenen Ton der Vieldeutigkeit, auf den Willie es abgesehen hatte. »Ich dachte, wenn einer von euch Jungs knapp bei Kasse ist, daß dann die anderen für ihn einspringen.« Er zuckte mit den Schultern. »Aber vielleicht lügt das Fernsehen ja.«

»Wie ist die Quote der Knicks?« fragte einer der Ginsburg-Anzüge.

»Zwei«, antwortete Willie, um sich dann wieder an die Windjacke zu wenden. »Billy steht jetzt mit fünf- oder sechshundert in der Kreide, richtig? Er sollte besser mit dem anfangen, was ihr Typen am besten könnt. Abgesehen von Saufen und Quatschen natürlich.«

»Fünfzigmal die Knicks«, sagte der Ginsburg-Anzug.

»Ist gebongt«, sagte Willie.

»Wie stehen die Yanks?« fragte einer der Reptilienpullover.

»Pari-sechs.«

»Dann gib mir zwanzigmal die Yanks.«

»Gebongt.«

»Und wie sieht's bei den Dodgers aus?«

»Die Braves stehen bei acht-neun.«

»Dodgers, zwanzigmal.«

»Ist notiert.« Er kritzelte einen Moment lang auf seinem Zettel herum, dann wandte er sich an eines der Sweatshirts. »Hey du, *sfaccim'*‹«, sagte er. »Du bist doch einer von denen, die noch ein bißchen Grips in der Birne haben. Ich will dich mal was fragen. Du kennst doch diese Mausefalle, die die Bullen immer an der Ecke Seventh Avenue und Bleeker aufbauen, wo sie dann jedem zehnten Auto oder so 'nen Strafzettel verpassen, damit sie auf ihre gottverdammte Bußgeldquote kommen, die es ja angeblich gar nicht gibt. Also, paß mal auf: Die Schlitten von diesen Niggern, diese Grand Ams und wie die sonst noch heißen, das sind doch nichts weiter als verdammte Ghetto-Blaster auf Rädern. Es gibt doch ein Gesetz gegen diesen beschissenen Radau, oder? Mich würde mal interessieren, warum die Bullen nicht damit anfangen, diesem verdammten Niggerpack Strafzettel zu verpassen? Dann kämen sie doch locker auf ihre Quote. Das wäre doch genauso einfach, oder? Und unter dem Strich könnten sie so noch viel mehr Bußgelder einsacken.«

»Dafür ist das 7. Revier zuständig«, erwiderte das Sweatshirt. »Die mußt du danach fragen.«

»Die kann ich aber nicht fragen. Da organisieren die irischen Jungs das Wettgeschäft. Und die im 6. Revier sind auch nicht so große Leuchten wie ihr Typen hier unten vom 1. Revier. Du kannst mir das nicht beantworten oder was?«

Das Sweatshirt schüttelte den Kopf und bestellte sich ein neues Bier.

»Für diese blöden Bimbos mit ihren dicken Toobz-Anlagen im Auto gilt der Erste Zusatzartikel der Verfassung. Freie Meinungsäußerung und so«, sagte der Ginsburg.

»Erster Zusatzartikel? Daß ich nicht lache!« sagte Johnny. »Das ist verdammt noch mal unnötige Ruhestörung. Das ist wie in 'nem Scheißstau zu stehen und blöd rumzuhupen. So was ist schlicht und einfach gegen das Gesetz!«

»Der Mann hat recht«, sagte einer der Reptilpullover.

»Sag' ich doch«, fuhr Willie fort. »Das ist verdammt

noch mal verboten, und bei dieser Sache könnte abkassiert werden wie verrückt. Warum zum Teufel unternehmt ihr nichts dagegen?«

»Um so was kümmert sich die Umweltschutzbehörde. Die haben mobile Einsatztrupps mit Dezibelmeßgeräten. Die melden uns alles, was auf eine Entfernung von zwanzig Metern lauter ist als achtzig Dezibel. Dann beschlagnahmen wir das Auto als Beweismittel, und dem Fahrer verpassen wir eine gerichtliche Vorladung.«

»Ach wirklich? Wie viele Autos beschlagnahmt ihr denn so? Und wie viele Vorladungen verteilt ihr?«

»Keine einzige.«

»Uns sind die Hände gebunden«, sagte eine der Windjacken, und alles in seinem Umkreis brach in schallendes Gelächter aus, woraufhin sich das Gespräch in mehrere neue und gleichzeitig stattfindende Diskussionen aufsplitterte, eine lauter und alkoholgeschwängerter als die andere.

»Ach, zieht Leine und tut zur Abwechslung mal was gegen die Kriminalität, ihr Arschgeigen.« Willie winkte sie angewidert weg und nahm einen Schluck von seinem Mineralwasser. »Findest du nicht auch«, fragte er Johnny, »daß die Hälfte dieser Kerle irgendwie schwul aussieht?«

»Scheiße, Mann! Gleich nach dem Showbusineß und der Künstlerszene ist das der schwulste Verein, der in New York rumläuft. Ich war doch mal mit dieser englischen Zicke zusammen. Wir haben in einer Bar gesessen und ein paar Drinks genommen, und in diesem Schuppen wimmelte es von Bullen. ›Warum starren sich diese Kerle andauernd gegenseitig auf den Arsch und auf den Hosenstall?‹ wollte sie von mir wissen. ›Sind das alles Schwanzfetischisten?‹ ›Die sind noch ganz was anderes‹, sagte ich ihr. Sie erzählte mir, daß die Bullen drüben in England nicht so wären. Ich sagte ihr, nun ja, bei uns sind sie eben so.«

»Wie der Typ da hinten in der Ecke. Schau dir mal die Augen an.«

Johnny sah hinüber. Die Augen des Ginsburgs waren

trübe und glasig vom Alkohol. Doch in seinem betrunkenen Glotzen – der schiefe, vorsichtige Blick half wenig, es zu kaschieren – lag etwas Unbehagliches, eine unterschwellige und unreine Vertraulichkeit, die unbestimmt und beunruhigend zugleich wirkte.

»Wie hältst du's bloß bei diesen Typen aus?«

»Das ist 'ne gute Frage. Komm, laß uns abhauen.« Willie legte einen Fünfdollarschein neben sein Glas. »Los, ihr lahmen Säcke«, rief er, »bringt mal 'n bißchen Leben in die Bude.«

Sie gingen die Varick Street nach Norden bis zur Bedford Street und bogen links ein. Sie kamen zum letzten Club auf Willies Tour. Drinnen saßen zwei grauhaarige Männer in weißen Oberhemden mit geöffnetem Kragen an einem linoleumüberzogenen Tisch, tranken Wein und rauchten. Einer der beiden nickte Willie zu; der andere schaute einfach weg.

Willie legte alles, was er einkassiert und aufgeschrieben hatte, vor den beiden auf den Tisch.

»Brucculin'«, sagte der Mann, der genickt hatte, wobei ihm das Wort wie ein resignierter, rein gewohnheitsmäßiger, floskelhafter Kommentar über die Zunge ging.

»Brucculin'«, lautete Willies ebenso resignierte, gewohnheitsmäßige und floskelhafte Bestätigung.

Der Mann, der weggeschaut hatte, wandte sich an Johnny: »Wie geht's deinem Onkel?«

»Dem geht's gut«, erwiderte Johnny.

»Schön«, sagte der Mann.

Sie überquerten die Sixth Avenue südlich der Houston Street und winkten ein Taxi heran. »An der First Avenue nach links«, sagte Willie zum Fahrer. »Wir wollen hoch in die 116th Street.«

Johnny zündete sich eine Zigarette an. Der Taxifahrer, ein Liberianer, fixierte ihn durch den Rückspiegel.

»Da bin ich allergisch gegen«, sagte er.

Johnny schaute durch die Plexiglas-Trennscheibe, um den Namen des Fahrers auf der Taxi-Zulassung zu studieren. »Scheißbuchstabensalat«, murmelte er vor sich hin.

Dann sagte er mit lauterer Stimme, wobei er den Fahrer ansah: »Jetzt hör mal gut zu. Ich bin allergisch gegen dieses Scheißkokosöl, mit dem du die Luft in deiner Kutsche verpestest, und der Mist, der im Radio läuft, der geht mir auch auf den Wecker. Also sag mir einfach, ob du diese Tour machen willst oder nicht.«

Der Fahrer seufzte, schüttelte den Kopf und fuhr weiter.

»Wenn ich nicht rauchen darf, kriegen die Brüder kein Trinkgeld von mir«, sagte Willie.

»Und ich steig' gleich wieder aus, wenn ich nicht rauchen darf«, sagte Johnny.

»Eigentlich sollte man sich's ja abgewöhnen.«

»Ich weiß, aber so 'ne Scheiße wie die hier, die hält mich einfach davon ab.«

»Genau. Und das muß Leuten wie uns passieren, die den Taxifahrern immer fünf bis zehn Dollar Trinkgeld rüberschieben.« Er drückte Johnny den Ellbogen in die Seite. »Wir verlangen nur ein bißchen Höflichkeit.«

»So ist es.«

Als sie das Lokal in der 116th Street erreicht hatten, gab Willie dem Fahrer einen Dollar Trinkgeld. »Kauf dir 'n Häuschen im Grünen«, sagte er zu ihm. Drinnen schritten sie durch die Schatten der Lebenden und Toten, passierten diejenigen, die die Düsternis dieses Orts für immer zu hüten schienen, die sich wie Gespenster in dem verwaisten Tempel eines längst untergegangenen Glaubens versammelt hatten oder wie der Staub auf den Flaschen hinter der Theke. Der alte Mann stand im Durchgang zu seinem Allerheiligsten und beschrieb mit dem rechten Arm einen bedächtigen, leichten Bogen des Wiedererkennens, eine Geste, die Johnny und Willie auf dieselbe Weise erwiderten, bevor sie Stühle an den Vierpersonentisch zogen, an dem sie immer saßen.

»Den Tintenfisch, Jungs?« fragte der Alte wie immer. Johnny und Willie beantworteten seine Frage wie immer mit einem Kopfnicken. Der weiß beschürzte Barmann vollendete die Präliminarien dieses fest eingebürgerten Zeremoniells, indem er ihnen Brot, eine Flasche Wein und zwei Gläser auf den Tisch stellte. Es war der Wein, den sie hier immer tranken, Regaleali, ein roter *vino da tavola* aus Sizilien, der billiger und besser war als der Ruffino Chianti, der einzige andere Wein des Lokals, der kein Fusel war. Woanders hatte Johnny diesen Regaleali noch nie gesehen. Seine Herkunft war und blieb ein Rätsel, genauso wie die des unvergleichlich frischen Tintenfischs.

Willie nahm einen Schluck Wein und atmete befriedigt aus. Doch dann wurde seine Miene nachdenklich, so als hätte der Geschmack des Weins seine Stimmung getrübt.

»Das, was du neulich abend gesagt hast, ist mir noch 'ne ganze Weile durch den Kopf gegangen«, sagte er. »›Nichts, was wir tun, ist wichtig‹, hast du gesagt. Darüber mußte ich nachdenken.« Er trank noch einen Schluck und atmete noch einmal aus. »Dann habe ich mal ein bißchen nachgerechnet. Weißt du, was ich letztes Jahr alles in allem verdient habe? Läppische fünfunddreißig Riesen.«

»Denkst du etwa, mir geht's besser? Viel mehr habe ich auch nicht gemacht.«

»Scheiße. Du hast doch deinen Gewerkschaftsjob. Was springt dabei raus? Fünf-, sechshundert die Woche?«

»Vier-achtzig nach Abzug der Steuern. Dabei komme ich auf knapp fünfundzwanzig Riesen im Jahr. Beeindruckend, was?«

»Na ja. Wenn man bedenkt, daß du nichts dafür tun mußt, in das 'n schöner Batzen Geld.«

»Was soll das heißen: ›nichts dafür tun‹?« entfuhr es Johnny mit gespielter Entrüstung. »Die Müllabfuhr zu organisieren ist ein verdammter Full-time-Job.«

»Jaja. Genau wie meinen Schwanz aus der Hose zu ziehen.« Willie trank noch mehr Wein und steckte sich eine Zigarette an. »Dieser letzte Scheißjob, dieser Spic oder was der Dreckskerl gewesen ist, der hat uns wieviel eingebracht? Drei Riesen? Scheiße. Der verdammte Bestatter hat bei dieser Sache 'nen besseren Schnitt gemacht als wir beide zusammen. Wir müssen bei diesen Typen einen besseren Preis rausschlagen. Anders geht's nicht.«

»Sicher. Wir werden uns Protestplakate um den Hals

hängen und vor dem Hauptquartier der Ritter von *Comu si chiam'* demonstrieren.«

»Du mußt mit deinem Onkel reden. Vielleicht können die uns mal was Besseres zuschanzen, klasse Jobs mit 'ner reellen Bezahlung, und nicht wie bisher diesen mickrigen Kleinkram aus der Sonderangebotsabteilung.«

»Mein Onkel hat damit nichts zu tun. Das weißt du genau. Das wird von Leuten wie Rosario oder Jimmy G geregelt.«

»Jaja. Eins weiß ich jedenfalls genau: Diese Säcke sind keine zehn Jahre älter als wir und arbeiten schon an ihrem zweiten Vermögen.«

»In zehn Jahren kann eine Menge passieren.«

»Es scheint aber so, als ob das Glück einen großen Bogen um mich macht. Und wo zum Teufel werde ich am Ende landen? Nirgends! Mein Job ist der eines dressierten Affen, mehr nicht. Du« – er brach sich ein Stück Brot ab – »hast wenigstens diese Gewerkschaftssache. Und du hast deinen Onkel. Ich dagegen habe nur dich und einen Haufen Leierkastenmänner, die mich nach ihrer Pfeife tanzen lassen.« Er kaute auf dem Brot herum und spülte es mit einem Schluck Wein runter. »Natürlich ist das allein meine Schuld. Früher dachte ich, ich würde mal 'ne richtig große Nummer werden. Mensch, ich dachte sogar, ich *wäre* eine. Aber der Kram, der vor zehn, fünfzehn Jahren noch 'ne tolle Sache war, ist längst nicht mehr so toll. Damals dachte ich, diese Jobs für die Organisation wären das Größte. Ich hatte ja nichts anderes. Ich konnte mir auch nie vorstellen, irgendwas anderes zu machen. Aber ich habe geglaubt, bei dir wäre das anders. Ich kann mich noch daran erinnern, wie du dieses Gedicht geschrieben hast, als wir noch Kinder waren. War doch 'n Gedicht, oder?«

»Das war bloß dummes Zeug. Kinderkram.«

»Mag sein. Aber trotzdem, das hatte was. Ich dachte immer, du würdest deinen Weg gehen und ich meinen und daß wir beide, du und ich, dieses Busineß von A bis Z kennenlernen würden.«

»Wie läuft's denn mit dem Wettgeschäft? Scheiße, ich

hab' doch vorhin die Briefumschläge gesehen. Du mußt dabei 'ne schöne Stange Geld verdienen.«

»Quatsch! Von jedem Dollar, den ich reinhole, sehe ich lausige fünf Cents. Hin und wieder schmeißen sie mir einen Knochen hin. Ich finde, mir steht 'n größeres Stück von dem verdammten Kuchen zu, ein richtiges Stück, aber ich krieg's einfach nicht. *Domani, domani*, seit zwei Jahren, immer nur *domani*.« Er senkte seine Stimme. »Du und ich, wir sollten es inzwischen zu was gebracht haben. Einige von diesen aufgeblasenen Lackaffen haben bereits ihr verdammtes Abzeichen, obwohl an deren Ärmeln weniger Blut klebt als an unseren.«

Johnny schaute verstohlen auf seinen Zeigefinger. Die karmesinrote Narbe von Tonios Messerklinge schmerzte noch immer ein bißchen. Es stimmte: Je älter man wurde, desto langsamer verheilten die Wunden.

»Scheiß auf den *button', u sacc'* wär' mir viel lieber«, sagte er.

»Klar, das seh' ich genauso, aber ohne das Abzeichen kannst du den Geldbeutel vergessen.«

Erst jetzt nahm Johnny den ersten Schluck Wein zu sich. »Ich habe irgendwie den Eindruck, mein Lieber, daß du heute abend nicht so locker drauf bis wie sonst. Du hörst dich an wie ein mittlerer Angestellter, der sich den Kopf über seine Zukunft zerbricht. Denkst du daran, zu heiraten und dich häuslich niederzulassen, oder was? Wenn ja, dann hör auf meinen Rat. Tu's nicht!«

»Bist du irre? Ich und heiraten! In den letzten sechs Monaten gab's bei mir nur einmal so was wie eheliche Freuden, und da habe ich mir 'ne sechzehnjährige Nutte geschnappt und ihr in den Mund gepißt.«

»Klingt doch nach keinem schlechten Lebensstil.« Johnny grinste, und Willie ließ ein kurzes, kehliges Lachen hören.

»Hey, ich weiß ja nicht, wie das bei dir ist, aber mein Kleiner da unten, der ist ganz schön verwöhnt. Für Mösen richtet der sich gar nicht mehr auf, nur noch für Mäuler.«

»Wann bist du eigentlich das letzte Mal verliebt gewesen?«

»Scheiße, Mann. Keine Ahnung. Das muß bei diesem verdammten Miststück gewesen sein, bei dieser Alten, die mich vor ein paar Jahren sitzengelassen hat.«

»Donna.«

»Genau. Donna. Scheiß auf sie und auf die Liebe! Wie sieht's bei dir aus? Glaubst du immer noch, daß du Diane liebst?«

»Ja.« Johnny nickte, so als ginge ihm eine andere weit zurückliegende Sache durch den Kopf. »Auf gewisse Weise schon.«

In diesem Moment wurden die Schüsseln mit den *calamaretti* serviert: Der köstliche Duft von Tomaten, Basilikum, Knoblauch und Meer stieg ihnen in die Nase, und das Gespräch über Liebe wurde, wie die Liebe selbst, von den betörenden Dämpfen der Zauberkunst eines alten Mannes verdrängt und vergessen.

»Ich glaube einfach, daß ich allmählich alt werde, das ist alles«, sagte Willie, nachdem er eine Weile still vor sich hin gekaut hatte.

»Na ja, niemand hat behauptet, daß es ein Zuckerschlekken sein würde. Die meisten Typen in unserem Alter reißen ihren normalen Achtstundentag runter, falls sie nicht arbeitslos sind, und haben noch viel weniger Chancen als wir, es zu was zu bringen.«

»Aber wir riskieren auch 'ne Menge, im Gegensatz zu denen. Die haben dafür ihre Krankenversicherung und 'ne Altersversorgung. Wir nicht.«

»Was soll ich dazu sagen? Versuch's mal als gesetzestreuer Bürger. Besorg dir 'nen verdammten Job.«

»Ach ja? Und wie bitteschön sollte der aussehen?«

»Wenn ich das wüßte, hätte ich schon längst zugegriffen. Man kann nicht gerade sagen, daß wir in unserem Alter so was wie berufliche Alternativen hätten. Du bist ein Zimmermann, der seit zehn Jahren keinen Hammer mehr angefaßt hat, und ich bin ein Schlichter. Weißt du, was ein Schlichter macht? Der sagt: ›Kein Grund zur Panik, Leute, die werden sich zusammensetzen und die Sache regeln.‹ Oder: ›Das muß so sein, weil es nun mal nicht anders geht.‹ Oder: ›Na schön, wir werden die Kosten kalkulieren.‹ Das macht ein Schlichter.«

»Scheiße, wir haben doch gewisse Fähigkeiten. Genau die Fähigkeiten, die diese Typen brauchen. Das Ganze ist bloß eine Sache von ... wie hieß doch gleich dieser blöde Spruch von euch Gewerkschaftssäcken?«

»Gerechter Lohn für ehrliche Arbeit.«

»Richtig. Das haut mich immer wieder vom Hocker. Ihr Typen nehmt diese bescheuerten Malocher von vorne bis hinten aus, und diese Penner latschen durch die Gegend und kaufen euch diesen Schmus ab, glauben, daß ihr Typen für sie kämpft und den Bossen Feuer unterm Arsch macht, und dabei seid ihr die verdammten Bosse!« Willie schnaubte auf. »Aber genau das ist es, was uns zusteht: gerechter Lohn für ehrliche Arbeit.«

»Falsch, Willie. Der Trick besteht darin, den Lohn einzustecken, ohne einen Finger krumm zu machen.«

Willie grinste verschlagen. »Ich schätze, das sehe ich genauso.« Er strich etwas Butter auf ein Stück Brot und stippte es in die Soße, wenn er nicht gerade seine Gabel an den Mund führte. »Ich muß dich mal was fragen. Sollte es mich nichts angehen, dann sag einfach *sta t' zitt'* zu mir. Sag einfach, daß ich mein verdammtes Maul halten soll, und dann bin ich sofort still. Aber eins würde ich gern mal wissen: Hat dir dein Onkel jemals was erzählt? Hat er jemals den Vorhang zur Seite gezogen und dich sehen lassen, was er sieht?«

»Du meinst, *la bisiniss*?«

»Sì.« Willie nickte. *»La bisiniss.«*

Johnny ließ seinen Kopf ein wenig nach links kippen, wobei er diese Hälfte seines Gesichts zu einer angedeuteten Grimasse verzog, als bereitete ihm die Antwort auf Willies Frage Schwierigkeiten und als müsse er erst einmal darüber nachdenken. »Nein«, sagte er dann mit einem Kopfschütteln, so als hätte er sich seine Antwort gründlich überlegt. »Nein, eigentlich nicht.«

»Und wie fühlst du dich dabei?«

»Mein Onkel ist ein alter Mann, Willie. Das weißt du doch. Die Zeit von Männern wie ihm oder wie Tonio, die ist vorbei. Heute fällt niemand mehr vor denen auf die Knie.« Er nippte an seinem Wein. »Ganz im Gegenteil«, sagte er, »heute gibt es Leute unter uns, die nicht mal wissen, wer mein Onkel ist.«

»Mag sein, aber so wie ich die Sache sehe, zeigt das bloß, wie weit oben dein Onkel steht. Die Burschen auf der Straße, die wissen vielleicht nichts von Männern wie deinem Onkel, doch die Typen, vor denen diese Burschen auf die Knie fallen, die wissen verdammt gut, wer diese Männer sind. Das ist so wie bei diesem Gotti. Ein großer Mann, ein Teufelskerl, ein guter Mann. Doch die Leute haben nur bis zu ihm gesehen, nicht weiter. Er war derjenige, über den die Zeitungen berichtet haben, der Typ in den teuren Maßanzügen, die ideale Besetzung für diese lächerliche Inszenierung der Regierung. Die Leute kannten John Gotti, doch kein Mensch wußte was von diesem anderen Johnny, diesem Sizilianer aus Cherry Hill. Die haben nie was von Männern namens Spatola gehört. Die haben noch nicht mal gewußt, daß es diese Männer gegeben hat. Das ist wie der Spruch, den die alten Knaben immer von sich gegeben haben: Jeder kennt Sinatra, aber wen kennt Sinatra? So sehe ich das. Die Kerle in den teuren Anzügen kommen zwar in die Nachrichten, aber die Fäden halten sie nicht in der Hand. Das machen die, die man nicht sieht, die, die keiner kennt.«

»Hast du wieder diese Pillen geschluckt oder was?« Johnny grinste. »Ich meine, worauf willst du eigentlich hinaus?«

Auch über Willies Gesicht huschte ein Grinsen. »Neulich abend, im Club, da hat mich einer dieser Typen beiseite genommen. Keiner von den üblichen *citrul*'s – nein, einer von ganz oben, einer von diesen alten *cugin*'s. Er hat den Arm um meine Schulter gelegt und ist mir auf die scheißfreundliche Tour gekommen, hat mir Honig um den Bart geschmiert und ganz geheimnisvoll getan, so nach dem Motto, ich dürfte keinem was davon erzählen und so. ›Du bist ein guter Mann‹, hat er mir erzählt. ›Ein gutes Auge und das Herz am rechten Fleck.‹ Dann hat er diesen hier gemacht« – Willie nickte, zwinkerte ihm bedeutungsvoll zu, ließ den linken Mundwinkel herabsinken, winkelte seinen Arm an, ballte die Faust und ließ seinen Bizeps anschwellen zu einer demonstrativen Gebärde der Stärke – »und mir erzählt, daß die Welt Leuten wie mir gehören sollte. Im ersten Moment habe ich gedacht, daß der Typ unter Drogen steht. Doch dann hat er gesagt, er hätte Arbeit für mich. ›Man schätzt dich‹, hat er mir gesagt. ›Verpatz es nicht.‹ Und das war's. Kurz und schmerzlos. Und am nächsten Tag bekomme ich doch tatsächlich diesen Job. Und inzwischen habe ich schon den nächsten in Aussicht.

Doch eins kapier' ich dabei nicht. Ich habe immer gedacht, daß ich nur einen nennenswerten Draht nach oben hätte: über dich zu deinem Onkel. Ich hab' mir dann gedacht, daß er vielleicht ein Wort für mich eingelegt hat. Daß er mir unter die Arme greift. Doch warum sollte er mir unter die Arme greifen und dich links liegenlassen? Und wenn nicht er dahintersteckt, wer zum Teuel ist es dann? Na ja, das hat mich halt ins Grübeln gebracht.«

»Hör auf zu grübeln und freu dich über dein Glück.«

»Aber dir geht's gut, oder? Du kannst dich nicht beklagen?

»Ich kann mich nicht beklagen.«

»Vielleicht kann ich ja auch was für dich rausschlagen.«

»Jetzt hör mal zu. Was dir in den Schoß fällt, gehört dir. Und was mir in den Schoß fällt, gehört mir. Ich bin immer wieder auf dich zurückgekommen, weil ich dich gebraucht habe. Weil du schwer in Ordnung bist und weil ich dir vertrauen kann. Wir sind Freunde. Dieser andere Kram, das ist doch bloß Arbeit. Du bekommst jetzt nur, was dir sowieso zugestanden hat.«

Über Willies Gesicht huschte ein Lächeln, in dem so etwas wie Zufriedenheit lag. »Genau«, sagte er. »Gerechter Lohn für ehrliche Arbeit.«

»So wie es sich gehört«, grinste Johnny.

Die beiden Männer kauten und tranken. »Ich wollte dich nur davon in Kenntnis setzen«, sagte Willie. »Weißt du noch, was wir damals gesagt haben, als wir mit diesem Kram angefangen haben? Keine Geheimnisse, haben wir gesagt. Erinnerst du dich noch daran? Keine Geheimnisse.«

»Keine Geheimnisse«, sagte Johnny. Dann hob er sein Glas und wartete, bis Willie mit ihm angestoßen hatte.

11

Billy Sing wußte, daß Chinatown für die meisten Weißen eine Jauchegrube war, eine Fistel am Dickdarm von Lower Manhattan. Sie kamen dorthin wegen der grellbunten Fassaden der Geschäfte, in denen jahrtausendealte Gottheiten, reduziert zu billigem Schnickschnack aus Plastik und minderwertiger Jade, Staub ansetzten, umgeben von Räuchervasen aus Messing und Aschenbechern aus weiß-blauem Porzellan. Sie kamen dorthin wegen der Restaurants, deren rot-schwarze Speisekarten aus ein und derselben Speisekarten-Druckerei stammten, die sich im Schatten der Manhattan Bridge auf der Market Street niedergelassen hatte: Restaurants, die den grotesken Geschmack ihrer weißen Kundschaft befriedigten und einen Schlangenfraß aus Büchsengemüse, marinierten Fleischabfällen, fabrikmäßig hergestellter Barbecuesauce, Maisstärke, Discount-Sherry und Zucker servierten. Sie kamen wegen des Unechten dorthin und ekelten sich vor allem, was echt war. In der warmen Jahreszeit, wenn sie gleich in hellen Scharen auftauchten, machten sie aus ihrem Ekel kein Geheimnis und verzogen ihre Gesichter zu häßlichen Masken über den Gestank des auf der Straße verrottenden Mülls und all jener Örtlichkeiten, die dem Auge verborgen blieben: das chthonische Labyrinth aus schäbigen Wäschereien, Handwerksklitschen und Küchen; die engen, muffigen Kellerverliese, in denen es nach den Fäkalien illegaler Einwanderer, minderjähriger Prostituierten und all derer roch, die durch Wahnsinn, Krankheit oder Armut in diese Welt der krabbelnden und umherhuschenden Wesen geraten waren, die Welt der Ratten, Wanzen, Mäuse, Silberfische und Küchenschaben, deren Populationen die eigentlichen Herren dieses Viertels waren.

Der weiße Mann kannte nur das falsche Antlitz, den vordergründigen Geruch und die Ausdünstungen der

Seele von Chinatown. Den wirklichen Dreck und Gestank städtischer Vereiterung kannte er kaum – ja, konnte sich ihn nicht einmal vorstellen. Seine Vorstellungen von Gefahr und Verfall bezog er aus den Fernsehnachrichten, den dort verbreiteten Bildern und Schreckensmeldungen aus Stadtvierteln wie Bedford-Styvesant, Washington Heights, East Harlem und der South Bronx. Von den Gefilden des Grauens, die jenseits des Horizonts seiner kindlichen Alpträume und nervösen Ängste lauerten, hatte er nicht die geringste Ahnung.

Billy Sing mußte oft an die ›Ummauerte Stadt‹ denken, einen Ort, der viel älter war als des weißen Mannes Traum von Amerika. Die ›Ummauerte Stadt‹ war in der Dämmerung der Sung-Dynastie als Festung errichtet worden und somit älter als die Siedlung Hongkong, die rings um sie entstanden war. Im neunzehnten Jahrhundert wurde aus der Festung eine offizielle Mandarin-Residenz. Im zwanzigsten Jahrhundert, während des Zweiten Weltkriegs, hatten die Japaner die Mauern niederreißen und aus ihren Trümmern von englischen Kriegsgefangenen Landebahnen anlegen lassen. Doch in den Jahren danach war die ›Ummauerte Stadt‹ von Kowloon, direkt unter dem ohrenbetäubenden Lärm der auf dem Internationalen Flughafen von Hongkong startenden und landenden Jets, zu einer anderen Art von Festung geworden, zu einer Trutzburg, deren Schutzwälle viel stärker waren als alle Mauern aus Stein. Mit einer Grundfläche von knapp hundertachtzig mal zweihundertfünfundsiebzig Metern und rund fünfzigtausend Einwohnern wurde dieser Ort das am dichtesten besiedelte Elendsviertel der Welt, ein Seuchenherd und eine Brutstätte von Gewalt, in die kein Gesetzeshüter je den Fuß setzte. Die zwölfstöckigen Mietskasernen waren in Wohnungen von wenigen Quadratmetern aufgeteilt und hatten Gemeinschaftstoiletten und -küchen. Es gab kaum Elektrizität und keine Kanalisation. Es gab keine Straßen, die diesen Namen verdient hätten, und nur zwei Innenhöfe. In den engen Durchgängen zwischen den Gebäuden stapelte sich der Müll bis zu einer

Höhe von neun Metern und mehr. In den Innenhöfen, zwischen hin und her wandernden, vom Wind zerzausten Abfallbergen, gab es Bäche aus gerinnendem Blut und morastige Tümpel aus ungeklärten Abwässern, in denen blutige Innereien schwammen, die aus den Einzimmerfabriken stammten, in denen fauliges Tierfleisch zu Schweinsklößchen, Fischkuchen und süßen Pasteten verarbeitet wurde. Der Verwesungsgeruch war durchsetzt mit den stechenden Dämpfen von geschmolzenem Gummi und schwelendem Lötzinn, die aus den Miniaturfabriken stammten, in denen das billige Sexspielzeug produziert wurde, das der zweite legale Ausfuhrartikel der ›Ummauerten Stadt‹ war.

In einem der Innenhöfe stand ein kleiner, verlassener Tempel, über den ein Netz gehängt war, um zu verhindern, daß sein Dach mit Abfällen übersät wurde. In den engen Gassen und in dem Gewirr aus Tunneln und Kammern unterhalb der ›Ummauerten Stadt‹ streiften ihre jungen Bewohner umher, Krieger in einer Welt, die nur ihnen vertraut war. Es war ein Vipernnest, der Nährboden, auf dem viele der brutalsten Killer der Wo-Triade heranwuchsen. Der Tempel im Innenhof gehörte diesen Halbstarken. Unter der Erde gab es einen weiteren Tempel, den sie mit einem Blutopfer entweiht hatten. In diesem Tempel, im Jahr 1968, hatte Billy Sing zum erstenmal von den sechsunddreißig Eiden gehört. Damals war er zwölf Jahre alt gewesen und hatte noch niemanden getötet.

Die Lung Chung Street, die Hauptverbindungsgasse der ›Ummauerten Stadt‹, hieß wegen ihres regen Heroinhandels allgemein Baat Fan Gai, ›Straße des Weißen Pulvers‹. In dieser Gasse und in dem darunter liegenden Labyrinth machte sich Sing bald einen Namen als junger Tiger. Wie die anderen jungen Tiger der ›Ummauerten Stadt‹ durchstreifte er Kowloon und Hongkong, erpreßte Geld von Jungen, die weniger durchsetzungsfähig waren als er, und transportierte Heroin und Bargeld für die jungen Herren des Untergrundtempels. Er brannte darauf, Gesicht zu beweisen, und tötete das erste Mal im Alter von vierzehn Jahren: Ein dicklicher Junge hatte ihn ›kleine Schildkröte‹ genannt – was soviel wie Schwuler bedeutete –, und Sing hatte ausgeholt und die acht Zentimeter lange Klinge seines Schnappmessers von oben durch die schwabbelige Brust des dicken Jungen gebohrt und ihm, als er zu Boden sank, die Kehle durchgeschlitzt. Und dann hatte er zugesehen, wie der Junge in einer Pfütze aus seinem Blut gestorben war, weinend und nach Luft japsend, und alle auf der Straße des Weißen Pulvers hatten es mitbekommen. In dem Jahr hatte er noch zweimal getötet, für Geld.

Kurze Zeit darauf hatte er sich Wu Chong angeschlossen, dem Chef der Triade Sun Yee On, die beinahe das gesamte Sham-Shui-Viertel von Kowloon kontrollierte. Wu Chong, der keinen eigenen Sohn hatte, fand Gefallen an diesem jungen Tiger, der so auf Gesicht versessen war, und nahm ihn bei sich auf. Und der junge Tiger, dessen Eltern schwindsüchtige Fremde gewesen waren, die seine Anwesenheit, oder die ihres Ehepartners, in der fensterlosen, neun Quadratmeter großen Zelle kaum registriert hatten, war dankbar gewesen und hatte zum erstenmal in seinem Leben freiwillig und aus tiefstem Herzen ein Dankgebet gesprochen. Er diente Wu Chong und büffelte, bis ihm der Kopf rauchte, unter der Aufsicht von Privatlehrern, die Wu Chong ins Haus kommen ließ. Bis zu seinem achtzehnten Geburtstag hatte es Sing aus eigener Kraft so weit gebracht, daß er sich an der Universität von Hongkong immatrikulieren konnte, wie es sich Wu Chong immer gewünscht hatte.

An einem lauen Sommerabend, kurz vor Beginn seiner Universitätsausbildung, hatte Wu Chong ihn in ein Freudenhaus in der Nähe des Hafens von Victoria mitgenommen. Als Junge hatte Sing die Münder der Mädchen der ›Ummauerten Stadt‹ kennengelernt, und in den Jahren danach hatte es andere gegeben. Doch der warme, sich am Licht des Mondes labende Mund der Nachtblume, mit der er sich an jenem Abend zurückgezogen hatte und zu der er in den folgenden Jahren immer wieder zurückkehren sollte, war herrlicher gewesen als alles, was er bis dahin erlebt hatte.

Einen Tag später wurde Sing in eine andere Art von Gesellschaft eingeführt: Wu Chong hatte einen taoistischen Priester eingeladen, mit ihnen zu Abend zu essen, einen älteren Mann, den Sing in der Vergangenheit hin und wieder bei Wu Chong gesehen hatte. Während des Essens plauderten Wu Chong und der Priester in entspannter Stimmung über viele Dinge. Schließlich lenkte der Priester die Unterhaltung auf das Thema Erziehung, in dem er Sings Leistungen und Zukunftsaussichten in höchsten Tönen pries.

»Der legendäre Lao Tse hat einmal gesagt, wer erfolgreich ein Reich regieren wolle, müsse ›den Seher beseitigen und den Weisen in seine Schranken weisen‹. Platon, dessen Idee vom idealen Staat dem *Tao-te King* wahrscheinlich vorausgegangen ist, hat ungefähr dasselbe gemeint, als er sagte, alles Wissen über die Dichtkunst müsse von den Wächtern des Staates ferngehalten werden. Diese beiden Weisen haben dieselbe Wahrheit erkannt, obwohl sie unterschiedlichen Denkrichtungen angehörten: Wissen ist die gefährlichste Waffe, die größte Gefahr. Deine Erziehung ist auf eine Weise wichtig, die du jetzt noch nicht erfassen kannst. Merk dir das! Und denk immer daran, daß dein Herr und Förderer, Wu Chong, auch ein großer Lehrmeister ist.«

Der Priester nahm einen Federhalter und ein Blatt Papier und zeichnete mit fachmännischen, flüssigen Strichen das klassische *hóng*-Schriftzeichen:

洪

»In ein paar Jahren«, sagte er, »wirst du die Welt mit anderen Augen sehen, und dann wirst du diese Striche verstehen können wie kaum ein anderer.«

Jetzt ließ Billy Sing die goldene Feder eines Lackfüllfederhalter über das cremefarbene Papier seines schwarzen, ledernen Notizbuchs gleiten und zeichnete dasselbe Schriftzeichen. Als er fertig war, gab er den Zettel Johnny Di Pietro, der einen flüchtigen Blick darauf warf und ihn dann auf den Tisch legte.

Johnny zündete sich eine Zigarette an. Dieses Restaurant, auf der 52nd Street, war Sings Idee gewesen. Beim Festlegen des Termins ihrer Verabredung hatte Johnny ihm mitgeteilt, daß er an diesem Morgen ein Flugticket bei der Alitalia abholen und das Paßbüro im Rockefeller Center aufsuchen müsse, bevor sie sich trafen. Daraufhin hatte Sing dieses Restaurant vorgeschlagen – er schien davon auszugehen, daß Johnny es kannte – und gesagt, es befinde sich in unmittelbarer Nähe von Alitalia und Rockefeller Center und daß man sich dort gut unterhalten könne. Er hatte recht gehabt. Der Raum und seine großen Wandgemälde verbreiteten eine behagliche, ruhige Atmosphäre: Herbstliche und erdige Farben überwogen, und es herrschte eine alles durchdringende, angenehme Stille.

Ein Kellner brachte das Mineralwasser, das Johnny geordert hatte, und den Château Latour, für den Sing sich entschieden hatte. Sing übersprang die Formalitäten des Probierens. »Ich bin sicher, daß der Wein gut ist«, war alles, was er sagte. Der Kellner füllte sein Glas, zog sich zurück und kam wenig später mit den Wachtelsalaten zurück, die sie als Vorspeise bestellt hatten.

»In dem Lügengebilde, das die Chinesen Geschichte nennen«, sagte Sing zu Johnny, »ist die Entstehung der Geheimgesellschaften in einen besonders dichten Legendenschleier gehüllt. Ich kann Ihnen bloß das erzählen, was ich vermute und was ich weiß.«

Johnny nickte kurz, mit gedankenvoller Miene, so als wollte er sagen, ja, genauso hätte er es sich vorgestellt.

Sings direkte, selbstbewußte Art zu reden beeindruckte ihn. Die fernöstlichen Spuren, die sich unter sein exzellentes Englisch mischten, verliehen der natürlichen Sicherheit seines Vortrags einen unterschwelligen Hauch von exotischer Weisheit.

Sing erzählte ihm eine Geschichte, die mit der Han-Dynastie begann und bei dem cremefarbenen Notizzettel endete, der zwischen ihnen auf dem Tisch lag. Es war eine Geschichte über buddhistische Sekten, Geheimbünde von Gesetzlosen und dynastische Umwälzungen, eine Geschichte, die sich von der Dämmerung des vergangenen Jahrtausends bis ins vierzehnte Jahrhundert schlängelte, bis zur Beseitigung der mongolischen Fremdherrschaft durch die mächtigste Gesetzlosenvereinigung, die Sekte ›Weißer Lotos‹, deren Anführer, ein ehemaliger buddhistischer Mönch und Mörder namens Hóng Wu, die kaiserliche Macht an sich riß und den Herrschernamen Ming annahm.

Die Ming-Dynastie endete im siebzehnten Jahrhundert. China geriet erneut unter Fremdherrschaft. Diesmal handelte es sich um die Ch'ing, ein Volk aus der Mandschurei. Aus den Überresten des ›Weißen Lotos‹ bildete sich ein neuer Geheimbund, dessen erklärtes Ziel die Beseitigung der Mandschu-Herrschaft und die Wiederherstellung der Ming-Dynastie war. Sein Name, Hóng Huì, ›Hóng-Gesellschaft‹, bezog sich auf den ersten Ming-Kaiser.

Sing deutete auf das Stück Papier, das in der Nähe von Johnnys linkem Ellbogen lag. Das Schriftzeichen auf dem Zettel, erläuterte Sing, war äußerst vieldeutig. Es stand nicht nur für den Familiennamen Hóng, sondern bedeutete außerdem noch ›Flut‹, ›Überschwemmung‹, ›ungeheuer groß‹ und ›gewaltig‹. Sein wesentliches phonetisches Element entsprach dem des Verbs ›jemanden täuschen‹, aber auch dem des Symbols des aufgehenden Mondes, und verwies somit auf heimliche Aktivitäten, die sich im Schutz der Nacht vollziehen. Nur die diakritischen Striche unterschieden die Bedeutungen all dieser Schriftzeichen; ihr Klang war beinahe immer derselbe. Und kombinierte man das *hóng*-Zeichen mit den Schriftzeichen *tu*, ›Land‹ oder ›Welt‹, und *zhong*, das für China stand, dann ergab sich *Han*, der Name jener früheren goldenen Dynastie unter dem Stern des Buddhismus und zugleich der Name jener ethnischen Strömung, die unter den Gründern des Geheimbunds überwog. Alles in allem gab es etwa sechzig verschiedene Schriftzeichen des Mandarin, die allesamt als *hóng* ausgesprochen wurden. Äußerte man diesen Laut, dann rief man phonetische Echos hervor, deren Bedeutungsspektrum Begriffe wie ›Regenbogen‹, ›herrlich‹, ›Schlachtgetöse‹, ›Tod eines Herrschers‹, ›tief‹ und ›rätselhaft‹ umfaßte.

Er zog das Papier zu sich herüber, drehte es um und zeichnete mit seinem Füllfederhalter ein etwas anderes Schriftzeichen auf die Rückseite, das er zum Schluß mit einem gleichseitigen Dreieck umrahmte, so wie es ihm jener taoistische Priester vorgemacht hatte, vier Jahre nach dem Abendessen in Wu Chongs Haus:

»Für ihr Symbol plazierte die Hóng-Gesellschaft die drei Striche, die normalerweise auf die linke Seite des Hauptelements gehören, oberhalb des Schriftzeichens, wodurch sie sich ihr eigenes *hóng*-Zeichen schuf. Anschließend umgaben sie ihr Symbol mit einem Dreieck und bildeten so das *hóng sanjiao*, das Hóng-Dreieck.«

Das Bild des Dreiecks – die Triade, die Drei – führte zu einer anderen Geschichte, die, wie Sing betonte, so alt war wie die Zeit selbst. Im dritten vorchristlichen Jahrtausend verehrten die Sumerer die heilige Trinität von Himmel, Luft und Erde. Bei den Babyloniern war es die planetare

Trinität von Mond, Sonne und Venus. Bei den Ägyptern Isis, Osiris und Horus. Bei den Indern die hinduistische Tribhuavana, die drei Sphären von Erde, Luft und Himmel, und das Trimurti, die Trinität von Brahma, Wischnu und Schiwa. Es gab die buddhistische Triratna, den dreigestaltigen Edelstein aus Buddha, Dharma und Sangha. Im Zentrum des Abendlandes stand die Dreiheit von Geist, Seele und Körper sowie die von Gott, Mensch und Natur. Die Griechen hatten die Triade aus Zeus, Athene und Apollo; die Römer Jupiter, Juno und Minerva; die Christen Vater, Sohn und Heiligen Geist. In seinem ersten Brief verglich Johannes diese Dreifaltigkeit mit der mystischen, irdischen Triade aus Geist, Wasser und Blut. Die Pythagoreer verehrten die Drei als die erste vollkommene Zahl, und ihre wichtigste geometrische Figur war das Dreieck – drei Punkte, die durch drei Linien verbunden waren. Der hebräische Buchstabe *yod* innerhalb eines Dreiecks wurde von den Juden als Symbol für den unbeschreiblichen Namen Jahwes gebraucht. Für den Sohar, das Hauptwerk der jüdischen Kabbala, repräsentierte die Dreiheit von Wissen, Vernunft und Wahrnehmung den heiligen Zusammenhang der Schöpfung an sich. Heilig, heilig, heilig. Hermes Trismegistos, der ›Dreimalgrößte‹. Mann, Frau, Kind. Geburt, Leben, Tod. Duschen, Rasieren, Zähneputzen. Frank, Dean und Sammy. Manny, Moe und Jack.

»Ich denke, das sollte reichen«, sagte Sing, dessen nächster Exkurs wieder zurück nach China führte, wo sich unter den Chou-Königen aus Piktogrammen die chinesischen Schriftzeichen entwickelt hatten, etwa zur selben Zeit, als das griechische Alphabet entstand. Der taoistische Herrscher Shih Huang-ti, der sogenannte Erste Kaiser, ordnete im dritten Jahrhundert vor Christi Geburt den Bau der Großen Mauer an und befahl die Verbrennung aller das Altertum behandelnden Schriften. Unter seiner Herrschaft wurde die chinesische Schrift standardisiert und ein neues, allgemeinverbindliches Lexikon mit dreitausenddreihundert Schriftzeichen veröffentlicht, ein

Werk mit dem Titel *San-chuang*. Das erste Schriftzeichen des Titels, *san*, war ein Trigramm aus drei horizontalen Strichen, die den grundlegenden Gedanken der Dreiheit widerspiegelten. Das erste und wichtigste der zweihundertvierzehn ideographischen Grundelemente der chinesischen Schrift war ein einfacher, waagerechter Strich, der als *yi* ausgesprochen wurde. Er stand für den tiefsten Ursprung aller Dinge. Das zweitwichtigste bestand aus drei Strichen, die ein Dreieck bildeten: *ji*, die Verbindung der Elemente. Aus *ji* entwickelten sich *ho*, ›Harmonie‹ oder ›Gemeinsamkeit‹, und *huì*, ›Versammlung‹ oder ›Vereinigung‹.

Die Drei war die mystische Zahl der *san caí*, der ›Drei Mächte‹, der *tian-dì-rén*, Himmel, Erde und Mensch: Himmel als Vater, Erde als Mutter, Mensch als Sohn. Vor Kong Tse – Konfuzius –, im klassischen *Schu King*, dem ›Buch der Urkunden‹, gab es die drei Tugenden Aufrichtigkeit, Entschlossenheit und Güte. Und es gab die taoistische Trinität der drei ›Reinheiten‹, die in drei himmlischen Palästen hausten. Im Zhan-Buddhismus – bei den Japanern Zen – gab es drei Wege, die in die Hölle führten: Feuer, Blut und Schwerter.

Sing zündete sich eine Zigarette an und nahm einen Schluck Wein. »Wie Lao Tse gesagt hat: ›Der Weg zeugt die Eins, die Eins zeugt die Zwei, die Zwei zeugt die Triade, und die Triade ist der Ursprung aller Dinge.‹ Dieses *hóng*-Zeichen innerhalb des geheiligten Dreiecks wurde zum Symbol der Hóng-Gesellschaft. Im Laufe der Zeit wurde diese Vereinigung auch unter anderen Namen bekannt: Tian Dì Huì, ›Himmel und Erde‹-Gesellschaft, und San Hé Huì, ›Dreieinige Gesellschaft‹ oder ›Triade‹.

Zur Zeit des amerikanischen Bürgerkriegs konnte sich die Hóng-Gesellschaft in San Francisco etablieren, unter dem Namen Chih Kung Dong. Aus dem Dong Chih Kung gingen andere Dongs, oder Logen, hervor: der Dong Hip Sing und der Dong On Leong. Um 1880 erreichte die Hóng-Gesellschaft New York. Damals lebten dort ungefähr siebenhundert Chinesen. Und auf gewisse Weise hat der Geheimbund sein Ziel, die Beseitigung der Ch'ing-Dynastie, verwirklicht. Charlie Soong wurde nämlich gegen Ende des letzten Jahrhunderts Mitglied der Hóng-Gesellschaft, und er war es, der dann die Revolution Sun Yat-sens finanzierte, die die Mandschu-Herrschaft im Jahre 1912 beendete. Doch zu dieser Zeit hatte die Hóng-Gesellschaft ihren Kreuzzug mehr oder weniger aufgegeben und einen realistischeren Kurs eingeschlagen. Aus ihr war eine weitverzweigte kriminelle Vereinigung geworden. Als der politische Aspekt immer weiter in den Hintergrund trat, wurde die Vereinigung als Hóng Bang, die Rote Bande, bekannt – ein Spiel mit dem Lautbild *hóng*, das auch das Schriftzeichen für die Farbe Rot repräsentiert.«

Im Laufe der Zeit entstanden zusätzlich eine Grüne Bande, eine Blaue Bande und noch einige andere. Sie alle wurden Triaden-Gesellschaften genannt, *san hé huì*, nach dem geheiligten dreieckigen Symbol von Himmel – Erde – Mensch, auf das all diese Vereinigungen schworen. Ihre kriminellen Pendants in den USA waren die Dongs On Leong und Hip Sing, die in New York jeweils über mehrere hundert Mitglieder verfügten. Die Weißen nannten die Dong-Mitglieder Gangster und zogen Parallelen zur Mafia.

In Hongkong waren die Triaden seit über dreihundert Jahren aktiv gewesen. Die Stadt war schon in den vierziger Jahren des letzten Jahrhunderts zu dem Nervenzentrum der Triaden Chinas geworden, doch als die Grüne Bande ihr Hauptquartier wegen der kommunistischen Machtergreifung auf dem chinesischen Festland von Schanghai nach Hongkong verlegte, wurde die Kronkolonie buchstäblich zur Hauptstadt der Triaden.

»Es war so, wie Lao Tse gesagt hatte. Der Weg zeugt die Eins, die Eins zeugt die Zwei, die Zwei zeugt die Drei – die Rote Bande, die Blaue Bande, die Grüne Bande –, und die Drei ist der Ursprung von allem anderen.«

In Billy Sings Auftreten lag etwas, das seiner Gelehrsamkeit einen düsteren Unterton verlieh, etwas, das tiefer und geheimnisvoller war als die fernöstlichen Anklänge, die seine Redeweise so unverwechselbar prägten. Johnny erschien der jüngere Mann wie ein Jünger des Bösen, wie ein Gelehrter der Infamie. Seine feingeschnittenen Gesichtszüge, das matt glänzende, streng nach hinten gekämmte Haar und die elegante Garderobe – das Hemd aus Leonino-Seide mit offenem Kragen, das schwarze Kaschmirjackett und der auffällige Verzicht auf Schmuck, der eine Geringschätzung alles Affektierten auszudrükken schien, eine Geringschätzung, die offensichtlich nicht auf Bescheidenheit oder Schlichtheit, sondern auf eine Gleichgültigkeit gegenüber den Blicken oder der Meinung anderer Menschen zurückzuführen war – verliehen ihm genau jenes Aussehen, das eitle Modefans vergeblich anstrebten. Doch die Art seines Auftretens – noch rarer als die auserlesene Seide, noch schwärzer als der maßgeschneiderte Kaschmirstoff – stellte sein äußeres Erscheinungsbild noch weit in den Schatten. In seinem Gegenüber spürte Johnny die Unerschütterlichkeit einer tief im Inneren verwurzelten Finsternis, die sich nicht in Skepsis oder Stolz niederschlug, sondern in einer kühlen, natürlichen Würde.

»Wann wurden Sie geboren?« fragte Johnny.

»Neunzehnhundertsechsundfünfzig.«

»Und wann sind Sie nach Amerika gekommen?«

»Vor dreizehn Jahren.«

Johnny verzog seinen Mund zu einem freundlichen Lächeln, in dem Billy Sing einen düsteren Unterton zu erkennen glaubte. »Wie kommt's, daß Sie über all diesen Kram so gut Bescheid wissen?«

Billy Sing erwiderte das Lächeln. »Manche Männer opfern ihre Zeit dem Beruf oder Liebesaffären. Manche Männer lösen Kreuzworträtsel. Andere wieder onanieren wie die Affen, füttern Tauben oder schauen Fernsehen. Man könnte sagen, daß ich meine Freizeit mit Lernen verplempert habe. Das ist seit vielen Jahren mein Steckenpferd. Selbstverständlich ist das meiste Wissen nutzlos. Das gilt übrigens auch für alles, was ich gerade erzählt habe. Ich habe Männer kennengelernt – Ihr Onkel zählt nicht dazu, aber andere Männer wie er, Italiener mit Macht und Einfluß –, die nicht das geringste über ihre eigene Herkunft wußten. Sie haben mir die Märchen erzählt, an die sie glauben, haben die Ursprünge ihrer sogenannten ehrenwerten Gesellschaft auf irgendeinen imaginären Widerstand gegen die bourbonische Fremdherrschaft in Sizilien zurückgeführt. Bei den Triaden verhält es sich genauso. Die meisten ihrer Anführer reden von lächerlichen Mönchsintrigen und einem seltsamen roten Licht am Himmel. Die wenigsten dieser Leute wissen das, was ich Ihnen gerade erzählt habe. Das tut ihrer Macht keinen Abbruch, und Sie macht es kein bißchen stärker. Aber wenn Sie bloß das Kolorit im Kopf behalten, den allgemeinen Eindruck dessen, was ich Ihnen erzählt habe, dann dürfte Ihnen die Welt dieser Leute weniger fremd sein als ihnen die Ihrige. Was zählt, ist die richtige Perspektive.«

Der Kellner brachte die Hauptgerichte: Lammfilet für Billy Sing, gegrillten Blaufisch für Johnny. Sing hatte während der letzten Viertelstunde zwei Zigaretten geraucht. Sein Salat stand noch immer unangetastet vor ihm.

»Der Shan Chu, das heißt ›der Berggipfel‹, ist der Boß der Triade«, fuhr er fort. »Unter ihm gibt es eine Menge Rangabstufungen bis hinunter zum Fußvolk der einfachen Soldaten. Jeder Triadentitel korrespondiert mit einer bestimmten Zahl, die immer durch Drei teilbar ist. Der Shan Chu zum Beispiel ist die 489.

Es gibt sechsunddreißig Strategien, die der Kandidat beim Initiationsritus auswendig können muß.« Sing holte zwei zusammengefaltete Zettel aus der Innentasche seines Jacketts und gab sie Johnny, der seine Gabel beiseite legte, um einen Blick auf dieses neue Material zu werfen. Die erste Strategie lautete: »Den Ozean überqueren, ohne es den Himmel merken zu lassen. Alle Menschen in deinem Umkreis täuschen.« Die letzte lautete: »Sich aus dem Staub machen, wenn es keine bessere Alternative gibt.«

»Wichtiger für die Initiationsriten der Triaden«, sagte Sing, »allerdings nicht für die spätere Praxis, sind die sechsunddreißig Eide, eine Aneinanderreihung von Gelübden und bestimmten Todesstrafen, die einen erwarten, wenn er die Gelübde bricht. Etwa: ›Ich werde niemandem die Geheimnisse der Hóng-Familie verraten, nicht einmal meinen leiblichen Eltern oder Brüdern oder meiner Ehefrau. Ich werde niemals Geheimnisse gegen Geld preisgeben. Andernfalls werde ich sterben unter Myriaden von Schwertern.‹«

Billy Sing, dachte Johnny, hatte diese Worte offensichtlich nicht beherzigt. Nachdem Louie Bones den Kontakt zwischen ihm und Sing hergestellt hatte, erfuhr Johnny von Louie, daß Billy in Hongkong eine ziemlich große Nummer gewesen war, ein Unterboß der Triaden, aber daß er schließlich mit allem, außer sich selbst, gebrochen hatte. In New York hatte er sich dann mit einem alten Schlitzauge namens Fang zusammengetan, der schon seit vielen Jahren mit den Jungs zusammenarbeitete.

»Wenn ich Sie richtig verstehe, bedeuten diese Eide einen Dreck.«

»So wie Ihre Sprüche über die Ehre.«

Bei Johnnys Worten hatte Sing unwillkürlich an seinen Wohltäter Wu Chong denken müssen, der von einem seiner eigenen Untergebenen, seinem Vollstrecker, enthauptet worden war. Sing hatte den Verräter getötet und ebenfalls enthauptet. Und danach hatte er vor dem Altar der Gottheit Guan Din eine Schriftrolle mit den sechsunddreißig Eiden verbrannt und seinen Glauben an verschworene Gemeinschaften und an geheiligte Worte jedweder Art für immer abgelegt.

Sein Ton änderte sich. »Es gab Zeiten, da haben sie mir was bedeutet.«

Er wollte mehr sagen – hinter seiner Beredsamkeit rumorte der Hunger, sich zu offenbaren, jemanden in das Geheimnis all dessen einzuweihen, was ihm in seinem Leben fehlte –, doch er tat es nicht, da er nicht wußte, wie er diese Dinge formulieren sollte. Seine Stimme nahm wieder ihren sachlich-nüchternen Tonfall an.

»In den alten Zeiten konnte der Initiationsritus sechs bis

sieben Stunden dauern. Heutzutage gibt es in der Regel bloß einen improvisierten Altar, und die Zeremonie wird auf ihr Kernstück reduziert, auf den Höhepunkt des klassischen Rituals. Es gibt ein Stück Leinenpapier, auf dem die sechsunddreißig Eide stehen sowie die Schriftzeichen *fan qing* und *fù míng*: ›Sturz der Ch'ing, Wiedereinsetzung der Ming.‹ Man quetscht ein paar Tropfen Blut aus dem Zeigefinger des Kandidaten und verbrennt das Papier.«

Johnny erinnerte sich daran, wie die Klinge von Tonios Taschenmesser mit dem Hirschhorngriff scharf in seine Haut geschnitten hatte, wie die Seite aus der Bibel verbrannt worden war, und an den merkwürdigen rituellen Singsang der Eidesfloskeln des alten Mannes.

»Früher war es Tradition, das Blut und die Asche mit Wein zu vermischen und zu trinken. Heute, im Zeitalter von AIDS, nimmt man das mit dem Trinken nicht mehr so genau.«

Sing hielt inne und zündete sich eine neue Zigarette an. Auf seinem Teller lag noch immer rosafarbenes Fleisch, und sein Salat war weiterhin unangetastet.

»Was hat es mit Ihren Leuten und all diesen verdammten Eiden auf sich?«

»Jeder neigt dazu, Tugend zu predigen, aber die wenigsten praktizieren sie auch. Schauen Sie sich die Kirchgänger, die Sittenwächter und Moralapostel im Westen an! *Konghuà* – hohles Geschwätz. Bei den Chinesen muß man schon etwas tiefer bohren. Die Chinesen fürchten die Freiheit. Der freie Wille und die damit einhergehende Verantwortung bereiten ihnen Unbehagen.

Leute aus dem abendländischen Kulturkreis werden das Herz und den Geist der Chinesen nie verstehen. Der westliche Philosoph Hegel, für den die Marxisten unermüdlich den Zuhälter spielen, war ein alter Trottel. Doch als er die Behauptung aufstellte, der Osten würde weder Gewissen noch individuelle Sittlichkeit kennen, da blitzte in der blinden christlichen Borniertheit, die er ansonsten predigte, rein zufällig ein Fünkchen Wahrheit auf. Ich bin davon überzeugt, daß tief in der chinesischen Seele das Bedürfnis verwurzelt ist, sich alles Tun und Denken von außen vorschreiben zu lassen, daß jeder Chinese die Zustimmung und den Segen irgendeiner höheren Instanz als unabdingbar erachtet.«

»Gilt das nicht auch im Westen?«

»Nein. Im Westen sind Gefügigkeit und Gehorsam nur vorgetäuscht. Sie kommen nicht von Herzen und sind auch nicht in der Seele verwurzelt. Man kratzt an einem Keuschheitsgelübde, und ein Kinderschänder kommt zum Vorschein. Wie die Väter, so die Herde. Die westliche Loyalität gegenüber einer vorfabrizierten Moral ist pures Geschwätz, eigennützig und hohl – *konghuà*. In China dagegen beruht die gesamte gesellschaftliche und politische Ordnung seit jeher auf *li*, der allumfassenden Idee des korrekten, ritualisierten Verhaltens, die alle menschlichen Beziehungen dominiert. *Chih*, der Wille, ist nichts. Er muß sich den über jeden Zweifel erhabenen Kräften und der Autorität von *li* und *dào*, dem Weg, unterordnen. Der Konfuzianismus bietet wenig Raum für freie ethische Entscheidungen. Das *dào* von Richtig und Falsch existiert einfach, es ist vorgegeben und für immer im *li* festgelegt. Im Zentrum des Buddhismus steht die Doktrin des *an-atta*, der völligen Selbstentäußerung. Der Idealstaat des Taoismus ist ein Staat, in dem die Menschen von Wissen unbelastet und aller Begierden ledig sind. Dort gibt es keinen Platz für bewußte Entscheidungen oder Werturteile, die vom Selbst gefällt werden. Den Chinesen ist die Vorstellung eines freien, selbständigen Denkens derart fremd, daß es in ihrer Sprache kein Äquivalent für den Begriff ›Philosophie‹ gegeben hat, bis gegen Ende des letzten Jahrhunderts Übersetzer das Wort *zhexue* aus dem Japanischen entlehnten. Die Vorstellung einer wie auch immer gearteten systematischen intellektuellen Erfassung der Wirklichkeit existierte einfach nicht, auch nicht bei jenen Männern, die man im Westen als ›die klassischen chinesischen Philosophen‹ bezeichnet. Das *dào* war da, um ausgelegt und erhellt zu werden, nicht um hinterfragt oder analysiert zu werden.

Dennoch glaube ich, daß jene alten *dào*-Männer nicht ohne Weisheit waren. Im Buch *Lun Yü*, den ›Unterredungen‹, bekennt Kong Tse, daß er sich in der Kriegskunst nicht auskenne. Doch der große Konfuzianer Chu Hsi klärte diese Bemerkung, indem er sie mit Worten erhellte, die die ›Unterredungen‹ ausgelassen hatten: ›Wenn ich kämpfe, dann siege ich.‹ Kong Tse und sein Schüler Meng Tse waren der Ansicht, der Mensch sei gut. Doch man sollte sich eher Hsün Tses Worte einprägen: ›Die Natur des Menschen ist böse.‹ Und dann ist da noch die Phantomgestalt Lao Tse: ›Wahre Worte sind nicht schön‹, sagt er, ›schöne Worte sind nicht wahr.‹ Das traf vor langer Zeit zu, und es trifft noch immer zu.«

Sing drückte seine Zigarette aus, aß seine letzten Fleischstücke und begann dann, in seinem Salat herumzustochern. Anschließend sprach er über den Gott des weißen Pulvers.

»Opium wurde im sechzehnten Jahrhundert durch europäische Kaufleute von Indien nach China exportiert. Um 1900 war China nicht nur der größte Opiumkonsument der Welt, sondern auch der größte Opiumproduzent geworden. Man erntete pro Jahr mehr als fünfunddreißigtausend Tonnen, beinahe neunzig Prozent der gesamten Weltproduktion. Die einheimischen Behörden zogen ununterbrochen gegen die Droge zu Felde, und im Jahr 1907, als sich die Briten mit einer pompösen Demonstration ihres Verantwortungsbewußtseins aus dem Opiumgeschäft zurückzogen, unternahm die kaiserliche Regierung den Versuch, den Mohnanbau in China zu beenden. Und damals gelang es den Triaden, die schon seit langem die Opiumtransportrouten kontrolliert hatten, das Geschäft mit dem weißen Pulver an sich zu reißen.

Im Sommer 1928 stellte Chiang Kai-shek das Nationale Anti-Opium-Komitee auf die Beine – eine Public-Relations-Farce –, in dessen Präsidium unter anderem der ›Großohrige Tu‹ saß, der Boß der Grünen Bande. Im ersten Jahr ihres Bestehens konnte diese Institution mit ihrer sogenannten ›Opium-Prohibitionssteuer‹ allein in drei Provinzen Nankings siebzehn Millionen Dollar einkassieren. Als das Kuomintang-Regime im Herbst 1928 die Regierungsgewalt in ganz China übernahm, kontrollierten Chiang und die Grüne Bande das größte Opiumkartell der Welt, mit bedeutenden Heroinraffinerien in Schanghai und der Pekinger Hafenstadt Tientsin.«

Sing erklärte, daß die Herstellung von Qualitätsheroin ein langwieriger und gefährlicher Prozeß sei. Zuerst muß das Opium in Morphinbase verwandelt werden, in der Regel in Dschungellabors in unmittelbarer Nähe der Mohnfelder, da man hundert Kilo Rohopium braucht, um zehn Kilo Morphin herzustellen. Anschließend muß das Morphin in einem vierstufigen Prozeß raffiniert werden.

Der Chemiker beginnt mit zehn Kilo Morphin und ungefähr der gleichen Menge Essigsäureanhydrid, das im allgemeinen schwerer aufzutreiben ist als das Morphin. Dabei handelt es sich um ein Schweröl, das auf der ganzen Welt produziert wird, von Union Carbide und anderen großen Chemiekonzernen. Sein Verkauf ist jedoch strengstens reglementiert, und so stammt der Großteil der von den Raffinerien benutzten Säure aus den industriellen Schmuddelecken des Ostens, aus Neu-Delhi oder Ghaziabad. Von dort wird es mit Lastwagen nach Manipur und Nagalind geschmuggelt und dann über die Grenze Myanmars zu den Raffinerien transportiert. Die Morphinbase und das Essigsäureanhydrid werden in einem Emaillebecken sechs Stunden lang bei einer konstanten Temperatur von fünfundachtzig Grad Fahrenheit erhitzt. Dabei entsteht eine unreine Form von Diacetylmorphin: Heroin. Als nächstes wird die Lösung so lange mit Wasser und Chloroform behandelt, bis sich die Unreinheiten abgesetzt haben. Anschließend wird die Lösung in ein anderes Gefäß umgefüllt und mit Natriumkarbonat vermischt, bis sich grobe Heroinpartikel herausbilden und zu Boden sinken. Diese Partikel werden dann in einem Kolben mit Alkohol und Aktivkohle gereinigt, und die neue Lösung wird so lange erhitzt, bis der Alkohol verdampft ist. Dabei setzt sich am Boden des Kolbens ein relativ reines, aber klumpiges und minderwertiges Heroin ab: Heroin Nr. 3. Die meisten Chemiker hören hier auf, bei diesen bräunlichen oder grauen Klumpen – ›Brown Sugar‹ –, die die Chinesen normalerweise rauchen.

Der vierte und letzte Schritt ist der gefährliche. Hier ist spezielles Fachwissen unumgänglich. Das Heroin Nr. 3 wird in einen großen Kolben gefüllt und in Alkohol aufgelöst. Dann fügt man der Lösung zunächst Äther und anschließend Salzsäure hinzu. Dabei bilden sich allmählich kleine weiße Flocken. Diese Flocken werden unter Druck herausgefiltert und getrocknet. Sie ergeben zehn Kilo eines weißen Pulvers mit einem Reinheitsgrad von achtzig bis neunundneunzig Prozent: Heroin Nr. 4. Das verdampfende Gas stellt eine Herausforderung dar, der nur Meisterchemiker gewachsen sind. Wenn man nicht ununterbrochen aufpaßt, und zwar sechs bis acht Stunden lang, dann kann es sich entzünden und eine gewaltige Explosion bewirken, die die ganze Raffinerie zerstört und alle Beteiligten tötet. In Asien arbeiten solche Meisterchemiker ausschließlich für die Triaden. Und die bedeutendste aller Triaden ist die 14K.«

»Wofür steht das?« fragte Johnny, von Sings umfangreichem Wissen beeindruckt.

»Gegen Ende der vierziger Jahre schweißte der kantonesische Triadenführer Generalleutnant Kot Siu Wong alle Triaden seiner Heimatregion zu einer neuen Allianz zusammen, die sich fortan Hóng Fat Shan nannte. Die Hóng Fat Shan entwickelte sich zu einer riesigen Vereinigung mit etwa einer Million Mitglieder, die sich auf ungefähr vierundvierzig Untergruppen verteilten, die allesamt Namen trugen, die die Zahl 14 enthielten, die Hausnummer, unter der die Vereinigung gegründet worden war. Nach dem Sturz der Kuomingtang emigrierte Kot Siu Wong nach Hongkong und nahm viele seiner Gefolgsleute mit. Die Vereinigung etablierte sich dort und rekrutierte neue Mitglieder aus den unzufriedenen Reihen der älteren Triaden Hongkongs. Damals wurde Hóng Fat Shan unter dem Namen 14K bekannt.

Da die 14K die brutalste und rücksichtsloseste aller Triaden Hongkongs war, wurde sie von den Behörden schärfer verfolgt als die übrigen. Da sie aber die brutalste und rücksichtsloseste war, konnte sie sich behaupten und entpuppte sich in den sechziger Jahren als eine der beiden großen überlebenden kantonesischen Triaden Hongkongs. Schließlich«, beendete Sing seine Ausführungen, »wurde die 14K zur mächtigsten Triade Hongkongs und der ganzen Welt. Die Triaden Chiu Chao und Wo spielen weiterhin eine wichtige Rolle im Drogenhandel, doch sie sind größtenteils in den organisatorischen Strukturen der 14K aufgegangen.«

Der Kellner erschien, um den Tisch abzuräumen. Sing bestellte sich zum Nachtisch Kumquats, und Johnny schloß sich an. Beide Männer bestellten Kaffee.

»Und wie passen die New Yorker Dongs in dieses Bild?« Es war zum erstenmal in seinem Leben, daß Johnny das Wort als *dong* und nicht als *tong* ausgesprochen hatte. Bis zu diesem Tag hatte er nicht gewußt, wie die Chinesen es aussprachen.

»Im Grunde sind die Dongs amerikanisierte Triaden. Wie die Triaden Hongkongs stammen auch sie von der Hóng-Vereinigung ab, der Mutter aller Triaden. Die vier großen Dongs, die heute in der Welt der Hongkonger Triaden eine Rolle spielen, sind die Hip Sing, die On Leong, die Tung On und die Fuk Ching. Die Hip Sing, die in erster Linie Toisanesisch sprechen, und die On Leong, der andere alte kantonesische Dong, sind die unangefochtenen Führer. Die Tung On sind ein relativ neuer Dong mit Verbindungen zur Triade Chiu Chao der Sun Yee On, die mittlerweile eng mit der 14K liiert ist. Die Straßengang der Tung On zählt nur fünfzig Mitglieder, die zumeist jünger sind als die der anderen Gangs. Doch sie zählen zu den hungrigsten Gangs. Aber die gemeinsten Scheißkerle von allen sind die Fujianesen, die Fuk Ching.

Die Fujianesen kontrollieren das Geschäft mit den illegalen Einwanderern, die aus China in die USA geschmuggelt werden – diese große Razzia von 1993 hat bloß dazu geführt, daß das Personal ausgetauscht wurde –, und sie versuchen mit extrem brutalen Mitteln, einen noch größeren Anteil am Heroingeschäft für sich herauszuschlagen. Angesichts ihrer Methoden scheinen die blutigen Dong-Fehden, die es vor einigen Jahren gab, eine relativ harmlose Affäre gewesen zu sein. In New York können ihnen in Sachen Brutalität nur noch die Vietnamesen das Wasser reichen: die locker organisierte Gang, die Polizei und Medien BTK getauft haben, Born to Kill, und, in Brooklyn, die Gum Sing.«

Die Kumquats kamen: mit süßem Fruchtpüree gefüllte und von zarten Vanilleschoten zusammengehaltene Teigtäschchen, die mit Crème Anglaise serviert wurden. Johnny, der so etwas noch nie gegessen hatte, fand diese Kombination auf ungewohnte Art köstlich, und er gab sich keine Mühe, sein Entzücken zu verbergen. Sing dagegen schien dieses extravagante Obstdessert als einen Allerweltsnachtisch zu betrachten, den man mit einem Schluck Kaffee hinunterspülte, wie ein Blätterteigstück vom Fließband, das man in einem billigen Schnellimbiß vorgesetzt bekam.

»Die Hongkonger Triaden vermarkten das Heroin der Welt«, wiederholte er. »Sie verknüpfen die Hochebenen des Goldenen Dreiecks mit den New Yorker Dongs. Der Schatten der 14K reicht überall hin. Heute gibt es in Hongkong acht Zweige, oder *dui*, der 14K. Jeder davon hat seinen eigenen Shan Chu, doch ein Mann thront über ihnen allen: Ng Tai-hei, der Shan Chu der allmächtigen Ngai-Fraktion. Neben ihm stehen Asim Sau, der Herr der Shan-Hochebene, der wahrscheinlich drei Viertel der Weltopiumproduktion kontrolliert, und Tuan Ching-kuo, der Chiu-Chao-Boß Thailands und ihr Verbindungsmann zur Kuomintang Taiwans. Diese drei Männer sind das Triumvirat im Zentrum der geheimen Macht. Ihr ›Uoglobe‹ genanntes Heroin Nr. 4 ist das Herzstück dieser Macht, und ihr Tun und Trachten ist im Grunde nur ihnen selbst bekannt. Wer Ihnen etwas anderes erzählt, wer behauptet, er sei ihr Freund oder kenne sie gut, der ist entweder ein

Lügner oder ein Vollidiot. Und dies hier ist das Siegel ihrer Macht.«

Sing holte ein dünnes, zusammengefaltetes Stück Papier hervor und klappte es auseinander. Es handelte sich um ein rot-weißes, zirka fünfundzwanzig Quadratzentimeter großes Etikett:

一帆風順

»Die Vorsilbe *Uo* ist eine Transkription des chinesischen *wò* und bedeutet soviel wie ›greifen‹ oder ›zupacken‹. Der Name und das Symbol sagen bereits alles. Dieses Markenzeichen befindet sich auf jeder Kilopackung ihres Heroins – es ist das reinste der Welt. Wenn es, bereits verschnitten und neu verpackt, fremde Gestade erreicht, ist es noch immer so gehaltvoll, daß es ohne weiteres dreimal und öfter gestreckt werden kann, bevor es in den Straßenhandel gelangt.

Wenn ich richtig informiert bin, werden Sie bald das seltene Privileg genießen, einen oder mehrere dieser Männer persönlich kennenzulernen. Ich glaube, es wird für Sie von Vorteil sein, daß Sie noch nie den Schatten gekreuzt haben, den diese Männer werfen. Für die Mehrzahl derjenigen, die in ihrem Schatten hausen, sind sie so etwas wie finstere, unnahbare Götter, und der Gedanke, diesen Männern gegenübertreten zu müssen, würde ihnen Angst einjagen. Für Sie werden sie einfach nur Männer sein –

Fremde aus einer fremden Welt, sicher, aber davon abgesehen Männer wie andere auch. Und so sollte es auch sein.

Sie müssen sich einschärfen, was man ihnen eingeschärft hat. Vergessen Sie die Namen Kong Tse, Hsüen Tse und Lao Tse. Doch die schwarzen Perlen ihrer Weisheit, die sollten Sie sich in Fleisch und Blut übergehen lassen, und die sechsunddreißig Eide ebenfalls. ›Wenn ich kämpfe, dann siege ich.‹ – ›Die Natur des Menschen ist böse.‹ – ›Wahre Worte sind nicht schön, schöne Worte sind nicht wahr.‹ Schminken Sie sich jedes menschliche Vertrauen ab, und merken Sie sich statt dessen, daß sich diese Männer am uralten Kredo des Kriegerpoeten Kao Kao orientieren: ›Eher würde ich die Welt verraten, als daß ich es zuließe, daß die Welt mich verrät.‹

Unterhalb dieser Männer ist die 14K – wie das internationale Triaden-Netz insgesamt – ähnlich desorganisiert wie die sogenannte Mafia. Eine durchstrukturierte Hierarchie existiert bloß in den Bürokratenschädeln von Regierungsagenten und in den Märchen, die sie zusammenfabuliert haben. Unterhalb dieser Männer finden laufend Umschichtungen und Machtkämpfe statt, um die sie sich kaum kümmern. Die Wellen ihrer Welt sind die des Erdballs an sich. Ihr Imperium, in dem es eine stabile Währung und kein Haushaltsdefizit gibt, zählt zu den mächtigsten Nationen der Welt. Ob es der Handel mit Nuklearwaffen, die internationale Politik oder die Weltwirtschaft ist, überall ist ihr Einfluß spürbar, mag er noch so unsichtbar sein.«

Im Verlauf ihres Lunchs hatten Sings Worte bei Johnny die unterschiedlichsten Wirkungen hervorgerufen. Nachdem Johnny sich erst einmal an die Gesellschaft des jüngeren Mannes gewöhnt hatte, war er von Sings Darlegungen völlig in den Bann gezogen worden. Auf eine unbestimmte, aber verführerische Art hatten die Worte des anderen in ihm die atemlose Neugier auf jene Welt wiedergeweckt, die sich in seiner Kindheit vor ihm ausgebreitet hatte, den Wissensdurst, den man ihm im öffentlichen Schulsystem gründlich ausgetrieben hatte und der mit dem Verschleiß der Jahre aus seiner Erinnerung geschwunden war. Sings Worte hatten ihn mit einer Art Ehrfurcht gegenüber dem Wissen seines Gesprächspartners erfüllt und in ihm das Bedürfnis aufkommen lassen, wieder mit dem Lesen anzufangen.

Und sie hatten ihm eine Höllenangst eingejagt. Er hatte sich immer für einen harten Burschen gehalten. Der Revolverabzug, den andere für ihn betätigt hatten, die Unterwürfigkeit der jungen Rotznasen auf der Straße, das Blut, das er aus purer Torheit verspritzt hatte – all das hatte zu seiner Selbstüberschätzung beigetragen. Doch Bullen zusammenzuschlagen, die sich nach Feierabend in den Bars von Brooklyn amüsierten, war meilenweit davon entfernt, ruhig Blut bewahren zu können in jener Welt, die Sings Worte in ihm heraufbeschworen hatten. Wer würde da keine Angst bekommen? fragte er sich. Vielleicht sein Onkel, vielleicht der alte Tonio, Männer, deren höhlenartige Seelen in kargen, toten Verästelungen zu enden schienen. Er fragte sich, wie das bei Louie Bones wäre, der eher zum lebendigen, wachen Teil der Menschheit zu gehören schien. Ach, scheiß drauf! Angst, sagte er sich, war eine Grippe, die er sich auf keinen Fall einfangen durfte.

Sing bestand darauf, die Rechnung zu bezahlen. »Das nächste Mal«, sagte er zu Johnny, »das nächste Mal.« Johnny fragte sich, ob es wohl ein nächstes Mal geben würde und ob Sing glaubte, daß sie sich noch einmal wiedersehen würden.

»Das Kolorit, der allgemeine Eindruck, von dem ich vorhin gesprochen habe – ich hoffe, das wird Ihnen ein bißchen von Nutzen sein. Ich hoffe, daß das Fremde nun etwas weniger fremd auf Sie wirkt. Lassen Sie sich nicht entmutigen. Denken Sie nicht länger darüber nach, wie wenig Sie wissen. Das ist zwar ein Zeichen von Weisheit, aber es führt zu nichts. Seien Sie statt dessen versichert, daß Sie nun mehr über diese Dinge wissen als die meisten anderen Menschen.«

»Ihr Wissen verblüfft mich. Um ehrlich zu sein, es erfüllt mich mit Ehrfurcht«, sagte Johnny, ungekünstelt und offen. »Ich weiß, Sie kennen Louie, und Sie kennen meinen Onkel. Aber das erklärt nicht, warum Sie mir so viel Zeit geopfert haben. Ich habe den Eindruck, daß dies weit über die Erwiderung eines Gefallens hinausgegangen ist. Ich will damit sagen, daß Sie mir ganz offensichtlich so viel beibringen wollten, wie Sie konnten, und zwar auf die bestmögliche Weise. Und ich weiß das zu schätzen. Ich bin Ihnen zu großem Dank verpflichtet.«

»Also, es ist ungefähr so.« Sing lächelte. »Je mehr Sie wissen, desto besser ist es für uns beide. Ich habe keine genaue Vorstellung, was Sie vorhaben. Doch ich weiß genau, wenn Sie erfolgreich sind, dann bin ich es auch. Und was die Zeit betrifft, die ich mit Ihnen verbracht habe, nun, das war halb so wild. Mir hat's Spaß gemacht. Es gibt mir die Illusion von Bedeutung, die Illusion, daß die Dinge, mit denen ich meine Zeit verplempert habe, irgendwie doch wichtiger sind, als Tauben zu füttern oder zu onanieren. Was nicht heißt, daß ich meine Zeit mit so was nicht auch verplempert hätte.«

Die beiden Männer lachten. Johnny griff in seine Brusttasche, um zu überprüfen, ob er die sechsunddreißig Eide eingesteckt hatte. Sing hatte weniger als die Hälfte seines Château Latour getrunken. Er drückte den Korken in die Flasche zurück, steckte einen Fünfzigdollarschein in das danebenliegende Ledermäppchen, in dem der Kellner die Rechnung gebracht hatte, tätschelte es kurz und wartete, bis Johnny sich erhoben hatte.

»Lassen Sie sich den Wein schmecken«, sagte er zum Kellner.

12

Bob Marshall stand vor dem Spiegel des Badezimmerschränkchens, sein nasses Haar akkurat gescheitelt und nach hinten gekämmt. Sein frisch rasiertes Gesicht glänzte noch immer von Hamamelis-Gesichtswasser. Mit hochgestrecktem Kinn, den gestärkten Kragen seines weißen Baumwollhemds nach oben geklappt, schob er den dreieckigen Knoten seiner kastanienbraunen Yves-Saint-Laurent-Krawatte genau dahin, wo er hingehörte. Als er seinen Hemdkragen richtete, nickte er sich im Spiegel zu. Die Anzüge, Hemden und Krawatten, die er bei Barney's und Bancroft kaufte, waren ihm so vertraut und so einheitlich geschnitten wie die blauen Uniformen von Frielich, die er früher getragen hatte. Er war während einer Zeit des Umbruchs zur Drug Enforcement Administration gestoßen: Damals wurden die Schreibmaschinen durch Computerterminals ersetzt, und die ursprüngliche, aus Revolvern bestehende Standardbewaffnung der Agenten war um Maschinenpistolen ergänzt worden. Die Burschen vom Fahndungsdienst und die verdeckten Ermittler begannen damit, Goldkettchen und auffällige Ringe zu tragen und in Jeans und T-Shirts oder in extravaganten Breeches mit Bügelfalte und Seidenhemden mit offenem Kragen herumzulaufen. Mit der Zeit hatten ihm die konservativen Anzüge und Krawatten, die er in seiner Funktion als *Special Agent in Charge* trug, ein immer ausgeprägteres und immer angenehmeres Gefühl von Individualität und Nonkonformismus verliehen. Selbst wenn er als verdeckter Ermittler im Einsatz war, sah er nicht so aus wie seine Kollegen. Während sich die anderen auf ihre Eingebung verließen, wenn sie ein überzeugendes Äußeres an den Tag legen wollten, durchforstete er den Kleiderschrank jedes festgenommenen Ganoven, der zufällig seine Konfektionsgröße besaß, um sich eine authentische

Garderobe zusammenzustellen, die das kriminelle Spektrum vom kleinen Straßendealer bis zum großen Boß abdeckte. Andere Agenten hatten ein Faible für die Autos. Laut Gesetz gingen beschlagnahmte Fahrzeuge automatisch in das Eigentum des Staates über, und konfiszierte Jaguars und Flitzer ähnlichen Kalibers wurden verständlicherweise oft jenen Autos vorgezogen, mit denen die Behörde von Amts wegen ausgestattet war. Marshall dagegen hatte ein Faible für die Kleidungsstücke.

Mary saß in ihrem Nachthemd am Küchentisch, vor sich eine Tasse mit koffeinfreiem Kaffee und einen Vollkorntoast, der mit Marmelade bestrichen war. Gestern war es ihr nicht mehr gelungen, ihre weitesten Hosen zuzuknöpfen, und sie hatte den Großteil des Nachmittags und beinahe neunhundert Dollar darauf verwendet, sich in der Madison Avenue in Spezialgeschäften wie Veronique Delachaux und Lady Madonna mit Umstandskleidung einzudecken. Nun war für sie die Zeit der Stretchhosen und Tunika-Blusen, der hüfthohen Schlüpfer und Büstenhalter mit Vierfachverschluß angebrochen.

»Sieh zu, daß du einen elegant gekleideten, schwangeren Drogenboß mit der Kleidergröße 10 schnappst und plündere seinen Kleiderschrank für mich, ja?« sagte sie.

»Ich werd' mal den Computer befragen und sehen, was sich machen läßt.« Er goß ihren koffeinfreien Kaffee aus der Kanne in einen kleinen Kochtopf, spülte die Kanne und den Kaffeefilter aus, füllte ihn mit normalem Kaffee aus einer Büchse Medaglia d'Oro und stellte anschließend die Kaffeemaschine noch einmal neu an. »Entweder du hörst mit dem Koffeinfreien auf, oder wir schaffen uns eine zweite Kaffeemaschine an. Das hier ist einfach lächerlich.«

»Mein Kind soll nicht mit einem Koffeintatterich auf die Welt kommen.«

»Ach du lieber Himmel! Meine Mutter, die hat Kaffee getrunken. Die hat Cocktails getrunken. Und geraucht hat sie auch.« Er schüttelte den Kopf und grinste. »Der Doktor hat ihr gesagt, sie soll rauchen. Dabei war sie keine Rau-

en
e in
Kaf
Büc
ma
de

cherin. Er sagte ihr, sie soll rauchen. Er meinte, das wäre gut für ihre Nerven. Sie hat Vogues geraucht, diese pastellfarbenen Dinger. Ich weiß nicht, ob sie auf Lunge geraucht hat, aber sie hat getan, was der Doktor ihr gesagt hat. Sie rauchte. Und dazu Rob Roys. Das Zeug hat sie getrunken. Rob Roys! So sah damals die Schwangerschaftsvorsorge aus. Richtiger Kaffee, ein Cocktail und eine Schachtel Vogues.«

»Was dabei herauskommt, sieht man ja, Liebling.«

Er ignorierte ihren kleinen Scherz. »Der Arzt erzählt ihr, sie soll mit dem Rauchen anfangen, und dann stirbt sie an Krebs.«

Mary hatte diese Geschichte schon oft gehört, doch ihre Antwort kam wie immer von ganzem Herzen: »Das ist schrecklich.«

»Doch es lag nicht am Rauchen«, sagte er. »Es lag nicht am Rauchen. Der Witz an der Sache ...« Das laute Blubbern und dampfende Zischen der Kaffeemaschine lenkte ihn ab. Er schüttete eine Handvoll Nutri-Grain-Vollkornflakes mit Mandeln und Rosinen in ein Schälchen, fügte Milch hinzu und holte sich eine Tasse. Marys Augen folgten ihm, als er die Tasse auf den Tisch stellte, seine Gesäßtasche abtastete und die Küche verließ. Er kehrte wieder zurück, die Anzugjacke und das Badger-Schulterhalfter über den Unterarm geworfen, Geldbörse und Ausweismappe in der Hand, und schloß im Gehen die Schnalle seiner Armbanduhr.

»Der Witz an der Sache ...«, sagte Mary.

Er hängte Jackett und Halfter über die Rückenlehne seines Stuhls und goß sich Kaffee in die Tasse. Dann setzte er sich hin und zählte das Geld in seinem Portemonnaie. Er steckte das Portemonnaie in die Gesäßtasche, und dann klappte er seine Ausweismappe auf, um zu überprüfen, ob der Hundertdollarschein, den er dort aufzubewahren pflegte, noch an Ort und Stelle war. Seine Augen wanderten von dem nach links starrenden Adler auf seiner Dienstmarke zu dem nach rechts starrenden Adler auf seinem in Plastikfolie eingeschweißten Dienstausweis, zu den Worten, die über den schraffierten Blockbuchstaben DEA standen: HIERMIT WIRD BESTÄTIGT, DASS ROBERT J. MARSHALL, DESSEN UNTERSCHRIFT UND LICHTBILD UNTEN DOKUMENTIERT SIND, ORDNUNGSGEMÄSS VEREIDIGT WURDE ALS SPECIAL AGENT IN CHARGE IM DIENST DER DRUG ENFORCEMENT ADMINISTRATION DES JUSTIZMINISTERIUMS DER VEREINIGTEN STAATEN UND DASS ER ALS SOLCHER AUTORISIERT IST, DAS GESETZ GEGEN DEN SUCHTMITTELMISSBRAUCH UND ANDERE GESETZLICHE VERORDNUNGEN DURCHZUSETZEN. Unter den Worten ›Büro des Amtsleiters, drug Enforcement Administration‹ befand sich ein nach Westen fliegender Adler und der Schriftzug AUSSTELLENDE BEHÖRDE: DER JUSTIZMINISTER DER VEREINIGTEN STAATEN. Links vom Adler war sein Konterfei, steif, todernst, starr geradeaus blickend, und rechts vom Adler stand in einer senkrechten Spalte seine Unterschrift. Er klappte die Ausweismappe zu und steckte sie in die Innentasche seines Jacketts. Dann aß er einen Löffel Vollkornflakes und trank einen Schluck Kaffee. Ein kurzes, gedankenverlorenes Lächeln huschte über sein Gesicht. All die verdammten Adler.

»Der Witz an der Sache ist, daß es keinen gibt.«

»So sprach Bob.« Sie erhob sich langsam, küßte ihn auf die Stirn und zerzauste seine Frisur. »Die wundervolle neue Welt des Helanca-Superstretch-Nylon wartet auf mich.« Ihr fiel wieder der Reklameslogan auf der Quittung ein – ›Exklusive Designer-Mode für die hübscheste Zeit Ihres Lebens‹ –, und etwas daran brachte sie zum Kichern. »Findest du, daß Schwangerschaft hübsch ist?«

»Hübsch? Sie bringt mich völlig um den Verstand!« Er drehte seinen Kopf zur Seite und küßte sie auf den Bauch.

»Wie kommt es dann, daß es keine Schwangerschaftspornos gibt?«

»Na hör mal. Die gibt es doch. Das Zeug verkauft sich sogar noch eine Spur besser als der Kram mit den Amputierten.«

Sie versetzte seinem Kopf einen spielerischen Klaps. »Sieh zu, daß du zur Arbeit kommst.«

»Jawohl, Boß.«

»Und wenn du in die Stadt kommst, kauf ein Brot.«

Bob Marshall hatte zu den wenigen glücklichen Agenten gezählt, die zu Fuß zur Arbeit gehen konnten. Von ihrer Eigentumswohnung in der West 64th Street war es nur ein längerer Spaziergang bis zum Hauptquartier der New Yorker DEA-Niederlassung an der Ecke Eleventh Avenue und 57th Street gewesen. Doch vor einigen Jahren war die Behörde nach Mid-town Manhattan umgezogen, nach Chelsea, und er war zum Pendler geworden. Doch mit der U-Bahn oder einem Taxi war es noch immer ein Katzensprung. Und falls sie irgendwann einmal nach Spring Lake ziehen würden, könnte er mit einem Dienstwagen – im Augenblick hielt er Ausschau nach einem Mercedes – zur Arbeit und nach Hause fahren, so wie die meisten seiner Kollegen. Die anderthalb Stunden im Verkehrsgewühl, die er für Hin- wie Rückfahrt veranschlagte, geisterten ihm immer abschreckender durch den Kopf, je mehr sich ihr Traum seiner Erfüllung näherte. Wenn sie von ihren Spring-Lake-Exkursionen in Sachen Haussuche zurückgekehrt waren, schätzte er diese bequemen Fahrten zwischen Wohnung und Dienststelle um so mehr, besonders an solch seltenen blauen Stadtmorgen wie diesem.

Im Büro hatte seine Assistentin Jennifer Hernandez die morgendliche Dienstlektüre schon auf seinem Schreibtisch zurechtgelegt.

Da war die Kopie eines Schreibens des Vorsitzenden der Nationalen Drogenbekämpfungsbehörde Nigerias, adressiert an das DEA-Hauptquartier in Washington, D. C., die regionalen Direktoren der New Yorker Zollbehörde und an den Kommandeur des Mobilen Einsatzkommandos zur Passagierkontrolle, das der Zoll am Kennedy Airport unterhielt. Das Schreiben dokumentierte den neuesten Stand der Versuche der nigerianischen Behörde, die verschiedenen Heroinschmugglerringe zu unterwandern, die von Lagos aus operierten und in letzter Zeit im Herointransport von Bangkok nach New York eine immer größere Rolle spielten. Dieser Bericht mußte, ähnlich wie frühere derartige Schreiben, im Licht des starken Verdachts von seiten der DEA beurteilt werden, wonach der Vorsitzende dieser relativ neuen und hochtrabend benannten nigerianischen Behörde ein Schoßhund jener westafrikanischen Drogenbarone war, die diese Schmugglerringe leiteten. Der Kopie war ein Bericht des Zolls angeheftet, eine tabellarische Übersicht, in der die im Verlauf der letzten zwölf Monate auf dem Kennedy Airport beschlagnahmten Heroinmengen den Abflugsorten der verhafteten Passagiere zugeordnet wurden. Die Grafik zeigte, daß über die Hälfte des am Flughafen aufgespürten Heroins von Flugpassagieren aus Nigeria und anderen westafrikanischen Staaten stammte. Bei den meisten dieser Heroinfunde waren Gummihandschuhe angebracht, da die von den Nigerianern bevorzugte Schmuggelmethode darin bestand, jeden Drogenkurier achtzig bis hundert heroingefüllte Kondome schlucken zu lassen, die mit einer dickflüssigen grünen Suppe aus Okraschoten hinuntergewürgt wurden.

Ein anderer, hausinterner Bericht zog Bilanz über die eher mageren Fortschritte bei dem Versuch, die in Brooklyn ansässige Organisation von Heroinschmugglern zu infiltrieren, die in Emigrantenkreisen aus der früheren Sowjetunion verwurzelt war und Warschau als Drehscheibe zwischen Südostasien und New York benutzte.

Ein zweiter, ebenfalls hausinterner Bericht skizzierte die neue Route, der sich die kurdischen Drogenbarone bedienten, seitdem ihnen der traditionelle Landweg über den Balkan wegen des Krieges im ehemaligen Jugoslawien zu unsicher geworden war: von der iranisch-pakistanischen Grenzstadt Gwadar über das Kaspische Meer, durch das Rote Meer und den Suez-Kanal bis nach Bodrum in der Türkei – der Transportweg, den bisher türkische Schmuggler benutzt hatten, um Morphinbase aus Afghanistan und Pakistan zu den Heroinraffinerien in der Nähe Istanbuls zu schaffen, der Durchgangspforte für siebzig Prozent des europäischen Heroinnachschubs.

Während eines Monats hatten DEA-Agenten bei der Überwachung dieses Seewegs in Zusammenarbeit mit türkischen Drogenfahndern insgesamt siebeneinhalb Tonnen Morphinbase abfangen können, eine Menge, die mehr als dreimal so groß war wie die Summe sämtlicher Heroinfunde in Amerika während des vergangenen Jahres.

Es gab ein Memorandum über das erneut im Straßenhandel aufgetauchte Fentanyl. Dabei handelte es sich um ein starkes synthetisches Opiat, das als Heroin verkauft wurde, oft mit tödlichen Folgen.

Ein Computerausdruck der Washingtoner DEA-Zentrale resümierte die letzten Erkenntnisse über die Absicht der kolumbianischen *cocaleros*, ihre Heroingeschäfte im großen Stil auszuweiten. Die bisher bekannte Landfläche, die in Kolumbien mittlerweile zum Mohnanbau genutzt wurde, hatte exponentiell zugenommen und umfaßte nun etwa dreihundertfünfzig Quadratkilometer, die sich auf zwölf Verwaltungsbezirke verteilten.

Ein weiterer Computerausdruck widmete sich den immer größer werdenden Mohnfeldern im Bekáatal. Dieser Landstrich, in früheren Zeiten die Kornkammer des Libanon, die von Weizenfeldern, Obstgärten und Weinbergen gestrotzt hatte, befand sich heute unter syrischer Kontrolle und war zum Nährboden eines lukrativen Drogenhandels geworden, der von hochrangigen syrischen Militärs organisiert wurde.

Es gab eine Vorausschau auf den Halbjahresbericht des Dachverbandes aller im Staat New York ansässigen Einrichtungen, die sich mit den Folgen von Alkoholismus und Drogenmißbrauch auseinanderzusetzen hatten. Neuesten Krankenhausstatistiken zufolge hatte sich die Zahl der Notaufnahmen im Zusammenhang mit fatalen Nebenwirkungen des Heroinmißbrauchs nahezu verdoppelt. Dem vorläufigen Überblick war außerdem zu entnehmen, daß der durchschnittliche Heroingehalt der im Straßenhandel üblichen 10-Dollar-Portionen vor fünf Jahren noch bei ungefähr zwölf Prozent gelegen hatte, während man nun in New York auf 10-Dollar-Briefchen mit einem durchschnittlichen Reinheitsgrad von fünfundsechzig Prozent stoßen konnte.

Es gab ein aktualisiertes, behördenübergreifendes Verzeichnis der zweihundertfünfzig Beamten der DEA und der Polizeibehörden des Staates sowie der Stadt New York, die gemeinsam das Staatliche Sonderdezernat zur Drogenbekämpfung bildeten. Es gab Protokolle und Nachfragen im Zusammenhang mit unbewältigten Fällen aus der Amtszeit des Itaker-Jägers Andrew J. Maloney, des ehemaligen Staatsanwalts für den östlichen New Yorker Distrikt, und seines Stellvertreters Charles Rose, der selber ein halber Makkaroni war. Dazu gab es Anfragen im Zusammenhang mit Prozessen der stellvertretenden Bundesstaatsanwältin Cathy Palmer. Die kleine Cathy, die bei den fernöstlichen Drogenbaronen ›die Drachen-Lady‹ hieß, hatte 1988 die Anklageerhebung gegen Asim Sau in die Wege geleitet.

Es gab Memoranden aus dem eigenen Haus – von der Gruppe 41, jenem DEA-Sonderdezernat, das auf die asiatische Drogenszene spezialisiert war – und von außerhalb: vom FBI, vom BATF, der Bundesbehörde für Alkohol, Tabak und Feuerwaffen, und von den Sonderdezernaten der New Yorker Stadtpolizei, die für Rauschgiftdelikte und organisiertes Verbrechen zuständig waren. Es gab die 202-Berichte der DEA, verwaltungstechnische 12er und 103er, Dossiers und Schnellhefter, die jeweils mit einem Identifikationscode aus zwei Buchstaben und einer sechsstelligen Nummer versehen waren und alles Wesentliche über die wichtigsten aktuellen Fälle der Behörde enthielten.

Es war ein durchschnittliches vormittägliches Arbeitspensum. Als SAC der New Yorker Niederlassung der DEA mußte er dieses Material studieren, analysieren und klassifizieren. Wenn er seinen Computer anstellte, würde eine noch größere Menge von Daten und Nachrichten seine Aufmerksamkeit beanspruchen. Außerdem würde es die normale Post und den üblichen, nicht enden wollenden Strom von Telefonaten und Faxen geben.

Er genoß diese frühen Morgenstunden. Während andere Agenten über den Papierkram und ihre Computermigräne jammerten, empfand er bei dieser nach einem festen Schema ablaufenden Kopfarbeit ein Gefühl der Befriedigung, das ihn anspornte und den Wissenschaftler, den Archivar und den Schachspieler in ihm ansprach. Erfolg auf der Straße, so glaubte er, beruhte auf Strategie, Erfahrung und Glück, und der einzige dieser drei Aspekte, den man bewußt kontrollieren konnte, war die Strategie, und die wiederum basierte auf Wissen, Intelligenz und Geschick. Und Wissen war genau das, was er fand, was ab und zu aufblitzte und hier und da auftauchte unter all den Daten und Fragmenten, unter der bürokratischen Informationslawine, die jeden Morgen auf seinem Schreibtisch landete.

Natürlich faszinierte ihn die Straße am meisten, denn schließlich kam dort das ganze Wissen her, und dort wurde es wieder angewendet. Sie faszinierte ihn jedoch nicht als Lebensraum. Nein. Er konnte nicht sagen, daß er die Stadt liebte oder, wie andere von sich behaupteten, in ihr erst richtig aufblühte. Er haßte den Schmutz und den Krach und den Streß und die Kriminalität von Jahr zu Jahr mehr. Nein, als Umgebung liebte er sie nicht – aber als einen Ort, wo er spielen konnte. Und genau das tat er auch. Dort ging er hin, in seinen erbeuteten Hosen, mit dem lässigen, wippenden Gang, den er sich als Teenager im Zentrum von Newark abgeschaut hatte, an der Kreuzung von Broad und Market Street, dem damaligen Treffpunkt all der weißen Halbstarken, die sich für ganz harte Jungs hielten, und mit dem dort erworbenen, typischen Nicky-Newark-Akzent, den er sich nicht vollends abgewöhnen wollte; dort tat er so, als wäre er ein anderer oder etwas, das er gar nicht war; dort häutete er Schlangen, während ihre Herzen wie wild pochten und ihre Augen weit aufgerissen waren, und dort nahm er es in puncto Lügen, Stehlen und Kehle durchschneiden mit jedem auf; dort brachte er das gefährlichste Wild zur Strecke, mit Köpfchen, Schneid und dem Finger am Abzug. Das war es, fühlte Marshall im Grunde seines Herzens, was jeder Agent eingestehen würde, wenn er gut und ehrlich war: Er spielte. Cowboy und Indianer, die Guten gegen die Bösen. Es war das größte aller Spiele. Obwohl die Bezahlung einiges zu wünschen übrigließ, war dieser Job viel besser als der eines Baseballprofis, denn die Leute hielten dich nicht für einen Mann, der seine Brötchen mit einem Spiel für Kinder verdiente. Sie hielten dich für einen Helden, für einen hartgesottenen Burschen, und es gab keinen Mann auf der Welt, der nicht gern beides gewesen wäre. Und es war ein gefährliches Spiel. Es bescherte dir einen Kitzel, ein Hochgefühl, an das nichts heranreichte: keine Droge, kein Frauenmund, der dir einen ablutschte, kein Volltreffer beim Würfeln. Du hattest die besseren Karten, doch sie war immer da: die Todesgefahr. Der ideale Jungbrunnen, das perfekte Wiederbelebungsmittel, das die Adrenalinventile mit einem Schlag öffnete und Seele und Lungen mit einem herrlichen Lebensatem durchflutete. Sicher, die Tage, wo er sich auf der Straße die Absätze schiefgelaufen hatte, lagen längst hinter ihm. Als SAC ließ er sich nur noch bei wichtigen Festnahmen blicken. Sein Job bestand darin, Verhaftungen zu organisieren, und niemand konnte, wie es so schön bei der DEA hieß, das Problem beurteilen, wenn er Teil des Problems war.

Doch es gab noch immer Wild, auf das er Jagd machen konnte: einen Feind, einen Gegner. Wie viele Männer führten ein Leben voll nagender Frustration, ziellosem Ärger und unterdrückter Aggression? Bob Marshall war sich ziemlich sicher, daß die Amerikaner eine viel glücklichere Nation sein könnten, wenn die Vernichtung eines Feindes integraler Bestandteil jedes Berufsbilds wäre.

Um zehn Uhr vormittags stoppte ein schmutziger schwarzer Oldsmobile neben einem zerbeulten blauen Lieferwagen, der auf dem East Broadway abgestellt war, östlich der Pike Street, nicht weit entfernt von den beiden steinernen Drachen, die den Eingang zur Fuk-Ching-Vereinigung flankierten. Der Fahrer des Oldsmobile, ein junger, dunkelhaariger Mann mit mediterranem Teint, trug ausgebeulte schwarze Straßenshorts, ein weißes T-Shirt mit V-Ausschnitt, eine Sonnenbrille, ein Goldkettchen und eine goldene Armbanduhr. Er stieg aus dem in zweiter Reihe geparkten Auto und ging zum Kino Sun Sing, das sich in den Schatten der Manhattan Bridge schmiegte. Aus dem China-Restaurant Triple Eight Palace gegenüber dem Kino kamen drei junge Asiaten, die ebenfalls alle Sonnenbrillen trugen. Sie überquerten die Straße, um den Oldsmobile-Fahrer zu begrüßen. Einer der drei hatte sein schwarzes Haar zu einer *fun-chao*-Frisur hochgekämmt. Der Weiße überreichte ihnen die Autoschlüssel und entfernte sich dann in Richtung Chatham Square.

Der Mann mit der schwarzen Haifischflosse auf dem Schädel setzte sich hinter das Steuer des Oldsmobile. Die beiden anderen entriegelten die hintere Tür des Lieferwagens und verschwanden in Laderaum, der bis auf eine große braune Einkaufstüte leer war. Der jüngere von ihnen zog eine Neun-Millimeter-Maschinenpistole vom Typ Heckler & Koch MP-5K-PDW aus der Packpapiertüte. Als er die Schulterstütze herausklappte, verlängerte sich die Waffe um fast das Doppelte, auf gut sechzig Zentimeter. Er langte noch einmal in die Tüte und holte ein geschwungenes Magazin mit fünfzehn Schuß Munition heraus. Sein Gefährte gab ihm in abgehacktem, schnatterndem Kantonesisch zu verstehen, daß er das Magazin vergessen sollte. Der jüngere Mann antwortete im selben hektischen Tonfall und deutete auf den mit einem Piktogramm versehenen Wahlschalter über dem Abzugmechanismus, mit dem man von der Sperrstellung auf Einzelfeuer oder vollautomatisches Schnellfeuer umstellen konnte. Sein Gefährte gab ein zustimmendes Grunzen von sich, und das Magazin wurde in seine Halterung eingeklinkt. Anschließend zog der jüngere Mann einen großen, abgeflachten Zylinder aus der Tüte, der an ein Teleobjektiv erinnerte. Als er den Granatwerfer an der Mündung der Maschinenpistole befestigte, murmelte er das Wort *liuxing* vor sich hin, was ›Sternschnuppe‹ bedeutete, woraufhin die beiden zu kichern und grinsen begannen. Er schob eine Granate in den Granatwerfer und steckte sich eine zweite hinten in die Hosentasche. Dann fragte er den anderen Mann, ob er bereit sei, indem er mit Daumen und Zeigefinger eine Abzugsbewegung simulierte. Sein Begleiter lupfte das Hemd hoch und präsentierte vor seinem mageren, blassen Bauch den braunschwarzen Griff einer großen italienischen Witness vom Kaliber 45, die in seinem Hosenbund steckte. Er stieg als erster aus dem Lieferwagen, schaute links und rechts die Straße hinunter und gab dem anderen ein Zeichen, während er die Handfeuerwaffe aus der Hose riß. Sein Kumpan erschien im hellen Tageslicht, die Maschinenpistole seitlich an seinen Rumpf gepreßt. Erst als er die Waffe hob und sorgfältig auf ein Fenster zielte, das sich im ersten Stock des unmittelbar neben dem Gebäude der Fuk-Ching-Vereinigung liegenden Wohnhauses befand, direkt über der mit dem Schild KEIN ZIMMER FREI versehenen Eingangstür, wurden die Passanten aufmerksam und flohen in Lebensmittelgeschäfte und Hausflure oder nahmen hinter Gemüseständen Deckung. Dort, hinter diesem Fenster, verbarg sich die Zentrale der im Heroingeschäft engagierten Fuk Chow.

Er feuerte die Granate durchs Fenster. In der einen, stillen Sekunde zwischen dem dröhnenden Abschuß der Granate und ihrem Verschwinden im Zimmer schien das Geräusch der zersplitternden Fensterscheibe so makaber wie die Klänge eines Windspiels. Nur die ersten Stakkatotöne panischer Stimmen waren zu hören. Der Feuerschlag, der dann folgte, ließ Mörtelbrocken in einem staubigen Steinregen auf die Straße prasseln, aktivierte die Alarmanlagen der geparkten Autos und setzte das Gebäude auf der Stelle in Brand. Unterdessen wurde die andere Granate geladen, Ziel genommen und der Sprengkörper mitten durch die Eingangstür der Fuk-Ching-Vereinigung gejagt. Die zweite Explosion erfolgte, noch bevor der dumpfe Nachhall der ersten verklungen war. Der Schütze stellte den Wahlschalter auf automatisches

Feuer und überzog die das Gebäude bewachenden Drachen mit einem Kugelhagel, der ihre Köpfe in furchterregende, fauchende Kaskaden aus zersplitterndem Stein, Zementpartikeln und dunstigen Staubwolken verwandelte. Sein Kumpel, der ihm dümmlich glotzend zuschaute, hob seine 45er und schoß mit forciert wirkender Kaltschnäuzigkeit ein paarmal in die Luft.

Die drei Männer rasten im Oldsmobile davon und bogen links in die Pitt Street, auf der sie bis zur East Houston fuhren. Diese sollten sie überqueren, um anschließend die Avenue C bis zur East Sixth Street hochzufahren. Dort sollten sie rechts abbiegen und zwischen den kommunalen Wohnsilos des Jacob-Riis-Komplexes verschwinden, wo *gwailou*-Männer mit zwei Autos auf sie warten würden. Sie sollten den Oldsmobile gegen eines der beiden Autos eintauschen, nach Norden fahren und schließlich über die George Washington Bridge nach Fort Lee fahren, wo sie ihre Belohnung erwartete.

Als sie die Grand Street überquerten, hörten sie eine Sirene. Und dann sahen sie es: ein heulendes, rot aufblitzendes Blau-Weiß, das schnell näher kam. Die Schützen schrien mit hektischen, einander widersprechenden Anweisungen auf den Fahrer ein. Der wiederum gab den beiden ebenso lautstark zu verstehen, daß sie den Mund halten sollten. Der Fahrer überfuhr mit Vollgas ein Stoppschild und schrammte mit herumgerissenem Lenkrad um Haaresbreite an der Kühlerhaube eines herannahenden Taxis vorbei. Das Taxi kam mit einer schlitternden Ausweichbewegung zum Stehen, direkt vor dem Streifenwagen, und der Oldsmobile setzte seine Fahrt über die Pitt Street fort. Das Geschrei wich Arpeggios aus manischem Gelächter, flackerte aber erneut auf, als sich das Trio darüber in die Haare geriet, ob man links in die Rivington abbiegen und dann über die Clinton Avenue zur Sixth Street fahren oder auf der Pitt bleiben sollte, da mittlerweile ein dichtes Verkehrsgewühl zwischen ihnen und ihren Verfolgern lag. Dann hörten sie andere Sirenen, die aus westlicher Richtung kamen.

In diesem Moment vernahm der Fahrer ein seltsames Geräusch, etwa wie das gedämpfte Surren eines elektrischen Weckers, das unter seinem Sitz hervordrang. Er herrschte die anderen an, ruhig zu sein: »*Maihchouh!*« Und als sie plötzlich still waren und ihre Ohren spitzten, so als wollten sie die Richtung und Entfernung der näher kommenden Sirenen bestimmen, da hörten die beiden anderen es auch: ein schwaches, aber beunruhigendes Summen unter dem Fahrersitz. Die drei sahen einander an, und genau in dieser Sekunde, unter diesem Sitz, schaltete der kleine Whittaker-Digitalzeitzünder seinen Stromkreisunterbrecher aus, und der Saft in dem Kabel, das ihn mit einem Pol der daneben plazierten Trockenbatterie verband, huschte durch ihn hindurch und dann weiter, durch ein anderes Kabel, bis zu der Mohawk-Sprengkapsel, über die er mit dem Kabel verbunden war, das zum anderen Pol der Batterie lief. Die Sprengkapsel entzündete den gelblichen, kittartigen, einpfündigen Klumpen RDX-PETN-Semtex, und die Detonation zerfetzte das Auto, zerstörte ein Hauptwasserrohr, legte den Kabelfernsehempfang in einem Radius von neun Häuserblocks lahm und ließ einen Platzregen aus verkohltem, blutigem Fleisch und glühendem Metall über der Kreuzung niedergehen.

Ein paar Häuserblocks von den Detonationen am East-Broadway entfernt, schlenderte ein vietnamesischer Teenager zum Restaurant Shin Hau in der Bowery 40. Die verglaste Eingangstür wurde von einem Fünfgallonenfaß Jadine-Entensauce offengehalten. Drinnen waren die Stühle umgekehrt auf die Tische gestellt, und ein älterer Chinese wischte den Fußboden mit einem scharf riechenden Industriereiniger. Die sieben Männer, die im hinteren Bereich des Lokals, in der Nähe der Küche, eng zusammengedrängt an einem Tisch hockten, waren von der Straße aus kaum zu sehen. Es handelte sich um die rangältesten Mitglieder der Flying Dragons und ihre Gebieter vom Dong Hip Sing. Sechs der Männer schauten gebannt zu, wie der siebte einen Haufen Geldscheine, etwa zweihundertvierzigtausend Dollar, in unterschiedlich großen Bündeln unter ihnen aufteilte. Als der vietnamesische Junge sie erspäht hatte, fragte er sich, wieviel Geld wohl auf dem Tisch liegen mochte. Sein älterer Bruder, der bei den Flying Dragons Mitglied gewesen war, bis sich die Vietnamesen losgesagt hatten, um ihre eigenen Gangs zu gründen, hatte ihm einiges über den Reichtum der Hip Sing erzählt: allein hundertdreißig Riesen im Monat durch fünfprozentige ›Vergnügungssteuer‹ aus drei Spielhöllen in der Pell Street; doppelt soviel pro Woche vom *bach-phien*; hundert Riesen hier, hundert Riesen dort, durch Schutzgelderpressung und Diebstähle. Gäbe es doch nur einen Weg, zuerst an das Geld auf dem Tisch zu kommen, dachte der Junge. Doch es gab keinen.

Er warf einen Blick über die Schulter, um sich zu vergewissern, daß das Auto wirklich am Zeitungsstand auf ihn wartete. Der weiße Mann hinter dem Steuer nickte ihm beruhigend zu. Der Junge drehte sich um, trat an die offene Tür, zog eine dicke, cremefarbene, zwanzig Zentimeter lange Stange TNT unter seinem Hemd hervor, zündete ihre Lunte mit einem billigen Cricket-Feuerzeug an und schleuderte den Sprengstoff, gekonnt, kräftig und weit, über die in der Luft herumfuchtelnden Arme und das Geheul des alten Mannes hinweg, treffsicher in den hinteren Bereich des Restaurants.

Der Junge wandte sich wieder zur Straße und rannte zu dem wartenden Auto. Als er es fast erreicht hatte, schoß ihm der Mann hinter dem Steuer blitzschnell in den Kopf und noch zweimal in die Brust. Dann stieg er aufs Gaspedal, genau in dem Moment, als die donnernde Druckwelle der Explosion die Vorderfront des Lokals in Schutt und Asche legte und den in panischer Flucht davonhastenden Passanten gezackte Glasscherben hinterherschickte wie einen dichten Schwarm messerscharfer Klingen.

In einer offenen Garage im Flatlands-Bezirk von Brooklyn stand ein etwa fünfzigjähriger Mann mit Halbglatze an einer Werkbank und schob mehrere Schraubenschlüssel und mit Nägeln gefüllte Kaffeedosen zur Seite. Er stellte eine leere Chianti-Classico-Flasche auf die Werkbank, in deren Hals er einen metallenen Trichter steckte. Dann ließ er vorsichtig den Inhalt einer Dose Quaker-State-Motorenöl in die Flasche laufen, bis sie etwa zu einem Drittel mit der goldgelben Flüssigkeit gefüllt war. Als er damit fertig war, zog er einen roten Kanister unter der Werkbank hervor, aus dem er vorsichtig Benzin in die Weinflasche füllte, bis das untere Ende des Flaschenhalses erreicht war. Aus einer Kiste mit Putzlappen, Schwämmen, Stahlwolle und Sandpapier zog er einen fleckigen Flanellfetzen, den er bis auf einen breiten, fünf Zentimeter langen Zipfel in den Flaschenhals pfropfte. Während er die Flasche über einen Mülleimer hielt, durchtränkte er den Stoffetzen mit Benzin. Dann setzte er die Flasche in einen grauen Plastikeimer, schloß sein Auto auf, stieg ein und stellte den Eimer neben sich ab.

»Scheiße«, murmelte er vor sich hin, »was tut man nicht alles aus Liebe.« Es konnten ein paar Riesen mehr oder weniger sein, aber summa summarum beliefen sich seine Schulden auf siebzigtausend Dollar. Auf seine Bruchbude von Haus hatte er bereits die zweite Hypothek aufgenommen, und mit den Raten war er mittlerweile vier Monate im Rückstand. Er stand bei Con Ed in der Kreide, bei der Telefongesellschaft und bei MasterCard. Dazu noch beim Golden Nuggett, bei der Bay-Ridge-Toyota-Niederlassung, bei Sears, bei seiner Exfrau und beim Freund seiner Exfrau. Er stand bei der Stadt in der Kreide, beim Staat und obendrein noch beim Bund. Bars bekamen noch Geld von ihm, genauso wie Restaurants. Sogar die Kirche wollte dreihundert Dollar von ihm sehen, Blackjack-Spielschulden, die er beim letzten Fest zu Ehren der Madonna von Pompeji gemacht hatte. Dabei war er noch nicht mal katholisch! Am schlimmsten war, daß er diesen verdammten *lokshen* oben auf dem Hügel achtunddreißig Riesen schuldete. Davon waren allein dreizehn Riesen Wucherzinsen, die von Monat zu Monat erhöht wurden. Er konnte nicht mal mehr in seinem eigenen Viertel spielen. Er mußte auf Reisen gehen, um zu verlieren. Er war wie eines dieser Länder aus der dritten Welt, machte Schulden, um die Zinsen tilgen zu können, strampelte sich vergeblich ab und erreichte bloß, daß er einen halsabschneiderischen Gläubiger durch den nächsten ersetzte. Hätte es nicht die Anonymen Spieler gegeben, dann hätte er sich letzte Weihnachten umgebracht. Doch gestern abend hatte man ihm einen Hundertdollarschein in die Hand gedrückt, einen Zettel mit einer Adresse und eine Stange Dynamit mit dem Firmenzeichen der Texas Torpedo Co., Electra, Texas. ›Schmeiß das Ding, und dir werden zehn Riesen von deinen Schulden erlassen.‹ Mit den hundert Piepen war er nach Howard Beach gefahren, auf der Suche nach einem Kartenspiel. Und er hatte sein Kartenspiel gefunden. Zwanzig Minuten später war er wieder auf der Straße gewesen und hatte das Dynamit an einen pickligen Milchbubi verkauft, für zehn Dollar, eine Summe, die kaum gereicht hatte für ein Blatt, mit dem er schon aussteigen mußte, als die Einsätze zum erstenmal erhöht wurden. Nicht daß es eine Rolle gespielt hätte. Mit dem Blatt wäre er ohnehin auf keinen grünen Zweig gekommen. Aber was wäre gewesen, wenn er gute Karten erwischt hätte? Was hätte er dann gemacht? Er hätte sich was von den Betreibern des Etablissements gepumpt. Genau das hätte er gemacht. Es war zum Totlachen, schlicht und einfach zum Totlachen!

Er verließ den Kings Highway und bog in die Avenue P ein, dann fuhr er auf der East Fourteenth Street nach Norden. Er senkte das Tempo, denn er hatte die Adresse entdeckt. Das Lokal lag rechts von ihm. Über der Tür stand der Name: HOA–KY NOODLE. Im Schaufenster standen ein von der Sonne ausgeblichenes Bild mit einer lächelnden Vietnamesentussi und eine verstaubte Vase mit Plastikblumen. Er schaute auf die Uhr seines Armaturenbretts: zehn Uhr siebenundfünfzig. Noch drei Minuten. Wenn alles gelaufen war, sollte er zum Club kommen. Und dann könnten sie ihn alle mal am Arsch lecken. Er würde zusehen, daß er dort wegkam, und zu einem Meeting der Anonymen Spieler gehen.

Er warf einen Blick auf die Flasche. Scheiß der Hund drauf! sagte er sich. Was sollte das hier sein? Eine militärische Operation oder so 'n Quatsch? Mach's einfach, bring's hinter dich! Doch wie sollte er die Sache eigentlich deichseln? Die Flasche mit der linken Hand über das Wagendach schleudern? Auf den Beifahrersitz rutschen? Blödsinn. Selbst wenn er ein kompliziertes und dazu noch verkehrswidriges Wendemanöver riskierte, würde es wohl ziemlich umständlich sein, den rechten Arm samt Flasche durch das Autofenster zu bugsieren. Er müßte also aussteigen und sich auf die Straße stellen, am hellichten Tag, wie ein verdammter Bolschewik – ein kahlköpfiger, in die Jahre gekommener, griesgrämiger, Toyota-fahrender, jüdischer, gottverdammter Bolschewik –, und das Ding in aller Öffentlichkeit werfen.

Er seufzte, stieg aus dem Auto, die Flasche in der Hand, und hielt die Flamme seines billigen Plastikfahrzeugs an den feuchten Flanellstreifen. Der Wind ließ die Flamme auf der Stelle ausgehen. Er seufzte noch einmal und machte einen zweiten Versuch. Eine Gruppe schlitzäugiger Kinder hatte sich auf einer nahen Hausveranda versammelt und beobachtete ihn. Er hörte das bimmelnde Lied eines näher kommenden Mister-Softee-Lieferwagens. Vorbeifahrende Autos hupten ärgerlich wegen des in zweiter Reihe parkenden Toyotas. Er zitterte am ganzen Leib. Plötzlich, in einem Augenblick absoluter Stille, der ihm das Herz in die Hose rutschen und seinen Geist schlagartig erlöschen ließ, fing das Flanellstück Feuer, und er schleuderte die Flasche von sich. Als ihm der Molotowcocktail aus der Hand glitt, sah er drei Schlitzaugen in der Lokaltür, die ihn anbrüllten. Scheiße, es war noch viel schlimmer: Die Typen schossen auf ihn! Er konnte hören, wie ihm die verdammten Kugeln um die Ohren pfiffen und den Toyota durchlöcherten. Das Ganze dauerte weniger als eine einzige, gräßliche Sekunde: ein alptraumhaftes Crescendo aus wildem Geschrei, peitschenden Pistolenschüssen und dem immer lauter werdenden, bedrohlichen Lied des Mister-Softee-Lieferwagens. Dann erfolgte die Explosion, die ihn umwarf und hart auf den Hintern plumpsen ließ, während ein Regen aus Feuer, Metall und Glas auf ihn niederprasselte.

Immer heftiger zitternd, kroch er ins Auto zurück. Als er mit schlotternden Fingern den Zündschlüssel betätigen wollte, schoß ihm ein stechender Schmerz vom Ellbogen in die Schulter. Eine Herzattacke! Nein, beruhigte er sich, er mußte sich beim Hinfallen den Arm verstaucht haben. Dann bemerkte er das Blut, das ihm die Hand hinunterlief. Die Mistkerle hatten ihn getroffen! Und dann fuhr ihm der Schmerz von der Schulter in die Brust. Ihm war, als müßte er sich jeden Augenblick übergeben. Er wollte Luft schnappen, doch der Schmerz schnürte ihm die Brust ein und ließ das nicht zu. Der Schlüssel drehte sich im Zündschloß, und als er noch einmal nach Luft schnappen wollte, klappte sein Kopf nach hinten weg. Er war bereits tot, gestorben an einer Koronarthrombose, als wenige Sekunden später ein Buick älteren Baujahrs vorbeiraste, aus dem ihm jemand zweimal in den Kopf schoß.

Der Bezirk Bushwick im nördlichen Brooklyn hatte sich in den letzten zwanzig Jahren stärker verändert als jedes andere Viertel New Yorks. In der Knickerbocker-Avenue 205, bei Joe and Mary's, hatte es früher die beste Scungilli-Sauce von ganz Brooklyn gegeben. Der alte Carmine Galante war im Sommer 1979 in diesem Lokal über den Haufen geschossen worden, beim Essen, draußen auf der Veranda. Sein eigener *guardia del corpo* hatte ihn ans Messer geliefert. Damals waren die Italiener noch die unangefochtenen Herren in Bushwick gewesen. Doch dann wurden die Italiener schlaff und träge, in Bushwick genauso wie in vielen anderen ihrer traditionellen Wohnviertel. Und während die Italiener zusehends verweichlichten, wurden die Straßen immer finsterer. Erst kamen die Nigger und dann die Spics, Dominikaner, Puertorikaner, Jamaikaner. Wie der alte Tonio zu sagen pflegte: »In Bushwick suchst du heute umsonst nach 'nem Itaker, dem du in die Fresse spucken könntest.« Aus Joe and Mary's war jetzt ein Schlitzaugenimbiß mit Außer-Haus-Verkauf geworden. Und diejenigen, die ihr Leben auf dem Abschnitt der Knickerbocker fristen mußten, der zwischen der Troutman und der Jefferson lag, jenem Stück, das im Volksmund ›the Well‹ hieß und in unmittelbarer Nachbarschaft des ehemaligen Joe and Mary's lag – diese Leute bezogen ihr Heroin nun nicht mehr von Männern wie Galante, sondern von den Spics.

Der junge Schwarze hinter dem Steuer des Toyota passierte den Bushwick-Park und tat genau das, was man ihm aufgetragen hatte: Kurz vor der Kreuzung Knickerbocker und Jefferson lenkte er das Auto an den Bordstein, direkt vor einer Gruppe gelbäugiger Männer mit Dreadlocks, die auf dem Bürgersteig vor der Montego-Billardhalle herumlungerten. Er stieg genau dort aus, schloß das Auto ab und schlenderte davon, so wie man es ihm gesagt hatte. Sein Boß in der Müllabfuhrfirma hatte ihm eine Fünfzigdollarnote gegeben, mit dem Auftrag, die Karre genau an dieser Stelle stehenzulassen. Als sich der junge Schwarze umschaute, mußte er seinem Boß recht geben: Das hier war die ideale Gegend, um sich sein Auto klauen zu lassen. Die gelbäugigen Männer riefen ihm etwas auf kreolisch hinterher, aber er schenkte ihnen keine Beachtung. Wenn man ihn fragte, waren diese Typen nichts als ein Haufen Dschungelnigger mit vollgeschissenen Zotteln am Schädel, die sich genausogut Knochen durch ihre verdammten Nasen hätten bohren können. Die konnten ihn mal kreuzweise. Er lief ein ganzes Stück, kaufte sich eine Anderthalbliterflasche Chivas und setzte dann seinen Weg zur U-Bahn-Linie M fort. Er hatte den halben Weg zu seinem Arbeitsplatz und den halben Chivas hinter sich gebracht, als die mit Dynamit gefüllte Reisetasche im Kofferraum des Toyotas die Montego-Billardhalle, die gelbäugigen Männer davor und alles und jeden im näheren Umkreis auf ein zerfetztes Vergessen reduzierte.

Willie Gloves trat aus der Bar an der Ecke First Avenue und 116th Street, blieb einen Moment stehen und rülpste.

In seinem Windschatten folgte ihm ein jüngerer, schlankerer Mann mit unangenehmen, pockennarbigen Gesichtszügen, die etwas Wölfisches ausstrahlten. Willie blinzelte kurz in die Morgensonne, zog eine Ray-Ban-Sonnenbrille aus der Brusttasche seines kunstseidenen Hawaiihemds und setzte sie sich auf.

Der Pockennarbige öffnete die dem Bürgersteig zugewandte Tür eines alten grauen Cadillac, der direkt vor ihnen geparkt war, stieg ein und entriegelte von innen die Beifahrertür für Willie.

Der Cadillac fuhr auf der First Avenue bis zur Willis Avenue Bridge, über den Harlem River in die Bronx, und bewegte sich dann auf der Melrose Avenue in Richtung Norden.

»Fahr mal langsamer«, sagte Willie, als sie sich der staatlichen Schule Nr. 29 näherten. Er öffnete das Handschuhfach und entnahm ihm eine Smith & Wesson On Duty, Kaliber 40, sowie eine Schachtel Winchester Super-X-Patronen mit abgeflachten Spitzen. Er lud die Waffe mit elf Schuß Munition. »Los, hol das andere Ding aus dem Kofferraum.«

Der Pockennarbige verließ das Auto und kam mit einer kleinen Georgette-Klinger-Einkaufstüte wieder. Er griff in die Tüte und zog eine Mini-Uzi-Maschinenpistole heraus, klinkte ein Magazin in die dafür vorgesehene Halterung und deponierte die Waffe hinter seinen Stiefelabsätzen. Die Tasche, die noch drei Ersatzmagazine enthielt, ließ er hinter seinen Sitz plumpsen.

»Was spuckt denn der verdammte Ballermann so aus?« fragte Willie beiläufig.

»Zwanzig Schuß pro Sekunde oder so. Die Arschgeigen haben jetzt diese kleinen Sturmpistolen, die sie auf Halbautomatik umrüsten; mit den Dingern kommen sie auf die gleiche Feuerkraft.«

Willie, die Smith & Wesson im Schoß, zündete sich eine Zigarette an und sagte dem Fahrer, er solle weiterfahren. »Hier mußt du wenden. Es ist das zweite Dreckloch auf der linken Seite.«

Die beiden jungen Latinos, die vor der Tür des Mietshauses standen, sahen kaum älter als dreizehn Jahre aus. Der eine trug eine Fuct-Baseballkappe mit seitlich nach hinten gedrehtem Schirm, knallrote Shorts der Marke Global Ghetto, die bis zu seinen Waden herabhingen, Nike Air Jordans, ein Kapuzen-Sweatshirt von Homeboy Loud Couture, das ein paar Nummern zu groß war, und ein ganzes Sammelsurium von schweren, häßlichen, vergoldeten Halsketten. Der andere, dessen Schädel glattrasiert war, sah ein bißchen bedrohlicher aus und trug Vans und Bulldogs, die schon längst passé waren. Wie die meisten Jungen seines Alters, die in dieser Gegend ohne Gold um den Hals herumliefen, war er ein Junkie. Auf dem Bürgersteig zwischen ihnen stand ein Ghetto-Blaster, aus dem extrem verzerrt und in endloser Wiederholung eine bunte Musikmischung dröhnte, die sich der Goldjunge eigenhändig zusammengestellt hatte, der Soundtrack seines Lebens: ›Death Wish‹ von Kool G Rap und ›Road to Riches‹ – ey, dieser verdammte Tyrone, der hatte es *voll drauf*; ›Pop That Pussy‹ und ›A Fuck Is a Fuck‹ von Luke and the Crew; alles, was auf dieser Welt *super* und *cool* war und auf eine TDK SA-90 paßte. Im Augenblick zog ihn der Megabaß von ›Suck or Die‹ in den Bann, eine Nummer seiner *absoluten* Lieblingsband. Der Goldjunge bewegte Hüften, Schultern und Arme zu dem Getöse, wobei er den Mund auf und zu klappte und den Kopf vor und zurück zucken ließ zur hämmernden Prosodie der Ikten und Arsen des Songtextes.

When I want pussy,
I don't fuck around,
Stick my piece in my belt
And I head downtown,
Find me a bitch,
Who done lost her way,
Slam her up against the wall,
And I make my play . . .

An der Tür herrschte ein reges Kommen und Gehen: überwiegend Schwarze und Latinos, unter die sich hin und wieder ein paar weiße Totenschädel mischten. Drinnen stand ein weiterer Dressman und kontrollierte den ein und aus gehenden Verkehr. Der Bursche hatte sich mächtig in Schale geschmissen: ein Giorgio-Armani-Jackett, übergroße Shorts in Purpur und Pink, ein großes goldenes Jesusbild und ein Amulett in Form eines Revolvers, die an Halsketten vor seiner Brust baumelten, und ein Piratenkopftuch mit Leopardenfellmuster. Vor ihm hatte sich eine Warteschlange aus Kunden gebildet, die die gesammelte Länge des Korridors einnahm. »Schnauze halten und immer schön der Reihe nach!« schrie er. »Unter zehn Dollar läuft nix, und Kredit gibt's auch keinen! Zählt eure Mäuse vorher ab, und wer seinen Stoff hat, macht sofort 'n Abgang. Geht dem Mann nicht auf die Nerven!« Die Schlange endete an der hinteren Korridorwand, vor einer offenen Wohnungstür. Dort saß ›der Mann‹, ein fünfzehnjähriger Spic mit einem Neun-Millimeter-Colt des Modells All American, der links neben ihm auf einem Stuhl deponiert war. An seiner rechten Seite stand ein weiterer Junge, ebenfalls mit einem Revolver bewaffnet.

»Glaubst du, daß die Affen oben auf dem Dach Kanonen haben?« fragte der Pockennarbige.

»Die kannste vergessen«, antwortete Willie. »Die stehen bloß Schmiere und halten Ausschau nach den Bullen, die eh nicht kommen werden.«

I use my dick like I use my gun,
Whoever you are, ain't no use to run.
White motherfucker say the nigger be free,
But ain't no nigger be free from me . . .

»Und was ist mit den beiden Inselniggern vorm Haus?«

»Das sind bloß Laufburschen, die kümmern sich um die Autos, warten auf den Lieferanten. Es kann übrigens nicht mehr lange dauern.«

»Um unser Auto kümmern sich die Typen aber nicht.«

»Na ja, vielleicht gibt's da 'ne Kleiderordnung.« Willie warf seine heruntergebrannte Zigarette aus dem Fenster. »Entschuldigung, Sir«, rief er in die Richtung der beiden Jungen vor dem Eingang des Mietshauses. »Wo bekommt man solche verschärften Klamotten her?«

White-powder money is all I crave;
So call your shot, bitch, my dick or yo' grave . . .

»Willst du mich anwichsen, du schwule Sau?«

»Warum seid ihr Jungs nicht in der Schule?«

»Mann, fick doch deine Mutter oder sonstwas. Mach, daß du wegkommst! Verpiß dich, sonst knallt's.«

»Bitte keine Drohungen. Das ist schlecht für mein Herz.«

Ain't but two choices: suck or die . . .

»Los, verschwinde, oder ich polier' dir deine blöde Fresse.« Die Kassette im Ghetto-Blaster stoppte mit einem knackenden Geräusch. Die plötzliche Stille ließ den Goldjungen auf der Stelle ruhig werden.

»Wir warten auf den Typen mit dem Heroin im Kofferraum.«

Die beiden Jungen warfen sich ein paar spanische Brokken zu.

»Hey, für Bullen seht ihr Typen ganz schön komisch aus.«

»Wir sind keine Bullen. Wir sind zwei Killer vom Syndikat.«

»O Mann, schieb ab und fummel dir am Schwanz rum.«

»Ihr abgefuckten, weißen, haschrauchenden Arschgesichter«, sagte der mit dem glattrasierten Schädel. »Haut endlich ab!«

»Nein«, sagte Willie. »Wir sind gar keine Killer vom Syndikat. Wir sind drogensüchtig: ›Äitsch‹.« Der Pokkennarbige neben ihm lachte lauthals auf. Er schien sich blendend zu amüsieren. »Wir sind hier, weil wir 'n Schuß brauchen«, fuhr Willie fort. »Und wir hauen nicht eher ab, bis wir unsern Schuß gekriegt haben.«

»Diese weißen Wichser quasseln wie die Typen im Fernsehen, in diesen bescheuerten Schwarzweißstreifen, Mann«, sagte die Glatze zu dem Goldbeladenen.

»Wir haben keinen Schuß für euch, ihr Säcke. Und jetzt verpißt euch endlich.«

Plötzlich nahm Willies Stimme einen anderen Ton an. »Na ja, dieser Spic im Lincoln dürfte jede Minute kommen. Dann fragen wir eben den.«

»Los, sag Hector, er soll mal rauskommen«, flüsterte der Goldbeladene der Glatze zu. Die Glatze verschwand im Haus und kam wenig später in Begleitung des Jungen zurück, der neben dem Verkäufer Wache geschoben hatte. Als er sich dem Auto näherte, hob er sein Hemd hoch, um die Pistole zu zeigen, die vorn in seiner Hose steckte. Dabei kratzte er sich am Bauch.

»Was zum Teufel ist dein Problem, Mann?«

Mit einem Blick in den Rückspiegel sagte der Pockennarbige in ruhigem Ton: »Da kommt dein Lincoln.«

»Keinen Mucks, mein Junge.« Willie zielte mit der Smith & Wesson auf Hectors Brust. »Das ist eine Razzia! Los, runter auf den Boden, mit den Händen auf dem Rükken. Deine Rechte werden wir dir später vorlesen.«

»Ich hab' doch gar nichts getan«, sagte Hector, und mit einemmal klang er wie das Kind, das er war.

»Nun mach schon, runter auf den Boden!«

Als die beiden anderen sahen, wie Hector sich bäuchlings auf den Bürgersteig legte, flitzten sie ins Haus.

Der Lincoln kam hinter dem Cadillac zum Stehen. Der Fahrer, ein Latino mittleren Alters, der eine dunkelbraune, konservativ geschnittene Baumwollhose und ein gelbbraunes Leinenhemd trug, konnte den auf dem Boden liegenden Jungen nicht sehen, aber er spürte, daß etwas nicht stimmte. Er überlegte, ob er lieber die Pistole aus dem Kofferraum holen oder sich mit der im Handschuhfach begnügen sollte, und entschied sich für letzteres. Doch der Mann mit dem Wolfsgesicht war zu schnell für ihn: Er huschte aus dem Auto und schob dem Latino die Uzi unter die Nase, bevor der die Waffe aus dem Handschuhfach holen konnte. Willie hatte den Cadillac genauso schnell verlassen.

»Laß die Spielzeugpistole, wo sie ist, und sieh zu, daß du aus der Kiste kommst.«

Der Latino kam der Aufforderung nach.

»Und was ist mit meinen Rechten?« fragte Hector.

»Du willst deine Rechte hören?« sagte Willie. »Okay, hier sind deine verdammten Rechte: Du hast . . . keine.« Er schoß dem Jungen in die Wirbelsäule und dann noch einmal in den Kopf. In den Fenstern und auf der Straße zeigten sich neugierige Gesichter. Willie ging hinüber zum Lincoln, zog die Autoschlüssel aus dem Zündschloß, öffnete den Kofferraum und holte die darin untergebrachte Einkaufstüte heraus.

»Können wir nicht darüber reden?« fragte der gutgekleidete Mann.

»Los, hau ihm die Knie weg«, schrie Willie. Der Pokkennarbige überzog die Kniescheiben, Schienbeine und Füße des gutgekleideten Mannes mit einer Geschoßgarbe. Der Mann sank mit einem markerschütternden Schrei zu Boden: Seine Unterschenkel waren völlig zerfetzt, die freigelegten Knochen zersplittert, und aus den durchtrennten Arterien und dem abgerissenen Gewebe rann das Blut in Strömen.

»Du kannst deinem Spic-Boß ausrichten, er ist als nächster dran«, sagte Willie zu der sich windenden, verstümmelten Gestalt zu seinen Füßen. Er zog einen ›Ziegel‹, ein quaderförmiges Heroinpäckchen, aus der Tasche. Mit dem rechteckig gezackten Bart eines Schließfachschlüssels riß er die Verpackung auf, hinter der etliche kleinere Päckchen zum Vorschein kamen. Er trat dem Spic mit aller Kraft gegen den Unterkiefer und rammte ihm den Ziegel in den weit geöffneten, stöhnenden Mund. Er klaubte weitere Ziegel aus der Tüte und schmetterte sie mit voller Wucht auf den blutigen Brei aus Gewebefetzen und Knochensplittern, zu dem sich die Unterschenkel des Mannes verwandelt hatten. Dann wandte er sich an seinen Begleiter: »Los, weg hier.«

Im Rückspiegel konnte der Pockennarbige eine Horde Junkies sehen, die sich wie die Maden auf den Körper des Spics stürzten. Der fünfzehnjährige ›Mann‹ stand auf der Straße und schoß unter großspurigem Getue hinter ihnen her; der Aufpasser aus dem Korridor und die Glatze waren dabei, den Lincoln zu stehlen, und schlitterten im Rückwärtsgang die Straße hinunter. In der Ferne erschallte erst eine und wenig später eine zweite Sirene.

»Da sind noch zwölf von diesen verdammten Dingern drin«, sagte Willie, nachdem er mit der Hand durch die in der Tüte verbliebenen Heroinpäckchen gefahren war. »Sechs für dich, sechs für mich.« Er zog das Hawaiihemd aus und stopfte es oben in die Tüte, bevor er sie hinter dem Beifahrersitz verschwinden ließ. Dann fingerte er am Ausschnitt seines T-Shirts herum.

»Wieviel kriegt man so für diese Dinger?« fragte er.

»Die kleineren Päckchen reichen jeweils für zehn der üblichen 10-Dollar-Briefchen. Das macht, knapp gerechnet, neunzig Dollar pro Päckchen. In so 'nem Ziegel sind immer fünf Päckchen, das wären nach Abzug des üblichen Mengenrabatts drei-fünfzig pro Ziegel. Und das, ohne das Zeug zu strecken und in kleinere Portionen abzupacken.«

»Das wären zweitausendeinhundert pro Nase.« Willie steckte sich eine Zigarette an. »Bieg da vorne links ab. Und dann fahren wir von der Morris Avenue über die Brücke. Wir erledigen noch schnell diese andere Sache, und dann können wir zum Lunch wieder in der Bar sein.« Willie griff nach hinten und holte eine Handgranate aus der Georgette-Klinger-Tüte, eine sechseckige DM 51, die zwischen den Ersatzmagazinen für die Uzi gelegen hatte.

»Lassen dich die Sirenen kalt?« fragte der Pockennarbige.

»Willst du mich verarschen? Die verfolgen mich noch im Schlaf. Ich hasse diese verdammten Dinger.«

»Sie werden den Wagen identifizieren. Das ist dir doch wohl klar, oder?«

»Die müssen uns erst mal kriegen. Wenn die Kerle wirklich gut in ihrem Job wären, dann bräuchten sie keine Polizeimarke, um ihre krummen Dinger zu drehen.«

»Wir sollten sicherheitshalber die Waffen über Bord schmeißen.«

»Und den Stoff gleich mit dazu, wie?«

»Nein, nur die Waffen.«

»Nie was wegschmeißen! Bei diesem Scheißjob erhöht das bloß die Betriebskosten. Dieses Teil hier ist glatte fünfhundert Dollar wert.« Er zeigte auf das Handschuhfach. »Die Knarre kann ich auf der Straße für zwölf-, ach, was sag' ich, für fünfzehnhundert an irgendeinen Nigger verscherbeln. Und für deine verdammte Maschinenpistole, diesen Matzeklößchen spuckenden Ballermann, bekommst du auf der Straße zwei bis drei Riesen. Benutz mal deinen Verstand! Und abgesehen davon haben wir diesen Wichser ja nicht kaltgemacht. Wir haben ihn bloß ein bißchen durch den Wolf gedreht. Wie heißt doch gleich dieser blöde Spruch? Ach ja: Stellen Sie Behinderte ein!«

»Noch so ein verdammter *brunu*, der auf meine Kosten einen faulen Lenz schiebt.«

»Du zahlst Steuern?«

»Ich denk' darüber nach.« Dann: »Moment mal. Was ist mit dem anderen, mit dieser miesen Küchenschabe, die du vorhin plattgemacht hast? Das war wohl auch nur so ein kleiner Klaps auf den Hinterkopf?«

»Den hab' ich längst vergessen«, sagte Willie mit abwesender Stimme.

Der Pockennarbige schaute ihn kurz von der Seite an. Als sie von der Morris Avenue abbogen, um zur East 145th Street Bridge zu fahren, war von den Sirenen nichts mehr zu hören.

»Fahr geradeaus durch bis zum Broadway.«

Der Cadillac näherte sich dem nördlichen Ende Manhattans. »Die nächste links«, sagte Willie, als sie die 179th Street passierten. An der Kreuzung hing ein Plakat an einem Laternenpfahl, das für die GRAN PARADA DOMINICANA Reklame machte. Der Fahrer folgte Willies Anweisung. »Fahr langsamer.« Sie näherten sich einem Laden, auf dessen Schaufenster in roten und gelben Blockbuchstaben die Worte SOCIEDAD SAN FRANCISCO DE MARCORIS · CLUB PARTICULAR prangten. Aus dem Lokal drang Musik, laut und fetzig.

Pues no hablamos inglés,
Ni a la Mitsubishi, ni a la Chevrolet . . .

»Da vorne, das ist es.« Willie hielt die Granate in der rechten Hand, die Finger fest um den geschwungenen Bügel geklammert. Der Fahrer sah ihm ängstlich zu. »Noch ein bißchen langsamer«, sagte Willie. »Ich hab' so was noch nie gemacht.« Mit dem linken Zeigefinger, den er durch den Abzugsring geschoben hatte, riß er mit einer ruckartigen Bewegung den Sicherungsbolzen heraus und ließ die Granate durch die geöffnete Tür in den Club fliegen. »Los, gib Gas!«

Ein ohrenbetäubender Donner erschallte, kurz und trocken. Als er einen Blick über seine Schulter warf, konnte Willie dunkle Objekte sehen – Gebäudeteile? Tote Spics? –, die von der Druckwelle der Explosion auf die Straße geschleudert wurden.

Wieder ertönten Sirenen, die, wie schon vorhin, mit zunehmender Entfernung leiser wurden.

»Hast du eine Ahnung, worum es bei dieser Sache geht?« fragte der Fahrer, sichtlich entspannt, zum erstenmal an diesem Vormittag.

»Um Stoff«, antwortete Willie.

»Da muß doch mehr dahinterstecken.«

Willie sah den Fahrer an. Dann schaute er wieder geradeaus und steckte sich eine Zigarette an. »Früher hab' ich auch immer solche Fragen gestellt«, sagte er. »Doch dann hab' ich's kapiert. Wenn sie wollen, daß du Bescheid weißt, dann sagen sie's dir. Doch eins kannst du mir glauben: Meistens wissen nicht mal die, was Sache ist.«

Der Fahrer neigte den Kopf zur Seite und nickte geistesabwesend. »Irgend jemand muß aber was wissen.«

»Solange sie wissen, wie sie unsere Piepen abzuzählen haben, mußt du dir um nichts Sorgen machen.« Willie schaute mit ausdruckslosen Augen nach draußen auf die schmutzigen Straßen Harlems. Zivilisation, dachte er bei sich, war wie eine alte Hure. Trotz all ihrer Sprüche, Träume und Lügen wurde sie mit jedem Tag häßlicher. Dann ließ er das Schauen und Nachdenken sein. »Jetzt hab' ich aber Hunger«, sagte er. »Mein lieber Mann! Ich komm' fast um vor Hunger.«

Die Feuerwehr und die Ermittlungsbeamten waren noch immer am East Broadway, in der Bowery und in der Pitt Street beschäftigt. Der Verkehr in Chinatown war so zähflüssig, daß der alte Ennio Scarpa seinem Fahrer befahl, ihn in der Broome Street aussteigen zu lassen. Von dort trottete er in Richtung Süden, bis er die Mott Street 187 erreicht hatte, ein schmales Lagerhaus, auf dessen verrosteter Stahltür die Aufschrift SHING LAU PRODUCE CO. angebracht war. Er zog einen Schlüssel aus der Tasche, schloß die Tür auf und stieg langsam die knarrenden Holzstufen empor, die hier und da mit abgeschabten Blechplatten geflickt waren. Rechts neben der Treppe befand sich der offene Schacht eines Frachtaufzugs, der mit ungehobelten, vermodernden Brettern notdürftig abgesichert war. Die Luft im Treppenhaus roch immer modrig und ließ einem die Ausdünstungen von Maschinenöl und feuchtem, zerbröckelndem Mörtel unangenehm in die Nase steigen. Und dem Schacht entströmte ein kalter, durchdringender Kloakengeruch. Doch als der alte Ennio die Treppe erklomm, nahm er einen anderen, ungewohnten Geruch wahr. Beim Höhersteigen schnupperte er in der Luft. Es roch nach Benzin, und der Geruch kam aus dem Dachgeschoß, wo die *bubbonia* gelagert war.

»Calò«, rief er. Dann noch einmal, lauter: »Calò!« Die Namen der Schlitzaugen konnte er sich einfach nicht merken. Er redete nur mit seinem *paisan*, dem alten Calò. Als er den obersten Treppenabsatz erreicht hatte, rief er ihn noch einmal.

Sein *paisan* war tot und lag zusammen mit mehreren toten Chinesen auf dem Fußboden der Dachetage, auf der anderen Seite der Tür. Jede der Leichen war mit Benzin übergossen und blutete aus einem Einschußloch im Kopf. Das Blut zwischen den Toten floß in zierlichen Ranken über die große Benzinpfütze, die den verschmutzten Linoleumfußboden feucht glänzen ließ, und erinnerte an ein weinrotes Netz aus Spitzenstoff. Inmitten dieses Netzes lagen elf Kilogramm Heroin, eingewickelt in blaues Wachspapier. Dies war der klägliche Rest von einhundert Kilogramm mit einem Marktwert von sechzehn Millionen Dollar, die dem alten Ennio gehört hatten, und als er die Tür aufstieß, um der Stille und den Dämpfen dahinter auf die Spur zu kommen, dachte er nur an diese einhundert Kilogramm.

Doch der letzte Besucher des Dachspeichers hatte die Tür einen Spaltbreit offengelassen, seinen angewinkelten Arm durch die Lücke geschoben und ein dreißig Zentimeter langes Kantholz senkrecht, von außen nicht erkennbar, an die Tür gelehnt. Anschließend hatte er seinen Arm noch einmal durch den Türspalt gewunden und mit äußerster Sorgfalt eine angezündete Kerosinlaterne auf den Balken gestellt.

Noch bevor Ennio seinen rechten Fuß in die Benzinlache hinter der Tür gesetzt hatte, war die Laterne umgekippt: Der Raum verwandelte sich in ein tosendes Flammenmeer, das ihn und diejenigen, die bereits tot waren, verschlang.

Im Club in der Hester Street konnte Onkel Joe den Klang der Sirenen hören, der während des gesamten Vormittags mit gelegentlichen Unterbrechungen aus der Ferne zu ihm herübergeweht kam. Er saß allein im Lokal, in Tabakqualm gehüllt. Frankie Blue, sein *guardia del corpo*, genoß draußen vor der Tür den Sonnenschein, und der Barmann hatte sich ihm angeschlossen.

»Sieht aus, als sei in Chinatown die Hölle los, Mister Joe«, bemerkte einer der *cafon's*, der seinen Wachtposten auf einem der Plastikstühle vor dem Eingang verlassen hatte, um sich drinnen eine Tasse Kaffee zu holen. »Im Fernsehen und im Radio läuft kaum was anderes.«

»Jaja«, sagte der alte Mann, »die Schlitzaugen.«

»Genau.« Der jüngere Mann strahlte über das ganze Gesicht, weil ihm die Gnade einer Antwort beschieden war.

Es war etwa fünf vor zwölf, als Louie Bones das Lokal betrat. Der Barmann folgte ihm auf dem Fuß. Louie setzte sich an den Tisch des alten Mannes und gab dem Barmann wortlos ein Zeichen, indem er seinen Daumen und den gekrümmten Zeigefinger waagerecht, etwa zweieinhalb Zentimeter voneinander entfernt in die Luft hielt.

»E caffè?« fragte der Barmann.

Louie nickte.

Der Barmann brachte eine Tasse Espresso, ein Schnapsglas und eine Flasche Thorne's. Er füllte das Glas mit Scotch, stellte die Flasche auf den Tisch und fragte Onkel Joe, ob er noch einen Wunsch hätte. Onkel Joe gab ihm mit einer Gebärde zu verstehen, daß es ihm an nichts fehlte, und der Barmann verzog sich wieder nach draußen ins Sonnenlicht. Louie Bones kippte den Schnaps hinunter und rührte seinen Kaffee um.

»Tutto è bene ciò che finisce bene«, sagte er in einem Tonfall, aus dem Müdigkeit und Zufriedenheit sprachen.

»Zu Ende?« erwiderte der alte Mann. »Scheiße, das ist erst der Anfang gewesen.« Sie schwiegen eine Weile.

»Die Sache mit Ennio ist das einzige, was ich nicht kapiere«, sagte Louie schließlich.

»Ein Ablenkungsmanöver«, erklärte der alte Mann mit einem Achselzucken. »Wir haben den Fuk Ching ein Ding verpaßt und den Hip Sing ebenfalls. Die werden jetzt glauben, daß die On Leong dahinterstecken oder jeweils die anderen oder auch beide zusammen. Wir haben den Spics und den Vietnamesen eingeheizt, sie ein bißchen durchgeschüttelt. Bevor irgend jemand auf die Idee kommt, ›Itaker‹ zu schreien, opfern wir einen von uns. Je mehr sie sich den Kopf zerbrechen, um so verwirrter werden sie sein, um so mehr werden sie Gespenster sehen.

Und genau das wollen wir. Wir wollen Verwirrung stiften. Und Angst.«

»Aber warum Ennio? Mit dem hattest du doch früher 'ne Menge Sachen laufen, oder? Ich dachte, ihr zwei hättet die goldenen Zeiten von Little Italy gemeinsam erlebt, als Partner.«

»Aber gemocht hab' ich den Kerl nie.«

»Ennio hat das aber immer geglaubt.«

»Was soll ich dazu sagen? Er war halt kein guter Menschenkenner.«

Die beiden Männer verfielen wieder in Schweigen, und als sie erneut zu sprechen begannen, ging es ums Mittagessen. Louie hatte Appetit auf Suppe. Joe erzählte ihm von der Bohnensuppe mit Dinkel, die es im Mezzogiorno gab. Louie trank seinen Kaffee aus, und dann standen sie auf, um sich auf den Weg zu machen. Joe, den Krückstock in der Hand, ging voran.

»Was soll mit dem Stoff passieren, den wir uns gegriffen haben?« wollte Louie Bones wissen.

»Lager den größten Teil davon ein, und verkauf das Zeug später«, erwiderte Joe, ohne sich umzudrehen. »Ach so: zehn, zwanzig Kilo läßt du mit Drāno versetzen. Und die bringst du dann in den Straßenhandel. Das dürfte noch ein bißchen mehr Angst erzeugen.«

Louie hob die Augenbrauen, spitzte die Lippen, grinste und schüttelte den Kopf.

»Genau«, sagte der alte Mann, wobei er Louie über die Schulter ansah. »Darauf bin ich im Traum gekommen.«

Bob Marshalls vormittägliches Arbeitspensum lag noch immer auf seinem Schreibtisch, allerdings nicht mehr in fein säuberlich geordneten Stapeln, sondern in einem wilden Haufen, den er zur Seite geschoben hatte.

Um zwölf nach zehn hatte Mike Wong vom 5. Revier angerufen, um ihm mitzuteilen, daß es einen Anschlag auf die Fuk Ching gegeben hatte. Zwanzig Minuten später hatte er wieder angerufen, um ihm zu sagen, daß es nun bei den Hip Sing geknallt hätte.

Eine halbe Stunde später hatte ihn die Gruppe 41 über den Anschlag auf Du Luong, den Boß der vietnamesischen Gum Sing, in Kenntnis gesetzt.

Wenige Minuten darauf kam vom 83. Revier die Meldung über die Explosion im Herzen von ›the Well‹.

Und dann trafen beinahe zu selben Zeit Meldungen ein über Puertorikaner und Dominikaner, die es in der Bronx beziehungsweise in Washington Heights erwischt hatte. Offensichtlich wollten die Dominikaner dem Ruf des 34. Reviers als mörderischstes Pflaster Manhattans alle Ehre machen, denn sie hatten die am Tatort erschienenen Polizei- und Feuerwehrautos unter Beschuß genommen. Vielleicht hatten sie nicht ganz unrecht, sagte sich Marshall voller Zynismus. Die Dominikaner von Washington Heights zahlten der Polizei mehr Schmiergeld als jede andere Bevölkerungsgruppe.

Dann kam eine weitere Meldung vom 5. Revier. Diesmal hatte es die Makkaronis erwischt.

Der Agent hatte ein jungfräuliches Blatt Notizpapier genommen und darauf ›Fuk Ching‹, ›Hip Sing‹, ›Gum Sing‹, ›Jamaik.‹, ›P. R.‹, ›Dom.‹ und ›Maf.‹ gekritzelt. Der Anschlag auf die Fuk Ching war von drei Asiaten ausgeführt worden. Man wußte bisher nicht, ob es ebenfalls Fujianesen oder Kantonesen oder gar Vietnamesen waren. Genauso unklar war, ob die anschließende Brandkatastrophe, bei der sie ums Leben kamen, versehentlich oder absichtlich herbeigeführt worden war, ob sie das Ergebnis von nachlässigem Umgang mit Sprengstoff oder ein bewußt geplanter Sabotageakt war. Der Anschlag auf die Hip Sing ging auf das Konto eines vietnamesischen Jugendlichen, der wiederum – hier widersprachen sich die Zeugenaussagen – von einem Weißen oder einem Koreaner erschossen worden war. Den Anschlag auf die Gum Sing hatte ein Weißer mittleren Alters ausgeführt, der hinterher von einem oder mehreren Unbekannten erschossen worden war: entweder eine geplante Hinrichtung oder ein vietnamesischer Racheakt. Bei der Explosion in Bushwick hatte es keine verwertbaren Spuren gegeben.

Die Anschläge auf die Puertorikaner, Dominikaner und Italiener waren von unbekannten Tätern ausgeführt worden. Was alles noch weniger durchschaubar machte, war die Tatsache, daß dem Anschlag auf die Italiener mehrere bisher nicht identifizierte Asiaten zum Opfer gefallen waren, deren Rolle die Ermittler vor ein Rätsel stellte und deren Leichen bis zur Unkenntlichkeit entstellt waren.

Unter ›Fuk Ching‹ schrieb Marshall ›Hip Sing? On Leong? Viet?)‹ und unter ›Hip Sing‹ notierte er ›(Fuk Ching? On Leong? Gum Sing? Viet?)‹. Unter ›Gum Sing‹, ›Jamaik.‹, ›P. R.‹, ›Dom.‹ und ›Maf.‹ setzte er nur Fragezeichen. Als er damit fertig war, zog er versuchsweise, mit einem Bleistift, hauchdünne Verbindungslinien zwischen einzelnen Gruppen. Anschließend malte er mit schwerer, sorgenvoller Hand ein einziges großes Fragezeichen quer über das Schaubild.

13

Chan Ling-yueng, der eben noch durch das geöffnete Fenster auf die Mott Street hinausgeschaut hatte, wandte sich nun den drei Männern zu, die er um diese Unterredung gebeten hatte. Die blaßgrünen Wände des im ersten Stockwerk der On-Leong-Handelsvereinigung gelegenen Konferenzzimmers wirkten in der Abenddämmerung grau. Chan Ling-yueng ging zu dem Lichtschalter neben der Tür und knipste die Deckenbeleuchtung an. Im Zwielicht, dachte er, hatten die Wände um einiges besser ausgesehen. Sie könnten einen neuen Anstrich vertragen. Der Lärm der Passanten und des Durchgangsverkehrs war enorm. Chan Ling-yueng schloß das Fenster und zog an der Schnur des großen Ventilators, der über dem langen Tisch hing, an dem die drei Männer saßen. Sie hatten sich zwanglos an einem Ende des Tisches versammelt. Er zündete sich eine Zigarette an und setzte sich zu ihnen, an die Stirnseite des Tisches.

»Vielen Dank, daß ihr gekommen seid«, sagte er. Er konnte die Anspannung und das Mißtrauen der anderen spüren, als sie ihm zunickten, ruhig, höflich, aber distanziert. Chan Ling-yueng hielt einen Moment lang inne, als warte er darauf, daß einer von ihnen das Wort ergriff, doch sie blieben stumm. »Falls einer von euch mich oder meine Leute verdächtigt, soll er mir das jetzt sagen. Offen und ehrlich, von Angesicht zu Angesicht und in Gegenwart der anderen.« Er ließ seinen Blick über die Gesichter der drei Männer schweifen, konnte aber keine Reaktion darin erkennen. Ihre eisige Zurückhaltung schien noch größer zu sein als ihre Anspannung oder gar ihr Mißtrauen.

»Willst du damit sagen, daß du der einzige unter uns bist, der auf die Verdächtigenliste gehört?«

Der Sprecher war Sammy Lau, der jüngste unter ihnen.

Guo Liang Chi, der Anführer der Fuk Ching und der jüngste aller Bosse, saß zur Zeit im Gefängnis. Sammy Lau, sein Stellvertreter, war mit den Gepflogenheiten bei so seltenen Zusammenkünften wie dieser nur wenig vertraut. Im Gegensatz zu den anderen, die in dunklen Anzügen mit Krawatte erschienen waren, trug er Freizeitkleidung, und die anderen hielten seine Worte für vorlaut. Obwohl er mit den älteren Männern Mandarin sprach, verweigerte er ihnen die ehrerbietige Anredeformel des Mandarin, würdigte Chan Ling-yueng nicht als Chan Xinseng, ja noch nicht einmal als Lao Chang, was seinem hohen Alter Respekt gezollt hätte. Da er sich nun einmal vorgedrängt hatte, sahen die anderen keine Veranlassung mehr, mit ihrer Meinung hinter dem Berg zu halten: Was sie auch sagen mochten, es würde harmlos erscheinen gegenüber diesem aggressiven Eröffnungszug des Fuk-Ching-Vertreters.

»Ich habe am meisten verloren«, sagte Chi-fei Ming von den Tung On. »In dem Lagerhaus hier in dieser Straße befand sich Ware im Wert von über zwanzig Millionen Dollar«, log er. »Außerdem habe ich mehrere gute Männer eingebüßt. Und einen guten Kunden habe ich außerdem noch verloren.«

»Willst du uns etwa weismachen, Ah Fei, daß dein ›guter Kunde‹ noch nicht für seine Ware bezahlt hatte?« fragte Benny Eng von den Hip Sing mit dem charakteristischen Feixen, zu dem ihn, wie er zu glauben schien, sein Alter berechtigte. Als die beiden anderen sein Feixen wahrnahmen, mußten sie ebenfalls grinsen.

»Wenn wir uns hier nur gegenseitig der Lüge bezichtigen, sehe ich in diesem Treffen keinerlei Sinn«, sagte Chifei Ming.

»Wir sind nicht hier, um uns gegenseitig vorzurechnen, wer was verloren hat. Wir sind hier, um etwaige Anschuldigungen zur Sprache zu bringen. Wir sind hier, um Ärger und Mißtrauen offen auf den Tisch zu legen, damit wir sie vielleicht hier zurücklassen können, wenn wir nachher durch die Tür da gehen werden. Es wäre dumm von mir, so zu tun, als hätten die On Leong euren Argwohn nicht verdient. Schließlich sind wir die einzigen, die ungeschoren davongekommen sind. Und wir sind nun mal die Stärksten.«

Benny Eng feixte, Chi-fei Ming grinste, und der junge Sammy Lau lachte lauthals auf. Dann beging der junge Mann den Fehler, sich von den anderen zu isolieren: »Stark? Ihr Typen seid doch schon zu alt und klapprig, um als Sargträger in Betracht zu kommen, wenn einer von euch das Zeitliche segnen sollte.«

»*Gatzat*«, murmelte Benny Eng vor sich hin. Um dem jungen Fujianesen entgegenzukommen, der nur den Fuzhou-Subdialekt fließend beherrschte, hatten sich die anderen bemüht, Englisch zu sprechen oder Mandarin, einen Dialekt, den er verstand wie die meisten, die unter den Kommunisten zur Schule gegangen waren, der aber den Älteren, die alle gebürtige Kantonesen waren, beträchtliche Schwierigkeiten bereitete. Jetzt, als Benny Eng dieses Wort artikulierte – es bedeutete im Kantonesischen ›Küchenschabe‹ –, dämmerte Sammy Lau, daß man ihn auf irgendeine Art beleidigt hatte und daß er auf das Wohlwollen der anderen angewiesen war: Diese verdammten *Guàngdūng giáng* brauchten bloß ins Kantonesische überzuwechseln, und schon wäre er verloren.

»Genausowenig sind wir hier, um über unsere jeweilige Stärke zu diskutieren«, sagte Chi-fei Ming. »Die tatsächliche oder« – er ließ seine abschließenden Worte vielsagend in der Luft hängen – »die eingebildete.«

»Ich bin davon überzeugt«, sagte Chan Ling-yueng, »daß wenigstens einer von euch die Wahrheit kennt, und zwar derjenige, der die anderen attackiert und die On Leong verschont hat, um sie zum Sündenbock zu machen. Das steht für mich außer Zweifel, weil ich ganz genau weiß, daß die On Leong nicht das geringste mit diesen Aktionen zu tun hatten.«

»Das ist doch Augenwischerei«, sagte der alte Benny Eng. »Was du sagst, mag wahr sein, aber wäre es das nicht, würdest du es dann zugeben?«

»Haben sich die Hip Sing und die On Leong jemals mit schmutzigen Tricks bekämpft?«

Benny Eng lächelte und zuckte mit den Achseln. »Jetzt redest du von den alten Zeiten, mein Freund. Von den Tagen der Kriegsbeile und Revolver. Doch diese Tage sind lange vorbei.«

»Den nennst du deinen Freund?« fragte Sammy Lau. »Rück doch mal ein bißchen näher an ihn ran: Vielleicht kannst du noch das Dynamit an seinen Fingern riechen.«

Benny Eng sah ihn unwirsch an. »Wir sollten uns zurückhalten«, war alles, was er sagte.

»Zwei von euch werden sich noch daran erinnern«, sagte Chan Ling-yueng, »wie der damalige Vorsitzende der On Leong, Peter Wong, im Frühjahr 1990 umgebracht wurde: Jemand verpaßte ihm eine Kugel in den Hinterkopf, als er im Büro seiner Investment-Firma saß, gleich hier um die Ecke, in der Canal Street. Damals haben sich die On Leong mit dieser rätselhaften Tragödie abgefunden. Es hat keine voreiligen Anschuldigungen gegeben und keine übereilten, blinden Rachefeldzüge.«

Den anderen drei schoß ein und derselbe Gedanke durch den Kopf: weil dieser Mord auf das Konto der On Leong ging.

»Ich will euch mal sagen, was ich denke«, sagte Sammy Lau, wobei er niemanden direkt anschaute. »Ich denke, daß wir, die Fujianesen, mächtiger geworden sind, als euch lieb ist.«

»Sag mal, Xiao Lau«, sagte Chan Ling-yueng, wobei er ihn so anredete, als hätte er ein Kind vor sich, »hast du bei den Kommunisten in Fujian eigentlich irgendwas gelernt?«

Sammy Lau sah ihn an, die Augenlider ein wenig gesenkt und die Stirn in Falten gezogen: sein East-Broadway-Blick.

»Denn in Chinatown hast du offensichtlich nicht viel gelernt.«

Benny Eng schmunzelte vor heimlicher Genugtuung. Chi-fei Ming sah auf seine Armbanduhr.

»Schluß damit«, sagte Ming. »Ich glaube, wir haben einen neuen Feind, der es auf uns alle abgesehen hat.«

»Merkwürdig, daß sich jemand wie du, Ah Fei, ein Mann, dessen Name in der Ruhmeshalle der Triade 14K verewigt ist, wegen irgendwelcher Feinde Sorgen macht.«

»Die 14K hat mir gestern nicht helfen können. Und abgesehen davon bin ich nicht der einzige am Tisch, der seine Ware von der 14K bezieht. Ihr alle tut das.«

»Aber du«, sagte Eng, »du *bist* die 14K.«

»Ich bin Sun Yee On«, entgegnete Ming.

»Wo ist denn da der Unterschied?«

»Im Moment sind solche Dinge völlig unerheblich.«

»Das hier führt doch zu nichts«, sagte Sammy Lau. »Außerdem habe ich gleich eine Verabredung.«

»Ich bin sicher, daß du ihr schwer imponieren wirst mit deiner Pistole und deinem finsteren Charme«, sagte Chan Ling-yueng. Als Chan das Mandarinwort *ta* aussprach – ›sie‹ oder ›ihn‹, denn im gesprochenen Chinesisch haben die Personalpronomen kein grammatisches Geschlecht –, assoziierte Benny Eng bei diesem doppeldeutigen Wörtchen automatisch den Begriff ›gaylou‹ – ›Schwuchtel‹ auf kantonesisch. Dem jungen Lau entging diese spezielle Bedeutungsverknüpfung, und er interpretierte die Bemerkung nicht als einen Affront gegen seine Männlichkeit, den er auf keinen Fall hingenommen hätte.

»Wenn du mir was sagen willst oder was über mich zu sagen hast«, entgegnete er, »dann sag es doch bitte so, daß ich es auch verstehen kann.« Er machte eine kurze Pause. Dann, um zu unterstreichen, wie ernst es ihm war, und zu seiner eigenen Befriedigung, hängte er an seine Worte die gemurmelten Silben *suǎn bàbà* an, eine fujianesische Wendung mit der Bedeutung ›verkalkter Schwanzlutscher‹.

»Das wär's dann wohl«, sagte Chan. »Ich befürchte, daß wir diesen Raum als Feinde verlassen werden – falls wir ihn nicht schon als Feinde betreten haben. Jeder von uns kennt seine Version der Wahrheit. Jeder kennt die Ordnung, oder die Unordnung, in seinem eigenen Haus. Und jeder kennt seine eigenen Verfehlungen, falls es welche gibt. Wollen wir also hoffen, daß das, was heute passiert ist, vorbei und für immer begraben ist, ebenso wie das Motiv, das dahintergesteckt haben mag. Oder die Motive. Motive, die einem oder mehreren von uns bekannt sind, den übrigen jedoch nicht.«

»Und was ist, wenn wir alle eine reine Weste haben?« fragte Ming. »Was ist, wenn wir, wie ich schon sagte, einen neuen Feind haben?«

»Das wird sich zeigen. Sollte es so sein, werden wir diesen Feind bekämpfen. Doch bislang kennen wir keinen derartigen Feind, und gegen ein Phantom können wir schlecht vorgehen.«

»Keine Feinde?« sagte Sammy Lau. »Was ist denn mit den Vietnamesen? Was ist mit den Itakern? Was ist mit den Spics? Es heißt, daß die Kolumbianer statt Kokapflanzen neuerdings Mohn anbauen. Und was ist mit den Nigerianern, den Russen oder den Niggern?« Für den jungen Fujianesen war New York verseucht von *wū guí* und *sí bān ni giáng*, von Niggern und Spics; und die *bá jǔng gíang*, die verdammten Makkaronifresser, waren in seinen Augen entwicklungsgeschichtlich gerade so weit von diesen Bastarden entfernt, wie man spucken konnte.

»*Hak gwai?* Die Nigger?« sagte Benny Eng. »Willst du mich auf den Arm nehmen?« Beinahe hätte er, auf kantonesisch, hinzugefügt: Die sind noch dümmer als die Fujianesen. Doch er verzichtete darauf, denn das wäre eine ausgesprochen törichte Bemerkung gewesen. Der junge Mann hatte schon zu viel einstecken müssen. Außerdem war Benny klar, daß die Fujianesen alles andere als dumm waren.

»Die Vietnamesen sind ein disziplinloser Haufen«, sagte Chan Ling-yueng. »Die Italiener sind mittlerweile viel zu zahm und zurückhaltend für so etwas. Und überhaupt, mit denen haben wir noch nie Probleme gehabt. Die sind doch auf uns angewiesen. Und die *luisung gwai*, die Spics? Nein. Die Kolumbianer wären nie in der Lage, so viel Opium zu produzieren, daß es uns irgendwie jukken könnte. Die Nigerianer, die Russen? Ich bitte euch!

Das ist doch nur Abschaum, den man eher bemitleiden als ernst nehmen sollte.«

»Ich weiß es nicht«, sagte Benny Eng, wobei er seine Handflächen auf der Tischplatte nach oben drehte. »Ich weiß es einfach nicht. Möchte jemand vielleicht noch was sagen?«

Chi-fei Ming und Sammy Lau gaben sich wieder so wie vorhin, als Chan Ling-yueng sie zum erstenmal angesprochen hatte: angespannt, mißtrauisch. Sie schüttelten ihre Köpfe, ruhig, höflich, aber distanziert.

»Als ich an diesem Tisch Platz genommen habe, wußte ich nichts«, sagte Benny Eng. »Und jetzt bin ich auch nicht viel schlauer.«

»Na ja«, sagte Chan Ling-yueng, »vielleicht haben wir vier uns eine kurze Verschnaufpause gegönnt, um gemeinsam über alles nachzudenken. Und das ist vielleicht besser als gar nichts.«

»Mag sein«, sagte Benny Eng. »Mag sein.«

Die vier Männer erhoben sich und schritten zur Tür. Die einzigen Worte, die dabei fielen, kamen aus Benny Engs Mund: »Du solltest mal 'n paar Dollar für 'nen neuen Anstrich lockermachen.«

Sechs Stunden später, frühmorgens um zwanzig nach eins, huschten zwölf Fuk Chow im Teenageralter die Steintreppen zum Kellergeschoß des Hauses Mott Street 76 hinunter und stürmten durch die Tür des Mayfair Tea Room. Drinnen hielten sich zehn andere Teenager auf, Ghost Shadows, die ihre Marlboros rauchten und ihren Kaffee tranken: eine Dreiergruppe und eine Vierergruppe, die sich in zwei der sieben rot ausgepolsterten Sitznischen am Kopfende des Lokals verzogen hatten; eine Zweiergruppe, die am kleinsten der drei Tische saß, und ein weiterer Junge, der allein an der Theke lehnte, mit dem Rücken zum Barmann, und sich mit seinen beiden Freunden am Tisch unterhielt. Wie eine plötzliche Geistererscheinung tauchte der erste Fuk Chow in der Tür auf. Er schrie *»Dòngjíe!«* – »Keine Bewegung!« – und hielt die

Ghost Shadows mit einer Schrotflinte in Schach, während seine elf Kumpane an ihm vorbei ins Lokal glitten, mit gezogenen Pistolen, in einer blitzschnell vorrückenden, geschlossenen Schlachtformation. Aus der Küche kamen zwei weiß beschürzte Lokalangestellte. Einer der Fuk Chow scheuchte sie in die Küche zurück, zusammen mit dem Barmann, und folgte ihnen mit erhobener Pistole. Ein anderer Fuk Chow verriegelte die Tür hinter dem Jungen mit der Schrotflinte. Die Ghost Shadows sprachen kein Wort und rührten sich nicht: Dazu war einfach zu viel Blei in zu vielen Magazinen. Als sich alle für ein paar lange Sekunden bewegungslos und stumm angestarrt hatten, schritt der Fuk Chow, der die Tür zugesperrt hatte, zum Münztelefon, warf eine Vierteldollarmünze ein, wählte eine Nummer und sprach mit jemandem.

Ein paar Häuser weiter bog eine Bande von neun Tung On aus der Baynard Street in die Mott Street ein, aus der Pell Street näherte sich eine Gruppe von zehn Flying Dragons. Die Tung On schlenderten zur Mott 66, zum Kellereingang unterhalb des Restaurants Western Villa. Einer der Jungen klopfte an die Tür der On-Leong-Spielhölle. Die Tür wurde einen Spaltbreit geöffnet, und die Tung On verschafften sich mit gezückten Pistolen gewaltsam Zutritt.

Zur selben Zeit drangen die Flying Dragons auf der gegenüberliegenden Straßenseite in das Kellergeschoß des Restaurants Hong Fat ein. Der Raum wimmelte von Chinesen, die ihrer Leidenschaft frönten: reiche Kaufleute, die Tausende von Dollars beim Sik-Bo-Würfelspiel riskierten; Fabrik- und Küchenarbeiter, die in einer Stunde am Fan-Tan-Tisch drei- oder vierhundert Dollar verloren, das gesamte Geld, das sie in einer zweiundsiebzigstündigen Sechstagewoche verdient hatten; alte, verhutzelte Männer, deren Leben auf Zigarettenqualm und Dreizehn-Karten-Poker reduziert war. Die Geräusche ihrer Leidenschaft klangen wie eine gewaltige, grelle Symphonie – wie der ausgelassene Lärm einer Hochzeitsfeier, der sich mit den Wehklagen einer Beerdigung und dem Gebrüll von

Schlachttieren mischte und in schrillen Wellen der Hysterie auf und ab wogte. Als sich die Kunde von den Eindringlingen im Raum verbreitete, änderte sich nur die Klangfarbe der Hysterie: Der Lärm wurde verhaltener und weniger hektisch und ging von Leidenschaft in Entsetzen über. In die rasch einsetzende Stille platzte ein einziges trauriges *»Diu«*. Es stammte von einem Spieler, der an diesem Abend eine Glückssträhne gehabt hatte.

Der Ghost Shadow neben der Eingangstür legte sich flach auf den Boden, wie man es ihm befohlen hatte, aber es war ein weiterer Ghost Shadow im Raum, den die Dragons übersehen hatten. Er löste sich aus der Menschentraube, die sich im hinteren Bereich des Lokals, in der Nähe des Paigow-Tisches, gebildet hatte: neunzehn Jahre alt, beherzt und wild entschlossen, Gesicht zu beweisen, um endlich aus der Gang in den Dong aufsteigen zu können. Es war zu schaffen, sagte er sich. Er war flink, die Götter waren mit ihm, und andere im Raum würden seinem Beispiel folgen. Die Mündung seines Revolvers hatte beinahe das Genick des ersten Dragons in seiner Nähe erreicht, als ihn die anderen entdeckten. Er drückte ab, und im selben Moment wurde auch auf ihn gefeuert. Es gab keine weiteren Schüsse, keine weiteren Toten. Die Dragons gingen zu den Spieltischen. Drei von ihnen steckten die Pistolen in ihre Gürtel und zogen Jutebeutel aus ihren Gesäßtaschen. Das Bargeld wurde von den Tischen geklaubt, und dann forderte man die Spieler auf, das gesamte Bargeld herauszurücken, das noch in ihren Jackentaschen steckte, zusammen mit allem Schmuck, den sie trugen. Einer der Spieler tat so, als würde er seinen goldenen Ehering nicht vom Finger bekommen. Einer der Dragons holte ein großes Schnappmesser hervor, ließ die Klinge herausschnellen, packte das Handgelenk des Mannes und durchtrennte den Fingerknöchel des Mannes, noch bevor dieser Zeit hatte, seine kleine Inszenierung aufzugeben. Als sich die Dragons aus dem Staub gemacht hatten, schleppte man die beiden Leichen nach draußen und ließ sie ein paar Häuser weiter auf dem Bürgersteig liegen. Ein Mann schloß einen nahe gelegenen Keller auf und holte einen Wasserschlauch heraus, mit dem er das Blut fortspülte, so gut es ging.

Die Tung On hatten achtzehntausend Dollar erbeutet, die Flying Dragons siebenundzwanzigtausend. Im Shang Chung Tea Parlour in der Pell Street, wo die Fuk Chow zu ihnen stießen, gerieten sich die Parteien bald in die Haare. Da sie das meiste erbeutet und einen Mann verloren hatten, erhoben die Flying Dragons Anspruch auf einen größeren Anteil der Beute.

Mit den Worten *»Jian poutungwa«* bat ein Fuk Chow die Anwesenden, sich jener von den Kommunisten oktroyierten Einheitssprache zu bedienen, die alle jungen Chinesen verstanden.

Dieses Teehaus befinde sich auf dem Territorium der Dragons, sagten die Tung On. Es wimmelte nur so von Dragons, doch Recht mußte Recht bleiben. Ohne uns, sagte der Fuk Chow, hätte niemand etwas erbeuten können.

»Fünfundvierzigtausend geteilt durch drei«, sagte ein Tung On. »Macht für jede Gang fünfzehn.«

»Minus fünf für die Beerdigung unseres Toten«, sagte der Anführer der Flying-Dragon-Gruppe.

»Sa nú né«, zischte ein Fuk Chow: Fick doch deine Mutter!

»Eine Beerdigung kostet bloß achtzehnhundert. Und Ng Fook nimmt nicht mehr als fünfzehnhundert.«

»Cheung Lung macht's schon für zwölf«, sagte einer der Fuk Chow.

»Bei Cheung Lung knabbern einen die Ratten an. Meinem Onkel haben sie da das ganze Gesicht weggefressen«, sagte der jüngste der Flying Dragons, ein knapp dreizehnjähriger Junge.

»Fünftausend für die Beerdigung des Toten«, wiederholte sein Boß.

»Sollen sich doch die Toten um die Toten kümmern«, meinte ein Fuk Chow.

Überall im Raum begannen Flying Dragons auf bedrohliche Weise zu lachen.

»*Diu nei loumou*«, sagte einer der Dragons am Tisch: Fick doch deine Mutter!

»Okay«, sagte einer der Tung On, »fünf Riesen für den Toten. Und jetzt laßt uns endlich das Geld aufteilen. Vierzigtausend durch drei. Das macht wieviel?«

Einer der Fuk Chow hatte es schon ausgerechnet: »Dreizehntausenddreihundertdreiunddreißig ...«

Einige der Jungen begannen damit, die Scheine zu sortieren, indem sie verschiedene Haufen bildeten: Hunderter, Fünfziger, Zwanziger, Zehner, Fünfer und Einer.

»... und dreiunddreißig Cent«, fuhr der Fuk Chow fort.

»Zwei Flying Dragons unterbrachen das Sortieren und warfen ihm einen Blick zu.

Das Geld wurde aufgeteilt. Anschließend breitete man den Schmuck auf dem Tisch aus.

»Wir suchen uns abwechselnd was aus«, sagte ein Tung On.

Ein 5karätiger Diamantring stach aus dem übrigen Glitzerkram heraus.

»In Ordnung«, sagte ein Fuk Chow, die Augen auf den Diamanten geheftet, »aber wir dürfen anfangen.«

»Wieso?« fragte ein Flying Dragon.

»Weil wir die Sache angeleiert haben.«

Der Flying Dragon kniff die Augen zusammen, so als müßte er sich dieses Argument erst durch den Kopf gehen lassen. »In Ordnung«, sagt er gleichmütig. Ihm konnte es egal sein. Er hatte sich vorhin einen noch größeren Diamanten geschnappt und in seinen Jockeyshorts verschwinden lassen.

Der Fuk Chow entschied sich für den großen Diamanten. Oder für das, was die Jungen für einen Diamanten hielten: Denn dieser Stein war, wie der in der Unterhose des Dragons, nichts weiter als ein geschliffener Zirkonkristall.

Ein Flying Dragon, der vor der Teestube Wache schob, sah mehrere Ghost Shadows in die Pell Street einbiegen, in der sie nichts zu suchen hatten. Doch dieser Anblick überraschte ihn keineswegs, denn in dieser Nacht existierte kein *li* mehr: Alle Grenzen waren übertreten, alle Territorien mißachtet worden. Der Wachtposten stürzte ins Lokal und schrie: »*Gwái yíng!*« – »Ghost Shadows!«

Mehrere Flying Dragons, Tung On und Fuk Chow sprangen mit gezückten Pistolen zur Tür. Die Ghost Shadows rückten immer näher. Ein Flying Dragon jagte einen Schuß in ihre Richtung, der sein Ziel jedoch weit verfehlte. Die Ghost Shadows hielten an, spritzten auseinander, zogen ihre Waffen und machten sich auf den Rückzug. Vor dem Teehaus brach Gelächter und lautes Stimmengewirr aus: »*Mou min gwái yíing!*« – »Die Ghost Shadows haben ihr Gesicht verloren!«

Die Jungen widmeten sich wieder dem Schmuck. Jemand holte eine Flasche Scotch hervor, deren Inhalt in Teetassen gefüllt wurde. Man stritt sich über die Frage, ob ein Paar rubinbesetzter Manschettenknöpfe zusammengehörte oder als zwei Beutestücke galt. Draußen bremste ein Auto mit quietschenden Reifen. Ein Ziegelstein flog durch die Fensterscheibe, und die daran befestigte angezündete Dynamitstange legte das Lokal in Schutt und Asche und ließ Glas, Gold, Mörtel und kleine flammende Drachenschwänze aus blutigem Fleisch auf die Kofferraumhaube des davonrasenden Autos prasseln.

Als etliche Stunden später, im ersten Licht des Morgengrauens, einer von Giuseppe Di Pietros grünen, zerbeulten Matilda-Müllwagen auf seiner täglichen Tour die Bowery entlangrumpelte, war die unmittelbare Umgebung des zerbombten Lokals in der Pell Street kreuz und quer mit gelbem Tatortmarkierungsband abgesperrt. Matilda Nr. 7 stoppte kurz vor dem Chatham Square, und der vierzehnjährige asiatische Junge, der auf dem hinteren Trittbrett des Müllwagens mitgefahren war, sprang auf die menschenleere Straße und hastete in die Division Street. Als er die gläserne Eingangstür des Dongs Tung On erreicht hatte, schaute er sich vorsichtig um, holte eine Dose mit schwarzer Krylon-Farbe aus dem Hosenbund und sprühte schnell und fachmännisch sechs Striche auf die

Tür, groß und weithin sichtbar: das Schriftzeichen *séi* und drei Vieren, das Symbol des Todes. Dann huschte er über die Bowery und verschwand in der Pell Street. Auf die Tür des Dong Hip Sing, nur wenige Meter von der gelben Absperrung aus Tatortmarkierungsband entfernt, sprühte er ein weiteres Todessymbol. Anschließend spurtete er in die Mott Street, um die Tür der On Leong zu beschmieren. Als er damit fertig war, flitzte er zur Canal Street, die er im Laufschritt überquerte. Er schleuderte die Krylon-Dose in den Rinnstein und verschwand in den engen Straßen nördlich der Canal Street. Nur die ramponierte, notdürftig mit Sperrholzplatten vernagelte und ebenfalls mit gelbem Tatortmarkierungsband versehene Tür der Fuk-Ching-Zentrale am East Broadway blieb so, wie sie bei Sonnenuntergang ausgesehen hatte.

14

Johnny hatte geahnt, daß es so kommen würde, doch er hatte nicht gewußt, wann. Seine Verankerung in der normalen Alltagsrealität war mit jedem Tag lockerer geworden, und das in seinem Inneren herrschende, unheimliche, aufregende Durcheinander von Vorahnungen und Erwartungen hatte dieses Fundament immer heftiger erzittern lassen. Die Welt schien zusehends diffuser zu werden, märchenhafter und lebendiger, aber auch bedrohlicher – eine Landschaft unaussprechlicher Möglichkeiten des Kummers und der Angst, bevölkert von jenen traurigen Schatten, denen man im verwunschenen, finsteren Wald eines Traums begegnete, beunruhigend, verlockend und verhängnisvoll, ein düsterer Strom, der in seinen Adern pulsierte. Und nun, angesichts der apokalyptischen Ouvertüre des alten Giuseppe, hatte sich dieses Fundament ganz plötzlich verschoben, mit einem Gefühl des Unwiederbringlichen und Unwiderrufbaren. Als die Blutorgie in den Sechs-Uhr-Nachrichten des gestrigen Abends serviert worden war, reißerisch aufgemacht und mit wilden Spekulationen durchsetzt, hatte er gespürt, wie er von jener Traumflut in seinem Blut davongerissen wurde, mit einem leichten Schauder der Endgültigkeit, so als hätte er sich für immer von der Welt der bequemen Unwissenheit losgerissen, welche die Menschen in allgemeiner Verblendung verband. In diesem Moment schien es ihm, als sei genauso plötzlich der Sommer angebrochen. Die unheimliche Veränderung des Lichts, jener finstere Wald in seinem Inneren, erschien ihm wie eine schwüle Dämmerung am Tagesende der Welt, wie er sie gekannt hatte. Die Nacht senkte sich herab, und mit ihr schwand seine Weigerung, an Dämonen zu glauben, und die Mauern, die seine Vorstellung vom Möglichen und Unmöglichen umfriedet hatten, begannen zu zerbröckeln.

In dieser sommerlichen Abenddämmerung empfand er Diane als eine Fremde – eine Fremde freilich, die all das verkörperte, was er nicht zurücklassen wollte: eine Verkörperung, deren Bild, deren Liebe und deren Segen er mit sich nehmen wollte, wie ein Kruzifix am Hals, wie einen Revolver, wie einen heiligen Gedanken, der ihn durch die bevorstehende Nacht begleiten würde.

Im Augenblick saß er ihr gegenüber und bewahrte sich ihren Segen, ihre Hingabe und ihre Blindheit mit einer Lüge. Denn in dieser Dämmerung – soviel wußte er – würde es zwischen zwei Seelen keine ungeschminkte Wahrheit geben können. Doch darüber hinaus steckte hinter seiner Lüge etwas Boshaftes und Gemeines, denn ihm war klar, daß er den Segen und den Revolver ihrer Liebe nur so lange schätzen würde, wie er auf sie angewiesen war, nur für die Dauer jener finsteren Nacht, die sich vor ihm auftat. Er konnte sich jetzt schon dabei beobachten, wie er die Kette von seinem Hals riß, den Revolver fortwarf und Diane, wie die alten Knaben immer zu sagen pflegten, gegen zwei Zwanziger eintauschte, sobald sie vierzig geworden war.

Diese Verabredung zum Mittagessen war seine Idee gewesen. Und bislang, während der Sauerscharfsuppe und des getrockneten Würzfleischs, war die Sache gut gelaufen. Als das General-Soundso-Hühnchen und der Buddha-Kram serviert wurden, hatte er erreicht – mit viel Süßholzgeraspel, in das er hin und wieder bei den Anonymen Alkoholikern aufgeschnappte Persönlichkeitsentfaltung-durch-Abstinenz-Sprüche eingestreut hatte –, daß sie ihn entspannt anlächelte. Doch dann hatte er sie kalt erwischt.

»Wie soll ich das verstehen? Du wirst ›für eine Weile weg sein‹?« Sie ließ ihre Eßstäbchen fallen und sah ihn mit diesem Blick an, bei dem scharfe Messer aus ihren Augen schossen.

»Es ist was rein Geschäftliches.«

»Und was für Geschäfte sind das bitte? Willst du mir vielleicht weismachen, daß in Paris eine internationale Müll-Konferenz oder so was stattfindet?«

Johnny seufzte demonstrativ, um den Spieß dergestalt umzudrehen, daß er als das Opfer ihres Sarkasmus und ihres mangelnden Verständnisses dastehen würde. Doch sie fiel nicht darauf herein.

»Das tue ich für uns beide«, sagte er. »Du willst doch sicher auch, daß es uns auf dieser Welt einigermaßen gutgeht, oder?«

»Du tust das für uns beide? Dann sollten wir auch gemeinsam fahren. Wohin zum Teufel soll es überhaupt gehen?«

Sein Reisepaß und das Hin-und-Rückflug-Ticket nach Mailand lagen auf der Kommode in der Wohnung in Manhattan. »Meine endgültige Reiseroute steht noch nicht fest. Ich weiß bloß, daß mir ein Haufen Arbeit bevorsteht. Doch wenn alles klappt, könnte das unsere große Chance sein.«

»Wovon redest du eigentlich? Deine ›Reiseroute‹? Seit ich dich kenne, hat dich dein Job nie über das New Yorker U-Bahn-Netz hinausgeführt.«

»Na ja, es ist allerhöchste Zeit, daß ich beruflich vorankomme. Anspruchsvollere Aufgaben, bessere Jobs. Tut mir leid, daß du das nicht auch so siehst. Ich hatte gehofft, daß du dich für mich freuen würdest. Für uns beide. Doch, das hatte ich wirklich gehofft.«

Wenn sie ihm das abkaufte, hatte er so gut wie gewonnen. Doch an ihrem Tonfall konnte er nicht erkennen, ob sie ihm wirklich auf den Leim gegangen war.

»Erzähl mir doch mal, worum zum Teufel es bei dieser Geschichte geht. Oder haben sie dir das auch noch nicht sagen können?«

Er seufzte noch einmal, genauso demonstrativ wie vorhin. »Onkel Joes Müllverwertungsanlage in New Jersey. Da wird der Müll sortiert. Das meiste davon wird per Schiff nach Süden verfrachtet, nach Virginia. Fünfundvierzig Dollar pro Tonne. Nun gibt es einige Länder ohne natürliche Papierressourcen. Mit anderen Worten: Dort gibt es keine Bäume. Und denen wollen wir unseren Altpapierbrei verkaufen.« Das entsprach sogar der Wahrheit, allerdings waren die entsprechenden Verträge schon lange in

Kraft, und das Altpapier wurde bereits nach Übersee verschifft. Mit diesen Müllfrachtern wollten Joe und Tonio das Heroin transportieren. »Vergiß die Gewerkschaft, Sektion 958 und diesen Kram. Und die Sektionen 813 und 23 kannst du ebenfalls vergessen. Diese Sache ist ein Bombengeschäft. Und wenn alles glattgeht, werde ich einen Haufen Geld machen.«

Sie schien verwirrt, unschlüssig. Das war gut.

»Du redest also von Europa?« Ihre Stimme klang nun eher melancholisch als streitsüchtig.

»Richtig.«

»Du hast doch immer davon gesprochen, daß wir mal zusammen nach Europa reisen würden.«

»Werden wir auch. Wenn die Sache klappt, werden wir das auch tun.«

Ihre Finger berührten die Eßstäbchen, zum erstenmal, seit er ihr die Neuigkeit beigebracht hatte.

»Glaub mir«, sagte er, »richtig freuen tue ich mich nicht auf diesen Job. Das bedeutet Arbeit, verdammt viel Arbeit. Und einen Haufen Streß dazu.«

»Und wenn dir der Streß zuviel wird? Wenn du deswegen wieder mit dem Alkohol anfängst?«

»Keine Bange, das passiert nicht. Garantiert nicht.« Er legte eine kurze Pause ein. »Ich nehme das blaue Buch mit, und die eine oder andere Telefonnummer habe ich auch dabei.«

»Und wenn so ein kleines süßes Ding mit dir rumturteln möchte?«

Etwas wie ein Lächeln huschte über ihr Gesicht. Das war das Signal, auf das er gewartet hatte. Er schüttelte den Kopf, grinste und lachte sanft. »Damit wirst du wohl nie aufhören, was?«

»Ich liebe dich eben.«

»Und ich liebe dich.«

Das stimmte: Es waren die einzigen wahren Worte in seinem Lügengespinst. Doch seine Gefühle wurden zunehmend in den Hintergrund gedrängt, lösten sich auf in der beklemmenden Ahnung von etwas Ungeheuerlichem, das in der Dämmerung auf ihn lauerte – die Sturmfront einer gewaltigen, elementaren Erregung, in deren Sog er geraten war, etwas, das Seelen verschlang und den Wesensgehalt von Wahrheit und Lüge gleichermaßen ausbluten ließ. Doch es waren nicht nur seine Gefühle, die von dieser Veränderung überschattet wurden. Dianes Worte waren genauso falsch gewesen wie seine eigenen.

Onkel Joe saß im Club und blinzelte vornübergebeugt durch seine Zweistärkenbrille und ein Vergrößerungsglas auf die pinkfarbenen Seiten des *Il Sole 24 Ore*. Er studierte den Geldmarkt und die Aktienkurse. In seiner Nähe, an einem anderen Tisch, saß ein großer, dünner, etwa dreißigjähriger Mann, der an einem Wodka-Soda nippte und Löcher in die Luft starrte. Joe blickte kurz auf, als Louie Bones das Lokal betrat, und bat ihn, die Tür zu schließen. Louie drehte sich um und sagte etwas zu den Männern, die draußen vor dem Eingang standen. Dann machte er die Tür hinter sich zu. Er setzte sich zu Joe an den Tisch und schaute zu dem großen, dünnen Mann hinüber.

»Los, zeig's ihm«, sagte Joe zu dem dünnen Mann, wobei seine Augen durch das Vergrößerungsglas auf die Zeitung starrten.

Der dünne Mann nickte, stand auf und rückte an seinem Tisch einen Stuhl für Louie zurecht. Dann nahm er eine Packpapiertüte, die auf dem Fußboden stand, und stellte sie auf den Tisch.

»Paß auf, Lou!« sagte der alte Mann, noch immer in seine Lektüre vertieft. »Der Junge ist wirklich gut.«

Der dünne Mann holte einen Eierkarton aus der Tüte, den er neben sich auf den Tisch stellte. Anschließend griff er noch einmal in die Tüte und zog einen Tischtennisball heraus, den er mit zwei Fingern in die Luft hob, um ihn Louie zu zeigen. Als Louie sah, daß die Hand des Mannes zitterte, schaute er kurz zu Onkel Joe hinüber, und dann blickte er dem Pingpongmann direkt in die Augen. Dabei reckte er eine Hand in die Höhe und schnitt eine erwartungsfrohe Grimasse.

Der dünne Mann legte den Tischtennisball auf den Tisch und holte einen zweiten aus der Tüte, den er in zwei kleine, weiße, hohle Halbkugeln zerlegt hatte. Eine dieser Halbkugeln war in der Mitte durchbohrt und wies ein sauberes, kleines Loch mit einem Durchmesser von einem halben Zentimeter auf. Der dünne Mann nahm die andere, unversehrt gebliebene Halbkugel zwischen zwei Finger seiner zittrigen linken Hand und legte seinen rechten Zeigefinger in den Hohlraum. Dann begann er zu sprechen.

»Hier kommt ein kleiner Klumpen C-4 Plastiksprengstoff rein. Anschließend wird der Sprengstoff mit einer Schicht Kaliumchlorat bedeckt, und darauf kommt noch eine Schicht Schießpulver. Dann fügt man den Ball wieder zusammen und versiegelt die Nahtstellen mit ein paar Tropfen Silikonkleber.« Er griff noch einmal in die Tüte und entnahm ihr ein winziges, etwa zweieinhalb Zentimeter langes Reagenzglas mit einem Durchmesser von einem halben Zentimeter. Er hielt das Glasröhrchen mit zwei Fingern seiner linken Hand fest und klopfte mit dem rechten Zeigefinger gegen das untere Ende. Erst in diesem Augenblick fiel Louie auf, daß die Fingernägel des Mannes bis auf das nackte, rosige Fleisch abgeknabbert und zu splittrigen, kalkfarbenen Halbmonden zusammengeschrumpft waren. Er beobachtete, wie der verunstaltete Nagel des Zeigefingers langsam und zitternd am Reagenzglas emporglitt, während der Mann weitersprach: »Dieses Röhrchen wird mit einer kleinen Pipette zu zwei Dritteln mit konzentrierter Schwefelsäure gefüllt.« Er holte einen klitzekleinen Korken aus der Tüte und drückte ihn fest in die Öffnung des Reagenzglases. Dann schob er es, mit dem Korken nach unten, so weit durch das Loch in der durchbohrten Hälfte des Tischtennisballs, bis es etwa zur Hälfte in der Halbkugel verschwunden war. Er fuhr mit dem Zeigefinger rund um die Stelle, aus der das untere Ende des Reagenzglases ragte. »Und das hier wird fein säuberlich mit Silikonkleber versiegelt«, sagte er.

»Die Säure braucht zirka drei bis sechs Stunden, bis sie

sich durch den Korken gefressen hat. Die Zeit hängt vom jeweiligen Zustand und der Dichte des Korkens ab. Wenn sich die Säure durchgefressen hat und mit dem Schießpulver und dem Kaliumchlorat in Berührung kommt, findet eine chemische Reaktion statt, die zu einer schwachen Explosion führt. Diese wiederum entzündet den C-4-Klumpen, was zu einer größeren Explosion führt. Da man nur eine kleine Menge C-4 benutzt, ist die Explosion nicht besonders stark. Das Zeug hat es freilich in sich. Es entwikkelt seine Sprengkraft durch die Art der Explosion: Der Sprengstoff geht in einen gasförmigen Zustand über, dessen Ausdehnungskraft enorm ist. Die von der Explosion hervorgerufenen Druckwellen entwickeln eine Geschwindigkeit von etwa achttausend Metern pro Sekunde. Und bei der Menge C-4, die in diesem Fall benutzt wird, hat so ein Pingpongball mindestens die Sprengwirkung einer halben Stange Dynamit. Natürlich wird es immer ein paar Blindgänger geben – das hängt davon ab, wie diese Dinger losgehen.

Ich kann Ihnen sagen, da draußen gibt es Firmen – Läden wie Microtek oder Ronald T. Dodge; fragen Sie mich nicht, warum, aber die sitzen alle in Ohio –, also diese Firmen haben sich für diese Sache einen netten, zugkräftigen Namen einfallen lassen: Mikroverkapselung.«

Louie konnte sich nicht zurückhalten: »Und die benutzen auch Tischtennisbälle?«

Der dünne Mann verstand dies als eine ernstgemeinte, wenn auch ein bißchen naive Frage. »Nein«, antwortete er. »Aber das Prinzip ist dasselbe.«

Er klappte den Eierkarton auf: Jede seiner sechs konkaven Einbuchtungen war in der Mitte mit einem Loch versehen, das so bemessen war, daß das überstehende Ende des Reagenzglases bequem hindurchpaßte. »Natürlich«, sagte er, »muß man seine Pingpongbälle, bis man sie benutzen möchte, auf diese Weise transportieren, das heißt, mit dem Korken nach oben.«

Louie starrte einen Moment lang auf das Gesicht des dünnen Mannes und beobachtete ihn dabei, wie er den letzten Schluck seines Wodka-Soda hinunterkippte. Dann wandte er sich an Onkel Joe, der nun nicht mehr durch sein Vergrößerungsglas guckte, sondern Louie in die Augen sah und dabei leise vor sich hin kicherte.

»Wo zum Teufel hast du den denn aufgegabelt?« fragte er Joe, während er den dünnen Mann mit einem halbherzigen Lächeln anschaute.

»Ach, keine Sorge, Lou, der Junge ist in Ordnung. Hat ein paar harte Schicksalsschläge einstecken müssen, aber man kann sich auf ihn verlassen.«

Der dünne Mann lächelte unterwürfig, nervös.

»Also, Lou«, fuhr der alte Mann fort, »ich möchte, daß ihr beide, du und unser Kumpel hier, unsern anderen Kumpel besucht.«

»Unsern anderen Kumpel«, murmelte Louie.

»Er erwartet dich. Unser Kumpel hier soll ihm zeigen, was Sache ist. Die beiden werden zusammen eine Reise machen, ein bißchen Sonne tanken und nebenbei einen kleinen Job erledigen. Unser Kumpel hier weiß, was er zu tun hat, und unser anderer Kumpel weiß auch, was er zu tun hat. Wenn die beiden da drüben angekommen sind, wird sie jemand abholen, und der wird ihnen so viele Pingpongbälle geben, wie sie brauchen.«

Er wandte sich an den dünnen Mann. »Paß auf, was Louie dir sagt, und sieh zu, daß du mit unserm Kumpel gute Arbeit leistest. Du fliegst hin, erledigst den Job, kommst wieder zurück, und dann meldest du dich bei mir.«

Er zog ein Stück Papier aus seiner Hemdtasche und gab es Louie: »Hier, das ist unser anderer Kumpel.«

Louie warf einen Blick auf den Zettel. »Was soll denn das sein? Ein verdammter *albanes'*-Fluch oder so was?«

»Ach, laß dich einfach überraschen. Du weißt doch, ich habe auf dieser Welt alle möglichen Kumpel.«

»Dir ist noch nie 'n Mann über den Weg gelaufen, den du nicht gemocht hast, was, Joe?«

»So ungefähr.«

Louie ließ sich und den dünnen Mann von Frankie Blue

zu der Adresse auf dem Zettel fahren. Es war, wie sich bald herausstellte, ein rund um die Uhr geöffnetes Peep-Show-Etablissement nahe der nordwestlichen Ecke von 27th Street und Sixth Avenue. Louie grinste und schnaubte verächtlich auf, als der Wagen an den Bordstein fuhr und zum Stehen kam.

»Hey, Frankie, ich glaube, dein *cumpare* hat seinen verdammten Verstand verloren.« Dies sollte ein Scherz sein, und Frankie verstand es auch so. Doch als Louie diese Worte aussprach, schmeckte er ein Körnchen Wahrheit heraus, ein Körnchen, das er einfach hatte ausspucken müssen. Während es von Tag zu Tag realer wurde, entpuppte sich dieses ganze teuflische Komplott nicht als eine Vision, die allmählich feste Konturen annahm, sondern als ein Alptraum, der zur nackten Wirklichkeit wurde. Und dann, gestern abend, der Gesichtsausdruck des alten Mannes, der Tonfall, in dem er diese Worte ausgesprochen hatte, *darauf bin ich im Traum gekommen* – Louie konnte noch immer den Luftzug jener gespenstischen Brise fühlen, die sein inneres Gleichgewicht erschüttert hatte. Ihm war der Gedanke gekommen, daß der alte Joe auf seinem Weg zum Grab vielleicht keine Skrupel hatte, die Welt mit in den Abgrund zu reißen. Vielleicht genoß er diese Vorstellung sogar. Louie hatte Opfer einer nutzlosen Chemotherapie gekannt, Männer ohne ein Haar am Leib und mit violett angelaufenen Lippen, die Geschäfte mit Atomsprengköpfen in die Wege geleitet hatten. Er hatte von Männern gehört, die an AIDS starben und andere absichtlich infiziert hatten, mit der Injektionsnadel oder ihrem Schwanz. Aber Louie kannte Joe von Kindesbeinen an, und diese Gedanken, sagte er sich, waren eher vage Spukbilder als begründete Befürchtungen. Trotzdem stand für Louie eine Sache fest, eine absolute Wahrheit, die über allem anderen thronte: Niemand konnte in den Kopf eines anderen Menschen schauen.

Der dünne Mann klemmte sich die Packpapiertüte unter den Arm und folgte Louie durch die Eingangstür in einen langen, schmalen Raum. Aus einer großen schwarzen Lautsprecherbox, die neben der Tür auf dem Fußboden stand, dröhnten exotische Perkussionsklänge und Gesang in einer noch exotischeren Zunge: *»Awa ewe iwoyi . . .«* An der linken Wand des Raums befanden sich Regale mit Videokassetten. An der rechten Wand stand eine Reihe von Videokabinen. Ein spindeldürrer, schleimgesichtiger Mann von undefinierbarer ethnischer Abstammung schlurfte durch den Raum und zog einen klitschnassen, nach Lysol stinkenden Scheuerlappen hinter sich her, mit dem er in den Videokabinen verschwand. Mit jedem Schritt, den Louie und der dünne Mann machten, schien der Inhalt der Videokassetten in den Regalen schauriger zu werden. Grellbunte Plastikverpackungen wichen neutralen Pappschachteln, auf denen zweifarbige Etiketten mit englischen, deutschen oder japanischen Titeln klebten: *Stump Lovers, Pißwütig, Up Her Ass and Piss in Her Mouth, Zum Dinner Scheiße.*

Am hinteren Ende des Raums befand sich ein Tresen, hinter dem ein weiterer schleimgesichtiger Mann stand. Rechts von ihm war ein schmutziges weißes Telefon an die Wand montiert, und darunter befand sich eine ebenso schmutzige pinkfarbene Tür.

Louie wollte den Namen aussprechen, der auf dem Zettel notiert war, doch die sperrigen Silben kamen ihm nur als kryptische Frage über die Zunge: »Alhaji . . . Shehu . . . Musa?«

Der schleimgesichtige Mann drehte sich um und pochte an die pinkfarbene Tür. Die Tür ging auf, und ein rundlicher Schwarzer erschien. Sein eisblauer Seidenanzug und das schwarze, gemusterte Hemd, das er dazu trug, stammten, wie fast seine gesamte Garderobe, aus jenem fünf Häuserblocks umfassenden Haute-Couture-Eldorado auf der Eight Avenue, das sich von Penguini Men's Fashion im Süden bis zu Farouk Clothing (›Wo ein Mann für weniger nach mehr aussehen kann!‹) im Norden erstreckte. Er grinste breit und nahm Louies Hand zwischen seine Hände, die sich klebrig und feucht anfühlten.

»Es ist mir eine Ehre«, sagte er in einem sonderbar akzentuierten Englisch. Er nahm Louies Hand, beugte sich darüber und gab ihm einen Kuß auf die Fingerknöchel. Anschließend begrüßte er den dünnen Mann in derselben Manier.

Louie hob noch einmal die Augenbrauen. Dieses Gesabber und dazu noch *Zum Dinner Scheiße* – das war mehr, als er an einem Tag verkraften konnte. Die Lippen des Mannes waren genauso unangenehm gewesen wie seine Handflächen.

»Bitte«, sagte der rundliche Mann, machte einen Schritt zur Seite und wies auf die geöffnete pinkfarbene Tür. Louie wollte eintreten, kam aber nicht am Bauch seines Gastgebers vorbei. Der rundliche Mann kicherte. Dann entschuldigte er sich und ging vor Louie durch die Tür. »Jaja«, erklärte er, »die Yamswurzeln sind noch mal mein Untergang.« Er kicherte noch ein bißchen mehr.

Der Raum, den sie betraten, war kaum größer als eine Abstellkammer. Es gab keinen Platz, geschweige denn Stühle, für die drei Männer. Die Wände hatten denselben grellen Farbton wie die Tür; an ihnen prangten, in billigen Plastikrahmen, eine Fotografie, die das grinsende Konterfei und das Autogramm von Chief Commander Ebenezer Obey präsentierte, ein Schreiben, mit dem das Büro von General Ibrahim Babangida den Empfang einer Weihnachtspostkarte bestätigte, Aufkleber, denen zu entnehmen war, daß Alhaji Shehu Musa Mitglied der Police Athletic League und der American Automobile Association war, sowie ein Polaroidfoto, das ihn selbst zeigte, flankiert von zwei aus ihren Badeanzügen quellenden, kurvenreichen weißen Frauen mit Hundegesichtern. Im Raum herrschte ein unangenehmer Geruch. Louie und der dünne Mann entdeckten die Quelle des Gestanks: eine Aluminiumschale aus einem Außer-Haus-Verkauf-Imbiß mit irgendeiner Pampe, die dieselbe graugrüne Farbe aufwies wie die Gesichter des Scheuerlappen-und-Tresen-Personals im Kundenraum. Direkt daneben befanden sich eine verkrustete Plastikgabel, eine zerknüllte, schmierige Papierserviette und ein angebrochener Karton mit Yoo-

Hoo-Schokomilch. Der übrige Raum wurde von einem Waschbecken, einer Klosettschüssel und einigen Pappkartons mit Videokassetten in Beschlag genommen. Ein kurzer Blick auf die Titel verriet Louie, daß diese Filme, anders als *Zum Dinner Scheiße*, nicht zu jener Sorte gehörten, die man offen ins Regal stellen konnte. Die Schutzhüllen von *Wild Child* oder *Winter in Holland* zeigten kleine Kinder und Heranwachsende, die ihre haarlosen oder pubertären Genitalien erkundeten. Auf anderen Hüllen waren bloß die Titel wiedergegeben: *Die Kastration, Mit dem Messer in die Möse, Sacrifice, Baby Love.*

»Bitte«, sagte der rundliche Mann, »bedienen Sie sich.« Und dann, als er Louies Gesichtsausdruck bemerkte: »Natürlich nur, um das Zeug weiterzuverkaufen.« Louies Miene hellte sich nicht auf, und der rundliche Mann lächelte ihn entschuldigend an. »Ich wollte nur, daß Sie sich wohl fühlen, aber vielleicht habe ich's mit der Gastfreundschaft ein bißchen übertrieben«, sagte er. »Meine Behausung ist, wie Sie sehen, bescheiden, aber meine Freude über Ihren Besuch kennt keine Grenzen.«

Louie nickte kurz. »Sie wissen, warum wir hier sind, nicht wahr?«

Der rundliche Mann nickte beflissen. Er hielt sich nicht für einen gewöhnlichen *dudu*: Dafür, daß er vor nur dreißig Jahren im Lafiaji-Viertel von Lagos zur Welt gekommen war, hatte er in Amerika einen kometenhaften Aufstieg erlebt. Die Beziehungen zu seinem Heimatland hatte er nie abreißen lassen, und inzwischen hatte er es zum Kopf des größten nigerianischen Heroinschmugglerrings, der Yaba-Gruppe, gebracht. Darüber hinaus unterstanden seinem persönlichen Kommando mehr als drei Dutzend seiner Landsleute – die meisten davon Yoruba, wie er selbst, aber auch einige Haussa, Ibo und Fulani –, die auf den Straßen von Midtown Manhattan einen schwunghaften Handel mit nachgemachten Rolex-Uhren und Hermés-Schals betrieben. Und über seinen Peep-Show-Palast hatte er die Bekanntschaft von Männern italienischer Abstammung gemacht. Die *àwon Itálì* hatten ihm das

Gefühl gegeben, in ihrer Domäne willkommen zu sein, und berechneten ihm Preise, für Waren und den Schutz seiner Geschäfte, die, wie sie ihm versichert hatten, nur Freunden vorbehalten waren oder ebenbürtigen Partnern, die einander respektierten. Über diese Männer hatte sich Oba Joe an ihn gewandt und ihm die große Chance geboten, von der er so lange geträumt hatte. Obwohl es nicht der Wahrheit entsprach, erzählte Alhaji Shehu Musa jedem, der ihm über den Weg lief, er sei ein Yoruba-Prinz und ein großer Häuptling seines Volkes. Diese zusammenfabulierte adelige Abstammung und die Empfehlungen anderer Männer italienischer Herkunft, so glaubte er, hatten Oba Joe dazu bewegt, in seinem Fall eine Ausnahme von jener eisernen Regel zu machen, die es Farbigen untersagte, in den Kreis der Mächtigen aufzusteigen. Was Oba Joe von ihm verlangte, würde einen Verrat an vielen seiner nigerianischen Landsleute mit sich bringen, aber die Belohnung würde seine Tat rechtfertigen. Bald würden andere ihren Nacken beugen, um seine Hand zu küssen. Er würde, wie es in den Fernsehserien hieß, ein gemachter Mann sein.

»Okay, Freunde«, sagte Louie Bones. »Ich werde euch für eine Minute allein lassen, damit ihr die Sache noch mal in Ruhe durchgehen könnt.«

Louie wandte sich ab und verließ den Raum, schlenderte vorbei an den schleimgesichtigen Männern, vorbei an *Zum Dinner Scheiße*, und verließ das Etablissement. Draußen blieb er stehen, atmete tief durch und schüttelte den Kopf.

In einer ausgebeulten grauen Hose und einem zerlumpten Unterhemd, auf dem sich schwarze Flecken aus erbrochenem Blut abzeichneten, saß der alte Chen Fang über einen Mörser gebeugt, den Stößel in der Hand, an dem kleinen Mahagonitisch in der Nähe seines Schlafzimmerfensters. Auf dem Fensterbrett standen eine Blechdose *Drāno* und ein Einmachglas mit Methylfentanyl. Er streute aus beiden Behältern eine etwa gleich große Portion in den Mörser und machte sich wieder an die Arbeit: Er vermischte das körnige Drano mit dem pudrigen Fentanyl, indem er beides zu einem staubfeinen, weißen Pulver zerstampfte.

Mister Joe hatte ihm zwölf Kilo Heroin gegeben, und zwei davon hatte Chen Fang für seinen persönlichen Bedarf abgezweigt. Etwas davon floß gerade durch seine Venen. Es war stark, aber er wußte, daß es bereits verdünnt war. Ihm war bekannt, daß die Makkaroni-Männer ihre Ware mit Chinin oder Mannite Conascenti streckten, einem Mannitprodukt, das in Castelbuono, Sizilien, hergestellt und von den Pacific Laboratories in Santa Monica importiert wurde. Doch sie benutzten noch jede Menge anderer Substanzen: Waschpulver, wodurch das Heroin ein wenig verklumpte, Vitamin B, ja sogar Knoblauchpulver. Eine kleine Prise Fentanyl konnte die Wirkung von schwachem Heroin um das Zehnfache erhöhen; nahm man jedoch zuviel davon, konnte das tödliche Folgen haben. Dieses Heroin, so vermutete er wegen des etwas stärkeren Kicks, den er bei der Injektion gespürt hatte, war mit Chinin versetzt worden.

Er nahm eines der Kilopäckchen, riß die blaue Papierverpackung auf und schüttete den Inhalt in eine große Keramikschüssel. Dann fügte er die Mixtur aus dem Mörser hinzu und verrührte alles mit einem langstieligen Löffel, der einen kleinen Schöpfteil hatte und aus einem Bambusrohrsplitter gefertigt war. Er tauchte den Bambuslöffel in das tödliche Pulver, zog ihn wieder heraus und strich das auf dem Löffel liegende Heroin mit seinem knochigen Zeigefinger auf eine Menge zurecht, die ungefähr einem Zehntelgramm entsprach. Anschließend kippte er den Löffelinhalt in eine kleine Pergamentpapiertüte. Er wiederholte diesen Vorgang – Löffel für Löffel, Päckchen für Päckchen, Kilo für Kilo –, bis ihn der Schmerz in seinen Eingeweiden übermannte. Dann wankte er zur Klosettschüssel, übergab sich, wischte sich das schwarze Blut vom Kinn und legte sich hin. Wenn er sich ein bißchen erholt hatte, stand er wieder auf, schoß sich ein weiteres Quantum Heroin in die Venen und kehrte zu seiner Arbeit zurück.

Aus einem Packpapierumschlag schüttete er ein buntes Sammelsurium kleiner Papierstückchen auf den Tisch: unterschiedliche Etiketten von minderwertiger Druckqualität. Einige waren mit Schriftzügen versehen: *No Mercy, Check Mate, Laundromat, Jungle Fever.* Andere zeigten Symbole: den galoppierenden Reiter, eine Eindollarnote, zwei gekreuzte Schrotgewehre vom Kaliber 30, die ein X bildeten. Es handelte sich um die Markenzeichen, unter denen man das Heroin auf der Straße verkaufte, in der Hoffnung, daß sich zufriedene Konsumenten angesichts des enormen Angebots auf dem Markt in treue Stammkunden einer bestimmten Dealergruppe verwandeln würden. Zwei der beliebtesten und am besten eingeführten Marken, von denen Chen Fang Etiketten im Überfluß hatte, hießen *Body Bag,* ›Leichensack‹, und *DOA,* ›tot bei Einlieferung ins Krankenhaus‹.

Jede der kleinen Pergamentpapiertüten wurde mit einem Etikett versiegelt. Als er die Gummierung der Etiketten anleckte, wurden die von seiner Zunge stammenden Flecken aus Blut und schwarzer Gallenflüssigkeit von Mal zu Mal heller, und mit der Zeit wurde sein Speichel völlig klar, wie der eines Mannes, der morgens aufwachte und aus der Dunkelheit ins helle Tageslicht tauchte.

»Mein lieber Mann!« sagte Louie Bones. »Das sind ja schöne Kreise, in denen du neuerdings verkehrst: Erst dieses verdammte Frettchen mit den Pingpongbällchen und dem Tatterich, und dann dieser stinkende Orang-Utan mit den Schmuddelfilmen!« Louie erzählte Joe von *Zum Dinner Scheiße.*

Joe gab dem Barmann mit einer Handbewegung zu verstehen, daß er noch einen Kaffee haben wollte. *»E qualcosa sucari«*, ergänzte er.

»Er braucht was zum Lutschen«, schrie Louie quer durchs Lokal. »*Vuole leccare u pacchiu.* Los, hol mal die Alte vom Waschsalon rüber. Du weißt schon, die mit den Krampfadern an ihrer *comu si chiam'*.«

Der Barmann grinste und hielt eine Zitronenscheibe in

die Luft. Der alte Mann nickte ihm zu. Dann wandte er sich an Louie: »Du hast dir wohl zu viele von den Filmen des Häuptlings reingezogen, was?«

»›Der Häuptling.‹« Louie schnaubte verächtlich auf.

»Aber klar doch! Der Häuptling ist ein wichtiger Mann«, sagte Joe mit einem schiefen Grinsen.

»Ein wichtiger Mann, *a culu de tu sorella.*« Louie gestikulierte lebhaft und konnte sein Grinsen nicht unterdrücken. Er klopfte sich auf den linken Handrücken. »Der hat mir die verdammte Hand mit seinen Niggerlippen besabbert, dieser von dir so geschätzte Affe. Wie kommt der Kerl auf diesen verdammten *baciaman'*-Scheiß?«

»Ach, stell dich nicht so an! Goo Goos Hund darf doch auch an deiner verdammten Hand lecken. Und dieser Köter ist noch nicht mal italienisch. Das ist 'n verdammter *iresce,* 'n verdammter Irish Setter. Ein irischer Köter und ein beschissener *tizzun'* ... kannst du mir sagen, wo da der Unterschied ist?«

Louie lachte und schüttelte den Kopf.

»Los, Louie, erzähl mal: Wie fühlst du dich so in deiner Haut?« Die Stimme des alten Mannes hatte sich schlagartig verändert. Sie war todernst, genauso wie sein Gesichtsausdruck. »Was hältst du von dieser Reise?«

Louie drückte seine Zunge an die Rückseite eines Eckzahns und saugte mit zusammengepreßten Lippen an einem imaginären Essensrest. Er nickte ruhig und entschieden. *»Sono preparato«*, sagte er, wobei er die Worte mit einer selbstsicheren, ungekünstelten Ernsthaftigkeit artikulierte. *»Sono deciso.«* Ich bin bereit, sagte er, und entschlossen. Manche Männer irritierte Louies Art zu sprechen, seine Eigenart, ständig zwischen italienischen und sizilianischen Begriffen und Wendungen hin und her zu springen, anstatt nur eine dieser Sprachen zu benutzen, um sein Englisch auszuschmücken. Doch in Joes Ohren klang Louies Ausdrucksweise so natürlich und vertraut wie das Zwitschern eines Vogels in seinem Hinterhof.

»Decisu a tuttu?« fragte der alte Mann. Ob er zu allem entschlossen sei?

»*Sì*«, sagte Louie mit fester Stimme, »*sì.*«

»Chen Fang und Billy Sing haben dir alles gesagt, was du wissen mußt.« Der Tonfall des alten Mannes schwebte irgendwo zwischen Feststellung und Frage.

Louie nickte und atmete tief ein.

»Und was ist mit Johnny? Wie denkst du über ihn?«

Louie dachte kurz nach. Noch nie hatte er seine Einstellung zu Johnny in Worte kleiden müssen. »Der Junge läßt sich von niemandem für dumm verkaufen. Und für einen Jungen seines Alters hat er allerhand auf dem Kasten.«

»Er ist kein Junge mehr.«

»Na ja, für mich, in meinem Alter, ist jeder ein Junge, der sein Ding noch hochbekommt.«

»Weißt du, ob er Angst hat?«

»Er läßt sich nichts anmerken.«

»Was soll das heißen?«

»Das mußt du mich fragen? Du weißt doch ganz genau, was ich meine. Jemand, der sagt, daß er keine Angst hat, ist entweder ein verdammter Lügner oder ein verdammter *sciocco,* und ich würde weder dem einen noch dem anderen trauen.«

»Er hat dir also erzählt, daß er Angst hat?«

»Er hat mir überhaupt nichts erzählt. Johnny ist kein *fanfaron'*. Er ist aus einem anderen Holz geschnitzt als diese blöden Lackaffen, die wie die Gockel durch die Gegend stolzieren, mit ihren beschissenen hochtoupierten Haaren und ihren verdammten *finocchiu* Muskelpaketen und im Mund nichts als Scheiße. Er ist anders als die meisten *citrul'*s seines Alters. Er hat hier was drin, und hier hat er auch was drin.« Louie deutete erst auf seine Brust und dann auf seine Schläfe.

»Aber hat er auch die *cugliuni?* Hat er *'a stuffu giustu?*«

»Soll ich dir mal sagen, was ich denke? Ich denke, du liest all das in ihn hinein, was dich selbst beschäftigt, und zwar deshalb, weil Johnny dein einziger Blutsverwandter ist. Vielleicht hast du ja selber Zweifel, und die projizierst du nun in ihn hinein. Vielleicht hast du Angst und meinst, er müsse auch Angst haben.« Louie zögerte. »Vielleicht bist du dir nicht ganz sicher über deine *coglion'*s und liest nun diese Unsicherheit in Johnny hinein. Doch eins ist so sicher wie das Amen in der Kirche, du verdammter alter *capron'*: Wenn das, was in deinem Schädel steckt, tatsächlich auch in Johnnys Schädel steckt, dann müssen wir uns verdammt noch mal keine Sorgen machen.« Er beugte sich über den Tisch, streckte den Arm aus und knuffte dem alten Mann leicht ans Kinn.

Joe fühlte sich prächtig. So zu sprechen, *dal cuore*, und miteinander herumzualbern – das war wie früher in den alten Zeiten.

»Und was ist mit Tonio?« fragte Louie Bones. »Hat er dafür gesorgt, daß unsere Jungs da drüben bereit sind?«

»Die sind mehr als bereit.« Der alte Mann zündete sich eine DeNobili an und nahm einen tiefen Zug. »Diese letzten paar Jahre in Sizilien ... Herrgott noch mal, Louie, du kennst ja die Geschichte. Der ganze Schlamassel hat angefangen, als sie diesen verdammten Verräter Buscetta, diese miese Ratte, aus Brasilien rübergeholt haben. Das war 1984, oder? Scheiße! Der hat da drüben mit dem verdammten *pentiti*-Mist angefangen. Verpfeift Gott und die Welt, begleicht ein paar alte Rechnungen, erzählt diesen verdammten *commissioni* alles, was sie hören wollen. Und hier bei uns empfangen sie ihn und seine verdammte Familie mit offenen Armen: Der Kerl bekommt auf Kosten des Steuerzahlers ein nettes Haus, Geld und was sonst noch alles und wird im Rahmen dieses beschissenen Zeugenschutzprogramms wie ein gottverdammter amerikanischer Staatsbürger behandelt. Und all die anderen möselutschenden Ratten und ihre Mütter haben das für ein prima Angebot gehalten und sich an dem Kerl ein Beispiel genommen. Und seitdem, bei jedem, den sie bei seinen verdammten Eiern zu packen bekommen, dieselbe Scheiße, wieder und wieder. Jetzt haben sie sogar in Italien ein Zeugenschutzprogramm. Eine Welt voll verdammter Verräter. Contorno, Calderone, Marchese, Mannoia, Drago, Messina, Mutolo und wie die Ratten alle heißen. Sogar Rosario Spatola, der Cousin der Gambino-

Jungs. Du erinnerst dich bestimmt noch an ihn. Er hat hin und wieder bei uns reingeschaut. Schien so ein netter Junge zu sein. Der hat Michele damals unter die Arme gegriffen.«

»*Poviru, brillu, pazzu Michele.*« Louis lächelte, als er sich daran erinnerte, wie der Sizilianer, von dem sie gerade sprachen, in den späten sechziger Jahren die Novarca Management Group für sie aufgebaut hatte, wie er ihnen alles erklärt hatte und ihnen sogar den Namen vorgeschlagen hatte. Wer außer ihm wäre wohl auf die Idee gekommen, schmutzige Witze auf Latein zu reißen?

»Sogar Spatola. *Tutti topi. Tutti canari.* Mittlerweile gibt es Hunderte von dieser Sorte. Die haben von nichts 'ne Ahnung, aber reißen ihr Maul auf, diese Rotzlöffel. Schau dir doch die Visage von diesem Buscetta an. Dieser gottverdammte *sfaccim'!* Dagegen sieht unser Freund, der Häuptling, wie ein Gemälde von Botticelli aus. Welcher *pezzu di novanta* könnte in die Fresse dieses Kerls schauen und ihm irgendwas Wissenswertes anvertrauen? Die Leute, die wirklich was wissen, die *cacocciule di saggezza,* die halten ihren Mund. Und trotzdem machen diese Rotzlümmel jede Menge Ärger. Du weißt ja, wie es Totò Riina ergangen ist. Dreiundzwanzig verdammte Jahre lang haben sie vergeblich nach ihm gefahndet. Und dann macht sein Chauffeur, dieser kleine Scheißfleck Di Maggio, den *pentito* und führt die verdammten *carruba* direkt zu Riinas Tür. Aber Burschen wie Totò oder Nitto Santapaola, Burschen wie Domenico Libri in Kalabrien oder Carmine Alfieri in Kampanien – die gehören noch zur alten Schule, die sind so wie Greco und Liggio und wie die *capi bastoni* in früheren Zeiten. Man mag sie verhaften, aber singen werden die nie. Soviel steht fest. Noch nie, kein einziges Mal, hat sich ein *cacocciula* von den Behörden umdrehen lassen.

Die *commissioni* da drüben, die haben so ein Schaubild, eine Landkarte – ich hab' das Ding mit eigenen Augen gesehen; Tonio hatte ein Exemplar davon – mit etwa hundertfünfzig *cosche* in hundert Städten, in jedem Winkel Siziliens. Und jetzt rat mal, welcher Ort *nicht* auf dieser Landkarte markiert ist. Piana degli Albanesi! Und genau dort hat er sein Hauptquartier. Doch all die anderen um ihn herum, diese *pentiti*, die sind für den Schlamassel verantwortlich. Diese *tangentopoli*-Scheiße. Craxi, Chiesa, Andreotti, die Christdemokraten, Contrada und diese anderen *commissioni nella tasca* – kein Stein ist auf dem anderen geblieben. Doch der alte Mann da drüben, der denkt genauso wie wir. Er findet auch, daß es höchste Zeit ist, sich all das zurückzuholen, was verlorengegangen ist. Keine Sorge, Louie, die sind bereit. Die sind mehr als bereit.«

In Louies Innerem hatten sich Gefühle angestaut, die er herausspucken wollte. Ihm schwirrten Wörter durch den Kopf, die nach ihrer richtigen Verknüpfung und der passenden Formulierung suchten.

»Joe«, sagte er – und das blieb für einen Augenblick alles, was er sagte, und der alte Mann drängte ihn nicht, sondern ließ sich geduldig auf sein Zögern ein. Dann kamen die Worte: »Denkst du viel über den Tod nach?«

»Früher habe ich das gemacht. Es gab Zeiten, da habe ich sehr viel über den Tod nachgedacht. Und vor ihm gefürchtet habe ich mich auch. Schon als kleiner Junge, als es noch gar keinen Grund für diese Furcht gab.«

»Und heute?«

»Ich lebe einfach damit. Allmählich rücken unsere Wege, der des Todes und meiner, immer näher zusammen. Du mußt dir das so vorstellen: Ich schaue zur Seite und spähe durch die Bäume, und dann sehe ich ihn. Er ist da. Ich lebe damit, und ich schlafe damit. Der Tod ist da. Aber ich denke nicht über ihn nach, und ich fürchte mich nicht vor ihm. Inzwischen sehe ich das anders. *U mortu é mortu.* Der Tod ist der Tod.«

»Und wovor hast du Angst?«

»Vor Schmerzen. Vor der Hölle.« Die Worte des alten Mannes kamen wie aus der Pistole geschossen. Über diese Antwort hatte er nicht nachdenken müssen.

»Du glaubst also an die Hölle?«

»Nein, nicht wirklich. Ich fürchte mich nur davor. Vielleicht braucht der Mensch etwas, wovor er sich fürchten kann, und ich kenne sonst nichts mehr, wovor ich mich fürchten könnte.«

»Wenn du an das denkst, was jetzt vor uns liegt, siehst du dann den Tod?«

»Nein.«

Louie wartete darauf, daß der alte Mann noch etwas sagte, doch sein Mund blieb geschlossen.

»Und was siehst du?«

Louie wartete wieder. Der alte Mann rauchte. Hier war offensichtlich keine rasche Antwort möglich. Schließlich drangen seine Worte durch den Tabakqualm.

»Nichts. Ich sehe gar nichts.«

Louie hatte auf ein klärendes Wort gehofft, auf ein Ende jener gespenstischen Brise, die sein inneres Gleichgewicht erschütterte. Er hatte eine Beruhigung erwartet. Statt dessen hatte ihm der alte Mann Worte vorgesetzt, die wie Blätter auf dieser Brise ritten.

»Ist das gut oder schlecht?«

»Das ist gut«, sagte der alte Mann mit einem sonderbaren Tonfall, mit einer – jedenfalls hörte es sich für Louie so an – gelangweilten Gleichgültigkeit, so als hätte er eine Münze geworfen und würde ihm nun mitteilen, welche ihrer Seiten nach oben zeigte.

Bob Marshall saß in Peter Wangs Büro. Hinter dem Schreibtisch seines Gruppenleiters befand sich ein Bücherbord, auf dem mehrere Polizeihandbücher von Jack Morris standen: *The Criminal Intelligence File*, *Crime Analysis Charting* und *Police Informant Management*, ein Leitfaden für den Umgang mit Polizeiinformanten, dem Wang den Titel ›Über die Pflege und Fütterung von Ratten‹ verpaßt hatte. Des weiteren befanden sich dort der *Standard Telegraphic Code*, das voluminöse Nachschlagewerk, mit dessen Hilfe sich die Schriftzeichen chinesischer Namen zur leichteren Identifizierung, Abrufbarkeit und karteimäßigen Erfassung in vierstellige Zahlenkombinationen überführen ließen; das unter dem Titel *Chung Hua Ta Tzu*

Tien bekannte, 1935 in Schanghai erschienene vierbändige Lexikon des Hochchinesischen; R. H. Matthews *Chinese-English Dictionary*; der von der US-Regierung herausgegebene *Report on Asian Crime*; eine Studie mit dem Titel *Organized Crime of Asian Origins*; ein gerahmtes Foto, das Warner Oland als Charlie Chan zeigte; eine Opiumpfeife und ein Baseball, der in einem zerschlissenen Fanghandschuh ruhte.

»Also«, sagte Wang, »wie ist der aktuelle Stand der Ermittlungen?«

»Im Moment sieht es folgendermaßen aus: Unsere Leute von der Gruppe 41 haben sich heute vormittag mit dem hiesigen FBI-Sonderdezernat ›Organisiertes Verbrechen‹ und zwei chinesischen Detectives vom 5. Revier zusammengesetzt. Alle im Zusammenhang mit den Anschlägen auf die Fuk Ching und Hip Sing durchgeführten Befragungen unserer Informanten in den Tongs und Straßengangs sind ergebnislos geblieben. Mittlerweile wissen wir, daß in dem Fluchtwagen, der beim Anschlag auf die Fuk-Ching-Zentrale benutzt wurde, ein Sprengsatz deponiert war. Die drei Asiaten konnten als kantonesische Einwanderer ohne irgendwelche Verbindungen zu Tongs oder Straßengangs identifiziert werden. Beide, Lieferwagen und Fluchtauto, waren gestohlen und hatten gefälschte Nummernschilder. Der vietnamesische Junge, der an dem Dynamitanschlag auf die Hip Sing beteiligt war, konnte ebenfalls identifiziert werden. Auch in seinem Fall konnten keine Verbindungen zu Tongs oder Gangs ermittelt werden, obwohl sein älterer Bruder, der heute Buchhalter ist, früher mit den Dragons herumgezogen ist. Der Buchhalter weiß nichts über den Bekanntenkreis des Jungen, und es gibt keinerlei Hinweise auf den Täter, den Weißen oder den Koreaner oder was immer er gewesen ist, der den Jungen erschossen hat.

Wie die Leute vom 5. Revier berichten, hat gestern bei den Tongs und Gangs während des ganzen Tages totale Verwirrung geherrscht. Gestern abend hat Chan Lingyueng von den On Leong ein Treffen einberufen und sich mit den Führern der Fuk Ching, Hip Sing und Tung On beraten. Weiß der Himmel, was dabei herausgekommen ist, aber einige Stunden später, morgens zwischen eins und halb zwei, wurden drei Hochburgen der On Leong überfallen: das Mayfair und zwei ihrer Spielhöllen. Es klingt unglaublich, aber alles spricht dafür, daß die Fuk Chow, Tung On und Flying Dragons bei diesen Überfällen gemeinsame Sache gemacht haben. Ein Dragon und ein Shadow sind auf der Strecke geblieben. Etwas später, gegen zwei Uhr morgens, gab es einen Bombenanschlag auf das Ching Sing, der vermutlich auf das Konto der Shadows geht. Unter den Getöteten, Erblindeten oder Verstümmelten befanden sich neben mehreren Dragons auch einige Fuk Chow und Tung On. Und bei Tagesanbruch waren die Eingangstüren zu den Hauptquartieren der On Leong, Hip Sing und Tung allesamt mit einem Todessymbol markiert.«

Peter Wang ließ seine rechte Hand vorschnellen, ungefähr so wie ein Schülerlotse. »Moment mal, nicht so schnell«, sagte er. »Dieser Irrsinn scheint ja völlig auszuufern. Man könnte meinen, hier entwickelt sich so was wie der verdammte Hundertjährige Krieg und die Taiping-Rebellion in einem. Was war überhaupt der erste Vergeltungsschlag? Haben wir eine Ahnung, oder irgendeine Idee, wo wir die Linie zwischen Ursache und Wirkung zu ziehen haben? Zwischen dem, was wir bearbeiten müssen, und dem, was in den Aufgabenbereich des 5. Reviers fällt?«

»Dazu kommen wir in einer Minute. Gedulde dich noch ein bißchen. Also, wo war ich stehengeblieben?«

»Bei den Todessymbolen.«

»Okay. Zur Identität des Attentäters von Brooklyn. Es handelt sich um einen gewissen Sidney Drucker, der gerade ein Ermittlungsverfahren der Steuerbehörde am Hals hatte, wegen betrügerischen Konkurses seiner Speditionsfirma. Es kann sein, daß Drucker über seine Niederlassung in Hunts Point Beziehungen zu den Vietnamesen hatte. Diese möglichen Verbindungen werden gerade überprüft. Was die Identität von Druckers Mörder betrifft, da tappen wir noch immer im dunkeln. Obwohl die sogenannten Augenzeugenberichte den Täter als einen Weißen beschreiben, der aus einem vorbeifahrenden Auto geschossen hat, könnte man uns hier absichtlich auf eine falsche Fährte locken wollen, um von einem Gum Sing am Tatort abzulenken, der Drucker in einem spontanen Racheakt umgelegt haben könnte.

Der Anschlag auf die Jamaikaner stellt uns vor ein Rätsel. Wie es aussieht, können unsere Techniker noch nicht mal den Hersteller oder das Modell des Tatwagens bestimmen.

Dem Überlebenden des Maschinenpistolenanschlags in der Bronx mußten nach einem vergeblichen siebenstündigen chirurgischen Eingriff im Columbia Presbyterian beide Beine amputiert werden. Er steht noch unter Narkose, aber immer, wenn er mal kurz zu Bewußtsein kommt, weigert er sich strikt, mit der Polizei zu reden, und sagt bloß, daß er sterben möchte.

Das 34. Revier in Washington Heights befragt derzeit alle rivalisierenden Gangs und die dortigen Polizeiinformanten, aber der Anschlag auf das San Francisco ist und bleibt ein Rätsel. Eine Theorie läuft darauf hinaus, daß diese Dominikaner-Gang, die schon seit langem im Heroingeschäft tätig ist, ihre Aktivitäten in Richtung Crack ausweiten wollte und sich dabei mit *cocaleros* aus den Nachbarvierteln in die Wolle gekriegt hat.

Und was die Untersuchung der Schweinerei in der Mott Street 187 betrifft – um diese Sache kümmere ich mich persönlich. Das FBI und das 5. Revier beteiligen sich auch an den Ermittlungen, und sie bekämpfen sich wie immer gegenseitig. Scarpa stand wegen Mord und Erpressung und krimineller Gewerkschaftsaktivitäten vor Gericht. Isoliert betrachtet könnte seine Ermordung auf das Konto seiner eigenen Leute gehen. Doch angesichts der allgemeinen Tatumstände und der Hintergründe dieses Falls könnte man den Eindruck gewinnen ...« Er suchte nach einem Wort, schüttelte aber bloß den Kopf. »Calò Onorato, der zu den Opfern zählt, war derjenige, der von Scarpas Tod am meisten profitiert hätte. Die Chinesen, die zusammen mit Onorato ermordet wurden, scheinen Mitglieder der Tung On gewesen zu sein, die wahrscheinlich Scarpas Heroinlieferanten gewesen sind.

Und jetzt zu deiner Frage. Ob wir eine Idee haben, wo die Grenze zwischen Ursache und Wirkung zu ziehen ist.

Ich würde mit einer Gegenfrage antworten: Wer könnte ein Motiv oder den Mut gehabt haben, gestern morgen diese Lawine ins Rollen zu bringen? Genau das müssen wir herausfinden. Born to Kill? Die Russen? Würde die Mafia die Hand beißen, die sie füttert? War der erste Anschlag, also der am East Broadway, vielleicht ein Racheakt für einen anderen Vorfall, von dem wir nichts wissen? Könnte der Anschlag auf die Gum Sing eine bewußte Vergeltung für die Angriffe auf die Fuk Chow und Hip Sing gewesen sein? Und wenn ja, wie paßt dieser Sidney Drucker ins Bild? Warum die Puertorikaner und Dominikaner? Wenn wir von den positiven Identifizierungen und den widersprüchlichen Zeugenaussagen ausgehen, dann haben wir bisher drei Kantonesen, einen Vietnamesen, einen Juden aus Brooklyn, einen unbekannten Weißen und entweder einen Koreaner oder einen zweiten oder gar denselben Weißen. Doch wer oder was verbindet all diese Täter miteinander? *Das* ist die Frage. Und die richtige Antwort auf diese Frage könnte uns, und vielen anderen Leuten, einen Haufen Ärger ersparen.

Im Moment ergibt das Ganze keinen Sinn. Ich bezweifle, daß der Ärger der letzten Nacht irgend etwas mit dem Ärger von gestern morgen zu tun hatte. Oder, genauer gesagt, mit der Ursache des gestrigen Ärgers. *Dieser* Ursache – dem Wer oder Was, das alles miteinander verbindet – müssen wir auf die Spur kommen. Ich will den Teufel nicht an die Wand malen, aber ich habe das Gefühl, hier braut sich was zusammen, eine ganz große Sache, etwas wirklich Schlimmes. Ich habe das unbestimmte Gefühl, daß uns ein Gewitter bevorsteht, ein Riesenärger, eine Sache, die mich wieder zum Beten veranlassen könnte. Alles, was nach Sonnenuntergang geschehen ist, können wir meiner Meinung nach vergessen. Die eigentliche Sturmfront dieses Gewitters hat uns noch gar nicht erreicht. Die Leute vom 5. Revier sagen, daß die Stimmung bei ihnen auf den Straßen kurz vorm Überkochen ist. Die rechnen dort mit dem Schlimmsten. Ich bin jedoch der Meinung, daß wir alles, was da unten – oder in Washington Heights, in Brooklyn oder in der Bronx – sonst noch passieren wird, außer acht lassen können. Diese Sachen werden nichts mit dem zu tun haben, was wir herausfinden müssen. Das ist nichts als ...«

»Ein Haufen verrückter Chinesen«, schlug Wang mit einem verschmitzten Grinsen vor.

»Genau«, sagte Marshall. »Ich hätte es nicht besser formulieren können. Ein Haufen verrückter Chinesen.«

15

Ng Tai-hei verharrte einen Augenblick zwischen den geöffneten Seidenvorhängen seines Büros. Er sah aus dem Fenster und fragte sich angesichts der grauen Wolken, die langsam über den Hongkonger Himmel zogen, ob es wohl regnen würde. Rechts von ihm, in der freien Ecke zwischen dem langen Mahagonischreibtisch und der bestickten Seidencouch, stand eine Steinskulptur aus der Zeit der östlichen Han-Dynastie, ein mythologisches Ungeheuer, das diagonal auf die Mitte des Raums ausgerichtet war. Die Skulptur war über zweitausend Jahre alt, knapp zwei Meter lang, und ihre bösartige, zähnefletschende Fratze reichte Ng Tai-hei beinahe bis zur Achselhöhle. Das Büro war so weitläufig und beeindruckend, daß dieses aus Stein gemeißelte Untier weder deplaziert noch übermäßig groß wirkte. Und das Büro bot mehr, als man auf den ersten Blick wahrnehmen konnte: Ein kleiner, mit Gemälden behängter Korridor führte zu einem luxuriösen Badezimmer und einem mit Fenstern versehenen Schlafzimmer.

Dieses Büro und die anderen von Ng Tai-hei genutzten Räumlichkeiten im Exchange Center beanspruchten beinahe das gesamte siebenunddreißigste Stockwerk eines der drei gewaltigen Türme aus rosafarbenem italienischem Granit und Spiegelglas, die den Victoria-Hafen im Norden und das Finanz- und Handelszentrum im Süden überblickten. Sein Privatbüro lag hinter einem größeren, äußeren Büroraum, wo sich etwa ein Dutzend Männer, jeder an seinem eigenen Schreibtisch und Computermonitor, um das Triaden-Vermögen kümmerten. In diesem Raum voller Computer und unablässig klingelnder Telefone wurde der Reichtum der Triade 14K, *mutatis mutandis*, zu etwas transformiert, das nach außen hin den Anschein eines sauberen, einwandfreien, legalen Einkommens erweckte.

Diese Transformation war ein äußerst komplizierter Prozeß, in dessen Mittelpunkt der Kauf und Verkauf von Optionen auf Devisentermingeschäfte stand. Der Erfinder dieses Systems hatte Ng Tai-hei versichert, daß dieser nicht zu wissen brauche, wie es funktionierte. Er brauchte bloß zu wissen, so hatte er ihm gesagt, daß es funktionierte. Doch Ng Tai-hei wollte mehr darüber wissen, und der Mann hatte es ihm erklärt, in Worten, die Ng Tai-hei verstehen konnte – mit Hilfe eines Dolmetschers, denn dieser Mann war Sizilianer, ein Finanzexperte von internationalem Renommee, ein enger Vertrauter Chiang Kaisheks und des Papstes.

»Wie Sie vielleicht wissen«, hatte er gesagt, »werden in den USA, an der Börse von Philadelphia, neuerdings auch Optionen für Devisentermingeschäfte gehandelt. Das betrifft in erster Linie den US-Dollar, das englische Pfund, die D-Mark, den japanischen Yen, den Schweizer Franken, aber auch noch einige andere Währungen. Nur ein Bruchteil dieser Optionen, etwa fünf Prozent, wird im Auftrag von Privatunternehmen erworben, die sich gegen das Wechselkursrisiko bei ihren internationalen Geschäften absichern wollen. Der überwiegende Teil dieser Optionen ist rein spekulativer Natur und wird von Banken im Auftrag ihrer Kunden oder auf eigene Rechnung abgeschlossen. Bei diesem internationalen Währungsstrom von ungefähr sechzig Billionen Dollar pro Jahr ist es schlicht und einfach unmöglich, zwischen Transaktionen, die lediglich darauf abzielen, einen legalen Gewinn zu verbuchen, und solchen Transaktionen, die unseren Zwecken dienen, zu unterscheiden.

Zunächst deponieren wir unser schmutziges Geld freundlich lächelnd – bei der Hongkong and Shanghai, der Chartered, der Bank of China, bei wem auch immer –, und zwar im Namen einer unserer getarnten Inhaberaktiengesellschaften. Dann erwerben wir eine auf sechs Monate befristete Kaufoption für Yen im Wert von, sagen wir mal, einhundert Millionen Dollar, zu einem Kurs von zweihundertvierzig Yen pro Dollar. Diese Option berechtigt uns – ohne uns jedoch dazu zu verpflichten –, in sechs Monaten vierundzwanzig Milliarden Yen für einhundert Millionen Dollar zu kaufen. Die Prämie, oder anders formuliert, der Preis der Option, beläuft sich auf eine Million Dollar.

Wenn während dieser sechs Monate der Kurs des Yen auf, nehmen wir mal an, zweihundertsechzig pro Dollar fällt, dann können wir entweder unseren Optionskontrakt verkaufen, oder wir kaufen auf dem Kassamarkt vierundzwanzig Milliarden Yen für zweiundneunzig Millionen Dollar. In beiden Fällen streichen wir einen Profit von sieben Millionen ein. Genauer gesagt, von acht Millionen, aber davon muß die erwähnte Prämie abgezogen werden.

Unser Partner bei diesem Geschäft ist offiziell die Bank, bei der wir unser Geld deponiert haben. Doch in Wirklichkeit handelt die Bank nur im Auftrag der Tarnfirma, in deren Namen wir das Geld deponiert haben. Unser wirklicher Partner sind wir selbst. Deshalb wird unser Profit von sieben Millionen Dollar nicht als Verlust der Bank verbucht, sondern als Verlust unserer anonymen Inhaberaktiengesellschaft.

Bei diesem Geschäft sind sieben Millionen schmutzige Dollar in einen einwandfreien Kursgewinn verwandelt worden. Und die eine Million Dollar für die Prämie ist auch nicht wirklich verlorengegangen, denn dieses Geld wurde an unsere Tarnfirma ausbezahlt, die der Partner bei diesem Geschäft ist – und somit kommt diese Million auf indirektem Weg wieder zu uns zurück. Unser endgültiger Profit aus diesem Geschäft wird bloß durch die Provision geschmälert, die wir der Bank für ihre treuhänderische Transaktion zahlen müssen – in diesem Fall zirka zwanzigtausend Dollar – und durch die Einkommensteuer, die wir an den Staat zu zahlen haben. Denn genau das ist bei diesem Prozeß herausgekommen: ein sauberes, steuerpflichtiges Einkommen.

Jemand, der dieses System aus dem Effeff beherrscht, der umsichtig vorgeht und auf die rapiden Kursschwankungen achtet, könnte dieselbe Option während ihrer sechsmonatigen Laufzeit ohne weiteres mehrmals verkaufen und wieder zurückkaufen. Auf diese Weise lassen sich in relativ kurzer Zeit mehrere hundert Millionen Dollar waschen. Und wenn man die Menge der Optionskontrakte und die Zahl der Tarnfirmen vervielfacht, kann man im Handumdrehen Milliarden waschen – solche Summen sind bloß ein Tropfen in dem sich ständig bewegenden Ozean von sechzig Billionen.«

»Doch was passiert, wenn der Kurs des Yen steigt? Auf, sagen wir mal, zweihundertzwanzig pro Dollar?« hatte Ng Tai-hei wissen wollen.

»In diesem Fall lassen wir die Option einfach ungenutzt verfallen, und wir verlieren nur die Prämie von einer Million Dollar und die zwanzigtausend Dollar Provision, die die Bank einstreicht. Doch diese Million ist, wie schon beim ersten Beispiel, kein wirklicher Verlust. Diese Summe wird verrechnet mit dem versteckten Gewinn von einer Million Dollar, den unsere Tarnfirma verbucht, in Form der Prämie für die Option, die wir ihr garantiert haben. Und da wir diesen ›Verlust‹ von einer Million Dollar von unserem übrigen Einkommen abziehen können, machen wir gar keine echten Verluste und können darüber hinaus, nämlich durch diesen Verlustabzug, die Steuern mildern, die wir für die gewaschenen Gewinne aus unseren anderen Transaktionen zahlen müssen.«

Es schien zu schön, um wahr zu sein. Doch in den kommenden Jahren – als das System in die Praxis umgesetzt wurde, zuerst über Philadelphia, dann auch über die Warenbörse in Chicago; als man es dahingehend erweitert hatte, daß auch Optionen für Warentermingeschäfte ins Spiel gebracht wurden – hatte sich die Schönheit und Richtigkeit dieses Systems als makellos und dauerhaft erwiesen. Und während all dieser Jahre hatte Ng Tai-hei nie vergessen können, was ihm der Mann geantwortet hatte, als er von ihm wissen wollte, wie er denn dieses wunderbare System entdeckt habe: »Darauf bin ich im Traum gekommen.«

Jetzt, wo er sich auf einen Flug um den halben Erdball

vorbereitete, um jene Männer zu treffen, deren Pläne er mit einem eigenen Schachzug zu durchkreuzen gedachte, machte ihm die Erinnerung an jenen Sizilianer bewußt, daß er trotz aller Zuversicht nicht leichtsinnig werden durfte.

Die Männer im äußeren Büro senkten die Köpfe vor Ng Tai-hei, als er an ihnen vorbei in den Empfangsraum ging. Dort begrüßten ihn seine Privatsekretärin, Yao Fu-mei, und die Sekretärin des äußeren Büros, May-ling Woo, die gleichzeitig als Empfangsdame fungierte, mit einem Lächeln und einer angedeuteten Verbeugung. Ng Tai-heis Leibwächter und Chauffeur, der in seinem schwarzen Baromon-Anzug auf einem Stuhl gewartet hatte, erhob sich und folgte seinem Herrn wie ein Schatten. Vor der Tür zum Empfangsraum befand sich ein Foyer. In diesem Foyer waren zwei Alarmsysteme verborgen: ein Metalldetektor von Friskem und ein Thermedics-EGIS-Detektor, der auf die feinen Ausdünstungen von Sprengstoff reagierte. Wurde eines dieser Systeme ausgelöst, dann verriegelte es die bombensichere Tür zum Empfangsraum; gleichzeitig ließ es ein akustisches Alarmsignal ertönen und aktivierte eine versteckte Überwachungskamera und einen Monitor, der hinter dem Schreibtisch des Empfangsraums installiert war. Die Empfangsdame drückte auf einen Knopf unter der Schreibtischplatte und schaltete die beiden Alarmsysteme aus, damit der bewaffnete Chauffeur das Foyer problemlos passieren konnte. Eine zweite, zum Flur führende Tür, die über eine Gegensprechanlage überwacht und geöffnet werden konnte, trug die chinesische Inschrift *Baíshizi Giyè Gongsi* und die englischen Worte WHITE LION ENTERPRISES. Rechts neben der Tür befand sich eine Diebold-1091-Anlage zur Einlaßkontrolle, die es den Angestellten jederzeit ermöglichte, mittels einer Magnetkarte und eines Zahlencodes die Geschäftsräume zu betreten.

»*Duhngjikmaht Gùngyún*«, sagte Ng Tai-hei zu seinem *baobaio*, als die beiden den Aufzug verließen.

Die beiden Männer überquerten den Exchange Square

in südöstlicher Richtung zu Ng Tai-heis Limousine. Sie fuhren auf der Peddler Street nach Süden zur Queen's Road, in die sie links einbogen, um wenig später rechts in die Garden Road abzubiegen. Der Chauffeur hielt in der Nähe des Eingangs zum *Duhngjihkmaht Gùngyún*, dem Botanischen Garten. Ng Tai-hei verließ den Hauptweg und folgte einem gewundenen Pfad, der von üppigen Weidenbäumen gesäumt war und von rot blühendem Salbei leuchtete. Hinter einer grasbewachsenen Aue begann ein herrlich duftendes Geflimmer aus blühendem Gelb und Bronze, Blaßrot und Scharlach, Weiß und Purpur. Eine kleine Holzbrücke führte über ein plätscherndes Bächlein, das sich durch dieses Geflimmer schlängelte, und jenseits dieser Brücke saß ein Mann im Schatten einer gewaltigen Pinie, allein auf einer Parkbank, entspannt zurückgelehnt, den Kopf mit geschlossenen Augen gen Himmel gerichtet, die Ellbogen angehoben, die Arme ausgestreckt auf der obersten Holzplanke der Rückenlehne. Er war ungefähr vierzig Jahre alt, weder häßlich noch gutaussehend, und trug einen braunen Anzug und ein cremefarbenes Hemd. Zwischen Daumen und Zeigefinger der einen Hand hielt er eine Magnolienblüte, zwischen Zeigefinger und Ringfinger der anderen eine glimmende Zigarette. Mit verträumten Bewegungen führte er mal die eine und mal die andere Hand zu seinem Gesicht: schnupperte an der Magnolienblüte, zog an der Zigarette. Auf dem Gelenk der Hand, die die Magnolie festhielt, war eine ausgeblichene blaue Tätowierung in Form eines Sterns zu erkennen, eine eitle Torheit aus längst verflossenen Jugendtagen. Er schlug die Augen auf, warf die Blüte fort und widmete sich seiner Zigarette.

»Prächtig die Blüte, ihre Blätter voll Saft«, sagte Ng Taihei mit einem schiefen Grinsen. Er zitierte die Anfangszeilen eines Gedichts, das er in seiner Schulzeit auswendig gelernt hatte. Es stammte aus Konfuzius' *Schi King*, dem klassischen ›Buch der Lieder‹.

»Ich habe mein *júngjí* verspritzt, und mein *yàmging* hat Frieden gefunden«, antwortete der Mann auf der Bank. Er hatte ein anglo-chinesisches Gymnasium besucht, wo er und seine Klassenkameraden für viele Oden aus dem ›Buch der Lieder‹ obszöne Varianten ausgeheckt hatten. Die Zeilen, die er gerade von sich gegeben hatte, ersetzten jene Zeilen, die auf den von Ng Tai-hei zitierten Gedichtanfang folgten: ›Ich habe meinen Gott gesehen, und mein Herz hat Frieden gefunden.‹

Ng Tai-hei nahm neben dem anderen Mann Platz. »Und wie geht es deinem *yàmging* in letzter Zeit?«

»Der verhält sich äußerst vernünftig, so wie sein Herr und Gebieter«, sagte der Mann, dessen Name Cho Sin-wo war. Dabei grinste er auf eine merkwürdige Art: Sein Gesichtsausdruck schwankte unentschieden zwischen Feixen und Lächeln.

»Bist du etwa einer von diesen Kondomfabrikanten geworden?«

»Ich benutze die Dinger sogar, wenn ich es mit meiner Frau treibe.« Cho Sin-wo zog ein letztes Mal an seiner Zigarette und warf sie dann auf den Boden. »Diese Bluttransfusionen und all der andere Kram.«

»Und wie geht es unserer lieben Choi-wah?«

»Na ja, Krebs im Endstadium. Der Chirurg konnte die Krebszellen in ihrem Gehirn nicht völlig entfernen. Der Rest ist inoperabel. Wir haben ihr zwar was anderes erzählt, aber bei ihrem nächsten Trip ins Krankenhaus wird es keine Rückfahrkarte geben.«

»Und da steigst du noch mit ihr ins Bett?«

»Der Krebs in ihrem Gehirn hat sie fiebrig gemacht. Hin und wieder bekommt sie leichte Zitteranfälle. Die schießen durch ihren Körper wie Wellen. Es mag sich komisch anhören, aber in letzter Zeit macht es richtig Spaß, sie zu ficken.«

In diesem Moment fuhr eine sommerliche Windbö durch den Park, eine frische Brise, die die Weidenzweige und das Blütenmeer hin und her wogen ließ. Ng Tai-hei genoß das Geräusch, das dabei entstand: *fan*, die durch die Bäume rauschende Brise, das sanfte Auf und Ab der Stille. Er war davon überzeugt, daß Schriftzeichen wie *fan* ein Beweis für die natürliche Überlegenheit der chinesischen

Sprache waren: Hier wurde mit einem einzigen, schlichten Klang eine Bedeutung umrissen, die andere Sprachen auf eher unbeholfene Weise mit vielen Wörtern auszudrücken versuchten. Verknüpfte man *fan* und *féng* – die durch das Blattwerk fahrende Brise, die zarte, urwüchsige Psalmodie der freien Natur –, dann ergab sich für Ng Taihei die perfekte Beschreibung des Paradieses: *fan féng*. Am frühen Morgen, und auch spät in der Nacht, saß er gern auf der Terrasse seines Hauses auf den Hügeln von Victoria Park. Wenn der Himmel klar und die Luft vom Duft der Pinien erfüllt war, entfaltete sich vor ihm das weitläufige Panorama Hongkongs, Kowloon, der Hafen und die dahinter liegende Hügellandschaft wie eine Vision: im Morgengrauen, das Aufblühen der Erde im matten Licht der Sonne eines neuen Tages; um Mitternacht, eine verschwommene Wang-Wei-Träumerei in der Ferne, das traumähnliche Schillern der Neonreklamen. Er saß ruhig da und gab sich dem *fan féng* hin, ließ sich davon die Glieder lockern und die verknoteten Gedanken entwirren, und dann fühlte er sich wie neugeboren. Im *fang féng* kamen ihm die besten Ideen – und es inspirierte ihn zu mancherlei Mord und Betrugsmanöver.

»Na los, Ah Wo«, sagte er, »erzähl mal. Wie ist das Wetter in Italien?«

»Das Wetter in Italien ist herrlich.«

»Das Wetter kann sich jederzeit ändern.«

»Ich weiß. Vor ein paar Jahren hättest du dich bloß an Tuan Ching-kuo wenden müssen, um etwas über das Wetter in Italien zu erfahren. Die wenigen direkten Geschäftsverbindungen, die wir in der Vergangenheit mit den Sizilianern hatten, liefen ausschließlich über seine Leute, die Thais. Koh Bak Kin, Chiang Wing Keung, Lam Sing Choy und noch ein paar andere. Und selbst damals hielten sich diese Geschäftskontakte in engen Grenzen. Santapaola, Partanna, Mondello, Riccobono – das waren die einzigen Familien, die mit Tuan Ching-kuos Leuten Geschäfte gemacht haben. Und dieses bescheidene Entgegenkommen war nicht gerade herzlich.«

»Wie ich schon gesagt habe: Das Wetter ändert sich.«

»Und zwar zu unseren Gunsten. Du weißt, daß die chinesischen Gemeinden in Rom und Mailand mitlerweile ganz schön gewachsen sind. *La piccolo Chinatown italiana.* Die meisten Neuankömmlinge stammen aus der Provinz Zhejiang. Aber wenigstens bin ich nun nicht mehr allein. Die naiven Mitglieder dieser expandierenden chinesischen Kolonien nennen uns Hei San Huì, die Schwarze Triade; bei den Italienern heißen wir Sole Rosso oder Tao. Aber außerhalb unserer kleinen Gruppe habe ich noch nie gehört, daß jemand den Namen 14K erwähnt hätte.

Und parallel zum Anwachsen unserer Gemeinde haben sich unsere Geschäftsbeziehungen mit den Sizilianern in Mailand ausgeweitet. Und daher kann ich dir sagen, daß das Wetter gut ist. Meine Mailänder Geschäftspartner haben aus Sizilien die Nachricht erhalten, daß wir, die Chinesen und die Sizilianer, schon bald eine neue Allianz der Brüderlichkeit schließen werden, die beiden Seiten einen unvorstellbaren Wohlstand bescheren wird.«

»Diese Spaghettifresser, zu denen du Kontakt hast ... glaubst du, daß die wissen, wovon sie sprechen? Wie nahe stehen diese Leute den Mächten auf Sizilien?«

»Immerhin so nahe, daß man ihnen die Geldangelegenheiten anvertraut – von der Geldwäsche bis hin zur Bezahlung der Ware. Berücksichtigt man die Denkweise dieser Männer, dann spricht einiges dafür, daß sie einander nahestehen. Wie du ja weißt, mein Freund, handelt es sich hierbei um recht beträchtliche Summen. Du kennst ja die Schiffsladungen, die durch meine Hände gehen.«

»Und dieselben Männer waschen auch das Geld? Habe ich das richtig verstanden?«

»Nein. Manche waschen, andere kaufen ein.«

»Und du glaubst diesen Leuten?«

»Es ist so, wie du immer gesagt hast, Hei Gau: *baak chuen gwai hoi.*«

»Ja, ich weiß. Alle Flüsse laufen am Ende im Meer zusammen. *Ging yi yuen ji.* Das habe ich mindestens genausooft gesagt: Respektiere die anderen, aber laß sie dir nicht zu nahe kommen. *Lontano,* wie deine italienischen Freunde sagen würden.«

»Von mir erfahren sie nichts.«

»Aber dir erzählen sie was?«

»Na ja, unsere Gespräche bestehen aus vagen Andeutungen.«

»Ach, und diesen vagen Andeutungen hast du entnommen, daß wir, wir alle miteinander, demnächst diese neue Allianz der Brüderlichkeit und des noch nie dagewesenen Reichtums schließen werden, diese Vereinten Nationen ... diese Benetton-Reklame, von der du gerade gesprochen hast?«

»Ich sage bloß, daß die Luft elektrisierend ist.« Er lächelte. »Das Wetter ist gut.«

»Du liest doch Zeitungen. Und du hast Freunde drüben in Amerika. Vermutlich ist die New Yorker Luft genauso elektrisierend.«

Yat jek gau fai ying, houdoh gau fai seng. Das hatte er zu Asim Sau gesagt: Ein Hund kläfft einen Schatten an, und ein Haufen anderer Hunde fällt in sein Gebell ein. Sie hatten miteinander telefoniert, denn Asim Sau befand sich gerade in einem Dschungelstützpunkt nahe der laotischen Grenze. Er hatte noch nichts von dem Blutvergießen und den Gewaltausbrüchen in Chinatown gehört und, wie Ng Tai-hei, auf diese Nachricht mit einem Lachen reagiert. Die Führer der New Yorker Dongs waren zu den Hongkonger Triaden geeilt und hatten um Rat und Beistand gebeten. Doch das Schicksal derjenigen, die ihnen das *baat fan* abkauften und es vertrieben, kümmerte die Mächtigen herzlich wenig. Für jede Wanze, die zertreten wurde, kamen andere zur Welt. Unter ihr Gelächter hatte sich jedoch auch eine Spur Besorgnis gemischt. Die Italiener, soviel erkannten sie, hatten sich dazu entschlossen, Taten sprechen zu lassen, und so etwas war immer ein Grund zur Besorgnis. Was sie bisher getan hatten, war nicht so tragisch, doch daß sie demonstrierten, wozu sie in der Lage waren, durfte nicht auf die leichte Schulter genommen werden. Diese Männer hatten Mumm in den

Knochen, und sie waren äußerst gerissen. Und wenn der menschliche Abschaum, den die Dongs belieferten, weiter in Panik versetzt wurde, wenn sich die Dongs hinsichtlich ihrer Geschäftsbeziehungen zum Osten verunsichern ließen – wenn das sorgfältig geknüpfte Netz, auf dem die Macht der 14K beruhte, durch eine Verschlimmerung dieser Zustände in Mitleidenschaft gezogen wurde –, dann konnte wirklicher Schaden entstehen.

Am 30. Juni 1997, um Mitternacht, würde der Union Jack über Hongkong zum letztenmal eingeholt werden. Da dieser Termin immer näher rückte, mußten sich die Triaden mit dem Gedanken vertraut machen, ihrer angestammten Heimat den Rücken zu kehren. Es stimmte zwar, daß der Kopf der chinesischen Justizbehörde, Minister Tao Siju, eine Andeutung gemacht hatte, wonach keine Verfolgung der Triaden ins Auge gefaßt sei, aber Ng Tai-hei und andere Triadenführer interpretierten dies bestenfalls als ein Angebot, den Minister stillschweigend an ihren Geschäften zu beteiligen oder sich zum Teufel zu scheren. Wenn die Triaden ihr Machtzentrum verlagern mußten, dann kam als neues Hauptquartier nur New York in Frage. In den letzten Jahren hatten sie Millionen von Dollars verdient, indem sie gefälschte amerikanische Pässe zu einem Stückpreis von zwanzigtausend Dollar an Hongkonger Geschäftsleute verkauften, die den ständigen Kurswechsel der chinesischen Politik leid waren, und jedes höhergestellte Triadenmitglied hatte einen dieser Pässe für sich zurücklegen lassen. Die Triade Sun Yee On hatte sich schon in New Yorks Chinatown etabliert. Und wenn sich die 14K in New York behaupten wollte, dann durfte sie auf keinen Fall zulassen, daß ihre Vormachtstellung wegen eines *dìugá*, eines Gesichtsverlusts, von den New Yorker Dongs in Frage gestellt werden konnte.

»Mich würde interessieren«, sagte Ng Tai-hei, »wer deiner Ansicht nach für die Vorfälle in New York verantwortlich ist.«

»Keine Ahnung. Vielleicht ist das ja deine Art, den Leuten unterzujubeln, daß die Preise steigen werden. Wahrscheinlich stecken die Fujianesen dahinter. Den Fujianesen habe ich noch nie über den Weg getraut.«

»Aber den Zhejiangesen traust du, was? Von Zhejian nach Fujian kann man doch spucken! Diese Provinzen sind unmittelbare Nachbarn.« Als Ng Tai-hei diese Worte aussprach, fragte er sich, ob er Cho Sin-wo gleich hier in Hongkong umbringen lassen sollte oder erst später, wenn er wieder nach Mailand zurückgekehrt war.

»Die Zhejiangesen sind ein völlig anderer Menschenschlag. Die sind eher wie die Schanghainesen«, entgegnete Cho Sin-wo. »Schanghai, im Norden, das ist Zhejians eigentlicher Nachbar, nicht Fujian im Süden.«

»Du verdächtigst also die Fujianesen. Aber die waren doch die ersten, die es erwischt hat.« Er würde es hier erledigen lassen, entschied Ng Tai-hei.

»Na ja, vielleicht wollten sie bloß von sich ablenken«, sagte Cho Sin-wo.

»Durch einen Massenselbstmord?«

»Ich kenne so gut wie keine Details. In den italienischen Zeitungen stand ziemlich wenig über diese Sachen.« Er zündete sich eine Zigarette an. »Du weißt bestimmt mehr als ich. Wer steckt denn deiner Meinung nach dahinter?«

Ng Tai-hei zuckte mit den Schultern. Cho Sin-wo wunderte sich, warum Ng nicht die Italiener beschuldigte. Er mußte es doch wissen.

»Du glaubst, es waren die Spaghettifresser, nicht wahr?«

»Schon möglich«, antwortete Ng Tai-hei.

»Was denken denn die anderen?«

Ng Tai-hei zuckte erneut mit den Schultern. »Tu mir einen Gefallen, Ah Wo. Tu dir selbst einen Gefallen. Sieh zu, daß du dir deine sizilianischen Freunde ein bißchen vom Leib hältst, ja. Ich werde nächste Woche nach Mailand kommen. Ich erwarte, daß du mir zur Seite stehst, solange ich dort bin.«

»Das«, sagte Cho Sin-wo, »wird mir eine Ehre sein.«

»Gibt es im Moment noch irgend etwas, das ich wissen müßte?«

»Das wenige, was ich weiß, habe ich dir erzählt. Aber darf ich dir eine Frage stellen? Es gibt da nämlich eine Sache, die mich brennend interessiert.«

Ng Tai-hei nickte. Ja, dachte er, es war besser, es gleich hier erledigen zu lassen. Den Kopf würde er einsalzen und per Expreß nach New York schicken lassen, zu Chen Fang. Er hatte gehört, daß die Spaghettifresser ein Faible für die Köpfe wilder Tiere hatten. Nun, er würde ihnen etwas vorsetzen, an dem sie und ihr altes Klappergestell ihre helle Freude haben würden.

»Warum hast du einem Treffen in Italien zugestimmt? Warum läßt du sie nicht lieber zu dir kommen? Hast du die vierte Strategie vergessen: ›Zu Hause bleiben und den Feind angreifen lassen‹?«

»Ich habe nichts vergessen. Vielleicht teile ich ja deine Überzeugung, daß diese Männer nicht wirklich unsere Feinde sind.« Er lächelte. »Vielleicht bin ich auch bloß verrückt nach ihrem Risotto.«

Asim Sau und Tuan Ching-kuo hatten ihm vor einiger Zeit dieselbe Frage gestellt. Seine Antwort – die ihm im *fan féng* gekommen war – hatte der Wahrheit entsprochen. Je mehr sich dieses Geschäft seinem Abschluß näherte, hatte er ihnen erklärt, desto vertrackter und gefährlicher würde die Sache werden. Ein Außenstehender aus Fernost, der sich im weltoffenen Mailand gegenüber feindlichen Kräften behaupten müßte, wäre bestimmt in einer vorteilhafteren Position als jemand aus dem Westen, der sich in den Dschungeln des Goldenen Dreiecks oder im Großstadtdschungel Hongkongs behaupten müßte. Es sei besser, ihren Feinden die erste Runde zu überlassen und sich selbst auf die zweite zu konzentrieren. Besser, man fing im sonnigen Italien und in den ihnen vertrauten Schatten an.

Ng Tai-hei erhob sich und schaute auf den jüngeren Mann hinab. Die beiden waren für diesen Abend zum Essen verabredet. Um halb acht sollte Cho Sin-wo von einem Chauffeur im Hotel Mandarin abgeholt werden. Ng Taihei würde veranlassen, daß sich der Killer gegen zwanzig nach sieben in Cho Sin-wos Suite meldete.

»Erzähl mal«, sagte Cho Sin-wo, »was hältst du von dem, was ich dir gesagt habe? Von dem, was ich vorhin über das Wetter gesagt habe?« Er stand auf, und die beiden Männer schlenderten auf die kleine Holzbrücke zu. Ng Tai-hei suchte nach einer Antwort, die sich in Luft auflösen würde, sobald sie ausgepackt war.

»Ich bin fasziniert«, sagte er. »Aber du kennst mich ja, Wo. Ich bin ein zynischer Mensch.«

Die tätowierte Hand. Die würde er nach Mailand schikken. Sie überquerten die Brücke und erreichten den hin und her wogenden Blumenteppich. »Hör mal«, sagte er, »wenn du mich bei dieser Sache richtig unterstützt, wird man dich bei der nächsten Frühjahrsernte nicht vergessen.« Er legte den Arm um die Schultern des anderen Mannes. »*Sik neige yidailei fan*«, sagte er: Iß deine Makkaroni. »Aber vergiß nie, wo du herkommst und welche Nummer du trägst!«

»Das habe ich noch nie. Und das wird auch nie passieren.«

»Genauso sollte es auch sein.«

Ng Tai-hei hatte schon seit einigen Tagen Appetit auf Bettler-Hühnchen gehabt. An diesem Abend speiste er allein in Kowloon, im Restaurant Tien Heung Lau, wo man diesen Leckerbissen nach dem traditionellen Hangzhou-Rezept zubereitete: eingewickelt in gewürzte Lotosblätter, mit einer Lehmkruste überzogen und behutsam über offenem Feuer gebacken.

Der Killer war instruiert worden und mit zwei Federal-Express-Adressenaufklebern versorgt worden. Auf einem stand Chen Fangs New Yorker Adresse in der Baxter Street, auf dem anderen die Adresse eines Importeurs in der Via Bramante in Mailand.

»So früh hab' ich dich nicht erwartet«, sagte Cho Sin-wo, den Hemdkragen nach oben geklappt und eine Krawatte in der Hand. »Ich bin noch nicht ganz fertig.« Sein Besucher, ein junger Mann mit Bürstenhaarschnitt, lächelte ihn freundlich an. Cho Sin-wo bat ihn nicht herein.

»Darf ich mal Ihr Telefon benutzen?« fragte der lächelnde Mann.

Cho Sin-wo nickte kurz und ließ ihn ein. »Hast du dir was zum Essen eingepackt?« fragte er mit einem mißtrauischen Blick auf die große Sporttasche, die der Mann in der Hand hielt.

Der Mann stellte die Tasche auf den Fußboden. »Wenn ich das hier verliere«, sagte er, »dann verliere ich meinen Job.«

Cho Sin-wo zeigte ihm, wo das Telefon stand, und ging dann zur Spiegelkommode, um sich die Krawatte umzubinden. Mit einem Auge achtete er auf das Spiegelbild des Mannes in seinem Rücken, der, wie viele Telefonbenutzer, die darauf warteten, daß ihr Anruf entgegengenommen wurde, auf seine Armbanduhr schaute. Er legte den Kopf zur Seite und klemmte sich den Telefonhörer zwischen Schulter und rechten Unterkiefer. Dabei drehte er sich beiläufig um, so daß er Cho Sin-wo den Rücken zukehrte, und begann damit, sich das Jackett auszuziehen. Er nahm den Telefonhörer, klemmte ihn links von seinem Hals an die Schulter und zog auch den anderen Arm aus dem Jackett. Seine Hand tauchte aus dem Ärmel auf und schnappte sich mit einer flüssigen Bewegung die mit einem SMG-Schalldämpfer versehene Hi-Standard Sport-King, die aus der Innentasche des Jacketts ragte. Der Telefonhörer knallte zu Boden, als der Mann das Jackett von sich schleuderte, seinen Arm hervorschnellen ließ und ohne einen Moment zu zögern abdrückte. Diese Bewegungen waren so schnell, daß Cho Sin-wos Erschrecken und seine Wahrnehmung des vom Spiegel reflektierten Mündungsfeuers – das Erkennen der Gefahr und der dumpfe Schlag, der ihm die Wirbelsäule zerschmetterte und seine Eingeweide zerriß – gleichzeitig erfolgten.

Cho Sin-wo fiel bäuchlings auf den Boden. Das war gut. Es gab keine Austrittswunde; der Teppich würde keine Blutflecken bekommen. Der Killer legte den Telefonhörer zurück auf die Gabel und zerrte den noch immer atmenden, zuckenden Körper ins Badezimmer. Er griff sich Cho

Sin-wos Brieftasche und ließ den Körper rücklings in die Badewanne plumpsen. Sein Opfer gab ein kehliges Gurgeln von sich, ein Stöhnen, aus dem wütendes Entsetzen sprach, ein schauriges Geräusch. Der Killer versetzte ihm mit dem Pistolenknauf einen harten Schlag zwischen Nase und Mund. Anschließend durchsuchte er den Wandschrank, das Schlafzimmer und die Schubladen im Wohnzimmer und legte das Geld, den Paß und das Flugticket auf einen Haufen. Er sorgte dafür, daß sich die Tür zur Suite nicht von außen öffnen ließ: Dies war nicht der Moment, sich von einem Zimmermädchen überraschen zu lassen, das die Bettdecke aufschlagen und Pfefferminzkonfekt auf das Kopfkissen legen wollte. Er zog den Reißverschluß seiner Sporttasche auf und entnahm ihr ein schweres, blitzendes Hackmesser. Dann ging er wieder ins Badezimmer. Cho Sin-wos Augen waren einen Spaltbreit geöffnet, als ihn der Killer an den Haaren packte und seinen Kopf nach hinten riß. Seine Augen standen noch immer offen, als das Hackmesser herabsauste, in seine Kehle fuhr und mit einem Schlag die Halsschlagader durchtrennte. Das Blut spritzte aus ihm heraus wie bei einem geschlachteten Schwein.

Der Killer war eine ganze Weile beschäftigt, denn das Durchtrennen der Knorpel und Knochen war eine mühselige Angelegenheit, bei der es viel zu hacken und zu schneiden gab. Er stellte den Kopf und die Hand zum Ausbluten neben die Leiche. Dann wusch er sich das Blut von den Händen und spülte sein Hackmesser ab. Als er damit fertig war, zog er aus seiner Sporttasche zwei Plastikbeutel und eine Literflasche Schwefelsäure. Er packte den abgeschnittenen Kopf an den Haaren und die Hand am Mittelfinger. Dann schüttelte er beides ungefähr so, wie man Gemüse nach dem Waschen schütteln würde, um das Wasser abtropfen zu lassen. Als der blutige Nieselregen zu einem schwachen Tröpfeln verkümmert war, stopfte er die Körperteile in die Plastiktüten, ließ heißes Wasser in die Badewanne laufen und schüttete die Säure dazu. Er steckte die verpackten Körperteile, das Hackmesser, das klitschnasse, blutige Badehandtuch, die Pistole, die leere Literflasche, das Geld, die Brieftasche, den Paß und das Flugticket in die Sporttasche. Dann schlüpfte er in sein Jackett, wischte den Telefonhörer und die Badewannenarmatur mit seinem Taschentuch ab, ließ die Innenverriegelung der Badezimmertür einrasten, bevor er sie hinter sich schloß, stopfte das Taschentuch in die Sporttasche, zog den Reißverschluß der Tasche zu, ging zum Fahrstuhl und drückte mit dem Zeigefingerknöchel auf den Fahrstuhlknopf, dessen Pfeil in Richtung Erdgeschoß zeigte.

Als er von außen seine Jackentaschen abklopfte, um sich zu vergewissern, daß er seine Zigaretten eingesteckt hatte, freute er sich auf den Tag, an dem er Bettler-Hühnchen essen konnte, während andere solche Aufträge erledigen mußten.

16

Im Gegensatz zu dem dünnen weißen Mann hatte es der korpulente schwarze Alhaji Shehu Musa fertiggebracht, während des zehnstündigen Fluges zu schlafen. Als die DC-10 der Nigeria Airways ihre Landung auf dem Muritala Mohammed International Airport vorzubereiten begann, zündete sich der dünne Mann eine weitere Zigarette an, bestellte sich noch einen Wodka-Soda und starrte durch das Fenster auf den sich nähernden, fremden Kontinent, der unter einem häßlichen Morgennebel lag. Er kratzte an der kleinen Schwellung auf seinem Oberarm, die von der Schutzimpfung gegen Gelbfieber zurückgeblieben war.

»*Eko Akete, ile ogban*«, sagte Alhaji mit einem breiten Grinsen, als er sich über den Sitz des dünnen Mannes lehnte, um einen Blick auf das unter ihnen liegende Land zu werfen. »So nennen wir Yoruba es: Lagos, Bett der Sünde, Haus der Weisheit.«

Aus dieser Perspektive wirkte Lagos auf den dünnen Mann wie eine gewaltige industrielle Einöde – wie die große Müllverwertungsanlage von Ponte & Sons in Jersey City, dachte der dünne Mann, die sich zu einem höllischen Fürstentum verselbständigt hatte und in die malariaverpestete Achselhöhle von Umba-Umba-Land verpflanzt worden war.

»Ich werde dir ein Lokal zeigen, wo nur Yoruba hingehen. Es hat noch nicht mal einen Namen, aber da gibt's die beste Yamssuppe auf der ganzen Welt.« Alhaji schnalzte mit der Zunge. »*Gwaten doya*, so heißt diese Suppe, und wer einmal davon probiert hat, wird für den Rest seines Lebens verrückt danach sein. Das Zeug macht noch süchtiger als *akunnilorun*, der große Oba Duji persönlich«, sagte er, vor Vergnügen glucksend.

Der dünne Mann hob die Augenbrauen und lächelte

matt bei einem halbherzigen Versuch, Begeisterung vorzutäuschen.

»Und ganz in der Nähe«, fuhr Alhaji fort, »da gibt es einen Puff, wie du ihn noch nie gesehen hast. Agbere-Mädchen aus dem Norden. Mädchen, so jung, daß sie noch nicht mal bluten.« Wieder schnalzte er mit der Zunge. »Und viele von denen sind noch Jungfrauen. Doch, doch, ungelogen! Da bekommst du echte *wúndía*, unbefleckte Jungfrauen.«

Der dünne Mann sah ihm ins Gesicht.

»Na ja, ein paar Yoruba-Frauen sind natürlich auch darunter.«

Vom Boden sah Lagos noch viel schlimmer aus. Als das zerbeulte Peugeot-Taxi in westlicher Richtung über den Apapa Oworonsoki Expressway zur Ikorodu Road raste, von der es abbog, um den im Süden liegenden Stadtteil Yaba anzusteuern, wurde die Stadt immer häßlicher, chaotischer und übelriechender. Alhaji schien stolz zu sein auf diese Häßlichkeit, das Verkehrsgewühl und den Gestank.

»Die am schnellsten wachsende Stadt der Welt«, sagte er. »Doch, wirklich. Sieben Millionen Einwohner, vielleicht noch mehr. Und die jüngste Stadt der Welt dazu. Mindestens die Hälfte der Bevölkerung ist unter sechzehn.« Er schien geradezu vernarrt in den Ort. »Die Yamssuppe, die Freudenhäuser. Tarkwa Beach. Die Musik – Fela Anikulapo Kuti, Chief Commander Ebenezer Obey, King Sunny Ade.«

»Wieso bist du dann von hier weggegangen?« fragte der dünne Mann.

»Das durchschnittliche Pro-Kopf-Einkommen beträgt siebentausendfünfhundert Naira. Das sind ungefähr dreihundert Dollar im Jahr.«

Das Taxi fuhr in den Muritala Mohammed Way, bog danach noch zweimal ab und hielt schließlich in der Queens Road vor einem heruntergekommenen Hotel. Das Gebäude machte den Eindruck, als sei es vor langer Zeit ohne Rücksicht auf ästhetische Erwägungen errichtet und anschließend dem Verfall preisgegeben worden.

»Mit Klimaanlage.« Alhaji strahlte. »Fernsehen, fließend Wasser. Und ideal gelegen für unsere Zwecke.«

Der Mann aus Pantelleria war bereits im Hotel, als sie eintrafen: ein kleiner Sizilianer mit Schnurrbart, der einen weißen Anzug, einen weißen Strohhut und perforierte, braun-weiße Slipper trug. Sein Englisch war nicht gut, aber Worte waren hier nicht wichtig. Alhaji ergriff die Hand des Sizilianers und küßte sie. Der Mann gab sich keine Mühe, seinen Ekel zu verbergen.

Die Schwefelsäure, das Kaliumchlorat, das Schießpulver, die kleine Pipette, die batteriebetriebene Bohrmaschine und der Spiralbohrer mit einem Durchmesser von einem halben Zentimeter, die Tischtennisbälle, die Glasröhrchen, die Korken und die Tube Silikonkleber waren in Lagos gekauft worden. Der dünne Mann hatte das geruchslose, lehmartige C-4 zu einem kleinen Pferdchen modelliert und mit seinem Handgepäck durch die Flughafenkontrolle gebracht.

»Okay«, sagte der dünne Mann, »jetzt fehlen nur noch die Präser und der Eierkarton. Und ein bißchen Watte. Wir brauchen noch ein bißchen Watte.«

»Ich werde euch dann nachher abholen«, sagte der Sizilianer. »Um welche Uhrzeit?«

»Die Autos werden heute nacht um halb zehn zum Flughafen aufbrechen«, sagte Alhaji. »Wir müssen also um halb neun dort sein.«

Der Sizilianer zog einen Kugelschreiber und einen Zettel aus seiner Jacke. Er zeichnete einen krakeligen Kreis auf das Papier und reichte Alhaji den Kugelschreiber. »Zeichne mal die Uhrzeiger rein«, sagte er zu ihm.

Alhaji verwandelte den Kreis in ein Ziffernblatt, das er mit einer Acht und einer Drei versah. Vom Zentrum des Kreises zog er eine Linie zur Acht und dann eine zweite, etwas längere zur Drei.

Der Mann warf einen Blick auf den Zettel und nickte: »*Venti e u quartu.*« Er zerknüllte den Zettel und ließ ihn in einen Aschenbecher fallen.

»Wenn wir fertig sind, rufen wir Mister Joe an.«

»Oba Joe«, sagte Alhaji mit einem wissenden, bedeutungsschweren Blick, der dem dünnen Mann galt.

Der Sizilianer erhob sich, tippte kurz an seine Hutkrempe und ließ die beiden Männer allein.

Alhaji ging zum Telefon, wählte eine Nummer und sprach mit jemandem in einem ausgelassenen, enthusiastischen Tonfall, teils auf englisch, teils auf Yoruba, dann legte er auf.

»Es läuft alles nach Plan«, teilte er dem dünnen Mann mit. Die beiden machten sich ein wenig frisch, und dann führte Alhaji – wie der Überfluß, der das bleiche Elend ins Schlepptau genommen hatte – den dünnen Mann zu einem mit Blechplatten vernagelten Holzschuppen, der sich als Restaurant entpuppte. Alhaji bestellte für sie eine Suppe aus Paprikaschoten und ein Ragout aus Meeresfrüchten und Yams, das *ikorere* hieß. Das Essen schmeckte dem dünnen Mann, doch die brütende Hitze, die hohe Luftfeuchtigkeit, die überall herumschwirrenden Fliegen und der Fäkaliengestank aus den nahe gelegenen, offenen Sickergruben waren kaum auszuhalten.

»Manche Leute behaupten, daß die Abwässer und Chemikalien aus den Fabriken die Fische in der Lagune vergiften«, sagte Alhaji. »Ich halte das für übertrieben.«

Nach dem Mittagessen kauften sie ein Dutzend blauer, angefeuchteter Kondome – »Dicke Party heute abend«, erkärte Alhaji dem Mann hinter dem Tresen, wobei er ihn anzüglich angrinste – und eine Packung Wattebäusche. Zu Alhajis großer Freude entdeckten sie kurz vor der Akuwunmi Street einen Eierkarton, der auf einem Müllhaufen im Rinnstein thronte. Mit Alhajis Unterstützung brauchte der dünne Mann etwas weniger als zwei Stunden, um seine Arbeit zu vollenden. Als er fertig war, ging er nach draußen und kaufte sich einen halben Liter Wodka und eine Flasche Sodawasser.

Der Sizilianer war pünktlich. Er wartete vor dem Hotel in einem gelben Kleinwagen auf sie. Mit Alhaji als Lotsen bogen sie vom Muritale Mohammed Way links in die Oju Elegba Road ein. Sie überquerten die Eisenbahngleise und fuhren dann auf der Tejuoso Street in Richtung Süden, vorbei am Yaba-Markt, bis sie das Ende der Tejuoso Street erreicht hatten. Dort stand auf einem staubigen Stück Brachland ein Wellblechgebäude, dessen Konturen in der Abenddämmerung gerade noch auszumachen waren. Vor dem Gebäude waren einige alte Kleinbusse und mehrere achtsitzige Limousinen vom Typ Peugeot 504 geparkt.

»Da wären wir«, sagte Alhaji.

Alhaji verfolgte aufmerksam, wie der dünne Mann die scharfgemachten Pingpongbälle einzeln aus dem Eierkarton nahm, mit Watte umwickelte und in die Kondome steckte. Alhaji verschloß jedes Kondom mit einem, wie er es nannte, ›Yaba-Knoten‹.

»Ihr holt mich hier um halb zehn wieder ab«, sagte er.

Im Inneren der Wellblechbaracke wimmelte es von Männern, die sich in lautstarken Gruppen um Tisch und Bänke drängten. Ein Mann – er trug einen Anzug aus Baumwollkrepp, ein Stammeskäppchen und Goldschmuck – begrüßte Alhaji mit einem Freudenschrei und umarmte ihn herzlich. Das Lokal besaß keine Klimaanlage, und die Luft war gesättigt mit dem dichten Qualm von Zigaretten und *igi-ogbó*, unter den sich die Ausdünstungen von Schweiß, Urin und dampfender Okrasuppe mischten. Aus einem riesigen Kofferradio dröhnte das *dundun*-Lied zu Ehren Shangos, ein Hit der Chief Twins Olaniyi Seven Seven. Alhaji ließ den Mann im Kreppanzug einen Blick in die Papiertüte werfen.

»Blau.« Der Mann lachte. »Wie fantasievoll!«

»Spezial«, sagte Alhaji. »Achtundneunzigprozentiger Stoff. Soll nicht mit der übrigen Ware verwechselt werden.«

An einem Tisch saß eine Gruppe ausgemergelter junger Männer, die meisten mit nacktem Oberkörper, die riesige Weintrauben hinunterschluckten. Mußte einer von ihnen würgen, wurde er von einem älteren Mann, der die Gruppe beaufsichtigte, rüde beschimpft und mit einer Gerte geschlagen. An einem anderen Tisch saß eine

Gruppe von Männern, die Golfbälle hinunterschluckten. Diese Männer waren größer und sahen exotischer aus: Etliche von ihnen präsentierten kupferfarbene Stammesnarben auf der entblößten Brust. Würgte einer von diesen Männern, wurde er einfach nur weggeschickt. An anderen Tischen saßen Schlucker, die ihre Ausbildung erfolgreich abgeschlossen hatten, sogenannte *aláàgbe mì*, die den Mund aufsperrten – wie Seehunde, die darauf warteten, daß man ihnen Fische zuwarf – und vom Aufsichtspersonal mit einem Kondom nach dem anderen gefüttert wurden. An manchen Tischen waren die Kondome zu kleinen Päckchen zusammengeschnürt, die etwa die Größe einer Olive hatten. An den Tischen, wo die lang aufgeschossenen Männer mit den Stammesnarben saßen, waren die Kondome großzügiger gefüllt worden: prall und schwer und kugelrund. Jedes Kondom, wie groß es auch sein mochte, wurde mit einem Schluck dickflüssiger, grüner Okrasuppe hinuntergewürgt.

Der Mann im Kreppanzug wollte Alhajis Papiertüte nehmen, um den Inhalt unter den Schluckern zu verteilen.

»Nein.« Alhaji grinste. »Das will ich selbst machen. Wie früher in den alten Zeiten.«

»Eine Lehrstunde vom Meister persönlich.«

Alhaji schlenderte zu dem Tisch, an dem die großen Narbenmänner saßen, und fütterte sie überschwenglich gestikulierend der Reihe nach mit den blauen Kondomen.

Um halb zehn hatte jeder der Schlucker sein Flugticket erhalten. Die Männer wurden in die draußen wartenden Fahrzeuge verfrachtet, die unmittelbar aufeinander starteten und in einer kunterbunten Karawane nach Norden fuhren, zum Flughafen. Innerhalb der nächsten Stunden würden ihre komplizierten Flugreisen nach Amerika beginnen. Einige von ihnen würden in einer Stunde mit dem Alitalia-Flug 845 nach Rom fliegen und in Rom auf den TWA-Flug 841 nach New York umsteigen. Andere würden eine Stunde später den Lufthansa-Flug 567 nehmen und in Frankfurt ihre Reise mit dem TWA-Flug 741 fortsetzen. Die übrigen würden mit der Air Afrique nach

Abidjan fliegen und von der Hauptstadt der Elfenbeinküste nach New York gelangen. Am folgenden Tag würde jeder Kurier, nachdem er sein Schmuggelgut für Alhajis Männer in New York ausgeschieden hatte, zwischen zwei- und fünftausend Dollar erhalten. Die Entlohung hing von der Menge und Größe der Kondome ab, die er aus seinem Darm plumpsen ließ. Fünftausend Dollar entsprachen der Summe, die man in Lagos mit ehrlicher Arbeit in sechzehn Jahren zusammenkratzen konnte.

Alhaji bemerkte den gelben Kleinwagen, der langsam in seine Richtung gerollt kam. Der dünne Mann stieg aus, entfernte sich ein paar Schritte und öffnete seinen Hosenschlitz.

»Und jetzt werden wir was essen«, sagte Alhaji in den Rücken des pinkelnden Mannes. Er sperrte die Augen weit auf, die in der Dunkelheit wie gelbe Opale leuchteten, und ließ ein schallendes, lüsternes Gelächter ertönen. »Und dann wird entjungfert. *Gwaten doya* und Hühnchen, der Festschmaus der Könige.«

»Zuerst erledigen wir unseren Anruf«, sagte der dünne Mann über seine Schulter. Seine freie Hand peitschte hektisch durch die Luft. »Scheißmücken!«

»Ja. Wir rufen Oba Joe an.« Alhajis Begeisterung kannte keine Grenzen. Bald würde er ein Mann von Ehre sein und auf Wegen wandeln, auf die noch nie ein Yoruba den Fuß gesetzt hatte.

»Ich weiß nicht, ob wir noch genug Zeit für deine Teerbabys haben. Wir müssen um null Uhr dreißig am Flughafen sein. Unser Flieger startet um halb zwei.« Er war nicht besonders scharf darauf, diesen jungen Prostituierten einen Besuch abzustatten. Wenn Alhaji von diesen Mädchen sprach, fühlte er sich automatisch an die Bilder von ausgezehrten, dickbäuchigen Kindern aus Somalia erinnert, die diese Einen-für-den-lieben-Gott-und-zwei-für-mich-Spinner mitten in der Nacht im Fernsehen zeigten.

»Um fünfundzwanzig nach eins«, korrigierte ihn Alhaji. Seine Stimme klang verärgert. Teerbabys, in der Tat! »Fünfundvierzig Minuten fürs Essen. Fünfundvierzig Minuten fürs Amüsement. Da bleibt uns noch genug Zeit. Mehr als genug. Glaubt mir, den Flug 850 habe ich schon oft genommen.«

Der dünne Mann zog den Reißverschluß hoch und drehte sich schwankend um. »Mir ist da gerade was eingefallen«, sagte er. »Woher wissen wir, daß keiner von diesen Schluckern in unserem Flugzeug sitzt?«

Alhaji lachte. »Nigeria Airways 850 – das ist der einzige Direktflug von Lagos nach New York. Diesen Flug benutzen wir nie, denn die Passagiere werden am New Yorker Kennedy-Flughafen schärfstens kontrolliert.«

Der kleine Sizilianer stieg aus dem Auto. »*Un momento*«, sagte er mit einer knappen Handbewegung. Sie sahen zu, wie er den Kofferraum öffnete. Er schaute hinein und winkte die beiden Männer zu sich heran. Als sie das Auto fast erreicht hatten, riß er eine Uzi mit einem langen RFP-Encap-U-Wipe-Schalldämpfer hervor und überzog die Männer mit einem Geschoßhagel. Mit einer hilflosen, absurd wirkenden Gebärde verschränkte der dünne Mann für einen kurzen Moment seine Unterarme vor den Augen und ließ ein weinerliches »Nein!« ertönen. Der dicke Mann riß die Arme auseinander, seine lachsfarbenen Handflächen zuckten, flehentlich bittend à la Al Jolson, er zitterte am ganzen Leib, die Augen vor Entsetzen geweitet, und sein Mund klappte lautlos auf und zu. Dann sackten die beiden stöhnend zu Boden. Der Sizilianer blickte auf den dünnen Mann hinab, schüttelte den Kopf und zischte ein paar Worte.

»*Scemu figliu di putta.*«

Es war der Grabspruch des dünnen Mannes – blöder Hurensohn –, und der bedeutungslose Schall dieser Worte war das letzte Geräusch, das er in seinem Leben hören sollte.

Es war acht Uhr abends in New York und zwei Uhr morgens in Lagos, als der hünenhafte Mann auf Sitzplatz 32 C – der Alitalia Flug 845 befand sich zu diesem Zeitpunkt irgendwo über den Bergen des südöstlichen Algerien –

seinen Bauch umklammerte und Blut zu spucken begann. Während ihm das Blut aus dem Mund schoß, explodierten seine Eingeweide mit einem ohrenbetäubenden Knall: Die Detonation versetzte das Flugzeug in heftige Schlingerbewegungen, tötete mehrere andere Passagiere, sprengte Sitze auseinander, zerfetzte die Deckenverkleidung, brachte die inneren Plexiglasscheiben zum Bersten, zerschmetterte die Rohrleitungen der Belüftungsanlage und verspritzte überall im Passagierraum Blut sowie Fleisch- und Eingeweidefetzen. Die Panik unter den überlebenden Passagieren war dermaßen groß, daß ihre Entsetzensschreie angesichts der harmlosen Turbulenzen, in die das Flugzeug während seiner Notlandung auf dem Flughafen von Touggourt geriet, noch hysterischer wurden. Die größte Panik befiel diejenigen, die ebenfalls Kondome verschluckt hatten. In Schweiß gebadet und hektisch in Stammesdialekten aufeinander einredend, stürzten sie paarweise in die Toilettenkabinen, steckten sich die Finger in den Hals und beugten sich in lautstarker, panischer Verzweiflung, in einer wilden Kakophonie aus Würgen und Röcheln, über die Klosettschüsseln. In Touggourt, inmitten der aus dem Flugzeug hastenden Passagiere, sank ein weiterer Schlucker auf die Knie, wobei ein Blutschwall aus seinem Mund quoll. Die folgende Explosion kostete mehr Menschenleben als die erste. Touggourts kleiner Flughafen erlebte noch weitere Explosionen völlig verängstigter Schlucker, die es auf fahrbaren Krankenbahren, in Telefonzellen und Toiletten zerfetzte.

Innerhalb einer Stunde stürzten über Ghana zwei Zubringermaschinen der Air Afrique ab, bevor sie ihr Ziel, den Flughafen von Abidjan, erreicht hatten. Diese Flugzeuge waren zu klein und leicht, um der Druckwelle der Explosionen standhalten zu können. Die Lufthansa-Maschine landete sicher in Frankfurt, doch der Anschlußflug der TWA hatte nicht soviel Glück: Die Passagierkabine fing nach einer Explosion über dem Atlantik Feuer. Während der Löscharbeiten explodierte ein weiterer Schlukker, der einen Fensterplatz erwischt hatte: Die Explosion zertrümmerte ein Außenfenster im hinteren Flugzeugrumpf und riß das Flugzeug in einem höllischen Strudel aus schwarzem Qualm und lodernden Flammen ins Meer.

Beamte der internationalen Flugüberwachung kommunizierten mit wachsender Besorgnis über eine nicht abreißen wollende Kette von Katastrophen, die, so unglaublich es klingen mochte, nach übereinstimmender Auskunft von Fluggästen, Bordbesatzungen und Deutschlands Antiterroreinheit GSG 9 auf explodierende Neger zurückzuführen waren.

Auf dem Fensterbrett eines schmutzverkrusteten Fensters, das praktisch auf nichts wies – auf die Brandmauer eines nach verfaulten Abfällen stinkenden Entlüftungsschachts –, befanden sich eine Flasche Starkbier der Sorte Olde English ›800‹, ein von Kool-Super-Long-Stummeln überquellender und von achtlos verstreuter Zigarettenasche umgebener Aschenbecher, ein halb heruntergebrannter Kerzenstummel, der in einer zerlaufenen Pfütze aus hart gewordenem Wachs stand, und ein rußgeschwärzter, verbogener Löffel. Der Raum war nicht größer als acht Quadratmeter. An einer seiner Wände lagen mehrere verschmutzte Sofakissen. Auf den schwarzen, verrottenden Dielen döste ein etwa vierzigjähriger Mann vor sich hin. Der Kopf des Mannes ruhte träge auf den im Nacken verschränkten, dünnen, knochigen Armen, seine Augen waren geschlossen, und ein dünner Speichelfaden lief aus einem Mundwinkel. Einer seiner in schmutzigen Turnschuhen steckenden Füße bewegte sich, nicht ganz im Rhythmus, zu ›Land of 1000 Dances‹ von Cannibal and the Headhunters. Die blechern scheppernde Musik stammte von einer Kassette, die von einem altersschwachen, tragbaren Kassettenrecorder abgespult wurde, der auf dem Fußboden stand.

Der Kühlschrank und der Herd in der angrenzenden, kleinen Küche waren außer Betrieb. Beiden fehlte die Tür, und ihre Roste waren vollgestellt mit durchgeweichten, übelriechenden Papiertüten und verkrusteten Aluminiumschalen aus Außer-Haus-Verkauf-Imbissen. Der Kühlschrank war mit einem bunten Tuch bedeckt: der einzige, längst vergessene Anflug von so etwas wie Wohnkultur, den der spartanische Raum aufwies. Auf dem Tuch standen eine angebrochene Schachtel Ritz-Cracker, eine mehr oder weniger leere Halbliterflasche Johnny Walker Red und ein paar klebrige Becher aus Plexiglas. Die völlig vergilbte Abtropffläche der Küchenspüle war von grauen Schrammen und Kratzern übersät und starrte vor Schmutz. Auf ihr prangten mehrere steinharte, schwarze Stalagmiten, die traurigen Überbleibsel der Fleisch- und Gemüsepampe eines vor langer Zeit hinuntergewürgten Souvlaki-Gerichts. An der Küchenspüle lehnte ein weiterer Mann, ein hellhäutiger Schwarzer mit nacktem Oberkörper, der eine Kool Super Long rauchte. Er schlenderte ins Wohnzimmer und nahm einen Schluck Starkbier.

»Scheißabszeß«, sagte er, wobei er die gewölbte Hand um seinen Unterkiefer legte. Seine Augenlider hingen schlaff herab, und was man von seinen Augen sehen konnte, war gelb verfärbt und blutunterlaufen. Er hockte sich auf eins der Kissen und fing an, mit apathischen Bewegungen seine unrasierte Kehle zu kratzen. Dabei ließ er seinen Kopf kraftlos und träge im Takt der Musik hin und her schaukeln.

In der Wohnungstür drehte sich ein Schlüssel. Ein ausgemergelter Latino, der jünger war als seine Wohngenossen, betrat den Raum, am ganzen Körper zitternd und durch die Nase schniefend. »*Naa, na na na na, na na na, na na na, na na na*«, intonierte er zusammen mit Cannibal and the Headhunters: ein matter, monotoner Sprechgesang, bei dem jede Zäsur von Zittern und Schniefen begleitet wurde. Er setzte sich auf den leeren Milchkasten vor dem Fensterbrett und entleerte den Inhalt seiner Hemdtasche: eine *punto* mit orangefarbener Schutzkappe und drei Pergamentpapiertütchen mit dem Etikett ›No Mercy‹. Er schniefte und zitterte und sang, während er das tat. »*You gotta know how to pony . . .*« Mit seinem Gürtel band er sich den linken Arm oberhalb des Ellbogens ab. Anschließend klatschte er sich mit der flachen Hand mehrmals auf den abgebundenen Unterarm. ›Land of 1000 Dances‹ endete, und ›Cool Jerk‹ von den Capitols begann. Diese Kassette kannte er in- und auswendig. Als nächstes würde ›You Talk Too Much‹ von Joe Jones kommen und danach ›Cloud Nine‹ von den Temps – und auf diesen verdammten Song fuhr er voll ab.

»I say now, I say now, the moment of truth have finally come, when I'm gonna show you some, some-a that Cool Jerk. Gimme a little bitta drum by himself there . . .«

Er stach sich die dünne Nadelspitze in die Vene.

»Can you do it, can you do it, can you do it, can you do it . . .«

Er zog ein wenig Blut in die Spritze, und dann drückte er kräftig auf den Kolben. »*Scheiße!*«

Seine Wohngenossen schlugen die Augen auf. Sie sahen, wie der Latino in konvulsivische Zuckungen ausbrach, so als würde ein Stromschlag durch seinen Körper jagen.

»Hast dir wohl irgend so 'n Dreckszeug andrehen lassen, was?« fragte der Hemdlose.

Der Latino sackte mit einem lauten Stöhnen vom Milchkasten, noch immer wild zuckend.

»Verdammt, das muß was Schlimmeres sein!« sagte der andere Mann mit aufgeregter Stimme. »Der Typ ist am Abnippeln. Los, schnell, schieß ihm 'ne Ladung Salzwasser hinterher!«

»Salzwasser, bist du irre? Das ist keine Scheißüberdosis. Das ist 'n Anfall oder so 'n Mist.«

Der Latino krümmte sich vor Schmerzen, halb ohmächtig, laut keuchend.

»Mann, schau dir mal diese Scheiße an!« Der Hemdlose beugte sich über den auf dem Boden liegenden Latino: Unter seiner Haut schienen kleine Tintenbläschen aufzuplatzen, während sich die ätzende Lauge durch seine Venen fraß. Das kontaminierte Blut pulsierte durch seinen Organismus, vermischte sich mit dem Körpereiweiß und ließ eine zweite chemische Verbindung entstehen, die ebenso tödlich und ätzend war und sein Gewebe in einen nekrotischen, gallertartigen Brei verwandelte. Er umkrallte seinen Bauch und gab einen letzten Schmerzensschrei von sich, während der Giftstrom durch seine inneren Organe brandete und den Magen mit bitterem, brennendem Blut füllte. Zersetztes, breiiges, an Tiergedärme erinnerndes Gewebe quoll ihm in einem dampfenden, blutigen Sturzbach aus dem Mund.

»Verdammte Scheiße«, sagte der hemdlose Mann. »*Verdammte Scheiße.*«

Es war elf Uhr abends, und für den alten Joe war längst die Schlafenszeit angebrochen. Johnny und Louie Bones schlenderten in westlicher Richtung die Kenmare Street hinunter. Sie hatten bei Little Paulie's gegessen und wollten noch einmal in den Club schauen.

»Woher zum Teufel soll ich wissen, wie er das gemacht hat? Erst ist da dieser Kerl mit dem Tatterich und den zerschnippelten Pingpongbällen, und dann ist da dieser verdammte *mulagnan'*, dieser fette Nigger mit den Pornofilmen. Und als nächstes: Rumms-Bumms, Krawumms! Dein Onkel verblüfft mich immer wieder. Ehrlich!«

»Ich kann noch immer nicht glauben, daß er das gemacht hat.«

Johnny spazierte gern mit Louie Bones durch die Straßen. Er genoß die Blicke, die ihnen die Leute auf der Straße zuwarfen, die darin zum Ausdruck kommende, neugierige Hochachtung. Selbst wenn er allein unterwegs war, zog Johnny in letzter Zeit hin und wieder diese Blicke auf sich, dieses beflissene, stille Nicken des Wiedererkennens.

»Das ist typisch Joe. Seine Warnschüsse sind tödlich. Das Heroin, das in dieses Land eingeflogen wird, steckt größtenteils im Bauch dieser schwarzen Dschungelhäschen. Damit dürfte erst mal Schluß sein. Wäre ich einer von denen, würde ich in nächster Zeit keine Präser mehr schlucken. Das steht fest. Und fest steht auch, daß bei den Sicherheitskontrollen der Fluglinien von nun an Alarmstufe eins herrschen wird. In einem Punkt muß ich dir allerdings widersprechen, Johnny.« Louie grinste boshaft.

»Du sagst, du kannst nicht glauben, daß er das gemacht hat. Aber diese Sache geht nicht nur auf seine Kappe, Johnny. Uns betrifft das genauso. Wir haben das gemacht. Wir alle, du und ich, stecken da mit drin. Der Ruhm fällt genauso auf uns wie die Schuld.«

Louies Worte brachten Johnnys eigene, unschlüssige Gedanken zum Ausdruck. Er war kein unschuldiger Pilotfisch, der sich im Kielwasser des aus der Tiefe aufgetauchten Leviathans der Zerstörungswut seines Onkels tummelte. Immerhin hatte Onkel Joe während der Vernichtungsschläge der vergangenen Tage keinen Revolverabzug betätigt, keine Kehlen durchgeschnitten und keine Bomben gezündet. Bürdete die Tatsache, daß das Böse seinem Geist und seinem Willen entsprungen war, Onkel Joe eine größere Schuld auf als denjenigen, die sich seine Pläne zu eigen machten und bejahten? Wie bei seinen tödlichen Spritztouren mit Willie zog es Johnny vor, sich als bloßen Komplizen zu sehen, als Bewohner einer moralischen Grauzone, als abstrakte Verkörperung von Mord und Totschlag und weniger als Mörder.

Er verscheuchte diese Gedanken. »Hast du den Kopf gesehen, den dieses alte Schlitzauge mit der Post bekommen hat?«

Louie verzog sein Gesicht zu einer angeekelten Grimasse. »Wer zum Teufel würde sich das ansehen wollen?«

»Ich bin einfach neugierig«, sagte Johnny. »Neugierig, wie so was aussieht.«

»Wirklich? Also, ich kann darauf verzichten. Und es würde mich überhaupt nicht jucken, wenn mir das erspart bliebe. Ich weiß, wem dieser Kopf gehört hat, und mehr interessiert mich auch nicht. Der Typ hat seine eigenen Leute verraten und heimlich mit uns zusammengearbeitet. Doch wen kümmert's – alt geworden wäre der sowieso nie.« Louie zündete sich eine Zigarette an. »Neugierig«, spöttelte er. »Du lieber Himmel! Diese Scheiße habe ich mir schon vor Jahren abgewöhnt. Ich bin jetzt nur noch darauf neugierig, wie einem Achtzigjährigen ein gutes Glas Wein schmeckt. Das ist die einzige Sache, die ich noch herausfinden möchte. Ich weiß zum Beispiel immer noch nicht, warum der verdammte Himmel blau ist.«

»Das hat irgendwas mit dem Licht zu tun, das vom Wasser reflektiert wird.«

»Ja, das habe ich auch mal gedacht. Doch dann habe ich was anderes gehört.«

»Ich glaube trotzdem, daß es stimmt«, sagte Johnny. »Die Erde besteht zu drei Vierteln aus Wasser.«

»Ich weiß«, sagte Louie mit fachmännischer Miene. »Wie der menschliche Körper.«

Sie bogen in die Mulberry Street ein und gingen eine Weile wortlos nebeneinander her.

»Sag mal, Johnny, wie fühlst du dich bei dieser Sache? Ich meine, tief in deinem Inneren. Hast du das Gefühl, daß das Ganze real ist?«

»Die explodierenden Nigger? Der Kopf-des-Monats-Club?«

»Nein. *Lo schema.* Alles, und zwar von A bis Z. Wir beide, du und ich, wie wir gerade diese Straße hinuntergehen. Du und ich, wie wir all das tun, was wir tun müssen, und am Ende ohne jeden Kratzer aus der Sache herauskommen. Du und ich, wie wir diese Straße entlanggehen, wenn alles vorbei ist, mit genügend Geld in der Tasche, um uns die ganze verdammte Straße kaufen zu können.«

»Also, es ist etwa so: Zuerst fahre ich mit einem kaputten Getriebe durch die Gegend und bringe mit Willie Gloves für ein mickriges Taschengeld irgendwelche Spics um die Ecke. Und im nächsten Augenblick sitze ich da und höre mir eine Geschichte über ein Pferd an, das auf der Cornelia Street durchgegangen ist, als mein Onkel kaum größer war als ein Feuerwehrhydrant, und als nächstes erzählt er mir, daß für mich bei der Sache ein paar hundert Millionen rausspringen werden. Dann zieht Tonio mit all diesem lächerlichen Hokuspokus ein Messer über meinen Finger, und dieser Billy Sing erzählt mir die ganze verdammte dreitausendjährige geheime Geschichte des verdammten Reichs der Mitte, und dann gehen all diese Bomben hoch. Scheiße, Louie, wenn ich ehrlich bin, muß ich deine Frage mit einem glatten Nein beantworten. Mir kommt das Ganze kein bißchen real vor.«

Louie sagte nichts, sondern nickte nachdenklich. Als er keine Anstalten machte, irgend etwas zu sagen, schob Johnny eine Frage nach: »Wie fühlst du dich denn dabei?«

»Genauso.«

»Das habe ich hören wollen. Das ist Balsam für meine Nerven.«

Louie lachte leise: »Genauer gesagt: anders, aber genauso. Ich kenne diese Typen – deinen Onkel, Tonio, das alte Schlitzauge – seit langer, langer Zeit. Dein Onkel und ich haben zusammen einen Haufen Geld gemacht. Einen Haufen Geld! Wir führten ein angenehmes, ruhiges Leben. Es schien, als würde es ewig so weitergehen, daß wir einfach so dasitzen, entspannt und ruhig, und uns darüber beklagen, wie entspannt und ruhig das Leben geworden ist. Und dann das! Dein Onkel, Tonio und diese Typen drüben in Italien, das sind alte Männer. Versteh mich bitte nicht falsch, Johnny. Ich bin selbst kein junger Hüpfer mehr, aber diese Typen leben eigentlich nur noch, weil Gott einen ziemlich merkwürdigen Sinn für Humor hat. Ich habe den Eindruck, daß sie sich sagen, wenn sie schon abtreten müssen, dann wenigstens mit einem ordentlichen Knall.«

»Ich habe ihn mal gefragt, ob das so ist.«

»Ehrlich?«

»Ja. Er hat mir erzählt, es stecke alles hier drin.« Johnny tippte sich an die Brust. »Er hat mir erzählt, es hätte was damit zu tun, daß er den Rest seiner Tage in Ruhe und Frieden verbringen möchte.«

»Ich wünschte, er hätte mir das auch erzählt.«

»Gibt dir das ein besseres Gefühl?«

»Irgendwie schon.«

»Dann bist du auch so ein perverser Sack.« Johnny lachte. Doch dann wurde seine Miene bitterernst. »Was soll's also«, sagte er. »Scheiß drauf, ob es mir real vorkommt oder nicht. Es ist real. Hauptsache, die Bezahlung ist real.«

»Sei nicht so voreilig. Fürs erste ist viel wichtiger, daß unsere Köpfe nicht bei irgend jemand im Briefkasten landen.«

»Und was für ein Gefühl hast *du*, tief in *deinem* Inneren?«

»Wir werden die Sache schon schaukeln«, sagte Louie. Johnny hatte den Eindruck, als versuchte Louie, sich selbst davon zu überzeugen.

»Das glaubst du wirklich?«

»Ja«, sagte Louie, und in seinen Augen lag ein merkwürdiger Ausdruck. »Uns bleibt gar nichts anderes übrig.«

17

Johnny nahm den Kalender mit den nackten Pin-up-Girls von der Wand neben seinem Schreibtisch im Gewerkschaftsbüro auf der Park Avenue South. Er klappte zwei Blätter des Kalenders nach hinten, um ihn auf den aktuellen Stand zu bringen: vom längst verflossenen April auf Juni. Dann hängte er ihn an die Wand zurück. Er blieb einen Moment lang stehen und betrachtete diese *dea nova* der Sonnenwende: eine Vision aus Fettpölsterchen und blondgefärbten Haaren, die sich den Hals verrenkte, um an einer ihrer mit Schwangerschaftsstreifen übersäten Brüste zu lutschen.

»Hey«, hörte er jemanden in seinem Rücken sagen, »das ist ja 'ne nette Überraschung. Ich dachte schon, du hättest diese Adresse vergessen.« Der Mann, ungekämmt und unrasiert, trug schmutzige Haband-Arbeitshosen und ein T-Shirt mit dem Aufdruck ›International Brotherhood of Teamsters‹, das seinen gewaltigen, über den Gürtel quellenden Bierbauch nur halb bedeckte. Beim Sprechen schaufelte er sich aus einem Halbliterbecher löffelweise Cookie-Dough-Dynamo-Eiskrem von Häagen-Dazs in den Mund. Zwischen zwei Fingern der Hand, die den Eisbecher umklammerten, steckte eine glimmende Zigarette mit einem langen Ascheröllchen.

»Leider nicht«, antwortete Johnny.

»Los, erzähl mal. Du machst demnächst Urlaub, hab' ich gehört. Wo geht's denn hin?«

»Weg.«

»Man sagt, das Wetter soll dort nett sein, um diese Jahreszeit.«

»Und, bei dir ist alles in Ordnung? Keine Probleme mit der Lafayette Street? Wie läuft's in Sektion 23? Alles in Butter?«

»Na klar.«

»Prima.«

»Wir haben immer noch Ärger mit diesem verdammten Hindu in der East Side. Der Kerl will einfach nicht blechen.«

»Was? Scheiße, Mann! Du kennst doch die Spielregeln. Einundzwanzig Piepen pro Woche. Keine Extrawürste! Wenn diese beschissenen Turbanwichser ihre Zeitungen verkaufen wollen, dann müssen sie auch zahlen.«

»Der Kerl sagt, er macht keinen Müll.«

»Dann erzähl ihm, daß er verdammt noch mal welchen machen soll.«

»Das haben ihm die Jungs schon zu verklickern versucht.« Der Mann führte die Zigarette zu seinem Mund und nahm einen Zug, bevor er sie auf den Boden fallen ließ und mit dem Stiefelabsatz austrat. Dieses Manöver hinterließ auf seinem Kinn einen verschmierten, cremefarbenen Halbkreis.

»Sag ihm, daß er – Müll hin, Müll her – pro Woche einundzwanzig Piepen abzudrücken hat. Und damit basta.«

»Ach, die Jungs von heute, das sind doch alles Waschlappen. Früher, in den guten alten Zeiten, hätten wir ihm den verdammten Müll so lange durch die Fensterscheiben geschmissen, bis er kapiert hätte, daß wir ihn viel billiger kommen als der verdammte Glaser.«

»Sag ihm, wenn er diese Woche nicht anfängt zu zahlen, werden wir ihm rückwirkend die Beiträge abknöpfen, und zwar für jede einzelne Woche seit Eröffnung seines verdammten Zeitungsstands.«

Der Mann nickte, während er in seinen Pappbecher schielte und mit dem Plastiklöffel die letzten Eiskremreste herauskratzte. Schmatzend leckte er den Löffel ab, setzte den Becherrand an seinen Mund und machte weitere Schleck- und Schlürfgeräusche. Dabei klatschten dunkle, cremige Tröpfchen auf sein T-Shirt und das freigelegte Dickicht seiner Bauchbehaarung. Er wischte sich den Mund mit dem Unterarm ab und zündete sich die nächste Zigarette an.

»Wie dem auch sei«, sagte Johnny, »sieh zu, daß du den

Laden in Schuß hältst. Ich will nicht, daß hier alles drunter und drüber geht, wenn ich zurückkomme.«

Der Mann popelte sich etwas aus dem Augenwinkel.

»Und rasier dich gefälligst! Du sollst hier 'ne Respektsperson sein. Diese Penner sollen zu dir aufblicken.«

»Herrje«, sagte der Mann mit einem Lachen. »Bei wem zum Teufel sollte ich wohl Eindruck schinden?«

»Wann hast du eigentlich das letzte Mal gevögelt?«

»Gestern abend. Wieso?«

»Ach, einfach so. Ich war bloß neugierig.«

Draußen herrschte T-Shirt-Wetter, doch der alte Mann trug noch immer sein Flanelljackett.

»Hast du schon die Zeitungen gesehen?« fragte Johnny, als er sich einen Stuhl am Tisch seines Onkels zurechtrückte.

»Na klar. Spontane Selbstentzündung, nehme ich an.«

»Das nehme ich auch an.« Johnny grinste, und er behielt dieses Grinsen bei, obwohl sich etwas an seinem Blick veränderte. »Was empfindest du, wenn du an all die Unschuldigen denkst, an die Leute, die zufällig in diesen Flugzeugen saßen?«

Der alte Mann streifte ihn mit einem unangenehmen, fast schon gereizten, zurechtweisenden Blick. Doch dann hellte sich seine Miene wieder auf.

»Niemand auf dieser Welt ist unschuldig.«

»Würdest du das im umgekehrten Fall auch so sehen – ich meine, wenn einer von uns beiden, du oder ich, in einem dieser Flugzeuge gesessen hätte?«

»Wenn deine Nummer gezogen wird, dann wird deine Nummer eben gezogen. Dagegen kannst du nichts machen. Den richtigen Zeitpunkt zum Sterben, den gibt es nicht.« Er rutschte an die Stuhlkante und sah seinem Neffen durch die Gläser seiner Zweistärkenbrille in die Augen. »Was ist denn heute los mit dir? Was soll diese Sonntagsschulscheiße? Trägst du neuerdings Spitzenunterwäsche oder was?«

»Ich will's mal so sagen: Je mehr ich darüber weiß, wie

du dich fühlst, desto besser fühl' ich mich. Du bist achtzig verdammte Jahre alt. Und ich bin sechsunddreißig. Glaubst du, daß wir beide dasselbe fühlen und denken?«

»Bis zu einem gewissen Punkt, ja.« Dann, als er Dinge zu erzählen begann, die dem jüngeren Mann den Wind aus den Segeln nahmen und ihn gleichzeitig beunruhigten, wurde seine Stimme unbeschwerter. »Also, Johnny, ich sehe die Sache folgendermaßen. Ich glaube, du fühlst dasselbe wie ich. Und ich glaube, du denkst so, wie ich denke. Aber ich beziehe mich nur auf das, was in unserem Blut pulsiert. Ich behaupte nicht, daß du in deinem Alter so denken und fühlen kannst wie ich als Achtzigjähriger. Ich behaupte noch nicht einmal, daß du verstehen könntest, was ich denke und fühle. Ich sage nur, daß wir dieselben Gedanken und Gefühle im Blut haben. Der einzige Unterschied zwischen uns beiden ist der, daß die Dinge, die mir klar sind, für dich noch nicht so klar sind. Du versuchst noch, mit den Gedanken und Gefühlen ins reine zu kommen, an die ich mich im Laufe meines Lebens gewöhnt habe. Und deshalb glaube ich schon, daß wir dasselbe fühlen und denken. Ich glaube, das ist genau der Grund, weshalb wir beide hier zusammensitzen.« Johnny sagte nichts, und der alte Mann fuhr in seiner Rede fort. »In diesem Leben bestimmst du allein, was richtig und was falsch ist. Richte dich nie nach dem, was andere Menschen sagen, auch wenn es als das Wort Gottes daherkommt, es sei denn, du glaubst daran. Unsere Zivilisation wurde auf *'a ouda* aufgebaut, auf einem Mord. Es gibt Männer, die davon überzeugt sind, daß sie sich in ihrer Haut nicht mehr wohl fühlen könnten, wenn sie gewisse Dinge tun würden. Doch eins kannst du mir glauben, Johnny: Die meisten Menschen fühlen sich nicht wohl in ihrer Haut. *E basta!* Und Männer, die *'a ouda* nicht als das akzeptieren, was es ist, Männer, die das Töten ablehnen, die haben unsere Zivilisation einfach nicht begriffen. Die sind unzivilisiert.«

Wenn Onkel Joe, so wie eben, die Wahrheit aussprach, fand Johnny ihn am furchteinflößendsten. Beim Zuhören war ihm das verblichene Heiligenbild an der Küchenwand in der East 67th Street eingefallen.

»Du wirst dich nicht mehr an deinen Großvater erinnern, Johnny. Ich meine den Vater deines Vaters, meinen Vater. Das war ein Mann. Ein Böttcher. Und Mandoline konnte er auch spielen.« Der alte Mann gab ein prustendes Lachen von sich. »Das hat er jedenfalls geglaubt. Eines Abends, das werde ich nie vergessen, saßen all diese Typen zusammen, diese alten Knaben, tranken ihren Wein und unterhielten sich darüber, was richtig und was falsch ist, schwatzten über den Lauf der Welt, das Leben an sich und solchen Kram. Und Papa hockte einfach da und ließ die anderen reden. *Bell'arti parrari picca*. So hieß das damals in unserer alten Heimat: Wenig zu reden ist eine schöne Kunst. Und so einer war er, dein Großvater. Sie trinken also ihren selbstgemachten Wein, es ist Samstag, und alle sind sie Philosophen. Und weißt du, was er denen gesagt hat? ›*Sangu lava sangu.*‹ Mehr hat er nicht gesagt: Blut wird mit Blut abgewaschen. Das werde ich mein Lebtag nicht vergessen. Kirche, Staat und Seele. Seine drei Wörter haben alles auf den Punkt gebracht.«

Johnny lauschte den Atemgeräuschen seines Onkels, die wie ein schwacher, sanfter Blasebalg klangen, der die Glut seiner Worte still und unauffällig vor dem Verglimmen bewahrte. Nach einer Weile fragte ihn Johnny nach dem Bild an der Küchenwand.

»Das habe ich aus Sizilien, aus der kleinen Kirche auf der Albanischen Ebene.« Er zitierte die Worte unter dem Bild. »›*San Giorgio, proteggi la nostra casa dall' insidia del male.*‹« Dann spuckte er einen bitteren Tabakkrümel aus.

»Bei diesem weißen Pferd, auf dem er sitzt, da habe ich an dich denken müssen. Du weißt schon, dieses Pferd, das auf der Cornelia Street durchgegangen ist«, sagte Johnny.

»Das war ein schwarzes Pferd.«

Weiße Pferde, schwarze Pferde. Der Jockey ist zurück. Viele Billionen Dollar. Explodierende Nigger. Ein fürchterlicher Augenblick, in dem das Pferd auf jene Flammen zugaloppiert. Abgeschnittene Köpfe in der Post.

»Morgen«, hörte er den alten Mann sagen, »morgen werden wir zu Louie rausfahren und eine kleine Abschiedsparty feiern, *bon voyage* und so. Wir beide, du und ich, werden da zusammen hinfahren.«

Ja, dachte Johnny. *Dahinfahren.* Das war genau das richtige Wort.

Einer der Gruppenleiter von Bob Marshall hatte den Vormittag in Brighton Beach verbracht, um eine Bande russischer Dealer mit einem fingierten Ankauf, bei dem zehn Kilo Heroin den Besitzer wechseln sollten, in die Falle zu locken, eine Undercover-Operation, die in den letzten Wochen generalstabsmäßig vorbereitet worden war. Der Verkaufspreis war bereits ausgehandelt worden, eins Komma fünf für die zehn Kilo, doch jetzt hatten die Russen ihren Preis auf eins Komma sieben hochgeschraubt, eine Verteuerung des Kilos um zwanzigtausend.

»Zur Zeit kratzen überall Leute ab«, hatten sie ihm erzählt. »Alles vergiftet. Überall schlechtes *Cheroin.* Niemand traut sich mehr, was zu kaufen. Aber diese zehn Kilo sind einwandfrei. Garantiert! Die Typen auf der Straße werden euch aus der Hand fressen. Ihr könnt den Stoff strecken, wie ihr wollt. Diese zehn Kilo sind jetzt pures Gold wert.«

»Euer Zeug kommt doch auch aus Asien, genauso wie der andere vergiftete Scheißkram«, hatte der Agent ihnen gesagt.

»Nein, nein«, hatten sie gelogen. »Nicht mehr. Das hier stammt aus dem Iran. Unsere Ware ist sauber. Wurde von der Regierung beschlagnahmt.«

Die ersten Todesfälle lagen noch keine zwölf Stunden zurück, doch asiatisches Heroin wurde schon jetzt gemieden wie die Pest.

»Hört mir mal zu«, hatte der Agent ihnen gesagt. »Ihr Typen glaubt, ihr könnt am Preis drehen, wie es euch gefällt. Meinetwegen. Aber wir können das auch. Ihr kriegt für eure zehn Kilo eine Million und keinen Penny mehr.«

»*Smeshnoi!* Lächerlich!« hatte der Russe geschrien.

»Das werden wir ja sehen. Ich wette, die Junkies sind zur Zeit viel schärfer auf Methadon als auf Heroin. Und am Ende bleibt ihr auf eurem Zeug sitzen.«

Der Agent war auf direktem Weg ins Büro gekommen, noch in der Kleidung, die er während des Einsatzes getragen hatte: Jeans, ein schwarzes T-Shirt, blaues Seidenjakkett. Er erzählte Marshall und Wang, was passiert war.

»Drei weitere Todesfälle in Harlem, und außerdem noch zwei in der East Side«, sagte Wang.

»Das wären dann bis jetzt vierundzwanzig«, sagte Marshall. »Und zwar seit Mitternacht. So eine Epidemie habe ich noch nie erlebt. Noch nie!«

»Inzwischen sind die ersten Meldungen von außerhalb eingetroffen. Diese Seuche breitet sich immer weiter aus. Gestern abend sind irgendwelche miesen Kleindealer in Mott Haven aufgetaucht, haben sich mit 10-Dollar-Briefchen eingedeckt und sind damit in ihre Provinznester zurückgefahren, um das Zeug weiterzuverkaufen.«

Der Blue-Jeans-Agent ging, um seinen Bericht zu schreiben.

»Das erinnert mich an diesen Tango-und-Cash-Ausbruch von '91, bloß diesmal ist die Sache weitaus schlimmer«, sagte Wang.

»Das war bloß Fentanyl, Pete. Das war was völlig anderes. Und damals war nur eine einzige Heroinmarke betroffen. Die Typen haben versucht, ihr Zeug mit Fentanyl aufzupeppen und sich in der Menge vergriffen. Ein paar Junkies sind auf der Strecke geblieben, zusammen mit dieser Marke. Aber diesmal haben wir es nicht mit Fentanyl zu tun. Diesmal handelt es sich um Natriumhydroxid. Ätznatron! Das ist vorsätzlicher Mord, eiskalt inszenierter Massenmord! Diese armen Schweine gehen elendig zugrunde. Die sterben einen gräßlichen, äußerst schmerzhaften Tod. Das Zeug frißt sich durch ihre Venen, läßt ihre Haut schwarz anlaufen. Und diesmal betrifft es nicht bloß eine Marke, es betrifft alle Marken, ohne Ausnahme. Auf den Straßen, in den Krankenhäusern und Unfallambulanzen – da ist die blanke Panik ausgebrochen.«

»Aber wie zum Teufel konnten sie alle Marken vergiften? Das will mir einfach nicht in den Kopf. Eine Dealergruppe, eine Heroinmarke. Das würde mir einleuchten. Aber das hier ergibt einfach keinen Sinn.«

»Das ist doch alles mehr oder weniger derselbe Mist. Das weißt du doch, Pete. Am Anfang steht zumeist dieses Uoglobe. Und fünf Stationen später – über diverse Zwischenhändler, von denen jeder den Stoff auf diese oder jene Weise streckt – erscheint der Scheißkram unter einem Dutzend Namen im Straßenhandel. Ich frage mich, wann das Zeug vergiftet wurde. Es spricht einiges dafür, daß das Gift erst relativ spät unter den Stoff gemixt wurde. Das Heroin läuft durch zu viele Hände: Wäre es von Anfang an vergiftet gewesen, hätte es schon früher Todesfälle geben müssen. Nein, dieser Stoff hat erst in dem Moment getötet, als er in Junkietown, USA, auftauchte, auf der Straße, auf der Ebene der 10-Dollar-Briefchen. Da liegt der Hund begraben, wie du gesagt hast: ein Dealer, eine Heroinmarke. Wie ist das Gift in alle Marken gekommen?«

»Das muß jemand gewesen sein, der gute Kontakte zur Quelle und zur Straße hat, jemand, der genug Lieferanten der kleinen Straßendealer kennt, um die vergifteten Briefchen überall in die Junkieszene einzuschleusen. Und dafür kommt nur einer von deinen verrückten Chinesen in Frage. Doch warum sollte sich dein verrückter Chinese sein eigenes Geschäft kaputtmachen? Denn genau das bewirkt er doch mit dieser Aktion. Die einzigen Leute, die sich jetzt noch Heroin in die Vene schießen, sind schon dermaßen weggetreten, daß sie auch eine Spritze aus der Mülltonne einer AIDS-Klinik benutzen würden.«

»Vielleicht steckt ja auch einer von deinen verrückten Spaghettifressern dahinter.«

»Die versorgen inzwischen nur noch die schwarzen Dealer. Und ihre Ware stammt doch auch von den Chinesen. Eine so weitreichende Sache könnten die Itaker nie in die Wege leiten.«

»Vielleicht ein verrückter Chinese und ein verrückter Itaker, die gemeinsame Sache machen?«

»Warum? Haben die etwa Gewissensbisse bekommen und beschlossen, uns zu unterstützen, indem sie das Heroinproblem durch Terrorismus aus der Welt schaffen?«

»Unser Chinese ist ein Verräter, und der Itaker will die Machtstellung der Chinesen untergraben.«

»Warum? Und woher sollte er in Zukunft seine Ware beziehen, aus Grönland?«

»Gute Frage.«

»Siehst du bei dieser Sache irgendeine Verbindung zu den Flugzeugattentaten?«

»Auf jeden Fall. Und auch zu den Anschlägen auf die Fuk Ching und die Hip Sing. Und die Anschläge in Brooklyn, in der Bronx und in Washington Heights, die haben auch damit zu tun. Das alles hängt irgendwie zusammen. Das sind Teile eines einzigen Puzzles.«

»Das muß ein ziemlich großes Puzzle sein.«

»Groß ist gar kein Ausdruck! Das ist die reinste Apokalypse.«

»›Wer ist dem Tier gleich, und wer kann wider es streiten?‹« zitierte Wang. Diese Worte, die er als kleiner Junge in der Bibelschule in der Mott Street auswendig gelernt hatte, zählten zu denen, die er nie vergessen hatte.

Marshall schaute ihn erstaunt an. »Die Offenbarung des Johannes?« fragte er unsicher.

Wang nickte und mußte gleichzeitig grinsen. »Das Buch der Apokalypse.«

»Dieses Tier, das war ein Drache, nicht wahr?«

»Das Tier war eine Schöpfung des Drachen.«

»Und wie endete das Tier?«

»›Und ich sah den Himmel aufgetan; und siehe, ein weißes Pferd, und der darauf saß, hieß: Treu und Wahrhaftigkeit.‹ Der Reiter und sein Heer packten das Tier und töteten es.«

»Und was wurde aus dem Drachen?«

»›Und er griff den Drachen‹ – entweder der Reiter oder sein Engel – ›und warf ihn in den Abgrund und verschloß ihn und tat ein Siegel oben darauf, daß er nicht mehr verführen sollte die Völker.‹«

»Na, dann wird das Ganze ja ein Kinderspiel werden. Wir müssen bloß den Reiter finden.«

»Denk dran, das Pferd ist weiß!«

»Ja, wie das verdammte Pulver, mit dem wir es zu tun haben.«

»Ein weißes Pferd. Gott, Wahrheit, Gerechtigkeit. Unser großer Unbekannte hat nicht vor, das Tier zu töten oder den Drachen einzusperren: Er will den Biestern Zaumzeug anlegen und sie vor seinen Karren spannen.«

»Demnach«, sagte Bob Marshall mit einem Grinsen, »hat er einen schwachen Punkt.«

»Ja«, sagte Wang, »genau wie unsere Theorie.«

»Das werden wir ja sehen«, erwiderte Marshall. Dasselbe hatte der Agent den Russen in Brighton Beach gesagt: »Das werden wir ja sehen.«

Das erste, was Johnny auffiel, als er an diesem Abend das Apartment in Brooklyn betrat, war das neue Bild, das an der Wand hing: drei Männer, die ihre Hemden ausgezogen hatten und sich mit Hobelmessern über irgendwelche Dielenbretter beugten. Seine Augen lösten sich auch dann nicht von dem gerahmten Kunstdruck, als er seine Frau zur Begrüßung in die Arme nahm und küßte. Er schlenderte zur Wand und sah sich das Bild genauer an. Gustave Caillebotte, *Die Parkettabzieher* (1875), Louvre, Paris.

»Gefällt's dir?« fragte sie.

»Würde es dir gefallen, wenn ich hier Bilder aufhängen würde, auf denen irgendwelche Weiber ihre Titten aus den Klamotten baumeln lassen?«

»Sicher.« Sie lachte. »Guido Cagnacci, *Der Tod der Kleopatra*, oder was in der Art. Warum nicht?«

»Und wieso hast du nicht dieses Bild besorgt? Der scheint wenigstens Italiener zu sein. Dieser Typ hier, das ist so ein Scheißfranzose, nicht wahr? Und wenn ich mir das Bild so anschaue, bestimmt auch noch ein Schwuler.«

»Ach, weißt du, dieser italienische Kram, der hängt mir allmählich zum Hals raus.« Richtig. Das Bild, das ihm gefiel, Giottos *Der Neid*, war verschwunden.

»Aber du bist doch Italienerin?«

»Na und? Ist das dein Ernst? Man könnte meinen, du stehst kurz vor einem verdammten Nervenzusammenbruch.«

»Was hast du mit dem Giotto gemacht?«

»Reg dich nicht auf!« Ihre Stimme wurde lauter. »Das Bild liegt oben im Wandschrank. Du kannst es haben, wenn du willst.«

»Ich habe immer gedacht, es hätte dir gefallen.«

»Nein. Es hat *dir* gefallen.« Sie verzog ihr Gesicht zu einer angewiderten Grimasse. »Dieses fette, häßliche Weibsstück, das in diesem Feuer steht, mit einer Schlange im Maul!«

Er war verzweifelt, aufgebracht, aber nicht gewillt, die Quelle seines Kummers, oder seiner Wut, offen zu benennen. Diane drückte dieser Wohnung ihren persönlichen Stempel auf, verwandelte sie in etwas, das ihre geistige und emotionale Unabhängigkeit widerspiegelte und in krassem Gegensatz zur gewohnten und beruhigenden Selbstlosigkeit einer treusorgenden Ehefrau stand. In diesen neuen Farben an der Wand sah er kein belangloses, von irgendeinem französischen Maler hingepinseltes Spiel geometrischer Muster und Farben. Er sah darin nicht die vorübergehende Laune einer Frau, die sich in einem gerahmten Bild oder auch nur im Geldausgeben manifestierte, oder einen Versuch dieser Frau, ihre Unsicherheit, Einsamkeit und Niedergeschlagenheit zu lindern, sich zu bestätigen und aufzumuntern und ihre Selbständigkeit herauszustreichen, indem sie sich einen kleinen Luxus gestattete. All diese Dinge waren ihm durchaus bewußt, doch sie summierten sich für ihn zu einem viel weiter reichenden und bedrohlicheren Akt: Er sah darin ein bewußtes Abrücken von ihm, eine Ankündigung, daß sie vom zerbrechlichen Schifflein ihrer gegenseitigen Selbsttäuschung zu desertieren gedachte, eine Art böswilliges Verlassen. Dies waren Gefühle, die er nie auszusprechen gewagt hätte, schwache Punkte, die er nie eingestehen würde. Doch dazu bestand auch keine Veranlassung.

»Du bist doch derjenige, der den anderen verlassen hat«, sagte sie. »Der ganze Mist, den du mir aufgetischt hast: daß wir uns wieder neu entdecken müßten, daß wir uns noch einmal ineinander verlieben könnten, daß du dich um deinen Onkel kümmern mußt! Was zum Teufel hast du denn erwartet? Daß ich hier in der Wohnung hocke und stricke? Wir haben kein Sexleben mehr, und jetzt haben wir nicht mal mehr ein gemeinsames Leben!«

Wer zum Teufel hatte ihr diesen Floh ins Ohr gesetzt? Mit wem hatte sie verdammt noch mal geredet? Mit einem Mann? Oder mit einer Frau? Er wußte nicht, was er schlimmer gefunden hätte.

»Wir haben kein Sexleben mehr, weil du den Stecker rausgezogen hast.«

»Nein, Johnny! *Du* hast den Stecker rausgezogen. Du hast dich mit diesen Schlampen rumgetrieben, und du hast mich geschlagen, wenn du besoffen nach Hause gekommen bist.«

Er hatte nicht hart genug zugeschlagen, das war sein verdammtes Problem. War er denn abhängig von dieser grotesken Karikatur einer verdammten Ehe oder was? Er hatte noch nicht mal mehr 'ne Morgenlatte, wenn er in der Frühe aufwachte! Diese Braut legte es darauf an, ihn kaputtzumachen, verdammt noch mal! Und nun war er hier, kurz vor seiner Abreise zu weiß der Himmel was – in einen verdammten Krieg zu ziehen, könnte nicht schlimmer sein –, und da knallte sie ihm diese Scheiße vor den Kopf.

»Mit wem hast du geredet?«

»Das ist doch irre. *Du* bist irre! Ich hänge ein Bild an die Wand, und du verlierst deinen verdammten Verstand. Ich kann es einfach nicht fassen! Du hast tatsächlich einen Nervenzusammenbruch.«

»Mit wem hast du geredet?«

»Mit wem ich geredet habe?«

»Ja. Mit wem hast du geredet?«

Sie schnaubte auf – ein gezwungenes, häßliches Lachen. »Ich habe mit *mir* geredet, Johnny! Mit mir habe ich geredet.«

»Ich glaube, du suchst *absichtlich* Streit.«

»Nein«, sagte sie gereizt. »Ich suche nie Streit. Ich möchte bloß ein Bild an meine verdammte Wand hängen dürfen, ohne daß man mir das Gefühl gibt, ich hätte ein verdammtes Gotteshaus entweiht! Scheiße, Johnny« – ihre Stimme wurde lauter, die Worte wurden fast schon herausgeschrien –, »du hast mich noch nicht mal in dein verdammtes Apartment in Manhatten eingeladen, nicht ein einziges Mal!«

»Das ist noch nicht fertig. Da herrscht das totale Chaos. Und außerdem habe ich gedacht, wir beide wollten für eine Weile getrennt leben und die Sache etwas lockerer angehen.«

Diane schüttelte den Kopf und seufzte. »Wann fliegst du?«

Ob es nun Verrücktheit oder Schwäche oder ein echtes Herzensbedürfnis war, er sehnte sich noch immer nach ihrer Liebe und nach ihrem Segen, die ihn durch die kommende Nacht geleiten sollten.

»Sonntag«, sagte er. »Übermorgen.«

»Na dann, viel Glück.«

Darauf lief es also hinaus! Es würde kein Kerzenlicht geben. Sie würde ihm keinen blasen. Sie würde ihre Beine nicht um seinen Rücken wickeln und ihm heiße Liebesschwüre ins Ohr flüstern. Und einen süßen Abschiedsschmerz würde es auch nicht geben. ›Viel Glück‹, und damit hatte es sich.

»Ja«, sagte er. »Danke.«

Warum zum Teufel stand er überhaupt noch hier herum, wie ein verdammter *mammaluccu*, mit dieser verfluchten Zicke, die sich nicht vögeln ließ, und ihrer verdammten *Parkettabzieher*-1875-Louvre-Paris-Scheiße?

Sie küßte ihn. Es fühlte sich an wie der Kuß eines Freundes, nicht wie ein Kuß zwischen Liebenden. Ach was, es war noch viel schlimmer! So küßte man eine Leiche, bevor der Sargdeckel zugeklappt wurde.

18

An den gelb blühenden Tomatenstauden im Garten hinter Louie Bones' Haus reiften schon die ersten Früchte heran, und die Luft war gesättigt vom Duft der Rosensträucher und Basilikumpflanzen. Im lauschigen Schatten des gewaltigen Spitzahorns nippte ein einsamer Spatz von dem trüben Regenwasser, das sich in dem alten Vogelbad aus Zement angesammelt hatte. Als Johnny so auf der Terrasse saß – an dem schmiedeeisernen Tisch mit der Glasplatte, in der Gesellschaft von Männern, die älter und weiser und gesetzter waren als er – und all diese Dinge wahrnahm und auf sich wirken ließ, überkam ihn ein Gefühl der Zuversicht und Gelassenheit. Diane und alle seine Ängste, und auch all das, was vor ihm lag, schienen ihm so entrückt und undeutlich wie das Summen des sonntäglichen Vormittagsverkehrs, das gedämpft und wie aus weiter Ferne herübergeweht kam und beinahe völlig unterging in den Geräuschen, die der schimmernde Ahornbaum und die Spatzen in seinem Geäst von sich gaben.

»Seht doch nur, wie groß er geworden ist«, sagte Louies Frau, die in ihrem Hausanzug auf der Terrasse stand, Johnny betrachtete und in freudigem Erstaunen den Kopf schüttelte. »Nein, so ein großer Junge!« Ihre vor Haarspray starrende Frisur war das einzige, was sich nicht in der angenehmen Sommerbrise regte.

»Um Himmels willen! Johnny wird bald vierzig. Mach dich doch nicht lächerlich!« Johnny fiel auf, daß Louie sie keines Blickes würdigte, während er zu ihr sprach.

»Ach, sei doch still, du alter Muffelkopf! Los, Tonio, erzähl ihm, daß wir zu den Niagarafällen fahren. Wir beide, du und ich. Da sind Muffelköpfe unerwünscht.«

»Jaja«, sagte der alte Tonio. Er schien heute nicht in der Stimmung für ihr übliches Frage-und-Antwort-Spiel, und seine wie immer finstere Miene hellte sich kein bißchen auf.

»Hast du meine weißen Auberginen gesehen, Joe?«

»Ja«, erwiderte Onkel Joe. »Schön.«

Johnny beobachtete fasziniert, wie sie die vier vor ihr sitzenden Männer durchzählte, als handelte es sich um eine größere Versammlung: Während sie die Augen um den Tisch kreisen ließ, bewegte sie stumm ihre grell geschminkten Lippen und malte mit dem Zeigefinger Zahlen in die Luft. Sie ging ins Haus, kam wenig später mit einem silbernen Tablett zurück und deckte den Tisch mit zierlichen Untertassen und Tassen, in denen Espresso dampfte, silbernen Mokkalöffeln und Leinenservietten, Zucker und einem Teller Kekse. »Schreit, wenn ihr noch was haben wollt«, sagte sie, bevor sie sich ins Haus verzog und die gläserne Schiebetür hinter sich schloß.

Tonios finstere Miene hellte sich auf, und er nickte mit dem Kopf, so als sei er in eine Welt eingetaucht, in der niemand seine Kreise störte. Dann sah Johnny, daß Tonio nicht allein in dieser Welt war. Sein Onkel nickte ähnlich gedankenverloren vor sich hin.

»Na los, Louie, erzähl uns doch mal, was du über *'a Stidda* weißt.« Tonio kratzte sich durch sein weißes Hemd an der Brust – ein Hemd, das jedenfalls einmal weiß gewesen war. So wie Johnnys Onkel, der heute auch ein ehemals weißes Hemd anhatte, fühlte Tonio sich in neuen Kleidungsstücken unwohl und trug seine alten Sachen so lange, bis sie auseinanderfielen. Beide Männer schienen eine Vorliebe für weiße, durchwirkte Hemden zu haben, die im Laufe der Zeit vergilbt waren und einen gewissen *giallo-antico*-Look besaßen, der weder hergestellt noch gekauft werden konnte.

»Sì«, sagte Louie, *»la Stidda.«* Tonio steckte sich eine Zigarette zwischen die Lippen, wandte sich mit einer Kopfdrehung an Johnny, um es ihm zu erklären – »*Stidda* ist das sizilianische Wort für *stella*, ›Stern‹, also etwas, das sich von etwas anderem ablöst« –, zündete die Zigarette an und nahm einen Zug.

»Die *stiddari*«, fuhr er fort, »arbeiten auf eigene Rechnung, das sind unabhängige Kanonen. Wenn man diesen beschissenen Maxi-Prozeß, dieses von Falcone inszenierte Affentheater, als den Anfang vom Ende der alten Garde Siziliens ansieht, dann kann man sagen, daß diese Sache gleichzeitig der Beginn der Stidda gewesen ist. Ende '87, ungefähr zu der Zeit, als dieser verdammte Zirkus beendet wurde, hörte man zum erstenmal von der Stidda. Soviel ich weiß, hat sie ihren Ursprung in Agrigento, in der Gegend, die man drüben *il triangolo della morte* nennt, das Todesdreieck. Aragona, Raffadali, Sant'Elisabetta. Sie ging hervor aus den blutigen Fehden zwischen den *cosche* von Palma die Montechiaro und Porot Empédocle. Die *stiddari*, das waren Leute, die keiner traditionellen *cosca* angehörten. Sie drängten sich ins Geschäft, während die anderen damit beschäftigt waren, sich gegenseitig an die Kehle zu springen. Sie zogen ihr eigenes Ding durch. Überall, wo die alte Garde von Falcones Handlangern aus dem Verkehr gezogen wurde, überall, wo sich eine Bresche auftat, dort setzten sich die *stiddari* fest und übernahmen den Laden. Und heute herrschen auf Sizilien wieder die gleichen Zustände wie um 1850. Kein Mensch hatte jemals von so was wie der Mafia gehört, aber alle wußten, daß sie existierte. Und mit der Stidda verhält es sich genauso. Niemand kennt das Wort, aber jeder weiß, daß es sie gibt. Das ist so wie hier bei uns. Die Regierung verfolgt *i vecchi uomini d'onore* – ein Mann wie der dicke Tony stirbt im Knast von Springfield –, während sich ein Haufen toller Hunde, irgendwelche Rotznasen, die niemand kennt, das Land unter den Nagel reißt. Drüben in Sizilien stecken sie den alten Totò in den Knast, und die *stiddari* nehmen seinen Platz ein.« Er zog wieder an seiner Zigarette. »Das ist alles, was ich über die Stidda weiß.«

»Und jetzt erzähl uns noch, was du über den alten Mann in den Hügeln weißt, oben in Piana degli Albanesi.«

»Don Virgilio«, sagte Louie, so als wäre damit schon alles gesagt. »Greco, Liggio, Totò. Er thronte über ihnen allen. Don Calò, Genco Russo. Don Virgilio hat das Wissen und die Macht dieser Männer geerbt und in die Hügel mitgenommen. Und dort residiert er jetzt. Greco, Liggio, Totò. Jeder wandte sich an diese Männer, doch sie selbst haben sich an ihn gewandt. An Don Virgilio. Er ist die absolute Nummer eins.«

»Okay«, sagte Tonio. »Und jetzt addier mal beides zusammen.«

»Was denn?«

»Den alten Mann in den Hügeln und die *stiddari*.«

»Worauf willst du hinaus, Tony?«

»Na paß mal auf! Die *stiddari* sind keine freien Kanonen mehr. Das ist vorbei. Die hören inzwischen auf den Mann in den Hügeln, so wie alle anderen auch.«

»Seit wann?« In Louies Stimme schwang Ungläubigkeit mit, Argwohn, so als sei ihm etwas vorenthalten worden, das er eigentlich hätte wissen müssen.

»Willst du ein Buch darüber schreiben oder was? Ist doch egal, seit wann«, antwortete Tonio gereizt, wobei sich seine finstere Miene zu einem bösartigen Grinsen verzerrte, so als hielte er Louies Frage für überaus töricht.

Louie seufzte. »Du hockst die ganze Zeit in deiner Wohnung, du triffst dich mit keinem, und reden tust du eigentlich auch mit niemandem. Woher willst du das wissen?«

Tonio sagte nichts, sondern zuckte bloß mit den Achseln. Aber Johnnys Onkel schaltete sich ein. »Die kleinen Vögelchen«, sagte er. »Die kleinen Vögelchen, die erzählen ihm solche Sachen.«

»Genau«, sagte Tonio. »Die kleinen Vögelchen erzählen's mir, und ich erzähl's dann dir.«

»Und ich erzähl's dann dir«, echote Joe, und als Johnny die beiden Alten so dasitzen sah, in ihren *giallo-antico*-Hemden, da schien es ihm, als würden sie sich absichtlich in eine undurchdringliche, orakelhafte Aura hüllen.

»Also, Johnny«, sagte Tonio, wobei er seine Augen auf den jüngeren Mann richtete. »Wie heißt der Mann, den du in Mailand treffen wirst?«

Was zum Teufel sollte das werden, ein Quiz? Das hatten sie doch schon x-mal durchgekaut. »Vincenzo Raffa.«

»Denk dran, er ist unser gleichberechtigter Partner«, sagte Tonio. »Bei dieser Sache ziehen wir alle an einem Strang: er, der alte Mann und wir. Aber wenn wir diesen Deal abgewickelt haben, werden wir unsere Leute an den Drücker lassen. Das heißt, die Burschen auf unserer Seite. Und zwar alle. *Tutte le coppule storte.*« Mit einem verschlagenen, ironischen Glitzern in den Augen deutete er auf die hochgestülpte Krempe von Joes Filzhut, den dieser nur dann zu tragen schien, wenn er sich über Manhattans Grenzen hinauswagte. *Coppula storta.* Selbst Johnny war diese merkwürdige Formulierung inzwischen geläufig. Es handelte sich um den sizilianischen Ausdruck für *coppola a sghimbesico,* womit ein kleiner, schräg aufgesetzter Hut gemeint war. Es war eine der Wendungen, die Tonio und sein Onkel benutzten, wenn sie sich auf Männer ihres Kalibers bezogen. Noch nie hatte er sie das sizilianische Wort *mafiusi* in den Mund nehmen hören, es sei denn, sie machten eine hämische Bemerkung über einen kleinen Wichtigtuer, der mit Gold behängt durch die Straßen stolzierte, oder über einen der *cafon's,* die draußen vor dem Club herumlungerten und so aussahen, als seien sie einem Gangsterfilm entsprungen. »Wir bieten denen die Chance ihres Lebens, aber von jedem Dollar, den sie dabei einsakken, müssen sie uns *'a decima,* ein Zehntel, abgeben.«

Johnny erinnerte sich an das, was sein Onkel ihm erzählt hatte: wie er das kranke, wilde Pferd der Welt pakken wollte, für einen einzigen, fürchterlichen Augenblick, wie er auf ihm reiten und sich alles unter den Nagel reißen wollte, was seinen Weg kreuzte, während es in Richtung Hölle galoppierte, und wie er abspringen wollte, bevor er abgeworfen und zerschmettert werden würde. Tonio dagegen sprach nicht von einem fürchterlichen Augenblick oder davon, daß er abspringen wollte. Johnny sah seinen Onkel an, und dieser gab ihm mit einem kurzen Augenzwinkern zu verstehen, daß er seinen Blick verstanden hatte.

»Tonio meint«, sagte Joe, »daß unser Deal unser Deal ist. Wir sahnen ab und ziehen uns dann aus dem Geschäft zurück. Wir überlassen anderen die Zügel, damit auch sie ihren Schnitt machen können. Und dann sitzen wir einfach so da und kassieren weiter unseren Anteil. Genauer gesagt: Tonio, ich und Louie. Johnny wird das verstehen. Wir lieben ihn – niemand liebt ihn mehr als ich –, aber er ist nicht durch dasselbe Blut gewatet, durch das wir waten mußten, um dorthin zu gelangen, wo wir heute sind.«

»Wenn Giuseppe einfach so dasitzen und diesen Schakalen vertrauen will, dann ist das seine Sache. Ich jedenfalls werde aufpassen wie ein Luchs und ihnen beim Geldzählen auf die Finger schauen.«

»Zwei, drei Milliarden Dollar, und der Bursche macht sich Sorgen wegen zehn Cent pro Dollar.« Joe schüttelte den Kopf und öffnete seinen Mund zu einem lautlosen Lachen.

»Diese zehn Cent«, sagte Tonio, »sind ein Zeichen des Respekts.«

Es gab Momente, da konnte Johnny diese alten Knaben einfach nicht verstehen.

»Dann bezahl doch jemand dafür, laß jemand anders für dich aufpassen.«

»Und diesem Jemand soll ich vertrauen? *Tu sii pazzu*.«

»Gib Johnny den Job.« Joe amüsierte sich blendend. »Ihm vertraust du doch. Gib ihm zwei von deinen zehn Cents ab, dann wird er schon für dich aufpassen.«

»Nein, besorg dir lieber jemand anders«, sagte Johnny. »Wenn wir diese Sache durchgezogen haben, werde ich keinen Finger mehr krumm machen.«

Louie Bones rief nach seiner Frau, und als er hörte, wie die Schiebetür aufgezogen wurde, sagte er ihr, ohne ihr dabei zuzuschauen, sie solle noch mehr Kaffee bringen.

»Also«, sagte Tonio, als würde er einen Schlußstrich unter all das ziehen, was gerade gesagt worden war, »Vincenzo Raffa. Wenn du jemandem auf die Zehen treten mußt und dabei Unterstützung brauchst, kannst du auf die *stiddari* zählen. Was Besseres kann dir gar nicht passieren. Die sind wie die Jungs in den alten Zeiten, echte *'omini di ficati*: hart, hungrig und gemein.«

»Aber du wirst keine Unterstützung brauchen«, sagte Joe.

»Richtig«, sagte Tonio. »Noch nicht.«

Die Männer unterbrachen ihr Gespräch, als Louies Frau mit dem Kaffee auftauchte. »Vera hat gerade angerufen«, sagte sie. »Nächste Woche muß sie wegen ihrer Operation ins Krankenhaus.« Sie zupfte an ihren Zuckerwattehaaren. »Sie hat Angst.«

»Wenn sie schon im Krankenhaus ist, kann sie doch gleich diese andere Sache erledigen lassen«, sagte Louie.

»Welche andere Sache?«

»Du weißt schon.« Louie deutete mit einer Art Schaufelbewegung auf seinen Unterleib. »Die basteln ihr 'ne neue *comu si chiam'* aus ihrem *cacocciul'* und dem kleinen Mann im Boot.«

»Ach, hör auf«, sagte sie. Sie machte eine abwehrende Geste mit ihrer Haarzupfhand, unterdrückte ein Grinsen und watschelte von dannen.

Als sich die Schiebetür geschlossen hatte, ergriff Joe das Wort. »Und denkt daran, was dieser Schwanzlutscher gesagt hat.«

»Welcher Schwanzlutscher?«

»Dieser Asim Sau.«

»Genau.« Auch das hatte Johnny sich gemerkt. Im Dezember 1990 hatte die *ABC*-Nachrichtensendung *20/20* ein Interview mit Asim Sau ausgestrahlt, das in einem militärischen Ausbildungscamp im burmesischen Dschungel aufgezeichnet worden war. Wie gebannt hatte sich Johnny mehrere Male die Videokassette angeschaut, die Louie Bones ihm gegeben hatte. »Mein Opium«, hatte Asim Sau gesagt, »ist stärker und viel wirksamer als Ihre Atombombe. Es reicht schon, wenn ich Sie bloß mit diesem Gift füttere.« Doch Joe bezog sich auf eine andere Äußerung Asim Saus. »Ich unterbreite Ihnen ein Angebot«, hatte der Shan-Kriegsherr gesagt, »das die Weltbevölkerung in Freude versetzen wird. Dabei geht es um die Ausrottung des Opiums. Wenn Sie genug Bargeld zusammenbringen, um mich bezahlen zu können, werde ich Ihnen das gesamte im Goldenen Dreieck produzierte Rohopium überlassen. Sie können es irgendwo einlagern, Sie können es verbrennen, Sie können es ins Meer schütten. Sie können damit machen, was Sie wollen.« Asim Sau hatte erklärt, daß er für die Opiumernte von sechs Jahren den einmaligen Sonderangebotspreis von zweihundertachtzig Millionen US-Dollar verlangen würde. Eine einzige Jahresernte, etwa zweihundert Tonnen Rohopium, würde, in Heroin umgewandelt, ungefähr sechsunddreißig Milliarden Dollar wert sein, wenn sie in Junkietown, USA, in den Straßenhandel gelangte.

»Das ist ein arroganter Scheißkerl, und dieses Interview ist schon ein paar Jahre alt, doch diese Zahlen sind immerhin ein Orientierungsrahmen«, sagte Joe.

»Und nun zu diesem anderen Schlitzauge«, sagte Tonio, »diesem Ng Tai-hei. Der hat unser Schlitzauge in Mailand kaltgemacht und uns den Kopf mit der Post geschickt. Doch Raffa kennt noch andere Schlitzaugen, die mit dieser Sole-Rosso-Geschichte zusammenhängen, mit diesem Tao. Schlitzaugen gibt's wie Sand am Meer.«

»Dieser Kopf«, sagte Johnny. »Denkt ihr, daß sich dadurch irgendwas geändert hat?«

»Das war bloß eine Geste«, sagte Joe. »Er hat uns nicht vertraut, bevor er unseren Mann kaltgemacht hat, und er vertraut uns immer noch nicht. Es hat sich überhaupt nichts geändert. Es gibt bloß ein Schlitzauge weniger auf der Welt. Doch wie Tonio gerade gesagt hat: Es gibt noch genug davon. Und wer weiß? Vermutlich hätten wir den Typen früher oder später bei dem Versuch erwischt, uns gegen die anderen auszuspielen. Der war bloß ein *zaffiru*, ein kleiner, unbedeutender Spitzel.«

»Aber merk dir eins«, sagte Tonio. »Dieser Ng Tai-hei ist kein gewöhnliches Schlitzauge. Der ist eine Klasse für sich, den Burschen darf man auf keinen Fall unterschätzen. Vergiß das nie! Doch du darfst genausowenig vergessen, daß er sich zum Scheißen hinsetzen muß, so wie jeder andere auch.«

Johnny mußte daran denken, was Billy Sing ihm über

Ng Tai-hei und die anderen erzählt hatte – daß sie für die Mehrzahl der Leute, die im Schatten ihrer Welt hausten, so was wie finstere, unnahbare Götter wären und daß ihnen der Gedanke, diesen Männern gegenübertreten zu müssen, Angst einjagen würde, daß sie jedoch für ihn einfach nur Männer sein würden, Fremde aus einer fremden Welt, sicher, aber davon abgesehen Männer wie andere auch, und daß dies genau die richtige Einstellung sei.

»Und ihm ist klar, daß Vincenzo und ihr Jungs auch was darstellt und nicht unterschätzt werden dürft«, fuhr Tonio fort.

»Ich?« fragte Johnny. »Seit wann stelle ich denn etwas dar?«

»Seit dem Moment, wo Tonio das geglaubt hat«, sagte sein Onkel. »Und allmählich solltest du verdammt noch mal anfangen, es auch selber zu glauben!«

»Seit dem Moment, wo du dir den Finger an diesem Dorn aufgeritzt hast. Seit du gewisse Dinge hinter dir gelassen hast. Seit wir dich in unseren Kreis aufgenommen haben. Seit diesem Moment stellst du etwas dar!«

Louie versuchte, die Stimmung zu entkrampfen. »Genau«, sagte er. »Wie heißt es doch so schön? Du bist ein Niemand, bis dich jemand liebt. Und wir lieben dich.«

Als Johnny noch ein Junge gewesen war, hatte er ein Gedicht mit dem Titel ›Still/Leben‹ geschrieben. Damals war er, nicht sofort, aber kurze Zeit später, zu der Überzeugung gelangt, daß der Titel des Gedichts falsch war, daß der Schrägstrich vor prätentiöser Künstelei triefte. Trotzdem hatte er keine andere Möglichkeit gesehen, jenes Zischen und Knistern auszudrücken, jene plötzlich wahrgenommene Arrhythmie des Seins, jene Kluft zwischen dem Nichts und dem Fortschreiten des Lebens. Soweit er sich erinnern konnte, hatte sich das Gedicht darum gedreht, daß ihm eine Kopfplatzwunde genäht werden mußte, nachdem ihm jemand eine Flasche an der Stirn zerschmettert hatte, ein Vorfall, der dem Gedicht um einige Jahre vorausgegangen war. Die Verse waren vom grellen Licht der Unfallambulanz und der abstoßenden Kälte der Krankenhauskacheln durchflutet gewesen, und der Schrägstrich sollte mehr oder weniger ausdrücken, was er damals empfunden hatte: ein Stillstehen der Zeit, eine bedrückende Stagnation, die wie ein gräßliches Dröhnen in seinen Ohren widerhallte. Das Gedicht war schon vor langer Zeit im Papierkorb gelandet, doch das Gefühl von damals hatte ihn nie mehr verlassen. Allzuoft hatte er reglos, wie gelähmt neben seinem Lebensrad verharrt und wenig oder gar keine Anstrengungen unternommen, seinen Lauf zu beeinflussen. Das war ihm bewußt gewesen, doch er hatte sich gesagt, daß dies so sein müsse, daß er auf Zufälle angewiesen war, auf Chancen, die sich irgendwie ergeben würden. Nun, hier war seine Chance. Der Schrägstrich, der ihn von seinem Leben trennte, mußte getilgt, ausradiert werden. Ihm gefielen die Worte, die Billy Sing ihm mit auf den Weg gegeben hatte, und er hatte sie bereits verinnerlicht: Sie pulsierten in seinem Blut und in seinem Atem wie Poesie, die mit aller Macht ans Tageslicht drängte. Er mochte dieses Gefühl, genauso wie er die Worte mochte, die die geheime Seele Chinas Konfuzius in den Mund gelegt hatte: »Wenn ich kämpfe, dann siege ich.«

Doch hinter all diesen Dingen, hinter dem in seinem Inneren brodelnden Durcheinander aus Entschlossenheit und Angst, aus Euphorie und dunklen Vorahnungen, blitzte immer wieder der beunruhigende Gedanke auf, daß er durch diesen Sieg einen neuen, viel dickeren Schrägstrich zwischen den Atem des Seins und dessen Erfüllung setzen würde, daß er die Konsequenzen seiner Taufe mit dem Bösen nie mehr abschütteln könnte, daß kein noch so großer Reichtum Charon dazu bestechen könnte, ihn wieder aus der Hölle zurückzuholen.

»Und vergeßt nicht«, sagte sein Onkel, zu ihm, zu Louie, zu den Phantomen, die in der Sommerbrise herumgeisterten, »mir Zigarren mitzubringen. Toscani Extra-Vecchi. Die guten.«

19

Aus Schwarz wurde tiefstes Blau. Johnny starrte hinaus in eine wolkenüberwölbte Kathedrale aus Morgendämmerung. Illuminierte Glasmalereien aus intensiver werdendem mattem Licht funkelten in einer synästhetischen Symphonie durch dunkle Wolken hindurch: Blaßrot und Gold, Amethyst-Violett und Saphir, Rosa und Perlmutt. Allmählich erhellten sich die Wolken zu bizarr geformten Schwaden aus einem mit Achat durchwirkten Grau, die wenig später in Streifen aus muschelseidenem Weiß übergingen. Die Kathedrale verflüchtigte sich in den Seufzern des heranrückenden Tagesanbruchs, und das Flugzeug schwebte tief über den Alpen dahin. Johnny sah nach unten. Ihm war, als befände er sich irgendwo westlich des Himmels, in einer kälteren, weniger bekannten und weniger heiligen Sphäre der Körperlosigkeit, die dennoch alle Vorzüge des Himmels aufwies. Unter ihm erstreckte sich ein stilles, atemberaubendes Panorama aus verschneiten, blauschattigen Hängen, hochragenden weißen Bergkämmen und Gletscherkuppen, ein Anblick, der die Sinne überwältigte gleich majestätischen, überirdischen Akkorden auf der Orgel der Schöpfung.

Die fremde, herrliche Welt da unten bezauberte Johnny, und sie ließ ihn frösteln, durchflutete ihn mit ihrer Kraft, aber auch mit ihrer Einsamkeit. Das goldene Licht und der reine blaue Morgenhimmel schienen etwas Sakramentales auszustrahlen, das jene Kraft und Einsamkeit verband und ihm die Gewißheit verlieh, daß alles gut werden würde, wenn er das Gefühl dieses Augenblicks festhalten und bewahren könnte; die Gewißheit, daß sich das Leben in Augenblicken wie diesen offenbarte. Eine Erlösung, nicht von der Tatsache des banalen, selbstverständlichen Endes in Fäulnis und Verwesung, das die einzige wirkliche Bruderschaft der Menschen bildete, sondern von der

Angst davor, einer Angst, die das Leben beherrschte und verfaulen ließ, indem sie die Menschen mit einer lähmenden Morbidität zerstörte, die viel schrecklicher war als der Tod selbst.

Die fremde, kalte Pracht erinnerte ihn auch an die Hölle, an jene gefrorene Region, den innersten Ring von Dantes neuntem Kreis, wo Luzifer sich erhob wie ein eisverkrusteter Berg inmitten der öden Abhänge im Herzen der Verdammnis, welches in Dantes Vision das Herz der Welt war. Dantes Luzifer hatte drei Gesichter, Verkörperungen seines Versuchs, den dreifaltigen Gott zu verdrängen: ein Gesicht war zinnoberrot, ein anderes gelb, das dritte war »gefärbt, als schien es zu entspringen dem Volke, das ungewohnt des Niles Wogen«, womit Dante die Äthiopier gemeint hatte – also niggerschwarz. Diese Dreien, diese verdammten Dreien. Ein nicht enden wollender Strom von Terzinen. Dante hatte seine *Commedia* genau im Jahre 1300 angesiedelt. An ihren Anfang hatte er eine Begegnung mit drei wilden Tieren gesetzt: Pardel, Löwe, Wölfin. Das Werk gliederte sich in drei Hauptteile, von denen zwei, *Purgatorio* und *Paradiso*, aus jeweils dreiunddreißig Gesängen bestanden. Warum hatte Christus in seinem dreiunddreißigsten Lebensjahr sterben müssen? Im *Inferno* hatte Dante dreimal die Gebirgslandschaft der Alpen heraufbeschworen.

»*Le Alpi*«, sagte Louie Bones, als er gähnend erwachte, mit einem raubtierartigen Räkeln, und sich über den leeren Sitz zwischen ihm und Johnny beugte, um in den Morgen hinauszublinzeln. Louies plötzliche Worte wurden durch sein Gähnen verzerrt. Auf Johnny wirkten sie wie ein bedrohliches Knurren.

Wenig später bemerkte Johnny am Druck in seinen Ohren, daß sie bald landen würden. Der Klang des elektrischen Gongs schien gedämpft, weit entfernt, während das Zeichen über ihren Köpfen aufblinkte: FASTEN SEAT BELTS – ALLACCIARE LE CINTURE. Das Herz der Welt hatte sich nicht verändert, es war noch immer dasselbe wie damals. Die Jähzornigen und die Verzagten. Tyrannen und Mörder. Sodomiten und diejenigen, die sich gegen Gott empörten. Wucherer und Simonisten. Heuchler, Diebe und Fälscher. Und die Verräter, die fluchwürdigsten von allen. ALLACCIARE LE CINTURE – LASCIATE OGNI SPERANZA, VOI CH'ENTRATE. Noch schlimmer als die Verdammten waren freilich diejenigen, die an den äußeren Rand der Hölle verbannt worden waren, diejenigen, die man für unwürdig erachtete, weiter hineingelassen zu werden: *i vigliacchi*, die Lauwarmen, die Wankelmütigen, die Feiglinge, diejenigen, die weder gut noch böse waren und ein Leben führten, das weder Schmach noch Würde kannte. Nun, zu diesen würde Johnny jedenfalls nicht gehören.

Die fünfzig Kilometer lange Taxifahrt vom Flughafen Malpensa zum Mailänder Stadtzentrum war die teuerste, die Johnny je gemacht hatte. Louie, der sich mit einem Packen Lirescheine versorgt hatte – blaue Zehntausender und rostbraune Fünfzigtausender –, zupfte zwei Fünfziger und drei Zehner aus dem Geldscheinbündel, *una lauta mancia*, für die sich der Taxifahrer überschwenglich bedankte.

Louie und Johnny hatten jeweils ein Gepäckstück dabei. Beide bevorzugten Reisen mit leichtem Gepäck. Jeder von ihnen hatte einen Anzug angezogen und nur drei Hemden und drei Garnituren Unterwäsche eingepackt. Sie fanden es besser, auf die Dienste von Wäschereien und chemischen Reinigungen zurückzugreifen oder neue Kleidungsstücke zu kaufen, als sich unnötig mit Gepäck zu belasten. Da sie jedoch die livrierten *faccini* nicht um *una mancia* bringen wollten, ließen sie sich ihre leichten Reisetaschen von der Straße an die Rezeption des Hotels Principe di Savoia tragen. Ihre beiden aneinandergrenzenden Suiten mit Ausblick auf die Giardini Pubblici kosteten jeweils eine Million Lire pro Übernachtung.

»Ich kenne eine kleine Absteige in der Via Fatebenefratelli, auf der anderen Seite der Gärten, in der Nähe der Piazza Cavour«, sagte Louie. »Das ist natürlich was anderes als das hier. Doch ich gehe gern zu Fuß, und dieser andere Schuppen liegt viel günstiger. Hier, die Piazza della Repubblica – das ist natürlich wunderschön, keine Frage, doch in dieser Ecke der Stadt ist einfach nichts los. Wenn's nach mir gegangen wäre, hätten wir uns dort einquartiert. Ehrlich. Das Hotel Cavour. Als ich das letzte Mal dort war, das ist schon ein paar Jahre her, ging direkt vor dem Hotel eine verdammte Bombe hoch, mitten auf der Piazza! Die Zeitungen haben die Jungs dafür verantwortlich gemacht, aber ich sage dir, zu der Zeit logierten da auch ein paar Typen aus Sizilien, und ich weiß, daß die nicht vorhatten, ihre Sprungfedern zum Tanzen zu bringen. So ist das mit den Bomben hier drüben. In der Regel weiß niemand, wer für was verantwortlich ist. Neuerdings haben die sogar ein Wort dafür – herauszufinden, wer hinter was steckt, das ist hier so was wie 'ne Wissenschaft –, die nennen das *dietrologia.*«

»Ach ja?« sagte Johnny. »Klingt, als könnten die ein paar Nachhilfestunden bei meinem Onkel vertragen.«

Louie gab ein zustimmendes Grunzen von sich. »Wie dem auch sei. Wir sind nun mal hier, und hier müssen wir auch bleiben. Das ist mehr oder weniger Diplomatie. So was wie ein verdammtes Gipfeltreffen, verstehst du? Wir müssen uns 'ne repräsentative Fassade zulegen, so tun, als würden wir Gold scheißen. Das gehört mit zum Geschäft. Unser Schlitzaugenfreund macht dasselbe. Er wohnt schräg gegenüber, im Hotel Palace. Also laß uns das Beste daraus machen. Das sollte nicht so schwer sein, denn dieser Schuppen *ist* nun mal das Beste.«

»Wir werden das Beste aus dem Besten machen.«

»Genau. Wie es sich für Leute wie uns gehört. Das Beste vom Besten.« Louie schaute hinaus auf die Gärten. »Scheiß drauf!« sagte er. »Die R. P. Corp. kommt doch für die Rechnung auf.«

Seit dem Tag, als ihn sein Onkel vor noch gar nicht so langer Zeit zu seinem Generalbevollmächtigten in Sachen R. P. gemacht hatte, war Johnny die Frage durch den Kopf gegangen, wessen Initialen diese mysteriöse Gesellschaft wohl tragen mochte. Er hatte Bill Raymond danach gefragt, den Anwalt, der für die Novarca das erledigte, was der alte Joe als Papierkram bezeichnete. Raymond hatte ihm erklärt, die R. P. sei eine in Holland ansässige Inhaberaktiengesellschaft, von dortigen Anwälten gegründet, die man eigens dafür angeheuert hatte. Die Identität der wirklichen Eigner der R. P. wurde vom holländischen Bankgeheimnis geschützt und war selbst ihren juristischen Helfershelfern unbekannt. Diese handelten auf der Basis anonymer Direktiven der Lupino, der in Paraguay ansässigen, getarnten Treuhandgesellschaft der Novarca, bei der es sich ebenfalls um eine von Geheimhaltungsgesetzen geschützte Inhaberaktiengesellschaft handelte. Mit Hilfe fingierter Beratungsverträge zwischen der Novarca und ihren nach außen hin unabhängigen, nicht zurückverfolgbaren Inhaberaktiengesellschaften verwandelten Joe, Tonio und Louie ihr schmutziges Geld in sauberes Novarca-Einkommen – ein Verfahren, das sie, genauso wie den genialen Dreh mit den Devisenterminkontrakten, vor Raymonds Zeit von einem geheimnisvollen Sizilianer gelernt hatten. Doch Raymond hatte keine Ahnung gehabt, wessen Initialen die R. P. trug, und Johnny hatte vergessen, daß er seinen Onkel danach fragen wollte. Jetzt fragte er Louie, der daraufhin verträumt vor sich hin schmunzelte, so als hätte ihn diese Frage an etwas Angenehmes, ja sogar Wunderbares erinnert, an ein längst vergessenes, glückliches Ereignis, das er nun noch einmal auskostete.

»Das sind gar keine Namensinitialen.« Louie grinste. »R. P. steht für – Scheiße, laß mich kurz nachdenken. Ach ja. R. P. *Rapere pilam*. Das stammt von Cicero. ›Schnapp dir den Ball und zisch ab‹, oder so ähnlich.« Louie spreizte seine Finger, als würde er mit den Händen eine große Kugel umfassen. »Der Ball«, sagte er. »Die Welt. Schnapp dir die Welt. Unser damaliger Freund, dieser Bursche aus Sizilien, der hat das immer gesagt.«

Johnny mußte an die beiden Löwen im Uoglobe-Symbol denken, das ihm Billy Sing gezeigt hatte.

Die beiden Männer verließen das Hotel und gingen die

Via Manin in südlicher Richtung hinunter, am westlichen Rand der Gärten entlang, dann überquerten sie die Piazza Cavour und gelangten in die Via Manzoni.

»Scheiß auf New York«, sagte Louie. »Das hier ist die tollste Stadt der Welt.«

Schließlich erreichten sie ein efeuumranktes Tor, das ein wenig von der Straße abgesetzt war: Nummer 12A. Johnny folgte Louie über einen Innenhof, der zum Ristorante Don Lisander führte. Sie betraten einen luftigen Raum mit pfefferminzgrünen Wänden, einer gewölbten weißen Stuckdecke und frischen Blumen. Vincenzo Raffa wartete schon auf sie. Er saß allein an einem Vierpersonentisch, vor sich eine Flasche Surgiva-Mineralwasser: ein gutaussehender Mann in den mittleren Vierzigern mit gewelltem, schmutzigblondem Haar, aus dem ein paar graue Strähnen hervorstachen. Als er ihre Schritte auf dem gefliesten Boden hörte, blickte er auf. Er erhob sich, als sie den Tisch erreicht hatten, und dabei stellte sich heraus, daß er der kleinste war. Er ergriff Louies Hand, lächelte und nickte mit einer bedächtigen, natürlichen Eleganz, so als wollte er sagen, ja, es ist schön, dich wiederzusehen. Louie stellte ihm Johnny vor als *»un amicu nostru, un uomo bravissimu, u niputi a Don Giuseppe.«*

»Lieto di conoscer La«, sagte Johnny.

»Per favore – dammi il ›tu‹,« erwiderte Vincenzo. Damit gab er Johnny zu verstehen, daß dieser ihn in der vertraulichen zweiten und nicht in der förmlichen dritten Person anreden sollte. In Mailand, wo die Leute in der Regel verächtlich auf das Sizilianische herabsahen, sprach Vincenzo Italienisch, doch die für seine Muttersprache charakteristische Neigung, das *l* auszulassen und das *o* in *u* zu verwandeln, verrieten hin und wieder seine Herkunft. Da ihm Johnnys gehemmter, stockender Gebrauch der Landessprache aufgefallen war, sagte er: »Das Vergnügen ist ganz auf meiner Seite.« Sein Englisch war so holperig wie Johnnys Italienisch, doch im Gegensatz zu Johnny schien ihm dieser Mangel an Sprachgewandtheit nichts auszumachen.

Johnny bekam im großen und ganzen mit, was der Kellner zu ihnen sagte. »Wißt ihr, was *lanza* ist?« fragte er Louie und Vincenzo.

»Mario ist der einzige verdammte Lanza, den ich kenne«, sagte Louie. »Ich dachte, er hätte vielleicht *manzo* gesagt. Rindfleisch.«

»Ich wollte euch gerade dasselbe fragen«, sagte Vincenzo.

Es war, wie sich herausstellte, Truthahn. »Überall in diesem Land heißt Truthahn *taccino*«, sagte Vincenzo. »Aber hier sagen sie *lanza* dazu. Und da rümpfen sie die Nase über unser *siciliano*. Versteht ihr das?«

»Und was ist *busecca?*«

Die beiden anderen spitzten die Lippen und gaben kehlige Laute des Entzückens von sich. Louie beugte sich zu Johnny hinüber und sprach mit gedämpfter Stimme, so als wollte er über *la bisiniss'* reden. »Das ist diese verdammte Suppe«, sagte er. »Kutteln, Eier und Käse.« Dann ließ er ein »Nnnnnnh!« folgen, das so klang, als hätte er seinen Schwanz mit einem wuchtigen Hüftstoß in eine Möse geschoben.

Sie bestellten ihr Essen, noch mehr Mineralwasser und eine Flasche Barbacarlo. Sie pusteten auf die dampfende *buscetta* in ihren Löffeln und führten die dickflüssige Suppe zu ihren Lippen. Tief aus ihrem Inneren drangen wollüstige Geräusche.

»*Sembra una pipa sotto la tavola*«, lachte der Kellner im Vorbeigehen. Sogar Johnny verstand diese Bemerkung: Das hört sich ja an, als würde euch Typen unter dem Tisch einer abgelutscht.

»*Meglio di una pipa*«, erwiderte Johnny, der allmählich seine Sprachhemmungen zu verlieren begann. »*Meglia.*« Der Kellner, Louie und Vincenzo quittierten seine Worte mit begeistertem Gelächter.

Vom Geschäft sprachen sie erst, als sie die Suppe hinter sich hatten. Louie machte den Anfang.

»*Come sta Don Virgilio?*«

»*Bene. Tutto sommato, molto bene.*« Dann erinnerte sich

Vincenzo daran, daß Johnny, wie man in Sizilien sagte, *u fardu* war, ein *italo-americano*. Obwohl Louie auch in Amerika zur Welt gekommen war, betrachtete Vincenzo ihn nicht als *u fardu*, sondern eher als eine Art verirrtes Samenkorn, das der Wind mit sich fortgetragen hatte. In seinem Herzen, so dachte er, war Louie Sizilianer. Und vielleicht würde sich herausstellen, daß in der Brust dieses jungen Fremden, dieses neuen *amicu*, ebenfalls ein sizilianisches Herz schlug. Da er Louie, Giuseppe und Tonio kannte, würde der Beweis für seine Vermutung wohl nicht lange auf sich warten lassen. »Ja«, sagte er, »Don Virgilio geht's gut. Ich hab' ihn im April besucht. Zum Fest des San Giorgio. Und wir stehen laufend in Kontakt.«

Der Kellner brachte kleine Teller mit Pasta und Kalbsragout. Louie und Vincenzo hatten ihr zweites Glas Wein getrunken und die Flasche geleert. Johnny nippte hin und wieder von dem einen Glas, das er sich insgeheim zugestanden hatte.

»Daß wir bei dieser Sache seinen Segen haben, beruhigt mich ungemein.«

»Ja, natürlich. Doch ein Segen ist in der Regel nur so viel wert wie die Leute, denen er gespendet wird.«

»Wie fühlst du dich bei dieser Sache?«

»*Come un toro.*« Vincenzo grinste. »Wie ein Stier. Wie ein gesegneter Stier. Und du?«

»Früher habe ich eine ganze Menge gefühlt«, sagte Louie. »Jetzt fühle ich gar nichts mehr. Es ist an der Zeit, zu handeln, nicht zu fühlen.«

»Und wie steht's mit dir, Johnny?«

»Ich finde, eine Stippvisite in der Hölle ist ein lächerlicher Preis, wenn man dafür auf die andere Seite dieses Lebens gelangen kann.«

»Und was gibt's auf dieser anderen Seite?«

»Die Freiheit, das herauszufinden. Den Himmel.«

»Also dann«, sagte Vincenzo und hob sein Weinglas, »auf den Himmel.« Louie und Johnny stießen mit ihm an, und dann nahmen alle drei einen Schluck Wein.

»So«, sagte Louie, »jetzt laßt uns in die Hölle steigen.«

Der Kellner brachte einen Teller mit gefüllten Anchovis und eine Schüssel mit gegrilltem Gemüse, die er vor Johnny auf den Tisch stellte.

»Morgen nachmittag werden wir diesem Typen Auge in Auge gegenübersitzen«, sagte Vincenzo. »*Alle tre*. Um drei Uhr. Er hat darauf bestanden, daß die Unterredung auf Tao-Territorium stattfindet. Wir drei werden uns vorher treffen. An der Ecke Via Gusti und Via Braccio da Montone gibt es eine Bar. Die ist bloß einen Block von dem Laden entfernt, wo wir mit dem Schlitzauge verabredet sind. Ich treffe euch dort um, sagen wir, Viertel vor drei.«

»*E carcarazz'*? Und Kanonen?« fragte Louie, wobei er diskret ins *baccàgghiu* hinüberwechselte.

»*Al bar*«, sagte Vincenzo mit gelangweilter Stimme, so als würde sich das ganz von selbst verstehen.

»Bist du diesem Ng Tai-hei schon mal begegnet?« fragte Johnny.

Vincenzo schüttelte den Kopf. »Aber für die *cinesi* hier muß er so was wie ein Gott sein. Wenn man sie über seine Anwesenheit reden hört, könnte man meinen, Christus sei vom Kreuz herabgestiegen und würde mitten unter ihnen wandeln.«

»Und wie mächtig«, fragte Johnny, »ist diese Sole Rosse, dieses Tao?«

»Im Augenblick hängt deren Macht noch von unserem Wohlwollen ab. Doch so wird es nicht bleiben. Viele von denen fressen uns noch aus der Hand, aber die Probleme mit diesen Bastarden sind größer geworden. Wir blicken auf New York und sehen unsere Zukunft. Die werden stärker, während wir schwächer werden.«

»Eins würde mich interessieren«, sagte Louie. »Diese Typen, die auch aus der Hand fressen, was haben die euch erzählt, ich meine über Ng Tai-hei und seine beiden Busenfreunde, Asim Sau und Tuan Ching-kuo?«

»Wie ich schon gesagt habe. Für die sind diese Männer Götter. Wir hatten einen Spitzel in ihrer Organisation, eine ziemlich große Nummer. Er kannte diese Männer persönlich. Letzte Woche ist er nach Hongkong geflogen, um sich mit Ng Tai-hei zu treffen. Er selbst ist nicht mehr zurückgekommen, aber vor einigen Tagen bekamen wir ein Päckchen mit seiner tätowierten Hand.«

»Den Kopf haben sie nach New York geschickt«, sagte Johnny.

»Ja, ich weiß. Das erinnert mich an diese *inno nazionale lesbico*, diese lesbische Nationalhymne« – bei ihm klangen diese englischen Worte wie ›lesspiesche Naskio-nahlhiehm-nee‹ –, ›I Fall to Pisses‹.«

Johnny mußte lachen. Louie schaute ihn verständnislos an.

»Er meint diesen Patsy-Cline-Song, ›I Fall to Pieces‹.«

»Aha«, sagte Louie, ohne daß sich sein Gesichtsausdruck veränderte.

»Was hast du denn bei diesem Typen, diesem Cho, in Erfahrung bringen können?« fragte Johnny.

»Na ja, ihr müßt wissen, daß Cho Sin-wo kein Vertrauter dieser Männer war. Er war kein« – Vincenzos rechte Hand schraubte sich gen Himmel –, »er war keiner ihrer ... *altezza*. Und natürlich muß es auch böses Blut gegeben haben; sonst hätte er sich uns kaum angeschlossen. Doch er kannte sie. Er sagte, die drei seien ein Herz und eine Seele. Das sind keine drei Männer, die miteinander streiten oder sich untereinander bekämpfen, die verschiedene Ansichten haben und ständig auf der Hut sind, um zu verhindern, daß sie von ihren Partnern ausgetrickst werden. Sie marschieren immer gemeinsam, sagte er. Sie sind wie ein Raubtier mit drei Köpfen. Darin liegt ihre Stärke. Er sagte, sie seien wirkliche Ehrenmänner, allerdings nur, wenn sie unter sich sind. Man darf sich nicht von dem blenden lassen, was sie, ob allein oder als Trio, nach außen hin verlautbaren lassen. Nichts, was sie tun, sollte für – wie sagt ihr? –, also für *valore apparente* genommen werden. Aber ihr dürft nicht vergessen, das sind bloß die Worte eines einzigen Mannes. Sie klingen gut, doch wir sollten uns lieber unsere eigene Meinung bilden.«

»Mensch«, sagte Louie, »das hat sich ja so angehört, als hättest du uns beschrieben.«

»Mag sein. Aber marschieren wir wirklich gemeinsam? Unsere schlimmsten Feinde sind noch immer wir selbst gewesen. Unsere Macht ist schon so oft von innen zerpflückt worden, daß sie einem Haufen zerbrochener Zweige ähnelt, der bloß darauf wartet, daß ein Außenstehender ein brennendes Streichholz daran hält. Gibt es bei uns so was wie ein Raubtier mit drei Köpfen?«

Johnny mußte an seinen Onkel denken, an Tonio und Louie, wie sie vor knapp achtundvierzig Stunden auf Louies Gartenterrasse gesessen hatten.

»Das ist doch auch nur ein verdammtes Kartenspiel, so wie alles auf dieser Welt«, sagte Louie. »Die wollen uns aufs Kreuz legen. Und wir wollen sie aufs Kreuz legen. Na und? Das ist doch nichts Neues?«

»Die Einsätze«, sagte Vincenzo. »Die Einsätze sind schon was Neues.«

»Das verblüfft mich immer wieder«, sagte Louie. »Zwei Feinde setzen sich an einen Tisch und belügen sich gegenseitig. Das ist unsere Art, die Dinge zu erledigen. Und nicht bloß unsere. Vom römischen Senat bis zu den Vereinten Nationen haben wir's schon immer so gehalten.«

»Vielleicht ist das die einzige Methode, die es gibt. Vielleicht funktioniert sie ja«, sagte Vincenzo.

Der Kellner räumte den Tisch ab und brachte anschließend die Salate.

»Aber wir haben doch gar nicht vor, sie aufs Kreuz zu legen«, sagte Johnny. »Das ist bloß ein Geschäft. Ein Angebot zur Zusammenarbeit.«

»Ich weiß nicht«, sagte Louie. »Halb Chinatown fliegt in die Luft. Abgeschnittene Köpfe in der Post. Explodierende Nigger. Flugzeugabstürze. Vergiftetes Heroin. Meinen diese Burschen vom *Wall Street Journal* etwa solche Sachen, wenn sie von ›feindlicher Übernahme‹ reden? Ich weiß nicht.«

»Sie treffen sich mit uns«, sagte Johnny. »Das will was heißen.«

»Johnny hat recht«, sagte Vincenzo. »Wir haben sie angesprochen, und sie sind darauf eingegangen.«

»Nun, dann sollen die Spiele beginnen«, sagte Louie und gab dem Kellner das Zeichen, daß er den Kaffee servieren sollte. Als der Espresso gekommen war, stießen sie noch einmal an, diesmal mit ihren Tassen.

»Auf uns«, sagte Vincenzo. »*Buona fortuna.*«

»Wenn wir kämpfen, dann siegen wir«, sagte Johnny.

»Aha«, sagte Vincenzo mit hochgezogenen Augenbrauen. »*Come Confucio*, eh?«

»*Sì*, grinste Johnny überrascht.

Als Vincenzo sein Portemonnaie zücken wollte, machte Louie eine abwehrende Handbewegung und bestand darauf, ihre Zeche zu begleichen. Er klopfte auf die vier 50 000-Lire-Scheine, die er über die Rechnung gelegt hatte, und gab dem Kellner mit dieser Geste des *finito* zu verstehen, daß er auf sein Wechselgeld verzichtete. Der Kellner bedankte sich herzlich, eilte davon und erschien wenig später mit drei Kognakschwenkern und einer Flasche Marc des Hospices de Beune, dem Stoff, der das war, was Grappa nur zu sein versuchte. Doch die Männer winkten ab. »*La prossima volta*«, sagte Louie zum Kellner: beim nächstenmal.

Auf der Via Manzoni, im nachmittäglichen Sonnensein, umarmte Vincenzo die beiden anderen. »*A domani*«, sagte er.

Johnny spürte den einschläfernden Effekt des Mahls und der über der Stadt liegenden Mittagsruhe, doch er wollte sich nicht aufs Ohr legen.

»So ist es richtig«, sagte Louie. »Wach bleiben, heute nacht eine ordentliche Mütze Schlaf nehmen und morgen früh, frisch und erholt, nach Mailänder Zeit aufstehen. Genau das werde ich machen. Ich glaube nicht an diese Jetlag-Scheiße. Das ist wie bei den Weibern mit ihrem verdammten PMS. Alles nur Einbildung. Dummes Gewäsch.«

Während Louie einen Bummel zu seinen bevorzugten Herrenausstattern machte – Truzzi auf dem Corso Matteotti; Castellani an der Piazza Meda; Caraceni, eine Maßschneiderei in der Via Fatebenefratelli, wo er die neu eingetroffenen Stoffballen begutachtete –, erkundete Johnny die Stadt auf eigene Faust, von Louie in die grobe Richtung der Piazza del Duomo geschickt. Die beiden hatten abgemacht, daß sie sich später in der Banca Masini an der Piazza dei Mercanti treffen würden, die, wie Louie sagte, ganz in der Nähe der nordwestlichen Ecke der Piazza del Duomo lag.

Als Johnny aus der Galleria Vittorio Emanuele heraustrat, sah er den Duomo vor sich aufragen, rosig-weiß und erhaben, inmitten der heruntergekommenen Arkaden, die die weitläufige Piazza umsäumten und ihm vorkamen wie an diesen Ort verpflanzte Segmente von Manhattans Times Square oder Union Square. Als er sich dem Dom näherte, wurde er schier überwältigt von der unglaublichen Arbeit, die in diese Phantasmagorie aus unzähligen Turmspitzen, Tausenden von Heiligenfiguren und Dutzenden von furchteinflößenden Wasserspeiern, die seine Fassade bevölkerten, gesteckt worden war. Der Anblick war weniger schön als beeindruckend, so als hätten Menschen versucht, die ganze Wunderwelt ihrer Visionen und jeden Schweißtropfen auf ihren Stirnen in diesem einen, imposanten Monument zu verewigen. Der Dom und die Gebäude ringsum ergaben ein grandioses Schauspiel, eine Offenbarung aller Bestrebungen der Seele, eingefaßt von ihrer viel prosaischeren Realität.

Von innen wirkte die Kathedrale sogar noch gewaltiger. Steinsäulen von einer Größe, die Johnny nie für möglich gehalten hätte, schienen sich in endlosen Reihen vor ihnen zu erstrecken, erhoben sich zu schwindelerregenden Höhen, jenem Bereich entgegen, wo das durch glänzende Glasmalereien gefilterte Tageslicht schwächer wurde und sich schließlich in einer Welt der Schatten verlor. Er richtete seine Augen auf das kühle Licht, das in dicken Strahlenbündeln durch die farbigen Glasfenster glitt. Sein Blick verweilte auf der Glasmalerei mit dem Wappen der Visconti, das zum Symbol dieser Stadt geworden war: eine riesige, sich windende Schlange, die einen Mann verschluckte.

Als er durch den Dom ging, entdeckte er hier und da, an

den Altären, die er passierte, und in entlegenen Winkeln, dunkle Gestalten, die kniend ins Gebet vertieft waren oder ruhig dasaßen, zusammengekauert im düsteren Zwielicht, das überall dort herrschte, wo die matten Sonnenstrahlen und das Licht der seufzenden Kerzen nicht hinreichten. Johnny schritt langsam durch das nördliche Seitenschiff, steckte einen Dollarschein in eine Kiste mit der Aufschrift OFFERTE, nahm eine dünne Wachskerze und zündete sie an. Er kniete nieder und bekreuzigte sich. *Caro Dio*, begann er leise, wobei er sich auf sein Italienisch konzentrierte, um sein schlichtes und einfaches Gebet auf bestmögliche Weise zu formulieren, eine Bitte um Weisheit und Kraft – *dammi sapienzia, dammi forza* –, der er ein Gelöbnis hinterherschickte, das ebenso vage wie ungewöhnlich war: *fare buono*. Er wußte, daß sein Italienisch mangelhaft war, doch ihm war, als hätte seine Umgebung irgendeine genetische Schleuse geöffnet und in ihm die unbewußten Erinnerungen an die Sprache seiner Vorväter zum Sprudeln und Fließen gebracht, die italienischen Worte, Wendungen und Klänge, die in seiner Kindheit auf ihn eingeströmt waren.

Eine alte Frau ging an ihm vorbei und blieb direkt vor der schweren Bronzepforte stehen, die eine mit Reliquien gefüllte Apsis von der restlichen Kathedrale trennte. Sie hob eine Hand zu dem heiligen Symbol an der Pforte und ließ sie dort ruhen, während sie lautlos ihre Lippen bewegte. Dann nahm sie ihre Hand von dieser geweihten Stelle und preßte sie an ihre Lippen. Johnny beobachtete, wie sie zu einem anderen Kruzifix schritt, das sich an jener Wand des Doms befand, die der Verehrung der Märtyrer gewidmet war. Dort hob sie noch einmal ihre Hand. *Tutti vogliamo qualcosa*, murmelte Johnny vor sich hin: Alle wollen wir etwas.

Er ging zum Hauptaltar, und dann betrachtete er eine Weile den heiligen Carlo Borromeo, der – weder Mensch noch Staub – in seinem gläsernen Sarkophag ruhte. Gern hätte er sich die unter dem Dom gelegene Taufkapelle angesehen, wo der heilige Ambrosius den heiligen Augustinus gesalbt hatte, doch das Baptisterium war über die Mittagszeit geschlossen. Er überlegte kurz, ob er auf das Dach der Kathedrale steigen sollte, zum Schatten von La Madonnina, die auf der Domspitze thronte. An einem klaren Tag konnte man von dort angeblich die Alpen sehen. Aber die Alpen hatte er heute bereits gesehen.

Johnny entdeckte die Banca Masini in einem Labyrinth dunkler, verwinkelter Gassen in der Nähe. Als er sich die Lage der Bank eingeprägt hatte, wanderte er weiter. Auf der Via Mazzini blieb er kurz stehen, um eine Gruppe verwahrloster, junger Männer zu beobachten, die vor der Bar Mercurio herumlungerten: Junkies, *tossicomani*. Als er wenig später die Leckerbissen im Schaufenster der Rosticceria Peck in der Via Cesare Cantù erblickte – zarte Hähnchen, Fasane, Rebhühner und Wildenten, knusprig gebraten und mit Rosmarin- und Salbeizweigen gefüllt; buntes Grillgemüse; ein überquellendes Füllhorn roher, gebratener oder marinierter Gaumenfreuden –, stieg in ihm, obwohl er gerade erst gegessen hatte, ein himmlisches Verlangen auf – kein echter Hunger, sondern eher eine Anwandlung, eine unterschwellige Gier. Während der vergangenen Wochen hatte er sich ununterbrochen mit dem Tod beschäftigt. Doch jetzt, in der üppigen Pracht der Kräuter, die den Ärschen und Hälsen jener kupfergoldenen und kastanienbraunen Vögel in einem irdischen Freudenfest entsprossen, offenbarte sich ihm das Leben, ein Grund und eine Sehnsucht zu leben.

Er streifte durch die Hallen der Biblioteca Ambrosiana und nahm ihre Schätze in Augenschein: Leonardos in einer Kristallvitrine aufbewahrten *Codice Atlantico*, Raffaels Skizzen, Petrarcas Ausgabe der Werke Vergils. In Raum V, versteckt unter all den übrigen Schätzen, stieß er zufällig auf eine kleine Truhe aus Glas und Holz. Dieser verstaubte Schaukasten enthielt Exponate, die irgendein vergessener Kurator zu einer längst vergessenen Zeit zusammengestellt haben mußte, Kuriositäten, die, so kam es ihm vor, von der Flutwelle einer unausgesprochenen, unaussprechlichen Wahrheit angespült worden waren:

Scherben menschlicher Eitelkeit, Relikte von Ruhm und Macht, zerbrochen im Angesicht der Sterblichkeit und von der Zeit zu mürben, allmählich zerfallenden Schmetterlingen reduziert. Der Schaukasten präsentierte drei Ausstellungsstücke. Da war ein jahrhundertealtes Altarbild aus Wachs, ein Triptychon, das die Stadien der Seligkeit, des Fegefeuers und der ewigen Verdammnis anhand eines Frauengesichts illustrierte, welches zunächst heiter und anmutig, dann verzagt und schließlich zu einer gräßlichen Fratze verzerrt war. Vor diesem Triptychon lag ein gelbbraunes, geringeltes Haarbüschel, das auf Latein als eine Locke aus Lucrezia Borgias Haar identifiziert wurde, die man ihr im Jahre 1519, in ihrer Todesstunde, abgeschnitten hatte. Links davon, versehen mit dem schlichten Kommentar ›*Guanti portati da Napoleone a Waterloo 18. 6. 1815*‹, lag das Paar Chamoishandschuhe, das Napoleon an jenem Tag getragen hatte, an dem sich sein Blatt gewendet hatte.

Eine vertrocknete Haarsträhne, ein Paar Handschuhe, die still vor sich hin dämmerten, lange nachdem die gierigen Hände, die in ihnen gesteckt hatten, zu Staub zerfallen waren – traurige Überreste einstiger *potere* –, vor dem Porträt dieses merkwürdigen Etwas, das sich gleichzeitig segnete und verfluchte, der Schatten jedes sinnlosen Griffs nach der Unsterblichkeit, jedes eitlen Machtstrebens. All dies barg der Schaukasten für Johnny.

Auf seinem Weg nach draußen fiel sein Blick auf die farbenfrohen Illustrationen eines Kräuterbuchs aus dem fünfzehnten Jahrhundert, das aufgeschlagen in einer Glasvitrine lag. Daneben befand sich ein maschinengeschriebenes Kärtchen, das den lateinischen Text erklärte. *Salvia*, Salbei, so las er, wurde zur Linderung des Todeskummers empfohlen. Die langsam welkenden Blätter sollten über Gräbern ausgestreut werden, zusammen mit jenem anderen aromatischen Todeskraut, *rosmarinum*, das man nicht nur zur Verschönerung von Gräbern und anderen Orten der Trauer benutzte, sondern auch zu einem duftenden Balsam verarbeitete, mit dem man die Toten einrieb. Er mußte an die Vögel im Schaufenster der *rosticceria* denken.

Die Ironie machte ihm die Wahrheit bewußt, die er im luftig-blauen Licht dieses Tages unterdrückt hatte, eines Tages, der die Nabelschnur zwischen ihm und Brooklyn endgültig durchtrennt und ihn, auf verschwommene Weise, die Grenzenlosigkeit seiner lange zurückliegenden, jungenhaften Träumereien ins Gedächtnis zurückgerufen hatte. Es war der Vorabend seines Abstiegs. Er war nicht hier, um zu feiern. Er war hier, um zu überleben.

Johnny ging durch die Sicherheitsdrehtür zur Bank. Louie war schon da und saß mit dem Direktor zusammen, einem großen, elegant gekleideten Mann in den Fünfzigern. Louie machte Johnny und den Bankier miteinander bekannt. Auf dem Schreibtisch des Bankiers lag ein brauner Schnellhefter. Er schlug ihn auf und entnahm ihm mehrere einzelne Blätter, Urkunden, auf denen die Briefköpfe der Novarca und der R. P. und Firmensiegel prangten. Johnny erkannte eines der Schriftstücke wieder: die Generalvollmacht, die er und zwei der Strohmänner seines Onkels, Chairman Stanley Krauss und President Bill Raymond, unterzeichnet hatten. An die Vollmacht war ein auf italienisch abgefaßter Brief der holländischen Anwaltskanzlei geheftet, die als heimlicher Verwalter der Finanzen der R. P. fungierte, sowie etliche rosafarbene und gelbe Formulare, auf denen die Überweisung und der Empfang von Geldern quittiert wurden, die von dem R.-P.-Nummernkonto bei der Bank of the Netherlands nach Mailand überwiesen worden waren: einhundert Millionen Dollar, konvertiert in ECU zu einem Wechselkurs von eins Komma fünfzehn US-Dollar pro ECU, zuzüglich der Erträge aus der fünftägigen, täglich aufgestockten Verzinsung dieser Summe, berechnet auf der Basis eines siebenprozentigen Jahreszinses und einer während desselben Zeitraums erfolgten ECU-Aufwertung von drei Komma fünf Prozent gegenüber dem Dollar, konvertiert in Lire zu einem Wechselkurs von eintausendachthundertneunzehn Lire pro ECU, zuzüglich einer dreitägigen Verzinsung auf der Basis eines neunprozentigen Jahreszinses, abzüglich der Gebühren für Buchung und Umtausch.

Das Konto belief sich nun auf einhundertdreiundsechzig Milliarden fünfhundertvierundachtzig Millionen zweihundertsechsundzwanzigtausendundsechshundertsiebenundsiebzig Lire, das Äquivalent von einhunderteins Millionen neunhundertsechsundsechzigtausendundeinhundertvier Dollar und achtzehn Cents. Ihre hundert Millionen hatten sich in etwas mehr als einer Woche um knapp zwei Millionen vermehrt.

»Der Bursche in der Zeitung hat recht«, sagte Louie. »Heute kann man so manches Schnäppchen machen, wenn man ein Auge auf die Zinssätze hat.«

Der Bankier reichte Johnny ein Formular, das er ausfüllen und unterschreiben sollte. Anschließend verglich er die Personalien und die Unterschrift mit Johnnys Reisepaß. Als er damit fertig war, unterzeichnete auch er das Formular und ließ Louie bezeugen, daß alles seine Richtigkeit hatte. Anschließend ließ er Johnny eine zehn mal fünfzehn Zentimeter große Karteikarte unterzeichnen, auf der die Nummer des R.-P.-Kontos eingetragen war. Als er mit Johnnys Paß zum Fotokopierer ging, wandte sich Johnny an Louie.

»Mußtest du etwa auch diesen ganzen Kram über dich ergehen lassen?« fragte er.

»Na klar.«

»Ich hatte gedacht, wir würden falsche Ausweise benutzen.«

»Willst du mich auf den Arm nehmen? So was verstößt gegen das Gesetz, mein Lieber! Hier, bei uns, überall. Das ist ein ganz legales Geschäft. Und wir sind normale Bankkunden, ganz legale Auftraggeber!«

»Und was ist mit deinem verdammten Vorstrafenregister?«

»Scheiße, Mann, ich bin resozialisiert, rehabilitiert oder wie zum Teufel die das nennen. Hast du noch nie was von diesem staatlich geförderten Programm gehört? ›Neuer

Anfang‹? Die Novarca kann das von der Steuer absetzen, wenn sie brave, ehrbare, resozialisierte Exknackis wie mich einstellt. Scheiße, Mann, ich hab' schon seit Jahren 'ne blütenweiße Weste.«

Der Bankier lächelte, als er Johnny den Paß zurückgab.

»*Mentre ci siamo, possiamo avere dieci milioni?*« fragte Louie.

»*Dollari?*« Der Bankier sah ihn entgeistert an.

»*No, no, no*«, sagte Louie. »*Lire.*«

»*Ah. Certo.*« Der Bankier entspannte sich, reichte Louie ein Formular und ging, nachdem Louie es unterzeichnet hatte, in den Schalterraum. Kurz darauf kam er mit zehn Millionen Lire in Hunderttausenderscheinen zurück.

Louie stopfte die Quittung in seine Jackentasche, zählte die Hälfte der Scheine ab und schob sie Johnny hinüber. »Ich denke, das dürfte für Hotelkosten, Essen und den einen oder anderen Stadtbummel reichen.«

»Frag ihn mal nach dem aktuellen monatlichen Durchschnittskurs der Lira gegenüber dem Dollar für Devisentermingeschäfte«, sagte Johnny zu Louie, da er wußte, daß so eine Frage seine bescheidenen Italienischkenntnisse überstrapaziert hätte. Wie sich herausstellte, mußte auch Louie passen, als es darum ging, die Formulierungen ›Durchschnittskurs‹ und ›Devisentermingeschäft‹ ins Italienische zu übersetzen. Doch der Bankier hatte begriffen, worauf Johnny hinauswollte. Er ging zu seinem Computer und gab Louie nach wenigen Sekunden die Antwort.

»Gesunken um sechs Komma siebzehn«, übersetzt Louie, aber Johnny hatte die Worte des Bankiers auch so verstanden.

Johnnys Lippen bewegten sich, während er nachdachte und rechnete. Neun Komma zwei minus sechs Komma siebzehn. Das machte drei Komma drei zugunsten des Dollars.

»Frag ihn dasselbe in bezug auf ECU, auch im Verhältnis zum Dollar.«

Der Bankier wandte sich erst an seinen Computer und dann an Louie.

»Gestiegen um vier Komma vier«, sagte Louie.

Doch Johnnys Lippen bewegten sich schon wieder, während er nachdachte und noch ein bißchen mehr herumrechnete.

»Was würden wir auf ECUs bekommen, ohne tatsächlich Devisen zu kaufen oder Courtagen zu zahlen?«

Der Bankier sagte, daß die Dinge in Italien zu seinem großen Bedauern etwas anders aussähen als in Holland.

Johnny wollte wissen, ob der Bankier die R.-P.-Gelder bei einer der kurzfristigen Kauf- und Verkauf-Transaktionen seiner Bank unterbringen könnte.

Tatsächlich, sagte der Bankier, gäbe es sehr lukrative italienische *obbligazioni*, die auf Dollar und ECU liefen – eine *1999 Lavoro Overseas* zu zehneinviertel Prozent, auf Dollarbasis, und eine *ECU 2000 Italia Repubblica* zu zehndreiviertel. Das Klima, sagte der Bankier, wiederum mit einem Ton des Bedauerns, sei allerdings viel zu warm.

Johnny lächelte. Er hatte verstanden.

Draußen zündete sich Louie eine Zigarette an und grinste. »Der verdammte Kerl hat dich angeschaut, als würdest du wissen, wovon du gesprochen hast. Wie kommt's, daß du dich mit diesem Kram so gut auskennst?«

»Ich mache eben meine Hausaufgaben«, sagte Johnny. In den vergangenen Jahren hatte er oft mit den Finanzjongleuren der Gewerkschaft zusammengesessen und bei diesen ausgekochten Betrügern alles mögliche aufgeschnappt, obwohl das meiste davon nutzlos gewesen war. »Ich will sehen, daß ich in der Firma Karriere mache. Ich kann es jetzt schon vor mir sehen: Johnny Di Pietro, Boß des *baccaus*.«

Louie lachte. »Du erinnerst mich immer mehr an deinen verdammten Onkel, wie er so dasitzt, mit seiner Lupe und dieser komischen rosafarbenen Zeitung.«

Sie folgten der Via Mengoni in nördlicher Richtung bis zur Via Santa Margherita und zur Piazza della Scala, von wo aus sie über die Via Manzoni zu ihrem Hotel zurückgingen. In der Nähe der Piazza de Cavour entdeckten sie ein Geschäft, das nichts als Messer verkaufte: Schlachtermesser, Tafelmesser, Haushalts- und Arbeitsmesser, rein dekorative Messer, die man sich an die Wand hängen konnte, Sportmesser und Messer zum Töten. Louie und Johnny verharrten eine Weile vor den schimmernden Schaufensterauslagen. Louie zeigte auf einen *pugnale*, einen glänzenden Dolch, der eine zehn Zentimeter lange Klinge, eine geschwungene Parierstange und einen mit Elfenbeinintarsien verzierten Griff besaß.

»Auf Sizilien«, sagte er, »nennt man so einen Dolch *crucifissu*, das Kreuz des Todes.«

»Stilette. Sind die Dinger hier noch erlaubt?«

Louie nickte und starrte gedankenverloren auf den zierlichen Dolch. Auf Johnny wirkte Louie weniger so, als würde er diese Waffe bewundern oder überlegen, ob er sie kaufen sollte, sondern eher so, als würde er sich ihr geradezu hingeben, sie aus ganzer Seele anbeten, wie die Leute, die im Kerzenlicht des Duomo vor den *crocifissi* gestanden hatten.

»Ich würde mich gern mal drinnen umschauen«, sagte Johnny. Er hatte sich schon immer ein Stilett gewünscht. Zu Hause konnte er alles mögliche kaufen: Schußwaffen, Bomben, Klappmesser. Doch er hatte immer ein Stilett haben wollen, schon als kleiner Junge, aber es war ihm nie gelungen, eins aufzutreiben. Ein Stilett war schwerer zu bekommen als Uzis oder Bazookas.

»Aber verlauf dich nicht«, sagte Louie, als er dem Schaufenster den Rücken kehrte und sich eine neue Zigarette anzündete.

»Ich werde da drüben auf dich warten.« Er zeigte auf die Tische eines nahe gelegenen Straßencafés.

»*Ha degli stiletti?*« fragte Johnny die Frau hinter dem Verkaufstresen. Sie war keine Schönheit, doch sie besaß eine unterschwellig erotische Ausstrahlung. Sie lächelte ihn an und gab ein kaum hörbares »*Sì*« von sich. Dann öffnete sich eine Holzschublade, aus der sie zwei lange, schmale Stilette holte: ein grau-schwarzes aus Perlmutt und ein braunes aus Horn. Die Verkäuferin präsentierte ihm die Messer auf ihrer ausgestreckten Handfläche: Die grazilen Waffen reichten vom weichen Fleisch ihres Handgelenks bis zu ihren schlanken Fingerspitzen. Als Johnny das Perlmuttstilett in die Hand nahm, konnte er für einen kurzen Moment die kühle Haut der Verkäuferin spüren. Er wog die Waffe in seiner Hand. Sie fühlte sich gut an und war nicht so leicht, wie sie aussah. Das Gewicht der verborgenen, gut ausbalancierten Klinge war deutlich zu spüren. Er löste den kleinen Sperrhebel, legte die Finger seiner rechten Hand fest um den Messergriff und drückte mit dem Daumen auf den Druckknopf. Der Rückstoß jagte wie ein kurzes, sinnliches Beben durch den Puls seiner zusammengeballten Faust, und die schmale, rasiermesserscharfe Klinge aus rostfreiem Stahl glitt, angetrieben von einer starken Spiralfeder, blitzschnell aus dem hohlen Griff: zehn schimmernde, quecksilberne Zentimeter des Jüngsten Gerichts. Die Klinge verschwand genauso schnell im Griff, wie sie aus ihm herausgeschossen war.

»*Permesso*?« fragte Johnny, wobei er auf einen kleinen Stapel Wellpappe zeigte, der hinter der Verkäuferin auf dem Fußboden lag. Als sie ihm einen Bogen des Verpakkungsmaterials gab, hatte Johnny den Eindruck, daß sie ahnte, was er vorhatte. Er faltete die Wellpappe zu einem kompakten, mehrlagigen Stück von etwa fünf Zentimetern Dicke zusammen. Er nahm dieses zusammengepreßte, feste Pappolster in die linke Hand, drückte das Stilett mit der rechten Hand dagegen und ließ die Klinge mit einem Daumendruck aus dem Griff schnellen. Die Klinge glitt durch das dicke Pappolster, als wäre es gar nicht vorhanden.

»*Il suo uso inteso non c'è dubbio?* Das haben Sie damit vor, wirklich?« fragte die Verkäuferin, wobei sie ihn auf ihre erotische Art anlächelte.

»*Sì.*« Er grinste zurück. »*S'intende.*«

Das Stilett war nicht billig: einhundertzehntausend Lire. »*Madreperla*«, erinnerte sie ihn: Perlmutt. Er bezahlte und ließ das Messer in seiner Jackentasche verschwinden.

Im Café sagte Johnny zu Louie, er solle ohne ihn ins Hotel gehen. Er wollte noch ein bißchen allein durch die Stadt bummeln.

»Verlauf dich nicht«, sagte Louie noch einmal. »Wir werden uns heute einen ruhigen Abend machen und früh ins Bett gehen. Aber vorher essen wir im Bice. Da gibt's das beste Meeresfrüchte-Risotto der Stadt.«

»Klingt gut.«

Als er durch die Straßen streifte, entdeckte er hier und da Stellen, die ihn an New York erinnerten. Die Via Monte Napoleone erschien ihm wie ein Destillat aus der Fifth Avenue zwischen 56th Street und Central Park und der Madison Avenue zwischen 60th und 70th Street. In der Villa della Spiga glaubte er sich ins südliche Manhattan versetzt, an den West Broadway. Aber Louie hatte recht, dachte Johnny: Scheiß auf New York!

Während er durch diese fremden Straßen spazierte, dämmerte Johnny allmählich, was Louie gemeint hatte. Von Jahr zu Jahr glichen die besseren Gegenden New Yorks immer mehr einer x-beliebigen, schäbigen Einkaufspassage. Unpersönliche Kettenläden – Ghetto-Burger, Jeans-Shops, Schuh-Boutiquen – hatten die kleinen Ladenbesitzer verdrängt und der Stadt den Charakter geraubt, sie in einen Schandfleck verwandelt, in eine abscheuliche Plastikwüste, angefüllt mit sinnlosem Lärm, sterilen, vorfabrizierten Fassaden und Graffiti. Hier, dachte Johnny, hielten sich Altes und Neues die Waage. Die Straßen waren sauber und von üppigem Grün gesäumt, und die Menschen, die über sie gingen, waren weiß und bewegten sich eher mit heiterer Gelassenheit als mit Angst und Aggressivität. Diese kosmopolitische Stadt, die bis auf das dritte Jahrhundert zurückging, schien all das zu sein, was das provinzielle New York in den wenigen jämmerlichen Jahren seines Aufleuchtens und Auseinanderfallens vergeblich zu sein versucht hatte: ein Hort der Zivilisation, ein Ort mit einer unverwechselbaren Atmosphäre und einem Gepräge, welches sich nicht in Müll auf den Straßen und der parasitären Freßgier der postalphabetischen, Pawlowschen Konsumgesellschaft erschöpfte. Und die Bräute hier – ach, vergiß es.

Johnny ging durch die Giardini Pubblici zum Hotel zurück. Er erinnerte sich an das Stilett in seiner Jackentasche und an die weiche, kühle Haut der Verkäuferin, an den sinnlichen Schwung ihrer Lippen. Genau das war es, was er jetzt brauchte. Eine Ablutschtherapie. Doch im Prinzip, das war ihm bewußt, wollte er alles. Das war sein Problem, dachte er. Er glaubte noch immer an Wunder, an Götter und Göttinnen – nicht bewußt, aber irgendwo tief in seinem Inneren, dort, wo seine Unzufriedenheit herrührte. Es war nicht das trostlose, zermürbende Einerlei des Lebens, das ihn in Verzweiflung und finstere Grübeleien trieb. Es war das Gefühl seiner inneren Verarmung, seines Ausgeschlossenseins von diesen üppigen Gefilden unfaßbarer Vorstellungen. Obwohl er sein Leben der Zerstörung jedes noch so spärlichen Zaubers gewidmet hatte, den das Leben bieten mochte, deutete seine vage Unzufriedenheit auf das Vorhandensein eines größeren Zaubers, einer schwer faßbaren, in den Brisen verborgenen *magna magica*.

Einen Augenblick lang, im Hier und Jetzt, war ihm diese spätnachmittägliche Brise Zauber genug. Doch dann ließen seine Gedanken die Brise mit einem Schlag abkühlen. Warum war er so weit gereist, nur um die Jahreszeit seines Todes einzuläuten?

20

Es kam selten vor, daß Bob und Mary morgens miteinander schliefen. Doch als er heute aufgewacht war, zum schläfrigen Schnurren seiner Frau, hatte er eine Erektion gehabt, die nicht nur auf seine volle Blase zurückzuführen gewesen war. Seit Mary schwanger war, schien Sex irgendwie mehr als Sex zu sein. Es schien gleichzeitig die Verbindung mit etwas Wunderbarem zu sein, dessen süßes Geheimnis in ihrem Bauch gehütet wurde und allein ihnen gehörte.

Die Nachwirkungen dieses angenehmen Erwachens ließen Marshall auf seinem Weg zur Arbeit mit einem Lächeln durch die Straßen gehen, obwohl er sich ein bißchen verspätet hatte. Jetzt verwandelten Peter Wangs Worte sein feines Lächeln in ein Grinsen.

»Das ist mein voller Ernst«, hörte er Wang sagen, als die beiden Männer in Marshalls Büro Kaffee tranken. Auf Marshalls Schreibtisch stapelte sich der an diesem Morgen eingetroffene Zuwachs für den bisher aufgelaufenen bürokratischen Schutt der fruchtlosen Ermittlungen im Zusammenhang mit den Vorfällen der vergangenen Woche. Dazu kamen noch Berichte über die steigende Zahl von Todesfällen unter denjenigen, die sich aus lauter Verzweiflung noch immer die Venen öffneten. »Also ehrlich! Wenn wir jemals herausbekommen, wer hinter dieser Sache steckt, dann sollten wir ihn unbedingt einstellen. Diese Leute haben ganze Arbeit geleistet und in einer Woche all das erreicht, was wir erreichen wollten, seitdem der beliebteste Präsident aller Zeiten diese Behörde aus dem Boden gestampft hat. Die haben dem größten Heroinmarkt Amerikas den Saft abgedreht.«

»Du solltest dich mal reden hören! Wang der Schreckliche.«

»Verdammt, wir beide wissen doch, daß ich recht habe.«

»Wir sind keine Bürgerwehr, auch wenn manche der bei uns arbeitenden Hollywood-Cowboys das zu glauben scheinen.«

»Nein. Aber wir gehören zum öffentlichen Dienst. Und die Sache, mit der wir es hier zu tun haben, das ist steuerzahlerfreundliche Justiz.«

»Hoho! Steuerzahlerfreundliche Justiz. Das gefällt mir.«

»Vergiß die Verwaltungskosten, die Ermittlungskosten, die Gerichtskosten und die Kosten für den Strafvollzug. Schau dir nur an, was es kostet, einen dieser Scheißkerle im Gefängnis zu verwahren. Zwanzig, dreißig Riesen im Jahr.«

»Nein, mehr. Die Kosten sind gestiegen. Auf Rikers Island kostet ein Häftling rund fünfunddreißig Riesen im Jahr.«

»Ist das Gerechtigkeit? Nein. Das ist staatliche Fürsorge. Zeig mir einen anständigen Menschen in diesem Land, ob jung oder alt, arm oder reich, verkrüppelt oder blind, dem die Regierung fünfunddreißig Riesen im Jahr rüberschiebt, damit er ein Dach überm Kopf und genug zu essen hat. Das ist immer noch mehr, als die meisten Leute in diesem Land jährlich verdienen. Eine Schande ist das. Diese große Gefängnismeuterei vor einigen Jahren, oben in Attica – da ging's um schlechten Fernsehempfang! Diese Typen meckern über die Überbelegung der Gefängnisse. Und man hört ihnen auch noch zu. Das ist der helle Wahnsinn.«

»Also, fände dieses Gespräch vor einem öffentlichen Forum statt, würde ich dich daran erinnern, daß nach einer kürzlich erschienenen Untersuchung der Rand Corporation so ein Fünfunddreißig-Riesen-pro-Jahr-Verbrechen, wäre er auf freiem Fuß, der Gesellschaft im gleichen Jahr einen Schaden von durchschnittlich vierhundertdreißigtausend Dollar zufügen würde. Wenn wir diese Typen ins Gefängnis stecken, kommt uns das unterm Strich viel billiger.«

»Das hier ist aber kein öffentliches Forum.«

»Nein, natürlich nicht.«
»Also?«
»Also, wenn's nach mir ginge, sollte man diese Schwanzlutscher alle umbringen.«
»Sieht so aus, als würde uns das gerade jemand abnehmen.«
»Paß auf und merk dir meine Worte! Das wird nicht mehr lange so aussehen.«
»Also werden wir weiterhin unseren Gehaltsscheck bekommen.« Wang grinste schief. »Gute Nachrichten, wo man auch hinschaut.«
Marshall nahm einen Anruf auf Leitung drei entgegen. Der Anrufer war ein Agent, der mit der Untersuchung der Vorfälle in Mott Street 187 betraut war. Im Hintergrund ertönte Caruso oder irgendein Mist dieser Art.
»Rat mal, was ich gerade gesehen habe.«
»Einen Spaghettifresser.«
»Genau.«
»Na toll. Das schreit ja förmlich nach einer Beförderung! Ist das etwa dein ganzer Bericht oder was?«
»Das war nicht irgendein Spaghettifresser. Das war ein Schatten der Vergangenheit.«
»Na los. Komm zur Sache, oder geh zurück zu deinen *cannole.* Wang und ich sind gerade im Begriff, die Welt von ihren Übeln zu kurieren.«
»Erinnerst du dich noch an Paul Como?«
»Scheiße. Willst du mich verarschen? Ich war der Meinung, wir würden diesen Typen nie mehr wiedersehen. Ich dachte, der sei tot. Oder längst über alle Berge. Scheiße«, wiederholte er. »Bist du dir ganz sicher?«
»Er ist's gewesen, kein Zweifel. Ein bißchen älter, ein bißchen grauhaariger. Aber er ist es gewesen.«
»Hat der irgendwas mit der Mott Street zu tun?«
»Nein. Also, ich glaube nicht. Er ist mir einfach so über den Weg gelaufen. Und rat mal, wer mit ihm zusammen war.«
»Ein anderer Spaghettifresser.«
»Joe Di Pietro. Die beiden kamen aus dem Club in der

Hester Street und stiegen in einen Mercedes mit Chauffeur.«

»Wann war das?«

»Eben gerade. Vor ein paar Minuten. Zwanzig vor zwölf, Viertel vor zwölf.«

»Scheiße.« Marshalls Stimme klang nachdenklich. Er selbst war es gewesen, der die Untersuchung über das spurlose Verschwinden Paul Comos vor einigen Jahren ohne Ergebnis abgeschlossen hatte.

»Ich dachte, das würde dich vielleicht interessieren.«

»Ja. Tut es. Danke.«

Wang hatte nur mitbekommen, was Marshall gesagt hatte. Das Telefonat hatte ihn neugierig gemacht, und er war erfreut, daß Marshall ihn ins Vertrauen zog, nachdem er den Hörer aufgelegt hatte.

»Du kennst doch diese INSLAW-Geschichte, oder? Michael Riconosciuto, diese undurchsichtige Affäre.«

»Ich hab' nur noch das Ende der Ermittlungen mitbekommen.«

»Aber du weißt, worum es bei dieser Sache gegangen ist.«

Wang wollte nicht unwissend erscheinen, doch er hatte die Erfahrung gemacht, daß Unwissenheit etwas war, das man besser zugab als kaschierte, besonders wenn man es mit Marshall zu tun hatte. Und abgesehen davon war es keine Schande, wenn er nichts über Riconosciuto wußte. Der Fall war mehr oder weniger abgeschlossen gewesen, als er vom Drogendezernat der New Yorker Stadtpolizei zur DEA gekommen war, und damals hatte seine Aufmerksamkeit zwangsläufig anderen Dingen gegolten.

»Bei dieser Sache haben wir uns nicht mit Ruhm bekleckert«, sagte Marshall. »Käme die ganze Wahrheit jemals ans Licht, wären wir wohl ähnlich beliebt wie der Präsident, der diese Behörde ins Leben gerufen hat. Es gibt zwei Versionen dieser Geschichte: die offizielle Version, die sich vor Gericht durchgesetzt hat, und die wahre Version. Ich schätze mal, du willst lieber die wahre hören.

Der ganze Schlamassel ist beinahe so alt wie die DEA

selbst. Anfang der siebziger Jahre finanzierte die Law Enforcement Assistance Administration, eine damalige Sonderabteilung des Justizministeriums, die Entwicklung eines Software-Programms mit dem Namen PROMIS. Diese Abkürzung steht für Prosecutor's Management Information System, ein Datenverarbeitungsprogramm, das die Arbeit der Strafverfolgungsbehörden erleichtern sollte. Entwickelt wurde diese Software von einem gemeinnützigen Forschungsinstitut namens INSLAW, dem Institute for Law and Social Research. Um 1980 war dieses System bei einigen ausgewählten US-Staatsanwaltsbüros in Gebrauch. Als Jimmy Carter die LEAA 1981 auflöste, nahm INSLAW den Status eines privatwirtschaftlichen, profitorientierten Unternehmens an, um eine weiterentwickelte Version von PROMIS kommerziell auswerten zu können. Dieses Software-Programm hieß Erweitertes PROMIS. Im Frühjahr '82 schloß die Regierung mit INSLAW einen auf drei Jahre befristeten Vertrag über zehn Millionen Dollar ab, um die ältere, nicht durch Copyright geschützte PROMIS-Version in ungefähr neunzig US-Staatsanwaltsbüros installieren zu lassen, also in sämtlichen Bundesstaaten sowie den überseeischen Territorien Guam, Puerto Rico und den Virgin Islands. 1983 begann die Regierung, nach einer entsprechenden Neufassung des ursprünglichen Vertrags mit INSLAW, auch mit der Installation des Erweiterten PROMIS. Doch als die Regierung das verbesserte System erst einmal in den Fingern hatte, legte sie sich quer. Da PROMIS, so argumentierte die Regierung, mit öffentlichen Mitteln entwickelt worden sei, hätte INSLAW auch kein juristisch abgesichertes Eigentumsrecht an dem verbesserten Nachfolgesystem. In der Zwischenzeit wurde PROMIS beim FBI, bei der CIA und auch bei uns in Betrieb genommen. Es war ein klasse Programm. Es lief auf UNIX, VAX/VMS, auf einfach allem.

Während INSLAW den langwierigen Prozeß einleitete, die Regierung wegen des Diebstahls des Erweiterten PROMIS vor Gericht zu bringen, wurden Kopien der Software nach Wackenhut-Cabazon geschickt, einem staatlichen Forschungsinstitut im Cabazon-Indianerreservat, in der Nähe von Palm Springs. Die befassen sich mit Fragen der nationalen Sicherheit, in erster Linie mit biologischer und chemischer Kriegsführung. Ich möchte nicht wissen, was die da sonst noch treiben. In Cabazon sollte das Erweiterte PROMIS unter strengster Geheimhaltung, ich zitiere, überarbeitet werden. Das neue, modifizierte System sollte serienmäßig hergestellt und illegal ins Ausland verkauft werden. Sinn und Zweck dieser Überarbeitungsoperation war es, dem Programm einen versteckten Primärcode zu verpassen, eine Art Hintereingang für unsere Nachrichtendienste, der es dem FBI, der CIA und der DEA ermöglichte, sich per Computer unbemerkt Zugang zu Verschlußsachen ausländischer Regierungen zu verschaffen. Der Mann, den man mit dieser Überarbeitung betraute, war ein gewisser Michael Riconosciuto, ein zwielichtiger Charakter, der vermutlich schon früher geheime Sonderaufträge für die Regierung erledigt hatte. Er war ein Einzelgänger. Ein Computerexperte, ein Wissenschaftler. Sein Vater soll ein Geschäftspartner von Nixon gewesen sein. An dieser Sache war ein weiterer zwielichtiger Charakter beteiligt, Paul Como, ebenfalls ein Computergenie, das hin und wieder für die Regierung arbeitete.

PROMIS wurde an Kanada verkauft, an Israel, Singapur, den Irak, Ägypten und Jordanien. Außerdem noch an Interpol in Frankreich und an den israelischen Geheimdienst Mossad. Über dieses manipulierte System konnten wir uns praktisch überall einklinken. Über eine ihrer Holding-Gesellschaften, die in Nikosia ansässige Firma Eurame Trading, verkaufte die DEA das PROMIS-Programm an Drogenbekämpfungsbehörden in Zypern, Pakistan, Syrien, Kuwait und der Türkei. Alles in allem landete PROMIS als Trojanisches Pferd in über achtundachtzig Staaten. Es war fantastisch. Die bezahlten uns unwissentlich dafür, daß wir sie nach Strich und Faden ausspionieren konnten.

Im Herbst 1989 gewann INSLAW vor einem Distriktgericht tatsächlich eine 8-Millionen-Dollar-Schadensersatzklage gegen das Justizministerium. Doch das Ministerium brachte den Fall vor das Bundesberufungsgericht. 1990 beschloß Riconosciuto aus irgendeinem Grund, die Leute von INSLAW in alles einzuweihen, was er wußte, und gab im Frühjahr '91 eine eidesstattliche Erklärung ab. Die Regierung hatte diese eidesstattliche Erklärung vorausgesehen. Man holte unseren Mann in Nikosia zurück, denselben DEA-Agenten, der die Eurame Trading und die PROMIS-Verkäufe überwacht hatte, und versetzte ihn in die Undercover-Abteilung unserer Niederlassung im Staat Washington, wo Riconosciuto zu der Zeit lebte. Die noble Mission des Agenten bestand darin, Riconosciuto ein Drogenvergehen anzuhängen, um dessen Glaubwürdigkeit in bezug auf die Manipulation von PROMIS und den heimlichen Software-Verkauf an ausländische Regierungen zu zerstören. Wir hielten Ausschau nach Paul Como, um ihn dazu zu bewegen, gegen Riconosciuto auszusagen, oder zumindest zu verhindern, daß er in Riconosciutos Fußstapfen trat. Doch Como war wie vom Erdboden verschluckt.

Riconosciuto gab seine eidesstattliche Erklärung am 21. März ab, am ersten Frühlingstag. Acht Tage später verhafteten ihn unsere Agenten wegen illegalen Drogenbesitzes und Drogenhandels. Im Mai hob das Bundesberufungsgericht mit einer juristisch fragwürdigen Begründung das Urteil gegen das Justizministerium auf.«

»Ich erinnere mich an die Verhaftung Riconosciutos«, sagte Wang. »Ich erinnere mich noch an viele hochgezogene Augenbrauen und so manchen schadenfrohen Blick hier bei uns. Ich hatte einen vagen Verdacht, aber ich habe nicht gewußt, daß seine Verhaftung ein abgekartetes Spiel war. Gab es in dem Zusammenhang nicht auch einen dubiosen Selbstmord?«

»Danny Casolaro. Der Schriftsteller. Er ist der Sache auf den Grund gegangen und hat die Zusammenhänge erkannt. Die PROMIS-Operation war Teil eines größeren Netzes. Denk dran, keiner dieser Verkäufe war offiziell!

Man munkelt, daß das Geld ein paar hohen Tieren im Justizministerium und deren Freunden zugeflossen ist. Erinnerst du dich noch an diesen Kumpel von Ed Meese, Doc Brian, den Burschen, dem UPI gehört. Freunde dieses Kalibers. Die Gelder wurden durch jene obskure Bank, die BCCI, geschleust. Die Iran-Contra-Affäre, dieses Publicity-Manöver von Reagan, das seinerzeit eine Menge Staub aufgewirbelt hat?«

»Ein ganz normaler Vorgang, oder?«

»Ja und nein. Es ging dabei um viel mehr als nur um Waffen. PROMIS war ein Teil dieses Deals, und die BCCI hat ihn eingefädelt. In puncto Drogenbekämpfung ist der Iran ein Land, das noch nie mit uns kooperiert hat. In weniger als zwanzig Jahren haben die sich vom größten Opiumproduzenten der Welt in ein Land verwandelt, wo die Drogenhändler gleich zu Tausenden hingerichtet werden. Jedenfalls erzählen sie uns, das seien alles Drogenhändler. Aber inzwischen kommen aus dem Iran jährlich etwa zweihundert Tonnen Opium. Schau dir nur Gwadar an. Vor diesem Hintergrund ist so ein Trojanisches Pferd natürlich eine prima Sache für uns.

Wie dem auch sei. Du weißt jetzt, wie ich das mit dem Netz gemeint habe. Ich bin davon überzeugt, daß der große Zusammenhang höchstens zwei oder drei hohen Tieren in der Constitution Ecke Tenth bekannt gewesen ist. Ed Meese, der damalige Justizminister, war auf jeden Fall mit von der Partie. Wer sonst noch, kann ich nicht sagen. Aber Danny Casolaro hatte den Braten irgendwie gerochen. Er schrieb an einem Buch darüber. *Die Krake*, so wollte er es nennen. Er hat seinen Freunden und seiner Familie erzählt, daß sie nicht an einen Unfall glauben sollten, falls ihm etwas zustoßen sollte. Sein Buch war fast fertig, und im Sommer '91, drei Monate nachdem das Bundesberufungsgericht das Urteil des Distriktgerichts aufgehoben hatte, hielt sich Casolaro in einem Motel in West Virginia auf, wo er sich mit einem allerletzten Informanten treffen wollte. Er war guter Dinge, erzählte seine Familie, ganz aus dem Häuschen angesichts der Sachen, die er ausgegraben hatte. Wer dieser angebliche Informant gewesen ist, werden wir wohl nie erfahren. Man fand Danny Casolaro in der Badewanne. An beiden Händen waren die Pulsadern durchschnitten, jeweils siebenmal. Neben ihm lag ein kurzer Abschiedsbrief. Das einzige Manuskript seines Buches und seine Notizen waren verschwunden.

Sein Tod wurde als Selbstmord eingestuft, und der vom Kongreß eingesetzte Untersuchungsausschuß, der die INSLAW-Affäre unter die Lupe nahm und einen Abschlußbericht vorlegte, verzichtete darauf, Casolaros Tod in seine offiziellen Untersuchungen einzubeziehen. Der Abschlußbericht wurde im September '92 veröffentlicht, zusammen mit dem Antrag einiger Kongreßabgeordneter, die die Einsetzung eines unabhängigen Ermittlungsausschusses forderten, der die Sache noch einmal neu aufrollen sollte. Doch Bill Barr, der Justizminister, erklärte den Fall einen Monat später offiziell für abgeschlossen.«

»Wo ist Riconosciuto jetzt?«

»Soviel ich weiß, noch immer im Knast.«

»Und was ist mit Casolaros Buch?«

»Spurlos verschwunden. Wie Como. Jedenfalls bis heute. Ich meine Como, nicht das Buch.«

»Und was will er deiner Meinung nach da unten in Manhattan?«

»Um Joe Di Pietro herumscharwenzeln. Was immer das bedeuten mag.«

»Di Pietro ist ein Dinosaurier. Ein Fossil.«

»Vielleicht macht er bei Como einen Computerkurs. Vielleicht möchte er sich seine goldenen Jahre mit einem Teilzeitjob versüßen. Aber da wir gerade davon sprechen, tu mir doch bitte einen Gefallen. Besorg mir alles, was wir und das Dezernat O. V. über Di Pietro in den Akten haben. Frag bei EPIC nach, hol dir Daten von Joint Intelligence auf den Bildschirm, und schau nach, was die über ihn gespeichert haben. Klink dich auch ins White-Hat-Netz ein. Zieh alle Register! Und wenn du schon mal dabei bist, informier dich auch über den Rest dieses unheiligen Trios. Überprüf sie alle: den Alten, Tonio Pazienza, Louie Bones.

Dessen richtiger Name ist mir entfallen, aber du findest ihn bestimmt in der Kartei mit den Decknamen.«

»Ich denke, wir haben Wichtigeres zu tun.«

»Kann sein, kann aber auch nicht sein.«

»Ist dieser Como denn eine so große Nummer?«

»Der ist völlig uninteressant. Eine kuriose Randfigur.«

»Und Di Pietro? Wenn ich irgendwas über den ausgrabe, das nicht vergilbt und wurmstichig ist, dann wird's wahrscheinlich sein letzter Blutdrucktest oder eine Anzahlung für 'ne Grabstelle sein. Die sind doch beide uninteressant. Wir stecken bis zum Hals in einer Sache, die du als Apokalypse bezeichnest, und du zerbrichst dir den Kopf über einen Computerheini und einen *padron'* im Ruhestand.«

»Hör mir gut zu, erstgeborener Sohn! Ich bin hier der Boß. Oder hast du das vergessen?«

»Natürlich nicht! Auf zwölf Quadratmetern von diesen drei Etagen, da bist du der Boß.«

»Mach mich bitte nicht kleiner, als ich bin!«

»Ich möchte mich bloß in deinen Kopf versetzen. Ich will wissen, wie ihr Bosse so denkt. Ich bin ehrgeizig, wie du weißt.«

»Okay. Ich denke ungefähr so. Ich hab' schon seit Jahren nicht mehr an diesen Di Pietro gedacht. Und an Como hab' ich auch schon seit Jahren nicht mehr gedacht. Ein Bursche, den ich mit der Untersuchung eines Stückes dieses Puzzles beauftragt habe, ruft mich aus heiterem Himmel an und erzählt mir, daß er die beiden gesehen hat. Er sagt mir, es habe nichts mit dem zu tun, was er eigentlich rauskriegen soll. Er hat bloß gedacht, es würde mich interessieren. Eigentlich hat es mich nicht interessiert. Doch jetzt tut es das. Als dieser Como damals verschwand, befand er sich an der Peripherie einer Verschwörung. Vielleicht befindet er sich jetzt wieder an der Peripherie einer Verschwörung. Und ich hocke hier rum, und dieser Scheißhaufen wächst uns allmählich über den Kopf, aber sosehr wir uns auch abstrampeln, es kommt einfach nichts dabei heraus. So denke ich. So einfach ist das.«

»Das nennst du denken?«

»Nein. Das nenne ich einen Befehl. Und jetzt schieb ab.«

Der alte Giuseppe und der junge Paul Como saßen in einem Restaurant in der Carmine Street. Die beiden hatten sich erst vor vierzig Minuten kennengelernt. Como war Joe von einem Freund empfohlen worden, der einen Freund hatte, der einen Jungen kannte, der nicht nur schmutzige Aufträge für die Regierung erledigt, sondern auch das Computerprogramm geschrieben hatte, mit dem eine der drei großen Sportwettagenturen in Las Vegas die Gewinnquoten errechnete. Bei diesem Jungen – Junge, Scheiße: der Typ ging auf die Vierzig zu – handelte es sich um Paul Como, der zur Zeit freischaffend tätig war, unter dem Namen Paul Conte, als unterderhand operierender Unternehmensberater in Texas, ein Job, der ihn zu Tode langweilte. Der Bursche sei in Ordnung, hieß es; ein Einzelgänger.

Die Regierungsagenten hatten ihm falsche Papiere besorgt, ausgestellt auf den Namen Paul Compton, nachdem er ihnen geholfen hatte, Danny Casolaro in die Falle zu locken. Mit einer Hand über dem Tisch hatten die Typen so getan, als würden sie ihn per Haftbefehl suchen lassen, und mit der anderen Hand unter dem Tisch hatten sie sich um ihn gekümmert. Wer immer sie gewesen sein mochten, denn das hatte er nie herausbekommen. Die Ausweispapiere, die sie ihm besorgt hatten, hatte er verbrannt. Scheiß auf die Typen, wer immer sie sein mochten. Statt dessen hatte er sich den Namen Conte verpaßt, nach dem Schauspieler, den er schon immer gemocht hatte. Die Veränderung der gefälschten Empfehlungsschreiben, die sie ihm ebenfalls verschafft hatten, war kinderleicht gewesen: eine Schere, etwas Klebstoff und ein guter Fotokopierer, mehr hatte es dazu nicht gebraucht.

Er hatte die Juden und die *paisani* in Vegas den Regierungsbullen in D. C. und Cabazon vorgezogen. Die waren aus einem anderen Holz geschnitzt, direkter, ehrlicher. Dieser Joe hier – »Vergiß die Don-Di-Pietro-Scheiße«, hatte Joe im Club zu ihm gesagt, »ich werde dich nicht Mister nennen, also kannst du mich Joe nennen« – hatte keine Ahnung von Computern, aber er war in Ordnung. Kein blödes Herumgequatsche und Getue wie bei den Bullen, und bei weitem nicht so furchteinflößend, wie seine Freunde in Dallas ihm hatten einreden wollen.

»Wenn du so hungrig bist, wie du vorhin gesagt hast«, sagte der alte Mann, »dann bestell dir das Kalbskotelett. Ich liebe das Essen in diesem Restaurant, aber Fleischgerichte bestelle ich hier nie.«

»Wieso? Ist das Fleisch nicht in Ordnung?«

»Das habe ich nicht gesagt. Ich habe nur gesagt, daß ich es nicht esse.«

»Wieso nicht?«

»Dieser Laden wird von den genuesischen Arschlöchern in der Bleecker Street beliefert. Die haben mir mal verdorbenes Schweinefleisch angedreht, diese gottverdammten, genuesischen Bastarde.«

Der Geschäftsführer, der Joe herzlich begrüßt hatte, brachte ihnen eine Flasche Fiuggi und eine Flasche Brunello di Montalcino.

»Um ehrlich zu sein«, lenkte Joe ein, »ich esse das Schweinefleisch in diesem Lokal. Ich liebe es. Es gibt in New York nur einen Burschen, der es besser zubereitet. Ein Typ in der Bedford Street. Und der hat nicht mal 'n Restaurant, das ist einfach bloß ein Typ. Für das Kalbskotelett gilt dasselbe. Das Kalbskotelett hier ist ein Gedicht. Nein, ehrlich, das Fleisch hier ist gut. Doch das *porcullin'*, das mir diese Bastarde verkauft haben, das werde ich mein Lebtag nicht vergessen. Das roch wie angesengte Niggerhaare und hat auch so geschmeckt. *Guastu.* Das war, als sie ihr Geschäft noch an der Ecke Jones Street hatten. Ist schon ein paar Jahre her. Ich hätte denen einen Ziegelstein durchs Fenster schmeißen sollen!«

»Hast du das nicht reklamiert?«

»Nein. Ich hab' die Brüder da getroffen, wo es ihnen am meisten weh tut. Am Portemonnaie! Ich hab' dort nie wieder einen Penny gelassen. Willst du einem verdammten

Genuesen weh tun, dann ist das die beste Methode. Die sind noch geldgieriger als die verdammten Itzigs.« Er nahm einen Schluck Mineralwasser. »Ich glaube zumindest, daß diese Typen verdammte Genuesen sind. Aber im Grunde genommen sind alle Itaker, die ihre Finger im Lebensmittelbusineß haben, wie verdammte *ammazzacrist'*.«

Der jüngere Mann bestellte sich gedünsteten Fenchel mit Parmesan und das Kalbskotelett. Joe bestellte sich als Antipasto Feigen und Schinken, Spargel-Vinaigrette und Thunfisch-Carpaccio, einen Salat und Fettucini mit Pilzen, Olivenöl und Knoblauch.

»Ich will ein Computersystem lahmlegen«, sagte der alte Mann.

»Nimm eine Axt. Das ist die effektivste Methode.«

»Mag sein, aber dazu hätte ich mich nicht an dich wenden müssen.«

»Was genau hast du vor?«

»Ich will es lahmlegen«, wiederholte der alte Mann. »Dafür sorgen, daß das verdammte Ding alles durcheinanderbringt. Daß es sein Gedächtnis verliert, Äpfel mit Birnen verwechselt.«

»Eine Logikbombe.«

»So was in der Art. Kriegst du das hin?«

»Ein System abstürzen zu lassen, eine Logikbombe reinzuschmuggeln, das ist kein Problem. Der schwierige Teil besteht darin, in das System einzudringen, an den Sicherheitssperren vorbeizukommen. Um welches System geht's denn?«

»Um das der DEA.«

»Das Scheißding ist doppelt und dreifach gesichert. Aber ich kenne mich da ein bißchen aus.«

»Ist so was machbar?«

»Das DEA-System ist Teil des JICC, des Joint-Intelligence-Control-Council-Netzes, das aus dem EPIC-Computer gespeist wird, der zentralen Datei des El Paso Intelligence Center in Texas. Die DEA, der Zoll, die Küstenwache, praktisch alle Fahndungsbehörden, sind mit EPIC vernetzt. Sogar die örtlichen Strafverfolgungsbehörden sind an dieses Netz angeschlossen, über das sogenannte White-Hat-Telekommunikationssystem.«

»Donnerwetter! Du scheinst dich ja prima auszukennen. Aber ich verstehe immer nur Bahnhof. Mich interessiert bloß, ob so was machbar ist?«

»Ich glaube, die benutzen immer noch die Hardware von Digital. Das VMS-Betriebssystem. Das ist mehrfach gesichert, viel schwieriger zu knacken als UNIX. Eine ziemlich komplizierte Kiste.« Como aß ein wenig Fenchel und trank einen Schluck Wein. Er besaß noch immer den Primärcode der Erweiterten PROMIS-Version. Natürlich war die Software für die inländischen Strafverfolgungsbehörden nie mit Hintereingängen versehen worden, aber wenn er irgendwie in das System eindringen könnte, würde er sich ohne weiteres Zugang zum Ein- und Ausgabebereich verschaffen können. Dann könnte er die Datenbasis des Systems manipulieren und alles machen, was er wollte. Buchstäblich alles! Die Frage war nur, wie er sich hineinschleichen könnte, vorbei an den Sicherheitssperren und der Chiffrierung des Systems?

Der alte Mann hob sich die Feigen und den Schinken bis zum Schluß auf. Das aß er am liebsten.

»Weißt du, was angewandte Sozialwissenschaft ist?«

»Klingt, als hätte das was mit staatlicher Wohlfahrt zu tun, Niggern Geld geben und so 'n Scheiß.«

»Angewandte Sozialwissenschaft ist das, was wir beide gerade machen. Rumquasseln. Wenn ich was wissen will und es irgendwie aus dir herauslocke, das ist angewandte Sozialwissenschaft. Wir alle sind Sozialingenieure.«

»Das könnte ich ja als zusätzliche Information in meinen Lebenslauf aufnehmen.«

»Genau. Aber wie dem auch sei, die DEA ist nicht Teil eines öffentlichen Computernetzes. Man kann nicht einfach ein Modem nehmen und sich damit ins Netz reinfummeln oder so. Ich schätze, man braucht die geheime Nummer für den DEA-Wählanschluß und zusätzlich ein geheimes Kennwort. Und an diesem Punkt kommt die angewandte Sozialwissenschaft ins Spiel.« Como hielt inne, trank erst einen Schluck Wein und dann einen Schluck Wasser. »Kennst du dich mit Heroin aus?«

»Ein bißchen.«

»Es gibt Leute, die regelrecht in das Zeug verknallt sind. Die würden alles dafür tun.«

»Das habe ich auch schon gehört.«

»Ich kenne da einen Jungen. Der hat mal in Dallas für mich gearbeitet. Hinterher hat er einen Job bei EPIC bekommen. Nichts Besonderes, irgendwelche untergeordneten Tätigkeiten. Dem hätten sie nicht mal den Schlüssel zur Herrentoilette gegeben, geschweige denn den privilegierten Code. Er hing schon an der Nadel, als er noch für mich gearbeitet hat, doch inzwischen ist er völlig auf den Hund gekommen. Sie haben ihn gehen lassen, doch er steckt noch immer mit einem Kerl von EPIC zusammen, einem Manager in der Abteilung für Systemkontrolle. Ein reizendes Pärchen. Der Junge ist etwa vierundzwanzig, nichts als Haut und Knochen, und sieht aus, als ginge er auf die Fünfzig zu. Der Typ von der Systemkontrolle ist etwa achtundfünfzig, trägt 'n Korsett und 'n Toupet. Eine Ehe, die im Himmel geschlossen wurde! Aber das sollte uns nicht kümmern. Bei dem, was wir vorhaben, tut's jedes Kennwort. Für ein paar Gramm Heroin könnte ich an das Kennwort des Toupets gelangen. Angewandte Sozialwissenschaft. Anschließend wäre es bloß noch ein Klacks, in den Primärcode der DEA zu kommen.«

»Dann könntest du das Ding lahmlegen?«

»Nichts leichter als das.«

»Wozu der ganze Aufwand. Ich meine, den Stoff und diese beiden Schwuchteln? Ich kann euch Typen mit Kennwörtern füttern.«

»Das könntest du?« Como sah ihn ungläubig an.

»Na was denkst du denn? Daß sich alle treu und brav an die Spielregeln halten? Selbstverständlich kann ich das! Hast du jemals von einem Burschen namens Eddie Schow gehört? Der war ein hohes Tier in der Fahndungsabteilung der DEA, unten in Miami. Sie haben ihn gefeuert, weil er vertrauliches Material weiterverkauft hat. Joe Villar, auch ein Special Agent in Miami – er und ein Bulle haben gemeinsame Sache gemacht und Rauschgift und Protektion verkauft. Danny Bunnel, Al Inglerias. Sag bloß, du kennst diese Namen nicht? Wie steht's mit Al Mitrone? Hast du je was von dem gehört? Auch 'n hohes Tier, 'n Bursche vom FBI. Den haben sie dabei erwischt, wie er neunzig Pfund Kokain gekauft hat. Tommy O'Brian, das ist noch so einer von diesem Kaliber. Ein Stabskoordinator bei der DEA, Belobigungen zum Wändetapezieren. Den haben sie auch bei einem Rauschgiftdeal hopsgehen lassen. Und was ist mit Bobby Peist? Der Einbeinige Bobby. Ein hochdekorierter Bulle. Hat jahrelang Polizeiinformationen an die Jungs verkauft, bis er aufgeflogen ist. Schau dir das 73. Revier drüben in Brownsville an. Oder das 30. Revier, oben in Harlem. Die haben alle ihre eigenen Rauschgiftringe am Laufen. Und schau dir diese große Eliteeinheit hier in New York an, dieses vereinigte Drogensonderdezernat. Soll angeblich die *crème de la crème* sein, die besten Ermittlungsbeamten der DEA, der New Yorker Stadtpolizei, der Staatspolizei . . . irgend so 'ne gequirlte Scheiße. Drei von denen wurden beim Heroinhandel erwischt. Der verdammte Chef der Einheit, auch so ein irischer Hundesohn, ein Kerl namens O'Brian . . . der Polizeipräsident hat sogar den feuern müssen. Der hat allen Ernstes behauptet, er hätte nicht gewußt, was diese drei Bullen getrieben haben, direkt unter seiner Nase. Und jetzt rat mal, wo sie ihn hinversetzt haben? Ins Koordinationsbüro zur Überwachung des Organisierten Verbrechens. Unglaublich, was? Ich will dir mal was sagen. Zu meiner Zeit kannte ich mehr verdammte, ungewaschene irische Schwanzlutscher bei der Polizei, die angekrochen kamen, um sich von mir einen Gefallen erweisen zu lassen, als ehrliche Bullen. Ich hab' mir die verdammten Stiefel an denen abgeputzt, an ihnen allen! Das kannst du mir glauben, mein Freund. Innerhalb des Gesetzes, da gibt es viel mehr Abschaum als außerhalb. Du willst Kennwörter haben? Ich werd' sie dir besorgen, deine verdammten Kennwörter.«

»Leider ist es so«, sagte Como mit geduldigem, nüchternem Tonfall, »daß diese Kennwörter Schnee von gestern sind. Wenn so ein Typ erwischt wird, löschen sie automatisch sein Kennwort. Die Kennwörter werden ohnehin laufend verändert. Alle paar Monate, oder was weiß ich. Das ist Teil der Sicherheitsvorkehrungen.«

Natürlich, dachte Joe, das hätte ihm sein gesunder Menschenverstand sagen müssen. Er kam aus einer Welt, wo die Dinge beständiger waren. Er kannte das Herz und die Seele der Dinge, aber nicht den überflüssigen Schnickschnack, der sich mit der Zeit immer schneller zu verändern schien. Vor einigen Jahren hatte Johnny ihm zu Weihnachten einen Videorecorder geschenkt, vermutlich Hehlerware. Er hatte ihn nie angeschlossen. Wozu auch? Er hätte ihn sowieso nie benutzt. Dieser neumodische Kram, der die Welt bloß lauter, hektischer und leerer zu machen schien, konnte ihm gestohlen bleiben.

»Also, mach dich an die Arbeit«, sagte er. »Wann kannst du damit fertig sein? Ich möchte, daß alle Vorbereitungen getroffen sind und du startbereit bist, wenn ich das Kommando gebe. Das könnte schon in einer Woche passieren, vielleicht aber auch erst in einem Monat.«

»Eine Woche wäre ein bißchen knapp. Ich brauche schon ein paar Tage, um an das Kennwort zu gelangen. Ich werde mich dahinterklemmen, aber ich kann dir nichts versprechen.«

»Tu alles, was in deiner Macht steht.« Joe zog ein dickes Bündel zusammengefalteter Hundertdollarnoten aus seiner linken Hosentasche. Er hielt das Geld dicht vor seinen Bauch und zählte dreißig Scheine ab. »Hier, nimm«, sagte er, wobei er die dreißig Scheine mit der rechten Hand zusammenklappte und über den Tisch schob, während er die übrigen Scheine mit der linken Hand in die Hosentasche zurückstopfte. »Dieses Geld bekommst du jetzt. Das sollte für deine Fahrtkosten reichen. Und für die erwähnten Gramm. Ein paar Dollar Spesengeld. Wenn du den Job erledigt hast, bekommst du deinen Lohn.«

»Wieviel?«

»Was hältst du für angemessen? Und komm mir nicht mit dieser Sozialingenieurscheiße. Sag mir einfach eine Summe.«

»Was wir vorhaben, verstößt gegen Bundesgesetze.«

»Nicht erwischt zu werden ist Teil deines Jobs.«

»Was hast du dir denn vorgestellt?«

»Zehn Riesen.«

»Das bekomme ich schon für eine fünftägige Systemüberprüfung.«

»Vielleicht, vielleicht auch nicht. Aber das hier klingt nicht nach einem fünftägigen Job. Ich meine, das sind doch bloß ein paar simple Handgriffe, oder? Abgesehen davon ist es steuerfrei. Und du hast mit dieser Sache schon ein paar Dollar gemacht.«

Como sagte nichts. Die beiden Männer aßen und tranken. »Bis jetzt«, sagte Joe, »muß ich bloß jemanden von Dallas nach El Paso schicken, der sich um dieses Liebespaar kümmert. Du hast selbst gesagt, daß die Sache ein Kinderspiel ist, wenn du erst mal das Kennwort hast.«

»Aber nur, weil ich diesen verdammten Primärcode habe.«

»Hör mal. Ich finde, wir sollten diesen Mist endlich hinter uns bringen, damit wir uns aufs Essen konzentrieren können. Ich frage dich noch mal dasselbe wie eben. Was hältst du für einen angemessenen Preis?«

»Dieser Primärcode ist Gold wert. Ich erwarte nicht, daß du das verstehst, aber es ist wirklich so. Ich könnte diesen Code für einen Haufen Geld verscherbeln. Danach wäre er keinen Pfifferling mehr wert. Die würden sich ein neues Programm installieren lassen.«

Der Kellner brachte Joes Pasta und Comos Kalbskotelett.

»Ach du lieber Himmel«, sagte Como, als er einen Blick auf seinen Teller geworfen hatte.

»Ich hab' dir doch gesagt, es sei groß.« Joe nahm einen Schluck Wein. »Und jetzt sag mir endlich deinen verdammten Preis, damit wir uns entspannen und diesen Kram hier essen können.«

Der jüngere Mann war eingeschüchtert. »Dreißig Riesen«, sagte er.

»Ich lege die halbe Differenz drauf. Zwanzig.«

»Fünfundzwanzig.«

»Aber nur, weil mein Essen kalt wird, du verdammter Sozialingenieur!«

Sie hoben ihre Weingläser, um ihre Übereinkunft zu besiegeln.

»*Cent' ann'*«, sagte der jüngere Mann.

»In meinem Alter«, erwiderte Joe mit einem Grinsen, »sagt man *centun'*.«

Como war zufrieden, denn fünfundzwanzigtausend Dollar waren genau die Summe, die ihm vorgeschwebt hatte, als er dreißig gesagt hatte. Und Joe war glücklich, denn er wäre bis auf fünfzig hochgegangen.

Diane Di Pietro verbrachte den Nachmittag im Münzwaschsalon, zusammen mit ihrer Freundin Jill aus demselben Häuserblock.

»Verlaß ihn«, sagte Jill. »Verlaß ihn einfach.« Sie war eine auf unscheinbare Art attraktive Frau: Mitte Dreißig, dunkle Haare mit einer einzigen grauen Stirnlocke, die, wie sie erzählte, viele Männer attraktiv fanden. Diane war davon überzeugt, daß diese Locke, neben ihrer Horngestellbrille, wesentlich zu Jills äußerem Erscheinungsbild einer ›lebenslustigen Bibliothekarin‹ beitrug. Jill mochte die Sorte Männer, die sie als ›intelligent‹ bezeichnete. Intelligente Männer waren ihrer Ansicht nach solche, die ins Kino gingen und keine Probleme hatten, alle nur erdenklichen Gerichte auf Speisekarten richtig auszusprechen. Intelligente Männer hatten gutbezahlte Jobs, Aufstiegsmöglichkeiten und redeten mit ihr. Unermüdlich erzählte sie von den jüdischen Rechtsanwälten, mit denen sie zusammengewesen war; das einzige Problem an diesen Beziehungen war, daß diese Männer durch die Bank verheiratet waren.

Verlaß ihn einfach. Geschiedene Leute, dachte Diane, versuchten immer, auch anderen eine Scheidung schmackhaft zu machen.

»Er ist dein Ehemann, und du weißt nicht einmal, wo er steckt«, fuhr Jill fort. »Das ist doch absurd.«

»Er arbeitet.«

»Jaja. Die arbeiten alle.« Jill erhob sich, ging zur nächstgelegenen Waschmaschine und goß etwas Ultra-Snuggle-Weichspüler in das gerade einlaufende Spülwasser.

»Komm«, sagte Diane, »laß uns dieses Thema vergessen. Ich möchte diese Zeit genießen. Warum gehen wir beide nicht später aus, in ein Restaurant, ins Kino oder so?«

»Wie wär's mit ein bißchen netter Gesellschaft? Wir reißen uns ein paar süße Jungs auf und lassen uns von denen so behandeln, wie es Göttinnen wie uns zusteht.«

»Ach hör auf. Johnny würde mich umbringen.«

»Du lieber Himmel, Diane! Das muß ja 'n tolles Leben sein. Ständig Angst haben müssen.«

»Ich finde, so was gehört sich einfach nicht.«

»Ach ja? Ich bin sicher, dein Mann sieht das genauso. Wann hast du dich das letztemal mit ihm so richtig wohl gefühlt? Wann hat er das letztemal irgendwas für dein Selbstwertgefühl getan? Komm schon, Diane. Leb dein eigenes Leben! Wenn du nicht atmest, dann stirbst du.«

Wenn du nicht atmest, dann stirbst du. Also ehrlich! Jill las andauernd diese kleinen albernen Taschenbücher mit Titeln, in denen von Atem die Rede war, von Brücken und Übergangsstadien und von Frauen, die es mit Wölfen trieben, und weiß der Himmel von was sonst noch allem. Und sie war gegen alles mögliche eingestellt. Zum Beispiel zog sie so heftig gegen Pornographie zu Felde, daß Diane sich fragte, was Jill wohl im Bett treiben mochte. Wie kommt es, hatte sie Jill einmal gefragt, daß die Frauen während der gesamten Menschheitsgeschichte immer in den Kulturen am stärksten unterdrückt worden sind, in denen man die Pornographie am schärfsten bekämpft hat? Mein Gott, hatte Jill gesagt, ohne ihre Frage zu beantworten, der Typ hat dich ja ganz schön indoktriniert, was? Tatsächlich war Diane von selbst auf diesen Gedanken gekommen, obwohl sie mit Johnny darin übereingestimmt hatte – zu der

Zeit, als die beiden noch nicht begonnen hatten, sich aus Prinzip in allem zu widersprechen –, daß der befriedigendste Sex eine Mischung aus Pornographie und Keuschheit war.

»Aber ich atme doch«, sagte Diane.

»Wirklich?«

»Soll das denn bei dir immer so weitergehen? Jungs, Jungs, Jungs? Was passiert, wenn sich der Rest deines Schädels dieser silbernen Strähne angeglichen hat?«

»Ich habe nicht vor, zeitlebens als Single herumzuziehen, falls du das gemeint hast.«

»Aha. Es hat dir also gefallen, verheiratet zu sein.«

»Mit Dwayne nicht.«

»Also, wie sieht's aus? Willst du heute abend was unternehmen oder nicht? Ich bin eine freie Frau.«

»Ja, du bist frei, natürlich. Aber wieso entspannst du dich nicht? Es ist noch früh. Du bist ja noch nicht mal im Trockner, du wirst doch gerade erst geschleudert.«

Als sie vom Waschsalon nach Hause ging, kaufte Diane eine Flasche Beaujolais, etwas, das sie sich nie erlaubt hätte, wenn Johnny dagewesen wäre. Mit Rücksicht auf Johnnys Alkoholproblem hatte sie seit einigen Jahren keinen Wein oder Schnaps in ihrer Wohnung aufbewahrt, obwohl sie an manchen Abenden ein Glas Wein vermißt hatte. Das hatte zu den kleinen Opfern gezählt, die Johnny wahrscheinlich nie zur Kenntnis genommen hatte.

Sie verstaute die Wäsche, nahm ein ausgiebiges Bad, duschte sich ab und schlüpfte in ihren Morgenrock. Dann schenkte sie sich ein Glas Wein ein. Manchmal malte sie sich aus, daß Johnny ein geheimes Tagebuch führte, das sie eines Tages entdecken würde. Und darin würde sie die Wahrheit über all das finden, was sie an der Distanz zwischen ihr und Johnny als verwirrend und quälend empfand. Es war eine Fantasie, die, für wie kurze Zeit auch immer, das Gefühl verdrängte, daß sie mit der Wahrheitssuche bei sich selbst beginnen müßte. Dieses imaginäre geheime Tagebuch würde ihr sagen, ob sie ihren Mann lieben oder hassen sollte. Aber natürlich existierte kein derartiges Tagebuch. Während sie von ihrem Wein nippte – welch köstlicher Luxus: hier trinken zu können, ruhig und entspannt, im Morgenmantel –, ließ sie ihre Augen über das Bücherregal ihres Mannes schweifen. Die meisten Bücher waren alt und stammten noch aus den Tagen, als sie Johnny kennengelernt hatte. Damals hatte er gelacht und gelesen und getrunken und herumgegrübelt. Zuerst war das Lachen verschwunden, dann das Lesen. Und schließlich war nur noch das Trinken und Herumgrübeln übriggeblieben.

Trotzdem hatte er die Bücher die ganzen Jahre über aufgehoben. Vielleicht würden sie ihr den einen oder anderen Anhaltspunkt geben können. Man konnte kaum sagen, daß seine Lektüre fest im christlichen Zeitalter verwurzelt war. Natürlich, da war Dante. Doch daneben standen Homer, Hesiod, Horaz und Vergil. Sie zog das einzige Buch aus dem Regal, in dessen Titel die Liebe vorkam, Ovids *Ars Amatoria*. Beim Durchblättern entdeckte sie eine Passage, die ihr Mann mit Tinte unterstrichen hatte: ›Es ist nützlich, daß es Götter gibt, und da es nützlich ist, wollen wir auch daran glauben.‹ Sie schaute nach links, auf die gegenüberliegende Buchseite, wo die lateinische Originalfassung abgedruckt war: *Expedit esse deos, et, ut expedit, esse putemus*. So ein Haufen Englisch, bloß um diese acht einfachen lateinischen Worte wiederzugeben! Sie durchsuchte das Buch nach weiteren Spuren der Hand ihres Mannes. Da: *Ludite, si sapitis, solas impune puellas*. In der Übersetzung: ›Betrügt, wenn ihr Verstand habt, nur die Frauen ungestraft.‹

Ja, du kannst mich auch mal, Johnny-Schätzchen! Sollte das etwa Dichtung sein? War das die Scheiße, mit der Emily Dickinson konfrontiert gewesen war? Verfluchte Itaker. Sie schob das Buch wieder an seinen Platz zurück, füllte ihr Glas nach und betrachtete Caillebottes Parkettabzieher. Ihre Schamhaare fühlten sich weich an und waren immer noch ein bißchen feucht – gedankenverloren fuhr sie mit den Fingern hindurch und ließ die durchs offene Fenster kommende Brise darüberstreichen.

Bei dem DIN-A4-Blatt handelte es sich um die Fotokopie eines Routineberichts des Rauschgiftdezernats der Royal Hong Kong Police: Wäre es nicht auf den Fußboden gefallen, hätte Bob Marshall wohl erst in einigen Tagen von diesem Schreiben Notiz genommen. Marshalls zunehmende Konzentration auf die dunklen facettenreichen Glasscherben der jüngsten Ereignisse hatte sein vormittägliches Arbeitsritual durcheinandergebracht und dazu geführt, daß er die Flut des normalen Papierkrams mehr und mehr vernachlässigt hatte. Tatsächlich stand er kurz davor, seine Assistentin mit einer Durchsicht dieses immer höher werdenden Papierbergs zu beauftragen, damit diese das Material für ihn auswertete, sortierte und zusammenfaßte.

Als er den Bericht wieder oben auf den Stapel zurücklegte, ließ er seine Augen über das Papier gleiten: In Zusammenarbeit mit der Royal Hong Kong Marine Police und der Sonderabteilung ›Organisiertes Verbrechen‹ hatte das Hongkonger Rauschgiftdezernat eine Flotte von Fischtrawlern abgefangen und konfisziert, die zum Heroinschmuggel benutzt worden waren und von Hainan aus operiert hatten ... In Peking hatte Tao Siji, der Minister für öffentliche Sicherheit, zum wiederholten Mal unverblümt zugegeben, daß die Festlandspolizei Verbindungen zu den Hongkonger Triaden unterhielt: »Unsere Sicherheitsorgane haben vielfältige Kontakte zu den unterschiedlichsten Gesellschaftskreisen geknüpft, und dazu zählen auch diese Gruppierungen«, hatte er geäußert. »Solange diese Leute patriotisch sind, solange sie zu Hongkongs Wohlstand und Stabilität beitragen, sollten wir auch mit ihnen zusammenarbeiten.« Als Reaktion hatte T. K. Chan, der Chief Superintendent der Royal Hong Kong Police, öffentlich verlautbaren lassen, daß Hongkong ohne Rücksicht auf den chinesischen Standpunkt seinen Krieg gegen die Triaden fortsetzen würde ... Anläßlich eines Geburtstagsbanketts für den thailändischen Schattenboß Tuan Ching-kuo hatte man im Restaurant Man Wah mehrere hochrangige Triadenführer fotografiert. Asim Sau und Ng Tai-hei waren nicht unter den Gästen gewesen. Am Abend zuvor war beobachtet worden, wie Ng Tai-hei Hongkong in Richtung Mailand, Italien, verlassen hatte ... Am Luftfracht-Terminal des Kai-Tak-Flughafens waren bei einer Schießerei mit Drogenschmugglern zwei Agenten des Rauschgiftdezernats getötet und drei weitere verwundet worden.

Marshall fand nichts an dem Bericht bemerkenswert. Es war der übliche Kleinkram, und er dachte nicht weiter darüber nach. Er versuchte noch immer, die Herkunft des vergifteten Heroins aufzuklären. Die Angst auf den Straßen war so groß, daß der Preis für ausgespucktes Methadon – manche Teilnehmer des staatlichen Methadon-Programms behielten ihre unter ärztlicher Aufsicht verabreichte, in Orangensaft aufgelöste Tagesdosis im Mund, um sie später zu Geld zu machen – von zwanzig auf fünfzig Dollar emporgeschnellt war. Die unmittelbare Umgebung der Klinik an der Ecke 125th Street und Park Avenue hatte sich in einen rund um die Uhr geöffneten Basar verwandelt. Fläschchen mit Methadon, das noch nicht durch den Speichel und die Schliche anderer Junkies verdünnt worden war, wechselten für fünfzig Dollar und mehr den Besitzer. Purpurfarbene 30-Milligramm- und pinkfarbene 60-Milligramm-Tabletten des verschreibungspflichtigen Medikaments MS Contin, eines Morphinsulfats, wurden für fünf beziehungsweise zehn Dollar pro Stück verkauft. Unter den Junkies, deren Verzweiflung größer war als ihre Angst, gab es noch immer vereinzelte Todesfälle: zwei oder drei, mitunter auch fünf pro Tag. DEA-Fahnder und Kriminalbeamte hatten die Straßen abgegrast und versucht, die Spur jedes vergifteten 10-Dollar-Briefchens zurückzuverfolgen: vom Opfer über die Straßenhändler und Drogenkuriere bis zu den örtlichen Dealern, von denen die Straßenhändler ihre Ware bezogen. Die Kuriere – Laufburschen, die die Ware zu den Straßenhändlern brachten – waren in der Regel keine Fixer, und während es auf den unteren Stufen des Heroinhandels, in den Reihen der Straßenhändler und der örtlichen Dealer etliche Tote gegeben hatte, war es weiter oben, auf dem großen Zwischenmarkt der Kilos und Unzen, der zwischen den Großdealern und ihren drittklassigen Nachahmern existierte, zu keinen Todesfällen gekommen. Die örtlichen Dealer versorgten sich aus vielen Quellen. Jemandem war es irgendwie gelungen, die Killerbriefchen unter die fertig abgepackte Ware zu schmuggeln, die für die örtlichen Dealer in allen Stadtbezirken bestimmt war. Jetzt hatte Marshall seine Ermittlungen in eine neue Richtung gelenkt und seine Agenten angewiesen, nach örtlichen Dealern und Markennamen zu fahnden, deren Ware nicht von dieser Pest betroffen war. Vielleicht wußten deren Lieferanten auf der mittleren Marktebene etwas. Vielleicht steckte einer dieser Zwischenhändler oder einer der darüber angesiedelten Großdealer hinter der Sache.

Gegen Feierabend kam Peter Wang in Marshalls Büro, einen perforierten Computerausdruck in der Hand. Er setzte sich neben Marshalls Schreibtisch und wartete, bis dieser sein Telefonat beendet hatte.

»Ihr fossilogischer Bericht, Sir! Wie angefordert.«

Marshall lächelte. Es schien unglaublich, aber das Lächeln, mit dem er morgens zur Arbeit gegangen war, hatte diesen Tag überlebt.

»Giuseppe Di Pietro, FBI-Nummer 824437, wird im Dezember einundachtzig. Obwohl er weiterhin mit bekannten Kriminellen verkehrt und die einschlägigen Adressen und Treffpunkte frequentiert, glaubt man, daß seine Aktivitäten im O.-V.-Milieu während der letzten zehn Jahre eher gesellschaftlicher als gesetzwidriger Natur gewesen sind. 1986 stand er zweimal vor Gericht, wegen organisierter Erpressung, aber danach ist sein Name nie wieder bei Strafverfahren aufgetaucht. Einer dieser Prozesse, bei dem seinem alten Kumpel Tony Salerno hundert Jahre aufgebrummt wurden, endete für ihn mit einem Freispruch. Beim zweiten Prozeß wurde er ebenfalls freigesprochen, zusammen mit James Faenza, alias Jimmy Black, dem damaligen und heutigen Präsidenten der Müllarbeitergewerkschaft im Großraum New York. Über seine Novarca Corporation kontrolliert Di Pietro weiterhin einen beträchtlichen Anteil der privaten Müllbeseitigungsindustrie der Stadt – ein Wirtschaftszweig, der jährlich eine Milliarde Dollar einfährt – und darüber hinaus ein Recycling-Unternehmen, das etliche lukrative Verträge mit der Stadt abgeschlossen hat und auch im internationalen Rahmen operiert. Obwohl seine FBI-Akte technisch gesehen immer noch geführt wird, ist seit 1987 kein relevantes Material hinzugekommen, und seither hat es auch keine neue Überprüfung seiner Geschäfte gegeben. Unsere Akte über Di Pietro ist seit fünfzehn Jahren unverändert. Seine letzte mutmaßliche Aktivität im Drogenhandel wird auf Mitte der siebziger Jahre datiert, obwohl sein Name danach sporadisch in internen und behördenübergreifenden Anfragen und Kommuniqués aufgetaucht ist. Hat zwei Wohnsitze, einen in der Sullivan Street und einen in der Upper East Side.

Antonio Pazienza, FBI-Nummer 753902, ist dreiundachtzig Jahre alt und wohnt derzeit auf Staten Island, in der Evergreen Avenue im Old-Town-Viertel. Keine bekannten kriminellen Aktivitäten, seitdem er 1982 aus Otisville entlassen wurde, wo er neun Jahre einer dreißigjährigen Haftstrafe wegen Mord und organisierter Erpressung abgesessen hat. Leidet angeblich unter Altersschwachsinn – jedenfalls hat er ärztliche Atteste, die das belegen – und wird von einer Krankenschwester betreut, die bei ihm im Haus wohnt.«

»Ich wette, man kann den Grad seiner Senilität am Aussehen der Krankenschwester messen.«

»Da könntest du recht haben. Und jetzt zu Luigi D'Argento, alias Louie Bones, FBI-Nummer 899732. Alter: sechzig. Der ist ebenfalls ein braver Junge gewesen, seit er vor zwölf Jahren aus dem Knast gekommen ist. Er ist, gemeinsam mit Pazienza und Di Pietro, Eigentümer der Novarca. Lebt augenblicklich in der Castleton Avenue auf Staten Island, zusammen mit seiner langjährigen Ehefrau Maria. Allerdings nicht in dieser Woche.«

»Wieso?«

»Eine brandaktuelle Joint-Intelligence-Information aus dem Außenministerium. Routinemäßige Erfassung von Reisepaßbewegungen. Das am wenigsten fossilisierte Mitglied deines unheiligen Trios ist ins Ausland gereist.«

»Das wußte ich«, log Marshall mit einem provozierenden Grinsen.

»Ach ja? Dann erzähl mir doch mal, wo er ist.«

»In Mailand.«

Wang sah ihn an. »Ich vermute, du weißt auch, mit wem er dorthin geflogen ist.«

Marshall nickte, immer noch grinsend.

Wang legte den Computerausdruck auf eine freie Ecke von Marshalls Schreibtisch. »Auf Wiedersehen«, sagte er und machte Anstalten, den Raum zu verlassen.

»Moment, Pete.« Marshall hatte aufgehört zu grinsen. »Erzähl mal. Mit wem?«

»Mit John Di Pietro, dem Neffen des Alten.«

»Was wissen wir über den?«

»Nicht viel. Er ist Mitte Dreißig, lebt mit seiner Frau Diane in Brooklyn. Der kommende Mann in Sachen Müll, könnte man sagen. Macht hier und da bei der Gewerkschaft rum. Einige unbedeutende Festnahmen im Laufe der Jahre. Körperverletzung, Trunkenheit, Erregung öffentlichen Ärgernisses. Lappalien.«

Marshall dachte einen Moment lang schweigend nach, dann kehrte sein Lächeln zurück. »Wenn sich Alter und Jugend verschwören ...«, sagte er nachdenklich. »Ich denke, es gibt irgendeine geistreiche Fortsetzung, die diesen Satz abrundet.«

»So wie die Dinge bisher gelaufen sind, kann ich mir das nicht vorstellen.«

»Da bin ich mir gar nicht so sicher, Partner. Könnte sein, daß sich das Blatt zu unseren Gunsten wendet. Ruf mal in Hongkong an. Besorg dir die Nummer von Ng Tai-heis Reisepaß. Schau aber zuerst bei uns nach. Vielleicht ist die ja bei seiner Akte. Anschließend rufst du unseren Attaché in Rom an. Gib ihm die drei Namen und die Paßnummern durch. Er soll den italienischen Polizeipräfekten in Mailand informieren. Seine Leute sollen den Aufenthaltsort der drei herausfinden und feststellen, ob es zu einer Kontaktaufnahme zwischen Ng und den beiden anderen kommt.«

»Du hast mir nicht gesagt, daß Ng Tai-hei auch in Mailand ist.«

Marshall erzählte ihm von dem Schreiben aus Hongkong – daß er, wäre es nicht zufällig vom Tisch gefallen, erst in Tagen davon Kenntnis genommen hätte, wenn überhaupt.

»Glaubst du, es könnte ein Zufall sein, daß die drei zur selben Zeit in Mailand sind?«

»Natürlich. Aber ich möchte es bezweifeln. Abgesehen davon sind wir schon weniger erfolgversprechenden Phantomen hinterhergejagt. Vor allem in letzter Zeit.«

»Dann erblühen die seltsamsten Dinge.«

»Häh?«

»Die fehlende Abrundung deines Satzes. Wenn sich Alter und Jugend verschwören . . .«

»Von wem ist das?«

»Vom Meister.«

»Konfuzius?«

»Warner Oland.«

»Das muß mir entgangen sein.«

»Vergiß es. Egal, wie oft sie diese Streifen in der Glotze wiederholen, meine Leute wirst du nie verstehen können.«

21

Johnnys düstere Vorahnungen wurden vom Tageslicht verscheucht. Doch es fiel ihm schwer, die nervöse Unruhe abzuschütteln, mit der er morgens aufgewacht war. Er hatte den Eindruck, daß sein Herz mit zunehmender Wachheit immer heftiger pochte, sein Magen flatterte, und er verspürte keinen Appetit, außer auf eine Zigarette. Im Grunde war es kein unangenehmes Gefühl – kein Gefühl der Angst oder Beklemmung, nein, wirklich nicht, sondern ein Gefühl der ruhelosen Erwartung, der beinahe unerträglichen Anspannung, der Aufregung und Unsicherheit, das in ihm brodelte.

So hatte er sich nicht mehr gefühlt, seitdem er ein Junge gewesen war. Damals mußte er vierzehn gewesen sein. Er war mit Barbara Mason ins Kino gegangen und hatte nicht gewußt, was er tun sollte, hatte nicht gewußt, wie man küßte, hatte nicht gewußt, wie man bumste. Damals, vor langer, langer Zeit, war es ihm so vorgekommen, als stünde die Welt auf Messers Schneide. Heute ging es tatsächlich um eine Welt. Aber diesmal wußte er wenigstens, was er zu tun hatte.

Obwohl er keinen Hunger hatte, nahm er im Hotelrestaurant mit Louie einen leichten Lunch ein. Danach ging er in die Giardini Pubblici, um seinen Puls zu beruhigen und seine Nerven zu entspannen. Bis drei Uhr waren noch über zwei Stunden zu überbrücken. Wäre es ihm möglich gewesen, hätte er diese Stunden kurzerhand gestrichen. Es ist schon merkwürdig, dachte er beim Spazierengehen, daß wir so viele von den wenigen Augenblicken, die uns hier auf Erden vergönnt sind, damit verbringen, voller Ungeduld auf ihr Verstreichen zu warten, daß wir auf Uhren und Kalender starren und die Minute oder die Stunde, den Tag oder die Woche, den Monat oder das Jahr beschleunigen, unseren eigenen Tod beschleunigen, unsere

Augenblicke sinnlos vergeuden und in ein und demselben Atemzug um mehr bitten.

Sein Puls beruhigte sich; seine Atemzüge wurden regelmäßiger. Lächelnd schloß er die Augen vor der Sonne. Könnte er diese Brise doch nur in sein Blut und in sein Wesen injizieren, wie Heroin, und die Amine und Enzyme, die Synapsen und Neuronen mit ihrem Zauber durchfluten und alles – Aura, Brise und Atem – miteinander verschmelzen, eins werden lassen mit dem Leben selbst. Könnte er sich doch bloß immer so fühlen! Hatte das unverfrorene Wandeln im Schatten des Todes sein Herz für diese Brise geöffnet? Vielleicht war dies der Grund, weshalb Männer wie sein Onkel, der alte Tonio und Louie Bones mit einer Ausstrahlung der Stärke und Gelassenheit durchs Leben zu schreiten schienen, mit einer Aura, die sie zu etwas Besonderem machte und sie mit einer Macht versah, die bei anderen Menschen ängstliche Unterwürfigkeit hervorrief, mit einer Aura, die kein noch so großspuriges Auftreten, keine Knarre und auch kein Dreitausenddollaranzug beeindrucken konnte. Der Schatten des Todes war bloße Atmosphäre, mit Sauerstoff gesättigt wie jede andere Atmosphäre, eine Emanation – wie Dunkelheit und Licht – der einander ablösenden Augenblicke. Sie wandelten mit selbstverständlicher Sicherheit zwischen Leben und Tod, sie machten sich die Welt in jedem dieser Augenblicke untertan und genossen sie in vollen Zügen, erhoben sich über all diejenigen, die sich in ihr Schicksal fügten. Vielleicht war es das. Vielleicht waren sie die Weisen, die das Leben als etwas begriffen, das Gott ihnen hinterlassen hatte, ein Erbe, das keinerlei Verpflichtung beinhaltete, sich in Fragen von Leben und Tod, von Richtig und Falsch, ihrem Erblasser zu unterwerfen. Vielleicht war ihre Macht die Belohnung für ihre Würdigung, ihre Inbesitznahme und ihr Genießen dieses Erbes.

Er kehrte ins Hotel zurück, rasierte sich, duschte und kleidete sich an. Um zwanzig nach zwei klopfte Louie an seine Tür. Johnny, der ein weinrotes Button-down-Strickhemd aus Sea-Island-Baumwolle und einen mitternachtsblauen, leichten Kammgarnanzug trug, fand, daß er todschick aussah; und er hatte recht. Louie dagegen war eine Vision aus gedämpfter, finsterer Eleganz. *Azzizzatu*, wie die Sizilianer sagten. Ein anthrazitfarbener Anzug aus feiner, weicher Sommerwolle, ein weißes Jacquard-Hemd mit Manschettenknöpfen aus Onyx und Gold sowie eine schwarz und kupferrot gemusterte Krawatte aus dunkelglänzender Seide. Er hatte sich die Haare schneiden und die Fingernägel maniküren lassen: das Haar im Nacken akkurat gestutzt, die Nagelhaut sauber zurückgeschoben, kein diagonaler oder abgerundeter Formschnitt, keine auf Hochglanz polierten Fingernägel – nichts von dem affigen Firlefanz, den die *cafon's* für den letzten Schrei hielten.

»Bist du bereit, Partner?« fragte Louie.

»Ja. Von mir aus kann's losgehen.«

Sie wandten sich nach Westen und gingen über die Bastioni di Porta Nuova und die Viale Crispi zur Piazzale Balamonti. Dort bogen sie in die Via Paolo Sarpi ein und setzten ihren Weg in Richtung Westen fort. Als sie sich der Via Bramante näherten, merkten sie, daß sich immer mehr Chinesen unter die Passanten mischten. Auf den Schaufensterscheiben wechselten italienische Wörter mit chinesischen Schriftzeichen. An der südwestlichen Ecke von Via Paolo Sarpi und Via Bramante befand sich ein Geschäft, das mit dem Schriftzeichen *zhong*, China, und der geläufigen italienischen Bezeichnung für ›Geschenkartikel‹ versehen war: *articoli da regalo*. Sie bogen nach links ab. Johnny stoppte vor dem Schaufenster einer *antiquaria*, auf dem die Worte *Talismani Porta Fortuna* prangten. Im Schaufenster lagen diverse Amulette – ›*contro il malocchio, per l'amore, la fortuna, ecc.*‹ –, von fünfundzwanzigtausend Lire an aufwärts.

»Vielleicht haben die ja auch was, womit man sich Schlitzaugen vom Leib halten kann«, sagte Johnny.

»Keine Sorge, wir bekommen unsere *talismani* in der Bar.«

Sie bogen rechts in die Via Giusti ein. Die Stadt schien mit einem Seufzer hinter ihnen zu verschwinden und wich einem Wirrwarr aus immer enger werdenden, merkwürdig stillen Gäßchen.

»Das hier muß es sein«, sagte Louie, als sie die nordöstliche Ecke eines gassenähnlichen Durchgangs mit dem Namen Via Braccio da Montone erreicht hatten. Das Lokal befand sich im Erdgeschoß des Eckhauses. Über dem Eingang, der zur Via Giusti wies, stand CAFFÉ, über dem Eingang der Via Braccio da Montone BAR. Die Fenster waren mit Vorhängen versehen, die das Innere des Lokals vor den Blicken der Passanten abschirmten.

Vincenzo saß an einem Tisch. Außer ihm befanden sich noch vier weitere Männer im Lokal. Ein dicker, alter Mann mit einer weißen Schürze und bis zu den Ellbogen aufgekrempelten Ärmeln schien der Wirt zu sein. Er schaute zu Vincenzo, als Louie und Johnny hereinkamen, und Johnny erwiderte sein Nicken. Vincenzo stand auf und führte die Männer aus New York in einen Vorratsraum hinter dem Tresen. Dort, inmitten von Kisten mit Schnaps und *acqua minerale*, holte er ein Sortiment von Handfeuerwaffen aus einer Einkaufstüte und breitete es vor ihnen aus: eine Neun-Millimeter Halbautomatik Desert Eagle; einen 45er ACP Colt Lightweight Commander; zwei 32er Smith & Wesson J-frame Magnums; eine 44er Taurus 431 Special; zwei stupsnasige 38er Smith & Wesson Airweight Bodyguards und eine Airweight Centennial.

»Wie meine Frau zum Milchmann sagte«, grinste Vincenzo. »Was fühlt sich gut an?«

Louie und Johnny wogen verschiedene Waffen in der Hand. Sie konzentrierten sich auf die leichteren Revolver, da sie sich nicht für eine Schlacht bewaffnen, sondern bloß, wie Louie es formulierte, *talismani* mitnehmen wollten. Am Ende entschieden sie sich für die stupsnasigen Bodyguards: leicht zu transportieren, ideal, um jemandem auf kurze Distanz das Lebenslicht auszublasen. Vincenzo kramte eine Schachtel mit FBI-Munition hervor: zehn Gramm schwere Semiwadcutter-Hollowpoint-Patronen. Louie und Johnny luden ihre Revolver mit jeweils fünf Patronen und steckten sie hinter ihre Gürtel.

Der dicke Mann schenkte ihnen keinerlei Beachtung, als sie in den Schankraum zurückkehrten. Louie legte einen Zehntausendlireschein auf den Tresen und bestellte drei Kaffee. Sie leerten ihre Espressotassen auf einen Zug. Es war fünf vor drei, und sie mußten sich auf den Weg machen.

Louie und Johnny folgten Vincenzo in nördlicher Richtung über die Via Braccio da Montone, die sie wieder auf die Via Paolo Sarpi brachte, zurück zum geschäftigen Treiben der Stadt. An der Straßenecke führte sie Vincenzo zu einem kleinen chinesischen Restaurant. Er klopfte an die Tür. »*Sono io. Vincenzo*«, rief er. Dann klopfte er noch einmal. Die Tür ging auf. Der Chinese, der vor ihnen stand, ein kleinwüchsiger Mann mittleren Alters, legte das Aussehen und Gebaren eines Leichenbestatters an den Tag. Er schloß die Tür hinter ihnen, wodurch er das Nachmittagslicht aussperrte. Ohne ein Wort zu sagen, führte er sie an der kleinen Bar vorbei zu einem Speiseraum mit Tischen, die mit rosaroten Tischtüchern und Blumen gedeckt waren.

»Wer ist das?« flüsterte Johnny zu Vincenzo. Louies Augen stellten dieselbe Frage.

»Tao. Sole Rosso.«

Menschenleer, schwach beleuchtet und still, strahlte der Raum eine gespenstische Ruhe aus, unbeeinflußt vom Hier und Jetzt. Aus einem Alkoven, der zur Küche führte, trat ein größerer, jüngerer und muskulöserer Chinese: Ng Tai-heis Leibwächter und Chauffeur, in seinem schwarzen Baromon-Anzug. Im Schatten des Alkovens hinter ihm stand die reglose Gestalt Ng Tai-heis. Der kleine Mann kam näher und stellte sich zwischen Louie, Johnny und Vincenzo und den Leibwächter im Baromon-Anzug. Er preßte die Hände vor seiner Brust zusammen, wobei er einmal mehr wie ein Leichenbestatter wirkte.

»*Penso che non abbiamo bisogno delle pistole qui*«, sagte er: Ich denke, wir brauchen hier keine Pistolen.

»*Per quanto ne sappiamo noi, questo potrebbe essere un arsenale. Siamo noi, non voi, di essere in terra straniera*«, sagte

Vincenzo: Nach allem, was wir wissen, könnte dies ein Waffenarsenal sein. Wir sind es, und nicht ihr, die sich auf fremdem Territorium befinden.

Der kleine Mann redete auf mandarin mit Ng Tai-heis Leibwächter. Im Rücken des Leibwächters erklang eine gedämpfte Stimme.

»*Kui dei ngaam*«, sagte der Leibwächter zu dem kleinen Mann. »*Zou saanya mou yan gong sunyuam.*«

»*Dice che Lei ha ragione. Non c'è posto per la fede negli affari*«, sagte der kleine Mann: Er meint, Sie haben recht. Geschäftsverhandlungen bieten keinen Platz für Vertrauen.

Er zog zwei Stühle zurück und bat Vincenzo und den Leibwächter, darauf Platz zu nehmen. Er gab Louie und Johnny zu verstehen, daß sie sich an den benachbarten Ecktisch setzen sollten. Es war ein Sechspersonentisch, an den man jedoch nur vier Stühle gestellt hatte. Er blinzelte in den Alkoven und wippte kurz mit dem Kopf – eine sonderbare Geste, halb Verbeugung, halb Signal. Louie und Johnny erhoben sich, als Ng Tai-hei den Raum betrat.

Johnny erinnerte sich an Billy Sings Worte: »*Sie werden einfach nur Männer sein, Fremde aus einer fremden Welt, sicher, aber davon abgesehen Männer wie andere auch.*« Ng Tai-hei machte auf ihn den Eindruck eines distinguierten Mannes von natürlichem, selbstsicherem Auftreten. In seinem blauen Nadelstreifenanzug und seinem schwarzen, mit Perlmuttknöpfen versehenen Strickhemd, mit seinem hier und da silbern schimmernden, schwarzen Haar und seinen braunen, bernsteingelb funkelnden Augen strahlte er jene Aura aus, jene innere Stärke und Gelassenheit, die nicht nur dem Augenblick angehört, sondern immer vorhanden ist. Doch bei genauerer Betrachtung war er, wie alle anderen in diesem Raum, auch nur ein Mann.

»*Piacere*«, sagte er, wobei er das Wort höchst eigenwillig artikulierte und zuerst Louie und danach Johnny die Hand reichte. Dann sagte er, fein lächelnd, mit einem Englisch, das nicht ganz so eigenwillig war: »Damit hätten sich meine Italienischkenntnisse erschöpft.«

Der kleine Mann setzte sich zu ihnen an den Tisch, nachdem die drei Platz genommen hatten. Louie steckte sich eine Zigarette an. Johnny beugte sich vor und rückte den Revolver in seinem Hosenbund mit dem Daumen zurecht.

»Also«, sagte Ng Tai-hei und faltete seine Hände auf der Tischplatte zusammen. Johnny fiel auf, daß sein Gegenüber auch frisch manikürt war. »Was haben Sie mir vorzuschlagen?«

»Eine Partnerschaft«, sagte Louie. »Schlicht und einfach. Eine Partnerschaft, unmittelbar an der Basis des Geschäfts.«

»Ihnen dürfte klar sein, daß so etwas selbst die kühnsten Träume unserer eigenen Leute in Ihrem Land übersteigt. Und die sind, so wie sich die Dinge entwickelt haben, für unsere Geschäfte viel wichtiger als Sie.«

»Wichtiger vielleicht«, sagte Louie, »aber nicht mächtiger. Wir haben Ihnen demonstriert, wie sehr ihre Wichtigkeit von unserem Wohlwollen abhängt.«

»Meinen Sie etwa diese Handvoll Knallfrösche, die Sie in New York losgelassen haben?« Ng Tai-hei schnaubte geringschätzig. Chinatown war in ein Kriegsgebiet verwandelt worden. Das allgemeine Durcheinander und die Angst vor der Seuche hatten den Markt buchstäblich zusammenbrechen lassen. Doch was diese Angelegenheit betraf, würde er ihnen nicht die Genugtuung geben, die Wahrheit offen einzugestehen.

»Sie haben recht. Eine Handvoll Knallfrösche. Das Beste heben wir uns gern für den Schluß auf.«

»Wie soll ich das verstehen?«

»Benutzen Sie Ihre Fantasie. Was immer Sie sich ausmalen, die Wirklichkeit wird noch um einiges schlimmer sein.«

»Psychologische Gesellschaftsspiele und primitive Einschüchterungsversuche dieses Kalibers sind nicht gerade die beste Methode, um zukünftige Geschäftspartner für sich zu gewinnen.«

»Bitte«, sagte Johnny, »verstehen Sie uns nicht falsch.

Wir kommen als Freunde, nicht als Feinde. Unser kleines Feuerwerk war bloß eine Demonstration. Glauben Sie nicht auch, daß es besser ist, seine Macht zu beweisen, als sie nur mit Worten zu behaupten?«

»Ja«, sagte Ng Tai-hei. »Aber eins müssen Sie sich klarmachen: Sie können so eine Partnerschaft nicht bloß als Alternative zu einem offenen Krieg vorschlagen. Sie müssen begreifen, daß wir kein läppischer, kleiner Dong sind. Unsere Macht und unsere Ressourcen sind gewaltig. In den Dschungeln von Myanmar hört eine Armee von über fünfzehntausend bewaffneten und gut ausgebildeten Soldaten auf unser Kommando. Und das ist bloß ein winziger Aspekt unserer Macht. Was das westliche Sizilien für Ihre Vorfahren war, das ist für uns heute die Welt. Wir *brauchen* keine Partner. Wir *brauchen* Ihr Wohlwollen nicht.«

»Amerika ist Ihr größter Markt«, sagte Johnny. »Wir können in den kommenden Jahren für ein Marktmonopol und für grenzenloses Wachstum sorgen.«

»Das sind keine Versicherungen, die wir für nötig erachten. Wir wissen ganz genau, warum Sie diese Partnerschaft anstreben. Es geht ums Geld. Das liegt doch auf der Hand. Aber Sie können nicht erwarten, daß Sie handfesten Reichtum für nebulöse Angebote bekommen. Ihr Vorschlag umfaßt Geld und diverse andere, substantielle Gegenleistungen. Und darüber würde ich gern mehr hören. Schluß mit diesen vagen Andeutungen! Sie hören sich an wie Bilderbuchchinesen. Legen Sie Ihre Zahlen auf den Tisch.«

»Vor ein paar Jahren«, sagte Johnny, »hat Shang Wing-fu verkündet, daß er das gesamte Opium, das in einem Jahr im Goldenen Dreieck produziert wird, für achtundvierzig Millionen Dollar verkaufen würde, zuzüglich einer Art Entwicklungshilfe für die Shan. Geld, das in die Umstellung ihrer Agrarproduktion und in den Straßenbau fließen sollte.«

Ng Tai-hei war davon beeindruckt, daß dieser junge Amerikaner Asim Saus wirklichen Namen kannte, doch seine Naivität verblüffte ihn. Asim Sau hatte davon gesprochen, eine komplette Jahresernte von zweihundert Tonnen zu verkaufen. Zunächst einmal waren zweihundert Tonnen – zweihundertausend Kilo – Rohopiumpaste im Goldenen Dreieck lediglich zehn Millionen Dollar wert. Der von Asim Sau geforderte Preis beinhaltete demnach einen Profit von vierhundertachtzig Prozent. Darüber hinaus belief sich die von Asim Sau kontrollierte jährliche Opiumernte eher auf zweitausend als auf zweihundert Tonnen: zwei Drittel der Gesamternte des Goldenen Dreiecks oder gut die Hälfte der gesamten Weltproduktion. Würde irgendeine wohlmeinende Nation von Schwachköpfen auf sein Angebot eingehen und ihm die Möglichkeit geben, zweihundert Tonnen Opium mit einer vierhundertachtzigprozentigen Gewinnspanne zu verkaufen, blieben ihm und der 14K immer noch achtzehnhundert Tonnen, eine Menge, die für hundertachtzig Tonnen Heroin reichen würde. Bei einem vorsichtig geschätzten Durchschnittspreis von zehn Riesen pro Kilo beliefe sich das auf eine Milliarde achthundert Millionen Dollar. Diese Spaghettifresser waren noch dümmer, als er gedacht hatte. Gefährlich, sagte er sich, aber dumm.

»Glauben Sie alles, was in der Zeitung steht oder im Fernsehen gesagt wird?« Er lächelte und schüttelte andeutungsweise den Kopf. »Ich fürchte, mein Freund Asim Sau ist ein begnadeter Selbstdarsteller.« Daß er ein ebenso begnadeter Geschäftsmann war, behielt er für sich. »Wissen Sie, was dieses Opium für uns wert ist, wenn es erst einmal in Heroin umgewandelt ist? Ungefähr eine halbe Milliarde Dollar. Warum sollten wir also eine Geschäftspartnerschaft auf dem Achtundvierzig-Millionen-Niveau eingehen, wenn wir auf dem Fünfhundert-Millionen-Niveau schon alles haben, was wir brauchen? Natürlich würde das, was mein Freund über Opium gesagt hat, in Wirklichkeit für Heroin gelten. Wir würden die gesamte Menge liebend gern an einen einzigen Käufer verkaufen. Fünfhundert Millionen von einem Abnehmer laufen im Prinzip auf dasselbe hinaus wie fünfhundert Millionen von hundert Abnehmern. Aber wir würden einem Abnehmer natürlich den Vorzug geben. Und diese fünfhundert Millionen, das dürfen Sie nicht vergessen, könnten für den Käufer gut und gerne das Doppelte wert sein, wenn er mit der Ware richtig umzugehen weiß. Und das ist der Punkt, den ich einfach nicht begreife. Sie wollen lediglich eine Beteiligung im Wert von fünfhundert Millionen anstatt von einer Milliarde oder mehr.«

»Wir denken genauso wie Sie«, sagte Johnny. »Direkt an der Basis sind die Dinge in aller Regel leichter und einfacher zu regeln. Wir möchten den größtmöglichen Gewinn mit dem geringsten Zeit- und Arbeitsaufwand erzielen. Und natürlich auch mit dem geringsten Risiko.«

Louie gefiel, wie Johnny die Dinge handhabte. Als Louie damit begonnen hatte, ihn unter seine Fittiche zu nehmen, hatte Johnny die Worte seines Onkels noch für bare Münze genommen: Er sollte als dessen Augen und Ohren fungieren. Doch nach und nach hatte er auch Pflichten übernommen, bei denen der Mund und der Verstand gefragt waren, ganz so, wie es sich nach Louies Ansicht gehörte und wie er es erwartet hatte, denn Johnny war weder als Beobachter noch als bloßer Mitläufer ausgewählt worden, sondern als *sangue nuovo*, neues Blut, als Herz und Verstand, die herangereift waren, um sich nun in der Praxis zu bewähren.

»Sie wissen natürlich, daß dabei eine Menge Arbeiten anfallen, die weder leicht noch einfach sind. In jedem Frühjahr müssen die Bergfelder auf ihren Alkaligehalt getestet werden. Sie müssen abgebrannt, gerodet und gepflügt werden. Nach einer sommerlichen Maisernte muß der Boden erneut gepflügt werden, bevor man die Mohnsamen aussäen kann. Die Mohnpflanzen müssen den Herbst und den Winter über gehegt und gepflegt werden. Das Opiumharz wird in Handarbeit geerntet. Dieses Harz, kiloweise in Bananenblätter verpackt, muß auf Pferden über lange Bergpfade zu den Raffinerien transportiert werden, wo es in Morphinbase verwandelt und zu Morphinbriketts gepreßt wird. Und schließlich ist da noch der langwierige Prozeß, bei dem aus Morphinbase Heroin wird. Die Arbeit der Bergstämme, die Bestechung von Regierungsbeamten, die Anstellung von Chemikern – da kommt einiges zusammen.«

»Aber die Herstellung von zehn Kilo Rohopiumpaste«, sagte Louie, »kostet Sie nur fünfhundert Dollar.«

»Und das eine Kilo Morphinbase, das aus diesen zehn Kilo Rohopium gewonnen wird, mit viel Zeit und Mühe, ist auch nur fünfhundert Dollar wert.«

»Richtig«, sagte Louie, »aber hat dieses Kilo Morphinbase das Goldene Dreieck erst einmal verlassen, ist es erst einmal zu einem Kilo Heroin geworden . . .«

»Wieder nach viel Mühe und Arbeit. Und einigen anderen Gefahren.«

». . . dann ist es fünftausend wert. Das ist zumindest Ihr Vorzugspreis in Chiang Mai. In Hongkong sind es schon zwölftausend. Und wenn es in New York gelandet ist, dann kostet dasselbe Kilo zwischen zwanzig- und fünfzigtausend. Selbst wenn sich Ihre Betriebskosten auf tausend Dollar pro Kilo belaufen, rangieren Ihre Gewinne zwischen zweihundert Prozent in Bangkok und zweitausendfünfhundert Prozent in Hongkong. Also, wir finden jeden Prozeß überaus reizvoll, bei dem sich klebriger Schleim im Wert von fünfhundert Dollar über Nacht in fünfundzwanzig Riesen verwandelt!«

»Und das Ganze muß ja noch mit zweihunderttausend multipliziert werden«, sagte Johnny, verschlagen grinsend. »Das ist doch Ihre wirkliche Ernte, nicht wahr? Zweitausend Tonnen – zwei Millionen Kilo – Rohopiumpaste pro Jahr? Das ergibt zweihunderttausend Kilo Heroin im Jahr. Und bei fünfundzwanzig Riesen pro Kilo macht das fünf Milliarden Dollar. Selbst bei zehn Riesen pro Kilo wären das immer noch zwei Milliarden.«

Von wegen dumme Spaghettifresser! dachte Ng Taihei. Sie kannten nicht nur die Wahrheit, sondern hatten es mühelos geschafft, ihn der Unaufrichtigkeit zu überführen, indem sie ihn im Glauben gelassen hatten, sie seien naiv und er könne ihre Unwissenheit nach Belieben ausnutzen. Die siebente der sechsunddreißig Strategien: Sie hatten etwas aus dem Nichts geschaffen und den Feind durch Vorspiegelung falscher Tatsachen in Verwirrung gestürzt.

»Aber zwei Milliarden, geteilt durch drei«, sagte Ng Tai-hei, äußerlich unverändert, »sind nun wirklich keine große Sache.«

Es war die biblische Zahl des Tieres, die Zahl des Menschen – sechshundertsechsundsechzig –, dreifach widergespiegelt, eine Trinität der apokalyptischen Tiere: sechshundertsechsundsechzig Millionen ... sechshundertsechsundsechzigtausend ... sechshundertsechsundsechzig.

»Das sind beinahe siebenhundert Millionen für jeden. Und das ist bloß eine vorsichtige Schätzung«, sagte Louie.

»Die 14K ist eine riesige Organisation. Es gibt viele Mäuler zu stopfen und viele Taschen zu füllen. Asim Sau hat für seine Streitkräfte zu sorgen. Und Tuan Ching-kuos Politik verschlingt immense Summen.«

»Sie haben doch vorhin gesagt, daß Sie keine Gesellschaftsspiele mögen«, sagte Johnny. Louie war von der Schärfe in Johnnys Stimme überrascht. Und dennoch formulierte Johnny seine Worte in aller Ruhe und Gelassenheit. »Also reden wir endlich Klartext«, sagte er. »Alle Lieferungen gehen durch die Hände der 14K. Jedes Kilo, das Ihnen zehntausend Dollar einbringt, bringt den Leuten unter Ihnen noch mal die gleiche Summe oder mehr ein. Und die anderen, Asim Sau und Tuan Ching-kuo, benutzen das von Ihnen produzierte Heroin, so wie Sie selbst, als Währung. Und hierbei haben Sie den günstigsten Wechselkurs, die stärkste Währungseinheit der Welt. Jeder Dollar dieses Dschungelgeldes besitzt, wenn er von Harz zu Pulver transformiert worden ist, am Ende eine Kaufkraft von zwei Riesen. Waren, Waffen. *Maaitung, gwoonyuen*. Für diese Währung bekommen Sie einfach alles.«

Louie und Ng Tai-hei waren gleichermaßen überrascht, als sie Johnny diese kantonesischen Worte aussprechen hörten, Begriffe, mit denen Louie nichts anfangen konnte:

maaitung, Bestechung, und *gwoonyuen*, Gefälligkeiten von Regierungsbeamten. Selbst die kleine, schweigsame Gestalt, die still an ihrem Tisch saß, horchte auf und hob ihre Leichenbestatterbrauen. Auf Ng Tai-hei wirkten diese chinesischen Äußerungen wie eine Grenzverletzung, wie ein bedrohliches Rascheln im Unterholz oder wie das Knakken von Zweigen in den hochheiligen Wäldern, die dem Klang, der Farbe und der Struktur seiner Gedanken die tröstliche Illusion der Unverletztheit verliehen. *Chuengaausi*, Missionare, waren die einzigen Weißen, die Chinesisch sprachen. Es war unheimlich, solche Klänge aus dem Mund eines Mannes wie diesem zu vernehmen, eines Mannes nicht des *Singling*, des Heiligen Geistes, sondern der *cheling*, der bösen Geister.

»Sie haben einen Haufen Zahlen genannt. Doch die Zahl, die ich eigentlich hören wollte, wurde bisher nicht genannt. Wie also lautet Ihr Angebot?«

»Ein Kilo Morphinbase ist direkt an der Quelle fünfhundert Dollar wert«, sagte Louie. »Wir sind bereit, Ihnen tausend Dollar pro Kilo Morphinbase zu zahlen. Und bei einem Kilo Heroin würden wir noch einmal tausend Dollar drauflegen. Das wären zweitausend pro Kilo. Vierhundert Millionen Dollar. Als Gegenleistung für diese vierhundert Millionen räumen Sie uns die Option ein, so viel Ware von Ihnen zu kaufen, wie wir wollen. Bis zu einer Menge von fünfzigtausend Kilo zahlen wir zusätzlich dreitausend Dollar pro Kilo. Bei einer Menge zwischen fünfzig und hundert, fünftausend. Und bei einer Menge von hundert bis zweihundert zahlen wir sieben. Darüber hinaus gewähren Sie uns eine fünfundzwanzigprozentige Beteiligung an Ihren Gewinnen aus dem Verkauf der restlichen Gesamternte. Sollten wir uns zum Beispiel dazu entschließen, zwanzigtausend Kilo zu kaufen, dann zahlen wir Ihnen vierhundertsechzig Millionen Dollar. Wenn die restlichen einhundertachtzigtausend Kilo, sagen wir mal, drei Milliarden einbringen, erhalten wir davon siebenhundertfünfzig Millionen. In diesem Fall bleiben Ihnen zweieinviertel Milliarden, und zwar ohne die vierhundertsechzig Millionen, die wir Ihnen bereits bezahlt haben. Wenn wir die ganzen zweihundert nehmen, beliefe sich das auf anderthalb Milliarden. Für eine einzige, simple Transaktion. So was ist Ihnen bisher nicht möglich gewesen.«

Die drei Männer wußten, daß ein Kilogramm reinen Heroins Nr. 4 in New York für hundertachtzigtausend verkauft werden konnte. Legte man diesen Preis zugrunde, dann hatten die zweihunderttausend Kilo einen Marktwert von sechsunddreißig Milliarden Dollar.

»Sie reden davon, daß die Dinge an der Basis viel einfacher zu regeln seien, und davon, daß Sie den Zeit- und Arbeitsaufwand und das Risiko möglichst gering halten wollen. Weshalb wollen Sie sich zwanzigtausend Kilo Zeit, Arbeit und Risiko aufhalsen?«

»Wir müssen ebenfalls für eine Menge Leute sorgen«, sagte Louie. »Wir denken an beträchtliche Lieferungen. Lieferungen, die auch größeres Wachstum für Sie bedeuten würden.«

Ng Tai-heis Miene verriet nicht das Geringste. »Die von Ihnen genannten Zahlen bedeuten eine Partnerschaft *in esse*. Womit wollen Sie dieses Arrangement besiegeln?« Er gestattete sich ein schwaches, vieldeutiges Lächeln. »Was ist der Nominalwert Ihres vielgepriesenen Wohlwollens?«

»Zweihundert Millionen«, antwortete Louie. »Hundert Millionen bei unserem Vertragsabschluß, hundert Millionen bei unserer ersten geschäftlichen Transaktion.«

»Und Ihre anderen ›substantiellen Gegenleistungen‹?«

»Wir sind hier, um uns Ihre Wünsche anzuhören.«

Ng schwieg einen Moment. Dann sagte er: »Ihnen ist sicher bekannt, daß Frankreich und die USA seit etlichen Jahren, sehr zum Mißfallen der Volksrepublik China, Waffen an Taiwan verkaufen. F-16 von General Dynamics, Mirage-2000-5-Abfangjäger von Dassault, Kurz- und Mittelstreckenraketen von Matra. Über Tuan Ching-kuo und seine Freunde in der Kuomintang sind etliche dieser Waffensysteme bei uns gelandet. Doch die politische Lage auf Taiwan hat sich in letzter Zeit enorm verändert. Die Macht der Kuomintang hat sich zersplittert, ihre Position ist schwächer geworden, und sie wird zunehmend in Frage gestellt von der Demokratisch-Progressiven Partei Hsu Hsin-liangs und der sogenannten Neuen Partei der ehemaligen Kabinettsmitglieder Jaw Shao-kong und Wang Chien-shien. Es ist zweifelhaft, ob sich die Kuomintang-Präsidentschaft Lee Teng-huis bis ins nächste Jahrtausend hinüberretten kann.

Wie Sie vielleicht wissen, ist China über seine North China Industries Corporation seit einigen Jahren ein bedeutender Waffenexporteur. Verglichen mit dem weltweiten Waffenhandel der USA, der jährlich dreizehn Milliarden Dollar abwirft, ist Chinas Waffenhandel eher unbedeutend – man schätzt die jährlichen Einnahmen auf ungefähr hundert Millionen –, doch in Relation zu den Rüstungsexporten anderer Nationen ist er beträchtlich. Seit dem Herbst 1988, als die Militärjunta des Generals Ne Maung die Macht in Myanmar an sich riß und die ausländische Wirtschaftshilfe für Myanmar praktisch eingestellt wurde, hat sich China zu Myanmars engstem Verbündeten und größtem Waffenlieferanten gemausert. Im Goldenen Dreieck besitzen nicht nur Asim Saus Streitkräfte, sondern auch die mit ihm rivalisierenden Wa die heimliche Unterstützung von Funktionären des burmesischen Regimes, und daher sind auf diesem Weg diverse chinesische Rüstungsgüter in unsere Hände gelangt, vor allem einige der neuen JL-1/DF-31 sowie ballistische Raketen vom Typ DF-25. Doch als General Ne Maung dem Wahnsinn verfiel und 1992 aus dem Amt entfernt wurde, setzte sich General Ye Kyaw an die Spitze der Militärjunta, ein alter Mann mit einer ausgeprägten Vorliebe für Astrologie und das Blut junger Mädchen. Und während er vom Alter umwölkt vor sich hin dämmerte, übernahm Generalmajor Saw Win die faktische Befehlsgewalt, der Chef des militärischen Abschirmdienstes und ein Unterstützer der Wa. Zur selben Zeit führten die US-Handelssanktionen gegen China – die Chinesen hatten M-11-Komponenten an Pakistan geliefert – zu einem stärker reglementierten Markt und einer zurückhaltenderen Verkaufspolitik. Offensichtlich ist der Import von Technologie aus den USA für China wichtiger als der Waffenexport in seine Nachbarländer.

In Thailand haben sich andere Probleme ergeben. Während der Militärregierungen von Chatichai Choonhavan und der General Suchinda Kraprayoon war Thailands Prosperität praktisch mit unserer eigenen identisch. Selbst während der Übergangsregierung von Anand Panyarachun konnten wir mühelos an Blowpipes aus England, Grails aus Rußland und Stingers aus Amerika kommen. Seit 1992 aber, seit dem Amtsantritt der demokratisch gewählten Regierung Song Leekpais, ist der einstige Waffenstrom zu einem Rinnsal verkümmert.

Über unsere Freunde in Saudi-Arabien hat Asim Sau einige Transaktionen mit dem amerikanischen Rüstungskonzern Raytheon abgewickelt, doch die Kosten für diese Waffen sind astronomisch gewesen und schließen jede Möglichkeit ihres Wiederverkaufs von vornherein aus. Und an Waffen hat uns schon immer eher ihr Schwarzmarktwert interessiert und nicht so sehr ihr eventueller strategischer oder taktischer Nutzen für uns selbst. Sie sehen also, daß wir an Waffen interessiert sind. Ich denke, daß substantielle Waffen substantielle Gegenleistungen sind.«

Louie räusperte sich. Er sah zu Vincenzo hinüber, der bedächtig, nachdrücklich nickte. »Sie wollen Waffen«, sagte Louie, »wir haben Waffen.«

»Wir wollen Hughes-Amraams für unsere F-16, um die veralteten AIM-Sparrows zu ersetzen. Außerdem Angriffshubschrauber: Apaches, Mi-24, Mi-25.«

Johnny sah, daß Vincenzo einen Kugelschreiber und Papier aus seiner Jacke gezogen hatte und eifrig mitschrieb.

»Stingers«, fuhr Ng Tai-hei fort. »Haufenweise Stingers. Die können wir praktisch immer gebrauchen. RPG-7. Boden-Luft-Raketen: SAM-7, SAM-14, SAM-16. Doch woran wir in erster Linie interessiert sind, das sind . . .«

Er wechselte ein paar kantonesische Worte mit dem kleinen Mann, der seine Frage auf mandarin bestätigte: *»Hé dàntóu yǔ rè hé dàntóu.«* Dann wandte er sich zu Louie und Johnny und sagte auf italienisch: *»Testate nucleari, testate termonucleari.«* Nukleare und thermonukleare Sprengköpfe.

Louie starrte Ng Tai-hei an. Johnny starrte ihn ebenfalls an.

»Plutonium«, fuhr Ng Tai-hei fort. »Deuterium. Tritium. U-235. U-238. Angereichertes Urandioxid. Beryllium. Fluor. In Pakistan haben wir Zugang zu den entsprechenden Zentrifugen, und daher würden uns diese Grundsubstanzen reichen. Aber fertige Sprengköpfe wären uns natürlich viel lieber. Wir haben schon versucht, Atomsprengköpfe in Kasachstan aufzutreiben, doch ohne Erfolg.« Er gestattete sich ein weiteres Lächeln. »Wir jedenfalls hatten geglaubt, daß bei den dortigen Umwälzungen eigentlich mehr rausspringen müßte als *glasnost* und *perestroika*.«

»Was zum Teufel wollen Sie denn mit Atomsprengköpfen?« fragte Louie ihn, wobei er gleichzeitig grinste und die Stirn runzelte.

»Tja, wir haben auch was für Knallfrösche übrig.«

»Ngodei chongjou kuidei.« Der Leichenbestatter kicherte. Dann wandte er sich an Louie und Johnny. *»Li abbiamo inventati«*, sagte er: Wir haben sie erfunden. Sein plötzlicher Heiterkeitsausbruch kam den anderen Männern bizarr vor, doch der kleine Mann schmunzelte weiter vor sich hin.

»Es geht uns nicht bloß um Atomsprengköpfe«, sagte Ng Tai-hei. »Wir haben weit gefächerte politische Interessen. In Myanmar würden wir liebend gern diesen Generalmajor Saw Win loswerden und ihn durch jemand ersetzt sehen, der die Shan und die Wa unterstützt. Wir würden es auch begrüßen, wenn diese Marionettendemokratie in Thailand verschwinden würde. Falls Sie uns in diesen Angelegenheiten helfen könnten, wären wir Ihnen zu großem Dank verpflichtet, und ich bin mir sicher, daß Ihr Vorschlag dann mit offenen Armen begrüßt wird.«

»Diese Gegenleistungen müssen wir natürlich sorgsam abwägen«, sagte Johnny, »doch in Anbetracht der Größenordnung Ihrer Wünsche gehen wir davon aus, daß unsere Goodwillzahlung von zweihundert Millionen erst einmal zurückgestellt wird.«

»Zweihundert Millionen. Vier Amraams. Was auch immer. Helfen Sie uns, und Ihnen gehören die Schlüssel zu dem Königreich, das Sie suchen.«

»Eins würde mich interessieren«, sagte Johnny. »Sie haben von Ihrer Macht und Ihren Ressourcen gesprochen. Also, dieser General in Burma, dieser Demokrat in Thailand . . . Sie könnten diese Leute doch selbst abservieren. Warum haben Sie das noch nicht getan?«

»Weil eine von uns durchgeführte Aktion dieser Art als das angesehen werden könnte, was sie ist: als Versuch, die Regierung zu stürzen. Und so was würde man nicht hinnehmen. Selbst unsere Freunde und Verbündeten in diesen Regierungen würden sich gegen uns wenden. Sie können mir glauben, wir haben bereits versucht, diesen oder jenen Putsch zu inszenieren, über uns wohlgesonnene Offiziere, doch diese Pläne sind immer wieder durchkreuzt worden. Es gibt dort einfach zu viele Leute, die ihre Loyalität gleichmäßig auf uns und unsere Feinde zu verteilen scheinen. Ich glaube, daß Politiker überall auf der Welt gleich sind, egal, ob sie sich mit Schulterhalfter und Uniform oder frisch geföhnt und gütig lächelnd präsentieren. Unsere Situation wird sich kaum von der Ihrigen, hier in Italien oder drüben in den USA, unterscheiden.«

»Das wär's dann wohl für heute«, sagte Louie. »Morgen sehen wir uns wieder.«

Ng Tai-hei erhob sich und streckte wieder seine Hand aus, diesmal jedoch zuerst in Richtung Johnny. Dabei schaute er ihm direkt in die Augen. Die sechs Männer verließen das Restaurant zusammen. Der kleine Mann machte das Schlußlicht und sperrte die Tür hinter ihnen ab. Das spätnachmittägliche Licht war mild und perlmuttern; die *brisa*, eine Liebkosung, war so zart wie die weißen Wölkchen, die über ihren Köpfen dahinschwebten. Ng

Tai-heis Leibwächter geleitete seinen Herrn zu einem schwarzen Bentley, der in der Nähe des Lokals geparkt war. Der kleine Sole-Rosso-Mann verschwand in Richtung Westen; Johnny und die anderen wandten sich nach Süden, um in die Bar zurückzugehen.

»So weit, so gut«, sagte Louie. Er drehte sich zu Johnny und legte ihm den Arm um die Schultern. »Als du mit diesem Schlitzaugenkauderwelsch losgelegt hast, dachte ich, der Typ würde an seinen gottverdammten substantiellen Gegenleistungen ersticken.« Er wandte sich an Vincenzo. »Was ist mit diesem Buck-Rogers-Kram?«

»Ich werd' mich darum kümmern.«

»Ich frage mich die ganze Zeit«, sagte Johnny, »wo man wohl eine F-16 bunkert?«

»Scheiße, wir besorgen uns diesen Mist einfach drüben in der Bar.« Die drei Männer mußten lachen. Dann sagte Louie: »Erzähl's ihm! Komm, erzähl's ihm!«

»Muammar Al-Gaddafis Kontakte zur übrigen Welt laufen über Sizilien. Seine Anwälte zum Beispiel sitzen in Catania. Seine finanziellen Interessen – Tamoil, seine dreizehnprozentige Beteiligung am Fiat-Konzern, die er über die Libysch-Arabische Bank kontrolliert, und so weiter – werden samt und sonders über Sizilien abgewickelt und gemanagt. Die Ölbohrtechnologie, die er von der SAIPEM bezogen hat, die westliche Nukleartechnologie, die er von der AGIP Nucleare bekommen hat, über die Firma SNAM Progetti . . . all diese Deals wurden über Sizilien eingefädelt. Seine Verbindungen zum SISMI, dem militärischen Abschirmdienst Italiens, werden über sizilianische Gewährsleute aufrechterhalten. Ihr seht, Gaddafi glaubt, daß über Sizilien eines Tages wieder das Banner des Islam wehen wird, daß Palermo wieder zu al-Madinah wird. Er träumt davon, die amerikanischen Raketenbasen auf Sizilien zu übernehmen.« Die aberwitzige Verstiegenheit dieser Vorstellungen und Träume ließ Vincenzo mit den Achseln zucken. »Abgesehen von Catania gibt es noch zwei weitere heimliche Stützpunkte Gaddafis: die sizilianischen Mittelmeerinseln Pantelleria und Linosa, die nordwestlich von Libyen liegen. Auf Linosa, einem öden Vulkanfelsen mitten im Meer, sieben Bootsstunden vom nächsten Hafen entfernt, hat Gaddafi ein ganzes Arsenal westlicher Rüstungsgüter angehäuft. Dieses ständig expandierende Waffenlager existiert seit 1978. Damals zahlte Gaddafi dem Bruder von Präsident Carter eine Viertelmillion Dollar als Gegenleistung dafür, daß dieser die Lieferung einer Flotte von militärischen Transportflugzeugen vom Typ C-130 in die Wege geleitet hatte. Und Gaddafi ist ein Mann mit vielen Beziehungen. Geidar Ali Aliyev, der frühere Chef des aserbeidschanischen KGB, ist einer dieser Kontakte, und zwar nicht der unwichtigste. Fast jeden Monat treffen neue Waffenlieferungen auf Linosa ein, über die *contrabbandieri* von Brest, Gdansk und Prag. Wir sind darüber informiert, denn schließlich sind wir es, die das Linosa-Arsenal bewachen und instand halten. Und ihr könnt mir glauben, das ist der ideale Ort, um eine F-16 zu bunkern.«

Außer ihnen, dem Wirt und einem uralten Mann, der rauchend vor einem der zugezogenen Fenstervorhänge saß, war niemand in der Bar.

Vincenzo steckte seine SIP-Telefonkarte in den öffentlichen Fernsprecher der Bar und rief in Sizilien an. Johnny und Louie, die mit ihren Kaffeetassen an einem Tisch in der Nähe des Telefons saßen, hörten, wie Vincenzo nach Avvocato Signorelli fragte, bei dem es sich, wie Louie wußte, um Don Virgilios Verbindungsmann zur Außenwelt handelte.

»Junge, du warst ja kalt wie 'n Eskimohintern«, sagte Louie zu Johnny. »Ich bin mächtig stolz auf dich.«

»Hey, das habe ich doch alles nur von dir gelernt.«

»Scheiße, Mann! Jemanden nachäffen, das kannst du lernen, aber nicht, wie du du selbst wirst. Und vorhin, das bist du gewesen!«

Sie konnten hören, wie Vincenzo damit begann, seine Liste durchzugeben. Sein Tonfall und seine Worte verrieten, daß er am anderen Ende der Telefonleitung auf Ungläubigkeit stieß. *»Sì, sì, sì. Testate nucleari. Sì. Lo chiedi a* *me? Come faccio a saperlo? . . . Elicotteri da combattimento. Gli Apache. Mi-ventiquattro, Mi-venticinque . . . Effe-sedici. Sì. Per sparare i missili. Non chiedermelo. Sì, sì . . . Gli Amraam. Sì. A, emme, erre, doppio a, emme . . . Sì, sì, plutonio, biossido di uranio . . .«*

Vincenzo hängte den Hörer ein. »*Un crodino*«, rief er dem dicken Mann mit der weißen Schürze und den aufgekrempelten Ärmeln zu, »*e un dito di plutonio.*«

Johnny und Louie quittierten Vincenzos Bestellung – einen Crodino und ein Gläschen Plutonium – mit einem leisen, glucksenden Lachen. Ihr Gelächter schwoll an, als sich der dicke Mann hinter dem Tresen zu schaffen machte und den Anschein erweckte, dies sei eine ganz alltägliche Bestellung. Er stellte ein hohes, schmales Glas und eine Flasche, die eine orangefarbene, an Medizin erinnernde Flüssigkeit enthielt, auf den Tresen. Als er die Flasche geöffnet hatte, fragte er, ohne mit der Wimper zu zukken: »*Plutonio scozzese?*«

»*Sì, sì. Plutonio Chivas. Liscio.*«

Der Dicke füllte ein zweites hohes, schmales Glas großzügig mit Scotch. Vincenzo leerte es mit drei Schlucken. Dann goß er den Crodino in das andere Glas und nahm es mit zu dem Tisch, an dem Johnny und Louie saßen.

»Morgen bekomme ich Bescheid«, sagte er.

»*Dunque*«, stieß Louie aus. »*Domani. Alla stessa ora, nello stesso luogo.*«

Vincenzos Auto, ein pfauenblauer Maserati Quattroporte, stand ein Stück weiter unten in der Straße, bewacht von einem *cafon* aus der Bar, und er bot seinen Begleitern an, sie zum Hotel zu fahren. Johnny und Louie schauten sich kurz an. Auf dem kurzen Fußweg von der Via Sarpi zurück zur Bar war ihnen das milde, perlmutterne Licht und die sanfte Brise des Spätnachmittags wie eine Droge vorgekommen, und das in ihnen pulsierende Gefühl verheißungsvoller Aufgeregtheit verlangte nach einer weiteren Dosis dieser ätherischen Droge.

»Nein, vielen Dank«, sagte Louie. »Wir gehen gern zu Fuß.«

Die beiden Männer schoben ihre Revolver in den hinteren Hosenbund, um zu verhindern, daß die unter ihre Jaketts fahrende Brise die Waffen enthüllen konnte.

An diesem Abend versuchte Louie, sich an den Namen einer abgelegenen Pizzeria zu erinnern, die er von früher kannte und in den höchsten Tönen lobte. Er konnte sich noch vage erinnern, wie man dorthin gelangte. Das Restaurant befinde sich in einem schmalen Gäßchen jenseits der Piazzale Oberdan, sagte er, östlich der Viale Piave.

»Hast du mit deinem Onkel gesprochen?« fragte er Johnny, als sie die Viale Vittorio Veneto in südöstlicher Richtung hinunterschlenderten.

»Ja. Ich hab' ihn im Club erwischt.« Er wirkte zerstreut, nicht ganz da.

»Und, hat er irgendwas gesagt?«

»Ja. ›Versprich ihnen alles, aber gib ihnen Arpège.‹ Er hat gesagt: ›Was immer Vincenzo euch morgen sagt, tut es. Es ist nicht er, der spricht. Ich bin es. Ich und der alte Mann in den Hügeln.‹ Und: ›Denkt an die Zigarren.‹ Er sagte: ›Denkt an die Zigarren.‹ Ja, und das war's schon.«

»›Denkt an die Zigarren.‹« Nun wirkte auch Louie zerstreut, nicht ganz da.

Sie schritten ruhig die Straße hinunter, das Licht der untergehenden Sonne im Rücken. Die üppigen grünen Blätter an den Zweigen über ihren Köpfen färbten sich dunkel und wogten sanft hin und her wie ein glitzernder nächtlicher Ozean, und ihr Rascheln klang wie das Geräusch von Zauberkürbissen, wie das zischende Schimmern von Schlangenwirbelsäulen und Knochenstaub: eine langsame, rhythmische, geisterhafte Beschwörung.

Als Louie und Johnny am folgenden Nachmittag in der Bar die Liste studierten, die Vincenzo vor ihnen auf den Tisch gelegt hatte, erinnerte sich Johnny an die Worte seines Onkels. *Was immer Vincenzo euch morgen sagt, tut es. Es ist nicht er, der spricht.* Er wollte Vincenzo fragen, ob er ihnen noch etwas zu sagen hatte, doch Vincenzo kam ihm zuvor.

»*Il pontefice* will, daß wir zu ihm kommen und an den Zitronen schnuppern.«

»Ist das bloß eine höfliche Einladung oder was anderes?« fragte Louie, als er die Liste in seiner Jackentasche verstaute und den Revolver in seinem Gürtel zurechtrückte.

»Er hält nicht viel von Einladungen, ob höflich oder nicht. Ihr müßt wissen, daß er kein Bedürfnis nach Gesellschaft hat, und er glaubt, daß jeder kennenswerte Mann ähnlich empfinden müßte.«

Louie sah zu Johnny hinüber. *Was immer Vincenzo euch morgen sagt, tut es.* Die beiden Männer nickten sich verstohlen zu, weniger in stillem Einvernehmen, sondern eher in gegenseitiger Bestätigung einer in diesem Moment aufblitzenden Vorahnung, eines Phantoms, das sich vor ihnen erhob als Antwort auf den beschwörenden Zauber schimmernder Zweige und verblassenden Lichts.

Im China-Restaurant beugte sich Louie über die Tischplatte und blies den Zigarettenqualm durch seine Nasenlöcher in Ng Tai-heis Richtung.

»Zwei Mi-24«, sagte er. »Zwei Amraams. Hundert Stingers. Drei Kilo angereichertes Uran. In Myanmar: der Tod des Generalmajors Saw Win. In Thailand: der Tod des demokratischen Regierungschefs Song Leekpai.«

Ng Tai-hei lächelte.

»Diese Gegenleistungen werden dann erbracht, wenn Sie uns, gemäß den gestern diskutierten Bedingungen, zweihundert Tonnen Heroin Nr. 4 für eine Milliarde fünfhundert Millionen verkauft haben.«

»Die nächste Frühjahrsernte ist noch nicht einmal ausgesät«, sagte Ng Tai-hei. »Was werden wir in der Zwischenzeit von Ihnen sehen?«

»Wieviel haben Sie denn derzeit zur Verfügung?« fragte Louie.

»Im Moment kann ich Ihnen keine genaue Zahl nennen. Aber die Menge dürfte sich zwischen hundert und hundertfünfzig Tonnen bewegen.«

»Wir sehen keinen Grund zu warten«, sagte Johnny.

»Sollte sich die Menge auf hundertfünfzig belaufen, werden wir einfach unsere Abmachung entsprechend ändern, als Kompensation für die uns entgangene fünfundzwanzigprozentige Beteiligung an den Einnahmen aus den bereits verkauften fünfzig Tonnen. Wir wären mit einem Preisnachlaß von zweihundertfünfzig Millionen zufrieden. Eineinviertel Milliarden für die hundertfünfzig Tonnen. Zehn Prozent sofort. Vierzig Prozent, wenn die Ware verladen wird. Fünfzig Prozent bei Empfang.«

»Nein. Das geht nicht. Achtzig Prozent bei Verladung. Zehn Prozent bei Empfang.«

»Hören Sie mal«, sagte Johnny, »wir sollten uns diesen jüdischen Walzer schenken. Sechzig Prozent bei Verladung der Ware. Höher werden wir auf keinen Fall gehen. Und mit diesen sechzig zahlen Sie uns, im voraus, fünfzig Prozent des aktuellen Marktpreises für die Güter und Dienstleistungen, die wir Ihnen gratis geben wollten. Zwei Mi-24 zu jeweils hundert Millionen. Zwei Amraams zu jeweils sechshunderttausend. Hundert Stingers zu einem Stückpreis von zweihunderttausend. Drei Kilo Uran, das Kilo zu hunderttausend. Bei fünfzig Prozent wären das hundertzehn Millionen siebenhundertfünfzigtausend.« Er wandte sich an Louie.

»Und jeweils eine halbe Million für die *cappotti di lignu*«, sagte er, als würde er sich nur an Johnny wenden. »Das sind immerhin Staatsoberhäupter.«

»Muk dàyī. Guinchoi«, übersetzte der kleine Mann: hölzerne Mäntel. Särge.

»Siebzig Prozent bei Verladung.«

»Hey.« Louies Stimme nahm einen barschen Unterton an. »Es ist so, wie der Mann vorhin gesagt hat. Bei diesem Tanz machen wir nicht mit.«

Ng Tai-hei starrte in Louies Gesicht, und während er das tat, zog er ein Kärtchen aus der Innentasche seines Jacketts, eine Bewegung, die Johnny, Louie und Vincenzo veranlaßte, ihre Hände blitzschnell zu ihren Gürteln zu senken, woraufhin Ng Tai-heis Leibwächter in seine Jacke griff.

»Vertrauen ist doch eine schöne Sache«, bemerkte Ng Tai-hei, als er das Kärtchen an den kleinen Mann weiterreichte. *»Da leigo dinwa houma«*, befahl er ihm. Der kleine Mann verließ den Raum und ging zum Telefon an der Bar. Wenig später winkte er Ng Tai-hei zu sich, der anschließend mehrere Minuten lang telefonierte.

»Wir können Ihnen hundertfünfunddreißig Tonnen verkaufen«, sagte er, als er wieder am Tisch Platz genommen hatte. »Zehn Prozent sofort. Sechzig Prozent, zuzüglich Güter und Dienstleistungen, bei Verladung. Die Restsumme bei Empfang. Die Fortführung unserer Vereinbarung während der kommenden Ernteperiode wird von unserer Zufriedenheit mit diesen Gütern und Dienstleistungen abhängen.«

»Hundertfünfunddreißig Tonnen«, sagte Johnny. »Der Basispreis beträgt neunhundertfünfzehn Millionen. Plus, wie abgesprochen, Güter und Dienstleistungen. Die zehnprozentige Anzahlung beliefe sich demnach auf einundneunzigeinhalb Millionen.«

Ng Tai-hei legte seine Hände flach auf den Tisch und lächelte. »Das verlangt nach einem Drink«, sagte er. Er stand auf, wandte sich an den kleinen Mann und bedankte sich bei ihm dafür, daß er sich um die Organisation dieser Zusammenkünfte gekümmert und während Ng Tai-heis Mailandaufenthalt als Dolmetscher zur Verfügung gestanden hatte. Im nächsten Atemzug drehte er sich um zu dem Mann im schwarzen Baromon-Anzug, sagte laut und deutlich *›luk‹*, das kantonesische Wort für ›sechs‹, und machte sich auf den Weg zur Bar, während der Leibwächter seine Pistole aus der Jacke riß und dem kleinen Mann mitten in den Hinterkopf schoß. Der Schuß war laut und widerhallend, wie ein gewaltiger, metallischer Donner, und er erschütterte die Ohren und Nerven der weißen Gespenster. Doch sie ließen sich nichts anmerken, abgesehen von Johnnys kurzem Zusammenzucken, das Louie aus dem Augenwinkel registriert hatte.

Vom Tresen aus konnte Johnny die Leiche des kleinen Mannes sehen: Der dunkle Anzug erinnerte ihn an die abgestreifte Haut einer ekelhaften Larve. Er vermutete, daß dieser kaltblütige Mord weniger dazu gedient hatte, einen unerwünschten Zeugen zum Schweigen zu bringen, sondern eher eine Demonstration von Gesicht war, ein Zähnefletschen, ein respektheischendes Händeklatschen, die Unterschrift und das Siegel unter all dem, was gesagt worden war. Ihm fielen die Strategien ein, die ihm Billy Sing mit auf den Weg gegeben hatte. *Einen Mann töten und die übrigen einschüchtern.* Johnny beobachtete, wie Louie der Szene sein eigenes kaltes Siegel aufdrückte, beobachtete, wie er zu dem Toten ging und ungerührt dessen Taschen durchstöberte. Als er zur Bar zurückgekehrt war, blätterte er etliche 100 000-Lire-Scheine in zwei Haufen auf den Tresen.

»Erst killen, dann filzen. Keine halben Sachen. Das ist schon immer meine Devise gewesen. Wär' doch schade drum! Denkt doch nur an die hungernden Kinder in China.« Er schob einen der Geldhaufen zu Ng Tai-hei hinüber, steckte sich die Hälfte des anderen in die Hosentasche und drückte Johnny die übrige Hälfte in die Hand. Dann ging er hinter den Tresen. *»Il plutonio«*, murmelte er vor sich hin, als er eine Flasche Chivas Regal aus dem Regal holte. Er stellte fünf Gläser auf den Tresen und begann einzuschenken.

Johnny betrachtete die Flasche mit gemischten Gefühlen, unsicher. Er fühlte sich gut; er wollte sich noch besser fühlen. Doch die Flasche würde die Brise nie intensivieren können. Sie würde diesen Moment zur Illusion machen. Und Illusion war alles, was er in den letzten Jahren gekannt hatte. Alles! Vergessen, der Erlöser. Liebe, Leidenschaft und süßer, wilder Wahnsinn. Vielleicht waren ja alle diese Dinge auch in der Brise enthalten. Er legte seine Hand über sein Glas: *»Solo acqua per me.«*

Louie verzog keine Miene und fragte auch nicht nach. Er kannte Johnny. Er verstand. *»Acqua fresca per il signore«*, sagte er wie ein professioneller Barkeeper, als er ein Kühlfach öffnete und eine *mezzo* Panna Naturale herausholte.

Der Killer schien angenehm überrascht, daß man ihn in die Runde einbezog, doch er war nicht so respektlos, daß er gemeinsam mit den anderen sein Glas erhoben hätte.

»Auf eine neue Welt«, sagte Ng Tai-hei. Und darauf tranken sie.

Louie füllte das kleine Spülbecken hinter dem Tresen mit heißem Wasser und ließ die leeren Gläser hineinplumpsen. Nachträglich kam ihm der Gedanke, noch drei weitere Gläser in das Spülbecken zu legen. Er stellte den Scotch ins Regal zurück und fuhr mit einem feuchten Wischlappen über die Flasche und anschließend über den Griff des Kühlfachs. Er wischte auch Johnnys Mineralwasserflasche ab, bevor er sie in den Mülleimer warf. Zum Schluß checkte er noch die Registrierkasse: Sie ließ sich ohne weiteres öffnen, war aber leer. Als sie gingen, schloß Ng Tai-heis Mann hinter ihnen die Restauranttür, machte sich jedoch nicht die Mühe, sie zu verriegeln.

Es war ein weiter Weg zur Bank im Schatten der Madonnina, und Vincenzo fuhr sie hin. Diesmal machten sie keinen Stopp bei der Bar; sie würden die Waffen morgen zurückgeben. In der Bank veranlaßten Louie und Johnny, daß einundneunzig Millionen fünfhunderttausend Dollar über die Lupino in Paraguay und über ein Konto in Bangkok, dessen Nummer ihnen Ng gegeben hatte, auf das Konto der White Lion Enterprises bei einer Bank in Bishopsgate, London, überwiesen wurden.

Anschließend gingen die drei Männer in ein kleines Café auf der Via dei Mercati. Louie lockerte seine Krawatte und seinen Hemdkragen, steckte sich eine Zigarette an und gab einen Laut von sich, der wie ein Seufzer der Erleichterung klang.

»Habt ihr eine Idee, worum es bei dieser Sizilien-Geschichte geht?« fragte er.

»Nein. Aber es muß was Wichtiges sein.«

»Ich kapier' das nicht«, sagte Johnny. »Der Deal ist doch unter Dach und Fach. Wollen die persönlich unterrichtet werden oder was?«

»Nicht *die*«, sagte Vincenzo. »*Er*. Er duldet niemanden

neben sich und entscheidet alles allein. *Avvocato* Signorelli ist sein Mund und sein Ohr. Der weiß nicht mehr, als ihm gesagt wird. Wir reden nicht mit Signorelli, sondern benutzen ihn lediglich als Sprachrohr. Er hat mich davon in Kenntnis gesetzt, daß unser Freund uns sehen möchte. Den Grund kannte er nicht, aber das würde ich weder erwarten noch wünschen. Und was deine Frage betrifft, ob unser Freund das Ganze bloß noch einmal direkt aus unserem Mund hören will . . . nein, ich kann euch versichern, daß dem nicht so ist. Wie ich bereits gesagt habe: Er macht sich nichts aus Gesellschaft. Aber er wird uns was zu sagen haben. Was Wichtiges. Das ist nämlich der einzige Grund, aus dem er Leute zu sich bittet: um ihnen etwas zu sagen, das nicht für die Ohren des *avvocato* bestimmt ist . . . oder um sie persönlich umzubringen.«

»Der spannt einen ja ganz schön auf die Folter, was?« Louie lachte hämisch.

»Wie ist er denn so?« fragte Johnny, wobei er sich an Louie wandte.

»Da fragst du den falschen Mann. Ich hab' noch nie das Vergnügen gehabt . . . oder die Kugel, was ja ebensogut denkbar wäre. Dein Onkel, Tonio, *die* haben ihn getroffen. Vor langer, langer Zeit. Ich dagegen nie. Um die Wahrheit zu sagen, ich freu' mich schon darauf. Ich bin vielleicht ein dutzendmal in Palermo gewesen. Ich hab' die Katakomben gesehen, aber ihn habe ich noch nie zu Gesicht bekommen.«

Johnny wandte sich an Vincenzo und suchte, ohne ein Wort zu sagen, eine Antwort auf diese Frage.

»Ich kenne ihn nicht richtig«, sagte Vincenzo. Seine Augen und seine Stimme waren ernst. Vincenzos Benehmen strahlte etwas Merkwürdiges aus, als er von Don Virgilio sprach, doch Johnny konnte nicht ergründen, was dahintersteckte. »Diejenigen, die ihn gut gekannt haben, sind schon lange tot, und ich frage mich, ob ihn überhaupt jemand wirklich gut gekannt hat. Er hat seine Macht schon immer hinter einem Schleier ausgeübt. Die meisten Menschen, selbst in Sizilien, wissen nicht einmal, daß es ihn gibt. Doch für die Leute, die ihn tatsächlich kennen, ist er so was wie ein Gott. Ich bin einer seiner – wie sagt man? – einer seiner *flamini*. Ich diene ihm, doch ich kenne ihn auch nicht besser, als ein römischer *flamine di Giove seinen* Gott gekannt hat. Doch für mich hat er immerhin ein Gesicht, eine Stimme, eine Gestalt. Er hat, *come si dice, un'aura.*«

»*La stessa cosa*«, sagte Johnny. »Das heißt bei uns genauso: eine Aura.«

»*Sì.* Ein Gesicht, eine Stimme, eine Aura.« Seine Aussprache des letzten Wortes pendelte zwischen Englisch und Italienisch: *Oh-ra.* »Für mich ist er all das. Er ist greifbar, wirklich.«

»Ich dachte, Flamines müßten verheiratet sein.« Johnny lächelte und versuchte, Vincenzos Stimmung und die am Tisch aufzulockern. Er war sich sicher, daß Vincenzo Junggeselle war. Er trug keinen Ehering und machte keinen verheirateten Eindruck. »Ich dachte, das wäre vom römischen Recht vorgeschrieben gewesen: *Flamen et flaminica.*«

»Aber ich bin verheiratet«, sagte Vincenzo mit einem Grinsen. »*Sì, la flaminica.* Sie ist zu Hause, keine drei Kilometer von hier. Ich hätte sie euch vorgestellt, doch ihr seht viel zu gut aus, ihr alle beide. Dieser Typ hier weniger«, er deutete auf Louie, »aber ein geiler Bock ist er trotzdem.«

»Wie ist sie denn so?« fragte Johnny.

»Sie ist eine gute Ehefrau«, antwortete Vincenzo, und damit war das Thema für ihn erledigt. »Wie sieht's denn bei dir aus? Hast du deinen Namen auch gegen einen Weiberarsch eingetauscht?«

Johnny nickte, doch Vincenzo hatte den Eindruck, daß diesem Nicken keine Bedeutung zukam.

»Und wie ist sie?« fragte Vincenzo. »Ist sie 'ne gute Ehefrau?«

»Ich weiß nicht, was sie ist«, sagte Johnny.

Louie schnaubte verächtlich auf. Vincenzo grinste. »Dann besorg dir doch 'ne neue.« Johnny quittierte diese weisen und schlichten Worte mit gerunzelten Augenbrauen.

»Louie hier, der ist schon 'ne Ewigkeit verheiratet«, sagte Johnny. »Der ist ein glücklicher Mann.«

»Glücklich? Scheiße! Das erinnert mich an diesen alten Witz von den zwei Hilfsarbeitern, zwei Neueinwanderern: ›He, Nicol', stehst du auf Weiber, die deine *madre* sein könnten? Mit so dicken, wabbligen Beinen, wo überall Krampfadern dran sind, und 'm fetten, häßlichen Leberfleck inne Fresse und so 'm dicken Schnurrbart und Schlabbertitten, groß wie 'ne Wasser*melòn*, die runterbaumeln bis zu ihrer verdammten *comu si chiam?*‹ ›He, *Madonn'*, was redsten da für 'n Quatsch zusammen? Willste mich verarschen, Giusepp'?‹

›Dann sag mir doch mal, wieso du dauernd mit meiner Alten rumfickst?‹«

Louie lehnte sich zurück. Er sonnte sich im Gelächter der anderen und sprach erst weiter, als es verebbt war. »Ihr Typen seid noch jung. Aber ihr werdet's schon noch kapieren. Ihr heiratet eine; und solange sie zu euch hält, macht ihr's genauso. Das kommt euch im Endeffekt viel billiger. Und jetzt«, sagte er, »lassen wir diese neumodische Liebesscheiße. Wann reisen wir ab? Nach Süden, meine ich.«

Vincenzo zuckte die Achseln. »Morgen, übermorgen, wann ihr wollt.«

»Morgen noch nicht«, sagte Johnny. »Ich möchte noch einen Tag in Mailand bleiben. Ich will mich ein bißchen entspannen.«

»Apropos Entspannung«, sagte Louie. »Ich lass' mir alle halbe Jahre einen blasen, und wie's der Zufall so will, ist gerade 'n halbes Jahr rum.« Er schaute zu Vincenzo. »Gibt es noch diesen Puff in der Via Filzi? Den Kent-Club?«

»Ach du lieber Himmel.« Vincenzo ließ seine Hand durch die Luft sausen. »Den Laden haben die *carabinieri* schon vor Jahren dichtgemacht. Da hat's dir gefallen, was?«

»Ja, in dem verdammten Schuppen gab's echte Spitzenbräute, die konnten dir einen blasen, daß dir Hören und Sehen verging! Und das Ambiente war auch ganz nett. Mit Sauna und allen Schikanen.«

Vincenzo nannte eine Adresse in der Nähe, in der Via Dante. »Der Laden ist besser als das Kent.« Er dachte kurz nach. »Aber wieso wollt ihr da hingehen? Ich werde euch einfach ein paar Mädchen aufs Zimmer schicken lassen. Auf meine Rechnung.«

»Nein, nein, nein, Vincenzo. Das können wir nicht annehmen.«

»Bitte. Ich bestehe darauf. Wozu hat man denn Freunde? Ihr seid hier meine Gäste.«

»Dann laß uns wenigstens bezahlen.«

»Ihr könnt ihnen ja ein kleines Trinkgeld rüberschieben. Hundert-, zweihunderttausend Lire pro Nase. Aber nur, wenn sie euch gefallen. Die Bräute werden schon nicht zu kurz kommen, das könnt ihr mir glauben. Sagt mir einfach, was euch so vorschwebt.«

»Ich will 'ne Blondine, die was vom Schwanzlutschen versteht. Unter dreißig. Hübsche Beine«, sagte Louie, als handelte es sich um eine Bestellung in einer Fleischerei.

»Mein lieber Mann, ›unter dreißig‹, du alter Bastard!« sagte Johnny mit einem anzüglichen Grinsen.

»Scheiße, Mann, 'ne Braut, die älter ist, die kann ich mir auch allein besorgen. Da muß ich mir bloß 'n Fünfzigdollarschein an meine verdammte Weste pinnen und runter auf die Straße gehen. Und für Bräute, die älter als dreißig sind, ist das doch bloß noch Akkordarbeit. Die Mösensäfte trocknen aus, und alles dreht sich nur noch um diese Mutterschaftsscheiße. Bei 'ner netten jungen Tussi, da spürst du noch den Unterschied. Das weißt du doch.«

»Ich nehm' dasselbe«, sagte Johnny. »Aber sieh zu, daß meine jünger und hübscher ist!«

»Was meinst du?« fragte Louie Johnny. »Vor oder nach dem Abendessen?«

Für beide war das Abendessen das Hauptereignis. Manche wollten ihren Salat zuerst essen, manche später. Zu welcher Sorte gehörten sie?

»Vorher«, sagte Johnny. Ein Abendessen war für ihn ein Ritual des genüßlichen Schwelgens und der Entspannung. Die Aussicht auf einen anschließenden Termin, auch wenn es dabei um eine Erektion ging, könnte diesen Genuß überschatten oder schmälern, ähnlich wie ein Glas schlechten Weins.

»Schick uns die Bräute gegen sieben vorbei«, sagte Louie.

»Ich werde euch zum Hotel zurückfahren und mich sofort darum kümmern. Und die Flugtickets nach Palermo organisiere ich auch.«

Als sie wieder im Hotel waren, machten es sich Johnny und Louie in ihren Boxershorts vor dem Fernseher in Louies Suite bequem. Ein weiterer italienischer Großindustrieller hatte sich das Leben genommen, nachdem er in den Sog des immer größere Kreise ziehenden *scandalo di tangentopoli* geraten war. Es gab Archivbilder, die ihn in glücklicheren Tagen zeigten, mit einem strahlenden Lächeln, und aktuelle Aufnahmen von seiner Ehefrau, schluchzend, wie sie ihre Kinder vom Grab wegführte.

»Welchen Körperteil einer Braut fickst du am liebsten?« fragte Louie.

»Das Bein. Die Fotze. Hängt ganz von der Situation ab. Ich mag beides gleich gern.«

»Den Mund etwa nicht?«

»Oh, natürlich, den Mund. Ich dachte, du meinst, abgesehen davon. Den Mund, na klar. Und danach, das Bein oder die Fotze.«

»Du fickst wirklich das Bein?«

»Aber immer! Das ist ein irres Gefühl, Mann. Ich lass' sie Strapse anziehen und schieb ihn dann oben rein, direkt unter den Nylonstrumpf, genau da steck' ich ihn rein, nett und schön eng, direkt zwischen Nylonstrumpf und Schenkel. Ehrlich!«

»Wenn du die Wahl zwischen Fotze und Bein hättest, würdest du dich dann allen Ernstes für das Bein entscheiden?«

»Keine Ahnung. Das hängt davon ab, ob ich gerade viel rumbumse oder nicht. Manchmal, verstehst du, hab' ich so 'ne Art Mösenüberdosis, und dann fahr' ich eben auf die Beine ab.«

»Auf die Idee bin ich noch nie gekommen«, sagte Louie mit nachdenklicher Stimme. »Ich hab' sie manchmal zwischen die Füße gefickt, verstehst du? Sie machen eine Art Möse mit ihren Füßen. Und ich hab' ihnen auf die Schenkel gewichst. Doch ich glaube nicht, daß ich jemals ein Bein als solches gefickt habe. Küßt du sie auf den Mund?«

»Na klar.«

»Also, das ist 'ne Sache, die wir früher, in den alten Zeiten, nie gemacht hätten. Wir haben immer gesagt, das macht dich indirekt zum Schwanzlutscher.«

»Und was ist mit den Titten? Hast du sie jemals zwischen die Titten gefickt?«

»Darauf steh' ich nicht besonders«, sagte Louie, nicht ablehnend, sondern eher desinteressiert. »Ich mag' von allem ein bißchen: mal hier, mal da, mal dieses, mal jenes, verstehst du? Ich brauch' meine Zeit, bis ich weiß, wo ich meine Ladung hinspritzen will.« Er zündete sich eine Zigarette an. »Was ist mit Möselecken? Stehst du darauf?«

»Ja«, bekannte Johnny, ein wenig trotzig.

»Okay. Du bist wenigstens ehrlich. Aber eins würde mich interessieren. Wenn du die Wahl hättest, wofür würdest du dich entscheiden: fürs Ficken, fürs Möselecken, oder würdest du dir lieber einen blasen lassen? Was käme als letztes auf deiner Liste?«

»Möselecken.«

»Weißt du, daß ich mal 'n paar Geldverleiher in der Bronx finanziert habe, verdammte Itzigs, und diese Kerle hätten lieber 'ne Möse gelutscht als gevögelt? Gott ist mein Zeuge!«

»Was soll ich dazu sagen? Die Geschmäcker sind halt verschieden.«

»Ich weiß. Aber trotzdem.«

Auf dem Bildschirm huschte ein finster dreinblickender Andreotti, die Aktentasche eng an den Leib gepreßt, zwischen majestätischen Säulen breite Stufen hinunter und verschwand in einer wartenden Limousine.

»Manchmal stimme ich mit deinem Onkel überein: Ihre

Fotzen sind zu schlabberig, ihre *culo's* zu eng, und ihre Mäuler sitzen zu nah an ihrem Verstand.«

»Was ist mit dem *culo*. Stehst du darauf?«

»Nicht so richtig. Vielleicht alle Jubeljahre einmal. In den alten Zeiten, klar. Das war Geburtenkontrolle auf sizilianisch. Aber jetzt nicht mehr. Und du?«

»Na ja, ich finde, daß ich eine Braut erst dann richtig gehabt habe, wenn ich ihr mein Ding in alle Löcher gesteckt habe. Für mich bleiben sie irgendwie Fremde, bis ich das gemacht habe.«

»Scheiße, Mann, das sind sowieso Fremde. Immer!« Louie pustete eine Wolke Zigarettenqualm aus. »*U ballu angelicu.* Der Tanz der Engel. Manchmal glaube ich, daß ich ein Glückspilz bin. Es gibt eine Menge Knaben in meinem Alter, die kriegen keinen mehr hoch, sind aber immer noch geil. Bei mir geht beides irgendwie gleichzeitg den Bach runter, auf eine wirklich angenehme Art und Weise.«

Das Telefon klingelte. Es war zehn vor sieben.

»Das werden unsere Sweethearts sein.« Louie nahm den Hörer auf. »*Pronto.*« Der Anruf kam nicht von der Rezeption. Am anderen Ende der Leitung meldete sich Giuseppe Di Pietro.

Die gewellte Stahlblechtür zur Laderampe sorgte dafür, daß das helle Sonnenlicht und der Lärm des Frühnachmittags nicht in die Garage in der Broome Street dringen konnten. Das künstliche, gleißende Licht der Deckenlampe fiel direkt auf den alten Joe und den verschmutzten, grauen Metallschreibtisch, an dem er saß. Neben dem Telefon lag ein alter 32er Revolver. In der stickigen, stillen Luft hing der stechende Geruch von verbranntem Haar und versengtem Fleisch.

Johnny hörte, wie Louie seinen Onkel begrüßte, und dann nahm er wahr, wie sich Louies Miene allmählich verfinsterte: Sein unbekümmerter, heiterer Gesichtsausdruck wich einer steinernen Maske. Johnny sah, wie sich die Haut an Louies Schläfen straffte, während er den Hörer an sein Ohr preßte.

Hinter Giuseppe, im Halbdunkel, das jenseits des grellen Lichtkegels der Deckenlampe herrschte, lag Tonio Pazienza rücklings auf dem Fußboden, die Hände hinter seinem Rumpf zusammengebunden. Seine Lippen und eines seiner Augen waren dick angeschwollen, und sein Mund war von schwarzem Blut verkrustet. Hemd und Hose waren aufgeknöpft und entblößten einen verschrumpelten, betelnußähnlichen Penis und ein kümmerliches Büschel stahlwollener Haare. Auf seinem eingefallenen Brustkorb und seinem Bauch befanden sich mehrere offene Brandwunden. Die Haut rings um diese Verbrennungen hatte ein sattes Kanariengelb angenommen und glänzte vom Blut, das aus den aufgeplatzten Brandblasen sickerte. Eine dieser Verletzungen, links neben seinem Bauchnabel, warf noch immer Blasen und dampfte. Tonios Körper bebte, während er mühsam nach Luft schnappte, und aus seinem Mund drang ein gräßliches Gemurmel. Ein Mann beugte sich über ihn. Er war bequem und modisch gekleidet, in weiße Baumwollhosen, ein blaues Leinenhemd und beigefarbene Hirschlederslipper, doch er hatte sich dicke Gummihandschuhe übergestreift, und in seiner rechten Hand hielt er eine Flasche mit einer klaren, urinfarbenen Flüssigkeit.

Johnny mußte eine ganze Weile warten, bis Louie etwas sagte. »Dieser gottverdammte Schlitzaugenbastard!« war alles, was er herausbrachte. Jetzt straffte sich auch Johnnys Haut an den Schläfen, und er spürte, wie ein naßkalter Angststrom durch seine Eingeweide fuhr.

»Nein. Es ist nicht so, wie du denkst«, sagte Giuseppe. Der Mann in den Hirschlederschuhen schaute kurz zu Giuseppe, doch der konnte nichts mit diesen Worten anfangen.

»Und was ist mit Sizilien?« fragte Louie.

»Da fahrt ihr hin. Unseren Freund besuchen. Aber zuerst schafft ihr dieses Problem aus der Welt. Und zwar sofort! Erledigt ihn, bevor er euch erledigen kann. Und jetzt gib mir meinen Neffen.«

Louie reichte Johnny den Telefonhörer.

»Na, mein Kumpel«, sagte der alte Mann. Seine Stimme war ruhig, onkelhaft. Schon ihr großer Klang ließ das Gefühl in Johnnys Eingeweiden verfliegen. »Erinnerst du dich noch, wie wir uns über das unterhalten haben, was zwischen deinem Kopf und deinem Arsch baumelt? An die Hemden, die du dir vielleicht schmutzig machen müßtest?«

»Ja.« Das Gefühl in seinen Eingeweiden meldete sich mit unverminderter Heftigkeit zurück.

»Also, heute nacht ist es soweit. Denk immer daran: Entweder du oder er. Du oder das Tier an deiner Kehle.«

Als Giuseppe den Hörer auf die Gabel gelegt hatte, saß er für einen Augenblick still da, die Hände über dem Telefon zusammengefaltet, die Augen starr geradeaus gerichtet. Dann holte er tief Luft, stand auf und ging, den Krückstock in der einen, den Revolver in der anderen Hand, zum alten Tonio hinüber und schaute auf ihn hinunter. Er holte eine DeNobili aus seiner Jackentasche, steckte sie sich zwischen die Zähne, zündete sie an und ließ den dichten Tabakqualm in der bleiernen Luft emporsteigen wie eine sich langsam ausbreitende Wolke aus einem Weihrauchfaß. Er blickte auf die Flasche in der behandschuhten Hand und deutete mit dem Kopf auf Tonio. Der Mann tröpfelte Säure auf Tonios Bauch. Tonio schrie nicht. Sein Körper bäumte sich auf, und sein verkrusteter Mund öffnete sich zu einem Stöhnen, doch er schrie nicht.

»Mi dicisti tutto. Ma no u picchi«, sagte Giuseppe: Du hast mir alles gesagt. Doch du hast mir immer noch nicht gesagt, warum.

Es gab keine Antwort, sondern nur das Beben des Körpers und das unverständliche Gemurmel.

»Battezza 'a minchia!« befahl er dem Mann mit der Säure: Tauf seinen Schwanz!

Giuseppe bemerkte eine grauenhafte Modulation im Stöhnen des alten Mannes. Er hätte sich hingekniet, um sein Ohr auf Tonios blutigen Mund zu pressen, doch er konnte es nicht. Er schlug Tonio mit dem unteren Ende des Krückstocks quer über das Gesicht. *»Avisti vuci suffu-*

cienti pi tradirmi. Usala adesso«, bellte er: Du hattest genug Stimme, um mich zu verraten. Gebrauch sie jetzt!

»Das war nicht richtig von dir!« brüllte Tonio, so als hätte er alle ihm noch verbliebene Kraft zusammengerafft. Er öffnete seinen Mund unter so großer Anstrengung, daß frisches Blut von seinen Lippen zu tropfen begann. »Du wolltest einfach bloß so dasitzen, in der Brise, mit deinem Wein. Das hätte dir gereicht. Mir aber nicht. Was hast du denn erwartet? Wäre ich auf meine alten Tage zum Waschlappen geworden, hättest du dich genauso von mir abgewandt wie ich mich von dir. *'A bisiniss è 'a bisiniss.*«

»Wie kann ein alter Kadaver nur so gierig sein?«

»Erinnerst du dich noch an eine Nacht vor vielen, vielen Jahren, Giuseppe?« Tonios Geschrei war zu einem hohlen Krächzen verkümmert. »Wir haben halbe-halbe gemacht. Zehntausend Dollar. Uns kam es vor wie das ganze Geld der Welt. Noch nie hatten wir so viel auf einem Haufen gesehen. In derselben Nacht wolltest du noch einmal losziehen, um zu töten und zu stehlen. ›Wie kann ein Mann nur so gierig sein?‹ habe ich dich damals gefragt. Und darauf konntest du mir keine Antwort geben.«

»Es warst aber nicht du oder dein eigen Fleisch und Blut, die ich bestehlen oder töte wollte.«

»Doch bloß deshalb, weil es damals noch andere für dich gab.«

Giuseppe deutete wütend mit dem Revolver auf die behandschuhte Faust, die die Flasche umklammerte. Unter den dirigierenden Anweisungen des Revolverlaufs wurde der Inhalt der Flasche über Tonios Gesicht entleert. Dem alten Mann entfuhr ein letzter, fürchterlicher Schrei, der vom Zischen der Säure übertönt wurde, die sich durch sein Fleisch und seine Augen und seine Nervenenden fraß, um schließlich das Gewebe darunter und die Schädelknochen zu verbrennen. Giuseppe starrte in die leeren, dampfenden Augenhöhlen und in den weit aufgerissenen, gurgelnden Mund, und dann feuerte er zwei Kugeln in die rohe, gräßliche Maske.

»Fahr zur Hölle!« sagte er, und im selben Moment

drehte er den Revolver mit einer lässigen Bewegung nach rechts und jagte eine dritte Kugel mitten in den Bauch des gummibehandschuhten Mannes.

Als das Telefon in Louies Suite erneut klingelte, stürzte er zum Apparat, um den Anruf entgegenzunehmen. *»Ritorna alle nove«*, sagte er, dann legte er den Hörer auf und ging wieder zu dem geöffneten Koffer auf seinem Bett, um den Rest seiner Sachen zu verstauen. »Fertig?« rief er durch die offene Verbindungstür der Suiten.

»Ja«, antwortete Johnny. »Hast du ihn schon erreicht?«

»Ist immer noch besetzt.«

Vincenzo Raffa saß mit hochgelegten Füßen auf seiner Couch und zwirbelte mit der linken Hand an der schwarzen Telefonschnur, während er in den Hörer sprach. Das Telefon stand auf einem schwarzen Metallkästchen, das eine Grundfläche von zwanzig mal zwanzig Zentimeter hatte und knapp acht Zentimeter hoch war. Es war ein alter, in den USA produzierter P3-Neutralisator, ein Apparat, der verhinderte, daß Anrufe abgehört oder mitgeschnitten werden konnten.

»Credimi«, sagte er. *»Prenderanno il denaro da chiunque, purchì le condizioni siano soddisfatte, tratteranno con noi. Quando quella bestia nelle colline è a cavaddu, questo mondo sarà il nostro.«* Glaub mir, sagte er. Die werden das Geld von jedem nehmen, solange ihre Bedingungen erfüllt werden. Wenn diese Bestie in den Hügeln erst einmal aus dem Weg geräumt ist, dann gehört diese Welt uns.

Ein jüngerer Mann, groß und schlank, der einen knappen Tangaslip und ein *biancoazzurro* Fußballhemd trug, fuhr spielerisch durch Vincenzos Haare, während er ihm ein Whiskyglas mit Scotch und Sodawasser reichte. Vincenzo streckte eine Hand aus. Er streichelte erst den Schenkel des Mannes und dann betätschelte er dessen Hintern.

»Sì. Ciao.«

Eine knappe Minute, nachdem er den Hörer aufgelegt hatte, klingelte das Telefon. Der große, schlanke Mann warf Vincenzo einen eingeschnappten Blick zu, als dieser den Anruf entgegennahm.

Johnny saß in einem Sessel und beobachtete Louie beim Telefonieren. »Vincenzo«, sagte Louie, »wir haben ein Problem. Nein, nein. Das hat nichts mit den Mädchen zu tun. Die lassen wir später kommen. Es handelt sich um was Ernsteres. Es könnte die ganze Sache zum Platzen bringen. Kannst du in zehn Minuten hier sein? Wir müssen was erledigen. Ein Stück weiter draußen, in der Nähe von Morivione. Wir können kein Taxi nehmen, denn wir dürfen dort von niemandem gesehen werden.«

»Gebt mir fünfzehn Minuten«, sagte Vincenzo. Der große, schlanke Mann schnalzte verärgert mit der Zunge und ließ in gespielter Gekränktheit seine Schultern herabsinken.

»Wir werden draußen auf dich warten. Laß uns nicht hängen.« Louie legte den Hörer auf und drehte sich zu Johnny. »Los, gehen wir.«

An der Rezeption beglichen sie ihre Rechnung in bar. Als ihnen der Hotelbedienstete die Reisepässe aushändigte, schnappte sich Louie nicht nur seinen, sondern auch den von Johnny. Er führte Johnny ein Stück beiseite, steckte die beiden Pässe in seine Reisetasche und holte hinter der Pappe, die sein letztes gebügeltes Hemd vor dem Zerknittern schützte, zwei andere blaue Reisepässe hervor. Er schlug einen der Pässe auf, warf einen kurzen Blick hinein und gab ihn Johnny. »Das bist du. Und das hier bin ich.«

Johnny öffnete den Paß und hielt ihn seitlich ins Licht. Er war ausgestellt auf William Morrison, Geburtsort, Illinois, USA. Das Foto – es trug einen Stempel, der genau wie das Siegel des Außenministeriums aussah – war das gleiche wie in dem Reisepaß, den Louie ihm gerade abgenommen hatte. Er erinnerte sich daran, wie er diese Fotos hatte machen lassen, erinnerte sich daran, wie er sie, zusammen mit dem Antragsformular, seinem Onkel gegeben hatte, der ihm gesagt hatte, daß er einen der *cafon's* zum Paßamt schicken würde, um Johnny das Schlangestehen zu ersparen. Er hatte den Paß selbst abgeholt, an dem Tag, an dem er sich mit Billy Sing getroffen hatte. Was er nun in seiner Hand hielt, hatte er vorher noch nie gesehen.

»Semper paratus«, sagte Louie. »Geh nie ohne ihn aus dem Haus.«

Sie ließen ihre Reisetaschen an der Rezeption zurück, um sie später abzuholen. Beide Männer hatten sich ihre stupsnasigen 38er in den Gürtel geschoben, und die falschen Pässe steckten in ihren Jacken. Sie gingen nach draußen an die frische Luft, zündeten sich eine Zigarette an und warteten. Der Himmel war tiefblau, und Johnny konnte die ersten Sterne erkennen. Vor dreißig Jahren hatte er die betrunkene Stimme seines Vaters gehört und seinen süßlichen Whiskyatem gerochen, als sie nebeneinander auf der kleinen Veranda gesessen und beobachtet hatten, wie sich die Nacht über Brooklyn herabsenkte. *Star light, star bright, first star I see tonight, I wish I may, I wish I might, have the wish I wish tonight.* Das war eine andere Welt gewesen.

»Du mußt nicht mitkommen«, sagte er zu Louie. »Ich kann das auch allein erledigen.«

»Ich weiß, daß du das kannst. Ich komme einfach so mit.«

Johnny spürte ein Unbehagen, das auf seinem Körper und seiner Seele lastete. Es war keine Angst, sondern etwas Schlimmeres: eine tiefe, alles durchdringende Melancholie, ein Gefühl, das er vor langer Zeit auf jener Veranda empfunden hatte, eine Traurigkeit, die von der Welt Besitz ergriff. So wie jenes weit zurückliegende Hereinbrechen der Nacht und die wohlmeinende Stimme seines Vaters dafür gesorgt hatten, daß er zum einsamsten Jungen von ganz Brooklyn wurde – zumindest hatte er sich damals so gefühlt –, so ließ ihn dieser tiefblaue Abendhimmel, dieses Atemholen am jähen Abgrund des – Was war es, das er auf sich zukommen fühlte? Eine Preisgabe der Illusion. Eine Trennung von jener trügerischen Vermittlungsinstanz, von jenem Abzugsfinger an der Hand eines anderen, von jener liebgewonnenen moralischen Folie, die zwischen ihm und seinem wahren Ich lag. Ein unwiderruflicher Abschied von der Sphäre der *vigliacchi*, der Lauwarmen, der Neutralen, der Vorsichtigen, derjenigen, die weder gut noch böse waren. Es war all dies und noch viel mehr. Das Tier an seiner Kehle, das war nicht Vincenzo Raffa. Das war er selbst. Er tat das, was sein Onkel für richtig hielt, was Louie Bones für richtig hielt. Ihre Moral hieß ihn willkommen, harrte seiner. Und wenn ihre Moral alten Sitten entsprang und die Existenz eines Gottes voraussetzte, dessen besonderes Verständnis und dessen Vergebung auf dem uralten, geheiligten Samenkorn jener überkommenen *moralità* gründete, nun, dann sollte es eben so sein. Wer wußte, ob diese Sitten nicht von Gott selbst herrührten? Eine Zeit zum Töten und eine Zeit zum Sterben. Kein Sakrament hatte jemals sein Denken und Fühlen verändern können, doch er nahm an, daß ein Mord dies bewerkstelligen würde.

»Da kommt er«, sagte Louie, als er sah, wie der Maserati mit elegantem Schwung um die Piazza brauste.

Vincenzo beugte sich hinüber und öffnete die Beifahrertür. Johnny kletterte auf den Rücksitz; Louie nahm vorne Platz.

»Was ist denn los?« fragte Vincenzo.

»Es gibt da einen Dorn, den wir herausziehen müssen. Wir werden's dir später erklären. Bieg da vorne links ab.«

Vincenzo justierte seinen Rückspiegel.

»Hast du unsere Flüge reservieren lassen?« fragte ihn Louie.

»Noch nicht. Aber das wird kein Problem sein.«

»Ich finde, wir sollten so bald wie möglich runterfliegen. Ich denke, am besten gleich morgen. Natürlich nur, wenn's dir paßt. Je eher, desto besser.«

»Geht's um die Chinesen? Gibt's ein Problem mit den Chinesen?«

»Es wird eins geben, wenn wir nicht diesen Dorn entfernen. Hast du schon zu Abend gegessen?«

»Nein«, sagte Vincenzo.

»Vielleicht können wir ja zusammen was essen, wenn wir die Sache hinter uns gebracht haben.«

»Heute abend nicht. Schon gar nicht, wenn wir morgen nach Sizilien fliegen. Außerdem wartet zu Hause ein Dinner auf mich.«

Er bog links in den Corso Lodi und fuhr durch die Porta Romana. »Seid ihr sicher, daß dies der richtige Weg ist?« fragte er. In seiner Stimme lag ein besorgter Unterton. »Da vorne gibt es nichts außer der Eisenbahn.«

»Es ist das Haus da drüben, gleich hinter der Piazza. Fahr mal rechts ran.« In der Dunkelheit war nicht zu erkennen, ob es ein Lagerschuppen, ein Endbahnhof oder ein Fabrikgebäude war.

Johnny richtete die Revolvermündung auf Vincenzos Nacken und drückte ab, mit dem Finger, der nun nicht mehr die Narbe von Tonios Messerklinge aufwies. Die Detonation peitschte den Kopf des Sizilianers nach vorn, in einem Sprühregen aus Blut, der die Windschutzscheibe mit einem feinen, dunklen Nebelschleier überzog. Louie beugte sich zum Fahrersitz und stellte den Motor ab.

Aus Spiel war Ernst geworden. Mit dem widerhallenden Donner des Schusses hatte Johnnys Körper krampfhaft zu zittern begonnen. Sogar seine Gesichtsmuskeln zuckten wie wild. Er hatte Schwierigkeiten, aus dem Auto zu klettern, Schwierigkeiten, sich auf seinen zittrigen Beinen zu halten. Das Geräusch des Schusses dröhnte noch immer in seinen Ohren. Es war alles, was er hören konnte: ein schrilles Klingeln, eine Sirene, die in seinem Gehirn heulte. Er spürte nichts außer dem Zittern.

Schweigend gingen sie zur Porta Romana. Johnny schleuderte den Revolver in einen Abwasserkanal. Es gab ein echoartiges Geräusch: kein Scheppern oder Aufklatschen, sondern ein schwaches, weit entferntes, unterirdisches Rumoren.

Der Himmel war noch immer tiefblau, allerdings dunkler als vorhin, und die Welt war noch immer dieselbe – mit jedem seiner keuchenden Atemzüge wurde sie wieder erkennbarer. Seine Glieder entkrampften sich, und das Dröhnen in seinen Ohren flaute allmählich ab. Das fröhliche Gelächter aus einem nahegelegenen Café hieß ihn wieder in der Welt willkommen, und die nächtliche Brise trocknete den Schweiß, der ihn bis auf die Knochen durchnäßt hatte. Zwischen ihm und der Melancholie lag ein Ozean. Er lächelte. Es war ein Lächeln der Erleichterung, der Freiheit, der Vollendung: Ausdruck eines intensiven, inneren Aufblühens. Es schien, als wäre ein angeborenes Angstgeschwür entfernt worden, als wären die Organe, die von diesem Karzinom eingeschnürt und geschwächt worden waren, nun endlich in der Lage, den wahren Atem, den wahren Lebenssaft in sich hineinströmen zu lassen. Er hatte bohrende Schuldgefühle erwartet, eine schmerzliche Trennung von der vertrauten Seele, innere Qualen, die jedes zumutbare Maß menschlichen Leidens überstiegen. Doch statt dessen fühlte er Befreiung, Kraft, eine Öffnung der Sinne für ein breiteres Wahrnehmungsspektrum, ein Zurechtschleifen und Polieren des Edelsteins. Für diejenigen, die noch nie gemordet hatten, war Mord wie sexuelle Lust für eine Jungfrau: weder so schrecklich noch so überwältigend, wie man erwartet hatte, aber dennoch ein Erlebnis, das alle Proportionen verschob. Die Melancholie war, so wie damals in Brooklyn der traurige, zärtliche Singsang seines Vaters, nur ein Abschied von der Unschuld gewesen. Er war ein neuer Mann. Irgendwie würde er von Gott oder jenen alten Sitten beschützt werden. Er fühlte sich gut.

Vor dem Café stand ein Taxi. An der Piazza San Babila wechselten sie das Taxi und holten ihr Gepäck ab. Anschließend fuhren sie mit einem dritten Taxi zur Piazza Cavour. Sie gingen zu Fuß in die Via Fatebenefratelli. Im Hotel Cavour gaben sie dem Empfangschef ihre gefälschten Pässe und trugen sich unter ihren falschen Namen ein. Während Johnny eine Dusche nahm, ließ Louie über die Rezeption einen Tisch im Gualtiero Marchesi reservieren.

Beim Duschen merkte Johnny, daß seine neuen Empfindungen viel verworrener, viel rätselhafter waren, als sie ihm in der Kälte der Nacht vorgekommen waren. Das Neonlicht und die glänzenden Kacheln waren merkwürdig beunruhigend, und als er den Wasserhahn zudrehte und die Duschkabine verließ, schien das Dröhnen in seinen Ohren zurückzukehren. Und plötzlich hatte er ein Déjà-vu-Erlebnis. Das grelle Licht und die Kacheln – er war schon einmal hier gewesen, allein und verstört, mit einem Dröhnen in seinen Ohren und einem Herzen, das genauso wild gehämmert hatte wie jetzt. Es war das Gedicht, das verdammte Gedicht mit dem Schrägstrich und den Impressionen aus der Unfallambulanz. Ihm wurde schlagartig bewußt, daß er diesen Moment schon vor langer Zeit vorausgesagt hatte. Er wischte das Kondenswasser vom Spiegel und starrte sich an. Sein Herz und sein Puls beruhigten sich wieder. Er grinste, zwinkerte sich zu und versicherte sich, daß alles in Ordnung sei.

Als er sich anzog, merkte er, daß er es kaum ertragen konnte, allein im Zimmer zu sein. Das mußte an der neuen Umgebung liegen, sagte er sich. Er vermißte Diane. Er liebte sie, er brauchte sie. Seine Mutter. Den whiskysüßen Singsang seines Vaters. Alles. Er öffnete ein Fenster, ließ die Geräusche der Nacht hinein und fühlte sich besser. Als er die Glastüren der Hotellobby hinter sich hatte und wieder draußen unter freiem Himmel war, fühlte er sich noch besser. Vor dem Hotel wartete ein Taxi. Es brachte sie in die Via Bonvesin della Riva.

Mit dem ersten Bissen Brot und dem ersten Schluck Wein meldete sich Johnnys Appetit zurück. Ihm war nach Ozean zumute. Er bestellte Seebarsch mit Seeigelsauce.

»Du hast noch immer die Mösen im Kopf, was?« fragte Louie.

Johnny lächelte, und Louie erkannte, daß es ein gutes Lächeln war, ein echtes Lächeln. Und es stimmte tatsächlich: Mit jenem ersten Bissen Brot und jenem ersten Schluck Wein hatte sich ein Hunger eingestellt, der mit Essen allein nicht zu stillen war. Auf die Bräute zurückgreifen, die Vincenzo ihnen geschickt hatte, wäre zu riskant gewesen, so als würden sie auf eine Tasse Kaffee in jene Bar schauen, wo sie die Revolver bekommen hatten. Trotzdem wäre es nett gewesen. Mit jedem genießerischen Bissen, mit jedem genießerischen Schluck wuchs in ihm ein brutaler, fast schon verzweifelter Hunger nach hemmungsloser Entladung.

»Du hast ihn gemocht, nicht wahr?« sagte Louie. »Ich meine, bis du Bescheid gewußt hast.«

»Ich hätte das wohl nie gemerkt.«

»Du bist auf eine Lüge hereingefallen. Du, ich, wir beide. So was passiert andauernd. In diesem Leben weißt du nie, mit wem du es zu tun hast. Nie.«

»Aber meinem Onkel haben wir vertraut. Er sagte, es sei das Richtige, und wir haben es getan. Wir haben ihm vertraut, ohne Näheres zu wissen, haben ihm ebenso blind vertraut wie ...« Johnny zögerte, den Namen des toten Mannes in den Mund zu nehmen, doch Louie verstand ihn.

»Du mußt das so sehen, Johnny: Niemand kann in den Kopf eines anderen schauen. Was Psychologen und Psychiater sagen, das kannst du vergessen – die reden doch bloß Scheiße. Selbst die Wahrheit, zu der sich ein Mann bekennt, ist oft nichts weiter als eine Lüge, die er bloß für die Wahrheit hält. Man kann uns von etwas überzeugen, aber wir werden nie sicher sein können. Vielleicht war Vincenzo unser Freund und dein Onkel unser Feind. Wir glauben natürlich, daß das nicht stimmt, aber wirklich wissen tun wir es nicht. Also folgen wir unseren Instinkten. Wissen und Erfahrung bringen uns nur bis zu einem gewissen Punkt. Es sind die Instinkte, die ein Tier am Leben erhalten. Weisheit, denke ich, ist ein gesundes Gleichgewicht zwischen Instinkt und Wissen.«

»Vertraust du mir?«

»Ja.«

»Und wenn sich dieses Vertrauen als falsch erweisen sollte?«

»Dann würde ich dich töten. Und im umgekehrten Fall würde ich dasselbe von dir erwarten. Darauf basiert meines Erachtens echtes Vertrauen: auf einer gemeinsamen Überzeugung und auf gemeinsamen Sitten. Ich würde jemanden *benutzen*, von dem ich weiß, daß er mich nicht tötet, sollte ich ihn verraten, aber vertrauen würde ich so jemandem nie. Deinen Onkel – den kenne ich, seit ich ein kleiner Junge war. Ich bin ihm näher gewesen als meinem eigenen Vater. Er hat mich nie im Stich gelassen. Und ich habe ihn nie im Stich gelassen. Aber täte ich es, würde er mich umbringen. Darauf gründen Treue und Vertrauen. Versteh mich nicht falsch. Es ist nicht Furcht. Es ist nicht die Todesdrohung. Das ist einfach eine Tatsache, so unumstößlich und wirklich wie die Tatsache der Liebe. Das Gegenteil von Liebe ist nicht Haß, sondern Gerechtigkeit. Dafür gibt es ein altes italienisches Wort, *faida*. Das Recht auf Rache.«

Als Dessert gab es Feigen in Marsala. Louie sagte dem Kellner, daß er den Kaffee servieren und den Geschäftsführer ein Taxi bestellen lassen sollte. Der Espresso und die Zigarette, die sie dazu rauchten, ließen das Mahl mit einer Note vollkommener Harmonie ausklingen. Johnny war jetzt ebensowenig ein Mann der Gewalt, wie er es gestern gewesen war, als er im Sonnenschein auf jener Parkbank gesessen und sich geräkelt hatte in den Geräuschen und Bewegungen der auf und ab wippenden Zweige und der Mauersegler und Spatzen, die mit der aus dem Norden kommenden Brise zwischen den Bäumen hindurchgeglitten und umhergeflitzt waren. Er war einfach der, der er war, ein Mann, der fickte und aß und liebte, der lachte und weinte und tötete. In all dem steckte Poesie, und kein einziger Moment, keine Schattierung und keine Brise widersprach den anderen.

Als sich ihr Taxi der Piazza Cavour näherte, bemerkte Johnny blondgefärbtes Haar und schwarzes Nylon: zwei Huren, die vor einem Zeitungsstand herumlungerten, der über Nacht geschlossen hatte.

»*Si fermi qui*«, befahl er dem Fahrer. Louie schaute ihn an und dann an ihm vorbei, hinüber zu den *puttane*. Er lachte und schüttelte den Kopf.

Oben in seinem Zimmer entlud Johnny all das, was noch vom Tod dieses Abends in ihm zurückgeblieben war, in die junge Blondine unter ihm. Er spürte, wie sie erbebte und sich vollkommen gehen ließ. Es war nicht der übliche, simulierte Orgasmus einer Hure. Es schien, als würde die Kraft einer eigenartigen Unruhe, einer tiefen schwarzen Magie von seinem Innern auf sie überspringen. Er sah es in ihren geöffneten braunen Augen: eine dunkle und wilde Ekstase, etwas Profundes und Beunruhigendes und Reales, das weder er in seinem Wissen noch sie in ihrem Unwissen jemals ergründen würden; und in dieser Nacht schlief er ohne Träume.

22

Johnny führte eine Kaffeetasse an seine Lippen, mit der Hand, die getötet hatte. Das Flugzeug löste sich langam aus dem weichen, weißen Bauch der in luftiger Höhe dahinwirbelnden Wolken, und durch einen dünneren Wolkenschleier konnte Johnny das schiefergraue, gekräuselte Meer unter sich sehen. Im strahlenden Sonnenlicht glich der über das Meer huschende Schatten des Flugzeugs einem Kruzifix. Das mit weißen Schaumkronen gesprenkelte Wasser wurde blau und schließlich türkis. Wenig später konnte Johnny den Sand und das Ufer Siziliens erkennen. Das Flugzeug stieg nieder zwischen Bergen und Meer: eine Art grandioses Trugbild, das für einen kurzen Augenblick von der viel näher liegenden Realität ablenkte, von dem versengten, ausgedörrten Gestrüpp, das die Insel zu überwuchern schien.

Es war schon lange her, daß Giuseppe Di Pietro jemanden getötet und dabei gleichzeitig Herz und Hand eingesetzt hatte. Wenn er früher, in den alten Zeiten, den Gestank einer anderen Seele freigesetzt hatte, war er anschließend in die Kirche gegangen und hatte eine Kerze angezündet. Das hatte nichts mit einer Beichte oder einer Bitte um Absolution zu tun, und es galt schon gar nicht der Seele des Verblichenen, sondern geschah schlicht und einfach deshalb, weil er es schon immer so gehalten hatte. Das seufzende Kerzenlicht, eingefaßt in buntes Glas, zu Füßen des Heiligenbildes, war ein Beruhigungsmittel. Ob er einen Revolverabzug betätigt oder jemandem ein Messer durch die Kehle gezogen hatte: diese Dinge und das Anzünden der Kerze waren für ihn Arsis und Thesis einer zusammenhängenden, natürlichen Bewegung derselben Hand, etwas, das ihm im Laufe der Jahre in Fleisch und Blut übergegangen war.

Seit Abschaffung der lateinischen Liturgie war die Kirche für Giuseppe nicht mehr dieselbe wie früher gewesen. Für Giuseppe waren die Kraft der heiligen Messe und die Kraft ihres Rituals nicht voneinander zu trennen gewesen. Es war ein geheimnisvoller Ritus, in dem ganze Jahrhunderte widerhallten. Als Papst Paul VI. die geheiligte Sprache dieses Ritus durch die alltägliche, banale Ausdrucksweise der Vertreter und Nachrichtensprecher, der Politiker und Kinder ersetzt hatte, war der Ritus seiner Kraft beraubt worden. Trotzdem hatte Giuseppe weiterhin seine Kerzen angezündet. An Feiertagen wie Sankt Antonius, Sankt Patrick oder ›Unsere Madonna von Pompeii‹ war er morgens in die Kirche gegangen, hatte einen Zehndollarschein durch den Einwurfschlitz des Opferstocks gesteckt und sich eine dünne Wachskerze geholt. Doch als er eines Tages in die Kirche gekommen war und sich gerade bekreuzigt hatte, war ihm eine Entweihung aufgefallen, die ihn ein für allemal von der Kirche, wie er sie früher gekannt hatte, Abschied nehmen ließ. Die aneinandergereihten weißen Wachskerzen waren verschwunden und durch bunte, kerzenähnliche Elektroinstallationen ersetzt worden. Anstelle der sandgefüllten Schalen mit den Holzstäbchen zum Anzünden hatte jede Kerze nun ihren eigenen Kippschalter. Der Zehndollarschein war schon fast im Opferstock verschwunden, als er diese Veränderung wahrnahm. Er zog den Geldschein schnell wieder heraus und stopfte ihn zurück in die Hosentasche. Was würde wohl als nächstes kommen? fragte er sich verbittert. Würden sie die Weihrauchfässer durch Airwick-Luft-Erfrischer ersetzen? Giuseppe glaubte nicht, daß uralte heilige Sitten und Gebräuche ständig weiterentwickelt und verbessert werden sollten wie die Waschmittel und Tampons in den Supermarktregalen. Und dann dieser Polackenpapst, der in Turnschuhen durch die Weltgeschichte latschte und sich über die Zustände auf Sizilien mokierte. Fick diese Kirche, hatte er sich damals gesagt, an dem Tag, als er die Kippschalter entdeckt hatte. Fick diese Kirche, wo sie atmet!

Und so kam es, daß dem Tod des alten Tonio noch nicht einmal eine Kerze gewidmet wurde.

Das alles ging ihm durch den Kopf, als er diesem Mann gegenübersaß, der den fahlen, seelenlosen Gesichtsausdruck eines ungläubigen Priesters an den Tag legte. Sie befanden sich im Restaurant eines Hotels in der Upper East Side, in dem der priesterähnliche Mann abgestiegen war. Der Mann war siebenundvierzig Jahre alt, ein Trinker und Spieler, Veterinärmediziner in New Market, Maryland, und gleichzeitig Pathologe im Dienste der US-Army, der sich im Medical Research Institute of Infectious Diseases in Fort Detrick in Frederick, Maryland, mit Infektionskrankheiten befaßte. Seine Spielschulden in Baltimore hatten ihn nach New York und an diesen exquisiten Tisch der ersehnten Freilassung aus der Sklaverei gebracht. Gelassen nippte er an seinem Wodka-Martini.

»Dieser Laden, wo Sie arbeiten«, sagte Giuseppe. »Da soll's ja irre Sachen geben, habe ich gehört.«

Irre Sachen, in der Tat, dachte der Doktor. Der fensterlose Betonkomplex des RIID war neben dem Center for Disease Control in Atlanta der einzige Ort in den Vereinigten Staaten, wo man sich mit Viren der Biologischen Sicherheitsstufe 4 beschäftigte. Heiße Agenzien, so nannte man das dort – tödliche Viren, gegen die es keinen Impfstoff und keine Behandlungsmöglichkeit gab. Die BS-4-Viren wurden in Blutserum oder Fleischbrocken konserviert, tiefgefroren bei einer Temperatur von minus 70 Grad Celsius. Das HIV-Virus aus den Regenwäldern Zentralafrikas war als Erreger der Sicherheitsstufe 2 oder 3 klassifiziert worden. Zu den viel gefährlicheren BS-4-Erregern zählten einige andere afrikanische Viren – Lassa, Crimean-Congo, Marburg, Ebola Sudan, Ebola Zaire, Ebola Reston – und südamerikanische Viren wie Junin, Machupo und Guanarito. Ja, es stimmte, sie hatten dort irre Sachen.

»Was ist denn das schlimmste Zeug, das dort aufbewahrt wird?« fragte Giuseppe. Er strich etwas Butter auf ein Stück Brot und nahm einen Schluck Mineralwasser.

»Ebola Zaire. Dieses Virus bringt es auf eine Todesrate

von achtzig Prozent. Als es zum erstenmal auftauchte, im Herbst 1976, löschte es fünfzig Dörfer längs des Ebola-Flusses aus. Das erste Symptom einer Ansteckung sind Kopfschmerzen. Nach und nach beginnen die Opfer wie Zombies auszusehen, und sie bewegen sich auch so. Dann setzt hohes Fieber ein. Als nächstes kommt DIC, disseminierte intravasale Blutgerinnung: In der Blutbahn bilden sich Gerinnsel, Blutklümpchen, die sich überall im Körper ablagern – in der Milz, in der Leber, im Gehirn. Während diese Blutgerinnsel für eine Blockierung der inneren Organe sorgen, dringt immer mehr Blut aus den Kapillaren in das sie umgebende Gewebe. Magen und Darm füllen sich mit Blut. Und am Schluß sickert Blut, das große Mengen des Virus enthält, aus den Augen, der Nase, dem Mund, dem After und durch die Haut, aus aufplatzenden Blutergüssen. Innerhalb einer Woche tritt der Tod ein: Die Ursachen sind innere Verblutung und Kreislaufschock.«

»Und wie sieht das Zeug aus? Ich meine, eine Dosis davon?«

»Es ist ein Parasit. Ein RNA-Virus aus der Familie der Filoviridae. Wir konservieren es in tiefgefrorenen Rindersteakwürfeln.«

»Macht die Regierung aus diesem Kram Waffen?«

»Bisher nicht. Wir haben dieses Virus noch nicht vollständig analysieren können. Es ist einfach zu heiß. Das einzige, was die Ausbreitung dieses Virus in Afrika verhindert hat, war die Abgeschiedenheit der Dörfer; hätte es diesen Landstrich über das Straßennetz oder Reisende verlassen können – so wie AIDS, das ursprünglich entlang der ostwestlichen Verbindungstraße zwischen Zaire und Kenia ausbrach –, könnte es die Weltbevölkerung längst dezimiert haben. Sie werden nicht glauben, welchen Hokuspokus man über sich ergehen lassen muß, wenn man auch nur in die Nähe dieses Krams gelangen will. Über der normalen OP-Kleidung muß man einen Astronautenanzug tragen. Einen Helm. Drei Paar Handschuhe. Man muß durch eine Luftschleuse gehen. Man wird heiß abgeduscht und mit einer Envirochem-Lösung besprüht.«

»Angenommen, Sie wollten irgendein Dorf mit Ihren Rindersteaks auslöschen ... wie würden Sie das anstellen?«

»Nun, ich würde das Zeug im lokalen Ökosystem plazieren.«

»Wiederholen Sie das noch mal auf englisch!«

»Ich würde die Fleischwürfel in der Gegend verstreuen und sie auftauen lassen. Am effektivsten wäre es freilich, das Zeug in die Wasserversorgung zu werfen.«

»Beschaffen Sie mir ein halbes Pfund von diesem Fleisch.«

»Das ist doch kein Burger King! Die machen keinen Außer-Haus-Verkauf.«

»Ab heute schon«, sagte Giuseppe mit einem schroffen, verärgerten Tonfall.

Der Kellner brachte ihnen eine Flasche weißen Bordeaux und eine vor Safran strotzende, goldgelb leuchtende Meeresfrüchtesuppe. Giuseppe ignorierte den Probierschluck, den der Kellner ihm eingeschenkt hatte, und gab ihm mit einer knappen Handbewegung zu verstehen, daß er einfach ihre Gläser füllen sollte.

»Ich will Ihnen mal was erzählen«, sagte der alte Mann. »Es gibt da unten in Texas diesen Schuppen, wo sie das Plutonium für die Bomben produzieren. Jedes Jahr, wenn sie dort Inventur machen, fehlen ein paar Pfund von dem Zeug. Wenn man aus so einem Schuppen Plutonium rausschmuggeln kann, dann werden Sie doch wohl ein paar lächerliche Fleischbrocken aus Ihrem verdammten Wichsladen mitnehmen können!«

Es gab eine Zeit, da hätte es der Doktor nie für möglich gehalten, daß man einmal so mit ihm reden würde. Doch der Alkohol hatte ihm alles genommen bis auf eine würdevolle Fassade, und die Schläge und Drohungen der Männer in Baltimore hatten ihm schließlich auch die noch genommen.

»Wieviel schulden Sie denen da unten?« fragte Giuseppe.

»Siebzigtausend.« Daß er außerdem mit den Alimenten

für seine beiden Exehefrauen im Rückstand war, ließ er unerwähnt. Mittlerweile war er von Brandy und gutem Scotch auf den billigsten Wodka im Sortiment seines Schnapsladens umgestiegen.

»Sie besorgen mir dieses Fleisch, und ich sehe, was ich für Sie tun kann.«

Der Doktor nahm einen großen Schluck Wein. »Ich hoffe, Ihnen ist klar, wie gefährlich dieses Virus ist. Sie können mir glauben, ich würde alles tun, um von meinen Schulden runterzukommen. Das habe ich Ihnen ja schon gesagt. Aber wenn Sie ...« Er suchte nach einem Wort, einer Formulierung. »Wenn Sie ... Schaden anrichten wollen, könnten Sie doch auf Methoden zurückgreifen, die weniger riskant sind. Und falls Sie das Zeug weiterverkaufen wollen, also das würde ich mir gut überlegen. Ebola Zaire ist noch viel gefährlicher als eine thermonukleare Bombe. Deshalb hat die Regierung bisher noch nicht damit experimentiert. Solange man die Ausbreitung des Virus nicht kontrollieren kann, wird man damit viel mehr vernichten als bloß die Bevölkerung des Zielgebiets. Man könnte einen ganzen Kontinent vernichten, vielleicht sogar die ganze Welt. Dieses Virus ist sehr viel ansteckender als zum Beispiel AIDS, und es tötet innerhalb von Tagen, nicht von Jahren.«

Joe sagte nichts und aß ungerührt seine Suppe.

»Und natürlich dürfen Sie nicht mal im Traum daran denken, mit diesem Zeug hier bei uns, in diesem Land, herumzuspielen«, sagte der Doktor, von Joes Schweigen beunruhigt.

»Selbst wenn ich das wollte, würde Sie das einen feuchten Dreck angehen. Vielleicht brauche ich das Zeug bloß aus Sicherheitsgründen. Vielleicht denke ich, daß es niemand wagen wird, einem Mann an den Schlitten zu fahren, der diesen Scheißkram besitzt. Andererseits könnte ich auch Ihr schlimmster Alptraum sein. Vielleicht ist es mir völlig egal, ob ich die Welt mit mir ins Grab nehme. Warum regen Sie sich eigentlich auf? Erzählen Sie mir nicht, Sie hätten auch nur einen verdammten Grund zu leben.«

Der Doktor sah keine Veranlassung, mit dem lächerlichen Theater des Suppelöffelns fortzufahren. Er schob seinen Teller beiseite, rief nach dem Kellner und bestellte einen Wodka-Martini. Und das lächerliche Theater mit dem Wermut, dachte er, könnte er sich eigentlich auch gleich schenken.

»Das gefällt mir«, sagte Joe mit einem Blick auf den doppelten Wodka on the rocks, den der Kellner auf den Tisch stellte. »Ein Mann, der weiß, was er will, und keine halben Sachen macht.« Er sagte das so, als meinte er es auch, doch in Wirklichkeit hielt er sein Gegenüber für eine erbärmliche Null.

Der Doktor nahm einen Schluck Wodka. Er fuhr zusammen und preßte seine Hand an eine Stelle oberhalb seiner linken Hüfte. Jahrelang hatten sich die Schmerzen auf die Leberseite beschränkt. Doch nun hatten sie auf die Bauchspeicheldrüse übergegriffen. Der alte Teufel hatte recht. Er hatte keinen Grund zu leben. Dafür hatte er selbst gesorgt.

»Der Zug ist abgefahren, und wir haben wieder mal das Nachsehen«, sagte Peter Wang. »Ng Tai-hei ist gestern aus dem Palace abgereist und schon wieder in Hongkong. Bones und der junge Herr waren im Principe di Savoia gemeldet. Die beiden sind ebenfalls abgereist, aber nach allem, was wir wissen, noch nicht zurückgekehrt und auch nicht woanders aufgetaucht.«

Marshall nickte mechanisch, so als interessierten ihn Wangs Worte nur am Rande.

»Vor ein paar Stunden hat man Pazienza gefunden, in einer Garage in der Broome Street. Er wurde mit Säure gefoltert und anschließend erschossen. Der Typ, der ihn gefoltert hat, wurde zusammen mit ihm erschossen. Dieser zweite Mann konnte bislang nicht identifiziert werden. Keinerlei Hinweise auf den Killer.«

»Und wie paßt das in deine Apokalypse?«

»Es paßt, aber es ergibt keinen Sinn.«

»Di Pietro, Pazienza und Bones. Warum Pazienza?«

»Woher soll ich das wissen?«

»Du bist der Mann mit den Antworten.«

»Ach, stellst du etwa auch Nachforschungen über deine Kollegen an?«

»Verdammt. So wie ich die Sache sehe, läuft es auf genau das hinaus, was ich schon vor ein paar Tagen gesagt habe: Jemand nimmt uns die Arbeit ab. Das ist bloß ein weiterer Fall von steuerzahlerfreundlicher Justiz. Pazienza ist aus dem Weg geräumt. Statt deines unheiligen Trios gibt es jetzt bloß noch zwei Typen, über die wir uns den Kopf zerbrechen müssen.«

»Nein. Ich sehe immer noch drei.«

»Und wer sollte dieser dritte sein?«

»Unser junger Herr, der Abfallprinz.«

In der Hester Street stand der junge Barmann breitbeinig im Türrahmen und erklärte mit seinem besten, schulmäßigen Englisch, daß es sich bei diesem Lokal um einen privaten Club handelte. Er deutete auf die abblätternden, verwitterten Buchstaben an der Fensterscheibe, die NUR FÜR MITGLIEDER besagten.

Die beiden Männer, denen er den Weg versperrte, trugen dunkelblaue Anzüge, weiße Oberhemden und Sonnenbrillen. Einer von ihnen trug einen blau-schwarz gestreiften Schlips, der andere einen burgunderrot-schwarzen. Beide präsentierten schwarze Ausweismäppchen mit Dienstmarken, die in der Nachmittagssonne wie Platin schimmerten.

Die *cafon's* auf den altersschwachen Plastikstühlen schauten auf, gespannt und mit zusammengekniffenen Augen.

»Das respektiere ich«, sagte der Barmann, nachdem er einen oberflächlichen Blick auf die Dienstmarken geworfen hatte. »Aber Sie sind hier keine Mitglieder. Wenn ich eine Tasse Kaffee trinken will, komme ich dann zu Ihnen ins Büro? Natürlich nicht. Und hier ist's genau dasselbe.«

»Hör mal«, sagte einer der blauen Anzüge, »wir wollen ihm nur einen Gefallen tun. Wir könnten ihn ohne weiteres zu uns kommen lassen. Statt dessen kommen wir zu ihm.«

»Wenn ich Sie reinlasse, müßte ich Hinz und Kunz reinlassen.«

»Che c'e? Sono tizzuni?« Joes Stimme drang gedämpft aus dem hinteren Bereich des Clubs nach draußen auf die Straße. Was gibt's? Sind das Nigger?

Die *cafon's* brachen in schallendes Gelächter aus, und der Barmann versuchte ein Grinsen zu unterdrücken, in der Manier eines Mannes, der viel zu taktvoll ist, um unhöflich zu lachen.

Joes Stimme wehte erneut nach draußen: *»Lasciali entrare.«*

Der Barmann trat zur Seite und ließ die FBI-Agenten passieren. Joe bedeutete ihnen, sich zu setzen. Die beiden Männer drangen in die Wolke aus silbrigem Zigarrenqualm ein, die den alten Mann umgab.

»Wann haben Sie Antonio Pazienza zum letztenmal gesehen?« Wie üblich übernahm ein Agent das Reden, während der andere schwieg und als Rückendeckung und Zeuge fungierte.

»Wenn Tonio sich irgendwelchen Ärger eingehandelt hat, muß ich erst mal mit seinem Anwalt telefonieren. Vorher sage ich gar nichts. Das ist nur recht und billig. Ihn kenne ich. Sie dagegen kenne ich nicht.«

»Vielleicht wäre es besser, wenn Sie einen Bestatter anrufen. Man hat ihn vor ein paar Stunden tot aufgefunden.«

Joe schüttelte trübsinnig den Kopf, fast unmerklich, wie in resigniertem Ekel angesichts der Ungerechtigkeit des Schicksals.

»Wo sind Sie gestern gewesen?«

»Ich bin hier gewesen. Dann bin ich zum Lunch gegangen. Und anschließend bin ich hierher zurückgekommen.«

»Ich nehme an, der da drüben ist Ihr Zeuge.« Der Agent deutete auf den Barmann.

»Ja. Einer von vielen. Wie an den meisten Tagen.«

»Und wo haben Sie Ihren Lunch eingenommen?«

»Bei *Little Paulie's.*«

»Gibt es jemanden, der das bestätigen kann?«

»Wer könnte das besser als ich selbst?«

»Ich meine, jemand außer Ihnen.«

»Na klar.«

»Wer?«

»Paulie. Und diverse andere Leute.«

»Pazienza war Ihr Geschäftspartner.«

Joe nickte. Dann winkte er dem Barmann zu, er solle ihm einen Kaffee bringen. Er schloß die FBI-Männer nicht in seine Bestellung ein. Der Barmann hatte recht. Sie tranken ihren eigenen Kaffee, woanders.

»Was bedeutet sein Tod für Ihre Geschäftspartnerschaft?«

»Einen Partner weniger.« Er sah den Agenten an, als hätte er ein Kind vor sich, das schon dividieren und multiplizieren können müßte, aber noch nicht einmal addieren oder subtrahieren konnte.

»Also übernehmen Sie seinen Geschäftsanteil, oder wenigstens einen Teil davon?«

»Ich muß gestehen, daß ich nicht weiß, wie das geregelt ist.« Joe waren die semitischen Gesichtszüge des schweigenden Agenten aufgefallen. »Wir haben ein paar Juden auf der Gehaltsliste, die solchen Kram für uns erledigen.«

»Und wer steckt hinter diesem ›wir‹?«

»Die Geschäftswelt.«

»Könnte es vielleicht sein, daß ihn jemand aus diesen Geschäftskreisen umgebracht hat?«

»Könnte es vielleicht sein? Natürlich. Es könnte jeder gewesen sein, aus allen möglichen Kreisen. Sogar Sie könnten es gewesen sein.«

»Wer könnte es auf seinen Tod abgesehen haben?«

»Ich würde sagen, jemand ohne Geduld. Tonio war alt und nicht mehr ganz gesund. Über kurz oder lang wäre er auf natürliche Weise abgetreten.«

»Und Sie haben natürlich Geduld.«

Der alte Joe lächelte mild, so als wären ihre versteckten Anspielungen unter seiner Würde und nur allzu typisch für Leute ihres Schlages. »Nicht, wenn es sich um Typen wie euch handelt.«

Er bedankte sich bei den Agenten dafür, daß sie ihn aufgesucht hatten, und wünschte ihnen viel Glück bei ihrer Suche nach dem Täter. Mit dem Krückstock in der Hand begleitete er sie bis an die Tür. Als sie sich entfernten, schaute er ihnen nach.

»Und was immer ihr tut, denkt dran, daß ihr die Stadt nicht verlassen dürft«, rief er ihnen hinterher.

Die *cafon's* prusteten los, und als ihr Gelächter verebbt war, schaute Joe sie stoisch an und sagte: »Tonio ist tot. Ich will wissen, wer es getan hat.«

Asim Sau schloß die Augen und sog die erfrischende Ruhe der frühen Abenddämmerung ein. Von seinem Sitzplatz auf der hölzernen Veranda der Hmong-Hütte, die am Rande einer mit staubiger Erde und Kiefernnadeln bedeckten Lichtung tief im Wald der Provinz Tak stand, nicht weit entfernt von einer jener Teakholz- und Opiumschmuggelrouten, die das westliche Thailand mit Burma verbanden, konnte Asim Sau die Geräusche der Dschungelwälder hören: Schlankaffen und Makaden, Pfauen und Nashornvögel. Aus der Ferne wehte das Geheul der Rothunde, Schakale und Muntjakhirsche herüber, das diese immer dann anstimmten, wenn sie spürten, daß fünf oder mehr Raubkatzen in ihr Revier eingedrungen waren. In diesem Jahr hatte Asim Sau noch keinen Leoparden oder Tiger zu Gesicht bekommen. Einige seiner Soldaten hatten ganz in der Nähe ihres diesjährigen Camps ein schwarzes Leopardenweibchen mit seinen Jungen gesehen. Wie Asim Sau wußte, gab es in Gegenden, wo Leoparden frei umherstreiften, keine Tiger.

Das Kreischen des Wildschweins, das am Schlachtpfahl auf der gegenüberliegenden Seite der Lichtung hing, aufgeknüpft an den Sehnen seiner Haxen, schnitt durch das schattenhafte Gespinst der weit entfernten Waldesklänge. Asim Sau öffnete die Augen. Das Schwein war bereits geschoren und abgebrüht worden. Das Feuer aus getrockneten und harzigen Holzscheiten, Steinen und frischen Laubzweigen glühte in einem nahegelegenen Erdloch, wobei es die Luft mit seinem würzigen Duft erfüllte und die Abenddämmerung mit seiner Glut vorantrieb. Ein Soldat, der, so wie sein Herr, einen grünen Kampfanzug und schwarze Militärstiefel trug, hatte eine graue Zinkschüssel auf den Boden gestellt, direkt unter den Kopf des Schweins. Während er den kreischenden, rosaroten Kopf mit einer Hand festhielt, zog der Soldat einen Dolch aus seinem Gürtel und schnitt dem Tier die Kehle durch. Er machte einen Schritt zurück und sah zu, wie es zu zucken begann, panisch um sich schlug und schrill quiekte, während das Blut aus ihm herausschoß, in einem dicken Schwall, der die Zinkwanne erdröhnen ließ und alles im näheren Umkreis des Schlachtpfahls mit einem roten Sprühregen überzog. Als die Zuckungen schwächer geworden waren, rammte der Soldat das Messer von oben zwischen das Arschloch und den Korkenzieherpimmel des Schweines. Er öffnete das Tier, indem er die Klinge wuchtig nach unten zog, bis zum klaffenden Schlitz an der Kehle: Pralle, weiße Eingeweide plumpsten heraus, in einem baumelnden Knäuel, das an zusammengeringelte Wurstkränze erinnerte.

Asim Sau nahm einen Schluck aus seinem Whiskyglas, das mit *lâo thèuan* gefüllt war, dem klaren, hochprozentigen Dschungelschnaps aus Thailand, den er während seiner langen Jahre unter Tigern und Eingeborenen immer mehr zu schätzen gelernt hatte.

Als die Hmong in ihren weiten Indigohosen nach einem harten Arbeitstag auf den Feldern erschöpft in ihr Dorf zurückkehrten, fiel ihr Blick auf den Soldaten, der gerade das geschlachtete Schwein ausnahm. Ihre Herzen schlugen höher, denn sie wußten, daß ihr Ehrengast dieses köstliche Fleisch mit ihnen teilen würde. Ihre Abendmahlzeit aus Maiskörnern, klebrigem Reis und den scharfen Pfefferschoten, die im Volksmund *phrík khîi nũu*, Mäusedreck-Peperoni, hießen, würde zu einem opulenten Festschmaus werden.

Während der erste Soldat das Schwein bratfertig machte, kümmerte sich ein anderer um das Blut. Asim Saus Geschmack am Blut war, ähnlich wie sein Geschmack am Dschungelschnaps, im Laufe der Jahre gewachsen. Er sah zu, wie der Soldat ein kreidiges Pulver aus einer Blechdose unter das Blut rührte, ähnlich wie jemand, der Tofu aus eingeweichten und pürierten Sojabohnen herstellt. Das Pulver würde das Blut gerinnen lassen. Das geronnene Blut würde durch ein Sieb gedrückt und gepreßt und anschließend in Würfel geschnitten und mit Frühlingszwiebeln geschmort werden. Asim Sau wußte, daß man in Fujian, dem Ursprungsort dieses Rezepts, Geflügelblut bevorzugte und die Nase über Schweineblut rümpfte, doch für ihn war Wildschweinblut das wohlschmeckendste Blut überhaupt. Bevor er die Blutwürfel briet, würde der Solat eine Handvoll der rotschwarzen Kuchen beiseite legen und sie Asim Sau bringen, der es liebte, davon zu naschen, so als handelte es sich um Tofu-Häppchen.

Als das Schwein mit breiten Blättern umwickelt und im Erdofen versenkt worden war und man die Blutkuchen gepreßt und zurechtgeschnitten hatte, befahl Asim Sau einem der Soldaten, normale Straßenkleidung anzulegen. Er selbst verschwand für ein paar Minuten in der Hütte des Häuptlings. Als er wieder herauskam, trug er leichte Khakihosen und ein kurzärmliges Madrashemd. In Begleitung des Soldaten ging er zu einem Jeep, der hinter der Hütte geparkt war, und dann fuhren die beiden zu dem Waldweg, der zu der Straße führte, die sie nach Tak bringen würde. Die untergehende Sonne lag in ihrem Rücken, und als sie den schmalen Pfad entlangbrausten, wirkte die bewaldete, blühende Hügellandschaft, durch die sie fuhren – Cashewnußbäume und üppige wuchernde Beaumontia, Dattelpalmen, Fächerpalmen und Fiederpalmen, Ficus, wilde Orchideen und weiß blühende Pagodenbäume, roter Costus und Ingwer – wie bemalte Tempelseide, die sie von allen Seiten umwogte, eine Welt aus leuchtenden Schatten und goldenem, wisperndem Licht.

Lo Seng, der Fahrer, war zweiunddreißig Jahre alt. Er war ein Kind des Shan-Staats, geboren in den burmesischen Bergen, ganz in der Nähe von Asim Saus Geburtsort Loi Maw. Seit frühester Kindheit kannte er nichts anderes als Dschungel und Krieg. Im Alter von acht Jahren war er als Rekrut in das Ausbildungscamp der Vereinigten Shan-Armee Asim Saus gekommen und hatte seit Erreichen des Kampfalters von sechzehn Jahren unter Asim Saus Kommando als Soldat gedient. Damals hatte Asim Sau ein ständiges Hauptquartier im Dorf Ban Hin Taek unterhalten, nördlich von Mae Salong. Der Fahrer war dort stationiert gewesen, als der neue thailändische Premierminister, General Prem, im Sommer 1980 einen Luftangriff auf das Ban-Hin-Taek-Hauptquartier befohlen hatte. Bei diesem Bombardement wurden drei Lagerschuppen zerstört, in denen Chemikalien für die Heroinfabrik aufbewahrt wurden, doch Asim Sau war keinen Zentimeter zurückgewichen. Der Fahrer war auch achtzehn Monate später dabeigewesen, als thailändische Bodentruppen einen Großangriff auf Ban Hin Taek unternahmen. Die Kämpfe hatten zwei Wochen gedauert, und mehr als hundert Shan-Soldaten verloren dabei ihr Leben. Danach war er Asim Sau über die Grenze gefolgt, in ihr gemeinsames Heimatland Burma. Dort hatten sie erfolgreich gegen eine feindliche Allianz aus Lahu-Eingeborenen und Kommunisten gekämpft. Seit 1983 hatten sie das burmesische Grenzland unter ihrer Kontrolle, eine Region, durch die alle wichtigen Routen für Opiumkarawanen führten, und sie betrieben zehn Heroinraffinerien längs des östlichen Ufers des Thanlwin-Flusses.

Zu jener Zeit hatte es bloß noch eine ernsthafte Bedrohung für Asim Saus Herrschaft über das Goldene Dreieck gegeben: General Li, den Opiumlord der Kuomintang. Der Fahrer war mit der Aufgabe betraut worden, siebentausend Stangen Dynamit zur Detonation zu bringen, die einen Krater hinterließen, wo früher General Chiang Mais Landhaus gestanden hatte. Im folgenden Jahr waren die Mong-Tai-Armee und das Tai-Land-Revolutionskomitee mit der Vereinigten Shan-Armee verschmolzen worden. Danach hatte Asim Sau wieder Stützpunkte in Thailand und auch in Burma eingerichtet; das Hauptquartier bei Mae Salong wurde wiederaufgebaut. Anfang 1987, als eine internationale Streitmacht aus thailändischen und burmesischen Truppen das Shan-Hauptquartier in der Nähe von Mae Hong Son attackierte, war Asim Saus Armee stark genug, um den Angriff zurückzuschlagen. Sein Herrschaftsbereich erstreckte sich nun bis über den Mekong und umschloß damit auch das nordwestliche Laos.

1990, in dem Jahr, als die US-Regierung ein Kopfgeld auf Asim Sau aussetzte, kontrollierte er mehr als sechzig Heroinraffinerien, die über die drei Staaten des Goldenen Dreiecks verstreut waren. Dennoch gab es weiterhin Kämpfe um die opiumreichen Shan-Territorien, bei denen sich die Vereinigte Shan-Armee, deren Mitglieder tibetanischer Abstammung waren, und die Mon-Khmer-Eingeborenen der Wa-Nationalarmee gegenüberstanden. Asim Sau und sein Fahrer hatten noch immer den Pulvergeruch von der letzten Woche in der Nase: In der Nähe von Namsang war es zu einer bewaffneten Auseinandersetzung mit den Wa gekommen. Nach dieser Schlacht war Asim Sau hierhergekommen, in den Süden, zu den Hmong-Opiumbauern Thailands, deren Herr und Beschützer er seit langem war. Morgen würden er und seine Soldaten wieder nach Norden ziehen, in ihr thailändisches Hauptquartier in der Nähe von Mae Salong.

Lo Seng redetete seinen Herrn nach wie vor respektvoll als Bo Sau an, als seinen Herrn und Gebieter. Doch die beiden hatten viel zusammen durchgemacht, und hin und wieder, wenn sie, so wie jetzt, allein waren, nannte Seng ihn U Fu, Onkel Fu.

»U Fu«, sagte er, während sie durch die wispernden Schatten fuhren, »woran merkt man, ob eine Frau untreu ist?« Seng hatte zwei Frauen, eine in Burma, die andere, seine *ma ya nga* oder Nebenfrau, hier in Thailand. Mit der Shan-Frau, die er geheiratet hatte, als er sechzehn war, hatte er sieben Kinder, und mit der Thai-Frau, die er vor fünf Jahren geheiratet hatte, drei. Zwei seiner Söhne befanden sich im Jugendcamp der Vereinigten Shan-Armee.

Asim Sau lächelte. »Normalerweise legt sie sich eine neue Frisur zu. Und besser behandeln tut sie dich auch.« Er holte einen mit Blättern umwickelten Blutkuchen aus seiner Hemdtasche und nahm einen Bissen.

»Und was ist, wenn sie, seitdem du sie kennst, beim Fikken einfach nur so dagelegen hat wie eine Tote? Doch eines Abends kommst du nach vielen Monaten im Dschungel nach Hause, und sie schlingt ihre Beine um dich und hämmert ihr Becken gegen deinen Körper, daß es nur so klatscht?«

»Das, denke ich, würde noch mehr verraten als eine neue Frisur.«

»Was würdest du tun? Würdest du sie töten?«

»Sei kein Idiot! Wer soll sich dann um die Kinder kümmern? Abgesehen davon beweisen diese neuen Körperverrenkungen gar nichts, das kannst du mir glauben. Heutzutage unterhalten sich die Frauen über solche Sachen. Die propagieren das als eine Methode, ihre Ehemänner an sich zu fesseln und sich selbst Befriedigung zu verschaffen. Wir leben in einer Zeit, in der Frauen und Huren viel gemeinsam haben. Ehefrauen glauben in ihrer Einfalt, daß uns die Lust auf andere Luder vergeht, wenn sie uns das Luder vorspielen.«

»Meine Frau kennt das aber nicht bloß vom Hörensagen. Sie hat darin Übung. Ich merke den Unterschied. Man könnte das damit vergleichen, wie ein Junge zum erstenmal eine Waffe lädt und schießt und wie er nach einigen Jahren lädt und schießt. Das ist das gleiche.«

»Also ist sie eine verdammte Hure. Na und? Das ist nicht deine Schuld. Sie wird ihre Töchter schon nicht zu Huren machen. Darüber solltest du dir nicht den Kopf zerbrechen.« Er drehte sich zu Seng und lächelte: »Da müssen die von ganz allein draufkommen.«

»Ich wollte sie umbringen. Und den Hund, der sie gefickt hat, auch. Wer immer er sein mag. Doch ich habe nichts gesagt. Und ich habe ihr nichts getan.«

»Dann bist du ein weiser Mann. Verschwende deine Rache nicht an eine Frau. Wenn deine Kinder erwachsen sind und deine Frau alt und verkalkt ist und von dir Reis und ein Dach über dem Kopf haben will, dann kannst du es ihr heimzahlen. Gerechtigkeit verlangt Geduld. Rache ist eine spirituelle Angelegenheit. Wenn daraus eine Passion wird, frißt sie dich auf. Ich warte schon seit Jahren darauf, gewisse Männer zu beseitigen, aber ich warte in aller Ruhe, ohne jede Ungeduld. Das kommt daher, daß ich meinen Seelenfrieden nie von jemand anderem abhängig mache, weder von seinem Wohlergehen noch von seiner Vernichtung. Wenn du haßt, verarmst du bloß dein eigenes Leben, nicht das Leben desjenigen, den du haßt.« Er steckte sich eine Zigarette an. »Frauen sind dazu da, uns Vergnügen zu bereiten, nicht Schmerzen. Wenn du Frauen weh tust, befleckst du auf gewisse Weise deine eigene Stärke. Laß ihnen doch einfach ihre Launen – am Ende werden sie sich ohnehin nur selbst weh tun. Wir kommen aus dem Bauch der Frauen. Nur ein Dummkopf kriecht wieder dorthin zurück, um zugrunde zu gehen.« Asim Sau rauchte eine Weile still vor sich hin, dann lächelte er wieder. »Erinnerst du dich noch daran, wie man euch aus den klassischen Büchern vorgelesen hat, als ihr ins Kampfalter gekommen seid? Weißt du noch, was Kong Tse gesagt hat? ›Mit Frauen und Dienstboten ist am schwierigsten auszukommen.‹«

Jetzt fühlte Seng sich besser. Nachher würde er das geröstete Schwein unbeschwerten Herzens genießen können. Während er weiter in Richtung Tak fuhr, fragte er sich, ob er eines Tages auch so weise sein würde wie sein Onkel, Herr und Gebieter.

Sie verließen die Mahat Thai Bamrung Road, die Hauptstraße des kleinen Orts Tak, und fuhren zum *Sa-nguan Thai Inn* in der Taksin Road. Asim Sau kletterte aus dem Jeep, und Seng fuhr zurück zur Mahat Thai Bamrung Road, um auf dem Markt gegenüber vom Mae Ping Hotel Vorräte einzukaufen. Im Sa-nguan Thai empfing man Asim Sau wie einen König. Der Besitzer holte ihm ein Glas schwarzen Tee aus dem im Erdgeschoß gelegenen Restaurant und ließ ihn dann allein in dem winzigen Büro, wo das Telefon des Lokals wie ein Götze mitten auf einem kleinen Teakholztisch thronte.

Als Ng Tai-hei den Anruf in seinem Haus auf dem Victoria Peak entgegennahm, sagte Asim Sau: »Ich bin's« und zündete sich eine Zigarette an.

»Wie läuft deine Missionsarbeit?« fragte Ng Tai-hei.

»Besser, als wir erwarten konnten. Ich denke, wir können uns auf viertausend neubekehrte Seelen freuen.«

»Herzlichen Glückwunsch«, sagte Ng mit entzückter Stimme. Viertausend Tonnen, das wäre die größte Ernte, die sie je eingefahren hatten.

»Und wie ist es bei dir gelaufen?«

»Mein Trip war ein voller Erfolg. Bleib am Apparat. Ich werde dir gleich alles erzählen.«

Ng legte den Hörer auf und ging in sein Arbeitszimmer. Er nahm den Hörer des Telefons auf seinem antiken Schreibtisch in die Hand und beugte sich vor, um den Kippschalter eines schwarzen Kästchens zu betätigen, das zusammen mit anderen elektronischen Geräten auf einem Regalbrett stand. Er drückte den Hörer an sein Ohr und hörte ein Geräusch, ungefähr wie das Vibrieren einer Stimmgabel: Ein starker Stromstoß huschte durch die Leitung und ließ auf seinem Weg alle eventuell vorhandenen Abhörvorrichtungen durchschmoren. Ng Tai-hei glaubte nicht, daß seine Telefonleitungen angezapft wurden, doch er ging lieber auf Nummer Sicher.

»Also«, sagte Asim Sau, »wie ist es in Italien gelaufen?«

»Sie glauben, daß wir bloß hundertfünfunddreißig Tonnen auf Lager haben. Dafür werden sie uns neunhundert Millionen zahlen. Zusätzlich besorgen sie uns die Waffen, die du verlangt hast. Zwei Mi-24, zwei Amraams, hundert Stingers, drei Kilo angereichertes Uran. Und außerdem noch die Köpfe von Saw Win und Song Leekpai. Ihre zehnprozentige Anzahlung ist bereits eingetroffen. Einundneunzigeinhalb Millionen. Weitere sechzig Prozent werden fällig, zusammen mit den Waffen und Attentaten, wenn die Ware verladen ist.«

»Und wann wird die Ware abgeschickt?«

»Bayùe.« Beim ersten Atemzug des Augusts.

»Und ankommen tut sie ...?«

»Nie.«

»Es läuft also alles wie besprochen.«

»Genau. Das Schiff wird auf hoher See mitsamt der Ladung in die Luft fliegen. Uns bleiben sechshundertdreißig Millionen. Und die Waffen. Außerdem wird unsere Position in Myanmar und Thailand beträchtlich verbessert sein. Und wir haben noch die zwanzig Tonnen Heroin, von denen sie nichts wissen.«

»Hundertfünfunddreißig Tonnen zu verlieren, einfach so, das ist kein Pappenstiel.«

»Stimmt. Aber die eigentlichen Verlierer werden die anderen sein. Sechshundert Millionen Dollar, und dazu kommen noch dreihundert Millionen in Gütern und Dienstleistungen. Das ist fast eine Milliarde Dollar. So einen Verlust kann niemand auf dieser Welt einfach so wegstecken. Sie werden Bankrott machen. Sie werden machtlos dasitzen, und wir werden noch reicher sein und außerdem diese zwanzig Tonnen haben, die wir auf dem günstigsten Anbietermarkt absetzen können, den wir je erlebt haben. Wir werden glücklich sein. Chinatown wird glücklich sein. Die Welt wird ein viel angenehmerer Ort sein als vorher.«

»Unsere goldene Sonne wird noch viel heller erstrahlen.«

Ng Tai-hei kamen diese Worte irgendwie bekannt vor. Er hatte vergessen, daß er sie auf dem Erntebankett im Frühjahr von sich gegeben hatte. Wahrscheinlich hatte er sie ohnehin irgendwo gestohlen, aus einem der alten Bücher, die die anderen Regalbretter in seinem Arbeitszimmer füllten.

»Alles Gute, mein Freund«, sagte Asim Sau.

»Meine Gebete werden dich begleiten«, sagte sein Freund.

Asim Sau legte tausend Baht in buntem Papiergeld unter eine Ecke des Telefons. Er lehnte sich zurück, steckte sich den Rest seines Blutkuchens in den Mund und spülte ihn mit einem Schluck Tee hinunter.

Wie, so fragte er sich, konnte ein Mann, der irgendwo im tiefsten Dschungel saß, wissen, daß ihm ein in Mailand ausgehandelter Preis wahrheitsgetreu übermittelt worden war, unbeeinträchtigt von versteckter Gier oder gar ordinärer Betrügerei? Sie waren seit über zwanzig Jahren Brüder. Und in all diesen Jahren war es nie vorgekommen, daß ihr brüderliches Band zu *xìnrèn*, der Treue und dem Vertrauen von Dummköpfen, degeneriert war.

23

Palermo wirkte auf Johnny wie eine Art Newark am Meer: eine schmutzige, abstoßende Arabeske aus Müll und Staub. Die vorherrschende Lebensmaxime schien hier, so wie zu Hause, *strepo, ergo sum* zu lauten: Ich lärme, also bin ich. Der Ort präsentierte seine zweitausendjährige Geschichte wie einen trostlosen Nachlaß, wie eine schwarze Kruste. Mailand hatte ihn fasziniert. Palermo ekelte ihn an.

Doch dieser Ekel verflog, und an seine Stelle trat Faszination. Die schwarze Kruste dieser Stadt verbarg etwas, eine Art ewiges Geheimnis, das man nie verstehen würde, sondern bloß erahnen konnte. Die Stadt Palermo hatte, wie ganz Sizilien, der Vergewaltigung durch alle möglichen Völker widerstanden – Phönizier und Griechen, Römer und Araber, Deutsche, Franzosen und Spanier –, indem sie zu einer Kreatur wurde, die selbst vergewaltigte. Unter den endlosen Wellen der Fremdherrschaft lag die wahre und unergründliche Seele dieser Kreatur, eine fest verwurzelte, unheilvolle Aura. Es war diese beinahe mit Händen greifbare Ausstrahlung, die in Johnnys Ohren zu flüstern begann, gedämpft, verlockend wie Sirenengesang.

Er konnte sie auch in den Augen von Avvocato Signorelli erkennen, als dieser in der Bar Il Gattopardo des Grand Hotel et Des Palmes Johnny und Louie gegenübersaß. Er war ein großer, kräftig gebauter Mann in den Sechzigern. Die schütteren Haare auf seinem Schädel waren perlgrau und weiß. Er trug braune Krokodillederschuhe, einen beigefarbenen Sommeranzug, einen hellgelben Schlips und einen beigefarbenen Strohhut, den er beim Betreten der Bar vom Kopf genommen hatte. Gemeinsam gingen sie um die Ecke zur Trattoria a' Cuccagna, wo man, wie Johnny von Louie und dem Rechtsanwalt einhellig versichert wurde, *si mangiava sempre bene*, immer gut aß. Der Geschäftsführer, der Signorelli wie einen alten Stammgast begrüßte, führte sie mit stolzgeschwellter Brust zu einer offenen Vitrine, in der man das Tagesangebot an frischen Meeresfrüchten ausgebreitet hatte: Körbe mit kleinen, silbrig schimmernden Sardellen, Krebsen und Seeigeln, mehrere Hummer und ein riesiger Schwertfisch, dessen Augen so klar waren, als würde er noch leben. Johnny, Louie und der Rechtsanwalt suchten sich etwas davon aus. Anschließend gingen sie zu dem langen Buffet und häuften sich gegrillte Paprika und Broccoli, kalten Tintenfisch und Zucchini auf ihre Teller. Sie setzten sich an einen großen Tisch im hinteren Bereich des Lokals, den ein Kellner schon mit einer Flasche Acquabaida-Mineralwasser, Brot und Wein gedeckt hatte.

»Ich habe gehört, daß Signor Raffa in einer Holzkiste nach Hause kommen wird.«

Johnny sagte nichts. Louie sagte nichts. Beide wunderten sich darüber, daß Signorelli Englisch mit einem leichten britischen Akzent sprach.

»Ich freue mich, daß Sie sicher hier angekommen sind. Manchmal scheint es, als würde es auf dieser Welt mehr Tod als Leben geben. Natürlich verschwindet dieses Gefühl sofort, wenn man zu einem guten Mahl Platz genommen hat. Dieses Lokal hier, *à Cuccagna*, gibt es seit über zwanzig Jahren. Und in all den Jahren hat mich das Essen hier noch nie enttäuscht. Nichts Ausgefallenes, sondern einfach nur Essen.« Er wandte sich an Louie. »Stimmt's?« Louie nickte. »Ich muß allerdings gestehen«, fuhr der Anwalt fort, »daß ich noch nie einen Blick auf die Speisekarte geworfen habe. Womöglich ist das, wie so oft, schon das ganze Geheimnis.«

Er sprach nicht mehr, bis er sein Antipasto gegessen und sein erstes Glas Wein getrunken hatte. Und als er wieder anfing, war der Plauderton aus seiner Stimme verschwunden.

»Unser Freund wird Sie morgen empfangen«, sagte er.

Der Kellner brachte ihre gegrillten Schwertfischsteaks,

die mit Olivenöl, Zitronensaft und Pfeffer angemacht waren. Er servierte ihnen auch einen Teller mit den kleinen Sardellen, die im Naturzustand fritiert worden waren und ein goldbraunes Knäuel bildeten, das an ein Vogelnest erinnerte.

»Wie lange kennen Sie ihn schon?« fragte Johnny eher beiläufig als neugierig.

»Er ist mein Vater.«

Johnny und Louie waren von diesen Worten völlig überrascht, ließen sich aber nichts anmerken.

»Er war fast noch ein Junge, als er mich gezeugt hat, ordnungsgemäß verheiratet. Ich bin sein einziger Sohn geblieben. Er hat für meine Ausbildung gesorgt. Rom, Genf, London. Er hat mir beim Aufbau meiner Praxis unter die Arme gegriffen. Es dauerte nicht lange, bis sich diese Praxis ausschließlich mit der Abwicklung seiner weltlichen Geschäfte befaßte.« Er lächelte, doch in seinem Lächeln lag etwas Hartes, Trauriges. »Er hat immer gesagt: ›Ich hätte nie einem Rechtsanwalt vertrauen können. Ich mußte mir meinen eigenen machen, und zwar von Grund auf.‹ Natürlich übersteigen meine Pflichten die eines Anwalts bei weitem. Er erledigt praktisch nichts persönlich. In den letzten dreißig Jahren bin ich der einzige Mensch gewesen, der überhaupt seine Unterschrift zu Gesicht bekommen hat. Die Ironie an der Sache ist, daß mir meine Arbeit im Prinzip schleierhaft ist. Sie enthält ein großes Element an Abstraktem. Damit will ich sagen, daß ich mich mit vielen unbekannten Faktoren beschäftige. Ich addiere *x* und *y* und erhalte *z*, doch ich weiß nur in den seltensten Fällen, was sich tatsächlich hinter dem *x*, dem *y* und dem *z* verbirgt. Ich nenne das versiegelte Größen. So will er es haben, und so hat er es schon immer haben wollen. Das ist besser für mich und auch besser für ihn. Sobald zwei Leute etwas wissen, sagt er, ist es kein Geheimnis mehr. Man könnte sagen, daß meine Praxis in der Tat äußerst privat ist. Normalerweise rede ich nicht über diese Dinge. Doch ich bin überzeugt, daß Sie außergewöhnliche Männer sind. Es kommt nicht allzuoft vor, daß er sich mit jemandem trifft.«

»Erzähl ihm, was Vincenzo gesagt hat.« Louie grinste.

»Er sagte, Ihr Vater würde nur Leute zu sich bestellen, um mit ihnen zu reden oder um sie umzubringen.«

Der Anwalt schnaubte verächtlich und schüttelte den Kopf, als hätte man ihm irgendein abgedroschenes Altweibergewäsch aufgetischt. »Na ja, Signor Raffa wird sich deshalb wohl nicht mehr den Kopf zerbrechen müssen.«

Die Männer aßen und tranken. Nach einer Weile sagte Louie: »Sie müssen ihn besser kennen als jeder andere Mensch.«

Der Anwalt reagierte darauf, als sei auch das nur Altweibergewäsch. »Ich war zwölf, als ich erfuhr, daß er mein Vater ist. Danach war er lange Jahre wie ein Fremder für mich. Doch im Laufe der Jahre sind wir uns immer näher gekommen. Man könnte sagen, daß wir so manches *x*, *y* und *z* geteilt haben.«

»Wissen Sie, warum wir hier sind?«

»Nein.«

»Damit wären Sie der Dritte im Bunde«, sagte Louie.

»Also, wenn er jemanden zu sprechen wünscht, dann ist das nicht meine . . .«

Er suchte nach einem Wort, aber schließlich benutzte er doch die Wendung, die er eigentlich hatte vermeiden wollen. »Er ist nicht meine Sache, zu wissen, warum. Ich muß lediglich dafür sorgen, daß die Verabredung stattfindet.«

Die Worte des alten Anwalts brachten Johnny ins Grübeln. Wieviel wußte er denn über die Sache, auf die er sich eingelassen hatte? Sicher, er kannte das Spiel, die Spielzüge und die Einsätze. Doch gleichzeitig argwöhnte er immer wieder, daß seine Position ein wenig ptolemäisch war, daß dieses Spiel, diese Spielzüge und diese Einsätze nicht das Zentrum jener Welt bildeten, die er nun betreten hatte, sondern bloß ein rotierendes Element im Rahmen einer viel größeren Kosmologie des Bösen waren, deren wirkliche Dimension und deren himmlischen Mechanismus er weder überblicken noch verstehen konnte.

Als sie nach dem Lunch ohne ein bestimmtes Ziel die Via Roma hinunterschlenderten, fragte Johnny Louie, wo ihr Platz sei. Er formulierte das so leidenschaftslos, als hätte er danach gefragt, wo sie sich gerade befänden.

»Was meinst du damit?« fragte Louie, den linken Mundwinkel zu einem feinen Lächeln hochgezogen.

»Den großen Zusammenhang.«

»Den großen Zusammenhang? Den Sinn des Lebens? Du willst den Sinn des Lebens wissen? Schnapp dir den Ball und zisch ab: Das ist der Sinn des Lebens.«

Johnny lachte leise. Die Straßen um sie herum zogen sich zurück in die schläfrige Ruhe und Leere des Nachmittags.

»Erzähl mir was über dieses Leben. Ich meine das, in dem wir stecken«, sagte Johnny, wobei er mit rechtem Winkel aus Daumen und Zeigefinger auf den Boden des Hier und Jetzt zeigte. »*La malavita.* Oder wie immer du es nennen möchtest.« Er hatte noch nie gehört, daß Louie, oder jemand wie Louie, das Wort ›Mafia‹ in den Mund genommen hatte. Und Johnny war es auch egal, wie man es nannte. Doch er wollte wissen, wo er war und was er war. Er fand, daß ihn das Blut, das in Mailand auf sein Hemd gespritzt war, dazu berechtigte, eine ungeschminkte Erklärung zu verlangen und in bestimmte Dinge eingeweiht zu werden.

»Essiri dà vita«, sagte Louie mit einem Seufzen. »Früher hat es was bedeutet, an diesem Leben teilzuhaben, unserer Sache anzugehören. Sicher, die Zeitungen und das Fernsehen, die sprechen noch immer von dieser Familie oder jener. Doch diese Tage sind längst vorbei. Die Familien sind tot. All diese Typen mit ihren protzigen Ringen und extravaganten Anzügen . . . das ist alles nur Fassade. Dahinter steckt nichts als Stroh und Holzwolle. Das FBI, die Zeitungen, das Fernsehen. Die sind es, die das Bild der Jungs im heutigen Amerika bestimmen. Ein Haufen Publicity, aber kein *potere*. Die alten Knaben sind verschwunden oder satt. Denen ist alles scheißegal. Typen wie dein Onkel sind selten geworden. Die glauben noch an bestimmte Sachen. Die haben noch Werte. Aber das ist eine aussterbende Rasse. Wenn du also wissen willst, ob ich so

was wie einen Titel oder eine bestimmte Position oder was in der Art habe – so wie man es aus der Zeitung oder dem Fernsehen kennt –, dann muß ich das verneinen. Vielleicht stufen dich die FBI-Bullen irgendwie ein. Die mögen so 'ne Scheiße. Ich habe vergessen, wie sie mich nennen, aber es ist ein Wort, das ich noch nie aus dem Mund eines Itakers gehört habe. Das kannst du mir glauben. Verpaß dir selbst 'n Titel. Manche Typen fahren auf so was ab. Ich zum Beispiel, ich bin Boß des *baccaus*. Das ist mein Thron, die verdammte Klosettschüssel. Und du kannst mein Unterboß sein.«

Mittlerweile waren die Straßen menschenleer. Johnnys leises Lachen und das Geräusch ihrer Schritte waren alles, was sie hören konnten. Sie bogen südlich in die Via Albanese ein, Richtung Meer.

»Und wie soll ich diese Sache mit den Schlitzaugen verstehen? Klar, ich weiß, ich bin der Neffe meines Onkels und so weiter. Aber warum gerade ich? Ich bin doch ein Niemand.«

»Wenn du denkst, er habe dir 'n Knochen oder so was hingeworfen, dann vergiß das schnell wieder. Er hat an dich geglaubt. Er hat dir vertraut. Diese *citrul's*, die tagein, tagaus im Club rumhängen, die warten auf einen Knochen. Aber glaub mir, das hier, das ist kein Knochen.«

»Aber wie fühlst du dich dabei? Du könntest diese Sache doch auch ohne mich durchziehen.«

»Paß mal auf. Ich bin mittlerweile zu alt für diese Scheiße. Du hingegen bist ein vielversprechendes Nachwuchstalent auf dem Weg nach ganz oben, sozusagen der kommende Mann. Du hast die Kraft der Jugend. Du bist ein Fleischfresser, wie er im Buche steht. Bei diesem verdammten Treffen in Mailand, da habe ich mir doch nur den Hintern platt gesessen. Du hast die Sache ganz allein gedeichselt.«

Louies Worte ließen Johnnys Herz höher schlagen. Doch er fragte sich, ob er sie deshalb anzweifelte, weil er sie nicht glaubte oder weil er noch mehr davon hören wollte. »Ich meine, wir reden über ein paar hundert Millionen, ach was, über Milliarden, und diese Typen hören zu. Die hören einem wie mir zu!«

»Wieso nicht? Hast du Minderwertigkeitskomplexe oder so 'n Scheiß?«

»Manchmal, wenn ich so darüber nachdenke, habe ich den Eindruck, wir würden die Welt aus den Angeln heben. Das Ganze kommt mir einfach nicht real vor.«

»Das ist es aber.«

»Und wenn wir die Sache hinter uns haben, dann nehmen wir uns einfach das Geld und steigen aus?«

»Jetzt muß ich *dich* mal was fragen. Als du gestern morgen in Mailand aufgewacht bist, hast du da Gewissensbisse gehabt?«

Gestern war er zum ersten Mal als Mörder aufgewacht. Er hatte seinen Abzugsfinger an die Lippen geführt und den Geruch der Hure wahrgenommen, die in der letzten Nacht bei ihm gewesen war. Er war ein bißchen benommen gewesen, keine Frage. Doch gleichzeitig hatte er sich zuversichtlich gefühlt, und stark.

»Nein. Warum?«

»Nur so. Ich denke, ich sollte dir mal erklären, wovon du dich lossagen kannst und wovon nicht.«

»Das verstehe ich nicht.«

»Nun, ein Bursche, der essen und schlafen und lachen und ficken und töten und sich selbst ins Gesicht sehen kann, der kann sich von allem lossagen.«

»Aber werden sie das zulassen?«

»Was soll das? Hast du einen Vertrag unterschrieben oder so was?«

Hin und wieder hörte Johnny im Schlaf noch immer Tonios Gemurmel: ». . . *d'u sangu unu e medesimu . . . un onuri luntanu da chiddu degli'autri omini . . .*«

»Ich habe eine Menge Geschichten über Leute gehört, die Ärger bekommen haben, weil sie aussteigen wollten.«

»Was für Ärger?«

»Na ja, sie wollen dich nicht aussteigen lassen.«

»Glaubst du etwa auch an Werwölfe und silberne Kugeln? Ich muß dir mal was sagen, Johnny: Du kannst dich in diesem Leben von allem lossagen, außer von deinen Versprechen. Von den Versprechen, die du deinen Freunden gibst, von denen darfst du dich nie lossagen. Wenn du das machst, bist du so gut wie tot. Aber was alles übrige betrifft, da bist du dein eigener Herr. Die Frage ist nur, ob du überhaupt aussteigen möchtest.«

»Scheiße. Bei den Summen, über die wir hier sprechen, wer würde da nicht aussteigen wollen?«

»Du würdest überrascht sein. Das ist alles relativ. Ein junger Bursche, der noch nie im Leben hundert Dollar gehabt hat, der denkt, daß tausend Dollar ein Vermögen sind. Aber wenn er erst mal die tausend hat, dann ist das für ihn ein Fliegenschiß. Dann will er zehntausend. Und immer so weiter. Ein Typ kann vor zehn Jahren den besten Fick seines Lebens erlebt haben. Trotzdem glaubt er, daß der beste erst noch kommt. Ich hab' mal gedacht, wenn ich 'ne Million hätte, würde ich die Füße hochlegen und einer dieser gottverdammten Müßiggänger werden ... faul in der Sonne sitzen, wie König Faruk, und auf den Rest der Welt scheißen. Aber das ist nicht so. Das ist alles relativ. Und ich werde dir noch was verraten. Geld macht süchtig. Wie alles andere auch. Sex, Alkohol, Drogen, Glücksspiel. Es gibt 'ne Geldsucht. Ehrlich, du würdest überrascht sein.«

Als sie sich dem Meer näherten, erhob sich zu ihrer Linken eine massive Festung aus hellen, verwitterten Steinquadern. In den Wachtürmen und auf den Wällen sahen sie Wächter, die graue Uniformen und blaue Käppis trugen und mit Maschinengewehren bewaffnet waren. Vor dem gewaltigen Eisentor, auf einem verdorrten Stück Rasen, stand ein Panzerspähwagen, aus dessen Geschützturm der lange Lauf eines schweren Maschinengewehrs ragte. Daneben standen mehrere olivgrün gekleidete Soldaten mit schwarzen Käppis und roten Halstüchern. Es gab *poliziotti* mit graublauen Hosen, dunkelblauen Jacken und Käppis. Auch sie waren mit Maschinengewehren bewaffnet. Und es gab mit Pistolen bewaffnete *carabinieri* mit schwarzen, auf Hochglanz polierten Stiefeln und schwarzen Uniformen, an denen rote Biesen und Litzen prangten.

»Da«, sagte Louie. »*La casa grande*. Uccardione. Der Großpapa aller Knäste. Hast du jemals was von Don Vito Cascio Ferro gehört?«

Johnny schüttelte den Kopf.

»Das war der erste große *padron'*. Ihm gehörte ganz Westsizilien. Er ist hier im Uccardione gestorben, in den zwanziger Jahren. ›*Vicaria, malattia e nicissitati, si vidi lu cori di l'amicu.*‹ Er konnte weder schreiben noch lesen, dieser Don Vito, aber er ließ sich diese Worte an die Wand seiner Zelle schreiben: Im Gefängnis, in der Krankheit und in der Not erkennt man das Herz eines Freundes.«

Sie setzten sich auf eine Bank an der kleinen Piazza Uccardione, gegenüber der südwestlichen Ecke des Gefängnisses. Hinter der Via Francesco Crispi lagen die Kais und Wellenbrecher, und dahinter glänzte das Tyrrhenische Meer.

»Unser Freund oben in den Hügeln, der ist noch aus diesem alten Holz geschnitzt, aus demselben wie Don Vito. Aber dieser Don Vito soll ein eleganter Knabe gewesen sein, ein Mann von Welt. Die Aristokratie, die feine Gesellschaft Palermos, die Herzöge und Herzoginnen, die haben ihn geradezu vergöttert. Er hat sich gekleidet wie einer von ihnen. Trug einen Frack und ließ sich einen langen weißen Bart wachsen. Man erzählt, daß sein Barbier die abgeschnittenen Barthaare Don Vitos aufgehoben und an einen Amulettmacher verkauft hat. Unser Freund Don Virgilio ist anders. Nach allem, was ich weiß, ist er kein Salonlöwe oder so was. Ihm reichen seine Hügel. Piana degli Albanese wurde früher Piana dei Greci genannt. Damals lebte da ein Bursche namens Don Ciccio Cuccia. Das war Don Virgilios Onkel. Eines Tages, das muß 1924 gewesen sein oder so, kam Mussolini in die Stadt. Das war im Jahr der faschistischen Machtergreifung. Mussolini wollte sich die albanischen Volkstänze ansehen. Don Cheech sagte ihm, er könne getrost auf seine *shirri*, seine Bullen, verzichten. Er, Don Cheech, sei das Gesetz, die einzige Leibwache, die er dort brauche. Mussolini wußte, daß Don Cheech die Wahrheit sagte, und das war der Beginn seines Krieges gegen *la mafia*.«

Johnny wußte, daß in seinen Adern *albanese* Blut floß. Einmal, als er noch ein kleiner Junge war, hatte er mit einigen älteren Jungen an einer Straßenecke herumgelungert. »Was hast du bei den verdammten Itakern verloren?« hatte sein Onkel von der anderen Straßenseite herübergerufen. »Los, komm hierher, zu den *albanes'*, wo du hingehörst.« Natürlich hatte der alte Mann nur Spaß gemacht. Ihre Blutlinie war seit dem fünfzehnten Jahrhundert, seitdem ihre Vorfahren dem osmanischen Herrschaftsbereich entflohen waren, italienisch gewesen. Dennoch hatte er sich die Worte seines Onkels gemerkt, und er teilte dessen Abscheu gegenüber den, wie er es nannte, berufsmäßigen Itakern.

»Was, glaubst du, ist passiert?« fragte Johnny. »Dieser Anruf meines Onkels? Diese überraschende Wende in Mailand?«

»Etwas in diesen alten Knochen sagt mir, das hat was mit Tonio zu tun.«

»Glaubst du, er will uns aufs Kreuz legen?«

»Das würde mich nicht überraschen.«

»Aber wir ziehen doch am selben Strang. Er und mein Onkel. Diese Sache haben sie doch gemeinsam ausgeheckt.«

»Wie ich bereits gesagt habe: Diese Scheiße ist wie 'ne Seuche. Eine gottverdammte Sucht ist das. Du kletterst mit 'ner hübschen Braut ins Bett, und wenn du morgens aufwachst, zeigt ein gottverdammter Pimmel auf deinen Kopf. Vertrauen ist immer ein verhängnisvoller Fehler. Und wenn jemand auf dieser verdammten Welt behauptet, du kannst nicht ohne Vertrauen leben, also, auf den ist was geschissen. Man steigt in ein Flugzeug und vertraut dem Piloten. Man bestellt sich eine Tasse Kaffee und vertraut dem Affen, der das Zeug zubereitet. Vertrauen, wo du auch hinschaust. Noch so eine verdammte Seuche. Scheiß auf AIDS! Die sollten sich lieber ein Mittel gegen das Vertrauen einfallen lassen. Dieses Scheißvertrauen, das bringt viel mehr Leute um.«

Wem vertraute Johnny? Louie. Seinem Onkel. Willie Gloves. Und Diane? Nein. Wie konnte er einer Frau vertrauen, die ihm nicht vertraute. Aber warum sollte sie ihm auch vertrauen? Scheiß drauf! Er hatte seit jenem Moment der Schwäche, kurz nachdem er auf den Abzug gedrückt hatte, nicht mehr an Diane gedacht. Er wollte nicht wieder damit anfangen. Scheiß auf sie und ihre verdammten Parkettabzieher!

»Es ist so, wie wir neulich abend gesagt haben«, fuhr Louie fort. »Du mußt vorbereitet sein, vorbereitet und auf alles gefaßt. Du mußt darauf gefaßt sein, deinen eigenen Vater umzubringen, deinen besten Freund. Denn es könnte der Tag kommen, wo sie das nicht mehr sind, und wenn du auch nur eine Sekunde zögerst, bist du vielleicht derjenige, der dran glauben muß. Du oder sie. So einfach ist das. Wer zögert, ist verloren. Das hat mein Vater immer gesagt.«

»Meiner auch.«

»Vermutlich sagen sie das alle.«

»Meiner war ein Verlierer. Und deiner?«

»Ein Verlierer von Anfang an. Hast du jemals einen Schneider mit 'nem Tatterich gesehen? Ungelogen! Ich habe deinen Vater gekannt. Meiner war schlimmer.«

»Wer zögert, ist verloren. Ich glaube, er hat gezögert.«

Sie bummelten zum Hotel zurück, wobei sie sich einen Weg durch ein Gewirr enger Straßen und Gassen bahnten, das sie wieder auf die Via Roma zurückführte. In seinem Hotelzimmer öffnete Johnny die Fenster und Rolläden und ließ die Nachmittagsbrise mit den hauchdünnen, langen Vorhängen spielen. Gestern, bevor er begonnen hatte, durch das trostlose, schwarze Mascara auf dem verhärteten Gesicht Palermos hindurchzusehen, war ihm dieses große, hohe Zimmer und dieses alte Hotel schäbig und wie eine Gruft vorgekommen. Nun fand er es einladend. Es kam ihm vor wie ein fantastisches Reservat, das einer längst verschwundenen Noblesse Zuflucht gewährte, wie ein Refugium altehrwürdiger Sitten, deren Aura, unter ihrer Stola aus Kultiviertheit und abgewetzter Eleganz, ihn auf gewisse Weise an die Atmosphäre jenes verwunschenen Restaurants in der 116th Street erinnerte. Er lehnte sich durch den vorhangumfluteten Fensterrahmen, blickte hinunter auf die Via Roma und sah zu, wie unten die heiße Sommerbö durch die Wedel der großen Palme fuhr.

Johnny hatte sich in seinem bisherigen Leben nirgendwo zu Hause gefühlt. Niemals, an keinem jener melancholischen Oktobertage, die das Echo seiner Geburt heraufbeschworen, hatte er das Gefühl gehabt, es gäbe für ihn so etwas wie ein Zurück zum Ursprung, einen Herzensort, einen trostspendenden Platz, zu dem er heimkehren könnte, sei es tatsächlich oder auch nur in Gedanken. Er konnte noch immer die Stimme seiner Großmutter hören, die ihm die kleinen Gipsfiguren einer Weihnachtskrippe erklärt hatte, die Weisen aus dem Morgenland, den Esel, das Jesuskind und die übrigen. Es war das erste Weihnachten, an das er sich zurückerinnern konnte, und gleichzeitig mit der Stimme seiner Großmutter konnte er fühlen, wie die flanellene Bettwäsche seine Haut umschmeichelt hatte. Wo war seine Mutter? Oder sein Vater? Er wußte es nicht. Das einzige, was zu ihm durchdrang, war die Traurigkeit jener Figürchen in ihrer illusionären Krippe. Ein paar Jahre später war die Stimme seiner Großmutter verschwunden, und mit ihr die Krippe und die Bilderbuchfamilie. Doch die Traurigkeit war geblieben, und es hatte lange gedauert, bis er ihren Ursprung begriff: In jenem billigen, bemalten Gips, in jenem flüchtigen Zauber großmütterlicher Liebe hatte er mehr häusliche Geborgenheit gefunden als in der Krippe seiner eigenen zerrütteten Kindheit, und diese Erkenntnis hatte bei ihm ein Gefühl des Verlusts hinterlassen, das ihn an jedem zukünftigen Weihnachtsfest, und in so mancher warmen Nacht, heimsuchen sollte. Sein Stern von Bethlehem führte nirgendwohin. *Star light, star bright.* Sein Vater hatte ihm einen alkoholumnebelten Reim gegeben. Sein Onkel hatte ihm einen Chemiebaukasten und Bilderbücher geschenkt. Und all das hatte irgendwie zu einem Gedicht über den Tod geführt, das er weggeworfen hatte, wie die Jahre selbst; hatte irgendwie zu jener Brise geführt, und an diesen Ort.

Als er sich vom Fenster zurückzog und still aufs Bett legte, überkam ihn ein seltsames Gefühl: Dieser unbekannte Ort kam ihm wie ein Zuhause vor.

24

Bob Marshall hatte etwas vor, das er schon öfters praktiziert hatte, in den Tagen, als er noch als einfacher Drogenfahnder die Straßen abgeklappert hatte: Er nannte es seinen Kartentrick.

Von einem SAC wurde erwartet, daß er seine Arbeit am Schreibtisch verrichtete und sich höchstens bei publicityträchtigen Verhaftungen in der Öffentlichkeit zeigte. Er sollte beaufsichtigen, nicht selber aktiv werden. Man konnte ein Problem nicht angemessen beurteilen, wenn man Teil des Problems war. So lautete die Devise. Doch in diesem Fall brannte er darauf, das siebte Siegel persönlich zu knacken. Niemand, nicht einmal Peter Wang, würde von dieser Sache erfahren, bis er sie erfolgreich hinter sich gebracht hätte.

Es war ungefähr zwei Uhr nachmittags, als er in Brooklyn ankam. Er trug Blue jeans, ein dunkles Hemd und ein Leinenjackett. Ohne zu zögern, drückte er auf den Klingelknopf.

»Wer ist da?« Die wie ein U-Bahnlautsprecher klingende Sprechanlage verwandelte Diane Di Pietros Stimme in ein schrilles Plärren.

»Bob Salerno.«

»Müßte ich Sie kennen?«

»Ich bin ein Freund von Johnny. Aus der Gewerkschaft.«

»Und was wollen Sie?«

»Ich muß mit Johnny sprechen.«

»Der ist nicht da.«

Eine alte Frau, die sich mit einer vollen Einkaufstüte abschleppte, betrat das Foyer des Mietshauses. Sie schloß die zweite Tür auf und watschelte in Richtung Treppe. Perfekt! Wenn er ihr nicht durch die offene Tür folgte, würde man ihn für einen anständigen, ehrlichen und vertrauenswürdigen Zeitgenossen halten.

»Dann muß ich mit Ihnen sprechen.«

»Worüber?«

»Also, wenn Sie mir nicht trauen, können Sie ja zu mir runterkommen.«

Der Türsummer krächzte asthmatisch. Marshall drückte die Tür auf und stieg die Treppe hoch. Diane erwartete ihn. Sie musterte ihn über die Sicherheitskette, die den Türrahmen mit dem Türpfosten verband.

»Darf ich reinkommen?«

»Ich kenne Sie doch gar nicht.«

»Dasselbe könnte ich auch sagen.« Er lächelte sie an. Er sah, daß ihre Augen rot und verquollen waren, so als hätte sie geweint. Dann stieg ihm ein leichter Marihuanageruch in die Nase, und er sah, daß sie ein Weinglas in der Hand hielt. Sie trug eine pfirsichfarbene Seidenrobe.

»Ich habe keine Ahnung von diesem Gewerkschaftskram«, sagte sie. »Und überhaupt. Wenn Sie ein Freund von Johnny sind, dann müßten Sie doch wissen, wo er ist.«

»Er ist in Italien. Aber wir wissen nicht, wie wir ihn dort erreichen können.«

Da steckte er also. In Italien. Dieser Salerno wußte mehr als sie. Neapel sehen und sterben, du verdammter Hundesohn!

»Ich muß mir erst was anziehen«, sagte sie mit gleichgültiger Stimme. Ein paar Minuten später kehrte sie zurück. Sie war in einen Baumwollrock, eine weiße Bluse und Espadrillen geschlüpft. In der Hand hielt sie ein frisch gefülltes Weinglas. Frostig bat sie ihn herein.

Er setzte sich auf die Couch. Sie nahm gegenüber von ihm Platz, in dem Polstersessel, der in der Nähe der Spinnenpflanze am Fenster stand.

»Ich vermute, Johnny hat Ihnen von dem Ärger erzählt, den wir im Moment haben«, sagte er.

»Wie ich bereits gesagt habe: Ich weiß absolut nichts über die Gewerkschaft.« Er kam ihr irgendwie anders vor als die Bekannten ihres Mannes, die sie bisher kennengelernt hatte. Er schien sauberer, kultivierter. »Erzählen Sie Ihrer Frau von Ihrem Gewerkschaftsjob?«

»Ich habe keine Frau.« Er lächelte sie wieder an. Die Art und Weise, wie er das gesagt hatte, fand sie, hatte etwas Süßes. Seine Stimme hatte nicht glücklich, sondern fast schon bedauernd geklungen. Doch Moment mal! Warum trug er dann einen Ehering?

Er bemerkte, wie sie auf seine Hand blickte. Der Ring war mittlerweile so mit ihm verschmolzen, daß er ihn überhaupt nicht mehr wahrnahm. Warum hatte er ihr eigentlich gesagt, er sei nicht verheiratet? Es war ihm einfach so herausgerutscht. Vielleicht lag es daran, daß er zu lange am Schreibtisch gesessen und den Kontakt zur Straße verloren hatte.

»Ich nehme an, den hat Ihnen Ihre Mutter geschenkt«, sagte sie.

»Das ist eine lange Geschichte«, sagte er. »Und keine besonders angenehme.« Der Kleiderschrank stand bestimmt im Schlafzimmer, dachte er. Er mußte bloß die Zeit überbrücken, bis sie pissen ging. Angesichts der Geschwindigkeit, mit der sie den Wein in sich hineinschüttete, müßte es bald so weit sein.

»Wie lange kennen Sie Johnny?« fragte sie.

»Ein paar Jahre.« Aufgedunsene Augen oder nicht, sie war eine hübsche Frau. Wie zum Teufel kamen diese verdammten Scheißhausratten immer zu diesen gutaussehenden Bräuten?

»Ist er Ihr Boß?« Sie bemerkte, daß er verstohlen auf ihre Beine schielte. Es gefiel ihr. Sie hatte ihre Beine erst an diesem Morgen rasiert. Sie fuhr mit der Hand über ihr Knie und ihr Schienbein. Ihre Haut fühlte sich glatt und kühl an, wie Elfenbein.

»Ach, hat er das gesagt? Ich meine, daß er mein Boß ist?« Sie stand auf, ging in die Küche und schenkte sich noch ein Glas Wein ein. Sie bot ihm auch eins an. Er sagte nicht nein. Als sie wieder ins Wohnzimmer kam, stellte sie ihren besten Gang zur Schau, jenen sanft wiegenden Hüftschwung, den sie sich als Teenager in alten Jeanne-Moreau-Filmen abgeguckt hatte. Es kam ihr vor, als würde sie einen Jungen aus der Nachbarschaft aufreizen, als würde sie sich mit backfischhafter Freude beweisen, daß sie noch immer den Männern den Kopf verdrehen konnte, daß die apathischen Ehejahre und die alternden Zellen ihre Verführungskraft nicht beeinträchtigt hatten. »Haben Sie gewußt, daß er sein eigenes Apartment hat?«

Sie fragte sich, ob Johnnys Kollegen ahnten, wie er wirklich war, was für ein mieser Scheißkerl er war.

Mist, dachte Marshall. Richtige Kirche, falsche Sitzbank! »Ich denke, das ist Ihre Sache. Etwas, das nur Sie und Johnny was angeht.«

»Genau. Ich habe einen Mann geheiratet. Und jetzt habe ich bloß noch seine Klamotten. Das ist nämlich der einzige Grund, aus dem er hier in letzter Zeit aufkreuzt.«

Volltreffer! Richtige Kirche, richtige Sitzbank.

»Und seine Bücher. Die Bücher habe ich auch noch. Seine Klamotten und seine Bücher, die leisten mir Gesellschaft. Das klingt wie aus einem schlechten Schlager.«

Er warf einen Blick auf das Bücherregal: die kleinen, grün eingebundenen Bücher mit griechischer Lyrik, die rot eingebundenen mit lateinischer ... Dante ... Geschichte des Altertums ... *Die schlechten Päpste*, Machiavellis *Discorsi* und *Verheiratet mit einer Lesbenschlampe*. Er war verblüfft.

»Sind das alles seine? Hat er die alle gelesen?«

»Ja, früher. Ist aber schon eine Ewigkeit her.«

»Ich bin beeindruckt.« Womit zum Teufel hatte er es hier zu tun? Vielleicht mit der gefährlichsten Sache überhaupt: einem hellen Kopf.

»Und wo ist diese andere Wohnung?«

»Das müssen Sie ihn fragen.«

Diane schlug ihre Beine übereinander, so daß ihr rechter Knöchel auf dem linken Knie ruhte. Während sie von ihrem Wein nippte, verengte sie ihre gesenkten Augen und überprüfte, ob dieser Elfenbeinwilderer noch immer ihre Beine taxierte. Hätte Johnny sich überhaupt die Mühe gemacht, einen Blick auf ihre Beine zu werfen? Manchmal dachte sie, daß er eine Frau erst dann für eine Frau hielt, wenn ihre Beine in Nylons steckten, wie Fleisch, das in eine Wurstpelle aus billigem Kunstdarm gestopft war. Aber machte es ihr überhaupt noch etwas aus, ob er sie ansah oder nicht? Vom Bauch abwärts war sie für ihn tot. Vom Bauch abwärts war sie, bis zu diesen letzten paar heißen Tagen, tot gewesen, und damit basta. Sie dachte an ihren alten Panabrator. Er hatte schon vor langem den Geist aufgegeben. Sie trank ihr Glas leer, ging in die Küche, wobei sie ihr Becken wieder in jene sanft wippenden Beischlafbewegungen versetzte. Sie entkorkte eine neue Flasche. Marshall hatte seinen Wein kaum angerührt. Sie steckte sich einen Joint an, sog daran und fragte ihren Besucher, ob er mitrauchen wollte.

»Im Moment nicht.« Herr im Himmel, diese Braut mußte eine Blase haben wie ein Kamel! Er löste seine Augen von ihr. Sie erregte ihn. Er hatte Mary noch nie betrogen. Doch sosehr er sie auch liebte, es gab gewisse Sachen, vor denen er im Bett zurückscheute, besonders in letzter Zeit, seit das Baby unterwegs war. Er fragte sich, wie es wohl mit dieser hier sein würde. Würde sie solche Sachen machen?

Diane hatte Jill gesagt, daß sie sie um drei Uhr anrufen würde. Sie wollten zusammen ins Kino gehen. Scheiß drauf! Das hier war besser als jeder Film. Wann war sie das letzte Mal mit einem Mann allein in dieser Wohnung gewesen? Ließ man die Handwerker außer acht, nie. Doch sie sollte es nicht auf die Spitze treiben. Sie hatte ihren Spaß gehabt. Sie wünschte sich, sie hätte noch ihren Panabrator.

»Also, was wollten Sie mir eigentlich sagen?«

»Wenn ich Ihnen etwas anvertraue, könnten Sie dann Johnny anrufen und ihm meine Nachricht durchgeben?«

»Wie kommen Sie darauf, daß ich ihn erreichen könnte?«

»Ruft er denn nicht an?«

»Ich hab' noch nicht mal 'ne Ansichtskarte bekommen.«

»Na ja, dann hat es natürlich keinen Sinn, Sie darum zu bitten. Ich warte einfach, bis er wieder im Lande ist. Wenn Sie nichts dagegen haben, werde ich meinen Wein austrinken und ihm eine kurze Nachricht hinterlassen.«

Der verschlossene Umschlag mit der Nachricht steckte

in seiner Jackentasche. Sie lautete: *Hat dir dein Glückskeks in Mailand was Schönes prophezeit?* Doch inzwischen hatte er sich vorgenommen, Johnnys andere Adresse herauszubekommen und den Brief dorthin zu schicken. Jetzt kam es ihm nur noch auf den Kartentrick an. Mit ein bißchen Glück würde es schon klappen.

»Meinetwegen.« Keuchend zog sie an ihrem Joint. Sie fragte sich, warum sie dieses Scheißzeug überhaupt rauchte: Am Ende lief es immer darauf hinaus, daß sie zu grübeln begann, über ihre Kinderlosigkeit oder all die Situationen, in denen Johnny sie verletzt hatte. Wie oft in den Jahren ihrer Ehe war er wohl mit einer anderen Frau allein gewesen? War er jemals ein Gentleman gewesen, so wie sein Freund hier? Scheiße. Johnny mußte noch nicht mal allein mit ihnen sein: Er trieb es mit ihnen auf öffentlichen Toiletten in irgendwelchen Kneipen! Es war gut möglich, daß er genau in diesem Moment irgendeine Schlampe fickte.

Marshall nippte an seinem Wein und betrachtete den Kunstdruck an der Wand. »Nettes Bild.«

Sie reckte ihren Hals, machte ein paar Schritte zurück und starrte auf das Bild.

»Johnny sieht das anders.«

»Wieso?«

»Es macht ihn eifersüchtig.«

»Das versteh' ich nicht.«

»Sie verstehen Johnny nicht. Aber, wie Sie ja schon gesagt haben, das geht niemanden etwas an.« Sie hatte genug. Ihre Laune verschlechterte sich zusehends. Sie wollte allein sein.

»Würde es ihn eifersüchtig machen, wenn er wüßte, daß ich hier war?«

»Nein.« Ach, scheiß drauf! Sie drehte sich um, sah ihm direkt in die Augen, ging noch einen Schritt auf ihn zu und fühlte etwas Animalisches in sich emporsteigen. »Aber das hier würde es.« Sie packte seine Hand, schob sie unter ihren Rock und drückte sie an ihren Oberschenkel.

Das ist doch lächerlich, dachte er. Doch seine Schwellkörper regten sich wie bei einem Jungen. Er stand auf, ließ seine Hand höher rutschen und legte den Arm um ihre Taille, während er sich erhob. Ihr Nacken entspannte sich, und sie schob ihm ihren geöffneten Mund entgegen, wobei sie das Pulsieren in seiner Hose deutlich an ihrem Unterleib spürte. Sie griff danach, streichelte es, packte es und fuhr mit ihrer Zunge in seinem Mund herum. Er schob seine Hand unter ihren Baumwollslip und ließ seine Finger vom weichen Fleisch ihres Hinterns in die Wärme zwischen ihren Schenkeln gleiten. Als er bemerkte, daß sie klitschnaß war, entfuhr ihm ein Stöhnen, sanft und tief, ein allmählich abklingendes, alle Hemmungen von sich werfendes Geräusch.

»Willst du mich ficken?« flüsterte sie ihm ins Ohr. Er fühlte diese Worte eher, als daß er sie hörte: Klänge, die eher ihrem Atem als ihrer Stimme zu entspringen schienen. Sie spürte, wie sein Herz gegen ihren Busen hämmerte.

Er würde sie nicht ficken können. Das könnte er Mary nicht antun. Nein, das war Quatsch. Natürlich könnte er Mary das antun. Doch er konnte es sich nicht erlauben, erwischt zu werden. Weiß der Himmel, welche Krankheiten ihm diese Schlampe vielleicht anhängen würde. Nein. Vergiß es! Was er auch machte, es würde eine untilgbare Lüge ins Gewebe ihrer Ehe flechten. Würde er mit dieser Lüge leben können? Vielleicht sollte er sich einen blasen lassen. Könnte man davon AIDS bekommen? Oder sie könnte ihm einen runterholen. Warum nicht? Mary mochte weder das eine noch das andere.

»Ich bin gleich wieder zurück«, sagte sie.

Er wartete, bis sie die Badezimmertür hinter sich geschlossen hatte, dann zog er seine Schuhe aus und huschte ins Schlafzimmer. Aus seiner Jackentasche holte er einen kleinen Stapel DEA-Visitenkarten und stopfte sie in die Taschen von Johnnys Anzügen, Jacketts und Mänteln. Er ging zurück ins Wohnzimmer und stellte sich vor die Badezimmertür.

»Los, gib mir deinen Slip«, sagte er jungenhaft.

»Wieso? Willst du daran schnüffeln? Geilt dich das auf?« Sie saß auf der Klosettschüssel und putzte sich die Zähne. Dabei grinste sie vor sich hin, mit dem Gesichtsausdruck einer Katze, die mit einer Maus spielt.

»Ja.«

Die Tür ging einen Spaltbreit auf. Er nahm den Baumwollslip aus ihrer Hand.

»Aber spritz nicht gleich rein. Warte auf mich.«

Der Slip roch nach ihren Säften und war im Schritt völlig durchnäßt. Er wickelte ihn um eine Visitenkarte, ging zurück zum Schlafzimmerschrank und steckte beides sauber und ordentlich zusammengefaltet in die Innentasche eines schwarzen Kid-Mohair-Anzugs. Das würde diesem Arschloch den Rest geben!

Johnny, so dachte er sich, war das jüngste, das verwundbarste, das am wenigsten abgebrühte Mitglied des Trios – das schwächste Glied in der Kette. Wenn man dieses Glied erschütterte, würde es vielleicht brechen. Marshalls Glaube an psychologische Kriegsführung hatte sich in der Vergangenheit oft bezahlt gemacht. Er hatte schon größeres Wild ins Bockshorn gejagt als diesen Müllprinzen aus Brooklyn. Hätten drüben, im anderen Zimmer, nicht all diese Bücher gestanden, hätte er kaum an der Wirksamkeit seines Kartentricks gezweifelt. Aber was wäre, wenn der Müllprinz, so wie Marshall, das Kapitel aus der *Discorsi* kannte, dessen Überschrift ›In der Kriegsführung ist Betrug rühmlich‹ lautete? Was wäre, wenn er die Kaltschnäuzigkeit besäße, dieses Täuschungsmanöver als das zu nehmen, was es war: als Provokation, als unruhestiftendes Reizmittel, das man entschärfen konnte, indem man es einfach ignorierte? Aber wer würde schon so kaltschnäuzig sein?

Er war noch immer im Schlafzimmer, als sich plötzlich die Badezimmertür öffnete. Hastig riß er sich die Jacke vom Leib und warf sie aufs Bett. Dann begann er sein Hemd aufzuknöpfen.

»Was hast du mit meinem Slip gemacht?« fragte sie. Sie trug ihre pfirsichfarbene Seidenrobe.

»Das ist mein Geheimnis.«

»Erzähl's mir. Ich will es wissen.« Ihre Stimme senkte sich zu einem Flüstern. »Hast du ihn geküßt?« Sie machte seinen Gürtel auf und öffnete mit beiden Händen den Reißverschluß seines Hosenstalls. »Komm, erzähl's mir.«

Sie nahm ihn bei der Hand, legte sich aufs Bett und zog ihn zu sich herab. Sie würde ihn nicht ficken können. Ja, sie wollte ihn noch nicht einmal ficken. Sie wollte sich selbst befriedigen, während er sie in den Mund fickte. Aber betrunken oder nicht, einen fremden Schwanz würde sie nicht zwischen ihre Lippen lassen. Jetzt, wo sie darüber nachdachte, fragte sie sich, was das Ganze überhaupt sollte.

Er hatte sein Vorhaben in die Tat umgesetzt. Warum stand er nicht einfach auf, pißte seinen Ständer weg und sah zu, daß er von hier weg kam?

»Schlägt er dich?« fragte er.

»An so was darfst du nicht mal denken«, schnappte sie zurück.

»So war das nicht gemeint. Ich war einfach nur neugierig.«

Was wäre, wenn dieser Schwanzlutscher sie grün und blau schlagen würde, nachdem er die Visitenkarten gefunden hatte? Und die Sache mit dem Slip war vielleicht doch ein bißchen übertrieben gewesen. Ach was, scheiß drauf! Dieser Typ will mit dem Feuer spielen. Soll er sich doch die Finger verbrennen! Aber was war mit ihr? Was, wenn er sie deshalb windelweich schlagen würde?

Er hörte ein leises, schmatzendes Geräusch. Sie machte es sich selbst! Ihre Atemzüge wurden schwerer, unterdrückt und enthemmt zugleich.

»Komm auf meinen Titten«, sagte sie stöhnend. Sie wiederholte diesen Satz immer wieder, wie eine Gebetsformel. Was würde Johnny machen, wenn er davon erfahren würde? Würde er ihn umbringen? Würde er sie umbringen? Sie stellte sich vor, daß Johnny über ihnen stand, ihnen zuschaute und dabei wütend masturbierte, wie ein eingesperrtes, in die Enge getriebenes Tier.

Marshall kniete sich über sie, spielte mit ihren Brüsten und beobachtete, wie sich ihr Gesicht verzerrte. Sie öffnete die Augen und sah zu, wie er seinen Schwanz streichelte. Ihre Hand bewegte sich immer ungestümer.

»Jetzt!« Sie begann zu stöhnen, tief und ausdauernd, und während er beobachtete, wie sie unter ihm zu zucken begann, erbebte er und spritzte den heißen, dickflüssigen Saft aus seinem Schwanz auf ihre Brüste, an ihrem Hals vorbei und über ihre Schultern. Sie schrie nach Gott, dann erschlaffte sie und lag keuchend da. Selbst durch den narkotisierenden Schleier des Weins hindurch haßte sie sich. Noch nie in ihrem Leben hatte sie sich vor einem Fremden derart gehen lassen. Was war bloß in sie gefahren? Vorher hatte sie sich mies gefühlt. Jetzt war ihr zum Heulen zumute.

Marshall nahm seine Kleidung und verdrückte sich in das andere Zimmer. Er fühlte sich beschissen. Als Agent war er hierhergekommen, und als Vollidiot würde er sich davonschleichen. Wir alle sind verdammte Tiere, ohne Ausnahme, sagte er sich. Als er sich angekleidet hatte, ging er zurück ins Schlafzimmer und sah auf sie hinunter.

»Ich denke, dieser Nachmittag sollte unser kleines Geheimnis bleiben«, sagte er.

Sie sagte nichts. Was hätte sie auch sagen sollen?

Als er wieder in seinem Büro war, setzte sich Marshall an seinen Computer und begann damit, Daten über Giuseppe und Johnny Di Pietro, den verblichenen Antonio Pazienza, Louie Bones, Ng Tai-hei und die Triade 14K in das Dateiverzeichnis einzugeben, das er ›Apokalypse‹ getauft hatte. Als Mary um acht Uhr abends anrief, war er immer noch im Büro. Bis dahin hatte er sich schon dreimal die Hände gewaschen. Bevor er nach Hause fuhr, wusch er sie sich ein viertes Mal.

25

Johnny war an der nordwestlichen Ecke der Piazza Ruggero Settimo stehengeblieben, um sich umzuschauen. Zu seiner Linken und hinter seinem Rücken erhoben sich Berge. Zu seiner Rechten lag das Meer. Er beschloß, geradeaus zu gehen, über den mondänen, schattigen Boulevard Viale della Libertà. Auf diese Weise hatte er den Giardino Inglese entdeckt.

Gleich hinter der Piazza Crispi tauchte der Englische Garten vor ihm auf, wie ein Schlag ins Gesicht seiner voreiligen Abqualifizierung Palermos als ein Newark am Meer. Dort hatte er die letzte Stunde des Sonnenlichts verbracht. Er war über die gewundenen Fußwege spaziert, umgeben von riesigen Palmen und Kakteen, blumenübersäten Grashügeln und dem üppigen Grün der Bäume. Hier und da hatten sich alte Männer zusammengesetzt, um *tarocchi* oder Poker zu spielen. Und überall – rings um den Springbrunnen, auf Parkbänken inmitten blühender Büsche, unter Bäumen und auf den Rasenflächen – waren Liebespaare zu sehen. Von der Fleischeslust der Jugend bis zur Geldgier der Älteren: diese weitläufige grüne Oase gewährte jedem einen Zipfel des Paradieses. Johnny entdeckte eine freie Bank, knapp außerhalb des Schattens des wohl ungewöhnlichsten Baumes, den er je gesehen hatte, einer riesigen, uralten Platane, deren Wurzeln sich im Lauf der Jahrhunderte aus der Erde gegraben hatten und den gewaltigen Baumstamm gen Himmel hievten, auf einem verschlungenen Wirrwarr massiver Venen, die sich wie ein Knäuel laokoontötender Schlangen vom Boden emporwanden.

Irgendwo in seiner Nähe erklang ein zartes, helles, mädchenhaftes Gekicher, so süß, daß es mit dem Vogelgesang ringsum verschmolz. Es waren die Klänge der Liebe, und sie zauberten ein Lächeln auf Johnnys Gesicht. Er lehnte sich zurück, schloß die Augen und hob sein Gesicht in den Sonnenuntergang.

Hier, wie schon vor ein paar Tagen in den öffentlichen Gärten Mailands, fiel es ihm leicht, sich der Brise und der Schönheit des Augenblicks hinzugeben. Er stellte sich vor, dasselbe in New York zu versuchen, im Prospect Park oder auf dem Washington Square, umringt von Ghetto-Blastern und Niggern, die mit Rauschgift dealten. Die Vorstellung ließ ihn grinsen, nicht so sehr wegen ihrer Absurdität, sondern wegen seines Glücks, hier sein zu dürfen und nicht dort. Hier, wo er sich auf so seltsame Art zu Hause fühlte.

Ein Eichhörnchen huschte vorbei. Dabei scheuchte es ein paar Spatzen auf, die die Flucht ergriffen und im Blattwerk der großen Platane verschwanden.

In Momenten und an Orten wie diesen pulsierte das Blut in Johnnys Gehirn ruhig. Seit über einem Jahr war er nicht mehr betrunken gewesen, und als er so dasaß, im gleißenden Licht der untergehenden Sonne und in der friedlichen Stille des Englischen Gartens, verflüchtigte sich der angestaute Druck jener langen Monate der Selbstbeherrschung in der Brise.

Der Alkohol hatte ihn beinahe umgebracht. Er hatte nicht einmal gemerkt, wie man ihn nach seiner letzten Sauftour ins Lenox Hill Hospital eingeliefert hatte. Als er sein zittriges Bewußtsein wiedererlangt hatte, trug er einen Bart und kniete in einem am Rücken offenen Nachthemd auf dem kalten Krankenhausfußboden, einen intravenösen Katheter im Handgelenk, der ihn mit einem fahrbaren Infusionsständer verband, völlig versunken in das Studium der Herstellerplakette am Fußende seines Bettes, so als handelte es sich dabei um den verlorenen Schlüssel zum okkulten Geheimwissen der Menschheitsgeschichte: MODELL NR. 68. VOLLAUTOMATISCHES BETT. HILL-ROM COMPANY INC., BATESVILLE, INDIANA.

Er hatte sich aufgerappelt und war durch die Korridore gewankt, den Infusionsständer im Schlepptau, um die Krankenschwester mit dem roten Gürtel zu suchen. An die mußte er sich halten, soviel hatte er mitbekommen. Er konnte sich nicht mehr erinnern, wie er hierhergekommen oder welche Jahreszeit es war, doch daran erinnerte er sich: Ob Tag- oder Nachtschicht, die Krankenschwester mit dem Schlüssel zum S-4-Schränkchen war für die Ärzte an ihrem roten Gürtel zu erkennen. Im S-4-Schränkchen wurden die Narkotika und Barbiturate weggeschlossen. Bekäme er diesen Schlüssel in die Hände, könnte er sich eine Dröhnung verpassen und wieder dorthin zurückkehren, wo es ihm am besten gefiel: ins Vergessen. Wie aber könnte er den Schlüssel kriegen? Er würde ihr Honig ums Maul schmieren oder ihr den Infusionsständer über den Schädel ziehen; irgendwie mußte er es jedenfalls schaffen.

Als er sie schließlich gefunden hatte, wußte er, welche Jahreszeit es war. Man hatte ihn vom Tropf genommen und auf Librium und Folsäure gesetzt. Die Ärzte wollten alles über seine Trinkgewohnheiten wissen. Er hatte ihnen nichts verheimlicht: Entweder er trank, oder er trank nicht; zu den Lauwarmen gehörte er nicht. Er konnte monatelang gar nichts trinken, nicht einmal ein Glas Wein. Dann wieder trank er zwei oder drei Monate lang ununterbrochen. Sobald er wach wurde, fing er mit dem Trinken an und aß gerade genug, um am Leben zu bleiben, und schließlich trank er nur noch, tage- oder auch wochenlang, ohne feste Nahrung zu sich zu nehmen, so lange, bis er einfach nicht mehr trinken konnte; und dann, unter Aufbietung all der Willenskraft und Energie, die ihm noch geblieben war, machte er einen Entzug, mit eiskaltem Bier. Danach litt er und wartete darauf, daß sich sein Körper regenerierte. Sie wollten wissen, wieviel er am Tag konsumierte. Ein Dutzend Bier oder Bloody Marys, um den Magen zu beschwichtigen und die Nerven zu beruhigen. Mindestens eine Flasche Scotch, in der Regel eher mehr. Eine Flasche Wein, wenn er etwas aß. Fünf oder sechs Brandys. Weiß der Himmel, was sonst noch alles. Sie sagten ihm, daß er Glück gehabt hätte und daß schon geringere Alkoholmengen jüngere Körper als den seinen für immer außer Gefecht gesetzt hätten. Das war ihm nicht neu gewesen. Die Leute in seinem Bekanntenkreis, die genausoviel getrunken hatten wie er, waren längst tot. Er hatte zugesehen, wie sie einer nach dem anderen abgetreten waren. In seinen Stammlokalen war ›Rat mal, wer gestorben ist!‹ eine alltägliche Begrüßungsfloskel gewesen.

Seine Leber, hatten sie ihm erklärt, sei in einem schlimmen Zustand. Er hatte sich nicht nur eine Gastritis, sondern auch eine Gastroenteritis zugezogen. Er litt an Unterernährung, Polyneuropathie und alkoholbedingter Myopathie. Doch er lebte. Das mußte an dem albanischen Ziegenblut in seinen Adern liegen, hatte Johnny gedacht.

Als er aus der Klinik entlassen wurde, hatten ihm die Ärzte nahegelegt, zu den Anonymen Alkoholikern zu gehen. Doch schon bald hatte er deren Gruppensitzungen für pures Theater gehalten. Das fing schon damit an, daß die meisten Leute, die sich dort blicken ließen, nach seiner Einschätzung nie wirklich getrunken hatten. Sie kamen zu den Meetings, so argwöhnte er, wie andere in Kneipen gingen oder wohltätige Kirchenarbeit machten: um Gesellschaft zu haben. Für manche schienen die AA ein Lebensersatz zu sein, ein Mikrokosmos mit seiner eigenen Mythologie, Hierarchie und Sprache, ein Zufluchtsort, wo solche Menschen aufblühten und gediehen, die die Zuwendung, Liebe und Selbstbestätigung, nach der sie sich sehnten, anderswo nicht bekommen konnten. Für andere wieder schienen die AA eine Art Gegensucht zu sein, die nicht Stärke, sondern Schwäche hervorrief. Indem sie sich von Säufern zu Alkoholikern hochstilisierten, von jämmerlichen Versagern zu leidenden Seelen, schienen sich die gar nicht so anonymen Anhänger der AA in Überheblichkeit und Selbstmitleid zu suhlen: Sie taten, als befänden sie sich im Würgegriff einer schweren Krankheit. So entwickelten sie sich zu Snobs, zu arroganten Stammtischphilosophen, die dem Suff eine illusionäre Würde verliehen, indem sie ihn mit dem Begriff Alkoholismus belegten. Johnny hatte beobachtet, wie seine Mutter langsam und unter großen Schmerzen an Krebs verfault war. So etwas war in seinen

Augen eine Krankheit! Gab es irgendeine Krankheit, die mit dem Willen beeinflußt werden konnte? fragte er sich. Andererseits hatten die AA nicht viel übrig für Willensfreiheit. Ihr Credo der eigenen Ohnmacht und der blinden Unterwerfung unter eine triste Gottheit der Säufer garantierte die Abstumpfung der Seelen, das Abtöten der Willenskraft, das Auslöschen all dessen, was eine uralte Weisheit als den heroischen Funken bezeichnete. Bestimmt hatten in den Jahrhunderten vor Gründung der AA mehr Menschen der Flasche abgeschworen als danach. Mit ihrem diktatorischen Beharren auf endlosen Meetings, Indoktrination und Bekehrung leugneten die AA, daß es Männer und Frauen gab, deren Kräfte durch die Zwänge und Vorgaben der Konformität gemindert und nicht gestärkt wurden, die keinen Trost darin fanden, sich mit anderen zusammenzusetzen, die verkümmerten und nicht auflebten, wenn sie ihr Schicksal anderen Menschen offenbaren sollten. Wie bei jeder anderen Religion oder Sekte lautete die Botschaft der AA: Es gibt keinen anderen Weg. Und diese Botschaft war für Johnny schon immer ein rotes Tuch gewesen. Es war schon schlimm genug, einer Kirche anzugehören, deren autoritäres Schwert seit beinahe zwei Jahrtausenden Blut vergossen hatte, doch einer Sekte anzugehören, deren Geschichte gerade einmal sechzig Jahre zurückging, auf einen eingebildeten Fatzke namens Bill, das war einfach grotesk. Und so hatte es nicht lange gedauert, bis Johnny den Ratschlag der Ärzte ignoriert hatte. Doch sein kleines achtundvierzigseitiges AA-*Treffpunkte in New York* hatte er noch eine ganze Weile behalten, als eine Art neuzeitliche Variante des New Yorker *Tenderloin 400 Blue Book*: ein rund um die Uhr benutzbares, fünf Stadtteile abdeckendes ›Wo die Mädels sind‹.

Den Ärzten und den Stammbesuchern der AA-Meetings war Johnnys Trinkerei ein Rätsel geblieben. Andere Säufer wurden von Impotenz befallen. Dieses Problem hatte Johnny nie zu schaffen gemacht: Von Myopathie behindert, von Unterernährung entkräftet, an der Schwelle des Todes herumlungernd, konnte er jederzeit einen

Mordsständer bekommen, selbst für eine von oben bis unten vollgekotzte Kneipenschlampe. Andere Trinker hatten von ihrer Unfähigkeit erzählt, es bei einem Drink bewenden zu lassen. Johnny hatte sich noch nie, kein einziges Mal in seinem Leben, vorgenommen, bloß einen Drink zu sich zu nehmen. Sein Ziel war schlicht und einfach Betrunkenheit, und er wußte von vornherein, daß ihn die Betrunkenheit am Ende packen und erst dann wieder loslassen würde, wenn das Vergnügen des Vergessens längst aufgehört hatte zu schmerzen. Und dennoch zielte sein innerer Drang, betrunken zu werden, nicht darauf ab, auf der Stelle sturzbetrunken zu sein. Hätte es die Alternative gegeben, eine Pille zu schlucken, die ihn betrunken machen würde, hätte er nie davon Gebrauch gemacht, obwohl er davon überzeugt war, daß es die meisten Trinker tun würden. Für ihn war der allmähliche Abstieg ins Vergessen und die damit verbundenen zahllosen Aussichten und Möglichkeiten – eine todsichere Wette, eine Braut, eine Schlägerei, ein Wonneschauder, hervorgerufen durch Gesang oder Gelächter, eine an die Oberfläche dringende Erinnerung – das Hauptereignis. Manchmal dauerte es mehrere Tage und schlaflose Nächte, bis er endgültig hinüber war, doch er genoß jede Sekunde davon. Doch diese Aussichten und Möglichkeiten hatten mit der Zeit abgenommen, und am Ende trank er einfach nur so, ohne Illusion oder falsches Glück; er trank einfach nur so. Und als er schließlich erkannt hatte, daß diese Aussichten und Möglichkeiten für immer verschwunden waren, hatte er sich die Frage gestellt, was ihn weiterhin zum Alkohol zog. Und am Ende hatte er erkannt, daß es ihm noch nie um die Bräute oder um irgend etwas anderes gegangen war. Es war von Anfang an das Vergessen gewesen. Das war seine wahre Liebe: das Vergessen.

In Mailand hatte er bewußt einen anderen Menschen getötet. Doch im Laufe der Jahre hatte er sich selbst getötet, und er hatte nicht gewußt, warum. Als Killer machte er eine bessere Figur denn als Protagonist seines eigenen Lebens.

Er fragte sich, ob Diane ihn vermißte oder ob er sie an diese blöde Kuh Jill und die Parkettabzieher der modernen Weiblichkeit verloren hatte. Er wußte, daß sie im Grunde ihres Herzens gut war; daß sie ihn im Grunde ihres Herzens nie hintergehen würde. Die Liebe, die er noch immer für sie empfand, erschöpfte sich nicht in Schwäche und unterdrückten Hilfeschreien. Und abgesehen davon war sie noch immer seine Frau, bis zu dem Augenblick, wo er sie verstieß. Wenn sie ihn verlassen oder mit einem anderen Mann schlafen würde, dann würde Johnny sich an den Levitikus halten ... und an die Weisheit jenes albanischen Kredithais namens Lou, mit dem er früher durch die Gegend gezogen war. Oder vielleicht nicht? Wenn er aus den Vorfällen in Mailand irgendeine Lehre gezogen hatte, dann die, daß niemand seine Reaktion auf ein noch nie dagewesenes Ereignis vorhersagen konnte.

Dies war nicht bloß eine Lektion aus dem Mord an Vincenzo Raffa, sondern beruhte auch auf den Geschäftsverhandlungen in Mailand. Die Sache war zwar reibungslos über die Bühne gegangen, doch er hatte gedacht, daß er daraus mit einem viel stärkeren Gefühl der Zuversicht und Erleichterung, ja sogar des Stolzes hätte hervorgehen müssen. Das war jedoch nicht der Fall gewesen. Je mehr er über die relative Unkompliziertheit dieser Verhandlungen nachgedacht hatte, desto grüblerischer und unbehaglicher war ihm zumute gewesen. Als er im Englischen Garten gesessen hatte, schien all das, was Billy Sing ihm beigebracht hatte, blutrot und violett über den westlichen Himmel zu ziehen, illuminiert von den letzten goldenen Strahlen der Sonne. *Den Ozean überqueren, ohne es den Himmel merken zu lassen. Alle Menschen in deinem Umkreis täuschen.* Als das Sonnenlicht milder wurde und zusehends nachließ, war es ihm möglich gewesen, mit offenen Augen direkt in jene Farben zu schauen. *So tun, als würde man im Osten angreifen, aber tatsächlich im Westen angreifen.* Vielleicht hatte er zu lange über eine bestimmte Strategie nachgedacht: *Sich während einer Krise in einen völlig neuen*

Menschen verwandeln. Vielleicht hatten ihn seine Grübeleien und sein Stolz für alles übrige blind werden lassen. *Die Natur des Menschen ist böse.* Ließ man das, so wie Vincenzo Raffa, auch nur für einen Moment außer acht, konnten die Folgen tödlich sein.

An diesem Abend gingen Johnny und Louie in die Via Castriota. Johnny folgte Louie über eine Treppe hinunter in den Speiseraum des Lokals La Briciola, das Louie als das beste Restaurant Palermos in Erinnerung hatte. Es war ein kleiner Raum mit blanken Holzdielen. Seine Wände waren oberhalb der Stuhlleisten aus dunklem Holz beigefarben gestrichen, darunter weiß. Auf den beigefarbenen Flächen hingen Gemälde und Kunstdrucke, und in Eckregalen wurden Flaschen mit alten, erlesenen Weinen aufbewahrt. Die Beleuchtung war gedämpft; die Tischtücher waren orangefarben. Der Besitzer, der sich noch an Louie erinnerte, führte sie durch einen gewölbten Wanddurchbruch zu ihrer Linken in einen zweiten, kleineren Raum mit vier Tischen, in dem sie die einzigen Gäste waren. Ein Kellner brachte ihnen einen Teller mit Wildschwein-Prosciutto, eine Flasche Mineralwasser und eine Flasche Wein. Anschließend rollte er einen Servierwagen mit frischem Fisch und rohem Fleisch an ihren Tisch und teilte ihnen mit, welche Pasta an diesem Abend zur Auswahl stand.

Nachdem sie bestellt hatten, brachte Johnny seine vagen Zweifel und sein Unbehagen im Zusammenhang mit dem Treffen in Mailand zur Sprache. Louie hörte ihm aufmerksam zu, nickte bedächtig und dachte kurz nach.

»Dann geht's dir ja genauso wie mir«, sagte er.

Johnny hatte gehofft, daß Louie, von der höheren Warte seines Alters und seiner Erfahrung, alle Vorbehalte vom Tisch wischen würde. Die Worte des älteren Mannes waren nicht das, was er zu hören gehofft hatte. *Wahre Worte sind nicht schön.*

»Also, dieses Problem mit Raffa, das kam so überraschend, daß ich einen Moment lang dachte, es würde alles zusammengehören. Doch das war ein spezielles Problem.

Ein rein italienisches Problem. Das hatte nichts mit dem Treffen an sich zu tun.«

Sie wußten immer noch nicht, daß Tonio sie verraten hatte und inzwischen tot war. Und genausowenig wußten sie, daß Raffa an diesem Verrat beteiligt gewesen war. Giuseppe würde solche Dinge nie am Telefon ansprechen. Sie wußten nur das, was er ihnen erzählt hatte, was er ihnen in jener Nacht eindringlich ans Herz gelegt hatte: daß Raffa, nicht das Schlitzauge, der Dorn sei, den man entfernen müßte.

»Für mich«, sagte Louie, »hing alles miteinander zusammen. Ich dachte: Mensch, dieser Deal war doch nicht so einfach. Aber das Problem mit Raffa und das Treffen mit dem Schlitzauge, das waren zwei verschiedene Paar Schuhe. Die Verhandlung als solche, die *war* einfach. Vielleicht ein bißchen zu einfach.«

Zu seiner eigenen Beruhigung spielte Johnny den Advocatus Diaboli: »Wir haben ja auch ein Wahnsinnsangebot auf den Tisch gelegt.«

»Das kannst du laut sagen! Und der Typ ist ja auch nicht gleich darauf eingegangen. Es gab ein mächtiges Gefeilsche wegen der Summen.«

»Und all diese Waffen. Als wollte der Kerl den Dritten Weltkrieg vom Zaun brechen.«

»Stimmt. Da konnte er seine verdammte Gier kaum verbergen.«

»Und er hat diesen Anruf gemacht, um sich die ausgehandelten Summen bestätigen zu lassen.«

»Also, wenn ich's mir recht überlege, war's gar nicht so einfach, was?«

»Vielleicht schien es bloß so einfach, weil wir all das bekommen haben, was wir von Anfang an haben wollten. Vielleicht ist das ja schon die ganze Erklärung.« Johnny lachte.

Der Kellner servierte ihre Fenchelsalate.

»Ich habe immer geglaubt«, sagte Louie, »daß all das, was einem Mann Unbehagen bereitet, wahr sein muß. Ich spreche von jemandem, der Augen im Kopf hat. Nicht alles, was er befürchtet, sondern alles, was ihm Unbehagen bereitet. Das ist ein gewaltiger Unterschied. Auf gewisse Weise glaube ich das noch immer. Doch mittlerweile weiß ich, daß es manchmal so gut wie unmöglich ist, den Unterschied zwischen Unbehagen und Furcht zu erkennen.«

»Wie erkennst du ihn dann?«

»Indem ich mich nie fürchte.«

»Und wie stellst du das an?«

»Wenn du das herausgefunden hast, dann laß es mich wissen.«

26

Die Albanische Ebene lag nur vierundzwanzig Kilometer südlich von Palermo, doch diese Kilometer schlängelten sich über gewundene Bergstraßen, die die Fahrt sehr viel länger erscheinen ließen. Der Straßenrand glich einer Girlande aus goldenen, weißen und purpurfarbenen Blüten und war gesäumt von Kakteen und Pinien, Zitronen und Orangen, silbrig schimmernden Olivenbäumen und taufeuchten, lavendelfarbenen Weintrauben.

Die Stadt selbst wirkte unscheinbar. Sie schien sich ebensosehr an ihr Alter zu klammern wie an den hügeligen Felsen, auf dem sie im fünfzehnten Jahrhundert errichtet worden war. Signorelli parkte das Auto in einer kleinen Seitenstraße der Via Kastriotta, in der Nähe des Stadtzentrums. Ziegenfelle und paarzehige Tierrümpfe hingen in der Morgensonne vor einem Geschäft mit einem Schild, auf dem *carnezzeria* und *testa di castrato* stand. Auf dem staubigen Bürgersteig vor einem Café saßen ein paar Männer und lupften feierlich ihre Hüte, als Signorelli an ihnen vorüberging. Johnny und Louie folgten ihm vom Sonnenlicht in den Schatten, und gemeinsam erklommen sie die Via Barbato, einen steilen Pfad, der zu einer kleinen Kirche führte, die auf italienisch und albanisch – *Chiesa di San Giorgio, Klisha Shën Giergji* – als Kirche des heiligen Georg ausgewiesen wurde.

»Bitte warten Sie hier«, sagte der Anwalt, bevor er einen anderen, namenlosen Pfad hinabstieg und ihrem Blickfeld entschwand.

Louie stellte sich auf die alten Steinstufen und rauchte eine Zigarette. Johnny öffnete die knarrende Tür und betrat die dämmrige, stille Kirche. In der Kuppel über dem Altar hielt ein blaugewandeter Christus ein Buch in der Hand, auf dem die Zeichen für Alpha und Omega prangten: der Anfang und das Ende. Johnny zog es nach links, zu

Nicolò Bagnascos Holzskulptur, die den heiligen Georg im Kampf mit dem Drachen zeigte. Er legte ein paar 200-Lire-Münzen in den Opferstock und zündete eine Kerze an.

Eine knappe Minute, nachdem er sich wieder zu Louie nach draußen auf die schattigen Stufen gesellt hatte, sahen sie Signorelli zurückkommen, zusammen mit Don Virgilio. Er war tatsächlich ein alter Mann, älter als Johnnys Onkel, doch er bewegte sich mit mehr Kraft und Vitalität, als Joe in den letzten Jahren hatte aufbringen können. Er war kleiner als sein Sohn und trug Kleidung, die vor achtzig Jahren oder erst gestern geschneidert sein konnte: schlichte Schuhe aus dickem schwarzem Leder, eine schwarze, konservativ geschnittene Hose ohne Gürtel, die an schwarzen Hosenträgern befestigt war, ein weißes T-Shirt mit V-Ausschnitt, eine Schiebermütze aus braunem Tweed mit Fischgrätmuster, unter der weiße Haare hervorlugten, und eine offene Jacke aus braunem Kalbsvelour mit gezackten Revers. Während er näher kam, fixierte er Louie, Johnny und die Kirche. Als er den Fuß der Stufen erreicht hatte, hielt er inne und blieb stehen. Sein Gesicht erinnerte an das Konterfei auf einem römischen Aureus: kalt, ernst und erhaben.

»*Manciamu*«, sagte er. Seine Stimme war tief und freundlich.

Johnny wälzte das Wort im Kopf herum. *Mangiamo*, vielleicht? Genau, das mußte es sein: Laßt uns essen. In diesem Moment wurde ihm bewußt, daß es nicht leicht sein würde, Don Virgilios Worten zu folgen. Doch als der alte Mann bemerkte, daß es an Johnnys Verständnis haperte, ergriff er noch einmal das Wort, und diesmal sagte er: »*Mangiamo.*« Und so sollte es von da an sein: Der alte Mann würde bei seinen Äußerungen italienische und sizilianische Wendungen verflechten und mitunter sogar auf den eigentümlichen *albanese-siciliano*-Dialekt dieses Städtchens zurückgreifen, und Johnny, der immer dann, wenn er etwas nicht verstehen sollte, zu Louie schaute, würde sich bemühen, seinen Worten zu folgen.

Don Virgilios Einladung zum Essen wurde in aller Ruhe

und mit der geheimnisvollen Atmosphäre eines Rituals vollzogen. Zuerst betraten sie eine Bäckerei auf der Via Kastriotta, wo man ihnen einen Laib Brot gab, köstlich duftendes *grana*: frisch aus dem Ofen, umsonst und mit wortreichen Gebärden des Bäckers, der die Größe, Frische und Wärme des Brotes anpries. Sie gingen weiter – als sie diesmal das Café passierten, wurden nicht nur die Hüte gehoben, sondern auch die Köpfe gebeugt – und gelangten schließlich zu einem Laden, der anstelle einer Tür einen Vorhang aus Perlenschnüren hatte. Dort bekamen sie eine Flasche Mineralwasser und eine Flasche Rotwein, die weder Etikett noch Versiegelung besaß. Der Besitzer entkorkte den Wein und steckte den Korken in den Flaschenhals zurück. Wieder wurde kein Geld von ihnen verlangt. Von dort gingen sie zur Piazza San Nicolò, wo rings um einen Brunnen mehrere verwitterte Holzbänke standen. An einer Seite der winzigen, sonnengebleichten Piazza befand sich ein weiteres Geschäft, eine *salumeria*, wo Signorelli, der die Lebensmittel getragen hatte, das Brot einer Frau hinter dem Tresen überreichte, die sofort damit begann, es in Scheiben zu schneiden und dicke Sandwiches zuzubereiten: vier mit einer einheimischen Salami und vier mit geräuchertem Schinken und Tomaten. Sie wollte kein Geld annehmen und drängte ihnen weitere Leckerbissen auf: vier der als *sucasangu* bekannten Blutorangen und ein dickes Stück Ziegenkäse, das mit Pfefferkörnern gespickt war. Sie begaben sich zu den Bänken am Brunnen, und dort aßen sie dann, im Sonnenschein, an der frischen Luft, und während sie das taten, schauten sie auf den Berg, den die Bewohner des Städtchens schlicht und einfach *Pizzuta* nannten, den Gipfel.

Johnny konnte sich an keinen besseren Lunch erinnern, an kein Mahl, bei dem der herrliche, unverfälschte Geschmack des Essens und des Weins und der angenehme Kitzel der Luft, der Sonne und des Augenblicks so perfekt miteinander harmoniert hatten und all diese Dinge zur gleichen Zeit und in vollkommener Ruhe genossen und aufgenommen worden waren.

Don Virgilio redete nicht beim Essen. Als sie so gut wie fertig waren und die letzten Bissen – kleine Käsestücke und süße Orangenschnitzel – mal mit einem Schluck Wein und mal mit einem Schluck Mineralwasser hinunterspülten, schaute er zu Signorelli und nickte. Auf Johnny wirkten die beiden nicht wie Vater und Sohn. Es schien, als seien ihre Blutsbande im Laufe der Jahre zu einem viel geheimnisvolleren Band gehärtet worden, vielleicht zu einem Schutz-und-Trutz-Schwert, das beide Männer gemeinsam führten, wobei die ältere Hand die jüngere umfaßte.

Die vier Männer gingen zum Brunnen, wuschen sich die Hände und spülten sich den Mund mit dem frischen Quellwasser aus, schüttelten die Wassertropfen von ihren Händen und spuckten auf den Boden. Der Anwalt sammelte die Orangenschalen und die leeren Flaschen ein und sagte zu Louie und Johnny, daß er im Café auf sie warten würde.

Don Virgilio steckte sich eine kurze, knochige Zigarre zwischen die Zähne und zündete sie an. Es hatte keine Begrüßungsformalitäten gegeben: Signorelli hatte die beiden Besucher nicht vorgestellt, und der alte Mann hatte ebenfalls darauf verzichtet, sich vorzustellen. Trotzdem redete er so mit ihnen, als hätten sie schon immer an diesem Brunnen gesessen, gemeinsam von seinem Wasser getrunken und dasselbe Sonnenlicht genossen.

»Dimenticate tutto che sapete di quest' affare. Tutto che credete è una menzogna«, sagte er: Vergeßt alles, was ihr über diese Sache wißt. Alles, was ihr glaubt, ist eine Lüge.

Louie und Johnny sahen einander an, und dann schauten beide zu Don Virgilio.

»Tuttu muht«, sagte er, weniger an sie gerichtet, sondern eher so, als wollte er sich das soeben Gesagte noch einmal in den Worten seines merkwürdigen Heimatdialekts bestätigen. Johnny war überrascht, daß er dem Klang des Wortes *muht* eine Bedeutung zuordnen konnte: Es war der albanische Begriff für *Scheiße.*

Obwohl die Sonne noch immer hell strahlte, kam es

Johnny und Louie so vor, als hätte sich der Himmel verfinstert, wie ein gespenstisches Grabtuch, das sich plötzlich über ihren Geist gelegt hatte. Johnny versuchte, den Worten Don Virgilios zu folgen, so gut er konnte.

Man habe nicht die Absicht, sagte der alte Mann, eine Partnerschaft mit den Asiaten einzugehen. Eine derartige Absicht hätte es nie gegeben.

»*Un'inculata per i cinesi*«, zischte er: Fickt die Schlitzaugen in den Arsch.

Die Grenzregionen zwischen Pakistan und Afghanistan seien entschlossen, sich ihre alte Position als führender Opiumproduzent der Welt vom Goldenen Dreieck zurückzuerobern. Freunde von Don Virgilio, *uomini d'onore della cupola palermitana*, seien bereits dabei, die dortigen Bergbauern auf eine Steigerung ihrer Mohnproduktion vorzubereiten und die Errichtung neuer Raffinerien in dieser Region und überall im Mittleren Osten, von Karatschi bis Istanbul, zu organisieren. Man müßte die Asiaten bloß noch um ihre derzeitigen Vorräte bringen, mit Hilfe jener vorgetäuschten Geschäftspartnerschaft, die Louie und Johnny ausgehandelt hatten. Die Waffen aus Linosa würden nie geliefert werden. Statt dessen würde man jene Politiker unterstützen, die die Machtposition ihrer gemeinsamen Feinde ein für allemal beseitigen wollten.

»*Il generale Saw Win in Birmania*«, sagte Louie. »*Il primo ministro Song Leekpai in Tailandia.*« Er hatte nicht einmal in sein Notizbuch schauen müssen; er erinnerte sich noch an diese Namen, die Ng Tai-hei mit haßerfüllter Stimme ausgesprochen hatte.

»*Bravissimo*«, sagte Don Virgilio, und zum erstenmal huschte ein Lächeln über sein Gesicht.

Auf diese Weise, sagte er, würde die rechtmäßige Oberherrschaft wiederhergestellt werden. Natürlich habe Don Giuseppe sie nicht von Anfang an mit diesem Wissen belasten können. Männer, die wußten, daß sie logen, würden nie so überzeugend sein wie Männer, die im Glauben waren, die Wahrheit zu sagen.

Er fragte, wer von ihnen Raffa getötet habe. Für den Begriff ›töten‹ wählte er eine merkwürdige Wendung, die Johnny nicht verstand: *abbucari u brodu*, die Suppe umkippen. Doch sein inquisitorischer Tonfall und der Name Raffa ließen keinen Zweifel daran, was er wissen wollte. Johnny schaute zu Louie, sagte aber kein Wort.

Don Virgilio, der die Gesichter der beiden beobachtet hatte, ließ seinen Blick auf Johnny ruhen und bedankte sich bei ihm. Dann fragte er beide, ob Tonio Pacienza ein guter Mann sei.

Sie versicherten ihm, daß dies der Fall sei.

»*Avrei detto lo stesso di Raffa*«, sagte er, langsam und nachdenklich: Dasselbe hätte ich auch über Raffa gesagt.

Er sah, daß die beiden Amerikaner verblüfft waren.

»*Non si sa mai*«, sagte er: Man kann nie wissen.

Es folgte etwas, das Männer wie Don Virgilio *stagghiacubbu* nannten: ein vielsagendes Schweigen. Johnny erinnerte sich daran, wie Tonio ihnen erzählt hatte, daß die *stiddari*, die unabhängigen Kanonen der Insel, dazu gebracht worden seien, Don Virgilio zu gehorchen. Er fragte ihn danach.

»Das hatte ich auch gedacht«, sagte der alte Mann. »Raffa war ein Stidda. Das Schlitzauge, dessen Hand man nach Mailand geschickt hatte, war ebenfalls ein Stidda. Obwohl wir es zu der Zeit noch nicht wissen konnten, hat uns derjenige, der ihn ausgelöscht hat, einen großen Gefallen getan. Das war vielleicht Tonios Traum gewesen, und auch der von Raffa: aus den Reihen der Stidda ein neues Imperium aufzubauen.«

»Nein«, sagte er, *un'inculata per la Stidda.* »Von nun an wird man die *stiddari* an die Staatsanwälte verfüttern, so wie Mäuse an Schlangen.« Für manche Männer, erklärte er, sei es besser, der Vernichtung als der Sklaverei anheimzufallen.

Don Virgilio wiederholte, was er vorher gesagt hatte: »*Non si sa mai.*« Diesmal war es kaum mehr als ein Flüstern. Dann erhob er sich. Er blickte in die Ferne und nickte geheimnisvoll, so als würden sich seine wahren Geschäfte auf die Sonne, die Luft und den Himmel beziehen.

Die drei Männer gingen zum Café. Als sie eintraten und die Männer an der Bar und an den Tischen ihre Hüte hoben und sich verbeugten, so wie es die Männer draußen vor der Tür getan hatten, bemerkte Johnny, daß die Stadtbewohner Don Virgilios Blick auswichen. Es schien, als würden sie, während sie seine Anwesenheit respektvoll zur Kenntnis nahmen, absichtlich und unsinnigerweise so tun, als würden sie ihn oder diejenigen, die ihn begleiteten, nicht wahrnehmen.

Signorelli saß allein an einem Tisch im hinteren Bereich des Cafés. Don Virgilio bat Louie, ihm die Namen des burmesischen Generals und des thailändischen Premierministers aufzuschreiben. Der Zettel mit den beiden Namen wurde an Signorelli weitergegeben.

»Welcher italienische Diplomat in jenem Teil der Welt ist *obbligato a noi?*« fragte er.

Der Rechtsanwalt runzelte die Stirn und ließ die Mundwinkel herabhängen. Er nannte den Namen eines Sekretärs im italienischen Konsulat in Schanghai. Durch seine Versetzung nach China, sagte Signorelli, sei dieser Sekretär einem Untersuchungsverfahren im Zusammenhang mit einem politischen Korruptionsskandal in Turin entkommen, und seine Versetzung sei von Freunden in Rom arrangiert worden. Möglicherweise könnte dieser wohlgesonnene und ihnen verpflichtete Sekretär über diplomatische Kanäle in Bangkok und Yangon einen Kontakt zu diesen Politikern herstellen.

»Du mußt für unsere beiden Freunde Treffen arrangieren«, sagte Don Virgilio. »Unterredungen mit diesem General und diesem Premierminister.«

»Und was soll als Zweck dieser Unterredungen angegeben werden?«

»Politische und militärische Unterstützung. Unsere beiden Freunde vertreten ein Konsortium westlicher Geschäftsleute, die einen äußerst großzügigen Beitrag zu etwas leisten wollen, das sie als wichtige humanitäre Aufgaben erachten, einen Beitrag, der einen Aufschwung von Demokratie und Handel mit sich bringen wird.«

Johnny schaute Louie an, und der alte Mann schaute sie beide an.

»Zieht euch aber einen Anzug an«, sagte er.

An diesem Nachmittag, als sie im Caffè Opera an der Piazza Verdi saßen und Kaffee tranken, hatte Johnny zum erstenmal das Gefühl, Louie ebenbürtig zu sein. Das stand im Zusammenhang mit Don Virgilios Plan, sie als Gesandte nach Burma und Thailand zu schicken, denn Johnny konnte deutlich spüren, daß Louie sich mit dem Gedanken an diese Mission genausowenig anfreunden konnte wie er selbst.

»So eine Scheiße fällt einfach nicht in mein *métier*«, sagte Louie, wobei er das letzte Wort mit einem schiefen Grinsen artikulierte, das seine Unsicherheit überspielen sollte.

»Lieber Himmel, Louie, du hast doch Klasse wie andere Leute Schuppen auf dem Kopf.«

»Ach was, Kumpel, das trifft eher auf dich zu. Mich halten sie für ein altes Schlachtroß. Du bist derjenige, über den sie staunen. Du bist der junge Löwe.«

»Okay. Nachdem wir uns jetzt gegenseitig einen runtergeholt haben . . .«

»Genau.« Louie lachte. Johnny war schon früher aufgefallen, daß Lachen für Louie wie Medizin war. Er lachte selten, aber wenn er lachte, dann verjüngte es ihn, und seine haselnußbraunen Augen leuchteten auf wie die eines umschwärmten Leinwandidols. Verdammt noch mal! Lachen war jedermanns Medizin!

Louie teilte ihm mit, daß er einen alten Freund besuchen wollte, einen Burschen, der die illegalen Geschäfte rund um die Piazza del Capo kontrollierte, nicht weit entfernt von ihrem augenblicklichen Aufenthaltsort. Er lud Johnny ein, ihn zu begleiten. Johnny winkte ab und erzählte Louie, daß er sich die Sehenswürdigkeiten ansehen wollte.

»Das hast du doch schon gemacht«, sagte Louie. »Wir beide, du und ich, haben Lunch mit den Sehenswürdigkeiten eingenommen.«

Louie hatte Johnny von den Katakomben erzählt, und dieser wollte sie mit eigenen Augen sehen. Er begleitete Johnny bis zur Piazza della Stigmate, und dann zog er allein weiter. Er nahm den 27er Bus, der zu den nördlichen Außenbezirken Palermos fuhr. In der Nähe der Via Pindemonte stieg er aus und wandte sich nach Osten, zur Piazza Cappuccini. Links vom Convento dei Cappuccini befand sich ein Eingang. Als er vom Sonnenlicht in den Schatten trat, stieß Johnny auf einen Mönch in einer braunen Kutte, ein verhutzeltes und buckliges Männlein, das wortlos auf eine kleine Schale aus geflochtenen Palmwedeln deutete, die etliche zusammengeknüllte 1000-Lire-Scheine enthielt. Johnny legte zwei Scheine in das Körbchen und begann seinen Abstieg über die steinernen Stufen, die zu den Katakomben führten. Der Gang wurde dunkler, die Luft trockener, kühler und dünner. Er konnte feine Spuren eines ungewohnten Geruchs wahrnehmen, einen zeitlosen Mulch aus Weihwasser und toten Seelen.

Weder in seinen Träumen noch in seinen Alpträumen war ihm je ein Ort wie dieses Ghetto der Toten erschienen. Überall in diesem unterirdischen Labyrinth aus Korridoren und Wandelgängen befanden sich, dicht gedrängt auf engstem Raum, die sterblichen Überreste von etwa achttausend *palermitani* aus verflossenen Jahrhunderten: Sie lagen in Nischen oder hingen senkrecht an Eisenspitzen, sie schoben sich aus zerbröckelnden Särgen und glotzten aus leeren Augenhöhlen durch trübe Glasscheiben. Vom ältesten unter ihnen, Frate Silvestro da Gubbio, *inumato 16 ottobre 1599* – ein blanker Totenschädel und weiße, ledrige Hände in einem Sack aus mönchischem Braun –, bis zum Kind Rosalia Lombardo, *morto 6 dicembre 1920* – in tiefem Schlummer, mit walnußbraunen Haaren und gelber Haarschleife –, war die Bevölkerung dieses Ortes so buntgemischt wie jede lebende. Es gab Kardinäle mit ihren Meßgewändern und Mitren, aufgehängt wie schaurige Puppen, manche noch immer von Haut umhüllt und behaart, andere mit zugreifenden Skeletthänden, die aus brüchigem Fleisch hervorbrachen wie aus gespreizten

Handschuhen. Es gab vornehme Herren in Gehröcken, mit schreienden Gesichtern, hier und da ein verwestes Auge, das den Betrachter anstarrte, lange weiße Haarsträhnen und verdorrte Fetzen hülsenähnlicher Haut, die von vergilbten Totenschädeln herabhingen. Es gab Kinder, die an kleine Monster erinnerten, mit weißen Häubchen auf dem Schädel; Säuglingsleichen, zerquetscht, in sich zusammengesunken und froschartig. Hier lockte auf bizarre Weise eine in die Höhe gereckte Frauenhand, dort gefror das Gesicht eines Prälaten zu einem breiten, stummen, endlosen Stöhnen. Strohbüschel quollen überall dort aus den Kleidern, wo die Körper eingefallen waren oder sich in Staub verwandelt hatten. Seine Schritte waren nicht die einzigen, die auf den Majolikafliesen widerhallten; hier und da konnte er die Konturen eines anderen Ruhestörers erkennen oder zumindest erahnen. Und im nächsten Augenblick waren die Schritte und Konturen wieder verschwunden. Er klappte den Kragen hoch und steckte die Hände in die Jackentaschen, um sich vor der kalten Zugluft zu schützen.

Er betrat die Kammer der Jungfrauen, wo man gräßlich anzuschauende Maiden in Weiß senkrecht zu beiden Seiten eines großen Kruzifixes gruppiert hatte. Er musterte die verwesten, nackten und knöchernen Gesichter der Keuschheit. Eine der Jungfrauen, ihr Kopf war vornübergefallen, grotesk und ernst, zog ihn in ihren Bann.

Und plötzlich stürzte sich der Tod auf ihn, mit einer zischenden Stimme, die so nah war, daß er ihre Wärme in seinem Nacken und an seinem Ohr spüren konnte, ein schreckliches Gefühl: Das Zittern, das wie eine Woge über ihn kam, schien ihm die Eingeweide aus dem Leib zu reißen. Bevor er wußte, wie ihm geschah, hatte sich ein Arm um seinen Hals gelegt, wobei ihm der Unterarm die Kehle zuschnürte. Das einzige, was er sehen konnte, was das verweste Gesicht der Keuschheit, und er spürte, wie er vom Hämmern seines wie wild rasenden Herzens umhüllt und überwältigt wurde.

»*Ti farò manciari 'a sua ficu, fottutu strunzu!*« Die Worte drangen in einem geflüsterten, brutalen Schwall in sein Ohr: Ich werde dich zwingen, ihre Möse zu lutschen, du verdammtes Stück Scheiße.

Johnny merkte, wie ihm etwas in den Rücken gedrückt wurde. Ein Revolver? Ein Messer? Der Atem in seinen Ohren hatte beinahe etwas Sexuelles. Vor Angst krampften sich seine Hände zusammen.

Der Unterarm drückte immer fester gegen seine Kehle. Er japste, versuchte krampfhaft Luft in seine Lungen zu pumpen, so viel von den Ausdünstungen des Weihwassers und Todes in sich hineinzusaugen, wie er nur konnte.

Das Hämmern in seinen Ohren wurde langsamer. Alles wurde langsamer. Seine Kehle wurde taub gegenüber dem zermalmenden Schmerz. Sein Gesichtsfeld wurde dunkler und zog sich zusammen. Wie seltsam, an einem Ort wie diesem sterben zu müssen.

War seit seinem letzten Atemzug eine Sekunde verstrichen oder eine Stunde? Er versuchte zu sprechen, doch es gelang ihm nicht. Er wollte nicht auf diese Art sterben, wie eine Frau, fest an die heiße Brust eines Unholds gepreßt. Und trotzdem konnte er sich nicht rühren.

Seine Hände erschlafften und öffneten sich. Mit seiner linken Hand hatte er eine Schachtel Zigaretten zerdrückt. Als sich seine rechte Faust zu entspannen begann, spürte er etwas Kaltes in seiner Jackentasche. Ein Kugelschreiber. Nein! Er löste den Sicherungshebel des perlmutternen Stiletts.

»Questo è per Vincenzo«, zischte die Stimme in sein Ohr.

Mit dem Daumen drückte Johnny auf den Auslöseknopf des Stiletts, und gleichzeitig rammte er es mit all der Kraft, die er noch aufbieten konnte, in seiner Jackentasche nach hinten.

Jetzt war es die Stimme in seinem Ohr, die etwas Weibliches annahm, mit dem Oh! eines Mädchens, dem ein Schwanz bis zum Gebärmutterhals in die Vagina geschoben wird. Hartes Metall fiel klirrend auf den Boden: ein Dolch. Mit einer wilden Bewegung zerrte Johnny die Stilettklinge aus der Leber seines Angreifers und aus seiner

Jackentasche. Er wirbelte herum und sah den jungen Sizilianer, wie er beide Hände seitlich an seinen Bauch preßte, wobei Blut zwischen seinen Fingern hervorquoll und auf den Boden tropfte. Es war einer dieser negroiden Sizilianer, ein sogenannter Langstreckenschwimmer aus Afrika, mit Haaren wie ein gottverdammter *tizzun'*. Johnny trat ihm mit voller Wucht in den Unterleib und sah zu, wie der Mann in einer Pfütze seines Blutes auf die Knie sank. Er packte ihn bei seinen Niggerhaaren, beugte sich zu ihm hinab und preßte seinen Mund an das Ohr des Mannes: Jetzt war er an der Reihe, kleine Zärtlichkeiten zu flüstern.

»Sei stiddaru?«

Der blutende Mann sagte nichts, sondern keuchte nur.

Johnny hielt ihm die blutige Klinge vor die Augen und drückte sie dann an seinen Hals. Der Mann bettelte um sein Leben.

»Sei stiddaru?« fragte Johnny noch einmal, wütender, ungeduldiger, wobei er den Kopf des Mannes mit einem Ruck nach hinten riß.

»Sì«, sagte er traurig, flehend.

Johnny zog die Klinge wie einen Cellobogen durch die Kehle des Mannes. Sein Hals klaffte auf, wie ein Mund, und im Nu war sein Körper mit einer Schürze aus Blut bedeckt.

Als Johnny sich aufrichtete, waren seine Hände – in der rechten hielt er das Stilett, in der linken die Brieftasche seines Opfers – blutverschmiert und klebrig. Er ließ die Klinge in den Griff zurückschnellen und schob das Stilett zusammen mit der Brieftasche in seine Jackentasche.

Irgendwo in den Katakomben hörte er Schritte. Er wischte sich die Hände an seiner Jacke ab, dann zog er die Jacke aus, wendete sie und rollte sie zu einem Bündel zusammen, das er sich unter den Arm klemmte. Er zitterte noch immer am ganzen Leib, als er wieder ins Tageslicht eintauchte.

Er schlängelte sich durch die verwinkelten Gassen östlich der Via Mosca. Er glaubte, einen gedämpften Schrei aus den Katakomben hören zu können. Was er in jedem

Fall hörte, waren Sirenen und quäkende Autohupen. Als er den Palast des Erzbischofs erreichte, hatte er seine Jacke, das Messer und die Geldbörse weggeworfen und sich das Geld und den Ausweis des toten Mannes hinten in die Hosentasche gestopft. In der Nähe der Biblioteca Nazionale winkte er ein Taxi herbei und ließ sich zur Via Roma fahren. Von dort aus ging er zu Fuß ins Hotel zurück. Er entledigte sich seiner Kleider und untersuchte sie nach Blutspuren. Sein Hemd war mit Blutspritzern besprenkelt, die ihm vorher nicht aufgefallen waren. Ein Schuh, eine Socke und ein Hosenaufschlag waren ebenfalls blutverschmiert. Er leerte seine Taschen und steckte die Sachen in einen Wäschebeutel aus Plastik. Seine Fingernägel waren von einer schwarzroten, blutigen Kruste überzogen. Erst jetzt nahm er wahr, daß seine Oberschenkel und seine Boxershorts klitschnaß waren, völlig durchtränkt von der Pisse animalischer Angst.

Das Trauma der Attacke hallte tief in seinem Inneren wieder. Unter der Dusche wurde er von Panik überwältigt, in seinem eigenen Atem hörte er die knarrenden Schritte eines Eindringlings, in jeder seiner Bewegungen entdeckte er heranschleichende Schatten. Seine Hände zitterten so heftig, daß er sich nicht rasieren konnte. Es war nicht das Kehledurchschneiden, das ihn aus dem Gleichgewicht warf – es war der Arm, der sich aus dem Nichts um seine Kehle gelegt hatte, das plötzliche, tödliche Zischen in seinem Ohr.

Er lag nackt in der Brise und wartete darauf, daß seine Atemzüge regelmäßiger wurden und seine Nerven zur Ruhe kamen. Als das der Fall war, schnitt, säuberte und feilte er seine Fingernägel. Dann putzte er sich die Zähne, rasierte sich und zog eine frische Unterhose an. Er zählte das Geld, das er dem Mann abgenommen hatte: läppische achttausend Lire. Dann studierte er mit einer merkwürdigen Faszination das Ausweisfoto des Mannes – merkwürdig, weil dieser Mann so gewöhnlich aussah wie jeder andere Mann, der jemals geatmet hatte, merkwürdig, weil in Johnnys Augen das Dutzendgesicht dieses Mannes mit dem Antlitz tiefster Angst identisch gewesen war, merkwürdig, weil Johnny solche Männer tagtäglich über den Weg liefen, Männer, deren Ausweispapiere ihrer Existenz mehr Glaubhaftigkeit verliehen, als ihrem Leben allem Anschein nach zustand, Männer, die, so wie dieser hier, jederzeit aus der anonymen Masse hervorspringen konnten, mit gefletschten Zähnen und schäumend vor Haß.

Als Junge hatte Johnny immer ein Stilett haben wollen. Er hatte aus demselben dummen Grund ein Stilett haben wollen, aus dem er zu rauchen begonnen hatte. Er dachte, das sei cool. Und dann, viele Jahre später, in Mailand, hatte sich der Mann aus einer Laune heraus einen Knabenwunsch erfüllt. Er erinnerte sich daran, wie sich der Perlmuttgriff und die weiche Haut der Verkäuferin angefühlt hatten. Hätte der dumme Junge nicht cool sein wollen, hätte der Mann nicht weiterhin den Geist dieses Jungen beherbergt, wäre er nicht zufällig auf dieses Geschäft gestoßen, und hätte er dieser Laune nicht nachgegeben, dann wäre er jetzt tot. Sollte man dem Kind dafür danken oder dem Mann . . . oder dem Gott, der sie beide gesegnet hatte? Der Weisheit, die sich in eitlem Wahn verbarg, oder der kaleidoskopischen Kette von Augenblicken, den spiralförmigen Tripletts ständiger Veränderung, die den genetischen Code des Schicksals bildeten?

Wer hatte hinter dieser Attacke gesteckt? Hatte sein Angreifer vorgehabt, den Tod Raffas zu rächen? Wenn ja, warum hatte er Johnny ausgewählt und nicht Louie? Vielleicht hatten sie Louie auch erwischt? Vielleicht war Louie tot. Vielleicht steckte Louie hinter dieser Sache. Ein fetterer Zahltag für ihn, ein Opfer, um die *stiddari* zu beschwichtigen. Und was war mit Don Virgilio? Er schien zu denen zu gehören, die immer darauf bedacht waren, ihre Unkosten niedrig zu halten. Oder hatte sein Onkel aufgehört, ihm zu vertrauen? Seine Paranoia raste dahin wie ein Stier, dem die Eier zerquetscht wurden, und zertrampelte alle Vernunft und Klarheit. Aber handelte es sich wirklich um Paranoia, selbst in der banalen Alltagsbedeutung des Wortes? War es in einer aus den Fugen geratenen Welt, einer Welt, in der Illusion und Wirklichkeit wie Würfel in den Händen eines wütenden Gottes klapperten, nicht viel besser, wenn man allen Sinn und alle Vernunft abstreifte? Aber nein: Sinn und Vernunft waren nicht seine Feinde. Selbst in dieser aus den Fugen geratenen Welt verschwimmender Konturen und verschwimmender Wahrheiten gab es Vernunft, gab es Sinn, wie versteckt sie auch sein mochten. Nein, der Feind war die Angst, die ihn in den Katakomben übermannt hatte und ihn selbst jetzt noch voller Nervosität zu der doppelt verriegelten Tür starren ließ. Im Geist ihres Opfers konnte die Angst aus einem einzigen gefallenen Feind eine Horde von Feinden werden lassen. Er war mit dem einen Feind fertig geworden, der ihn angegriffen hatte, doch was war mit den vielen unsichtbaren Feinden, die auf ihn lauerten und lautlos näher schlichen?

Er rang sich dazu durch, noch einmal ins Tageslicht hinauszugehen, um den verräterischen Plastiksack loszuwerden, aber auch, um sich die Angst auszutreiben. Als er die Tür öffnete und eine Gestalt vor sich auftauchen sah, stockte ihm der Atem. Dann wurde er puterrot.

»Bist du o. k.?« fragte Louie.

Johnny lachte matt und zeigte ihm als Antwort seine zitternde Hand. Er führte Louie ins Zimmer und erzählte ihm, was passiert war.

»Hör mal«, sagte Louie, »das ist doch ganz natürlich. Mach dir deswegen keine Sorgen. Man ist glücklich und lacht. Man ist krank und hustet. Man ist durcheinander und zittert. Das ist das Natürlichste von der Welt.«

»Sag bloß, du zitterst auch.«

»Natürlich. Immer wenn ich daran denke, meine Alte zu bumsen.« Louie grinste, doch dann wurde sein Gesicht wieder ernst. »Früher habe ich gezittert, Johnny. Früher habe ich oft gezittert. Doch das legt sich, so wie alles andere auch.« Er zündete sich eine Zigarette an. »Eins steht jedoch fest: Bei diesem Trip verdienst du dir tatsächlich deine verdammten Sporen.«

»Wer, glaubst du, hat dahintergesteckt?«

»Da muß ich genauso raten wie du. Ich denke, es war ein Freund von Raffa. Jemand, der mit Raffa unter einer Decke gesteckt hat. Jemand, dem er erzählt hat, daß er sich mit uns in Mailand treffen würde.«

Johnny zeigte ihm das Ausweisfoto. Louie zuckte die Achseln.

»Er sagte, er sei ein Stidda.«

»Vermutlich war er das auch. Andererseits hast du ihm das Wort in den Mund gelegt. Ein Typ mit einem Messer an der Kehle wird dir so ziemlich alles erzählen.«

»Als wir im Café gesessen haben, muß er uns beobachtet haben. Und als wir uns dann getrennt haben, ist er mir gefolgt. Aber wieso mir und nicht dir?«

»Weil ich derjenige bin, der dir diese Falle gestellt hat.«

Johnny starrte Louie an und sah, wie er in seine Jacke griff und eine handliche 45er herausholte.

»Jesus! Du mußt wirklich durcheinander sein. Hier.« Louie reichte Johnny die Pistole. »Nimm sie in die Hand, dann wirst du dich gleich besser fühlen.«

Johnny schaute hinunter auf die Waffe in seiner Hand. Es war eine leichte Para-Ordnance P12-45.

»Mein Freund im Capo-Viertel, der hat die Dinger gleich dutzendweise.«

»Danke.«

»Warum läßt du dir nicht 'ne nette Massage verpassen oder einen blasen?«

»So wie ich mich im Moment fühle, würde ich nach einer Massage noch viel mehr Knoten haben als vorher. Ich hätte Angst, die Braut könnte mich erwürgen. Oder mir mein Ding abbeißen.«

»Ich schlage vor, du ziehst jetzt los und läßt diesen Kram hier verschwinden. Schnapp ein bißchen frische Luft. Und hinterher werden wir zusammen nett essen gehen.«

»Ich muß dich noch was fragen. In der letzten Stunde, vielleicht auch in den letzten beiden Stunden, habe ich Gespenster gesehen. Ich habe alles und jeden verdächtigt. Wie gehst du mit so was um?«

»Mit was? Ich finde, je weniger du vertraust, desto weniger wird man dich verarschen können. Aber das weißt du ja selbst.«

Johnny dachte an die Geschichte über Zampante aus Lucca, der im fünfzehnten Jahrhundert gelebt hatte und ein Gefolgsmann von Alfonso I., dem Herzog von Ferrara, gewesen war. Da er davon überzeugt war, viele Feinde zu haben, aß Zampante ausschließlich Tauben, die in seinem eigenen Haus gezüchtet wurden, und er überquerte keine Straße, ohne sich mit einem Haufen bewaffneter Wächter zu umgeben. Doch wie das Schicksal Zampantes bewies, nutzte es nichts, nur Tauben zu essen und in ständiger Angst zu leben. Trotz seiner Vorsichtsmaßnahmen wurde er eines Tages im Schlaf ermordet.

Nachdem Johnny die Pistole in einer Schublade verstaut und den Wäschesack in einen Müllwagen auf der Via Principe di Belmonte geworfen hatte, ging er, in Louies Schuhen, noch einmal in den Englischen Garten, wo ihn die Abenddämmerung kurierte. Ohne die Pistole, allein mich sich und der Angst, die ihn noch immer beschlich, fühlte er sich besser. Außerdem störte ihn mittlerweile das Gewicht und die Unbequemlichkeit einer Pistole. Anfangs hatte es ihm irgendwie gefallen, mit einer Pistole im Hosenbund durch die Gegend zu laufen. Er war sich wie ein knallharter Bursche vorgekommen. Doch dieses Gefühl hatte schnell seinen Reiz verloren, und schließlich war bloß noch die körperliche Unbequemlichkeit übriggeblieben.

Schon bald hörte er auf, im Gesicht jedes Passanten die böse Fratze eines Feindes zu sehen, und die Liebespaare und Kinder am Brunnen brachten ihn zum Lächeln, während er sich von der Brise streicheln ließ. Auf seinem Rückweg zum Hotel betrat er das Gran Caffè Nobel auf der Viale della Libertà, um einen Kaffee zu trinken. Der Barmann schaute ihn an wie jeden anderen Gast: nicht wie einen Kehlenaufschlitzer und auch nicht wie einen Geistlichen, sondern eher wie jemanden, der beides sein könnte. Das war der berühmte demokratische Blick der palermitanischen Barmänner. Wenn es um eine Tasse Kaffee ging, dann waren alle Menschen, ob Heilige oder Sünder, gleich. Beim Trinken betrachtete Johnny eine Flasche Brunello di Montalcino Riserva 1945, die zum Verkauf angeboten wurde und laut Preisschild drei Millionen sechshunderttausend Lire kosten sollte. Zweieinhalb Riesen für eine Flasche mit irgendeinem zusammengepanschten italienischen Rotwein! Er fragte sich, wie dieser Wein schmecken würde, und stellte sich vor, daß er eines Tages wieder hier einkehren würde, um es herauszufinden. Würde es Diane hier gefallen? Würde es Diane überhaupt irgendwo gefallen?

Diane. Sie wurde allmählich alt, sagte er sich. Falls er jemals einen Sohn haben würde, dann bestimmt nicht mit ihr. Was war es, das sie immer noch zusammenhielt, ohne Leidenschaft und Spaß. Das Wort *Liebe* war zu simpel. Es wurde zu oft in den Mund genommen, um zu wenig zu erklären, es war ein Schlammfilter, ein Auffangbecken für alles mögliche. Was für eine Sorte Liebe konnte zwischen einem Mann und einer Frau existieren, wenn Leidenschaft und Spaß fehlten? Nur die falsche Sorte, die traurige und melancholische, die Sorte, die weh tat und dazu führte, daß man sein Leben sinnlos vergeudete.

Was hatte ihn so lange davon abgehalten, eine außereheliche Liaison einzugehen? In dieser Welt wimmelte es von dummen kleinen Mädchen, die mit ihren Vätern fikken wollten. Etwas Nettes, Sanftes, Süßes und Sahniges, nichts als lustvoll stöhnende Jugend und *auroque puellae*. Warum hatte er wie ein verdammter Wallach untätig herumgesessen, nachdem Diane sich von ihm zurückgezogen hatte? Hatte er irgendwie geglaubt, daß sie im Recht war? Ja, möglicherweise hatte er das. Doch Schuld und Sühne hatten ihr Ende, und niemand konnte oder sollte sein Leben in ewiger Buße fristen, genausowenig wie in ständiger Angst.

Diane hatte etwas, das er nie bei jemand anderem finden würde, etwas in ihrer Seele, das die seine ergänzte. Das war ihm bewußt. Doch diese Jungfrau-Maria-Scheiße, dieses psychologische Beiwerk aus Leiden und Entbehrung, damit mußte ein für allemal Schluß sein. Es stimmte, daß seine Vorstellung von der Ehe immer die Aussicht auf eine Geliebte eingeschlossen hatte, die er sich halten würde, wenn Diane ihre goldenen Jahren erreichte, doch Diane stand noch in der Blüte ihrer Jahre.

Auf gewisse Weise waren sie zu Fremden geworden. Er würde ihr nie erzählen, daß er gemordet hatte. Er würde es keinem erzählen, es sei denn einem anderen Killer. In ihm wohnten zwei verschiedene Männer: einer, den er kannte, und einer, den sie, oder jede andere Frau, kennen würde. Doch was war mit dem, den er kannte? Mit dem, der sich auf so merkwürdige Weise in dieser fremden Umgebung zu Hause fühlte? Mit dem, der in geborgten Schuhen auf eine Flasche Wein starrte, die zweieinhalb Riesen kosten sollte? Mit dem, der von Brisen liebkost wurde und von Blut befleckt war, der nicht voraussehen konnte, wo seine Reise enden würde? Was war mit ihm?

An der Ecke, wo die Viale della Libertà in die Piazza mündete, entdeckte er ein Schuhgeschäft. Er kaufte sich ein Paar Slipper aus Hirschleder. Auf der Via Ruggero Settimo kaufte er eine Hose und ein Hemd. In jener Nacht bummelten er und Louie nach dem Abendessen durch die Stadt, inmitten von Liebespaaren, Schürzenjägern und Bettlern. Die Bettler von Palermo waren ein elender Haufen, nicht so zahlreich, aber viel erbarmungswürdiger als die New Yorker Vagabunden. Hier in Palermo war Betteln keine profitable Masche einfallsreicher Halunken, und diejenigen, die aufs Betteln angewiesen waren, wurden weder verhätschelt noch mit einem beschönigenden Ausdruck – ›die Obdachlosen‹ – zu einer Gesellschaftsschicht erhoben, wie es in New York der Fall war, wo sich die naive Bevölkerung von gerissenen Schwindlern das Geld aus der Tasche ziehen ließ. Manche von ihnen wanderten mit ihren Mitleidslitaneien durch die Straßen; andere zogen mit ausgestreckten Handflächen umher, ohne ein Wort zu sagen. Einige von ihnen, Krüppel und alte Männer, die sich ihren Stolz bewahrt hatten, hielten sich im

Umkreis der Santa Lucia und anderer alter Kirchen auf und boten für ein Almosen kleine Ansichtskarten mit Gesù Crocifisso feil. Johnny verteilte sein Kleingeld in die Körbchen der demütigen Gesù-Bettler.

Als er wieder in seinem Hotelzimmer war, stellte Johnny den Fernseher an und erwischte auf Kanal Italia 7 eine Sendung, die sich *Colpo Grosso Story* nannte. In bunter Reihenfolge spazierten Hausfrauen auf die Bühne, die sich die Kleider vom Leib rissen, ihre Brüste entblößten und in Slips und Strapsen über den Bildschirm tanzten. Es gab etwas an den Ehefrauen anderer Männer, das Johnny mochte; oder zumindest etwas, das der Molch in seiner Hose mochte. Er begann, sich zu streicheln, und dann durchforstete er die Seiten des aktuellen *Giornale di Sicilia*. Auf einer der letzten Seiten, unter den *linea-rossa*-Anzeigen, entdeckte er schließlich das, wonach er gesucht hatte.

»Sia sicuro che abbia delle belle gambe«, sagte er zu dem Mann, der seinen Anruf entgegennahm: Achten Sie darauf, daß sie schöne Beine hat.

Genausogut hätte er in einem McDonald's nach einem halb durchgebratenen Hamburger fragen können. Das Mädchen, das man zu ihm aufs Zimmer schickte, war süß, aber spindeldürr. Die einstündige *Colpo-Grosso*-Show lief noch immer, und während Johnny im Sessel saß und auf den Bildschirm schaute, lutschte das dürre Mädchen an seinem Schwanz. Er griff sich die Fernbedienung und stellte den Ton ab: Die Schlürfgeräusche des Mädchens zu hören war viel besser. Und wieder, wie schon in jener Nacht in Mailand, spürte er, wie die Kraft der tödlichen Irritation dieses Tages von seinem Inneren auf das einer Fremden übersprang.

In dieser Nacht träumte er, daß der Mund des Mädchens und die durchgeschlitzte Kehle in den Katakomben ein und dasselbe waren. *Laß das!* sagte er zu ihr, aus seiner Wollust emporschreckend. Doch je mehr er sie zurechtwies, desto mehr lachte sie, und je mehr sie lachte, desto grauenerregender sprudelte das Blut aus dem todbringenden Schlitz ihres lachenden, lippenlosen Mundes. Es war das übermütige, metastatische Coney-Island-Grinsen von George C. Tilyous Steeplechase-Grimasse – in seiner Kindheit hatte er diese gräßliche, grinsende Fratze mit dem Gesicht der Angst gleichgesetzt –, transformiert in eine Fontäne aus Blut. Überall war Blut: Es floß über den Körper der schlitzmäuligen Hure und bedeckte seinen eigenen Körper; es füllte das Zimmer und ergoß sich nach draußen in den Korridor. Es dauerte nicht lange, und die Tür erbebte unter dem Klopfen und Hämmern unsichtbarer Verfolger. Er schwitzte und atmete schwer, als er erwachte.

Signorelli traf sie zum Frühstück im Hotel. Er brachte einen DIN-A4-Hefter mit, der etliche Dokumente enthielt, die er beim Sprechen durchblätterte.

»Ich habe mit unserem Mann in Schanghai gesprochen«, sagte er. »Die Italiener unterhalten weder in Thailand noch in Burma ein Konsulat. Aber es gibt in beiden Ländern italienische Botschaften, und unser Mann wird Ihre Treffen arangieren, über *cancellieri* dieser Botschaften. Die Termine dieser Treffen werde ich Ihnen mitteilen, sobald sie feststehen. Und Ihre Einreise nach Thailand und Burma sowie Ihre Bewegungsfreiheit in diesen Ländern zu erleichtern, werde ich Ihnen zusätzlich einige *lettere di presentazione* aushändigen, von unseren Botschaften, aber auch von den einheimischen Behörden. Diese Papiere werden in Italienisch, Englisch und den entsprechenden Landessprachen abgefaßt sein. Wie ich weiß, werden Sie auch in Hongkong geschäftlich zu tun haben. Ich werde mich um die nötigen Reiseformalitäten kümmern. Dafür benötige ich eine Adresse sowie Fax- und Telefonnummern, unter denen ich Sie in New York erreichen kann.«

Louie gab ihm eine Novarca-Geschäftskarte.

»Ich will versuchen, Diplomatenpässe für Sie zu bekommen, über die Ritter von Malta«, sagte Signorelli, »aber ich weiß nicht, ob die Zeit dafür reichen wird. Um Ihre Visa müssen Sie sich selbst kümmern, wenn es soweit ist, und zwar über das thailändische und das burmesische Konsulat in New York.«

»Diplomatenpässe? Ist das möglich?« fragte Johnny.

»›*In Sicilia tutto è possibile. Questa è la terra dove un cactus fa i fichi d'India.*‹« In Sizilien ist alles möglich. Dies ist das Land, wo der Kaktus Feigen trägt.

Er überreichte ihnen einen Brief. »Mit diesem Schreiben legitimieren Sie sich und Ihre Organisation.« Der Briefkopf trug den Namen der Società Padre Carmelo, eine Adresse in Rom und das Motto ›*per un mondo migliore*‹: für eine bessere Welt.

Das Schreiben begann mit ›*A chiunque riguardi*‹: An alle, die es angeht. Im folgenden wurde bestätigt, daß die Überbringer des Schreibens angesehene und bewährte Repräsentanten der Padre-Carmelo-Gesellschaft seien, einer wohltätigen Organisation, die sich dem Weltfrieden und dem wirtschaftlichen Aufschwung der dritten Welt verschrieben habe. In dieser Organisation hätten sich viele der bedeutendsten Geschäftsleute und Philanthropen Europas und Amerikas zusammengefunden, um durch anonyme und großzügige Spenden dazu beizutragen, jene Welt zu verbessern, der sie so viel zu verdanken hatten. Unterschrieben war der Brief mit einer majestätischen Paraphe des *presidente* der Gesellschaft, dem ehrenwerten Dottore Avvocato Camillo Signorelli.

»1968 gegründet. Drei Waisenhäuser in den westlichen Provinzen Siziliens«, sagte er trocken und mit einem Anflug bescheidenen Stolzes. »Und jetzt zur Linosa-Liste. Haben Sie die noch? Gut. Ich möchte Sie bitten, die Liste auswendig zu lernen. Bewahren Sie alles hier oben auf.« Er deutete auf seinen weißen Scheitel. »Auf keinen Fall auf irgendeinem Stück Papier, mit dem Sie durch den Zoll gehen! Den Löwenanteil der Waffen bieten Sie diesem burmesischen General an. Sagen Sie ihm, daß wir als Gegenleistung ein staatliches Programm zur Umstellung des Mohnanbaus auf legale Nutzpflanzen erwarten, aber geben Sie ihm dafür keine Gelder, denn die würde er doch nur für andere Zwecke verwenden. Dem thailändischen Premierminister bieten Sie folgendes an: unsere finanzielle Unterstützung für die Verabschiedung und Durchsetzung eines umfassenden Plans zur Substitution des Mohnanbaus sowie die Lieferung eines kleinen Waffensortiments, das ihm dabei helfen wird, die Verantwortlichen für die Opiumpest in die Knie zu zwingen. Ich soll Ihnen auch sagen, daß wir das angereicherte Uran als Belohnung in Aussicht stellen, die bei Erreichen unseres gemeinsamen Ziels fällig wird. Mit anderen Worten: Versprecht ihnen alles . . .«

». . . aber gebt ihnen Arpège«, sagte Johnny.

Die angenehme Erinnerung an ihren gestrigen Lunch im Freien, oben in den Hügeln, führte Louie und Johnny auf den großen Freiluftmarkt, den die Palermitaner *Vucciria* nennen. Dort, auf der Piazza Caracciolo, entdeckten sie einen hünenhaften, fettleibigen Mann, der hinter einem behelfsmäßigen Tresen, einem einfachen Brett, stand: Zu seiner Linken befand sich eine Blechtonne mit kochendem Wasser, zu seiner Rechten ein verschlungenes Knäuel aus glitschigen, purpurgrau schimmernden Oktopussen. Auf dem Brett gab es außerdem vier Teller und ein Stück Naturschwamm. Die Kreaturen wurden, eine nach der anderen, aus der Tonne gezogen, völlig verwandelt, mit angeschwollenen, pinkfarbenen Köpfen und rötlich-weißen Fangarmen. Mit seinem Hackmesser spaltete der dicke Mann zuerst die Köpfe entzwei, und dann entfernte er mit den Fingern den glibberigen Schmadder, der aus ihnen herausquoll. Anschließend zersäbelte er die Körper in mundgerechte Portionen. Blieb jemand vor einem der vier Teller stehen, füllte er diesen mit einer Handvoll Kopf- und Tentakelstücke und legte, wenn danach verlangt wurde, eine Scheibe Zitrone dazu. Hinter dem Tresen bewahrte der Mann ein oberschenkeldickes Tentakelstück auf, und hin und wieder bat einer seiner Kunden um eine Scheibe davon.

Gegessen wurde mit den Fingern, und der Schwamm war für alle da. Hatte sich jemand die schwarzen Schleimspuren von den Händen entfernt, drückte der Geschäftsinhaber den Schwamm im tintigen Wasser einer Keramikschüssel aus, und dann wischte er damit den Teller für den nächsten Gast ab. Obwohl er während des Hackens und Servierens ununterbrochen aß, machte der *maestro del polpo*, dessen riesige Pranken für immer gefärbt waren, keinen Gebrauch vom Schwamm, sondern leckte und lutschte sich zwischendurch immer wieder die Finger ab. Pro Teller verlangte er zweitausend Lire.

Vom Vucciria-Markt gingen sie zum Meer, zu dem heruntergekommenen, rummelplatzartigen Areal mit dem Namen Villa a Mare, das Johnny an Coney Island erinnerte, und an jenes Gesicht. Auf dem Foro Italico wimmelte es von jungen Afrikanern, die den Rummelplatzbesuchern auf die Pelle rückten und ihnen versprachen, für ein bißchen Geld auf ihre geparkten Autos aufzupassen, besser gesagt, sie nicht zu knacken. Johnny und Louie gingen zu einer verschwiegenen Bank auf einem Grashügel in der Nähe der Kaimauer.

»Wie lange, glaubst du, würde es dauern, bis man dieses Land richtig kennengelernt hat?«

»Also, Johnny, vor vielen, vielen Jahren, da war ich mal mit ein paar Typen hier, mit einer größeren Gruppe, in einem Landhaus. In Torretta. Westlich von Palermo, oben in den Hügeln, in der Nähe von *Isola delle Femmine.*«

»Insel der Frauen. Wahnsinn! Warum fahren wir da nicht hin?«

»Na ja. Da ist's ganz nett, aber es bedeutet nicht, was du denkst. Das ist bloß ein Name, verstehst du? Utopia Parkway. New Jersey, der Gartenstaat. Das ist dasselbe Prinzip. Aber wie dem auch sei, da war also diese Gruppe, ein paar Jungs aus New York und ein paar Jungs von hier. Es kam zu einer angeregten Unterhaltung. Ich weiß noch, daß ich meinen Mund gehalten habe, und ich hab' damals 'ne Menge gelernt. Sizilien hieß früher *Trinacria*. So hieß diese Insel bei den alten Griechen, und so hieß sie bei den Römern. Das kommt vom griechischen Wort für ›Dreizack‹. Die Insel ist nämlich geformt wie ein Dreieck – sie hat drei Spitzen. Und bei den Griechen und Römern hieß diese Stadt hier *Panormus*. Die Araber, die hier im neunten Jahrhundert die Herrschaft übernahmen, sprachen das als

Balarmu aus, und davon leitet sich der Name Palermo ab. Griechisch, Arabisch, Provenzalisch, Deutsch – all diese Sprachen haben ihre Spuren hinterlassen. Trotzdem hat das Sizilianische mehr vom Lateinischen bewahrt als das richtige Italienisch. All diese Wörter, die auf *u* statt auf *o* enden, das kommt von der lateinischen Endsilbe *us*. Und wenn die Sizilianer *u* statt *il* für *der* sagen, das kommt auch vom Lateinischen: von *illum*.«

»Du kannst Latein?«

»Na klar! *Amo, amas, amat. Veni, vidi, vici. Semper paratus.* Eines Tages werd' ich's dir beibringen. Wo war ich stehengeblieben?

Ach ja: Im Altsizilianischen hieß es noch *lu*. Doch die Sizilianer mögen kein *l*, und deshalb ist daraus später ein *u* geworden. Wenn's um *l* und *r* geht, ist das bei denen wie bei den Schlitzaugen. Bei diesen Leuten wird aus *palma parma*. Tatsächlich hab' ich mal gehört, daß der Parmesankäse gar nicht nach der Stadt Parma benannt ist. Das ist ein Mythos, auf den jeder hereinfällt. In Wahrheit soll er von hier unten stammen, aus Palma.« Louie hielt kurz inne. »Ich weiß immer noch nicht, ob ich das nun glauben soll oder nicht. Um ehrlich zu sein, ich weiß noch nicht mal, ob in Palma überhaupt Käse hergestellt wird.

Natürlich hat sich das inzwischen alles geändert. Ich glaube nicht, daß die Kinder heutzutage noch Sizilianisch sprechen. Erst gestern habe ich gehört, wie ein Junge auf der Straße *cazzu* gesagt hat. In den alten Zeiten hätte kein Sizilianer, und mag er noch so jung gewesen sein, seinen Schwanz *cazzu* genannt. Ein richtiger Sizilianer nennt seinen Schwanz *'a minchia*. Und frag mich nicht, woher zum Teufel das kommt. Es bedeutet jedenfalls nicht ›Mink‹, falls du das gedacht hast. *'A minchia e u pacchiu*. Es ist schon komisch: Die verpassen dem Schwanz einen weiblichen Namen und der Möse einen männlichen.

Nun, da waren also diese Typen, die sich unterhalten haben. Und einer von denen, einer von den Jungs aus New York, der hat genau dieselbe Frage gestellt wie du. Ich werd' mein Lebtag nicht vergessen, was ihm einer der

Sizilianer geantwortet hat. Wenn du hier geboren bist, hat der Typ gesagt, und wenn du einigermaßen alt wirst und auch hier stirbst, dann hast du eventuell 'ne Chance, dieses Land verstehen zu können.«

»Das hab' ich mir auch schon gedacht«, sagte Johnny. »Aber eins begreife ich nicht: Wie kommt es, daß ich mich hier so zu Hause fühle?«

»Nach allem, was dir gestern passiert ist, fühlst du dich *hier* zu Hause? Was ist los mit dir? Hast du einen gottverdammten Todeswunsch oder so was?«

Johnny grinste, und Louie lachte.

»Das ist schwer zu erklären«, sagte Johnny.

»Willst du mir etwa sagen, daß du lieber hier als in Mailand leben würdest?«

»Nein. Mailand ist wunderschön. Ich meine nicht, daß ich hier leben möchte. Ich meine, daß ich mich hier zu Hause fühle.«

»Und wo ist da bitte der Unterschied?«

»Wenn du irgendwo zu Hause bist, dann ist das so, als würdest du dort hingehören, selbst wenn es dir dort nicht gefällt. Verstehst du, was ich meine?«

»So wie bei einem Jungen, der zu Hause wohnt, bei seinen Eltern, aber es dort beschissen findet?«

»Nein, das meine ich eigentlich nicht.« Johnny suchte nach den richtigen Worten, doch die Nuancen dessen, was er sagen wollte, waren selbst ihm zu verschwommen, und so ließ er es lieber bleiben. »Verdammt«, sagte er, »mir ist völlig unklar, worauf ich eigentlich hinauswill.«

»Dann gehörst du vielleicht wirklich hierher.« Louie lachte und schlug ihm auf die Schulter.

Sie durchquerten die Giardini Garibaldi und stießen auf das Museo delle Marionette.

»Bevor es Schwanz und Möse gab, gab es das Kasperletheater«, sagte Louie. »Als ich noch ein kleiner Junge war, da war das an jedem Feiertag das Größte für mich. *Il teatrino di Pulcinella!* Ich hab' das geradezu geliebt. Mann, ich hatte keinen Schimmer, wie sehr das alles aus dem Leben gegriffen war!«

Johnny war klar, wohin das führen würde.

»Los, komm. Die Eintrittskarten gehen auf mich«, sagte Louie.

»Auf wen denn sonst.«

Sie wanderten durch die schummrigen Ausstellungsräume voll gespenstischer Marionetten: Überbleibsel einer untergegangenen Epoche und auf ihre Art genauso gruselig wie die Gestalten, die in den Katakomben hausten. Sie kamen zu einem beeindruckenden Tableau, einer Szene mit dem Titel ›Il Giardino di Alcina‹, vom Teatro di Don Liberto Canino, Palermo, zirka 1920.

»Was heißt *alcina?*« fragte Johnny.

»Keine Ahnung. Aber es sieht wirklich toll aus.«

Da waren der Teufel, eine Schlange, ein geflügelter Drache, ein Skelett, Sirenen, ein Zentaur und etliche andere Figuren: ein buntes Spektrum heidnischer Geister, reduziert auf einen Spuk aus Holz und Farbe.

Als sie weitergingen, stießen sie auf ein noch älteres Tableau, das einen langhaarigen Ritter in voller Rüstung präsentierte, der sein Schwert erhob gegen den *drago a tre teste,* den dreiköpfigen Drachen.

An jenem Abend, nicht weit entfernt von ihrem Hotel, in der Nähe der kleinen, gottverlassenen Piazza Florio, wurde ihr Blick von einer grünen Leuchtschrift angezogen. Das Neon buchstabierte die Wörter Hong Kong. Es war Johnnys Vorschlag, dort zu essen. Er glaubte nicht an glückliche Zufälle. Wie sein Onkel, und wie Louie, war er davon überzeugt, daß Glück und Zufall die Religion des Scheiterns waren. Trotzdem wollte er dort essen. Das Lokal erweckte den Eindruck, als habe es schon immer dort gestanden und auf sie gewartet; es war einer jener Orte, die Johnny so vorkamen, als würden sie verschwinden, sobald man ihnen den Rücken zukehrte.

Beide bestellten sich das gleiche Essen: *ravioli al vapore* und *maiale in salsa di ostrica,* gedämpfte Klöße und Schweinefleisch in Austernsauce. Ein Auge ihres Kellners schillerte wie das eines Blinden. Er schaute Johnny an, als wüßte er genau, weshalb dieser hierhergekommen war –

nicht wegen des Essens, sondern um die Ausstrahlung von etwas auf sich wirken zu lassen, das ihm nach wie vor ein Rätsel war: die Unbezwingbarkeit und Anpassungsfähigkeit eines Volkes, das nicht bloß überlebte, sondern sich auch durchsetzte, wo immer es vom Schicksal oder vom Willen hingeführt wurde. Den Amerikanern verkauften sie ihre *shiu mai* als gedämpfte Teigklößchen, den Italienern als *ravioli al vapore*. Doch es war stets das gleiche Gericht. Wohin es sie auch verschlug, sie konnten sich die Landessprache aneignen und sich ihren *gwailou* Gastgebern verständlich machen. Doch sie achteten darauf, daß sie nur in dem Maße verstanden wurden, das nötig war, um Geld zu verdienen. Da gab es China, *zhong*; und alles andere war bloß das barbarische Gekrabbel der Chinesenviertel.

Teigklößchen. Heroin. *Sich gerade so weit offenbaren, daß man einen versteckten Feind aus der Reserve locken kann. Ein Land besetzen, indem man durch es hindurchmarschiert.*

»›*A chi vuole, non mancano modi.*‹ Wo ein Wille ist, ist auch ein Weg. Was hast du gekriegt?«

Johnny zerbrach den nach Mandeln duftenden Glückskeks und zog den kleinen weißen Papierstreifen heraus. Er starrte einen Augenblick auf das Zettelchen, um den Text zu übersetzen. Beinahe hätte er gelacht, aber er tat es nicht.

»›*Ignori tutte le profezie precedenti*‹«, las er: Ignorieren Sie alle früheren Prophezeiungen.

27

Das Blumengebinde am Kopfende von Antonio Pazienzas offenem Sarg trug ein scharlachrotes Band mit den einfühlsamen Worten *Che tu possa, caro amico, nella serenità dei giusti e rivivere nella luce di Dio*: Mögest du ruhen, geliebter Freund, in der heiteren Ruhe der Gerechten und wiederauferstehen im Lichte Gottes.

Viele Männer lobten Giuseppe Di Pietro wegen der Schönheit seiner Blumen und wegen seines ausgeprägten Feingefühls.

Ein paar Häuserblocks weiter südlich, in einem Kellergewölbe in Chinatown, war ein Einbalsamierer in einem blauen Kittel damit beschäftigt, den erbärmlichen Überresten des alten Chen Fang den äußeren Anschein eines friedlichen Todes zu verpassen. »*Diu nei loumou*«, fluchte er vor sich hin, als ein langes Stück Asche von der Zigarette in seinem Mundwinkel herabfiel und in einer offenen Tasche des Y-förmigen Einschnitts verschwand, den der amtliche Leichenbeschauer auf Chen Fangs Brustkorb hinterlassen hatte. Er fluchte nicht, weil die Asche seine Arbeit erschwerte oder in irgendeiner Form beeinträchtigen würde, sondern weil er fand, daß das einem Profi einfach nicht passieren durfte.

Chen war mit einer Nadel im Arm gestorben, und als man ihn gefunden hatte, klebte sein nackter Vogelscheuchenkörper fest auf dem Fußboden, in der geronnenen Lache aus schwarzem, verklumptem Blut. Seine inneren Organe waren abszeßübersät und krebszerfressen, eine schwammige Masse aus perforiertem Gewebe, Karzinomen, Melanomen und Eiter; und sein Gesicht war im Tod zur gräßlichen, grünen *èmó*-Maske eines heulenden Dämons erstarrt.

Beim Arbeiten behielt der Einbalsamierer eine seiner Schuhspitzen auf dem Fußpedal, mit dem sich der Deckel eines weißen Stahleimers für septische Abfälle öffnen ließ, in den er die zerfetzten, fauligen Eingeweide Chen Fangs warf. In der Nähe dieses Eimers, direkt unter dem metallenen Sektionstisch, stand eine von mehreren großen Rattenfallen, die überall im Raum verteilt waren. Der Einbalsamierer hebelte Chen Fangs Mund auf, um nach goldenen Zahnfüllungen zu suchen.

»Diu nei loumou.« Es gab keine.

Natürlich würde Giuseppe nicht zu Chen Fangs Beerdigung gehen. Aber Billy Sing würde daran teilnehmen, und deshalb war es für Giuseppe wichtig, Blumen zu schicken: um Billy Sing zu zeigen, daß er dem alten Chen, im Tod wie im Leben, den gebührenden Respekt zollte. Auf dem Band seines Blumenstraußes standen die Worte *Mögest du ruhen, geliebter Freund, in der heiteren Ruhe der Gerechten und wiederauferstehen im Lichte Gottes.* Zur Beerdigung erschienen in erster Linie alte Männer, die sich noch an Zeiten und Ereignisse erinnerten, von denen die jüngeren Dong-Mitglieder nichts mehr wußten. Viele von ihnen äußerten sich anerkennend über die Schönheit der Blumen und das Feingefühl dieses anonymen Freundes des Verblichenen. Es war eine Anonymität, die dafür sorgte, daß Billy Sing keinen Zweifel haben würde, wessen Identität sich dahinter verbarg.

Bald würde der siebente Mond und der Feiertag Allerseelen anbrechen, die Zeit der Toten. Ohne Nachkommen, die sein Andenken bewahrten, würde Chen Fang im Tod, wie schon im Leben, als verwaister Geist umherziehen.

»Und wenn's ein Mädchen wird?«

»Mary.«

»Du weißt, daß ich meinen Namen nicht ausstehen kann.«

»Mir gefällt er aber.«

»Der ist mir zu gewöhnlich.«

»Zu gewöhnlich, sagt sie. Was schwebt dir denn vor? Einer dieser Lufterfrischernamen? So was wie Heather?«

»Nein, diesen affektierten Mist hasse ich.«

»Wie wär's denn mit Louise?«
»Louise? Ist das dein Ernst?«
»Louise. Das klingt sexy.«
»Das ist ein Name für Waschfrauen. Und abgesehen davon, möchtest du, daß deine Tochter einen sexy Namen hat?«
»Hör mal, Schatz, wir haben noch viel Zeit.«
»Ich weiß. Aber mir macht das Spaß.«
»Mary?«
»Ja?«
»Du weißt, daß ich dich liebe, nicht wahr?«
»Du sagst das so traurig. Hast du irgendwas?«
»Nein. Ich hab' bloß an was gedacht. Ich hab' daran gedacht, wie glücklich wir sind.«
»Du hörst dich aber gar nicht glücklich an.«
»Wußtest du, daß die DEA die höchste Scheidungsrate aller Berufsgruppen hat?«
»Und woran, meinst du, liegt das?«
»An den obligatorischen Überstunden. An der 60-Stunden-Woche.«
»Vielleicht verbringen wir ja gerade genug Zeit miteinander. Vielleicht verstehen wir uns ja deshalb so gut.«
»Vielleicht.«
»Bedrückt dich irgendwas?«
Eine Schrecksekunde lang hatte sie befürchtet, er könnte es herausgefunden haben. Aber nein, das war unmöglich. Er würde nie auf diese Weise reagieren, so verhalten und trübsinnig, so merkwürdig passiv. Außerdem hatte sie schon vor Monaten einen Schlußstrich unter diese dumme Episode gezogen, gleich als sie gemerkt hatte, daß sie schwanger war. Es war schlicht und einfach unmöglich, daß er es jetzt noch herausfinden konnte. Aber warum hatte er die Überstunden und die 60-Stunden-Woche erwähnt?
»Der Makler hat uns gestern ein paar neue Angebote geschickt.«
»Und, ist was Gutes dabei?«
»Ein bißchen teuer. Eins soll drei kosten, ein anderes

dreieinviertel. Aber es wäre ein guter Vorwand, die Stadt für ein, zwei Tage zu verlassen. Du siehst aus, als könntest du ein bißchen Abwechslung vertragen.«

Er murmelte etwas von Sommerpreisen. Warum hatte er sich so gehen lassen? Warum hatte er etwas Reines in den Schmutz gezogen? Jedesmal, wenn er Mary ansah, haßte er sich, und er haßte diese gottverdammte Mafiaschlampe aus Brooklyn. Er war schwach. Soviel stand fest. Es war nicht der Vorfall an sich, der ihn beunruhigte. Es war seine Schwäche. Er hatte Di Pietros Frau erniedrigt, doch damit war kein Gefühl der Stärke oder des Triumphs verbunden gewesen, denn sie hatte ihn ebenso erniedrigt. Mit einem Gefühl der Überlegenheit war er gegen ihren Ehemann vorgegangen, doch herausgekommen war er mit einem Gefühl der Schwäche. War dieses Miststück denn etwas anderes als die Frau ihres Mannes? Indem sie ihn geschwächt hatte, war er da nicht auch von ihrem Mann geschwächt worden? Es gelang ihm nicht, diese diffusen Vorstellungen auseinanderzuhalten, und das war auch gar nicht nötig. Was zählte, war sein nicht zu leugnendes Gefühl der Schwäche, die Unbestreitbarkeit seines Eindrucks, daß Johnny ihm überlegen war. Zumindest im Moment, sagte sich Marshall; nur im Moment. Sobald Johnny ein Jackett oder einen Anzug aus jenem Kleiderschrank anzog, würde er durchdrehen; und wenn Männer durchdrehten, waren sie so leicht zu entdecken und zu vernichten wie tollwütige Hunde.

Wenn es soweit wäre, würde er bereit sein. In seinem Apokalypse-Dateiverzeichnis füllten die groben Elemente seiner Theorie mittlerweile eine Datei für sich. Je mehr er darüber nachdachte, desto mehr war er davon überzeugt, daß seine ursprünglichen Vermutungen richtig gewesen waren. Alles – die Anschläge, die sich gegen die Fuk Ching, die Hip Sing, die Gum Sing, die Jamaikaner, die Puertorikaner, die Dominikaner und die Allianz von Scarpa und Tung On gerichtet hatten; die Pest und der Terrorismus – war Bestandteil einer einzigen, konzentrierten Strategie, den Markt zu zerschlagen und alle Beteiligten ins Bockshorn zu jagen. Er war sich sicher, daß die beiden Di Pietros, Pazienza und Louie Bones im Zentrum dieses Komplotts standen. Vielleicht hatten sie sich mit den On Leong verbündet. Entweder war ihre Machtdemonstration ein Schachzug gewesen, mit dem sie die Triade 14K zwingen wollten, einer Neuaufteilung des Marktes zugunsten der Italiener und eventuell auch der On Leong zuzustimmen, oder die 14K war an diesen Gewalttaten beteiligt gewesen, und das Ganze war eine Art Ouvertüre zur geplanten Verlagerung ihres Hauptquartiers von Hongkong nach New York. Auf alle Fälle hatte es eine Übereinkunft gegeben, oder es wurde zumindest daran gearbeitet. Und etwas Wesentliches im Zusammenhang mit dieser Übereinkunft war in Mailand passiert. Der Mord an Pazienza, so vermutete er, war ein Racheakt, der auf das Konto von Scarpas Leuten ging. Obwohl dieser Mord die Schreibtische des O. V.-Dezernats zum Beben gebracht hatte, hielt er ihn bloß für eine Reaktion, einen Nachhall, ähnlich wie die Ausbrüche von Bandengewalt in Chinatown, zu denen es im Anschluß an die erste Gewaltwelle gekommen war.

Tief in seinem Inneren wußte er, daß sich etwas Ungeheuerliches, kaum Vorstellbares zusammenbraute. Gleichzeitig wußte er, daß sich die Bausteine dieses Falls aus den groben Elementen seiner Theorie herauskristallisieren würden. Er hatte diese Elemente zu lange für sich behalten. Das war nicht die Methode der DEA, aber es war seine Methode. Bald würde Johnny Di Pietro zurückkehren, und dann würde es nicht mehr lange dauern, bis er in Panik ausbrach – so sicher, wie die Junkies auf den Straßen in Panik ausgebrochen waren. Und dann würde Marshall die anderen in seine Dateien und in seine Theorie einweihen: nicht nur Wang und die übrigen Agenten, sondern auch die DEA-Außenstelle in Chiang Mai, das Drogendezernat und das Triadendezernat der Hongkonger Polizei, den italienischen Servizio Centrale Antidroga, ja, vielleicht sogar die Kollegen vom FBI, aber das würde von seiner Stimmung abhängen. Gemeinsam würden sie ihre Beute in den bodenlosen Abgrund schleudern. Es würde die Razzia des Jahrhunderts werden, und dabei würde genug Ruhm für alle abfallen.

Vor vier Jahren, als sie das Gefühl überkommen hatte, mit einem Mann verheiratet zu sein, der zusehends versteinerte, hatte sich Diane Di Pietro mehrere Monate lang einer Psychotherapie unterzogen. Johnny hatte ihr immer gesagt, die Psychiatrie ließe sich auf eine simple Grundformel zusammenstreichen: »Sie wollen Ihre eigene Mutter ficken. Und jetzt geben Sie mir hundert Dollar.« Er erzählte ihr, daß Julius Cäsar, als Quästor, eines Nachts davon geträumt habe, seine Mutter zu ficken, und als er dem Wahrsager von seinem Traum berichtete, habe ihm dieser geantwortet, es sei ein guter Traum, eine Prophezeiung, daß er einmal die Welt erobern würde. In Johnnys Augen war die Psychiatrie nie wesentlich über die Wahrsagerei hinausgekommen, abgesehen von ihrer Raffinesse in puncto Beutelschneiderei. Doch Diane hatte ihm widersprochen. Es gäbe Ärzte für die Seele, sagte sie, genauso wie für den Körper. Und überhaupt: Falls Johnnys geistige Gesundheit ein Argument für den Unglauben sei, würde sie sich erst recht nicht von ihrem Glauben abbringen lassen.

Nach einer Weile war ihr aufgefallen, daß sie den Therapeuten ebenso beobachtete wie er sie. Mit der Zeit wurde es für sie eine Art Spiel, Johnny mit dem Doktor zu vergleichen, die Krankheit mit der Behandlung. Zu ihrer eigenen Überraschung kam sie zu dem Ergebnis, daß Johnny bei diesem Vergleich wesentlich besser abschnitt als der Doktor. Natürlich war der Doktor all das, was Johnny nicht war: verständnisvoll, geduldig, einfühlsam, unterstützend. Doch sie bezahlte ihn dafür, so wie ein Freier eine Nutte bezahlte. Wer wußte, wie dieser Typ seine Frau behandelte? Falls er überhaupt verheiratet war. Vielleicht war ein einziges Körnchen echten Gefühls, wie unbefriedigend oder schmerzhaft auch immer, mehr wert als die ausgefülltesten fünfzig Minuten proportional verteilten Mitleids, die man sich für Geld kaufen konnte. Als sie ihre Therapie abbrach, hatte sie das Gefühl, die Psychiatrie sei bestenfalls eine Art mittelalterliche Pseudowissenschaft, verbrämt mit eindrucksvollen Diplomen und hochtönender Scheinheiligkeit, ein grandioses Placebo, dessen aktive Bestandteile Verzweiflung, Schwäche und Leichtgläubigkeit waren. Schlimmstenfalls war sie ein Ausnutzen der Schwächen anderer, eine legale, aber hinterhältige Form der Sucht nach dem großen Geld, eine Domäne von Scharlatanen, deren wahre Geschäftsgrundlage Abhängigkeit und Illusion darstellten.

Vielleicht war es ja auch der falsche Therapeut gewesen, sagte sie sich. Vielleicht lag es daran. Doch dann dachte sie an die Leute in ihrem Bekanntenkreis, die, wie ihre Freundin Jill, seit Jahren zufriedene Therapiekonsumenten waren. Sie waren nicht glücklicher. Sie waren nicht klüger. Sie waren nur törichter. Aber wo stand sie selbst? Sie wollte nicht das Elend ihrer immer unerträglicher werdenden Ehe, doch die Kost der ›Selbstfindung‹ wollte sie genausowenig. Sie kannte ihre Lage, und die fand sie zum Kotzen. Bei einem teuren Juden herumzuhängen, der im Zeitlupentempo in ihrer Vergangenheit herumstocherte, um zu ergründen, wie sie in diese Situation gekommen war, schien ihr ähnlich sinnvoll, wie in einem abstürzenden Flugzeug zu sitzen und die Ursache des Maschinenschadens ergründen zu wollen, anstatt seine Haut zu retten. Doch wie sollte sie ihre Haut retten? Sie hatte schon seit Jahren nicht mehr gearbeitet. Sie war von Johnny abhängig. Sogar der Luxus ihrer fruchtlosen Psychotherapie war von Johnnys Gewerkschaftskrankenkasse bezahlt worden.

Könnte sie doch nur diesen Stein aufbrechen und die Seele herauszerren, die sie einmal gekannt und geliebt hatte, die Seele eines Mannes, der zu den Klängen von ›You Belong to Me‹ getanzt hatte, der sie in die Arme genommen und ihre Augen im Licht seiner Augen gebadet hatte, der ihr das Gefühl gegeben hatte, wie kurz oder wie selten auch immer, daß ein Morgen wunderbar und eine

Nacht heiter und friedlich sein konnte. Manchmal fragte sie sich, wohin diese Seele entschwunden war, ob sie von der Betrunkenheit fortgespült oder – sie haßte allein schon den Gedanken daran – von trostloser Nüchternheit gezähmt und ausgetrocknet worden war. In letzter Zeit hatte sie zu glauben begonnen, daß diese Seele lediglich von Finsternis davongetragen wurde. Das war tatsächlich mehr als ein Gefühl. Es war fast schon eine Vision. Sie konnte es beinahe sehen: ein unstetes, faszinierendes Blatt, das am Ende fortgeweht wurde, sich ihrem Blick und ihrem Griff entzog und vom düsteren Wind jenes Reiches verschluckt wurde, in dem Männer wie sein Onkel zu Hause waren.

In der Stanley Street, nicht weit entfernt von den White-Lion-Enterprises-Geschäftsräumen, saßen Ng Tai-hei und Tuan Ching-kuo im Luk Yu Tea House, an dem Tisch, der jederzeit für Ng Tai-hei und seine Geschäftspartner reserviert war.

»Also«, sagte Tuan, »erzähl mir von unseren italienischen Freunden.« Er hatte die Ellbogen auf die Tischplatte gestützt und hielt beidhändig eine Tasse mit warmem Schwarzer-Drachen-Tee vor sein Gesicht und sog dessen aromatischen Duft ein; wenn er das Wort ergriff, schob sich sein verschlagenes Grinsen über den Horizont des Tassenrandes wie ein unheilbringender, bösartiger Nebel.

Ng wedelte abschätzig mit dem Handrücken.

»Bist du sicher, daß du sie nicht unterschätzt?«

»Ihre Gier macht sie blind.«

»Und deine Gier? Schärft die etwa dein Sehvermögen?«

Ng lächelte. Wie immer hatte der Küchenchef als Zeichen seiner Hochachtung besondere Leckerbissen unter die *dím sàm* gemischt, die sie bestellt hatten: klare, frische Fischaugen, Hühnerfüße, gekräuselte Häppchen aus orangefarbenen leuchtenden Innereien. Ng aß erst ein Auge und dann eine gefüllte Entenschwimmhaut und spülte beides mit einem Schluck Chrysanthementee hinunter.

»Der ältere der beiden sah aus, wie ich es erwartet hatte«, sagte er. »Der war ein *haksau dong*, ein Mafioso der alten Schule, vom Scheitel bis zur Sohle. Der jüngere war schwerer einzuschätzen. Er schien mehr zu wissen, und er schien uns weniger zu hassen. Das war zumindest mein Eindruck. Doch was mir am meisten auffiel, war ihre Schwäche. Wie hat Chi-fu sie noch mal genannt? Erinnerst du dich noch? Damals, am Tin-Hau-Tempel?«

»Den miesen Abschaum einer toten Gesellschaft.«

»Richtig. Und ich mußte immer daran denken, daß diese Männer Gesandte anderer Männer waren, die zu alt und gebrechlich sind, um sich persönlich um ihre Geschäfte kümmern zu können. Die Quellen ihrer Macht sind ausgetrocknet und versiegt. *Ihre* Gesellschaft ist tatsächlich tot. Selbst ihre Verbündeten rekrutieren sie auf Friedhöfen. Wer käme sonst auf die Idee, einem Mann wie Chen Fang zu vertrauen? Also ehrlich! Wenn wir sie erledigt haben, werden sie sich nie wieder aufrappeln können. Dann werden sie eine ausgestorbene Spezies sein. Davon bin ich überzeugt. Und ich bin davon überzeugt, daß der Tag kommen wird, wo die wilden Hunde, die sie eventuell zurücklassen, auf unser Kommando hören werden.«

»Und was ist mit dem jüngeren?«

»Der hat kein Gesicht. Das ist ein Niemand, ein *ját* eines der alten, sterbenden Männer in New York.«

»Dann hat er das Gesicht eines autorisierten, reinblütigen Mandats.«

»Ein Mandat von wem oder was? Glaub mir, der Bursche ist völlig unbedeutend. Sein Mandat, wie du es nennst, ist ohne Bedeutung.«

»Aber was, wenn er Legion ist? Wenn es Hunderte, Tausende seines Kalibers gibt? Du solltest das besser wissen als jeder andere: Wenn die Armee vorhanden ist, bedarf es nur noch eines Führers.«

»Er ist aber kein Führer.«

»Du hast erzählt, daß er dich, als du diesen Sole Rosso hast erschießen lassen, so angesehen hat, als habe er die Absicht hinter deiner kleinen Showeinlage durchschaut.«

»Na ja, Weisheit allein schafft noch keinen Führer.«

»Nein. Aber sie schafft gefährliche Feinde.«

»Hör mal.« Ng senkte seine Stimme, obwohl niemand in der Nähe war. »Wenn wir ihr Geld haben und wenn das Meer ihr Heroin hat ... dann kannst du ihre Weisheit preisen.«

»Also. Du nimmst ihr Angebot für bare Münze?«

»Das ist mittlerweile mehr als bloß ein Angebot. Es ist ein festes Abkommen. Wir haben bereits ihren Vertrauensbeweis empfangen: einundneunzigeinhalb Millionen Dollar.«

Tuan Ching-kuo feixte vergnügt: »Vertrauen!«

»Bing bù yàn zhà«, sagte Ng mit einem Lächeln: Im Krieg kann es gar nicht genug Hinterlist geben.

»Deshalb habe ich dich auch gefragt, ob du ihre erklärte Absicht für bare Münze nimmst. Wie steht's denn mit *ihrer* Hinterlist?«

»Oh, ich bin mir ziemlich sicher, daß sie das eine oder andere Betrugsmanöver im Sinn haben. Ich wäre überrascht, wenn sie diese Sache nicht als den ersten Schritt zu dem Versuch verstehen würden, die Macht in unserem eigenen Haus an sich zu reißen. Doch andererseits sind sie diejenigen, die verzweifelt sind, die sterben, die auf uns angewiesen sind. Ich denke, daß es in ihren Herzen mehr Aufrichtigkeit als Hinterlist gibt. Und abgesehen davon: Was könnten sie denn tun, bis sie ihr heißersehntes Heroin bekommen haben? Dieses Heroin bedeutet für sie Milliarden von Dollar. Es bedeutet ihre Wiederauferstehung. Doch bis es soweit ist, haben wir die Trümpfe in der Hand, nicht sie.«

»Und du siehst keine Rache voraus?«

»Ich sehe die Wut der Ohnmächtigen voraus. Vielleicht legen sie wieder halb Chinatown in Schutt und Asche, oder sie lassen ein paar *hak gwai* in der Luft explodieren. Vielleicht werden sie uns anfallen wie angeschossene Hunde. Doch was kümmert's dich, Ah Kuo? Du hast bisher stets darauf geachtet, daß kein Schlachtenstaub deine Jackenaufschläge beschmutzen konnte.«

»Ich bin kein gewalttätiger Mensch«, sagte er. »Ich bin ein Unternehmer.«

»Und deine Mutter war eine Jungfrau.«

»In meinen Augen ja.«

Ng Tai-hei fand Tuans Gefühl keuscher Verehrung gegenüber dem Andenken seiner Mutter einigermaßen lächerlich, da die Kuomintang von Taipeh nie müde wurden, die Geschichte zum besten zu geben, wie der junge Tuan eines Tages seine eigene Mutter vergewaltigt hatte, in einem betrunkenen Wutanfall, nachdem er vor vielen, vielen Jahren in Bangkok durch eine Aufnahmeprüfung für den öffentlichen Dienst gefallen war. Soweit Ng wußte, war das bloß eine Geschichte. Er hatte Tuan nie danach gefragt, denn er hielt das nicht für die Art von Frage, auf die man eine ehrliche Antwort erwarten durfte.

Tuan aß eine Krabbe und ein Bambussprossenklößchen und signalisierte dem Kellner, daß er noch mehr Tee haben wollte.

»Wann läuft ihr Schiff ein?«

»Ich werde ihnen in Kürze grünes Licht geben. Erst müssen noch ein paar Details geklärt werden.«

»Details, die mit ihnen geklärt werden müssen?«

»Ja. Ein paar jedenfalls. Frachtbriefe, Hafengebühren. Einreisepapiere. Der übliche Papierkram. Doch in erster Linie müssen einige Dinge geklärt werden, die man als Details gegen sie bezeichnen könnte.«

»Und was werden sie angeblich exportieren?«

»Gummischwänze.«

»Und was ist der Frachtcode für Gummischwänze?«

»Das war ihre Idee. Sie haben Läden, wo sie solchen Kram an den Mann bringen können.«

»Sollte die Seidenstraße etwa hier enden? Alle Reichtümer des Orients stehen ihnen zur Auswahl, und sie entscheiden sich für Gummischwänze?«

»Das kann uns doch egal sein.«

»Ich gehe davon aus, daß sie ihre Gummischwänze nicht bekommen werden«, sagte Tuan mit einem Tonfall sarkastischen Mitleids.

»Ach, ich weiß nicht. Ein oder zwei könnten vielleicht an die Wasseroberfläche schießen und irgendwo an Land gespült werden.«

»Werden unsere Freunde diese Fracht persönlich nach Amerika begleiten?«

»Das ist ihre Entscheidung. Indem sie diese treffen, wählen sie gleichzeitig, ohne es zu wissen, zwischen Leben und Tod. Natürlich werde ich ihnen nahelegen, den Transport persönlich zu beaufsichtigen. Es scheint nur vernünftig, eine dermaßen wertvolle Fracht scharf zu bewachen und von Hafen zu Hafen zu begleiten.«

»Natürlich.«

»Kann ich das letzte Auge haben?«

»Greif zu, alter Freund, greif zu.«

28

Die *cafon's* draußen vor dem Club sonnten sich im Glanz ihrer neuen, mehr oder weniger uniformen Sommergarderobe aus seidenen oder baumwollenen Jogging-Anzügen, Bally-Slippern und Nikes, Ray-Ban-Sonnenbrillen, Rolex-Uhren und Diamant- und Onyxringen. Da jeder von ihnen mindestens ein Restaurant oder einen illegalen Spielclub in der Upper East Side betrieb und um diese Jahreszeit in ihren Etablissements Hochbetrieb herrschte, standen nun nicht mehr Frisurprobleme im Mittelpunkt ihres Gesprächs, sondern unternehmerische Fragen.

»Was ist, Alter, hast du schon den Arsch dieser neuen Barfrau geknackt?«

»Ah, fa'n'cul', eh?«

»Die steht nicht auf ihn. Die will's lieber mit seiner verdammten *cummar'* treiben.«

»Diese jungen Tussis von heute, das sind doch alles gottverdammte Lesben.«

»Ich hatte mal 'ne Braut, oben in der Sechsundachtzigsten Straße, die wollte nur Mösen lecken oder in den Arsch gefickt werden.«

»Und was ist mit diesem Ding? Mit diesem schrägen Vogel, der immer in deinem beschissenen Laden aufgekreuzt ist?«

»Welcher schräge Vogel? Bei mir kreuzen 'ne Menge schräger Vögel auf.«

»Na, du weißt schon, dieses Ding. War eigentlich 'n Typ. Wollte aber lieber 'ne Braut sein. Ist in dieses gottverdammte Denver gefahren und hat sich dort operieren lassen. Und später wurde es 'ne verdammte Lesbe. Also ehrlich, man brauchte Papier und Bleistift, um rauszukriegen, was das für 'ne Nummer war. Wie zum Teufel hieß das verdammte Ding noch mal?«

»Samantha.«

»Richtig. Samantha.«

»Hatte 'n Gesicht, diese Type, da blieb glatt die Uhr von stehen, ehrlich. Hatte 'ne Fresse wie der beschissene Hund von Goo Goo.«

»Und dieser Bursche, der diese Type gefickt hat. Ich meine, bevor sie 'ne Lesbe wurde. Dieser Barmann aus dem Village, der nach Feierabend immer bei mir reingeschneit ist. Der dachte doch tatsächlich, das sei 'ne richtige Braut.«

»Ja. Ein wahrer Herzensbrecher. Ein verdammter Mann von Welt.«

»Scheiße, Mann, der alte Fonduzz', der hat sich mal einen blasen lassen, von dieser Samantha.«

»Typisch Fonduzz'. Als wir noch Kinder waren, hatte der so 'n Schuhputzkasten und 'nen verdammten Köter. So 'ne Promenadenmischung. Freitags abends, wenn sich die Jungs draußen vor dem Laden von ihm die Schuhe wienern ließen, haben die zusätzlich fünf Dollar springen lassen, wenn er seinem Köter einen runtergeholt hat.«

»Was ist eigentlich aus Fonduzz' geworden? Den hab' ich schon lange nicht mehr gesehen.«

»Der sitzt im verdammten Knast.«

»Schon wieder?«

»Ich glaube, ihm gefällt's dort. Da kann er sich wie 'n Mann fühlen.«

»Stimmt. Für manche Typen ist das genau das Richtige.«

»Obwohl, er war gut in der Küche. Das muß ich schon sagen.«

»Hast du immer noch diesen Spic, der für dich kocht?«

»Mensch, der ist echt Spitze, der Typ. Ihr müßt mal bei mir reinschauen.«

»Gibt's in dieser beschissenen Stadt überhaupt noch 'n verdammtes 'talienisches Rest'rant mit 'nem verdammten 'talienischen Koch?«

»Ich glaube, nicht. Überall Spics, wo du auch hinkommst. Hier und da gibt's noch 'n paar von den alten Knaben, aber die Köche in den klasse Läden, das sind alles Spics.«

»Dieser verdammte *mammalùcc'*, der mal bei dir gearbeitet hat, dieser blöde Ramón. Der hatte nur Scheiße im Kopf. Haute sich immer diesen verdammten Wein rein und torkelte durch die Küche: ›Ich nix kapieren. Ährrlisch! Ihr sagen *burro*, und das iss verdammte Butter. Er sagen *burro*, und das iss kleines Eselchen. Ich nix kapieren. Ährrlisch!‹«

»Junge, und wie der Typ spielen konnte! Stand am Schluß mit sechs, sieben Riesen bei mir in der Kreide. Wir haben ihm gesagt, er würde im Fluß landen, aber du hast uns dann zum Krankenhaus überredet, weil du ihn so gemocht hast. Der ist ganz schön ins Schlottern gekommen, was?«

»Hat er denn bezahlt?«

»O ja. Der hat bezahlt.«

»Genau. Eigentlich wollte ich den Saukerl rausschmeißen. Aber dieser Typ hier, der hat mich vollgelabert: ›Hey, Mann, das kannst du nicht machen. Der Kerl hat noch Spielschulden bei uns.‹ Zwei verdammte Monate lang muß ich dieses blöde Arschloch noch mit durchschleppen, bloß damit er seine Schulden bezahlen kann.«

»Du bist halt 'n netter Typ.«

»Jaja. Viel zu nett.«

Als Johnny an ihnen vorbeikam, grüßten sie ihn respektvoll. Noch im Frühjahr dieses Jahres waren sie kaum in der Lage gewesen, ihn einzuordnen. Jetzt wußten sie Bescheid. Er war einer von denen da oben, ohne Frage. Er stand über ihnen, das hatten sie kapiert: Er war *punciutu*, in den Finger gepiekst. Eines Tages würde er sie vielleicht brauchen. Doch vermutlich würden sie eher ihn brauchen.

Johnny legte den Karton mit den Fünferschachteln Toscani Extra-Vecchi auf den Tisch.

»Vielen Dank, Kumpel«, sagte der alte Mann. Er zog eine der Schachteln aus dem Karton und behielt sie in der Hand. »›*Nuoce gravemente alla salute*‹«, las er laut vor: Gefährdet ernsthaft die Gesundheit. »So wie euer Trip, was?«

Johnny lächelte, und sein Onkel sagte ihm, er sehe gut

aus, er habe ordentlich Farbe bekommen. Der Barmann brachte ihnen Kaffee und redete Johnny herzlich mit Signor Giovanni an.

Giuseppe hörte aufmerksam zu, als Johnny ihm die Einzelheiten des Deals mitteilte, den sie in Mailand abgeschlossen hatten.

»Sechzig Prozent bei Verladung«, wiederholte der alte Mann. Er begann, still vor sich hin zu rechnen, doch Johnny kam ihm zuvor und nannte die Summe.

»Fünfhundertneunundvierzig Millionen.«

»Fünfhundertneunundvierzig Millionen«, wiederholte sein Onkel.

»Und was ist mit den Waffen? Und mit dem Geld für diesen Premierminister?«

»Um diese Dinge wird sich Don Virgilio kümmern.«

Joe öffnete die Schachtel, zog einen der fünfzehn Zentimeter langen Stumpen heraus und musterte ihn: Die Zigarre erinnerte an ein gekrümmtes schwarzes Aststück. Joe riß die dreifarbige Banderole ab. »Das hier, das ist der richtige Stoff«, sagte er. Dann zündete er den Stumpen an und nahm einen tiefen Zug. »Die Scheißdinger, die sie hier verkaufen, die stammen aus einer verdammten Fabrik drüben in Pennsylvania.« Er saß eine Zeitlang ruhig da und genoß den richtigen Stoff. »Hundertfünfunddreißig Tonnen«, sagte er. »Hunderfünfunddreißigtausend Kilo. Wir werden es ungestreckt verkaufen. Unseren Freunden werden wir achtzig Riesen pro Kilo berechnen. So wenig haben die noch nie bezahlt. Sie werden uns dankbar sein, und sie werden fantastische Gewinne machen. Sie werden mehr verdienen als alle anderen. Die anderen müssen uns hundert Riesen zahlen. Das heißt, die anderen Italiener. Keine Spics, keine Nigger, keine Schlitzaugen! Die Leute, die von uns kaufen, die werden dieses Pack mit Stoff beliefern. Und sie werden ihre eigenen Preise machen. Doch einem Schlitzauge werden wir denselben Vorzugspreis einräumen wie unseren Freunden: Billy Sing. Der ist nämlich immer unser Freund gewesen.

Selbst wenn wir die gesamte Menge für achtzig pro Kilo

losschlagen, würden wir noch immer einen netten Profit einstreichen.« Der alte Mann rechnete. »Zehn Milliarden achthundert Millionen. Don Virgilio und unsere Freunde in Sizilien bekommen ein Drittel davon. Das wären wieviel? Rund drei Komma sechs Milliarden. Uns bleiben sieben Komma zwei Milliarden. Wenn die alte Route wieder funktioniert und kein Hahn mehr nach dem Goldenen Dreieck kräht, werden wir mit Don Virgilios Leuten fiftyfifty machen. Ich werde mich dann aus dem Geschäft zurückziehen, und die anderen werden mir noch viel dankbarer sein. Und du und Louie – ihr könnt machen, wozu ihr Lust habt.«

»Sieben Milliarden«, sagte Johnny. Geistesabwesend griff er sich einen der Stumpen und hatte ihn angezündet, bevor er registriert hatte, was er da machte.

»Du siehst also«, sagte sein Onkel, »daß dein Anteil bloß aus ein paar Krümeln von diesem Kuchen besteht. Aber jetzt, wo Tonio sich die Radieschen von unten anguckt, werde ich dir mehr geben, als du sonst bekommen hättest. Ursprünglich wollte ich dir zehn Prozent von meinem Anteil geben. Doch wegen der Zigarren und all dem anderen Kram werde ich daraus glatte fünfhundert machen.« Der alte Mann spürte, daß sein Neffe das Wort hören wollte, das er weggelassen hatte, und so tat er ihm den Gefallen: »Fünfhundert Millionen.«

Johnnys Vorstellungsvermögen konnte diese Summe jetzt genausowenig erfassen wie damals, als sein Onkel von ›ein paar hundert Millionen‹ gesprochen hatte. Das Gewitter aus Mord und Beinahetod, das ihn erschüttert hatte, schien unbedeutend gegenüber der Belohnung, die ihn nun erwartete. Daß ihm ein derartiger Reichtum und die Brise gehören sollten, durchflutete ihn mit einem Erstaunen, das er vorher nie für möglich gehalten hätte.

»Ich möchte, daß du nachher in die City fährst«, sagte Joe. »Du wirst ins Büro gehen und dich mit Bill zusammensetzen. Du richtest ihm aus, daß er sich um dieses fünfhundertneunundvierzig Millionen kümmern soll. Du sagst ihm, daß sie in Hongkong zu deiner Verfügung stehen müssen. Das ist ein Haufen Geld. Wahrscheinlich wird er die Inhaberschuldverschreibungen der Bank of Pakistan zu Geld machen müssen. Sag ihm das, falls er irgendwelche Sperenzchen macht. Pakistanische Staatsbank. Und wenn er sich dafür auf den Kopf stellen muß, diese fünfhundertneunundvierzig Millionen müssen uns in Hongkong zur Verfügung stehen, ohne Wenn und Aber. Laß dir keine Scheiße erzählen. Du bist sein Boß. Wenn er dir blöd kommt, haust du ihm einfach eine runter.«

Die Vorstellung, einem Anwalt eine runterzuhauen, egal, welchem, erschien ihm, im Hinblick auf Recht und Gerechtigkeit, überaus reizvoll.

»Und heute abend kommst du zu mir in meine Wohnung. So gegen sieben. Wir werden ausgehen und was futtern.«

Johnny stand auf, beugte sich herab, um seinen Onkel zu umarmen. Dann wandte er sich Richtung Ausgang.

»Hey, Kumpel.«

Johnny drehte sich um.

»Du hast gute Arbeit geleistet. Du bist in Ordnung.«

Absolution. Vergebung. Segnung. Die Stimme seines Onkels schien all das auszudrücken. Sie schien jener Reinigung, die Johnny bereits an sich vorgenommen hatte, die nachträgliche Zustimmung einer unanzweifelbaren Autorität zu erteilen.

Im Novarca-Büro in der Wall Street machte Bill Raymond keine Sperenzchen. Er saß einfach bloß da und schüttelte hilflos den Kopf.

»Hast du eine Vorstellung, John, was die Novarca wert ist?« Im Gegensatz zu seinem Onkel hatte Johnny den Anwalt nie davon abgehalten, ihn zu duzen.

»Buchwert oder Marktwert?« Johnny grinste. Er hatte keinen blassen Schimmer.

»Ich meine den guten alten Nettobuchwert.«

»Können wir das Ganze nicht ein bißchen beschleunigen?«

»Sicher. Unter Einbeziehung sämtlicher Vermögenswerte und Verbindlichkeiten, inklusive derjenigen der Lupino, der R. P. und ihrer getarnten Tochtergesellschaften, ist die Novarca Management Group, abzüglich der Kosten für unsere kleine Forschungs- und Entwicklungsexkursion nach Mailand, etwa sechshundert Millionen Dollar wert.«

»Inklusive der Inhaberschuldverschreibungen der Bank of Pakistan?«

»Ja, das umfaßt auch die Inhaberschuldverschreibungen der Pakistanischen Staatsbank. Sechshundert Millionen sind natürlich kein Pappenstiel. Es gibt öffentlich gehandelte Gesellschaften, die viel, viel weniger wert sind. Aber eine Investition von fünfhundertneunundvierzig Millionen Dollar würde bedeuten, daß wir nicht mehr für die laufenden Betriebskosten aufkommen könnten. Die Novarca kann keine fünfhundertneunundvierzig Millionen Dollar ausgeben.

Du weißt, daß ich nicht zu den privilegierten Führungskräften der Novarca zähle. Ich habe keine Ahnung – und ich will es auch gar nicht wissen –, wie das Müllgeschäft im einzelnen funktioniert. Und ich werde auch nicht fragen, was ihr mit diesen fünfhundertneunundvierzig Millionen anstellen wollt. Ich sage nur, wie es aussieht. Wir haben dieses Geld einfach nicht.«

»Dann werden wir es uns eben leihen müssen.«

»Soll ich etwa zur Wall Street 23 gehen und mir dort fünfzig oder hundert Millionen Dollar leihen?«

»Warum denn nicht? Das ist doch gleich nebenan.«

»Und was bieten wir denen als Sicherheit?«

»Die Novarca.«

»Das bedeutet, daß wir den Laden hier dichtmachen müssen, wenn wir das Geld nicht zurückzahlen können. Und ich sag' dir noch was. Wenn wir das Geld nicht zurückzahlen können, wird man uns mit Paragraph 7 der Bundeskonkursverordnung kommen, mit dem Liquidationsparagraphen, und wenn man uns mit Paragraph 7 kommt, wird man diese Firma sehr genau unter die Lupe nehmen und eine Menge unangenehmer Fragen stellen. Viel mehr Fragen, als ich jemals gestellt habe.«

»Keine Bange. Wir werden zahlen.«

»Wann werden wir unser Geld zurückbekommen? Von welcher Zahlungsfrist reden wir hier?«

»Rückzahlung innerhalb von dreißig Tagen nach unserer Investition.«

»Als erstes werden die wissen wollen, wofür wir das Geld brauchen.«

»Also, die Sache sieht folgendermaßen aus.« Johnny zündete sich eine Zigarette an. Raymond haßte Zigarettenqualm. Johnny würde ihm die Wahl lassen: Entweder er besorgte einen Aschenbecher, oder sein Büro würde als Aschenbecher herhalten müssen. »Drüben in Jersey haben wir diese fantastischen neuen Recycling-Maschinen und diese Affen, die für den Mindestlohn den Müll sortieren. Papier aus Papier, nicht aus Bäumen. Schon heute für ein sauberes Morgen arbeiten. Das ist unser Motto. Wir gehören zur Avantgarde der Müllindustrie, und zwar nicht nur bei dieser Klärschlammbeseitigungsgeschichte. Wir sind von umweltfreundlichen Müllabfuhrwagen und umweltfreundlichen Müllcontainertransportern zu umweltbewußtem Denken vorangeschritten. Unser eigentliches Geschäft ist heutzutage die Umwelt.«

Bill brachte einen Aschenbecher, und Johnny streifte darin seine Asche ab. »Glaubst du, daß du diesen Kram behalten kannst? Oder willst du dir das lieber aufschreiben oder was? Das sind prima Argumente. Das werden die auf der Stelle schlucken.«

»Ich werd's mir merken.« Es waren tatsächlich gute Argumente, gestand Bill Raymond sich ein.

»Ökologie. *Internationale* Ökologie! Wir haben bereits damit begonnen, amerikanische Altpapiermasse an Papierfabriken im Ausland zu verkaufen, an Länder in Übersee, deren natürliche Papierressourcen erschöpft sind und deren Recyclingindustrie noch in den Kinderschuhen steckt. Im Augenblick chartern wir noch die Transportschiffe. Doch das Geschäft floriert, und wir möchten uns eine eigene Transportflotte aufbauen. Wir wollen ein Schiff kaufen. Gleichzeitig haben wir damit begonnen, Im- und Exportmöglichkeiten zu sondieren, die es uns erlauben würden, auch bei der Rückfahrt der Schiffe Gewinne zu machen. Tatsächlich haben wir bereits Vorbereitungen für unsere erste Rückfahrt getroffen: Eine Containerladung aus Hongkong ist bereits an eine amerikanische Importgesellschaft hier in New York verkauft worden.«

»Und was importiert ihr?«

»Gummischwänze.«

Der Anwalt starrte ihn ungläubig an. Nein, es war keine Ungläubigkeit. Es war völliges Unverständnis. Johnny hob seine linke Hand, formte mit Daumen und Zeigefinger einen Kreis und ließ mit gelangweilter Miene den Zeigefinger seiner anderen Hand innerhalb dieses Kreises vor und zurück gleiten.

»Gummischwänze!« sagte der Anwalt. »Das wird den Leuten von der Bank gefallen. Was nicht heißen soll, daß sie nicht auch von dieser Müllgeschichte fasziniert sein werden.«

»Die sind ziemlich raffiniert, diese Schwänze. Echte Kunstwerke. Naturgetreuer Latexüberzug. Batteriebetrieben. Die sind wie Skulpturen: ein Biber am Fuß eines Totempfahls. Du schaltest die Dinger ein, und der Pfahl rotiert, und die Zunge des Bibers fängt wie verrückt zu schlabbern an. Zwei Geschwindigkeiten. Ich sage dir, Billy, das sind 50-Dollar-Schwänze. Hast du vielleicht 'ne Freundin?«

»Also, besorg mir die Papiere von diesem Schiff, das du kaufen willst.«

Johnny war sich sicher, daß ihm die Triadenleute gefälschte Papiere beschaffen könnten.

»Besorg mir die Papiere, und ich werde sie bei der Bank vorlegen. Die werden das natürlich überprüfen.«

White Lion Enterprises. Die Firma stand im Handelsregister.

»Ich hoffe nur, du weißt, was du da tust.«

»Ich auch.« Johnny grinste. »Ich auch.«

Er fragte sich, wie sein Onkel die Nachricht aufnehmen

würde, daß die Novarca praktisch liquidiert und gepfändet sein würde, bis sie das Rauschgift herangeschafft hatten. Als er an diesem Abend in der Wohnung des alten Mannes eintraf, schenkte er ihm gleich reinen Wein ein.

»Also«, sagte Johnny, »du bist pleite.« Ihm stieg ein köstlicher Geruch in die Nase.

»Ich bin erst pleite, wenn meine Matratze verbrannt ist.«

»Als ich ihm gesagt habe, was wir haben wollen, sah er so aus, als würde er gleich in Tränen ausbrechen.«

»Na klar. Der zittert um seinen verdammten Job.«

»Wenn man ihn näher kennenlernt, ist er eigentlich ganz in Ordnung.«

»Ach ja? Wen interessiert das? Was ist los mit dir? Willst du für den verdammten Stadtrat kandidieren oder was? Laß dich nie mit den verdammten Angestellten ein.«

Joe schien davon überrascht, daß Johnny glaubte, die Gummischwänze an den Mann bringen zu können. »Heutzutage ist dieses Geschäft fest in den Händen der Israelis. Es gibt keinen Pornoschuppen, wo die Brüder nicht ihre Finger drin haben. Ich habe immer gedacht, daß die in diesem Geschäft das Monopol hätten. So wie die Hindus bei den Zeitungsständen.«

»Die Israelis haben die Läden«, sagte Johnny. »Aber die Italiener kontrollieren noch immer den Vertrieb.«

»Das waren noch nie die Italiener allein. Das ist von Anfang an der Fehler gewesen. Es waren die Italiener und die Juden. Und die Juden haben die verdammten Israelis ins Geschäft gelassen. Vor zehn, zwanzig Jahren, da war das noch ein prima Geschäft für einen jungen Burschen: die Peep-Shows, die Sexhefte, der Schwulenkram. Heute kannst du das vergessen. Jetzt haben sich da überall die Israelis breitgemacht. Was die anfassen, diese Israelis, das beschmutzen sie. Das sind schmutzige Leute. Die haben keine Klasse.«

»Was soll's. Die Gummischwänze sind ja nicht die Hauptsache.«

Was er riechen konnte, waren die gefüllten Paprikaschoten, die in der Küche vor sich hin brutzelten. Er liebte die Paprikaschoten seines Onkels. Niemand machte gefüllte Paprikaschoten wie er: Brotkrumen aus dem Steinofen seines Bäckers, frische Petersilie, Anchovis, Walnüsse, Knoblauch, Hühnerbrühe und Parmesan. Die Tatsache, daß Joe kochte, verriet, daß er gute Laune hatte.

»Ich hab' gedacht, wir nehmen ein kleines *antipast'* zu uns, bevor wir aus dem Haus gehen. Die Dinger müßten inzwischen gar sein. Warum schiebst du sie nicht noch für 'ne Minute in den Backofen? Ich kann mich nicht mehr so tief bücken.«

»*Scheiße!*« Wie ein Idiot hatte Johnny die Herdtür geöffnet und den Schmortopf mit der bloßen Hand angefaßt.

Sein Onkel sah zu, wie er den Kaltwasserhahn aufdrehte und seine verbrannten Finger unter das fließende Wasser hielt. »Hey, hast dein Gehirn in Sizilien gelassen oder was? Der verdammte Topflappen liegt direkt vor deiner Nase.«

»Jedesmal, wenn ich dich besuche, passiert was mit meinen Fingern.« Johnny ging zum Kühlschrank und holte einen Eiswürfelbehälter aus dem Gefrierfach. Dabei fiel sein Blick auf ein merkwürdiges Päckchen, das hinter einer Schachtel tiefgefrorener grüner Erbsen von Bird's-Eye hervorlugte. Es war ein Blechkästchen, fest verschlossen mit einem gelben Klebeband, auf dem eine Art Code – USAMRIID BS-4 – und die Worte ACHTUNG und GEFÄHRLICHE KRANKHEITSERREGER standen.

»Was zum Teufel ist denn das hier?«

»Was?«

»Na, das hier. Hinter den Erbsen.«

»Ach so, das. Da läßt du besser die Finger von.«

»Was ist das?«

»Schlechtes Fleisch.«

»Schlechtes Fleisch?«

»Ja, *schlechtes* schlechtes Fleisch. Ein kleines Geschenk für unsere Freunde im Goldenen Dreieck.« Joe hatte ihm von dem versoffenen Veterinär erzählt, von dem Virus, das in tiefgefrorenem Fleisch konserviert wurde. »Dagegen sieht diese AIDS-Scheiße wie 'n läppischer Schnupfen aus!«

Johnny ließ den Eiswürfel in den Ausguß fallen und dachte an die grünen Erbsen.

»Und was hast du damit vor?«

»Das habe ich dir doch gerade gesagt. Das Zeug ist für diese Dschungelschlitzaugen bestimmt. Weißt du, was ein Ökosystem ist?«

Natürlich wußte er das. Die Umwelt war schließlich sein Geschäft.

29

Johnny mußte lächeln, als er in dem Café in der Mulberry Street saß und Willie Gloves zwischen den Gipsfiguren von Christus und dem heiligen Gennaro auftauchen sah, die die Eingangstür der gegenüberliegenden Ladenfront umrahmten. Willie trug einen dieser extravaganten, von keinerlei Schweißflecken verunstalteten Fitneßanzüge. Johnny schlich sich von hinten an ihn heran und erreichte ihn kurz vor der Kreuzung von Mulberry und Grand Street. Er rammte ihm den Zeigefinger in den Rücken.

»Her mit dem Geld!« Er wußte, wie Willie reagieren würde, und sprang einen Schritt zurück, als dieser blitzschnell herumwirbelte.

»Scheiße«, sagte Willie, und sein Gesicht verzog sich zu einem strahlenden Grinsen.

»Was liegt an, Fremder?« Johnny grinste zurück.

»Wo zum Teufel hast du gesteckt, Mann?«

»Hey, das Müllgeschäft ist ein verdammter Full-time-Job. Los, laß uns was essen gehen.«

»Ich muß erst meine Runde machen.«

»Dann machen wir deine verdammte Runde zusammen und gehen hinterher was essen.«

Johnny wollte die Grand Street überqueren.

»Wo willst du hin? Hier geht's lang.« Willie schlenderte zu einem silbernen Buick, einem funkelnden Neuwagen, der im absoluten Halteverbot stand, in der Nähe von zwei Männern, die auf Klappstühlen saßen. »Die Zeiten, wo ich zu Fuß durch die Gegend gelatscht bin, die sind endgültig vorbei.«

»Der Wohlstand steht dir wirklich gut.«

»Ich sage immer: Besser ich als jemand anders. Wie sieht's bei dir aus? Wie ich höre, kommst du ganz schön rum, Kumpel.«

»Wer sagt das?«

»Die Typen in der Hester Street.« Willie steckte sich eine Zigarette an und parkte den Buick in der Broome Street, in zweiter Spur. »Aber wo zum Teufel kommen die denn schon hin, was?«

Später, über den *calamaretti* in ihrem alten Stammrestaurant in East Harlem, erzählte Johnny Willie, daß sich das Müllgeschäft fantastisch entwickelte.

»Na ja, ich und die Bestatter haben momentan auch Hochkonjunktur, könnte man sagen.«

Die wein- und knoblauchgesättigte Sauce rief in Johnny Erinnerungen an Sizilien wach. Zum erstenmal erkannte Johnny, daß der gespenstische Wirt dieses Lokals viel mehr zu bieten hatte als das Rezept für ein Tintenfischgericht. Es war das Rezept für eine Erinnerung, ein Rezept, das eine bestimmte Landschaft und ihre Atmosphäre heraufbeschwor, und die Brise, die er dort verspürt hatte.

»Erzähl doch mal«, sagte Willie. »Wie bekommt dir das Eheleben?«

»Scheiß auf das Eheleben.« Johnny war schon wieder seit einer Woche in New York, doch er hatte Diane noch nicht über seine Rückkehr informiert.

»Warum zum Teufel hast du überhaupt geheiratet? Ich meine, diese verdammte Monogamie ist doch nicht in deinem Blut angelegt gewesen, oder was?«

»Aus Liebe«, feixte Johnny.

»Liebe.« Willies Stimme wurde lauter, nahm das Timbre einer opernhaften Deklamation an: *»Un' schiavo d'amore.«* Er strich etwas Butter auf ein Stück Brot und stippte es in die Sauce. »Euch Typen werde ich nie begreifen. Ihr legt keinen Wert auf einen verdammten Waffenschein, aber ihr stellt euch schön brav an, wie ein verdammter *citrul'*, um euch so 'ne alberne Erlaubnis zum Ficken zu holen. Das will mir einfach nicht in den Kopf.«

»Ich wollte ein Kind haben. Das weißt du doch.«

»Na und? Du bumst die Braut an, und dann holst du dir diesen verdammten Schein. Damit ersparst du dir den ganzen Ärger. Hast du denn überhaupt noch so was wie ein gemeinsames Leben mit deiner Alten?«

»Wir reden nicht. Wir ficken nicht.«

»Mensch, das ist ja wie bei den Minnesängern. Die reine Liebe.«

»Mach dir bloß keine Sorgen um mein Sexleben. Kümmer dich lieber um dein eigenes.« Johnny grinste beim Sprechen, doch in seiner Stimme lag eine Verärgerung, die sein Grinsen nicht völlig überdecken konnte.

»Willst du mich verarschen? Ich lebe neuerdings für die Liebe. Die Liebe törnt mich an, das kannst du mir glauben. Im letzten Monat hatte ich sogar 'ne verdammte Verabredung.«

»Du hattest 'ne Verabredung?«

»Na und ob! Blumen, 'ne Show, und hinterher ein Dinner. Mit allen Schikanen. Hat mich dreihundert Dollar gekostet. Ungelogen! Jesus Christus ist mein verdammter Zeuge. Dreihundert Piepen, aber Ficken ist nicht drin gewesen.«

»Eine moderne Romanze, Alter. Eine moderne Romanze.«

»Deine moderne Romanze, die kannst du dir in den Arsch schieben. Ein ›reizender Abend‹, wo sich nichts abspielt, ist in dieser gottverdammten Stadt mittlerweile teurer als ein Fick.«

»Sich mit einem netten Mädchen zu treffen kostet eben Geld.«

»Was heißt hier ›nettes Mädchen‹? Eine Braut, die diese Verabredungsmasche durchzieht, ist 'ne viel größere Nutte als 'ne Tussi, die für fünfzig Dollar die Beine breitmacht. So eine ist 'ne Nutte, die sich nicht ficken läßt. Und das finde ich einfach zum Kotzen!«

»Wo hast du diese Zicke denn aufgegabelt? In einer deiner Kaschemmen?«

»In der Kirche. Ich hab' sie in der Kirche kennengelernt.«

»Ach, du gehst jetzt auch in die Kirche?«

»Wieso nicht? Glaubst du etwa, daß die Heiligenfiguren nach draußen spaziert kommen oder was?«

»Das scheint einfach nicht zu dir zu passen.«

»Verdammt noch mal«, sagte Willie mit einem süffisanten Grinsen, »in dieser Welt mußt du dich nach allen Seiten absichern. Und eins kann ich dir sagen, Johnny: Da gibt's haufenweise tolle Bräute. Ehrlich! Ich würde sagen, Pfund für Pfund, Titte für Titte, daß die Kirchen 'ne viel bessere Sorte Weiber anziehen als die Kneipen. Und außerdem helfe ich diesem Typen, diesem Bareback, bei der Organisation der Glücksspiele, die jeden Freitagabend im Gemeinderaum der Kirche stattfinden.«

»Und wieviel Prozent fallen dabei für dich ab?«

»Nichts. Die Kirche ist die Bank!«

»Du und Wohltätigkeitsarbeit? Ich faß es einfach nicht!«

»Genau. Wohltätigkeitsarbeit. Irgendwie, jedenfalls. In der Kirche machen sie immer um zehn Uhr Feierabend. Hinterher nehmen wir die Leutchen mit runter in den Club, und da ziehen wir ihnen das Fell über die Ohren.«

»Willie der Barmherzige! Eines Tages wirst du noch verdammte Ablaßzettel verkaufen.«

Willie lächelte tiefsinnig und trank seinen Wein.

Als Johnny schließlich in die Wohnung in Brooklyn ging, war Diane nicht zu Hause. Er setzte sich für eine Weile hin und betrachtete die Parkettabzieher des Franzosen.

Der Gedanke an ein Leben ohne Diane stimmte ihn traurig, und die Aussicht, noch einmal auf Freiersfüßen durch die Gegend zu stolpern, deprimierte ihn. Er glaubte nicht, daß er noch einmal sein Herz ausschütten und seine Lebensgeschichte – wie zensiert oder verkürzt auch immer – erzählen konnte. Er wußte noch nicht einmal, ob er überhaupt in der Lage wäre, sich ohne den Beistand des Alkohols auf die Suche zu begeben. Gleichzeitig wußte er, daß der Alkohol ihm nichts mehr geben würde. Früher hatte ihm jede Sauftour neues Fleisch beschert, neue Schönheit, neuen Sinneskitzel. Dann wurden die Sauftouren immer länger und die Bräute immer häßlicher. Und am Ende war er so wie all die anderen: ein jämmerlicher, besoffener Schlappschwanz, der in seiner eigenen Verzweiflung ertrank und wie ein Idiot auf einen Zug wartete, den man schon vor Jahren vom Fahrplan gestrichen hatte. Sich in den Toiletten im Stehen einen blasen zu lassen baute ihn nicht auf, im Gegenteil: Es war genauso freudlos und widerlich, wie zu pissen und zu kotzen.

Ohne Schnaps, ohne Diane schien all das, was noch vor ihm lag, in Trübsinn getaucht. Er hatte herausgefunden, daß der Mord als Tat nicht das seelische Dilemma darstellte, das er als bloße Vorstellung zu sein versprach. Verglichen mit jenem heiklen Entflammen von Seelen, das man Liebe nannte, verglichen mit dem ungehinderten Betreten und Empfangen des Herzens eines anderen, mit dem Eindringen in eine Seele, war das Auslöschen einer Seele nichts. Da lag das Rätsel, die engmaschige Welt feiner, ineinander verwobener Schatten. Und wenn die Liebe starb, oder ermordet wurde, gab es eine Verwüstung, wie sie Messerklingen und Revolverkugeln nie hervorrufen konnten.

Und diese Liebe war tot. Er selbst hatte diese Liebe getötet, und dieser Mord beunruhigte ihn viel mehr als das Blut, das er auf der anderen Seite des Ozeans vergossen hatte. Er wußte, daß diese Liebe tot war, doch er konnte diesen Tod nicht hinnehmen, und er glich jemandem, der sich an einen Leichnam klammerte, in einer Mischung aus schmerzlichem Verlust und Leugnung der Tatsache. Er wußte, daß er aus dem Paradies der Gnade gegenseitiger Freundschaft und Liebe in die Hölle kalter Besitzansprüche gestürzt war und daß sie beide in diesem fruchtlosen Besitzdenken dahinsiechen würden, wie zwei aneinandergekettete Feinde, in einer Zelle, zu der er den Schlüssel besaß. Ja, genau das war es, woran er glauben mußte, hier und jetzt, in Brooklyn, wo es keine Brise gab und der Augenblick von totem Atem beherrscht wurde; er mußte glauben, davon überzeugt sein, daß er es war – nicht sie beide, und schon gar nicht sie –, der den Schlüssel besaß.

Er stand auf. Einen Augenblick lang hatte er daran gedacht, ihr eine Nachricht zu hinterlassen, doch als er sich diese Nachricht vorzustellen versuchte, wollte ihm nichts einfallen, sosehr er sich auch bemühte.

Ein paar Tage darauf, als er im Gewerkschaftsbüro war, erhielt er von der Novarca die Nachricht, daß Signorelli alle notwendigen Vorbereitungen getroffen hatte. Er rief Louie an, der ihm mitteilte, er würde über die Novarca bei White Lion Enterprises anfragen lassen, ob in Hongkong alles geregelt sei.

An diesem Abend kehrte Johnny nach Brooklyn zurück. Er erzählte Diane, er sei gerade aus Europa zurückgekommen und müsse sich ein paar Sachen holen, da er noch einmal auf Reisen gehen müßte. In Wahrheit waren es die Ketten, die ihn in die Wohnung zogen.

Etwas an ihrem Blick irritierte ihn. Es war nicht der Blick einer Fremden und auch nicht der einer Feindin, sondern der eines Waisenkindes in einem Gewitter, ein Blick, der nichts weiter in ihm zu sehen schien als eine Gestalt aus einem periodisch wiederkehrenden, quälenden Traum. In diesem Moment wurde ihm bewußt, daß sie nie wieder miteinander schlafen würden, und ihn durchzuckte der Gedanke, über sie herzufallen und sie zu vergewaltigen. Bestimmt mußten ihre Ketten mit derselben brutalen Leidenschaft gesprengt werden, mit der sie einmal zusammengeschweißt worden waren. Doch statt sie zu vergewaltigen, stand er einfach nur da und gab sich dem merkwürdigen letzten Aufflackern dessen hin, was einmal Liebe gewesen war.

»Wie fühlst du dich?« fragte sie.

»Gut«, entgegnete er unsicher.

»Ich meine, wenn du an uns beide denkst.«

Darauf wußte er keine Antwort, ob aufrichtig oder geheuchelt, außer einer Umarmung. Er nahm sie in die Arme, und sie brach auf der Stelle in Tränen aus. Und bevor er es richtig merkte, passierte genau das, was nie wieder zwischen ihnen passieren würde. Ihr Mund schien jede nur denkbare Medizin gegen ihren schmerzenden, auszehrenden Tränenverlust einsaugen zu wollen, und ihr Körper füllte sich mit der größten aller Leidenschaften, einer Leidenschaft, aus der nicht Lust oder Liebe oder Erregung oder Haß sprechen, sondern blinde Wut und

Trauer. Es war kein Ficken, sondern ein Trauern, ein schwermütiger, langsamer, sinnlicher Tanz des Verlusts. Sie schleckten einander ab wie zwei Tiere, die sich in einer lautlosen instinktiven Zeremonie gegenseitig die Wunden leckten. Ihre Möse war heiß und naß und zupackend, und sein Schwanz fuhr in sie hinein wie ein zum Gnadenstoß gezückter Dolch.

Schweigend lagen sie nebeneinader, bis der schleppende Pulsschlag der finsteren Nacht unerträglich wurde.

Er machte Anstalten zu gehen. Vielleicht würde er sie erst wiedersehen, wenn er aus dem Osten zurückgekehrt war. Falls er aus dem Osten zurückkehrte. Es war sie, die ihn erinnerte: »Wolltest du dir nicht ein paar Sachen holen?« Sie hob den Arm und schaltete die Lampe über dem Kopfende des Bettes an, und dann rollte sie sich hinüber in ihre eigene Finsternis.

Er begann, ein paar Kleidungsstücke aus dem Wandschrank zu ziehen: das olivgrüne Jackett aus weicher Seide, das er bei Burberry's im Schlußverkauf erstanden hatte, seinen schwarzen, maßgeschneiderten Kid-Mohair-Anzug, eine blaue Sommerhose aus Wolle, ein paar leichte Sommerhemden. Zuerst hielt er die Ausbuchtung in der Brusttasche des schwarzen Kid-Mohair-Jacketts für eine Krawatte. Als er den zusammengeknüllten, fleckigen Slip herauszog, segelte Bob Marshalls DEA-Visitenkarte auf den Boden. Einen Augenblick lang stand er bewegungslos da und fragte sich, wie in aller Welt der Slip seiner Frau in seinem Jackett gelandet sein mochte, dann bückte er sich, um das kleine weiße Rechteck aufzuheben, das direkt vor seinen Füßen gelandet war.

Die Idee, sie zu vergewaltigen, war bloß eine Anwandlung gewesen. Der Drang, sie zu töten, ihr die Kehle zu zerquetschen, war schier überwältigend. Es war ein Drang, der mit donnernder Gewalt an die Tür seines Begriffsvermögens hämmerte und Puls, Herzschlag, Atem und Geist mit der Explosion eines plötzlichen Schocks erschütterte. Wäre eine Literflasche Scotch greifbar gewesen, hätte er ihr auf der Stelle den Hals abgeschlagen und die zersplitterte, scharfkantige Öffnung an seine Lippen gesetzt. Sein Mund war trocken vor Wut. Die Worte kamen ihm nur mühsam von der Zunge. Er stand über ihr. »Was zum Teufel geht hier vor?«

Sie wandte ihm das Gesicht zu, erkannte kaum, was er in seiner Hand hielt, zuckte zurück vor dem dämonischen Zorn, der in seinen Augen aufblitzte und seine Lippen erzittern ließ. Er packte sie beim Kinn und riß ihren Kopf in seine Richtung, dann rieb er ihr den Slip brutal über das Gesicht, wobei er ihr fast die Nase eindrückte. Als sie zu schreien begann, rammte er ihr den zusammengedrückten Slip in den Mund und preßte seine Hand über ihre Lippen. Durch den Stoff konnte er ihren Atem spüren, heiß, verzweifelt, keuchend. Ihre Augen weiteten sich vor Angst. Der Stoff bedeckte auch ihre Nasenlöcher. Sie war sich sicher, daß er sie ersticken, daß er sie umbringen wollte. Mit zittriger Hand hielt er ihr die Visitenkarte direkt vor die Augen.

Sie war völlig ratlos. Erst als Johnny den Slip von ihrem Mund entfernt und der Sauerstoff ihre Angst gemildert hatte, erinnerte sie sich an diesen Slip; erst in diesem Moment konnte sie sich alles zusammenreimen.

»Du kannst mir glauben«, sagte sie schließlich, wobei ihre Stimme gegen ihren keuchenden Atem ankämpfte, »ich weiß genausowenig wie du, was hier los ist.«

Er hob seine Hand, um sie zu schlagen. Sie zuckte zurück und schrie auf. Aber er schlug sie nicht.

»Ich werde dir sagen, was hier los ist, du miese Fotze! Du hast mich an diesen gottverdammten Bullen verpfiffen, an diesen möseleckenden, schwanzlutschenden, mutterfickenden Hurensohn, und dann hast du dich von diesem verfluchten Bastard durchficken lassen.«

Wieder hob er die flache Hand.

»Laß mich in Ruhe! Du bist verrückt!« kreischte sie.

Das letzte, was er jetzt hören wollte, war einer ihrer dummen Standardsprüche. Der Schlag trieb ihr die Röte ins Gesicht, und gleich darauf schoßen ihr Tränen in die Augen. Aus ihrem Mundwinkel quoll ein Blutstropfen.

»Was denkst du eigentlich, mit wem du es hier zu tun hast?« zischte er.

»Bitte hör mir doch zu«, wimmerte sie. »Du weißt ganz genau, was ich von den Bullen halte.«

Sie hatte recht. In dieser Hinsicht war hundertprozentig Verlaß auf sie. Für Bullen empfand sie nichts als Verachtung. Und wie konnte sie ihn verpfiffen haben, wo sie doch gar nichts wußte?

»Die müssen hier aus irgendeinem Grund eingebrochen sein. Die haben diesen Slip aus dem Wäschepuff genommen. Vielleicht weißt du, was die hier gewollt haben. Ich jedenfalls weiß es nicht.«

Fast hätte er ihr geglaubt. Er wollte ihr glauben. Er konnte nicht hinnehmen, daß sein Besitz besudelt worden war. Der Gedanke, sie könnte das getan haben, was er ihr unterstellt hatte, war unerträglich. Wenn es etwas gab, das genauso mies war wie ein Niggerfreund, dann war es eine Braut, die sich von einem Bullen ficken ließ. Aber wenn man es darauf anlegte, jemandem weh zu tun, konnte es durchaus vorkommen, daß man seine Moralbegriffe preisgab, um dieses Ziel zu erreichen.

Doch all das spielte im Augenblick keine Rolle. Egal, wer diese Visitenkarte zurückgelassen hatte, dieses Spezialarschloch Robert J. Marshall mußte ihm auf die Schliche gekommen sein.

Johnny ließ von seiner Frau ab und ging. Eine halbe Stunde später war er im Apartment seines Onkels in der Sullivan Street. Er legte die DEA-Visitenkarte auf den Küchentisch. Er erzählte, wie er sie gefunden hatte.

»Das ist bloß ein Bluff«, sagte der alte Mann. »Ein Typ, der wirklich was gegen dich in der Hand hat, der macht nicht solche albernen Mätzchen. Er möchte dir einen Schreck einjagen. Er will dich nervös machen, weil er hofft, daß du dann Mist baust.«

»Was ist, wenn sie mir hierher gefolgt sind?«

»Dann hast du deinen Onkel besucht. Das ist doch nicht verboten, oder?« Der alte Mann hielt kurz inne. »Merkst du denn nicht, daß dies genau das ist, was der Typ bezweckt. Du bist völlig von der Rolle. Du denkst nicht mehr nach.«

»Aber er wußte genug, um mich aufs Korn zu nehmen.«

»Und deshalb muß er auch verschwinden. Aber ich muß dir eine Frage stellen. Und eins mußt du dir klarmachen: Wenn du mir keine ehrliche Antwort gibst, bringst du uns vielleicht alle in Teufels Küche. Weiß deine Frau irgend etwas über deine Geschäfte? Irgend etwas, und mag es dir noch so unwichtig vorkommen?«

»Nein.«

»Gut. Dann kann uns auch nichts passieren.«

»Glaubst du, daß er sie gefickt hat?«

»Woher soll ich das wissen? Sie ist deine verdammte Frau. Ich kenne das Mädchen doch kaum. Was glaubst du denn?«

Seine verlorengegangene Fassung kehrte nach und nach zurück, und er begann, Furcht von Verdacht zu scheiden. »Ich glaube, sie hat mit ihm gefickt.«

»Du bist aus demselben Holz wie ich. Du denkst, wenn sie mit dir fickt, dann fickt sie mit jedem.«

Für Onkel Joe war die Welt des Sex und der Eifersucht eine verschwommene und ferne Erinnerung, wie jenes Duftgemisch aus Zitronenblüten und Meer, das er hin und wieder zu vernehmen glaubte. Irgendwie beneidete er Johnny um die glühende Hitze seiner Leidenschaft.

»Laß mich diesen Typen erledigen«, sagte Johnny. Er wußte auch schon, wie er es anstellen würde. Diane war ihm etwas schuldig. Ja, genau. *Frauen als Köder benutzen.*

»Bist du verrückt? Hat dich das bißchen Blut, das du geleckt hast, zum wilden Tier gemacht? Das hier ist keine Privatsache, verdammt noch mal! Darum werde ich mich kümmern!« Joe ließ die Visitenkarte in seiner Hemdtasche verschwinden. Dann wurde sein Tonfall sanfter, einfühlsamer. »Sollen sie den Typen so behandeln, als hätte er dir Hörner aufgesetzt?«

Johnny dachte eine Weile nach, dann sagte er: »Ja. Das würde mir gefallen.«

»Noch was. Wenn deine Frau die Wahrheit sagt, könnte

es sein, daß dein Telefon überwacht wird. Scheiße, selbst wenn sie dich angelogen hat, könnte die Leitung angezapft sein.«

»Dieses Telefon habe ich schon seit Jahren nicht mehr angefaßt.«

»Gut. Dann brauchen wir uns darüber nicht den Kopf zu zerbrechen.«

»Glaubst du wirklich, daß alles in Ordnung ist?«

»So was kommt eben vor. Wie ich schon gesagt habe: Ich werde mich um diese Angelegenheit kümmern.«

Johnny zündete sich eine Zigarette an, lehnte sich zurück und nahm einen Zug.

»Hast du ihr was getan?«

»Ich hab' ihr eine runtergehauen.«

»Sonst noch was?«

Johnny schüttelte den Kopf.

»Gut. Laß sie erst mal in Ruhe. Laß dich von dieser Sache nicht verrückt machen. Du kennst doch diesen Spruch, oder? Möse ist Möse.«

»Ja. Den kenne ich.«

Der bullige Mann mittleren Alters, den Joe am nächsten Morgen zu sich in den Club kommen ließ, hörte ihm aufmerksam zu. Während er zuhörte, hielt er die kleine weiße Visitenkarte zwischen zwei Fingern seiner rechten Hand.

»Und vergiß nicht«, schärfte ihm Joe ein, »daß es wie eine Kokaingeschichte aussehen soll. Die müssen denken, daß Spics dahinterstecken.«

Der Mann nickte bedächtig. Dann schnipste er mit dem Zeigefinger seiner linken Hand gegen das Kärtchen. »Das hier ist keine gewöhnliche *quaglia*.«

»Du kennst mich, Berto. Mach einfach deine Arbeit, und mach sie gut. Mein Briefumschlag wird dich nicht enttäuschen.«

Eigentlich hatte Joe vorgehabt, Paul Como, das Computergenie, erst dann anzurufen, wenn sich das Schiff auf hoher See befand. Doch jetzt änderte er seine Pläne und rief sofort bei ihm an.

Drei Tage später – am Freitagmorgen – schaltete Bob

Marshalls Assistentin Jennifer Hernandez ihren Computer an, um eine Briefdatei zu laden, an der sie gearbeitet hatte. Das System reagierte nicht auf ihren Befehl. Statt der Eingabeaufforderung flackerte auf ihrem Monitor der Schriftzug AQUI SE HABLA ESPANOL auf. Zuerst lächelte sie. Jemand spielte ihr einen Streich. Vermutlich dieser Valdez, der ein Stockwerk tiefer arbeitete. Sie versuchte, andere Dateien abzurufen. Doch jedesmal erschien auf ihrem Bildschirm dieselbe Botschaft. Sie versuchte, das Dateiverzeichnis zu laden. Was auf dem Monitor erschien, verblüffte sie. Ihr Dateiverzeichnis hatte sich in ein wirres Tohuwabohu aus ASCII-Zeichen verwandelt. Konnte es sein, daß sie dafür verantwortlich war? Sie hetzte den Korridor hinunter. Es war noch früh. Außer ihr waren erst wenige Mitarbeiter zum Dienst erschienen. Sie klopfte an Peter Wangs Tür.

»Ich fürchte, mit dem System ist was nicht in Ordnung«, sagte sie zu ihm.

Wang war die Ruhe selbst und lächelte, als er sich seinem Terminal zuwandte, doch schon nach wenigen Minuten sah er blaß und verstört aus: Jemand hatte nicht nur alle Dateien gelöscht, die als ›nicht öffentlich‹, ›vertraulich‹ oder ›begrenzt zugänglich‹ eingestuft waren, sondern auch dafür gesorgt, daß das Norton-Programm sämtliche Dateiverzeichnisse getilgt hatte. Allgemein zugängliche Dateien waren verschlüsselt worden, und alle bis auf die rudimentärsten Befehle waren in Logikbombenimpulse verwandelt und so programmiert worden, daß sie, sobald sie ausgeführt wurden, ein noch größeres und weitreichenderes Chaos im System und in den mit ihm vernetzten Datenbanken anrichteten. Während die Wirkung der Logikbombe immer größere Kreise zog, ließ das System hin und wieder die Botschaften LECKT MICH AM ARSCH, VAYA CON DIOS, CONCHA DE TU MADRE und VIVA LA BLANCA auf den Monitoren aufflimmern.

Washington ordnete die sofortige Stillegung des Systems an. Die virulenten Ranken der Logikbombe hatten sich jedoch längst über New York hinaus ausgebreitet.

Der Tumult im Büro war derart groß, daß Jennifer Hernandez erst um halb zehn bemerkte, daß ihr Boß noch immer nicht zur Arbeit gekommen war.

Marshall lag, mit Klebeband gefesselt und geknebelt, auf dem schmutzigen Zementfußboden eines verlassenen Gebäudes in South Kearny, das früher eine staatliche LKW-Waage beherbergt hatte. Seine linke Gesichtshälfte war rot angeschwollen, und aus einer klaffenden Wunde an seiner Schläfe quoll dunkles, allmählich gerinnendes Blut. Seine Nasenflügel flatterten, und seine Schultern bebten, während er mühsam nach Luft schnappte. Seine Augen waren weit aufgerissen vor Angst. Cowboys und Indianer, die Guten gegen die Bösen. Es war das größte aller Spiele. Nun war das Spiel zu Ende. Jedenfalls für ihn.

Der bullige Mann mittleren Alters lehnte an einem Türpfosten. Ein jüngerer Mann beugte sich über Marshall und spuckte ihm ins Gesicht.

»Wo ist das Telefon?« fragte der bullige Mann.

Der jüngere Mann deutete auf einen leeren Milchkasten in der Nähe der Wand. Der bullige Mann schlenderte dorthin und griff sich das Funktelefon, das der jüngere Mann dort abgelegt hatte, zusammen mit der Klebebandrolle und einem Coast-Guard Messer.

Er holte einen Zettel aus seiner Jackentasche und las Marshalls private Telefonnummer vor, während er eine andere Nummer wählte.

»Na, habt ihr seine Frau?« Beim Sprechen sah er Marshall direkt in die Augen. »Gut. Hier ist meine Nummer.« Er warf einen Blick auf das Telefon in seiner Hand und gab seinem Gesprächspartner eine Vorwahlnummer und die Nummer seines Funktelefons. »Ruf mich zurück, sobald du ihr den Schwanz reingeschoben hast.«

Er legte das Telefon auf den Milchkasten und zündete sich eine Zigarette an. Nach zwei oder drei Minuten – die Marshall vorkamen wie dreißig Tage und dreißig Nächte – klingelte das Telefon.

»Halt ihr den Hörer an die Fotze.« Der bullige Mann drückte das Funktelefon an Marshalls Ohr. »Hör gut zu!«

Am anderen Ende der Leitung lag ein Telefonhörer auf einem Küchentisch. In der Nähe der Sprechmuschel schlugen Zeige- und Mittelfinger einer rechten Hand einen sanften, schleifenden Rhythmus auf den linken Handteller.

Marshalls Augen schlossen sich, als würde er von etwas überwältigt, das noch jenseits von Angst lag. Das Geräusch der Vergewaltigung seiner Frau und der Welt, wie er sie bisher gekannt hatte, trieb ihm den Verstand aus dem Schädel und stieß ihn mitten in die Hölle.

»Und jetzt killst du die Schlampe«, sagte der bullige Mann. Dann senkte er das Telefon wieder zu Marshalls Ohr herab.

Am anderen Ende der Leitung feuerte eine rechte Hand einen Revolver ab. Der Schuß peitschte durch eine offene Küchentür, die auf einen vorstädtischen Hinterhof wies.

Marshalls Augen öffneten sich einen Spaltbreit und füllten sich mit Tränen. Als sie sich wieder schlossen, bebte nicht nur seine Schulterpartie, sondern sein ganzer Körper. Erst als ihm der jüngere Mann die Hose aufriß, öffnete er wieder die Augen.

Der jüngere Mann stieß ihm das schwere Coast-Guard-Messer mit voller Wucht in die Leistengegend. Marshalls Körper gab einen gräßlichen, lautlosen Schrei von sich und krümmte sich vor Schmerzen, als die Klinge im Bogen um seine vor Angst zusammengeschrumpelten Genitalien herumsägte, seine linke Oberschenkelarterie zerstach und in seine Beckenhöhle glitt, wobei sie Harnröhre und Samenleiter durchtrennte. Als ein satter Blutstrahl aus Marshalls Oberschenkelarterie in das Gesicht des Messermanns spritzte, fluchte dieser, so als sei dies ein bewußter Affront seitens seines Opfers. Schließlich zerrte er das Pfund blutigen Fleisches und zerfetzter Adern in einem glitschigen Klumpen aus dem Unterleib. Marhall rührte sich nicht mehr.

»Soll ich ihm den Rest geben?« fragte er den bulligen Mann. Aus den Organen in seiner linken Hand pladderte Blut auf den Boden, und vom Messer in seiner Rechten tropfte ebenfalls Blut. Angewidert schaute er auf das blutige Etwas in seiner Linken. »Igitt, wie eklig«, murmelte er vor sich hin, so als hätte er nichts damit zu tun, als sei er rein zufällig darauf gestoßen und hätte erst jetzt erkannt, um was es sich dabei handelte.

»Der ist schon hinüber.« Der bullige Mann bückte sich und zog das Klebeband von Marshalls Mund. Marshalls Unterkiefer klappte herunter, aber kein Laut kam über seine Lippen. Er atmete noch, doch sein Leben versickerte allmählich in der feucht glänzenden Blutlache zwischen seinen Schenkeln.

»Los, mach hin«, sagte der bullige Mann. »Aber sieh zu, daß es hübsch aussieht.«

Der jüngere Mann stopfte die Handvoll blutigen Gewebes in Marshalls geöffneten Mund.

»Da hinten ist ein Wasserhahn«, sagte der bullige Mann. »Spül dir das Blut ab.« Aus seiner Jackentasche zog er einen kleinen Notizblock mit Spiralheftung. Der Block war alt und abgegriffen, und es waren nur noch wenige seiner blau linierten Blätter übrig, und die waren unbeschrieben. Auf dem obersten Blatt befand sich jedoch ein auf den ersten Blick nicht erkennbarer Abdruck einer Notiz, die auf einem der herausgerissenen Blätter festgehalten worden war. Dieser Abdruck ergab einen kolumbianischen Spitznamen, *Cabezon*, und eine Nummer, 24. Der Notizblock war außerdem mit einem Hauch Kokain bestäubt worden. Der bullige Mann schleuderte ihn auf den Fußboden hinter dem Milchkasten.

Es sollte über eine Woche dauern, bis die schaurigen Überreste Marshalls entdeckt wurden. Bei der anschließenden Untersuchung half Peter Wang dem FBI, alles miteinander zu verknüpfen: die spanisch sprechende Logikbombe, Marshalls Ermordung und den Fall, den Marshall ›Apokalypse‹ getauft hatte. Während er seiner Theorie über die Mafia und die Triade 14K nachgegangen war, mußte Marshall irgendwie auf die Wahrheit gestoßen sein. Schon seit etlichen Jahren hatte es Hinweise gegeben, wonach die kolumbianischen Kokainkartelle in großem

Stil ins Heroingeschäft einsteigen wollten. Es waren also die Kolumbianer gewesen, die New York mit einer Welle aus Gewalt und Pest überzogen hatten. Marshall mußte der Wahrheit zu nahe gekommen sein. In der Überzeugung, auf der richtigen Spur zu sein, leiteten FBI und DEA umfassende Ermittlungen in die Wege, die jenen kolumbianischen Gruppierungen galten, von denen man wußte, daß sie ihre Aktivitäten von Kokain auf Heroin verlagert hatten. Wang würde dafür sorgen, daß sein Freund nicht umsonst gestorben war.

30

Sie kamen während der buddhistischen Fastenzeit in Bangkok an. Die Sonne strahlte so intensiv und heiß, daß die Straßen vor flimmernden Luftspiegelungen glitzerten, wie Wasserläufe, die aus dem Chao Phraya gespeist wurden, dem ›Fluß der Könige‹, der sich wie eine Schlange durch das Herz der Stadt wand. Von der Veranda seiner Suite im Hotel Oriental konnte Johnny die aus Teakholz gezimmerten Reisbarken sehen, die in einem nicht enden wollenden Strom an ihm vorüberglitten.

Von ihrem Hotel, das im Herzen des alten Geschäftsviertels lag, war es nur ein kurzer Fußweg bis zur italienischen Botschaft in der Nang Linchi Road. Im Büro des Botschaftssekretärs machte man sie mit dem Angestellten bekannt, der ihnen als Führer und Dolmetscher zur Seite stehen würde. Die drei Männer ließen sich in einer Limousine in Richtung Norden chauffieren, am Phadung-Kanal entlang, zum Amtssitz des Premierministers.

Die Limousine besaß eine Klimaanlage. Johnny und Louie, die schwarze Anzüge und schwarze Krawatten trugen, machten es sich bequem und hatten, abgeschottet von der erbarmungslosen Morgenhitze und dem ohrenbetäubenden Verkehrsgetöse, eine angenehme Fahrt. Sie fühlten sich wohl, aber sie waren nicht entspannt. Louie konnte Johnny die Nervosität vom Gesicht ablesen.

»Sieh's doch mal so«, sagte er. »Welcher Mensch schlägt schon Geld aus?«

Louies Worte entlockten Johnny ein zustimmendes Kopfnicken. Doch anschließend hüllten sie sich in Schweigen. Der Botschaftsangestellte hatte keine Ahnung, was die beiden vorhatten, und dabei wollten sie es auch belassen.

Sie folgten dem Botschaftsangestellten über die Korridore des Regierungsgebäudes, bis sie schließlich einen großen Raum erreichten, der im dritten Stock lag und mit burgunderrotem Teppich ausgelegt war. An der Wand hingen Porträts des Königs und des Premierministers. Louie betrachtete letzteren.

»Der Bursche sieht aus wie all die anderen hier.« Er zuckte mit den Achseln, doch es gelang ihm nicht, seine innere Anspannung vor Johnny zu verbergen.

Eine Tür öffnete sich, und ein Mann in einem düsteren braunen Anzug geleitete sie in einen kleineren Raum. Der düstere Mann verschwand durch eine andere Tür. Hinter einem Schreibtisch saß eine Frau. Sie sagte etwas zu dem Botschaftsangestellten, der sich daraufhin an Johnny und Louie wandte und sie fragte, ob sie eine Tasse Tee haben wollten. Sie wollten nicht. Ihre Verabredung war auf zehn Uhr angesetzt worden. Es war bereits zwölf nach zehn. Johnny mochte es nicht, wenn man ihn warten ließ. Bei Louie war es noch viel schlimmer. Normalerweise stand er einfach auf und ging, wenn jemand, wie es neuerdings Mode zu sein schien, nicht pünktlich zu einer Verabredung erschien oder sich von anderen Geschäften aufhalten ließ. Nervosität hin, Nervosität her, Premierminister hin, Premierminister her – diese Unhöflichkeit machte sie wütend. Louie bat ihren Begleiter, die Frau daran zu erinnern, daß ihre Verabredung auf zehn Uhr angesetzt gewesen war. Der Mann mußte die Antwort der Frau nicht übersetzen, denn ihr konsternierter Gesichtsausdruck verriet mehr als deutlich, daß die einzige Zeit, die an diesem Ort zählte, die des Premierministers war.

Nach einer Weile erschien wieder der düstere Mann. Der Premierminister, sagte er, entschuldige sich dafür, daß er sie habe warten lassen. Doch im Norden des Landes, sagte er, habe es heute Ärger gegeben. Dann lächelte er – ein hämisches Grinsen, das zu besagen schien, daß dies natürlich eine ebenso lächerliche wie fadenscheinige Formalität war, daß es dem Premierminister schnurzegal war, ob er sie warten ließ oder nicht, daß es keinen Ärger im Norden gegeben hatte und daß dies bloß die Entschuldigung war, die jedem zuteil wurde, tagaus, tagein.

Vom Amtszimmer des Premierministers konnte man das üppige Grün der Gartenanlagen des Wat Benjamabophit sehen und, im Osten, den Chitrlada-Palast, die königliche Residenz.

Der Premierminister erhob sich und begrüßte seine Besucher, als seien sie alte Freunde. Er ergriff ihre Hände und hieß sie in der ›Stadt der Engel‹ willkommen. Mit einem jungenhaften Lächeln deutete er auf den Wat Benjamabophit und sagte etwas zu dem Botschaftsangestellten.

»Premierminister Song möchte Ihnen mitteilen«, sagte der Botschaftsangestellte, »daß dieser wunderschöne buddhistische Tempel aus italienischem Marmor gebaut ist.«

Der Premierminister nickte begeistert, während der Botschaftsangestellte seine Bemerkung übersetzte.

»Bitte sagen Sie ihm«, sagte Johnny, »daß das eine perfekte Metapher für das Anliegen unserer Gesellschaft ist, für die Suche nach einer echten Universalität der Stärke und des Friedens.«

Da Johnny englisch sprach, half Louie dem Botschaftsangestellten, seinen Worten zu folgen, indem er ihm hin und wieder kurze italienische Erklärungen zukommen ließ. Johnny öffnete seinen ledernen Diplomatenkoffer und überreichte dem Premierminister mehrere Dokumente, die die Società Padre Carmelo betrafen.

»In Ihnen, Khun Song«, begann Johnny, »glauben wir zum erstenmal in der Geschichte des modernen Thailand einen Verbündeten gefunden zu haben, der unsere Hoffnungen auf eine bessere und demokratischere Welt teilt. Wir sind keine politische oder regierungsabhängige Organisation. Und obwohl unsere Gesellschaft den Namen eines frommen Mannes aus Italien trägt, sind unsere Prinzipien von ihrem Wesen her nicht konfessionsgebundener oder nationalistischer als der Marmor des Tempels, den sie uns gerade gezeigt haben. Für das Gute, das wir zu tun versuchen, erwarten wir keine Gegenleistungen und auch keinerlei Dank. Wir streuen bloß Samenkörner aus, könnte man sagen. Unsere einzige Belohnung sind die

Früchte unserer Bemühungen, die, wie wir glauben, der Welt und ihren Kindern zugute kommen sollen.«

Samenkörner ausstreuen, dachte Louie. Verdammt, der Junge war wirklich mit allen Wassern gewaschen!

»Wir möchten es Ihnen ermöglichen, den Opiumanbau und den Drogenschmuggel in Ihrem Land mit Stumpf und Stiel auszurotten. Wie Sie wissen, ist das Opium der Nährboden für einige der größten Übel auf dieser Welt. Darüber hinaus – und niemand dürfte das besser wissen als Sie selbst – hat es dem internationalen Ansehen Ihres Landes enormen Schaden zugefügt. Wir sind gewillt, ein umfassendes Programm zur Umstellung des Mohnanbaus im Norden Ihres Landes zu finanzieren. Außerdem sind wir bereit, Ihnen unentgeltlich gewisse Rüstungsgüter zur Verfügung zu stellen, mit deren Hilfe Sie die Stärke und innere Sicherheit Ihres demokratischen Regimes auch in Zukunft gewährleisten können.«

Ihr Treffen entwickelte sich zum Lunch. Der düstere Mann wurde gerufen, und wenig später erschienen Kellner mit vollbeladenen Tabletts und servierten ihnen Katzenfischcurry und Entenbraten, Garnelen-und-Zitronengrassuppe, kurzgebratenes Gemüse, Rosenäpfel und die roten, außen behaarten Früchte mit dem Namen Rambutan, eisgekühlte Flaschen Kloster-Bier und thailändischen Eistee.

Seine Ehrengäste könnten sich keine Vorstellung davon machen, sagte der Premierminister, wie oft seine eigenen Initiativen zur Durchsetzung eines umfassenden Substitutionsprogramms aus wirtschaftlichen Gründen gescheitert oder parlamentarisch blockiert worden seien. Er würde eine entsprechende Absichtserklärung aufsetzen und sie ihnen so schnell wie möglich zukommen lassen. Das Programm würde in Kraft treten, sobald die Überweisung seiner Wohltäter in der Bank of Thailand eingetroffen sei.

»Bitte sagen Sie Khun Song, daß eine derartige Absichtserklärung unnötig sei. Wir sind keinesfalls naiv, aber wir glauben, daß die Società Padre Carmelo ihre

Schlacht in dem Moment verloren hat, wo Ehrenmänner einander nicht mehr vertrauen können.«

Johnny holte aus seinem Diplomatenkoffer den Blankoscheck, der auf das römische Konto der Società Padre Carmelo ausgestellt war und die Unterschrift von Avvocato Signorelli trug. Er füllte den Betrag ein: einhundertfünfzig Milliarden Lire.

Der Premierminister war sichtlich beeindruckt – als er einen Mundvoll rot-grüner Mäusedreck-Peperoni erwischte und ihm die Tränen in die Augen schossen, glaubte Louie allen Ernstes, sein Gegenüber sei von der Rührung übermannt worden.

»Dürfen wir davon ausgehen, daß das Programm schon zur nächsten Erntezeit wirksam wird?« fragte Johnny.

Der Premierminister versicherte ihm, daß sie sich darauf verlassen könnten. Die notwendigen Pläne seien bereits erarbeitet worden und hätten bloß auf eine entsprechende Gelegenheit gewartet, auf ein Geschenk des Himmels wie dieses.

»Natürlich wird sich der Premierminister selbst um den Transport unserer Waffengeschenke kümmern müssen. Unser Geschäftspartner, Avvocato Signorelli, wird sich mit ihm in Verbindung setzen.«

Natürlich.

Der Premierminister wirkte tatsächlich wie ein aufrechter Bursche. Johnny und Louie fragten sich insgeheim, wie viel, oder wie wenig, des Geldes er wohl für sich abzweigen würde.

Als ihr ausgedehntes, herzliches und erfolgreiches Treffen beendet wurde, schien sie der Botschaftsangestellte mit neuen Augen zu sehen – als Heilige, die sich unter die Menschen gemischt hatten.

»Ich wollte ihn eigentlich nach den Nutten fragen, aber er hat uns so angeschaut, als trügen wir einen Heiligenschein«, sagte Louie hinterher.

Und Johnny und Louie sahen sich ebenfalls mit neuen Augen: als Männer, die sich ebenso gewandt, erfolgreich und ungezwungen unter den Mächtigen und Erhabenen zu bewegen wußten wie unter dem Abschaum der Menschheit.

Als sie an diesem Nachmittag durch die Straßen spazierten, entdeckten sie ein schlichtes Plakat, das an der Außenwand einer Bar befestigt war.

KEIN EINTRITT
NUR ZAHLEN FÜR GETRÄNK
FACKEL IN MUSCHI SHOW
MIT MUSCHI SCHREIBEN SHOW
MUSCHI SCHIESST BANANE SHOW
RASIERMESSER NERVENKITZEL SHOW
FLASCHE ZERBRECHEN SHOW
ESSTÄBCHEN IN MUSCHI SHOW
MUSCHI BEWÄSSERUNGSSHOW
FICK SHOW

Kein Eintritt, dachte Johnny; nur zahlen für Getränk. Rasiermesser-Nervenkitzel-Show. Fick-Show. Das klang wie eine Zusammenfassung des Lebens an sich. Schon bald, schätzte er, würde er seine eigene Zusammenfassung schreiben können:

GELD SHOW
GLÜCKS SHOW
PARADIES IN BRISE SHOW
SICH EINEN BLASEN LASSEN OHNE ENDE SHOW
SCHECKBUCH IN MUSCHI SHOW
GANZ OBENAUF SHOW
KEINE SORGEN SHOW

In diesem Augenblick spürte er, tief in seinem Herzen, daß all diese Dinge zum Greifen nahe waren, daß es nur noch eine Frage von Tagen sein konnte. So einschüchternd wie dieses Bangkok, dieser Ort der Tempel und der Prostitution, diese golden-smaragdgrüne Schimäre, anfangs gewirkt haben mochte, jetzt, nach ihrem Erfolg beim Premierminister, erschien es ihnen weniger unwirklich und nicht mehr so verführerisch gefährlich. Es schien bloß ein weiterer Jahrmarkt zu sein, inmitten einer Welt – von Manhattan bis Mailand, von Brooklyn bis Bangkok –, die ihnen immer mehr wie die ihrige vorkam.

»Schau dir das mal an«, sagte Louie, wobei er Johnnys Aufmerksamkeit auf ein Schild lenkte, auf dem zu lesen stand:

KOHL & KONDOME
Thailändische Küche
Täglich geöffnet von 11.00 bis 22.00 Uhr

»Lecker«, sagte Johnny. »Da läuft einem ja das Wasser im Munde zusammen.«

»Ich wußte, daß die hier 'n großes AIDS-Problem haben, aber das ist einfach lächerlich.«

Schließlich fanden sie alles über die Huren heraus, von denen es in der Stadt nur so wimmelte. Die Preise rangierten zwischen fünfhundert und fünfzehnhundert Baht. Wenn man Araber war, kostete es mehr, denn die vielen Saudis, die wegen des Sex nach Bangkok kamen, galten hier als *saca poch*, als schmutzig. Einen Araber zu ficken lief hier, ähnlich wie in Italien, darauf hinaus, daß man es riskierte, sozial geächtet zu werden. *S'è fatta scopare da un arabo*, wie man in Italien sagte, um gewisse Frauen zu brandmarken: Sie hat sich von einem Araber ficken lassen. Der Geschlechtsverkehr mit Arabern war einer bestimmten Kaste von Thai-Prostituierten vorbehalten. Doch die meisten Huren ließen sich auch von Arabern ficken, heimlich, da Araber einen Sonderpreis für Frauen bezahlten, die mit weißen *farang* zusammengewesen waren. Es gab Etablissements in Bangkok, die ausschließlich *kathoy* anboten, Lady-Boys, junge Männer, die sich einer Geschlechtsumwandlung unterzogen hatten. Es gab Läden, die auf ›rauchende Mädchen‹ spezialisiert waren, auf Schwanzlutscherinnen; es gab sogar ein Lokal, wo man die makellose Haut junger Mädchen aus den Bergregionen mit Messern traktieren konnte. Bangkok, wo eine

Frau die Wahl hatte, den ganzen Tag für hundert Baht zu schuften oder ihre Möse für fünfhundert Baht pro Nummer zu verkaufen, war tatsächlich eine Stadt für Huren. Aber wie man Johnny und Louie eingeschärft hatte, war es ratsam, stets davon auszugehen, daß jede von ihnen den Tod im Leib tragen konnte ... selbst wenn einem ein kaum geschlechtsreifes Mädchen präsentiert wurde, das seinen Körper als jungfräuliches Fleisch verkaufte.

Weder Johnny noch Louie glaubten, daß AIDS auf sexuellem Weg von einer Braut auf einen normalen Typen übertragen werden konnte. So wie sie die Sache sahen, gab es für einen Mann nur zwei Ansteckungsmöglichkeiten: durch eine Nadel in seiner Vene oder durch einen Schwanz, den er sich in den Arsch schieben ließ. Das dumme Gelaber über heterosexuelle AIDS-Infizierung war bloß ein Komplott der Schwulen, um die Diskriminierung von sich abzulenken und die Öffentlichkeit in Angst und Schrecken zu versetzen, damit diese Forschungsgelder und Sympathien lockermachte. Aber dieses Wissen hinderte sie nicht daran, Gummis zu benutzen, nicht weniger als ihre Vernunft sie daran hinderte, dreimal auf Holz zu klopfen oder einem Negerkind den Kopf zu kraulen, um ihr Glück zu beschwören.

Die Huren im Chinesenviertel waren die billigsten. Als Zuhälter fungierten ihre Väter, Brüder, Ehemänner oder Freunde, die in ausrangierten Bussen hausten, die am Straßenrand geparkt waren, gegenüber von den Stellen, wo die Frauen herumstanden. Man wählte sich die aus, die man haben wollte, ging hinüber zu den Bussen, zeigte auf sie, und ein Verwandter, oder ein herausgeputzter Galan, schlenderte auf die andere Straßenseite, um sie zu holen. Louie entschied sich für ein minderjähriges Mädchen, das ihn an eine Danbury-Mint-Porzellanpuppe erinnerte, die seine Frau über eine Annonce im *TV Guide* gekauft hatte. Für diese Puppe – sie hieß ›Lotosblüte‹ – hatte Louie fünf Monatsraten à fünfunddreißig Dollar plus Versandkosten und Zustellgebühr bezahlen müssen. Die kleine Hure kostete ihn dreihundert Baht. Zu Louies großer Belustigung nahm sich Johnny drei Frauen auf einmal: eine Mutter, die Anfang Dreißig war, und ihre beiden Töchter im Teenageralter. Sie hatten knochige Beine, aber alle drei trugen Nylons. »Los, besorg's ihnen, Faruk«, sagte Louie, als sie sich vor den Türen zu ihren Suiten trennten.

Zwei Tage später flogen sie mit der Thai Airways International nach Yangon. Als sie mit einem Regierungstaxi vom Mingaladon Airport in die Stadt fuhren, erblickten sie eine Landschaft, die dermaßen wüst und leblos war, daß es so schien, als mästeten sich die Geier, die träge über ihren Köpfen dahinkreisten, eher an der toten Seele dieses militarisierten Landes als am überall herumliegenden Aas. In der Stadt selbst blitzten hin und wieder die undeutlichen, verwitterten Spuren jener Anmut auf, die das alte Rangoon ausgezeichnet haben mußte – das Schimmern einer goldenen Pagode, das man durch einen Spalt in uraltem Blätterwerk wahrnehmen konnte, eine den Fluß hinuntergleitende Barke mit einem geschnitzten Drachen am Bug –, wie verirrtes Vogelgezwitscher, das aus einem seelenlosen Käfig drang.

Der Angestellte der italienischen Botschaft kam mit einem Auto aus Golden Valley, um sie im Hotel Strand abzuholen. Auf ihrer Fahrt zum Junta-Hauptquartier des sogenannten Staatsrats zur Wiederherstellung von Recht und Ordnung übersetzte der Botschaftsangestellte die Inschriften auf den überall aufgestellten, weiß-roten Propagandatafeln: NIEDER MIT DEN LAKAIEN DES KOLONIALISMUS! ZERSCHMETTERT ALLE DESTRUKTIVEN ELEMENTE! DISZIPLIN IST SICHERHEIT. Hier hatte man keinen Bedarf an verfluchten Kondomen, und hier gab es auch keine Eßstäbchen-in-Muschi-Shows.

Generalmajor Saw Win zeigte ihnen keine buddhistischen Tempel aus Carrara-Marmor. Er hörte ihnen zu, wobei er weder zugab noch leugnete, daß die Opiumfelder seines Landes die Hauptquelle für das auf der Welt konsumierte Heroin waren.

»Wir haben einen gemeinsamen Feind, Bo Saw«, sagte Johnny.

Der General wollte wissen, wer das sei.

»Shang Wing-fu. Der Mann, den man Asim Sau nennt.«

Das sei wahr, sagte der General. Shang sei ein Volksfeind und der Hauptverantwortliche für den Bruderzwist in Myanmar. So gesehen sei er natürlich auch ein Feind des Generals.

Stimmte es, daß Shangs Armee genauso stark sei wie die Tatmadaw, die Regierungsarmee?

Unsinn.

Warum würde man es Shang dann gestatten, als einzigem aller Staatsfeinde, nicht nur zu leben, sondern auch zu prosperieren?

Er sei nicht mehr in Myanmar. Er sei jetzt in Thailand.

Er sei dort. Er sei hier. Er sei überall.

Darauf wollte ihnen der General keine Antwort geben.

Johnny sagte, sie seien gekommen, um dem General zu helfen, Shang Wing-fus Macht ein für allemal zu brechen und die Opiumfelder der Shan dem Erdboden gleichzumachen.

Der General pochte auf die Società-Padre-Carmelo-Dokumente, die vor ihm auf dem Tisch lagen, und sagte, er würde sie nicht verstehen. Erst, sagte er, redeten sie von Mildtätigkeit und im nächsten Atemzug von Blutvergießen.

Der Pfad der Gerechten sei eben hin und wieder ein blutiger. Aber damit würden sie dem General sicher nichts Neues erzählen.

An welche Art von Hilfe sie gedacht hätten?

Mi-24. Amraams. M60.

Äußerlich unbeeindruckt, fragte sich der General im stillen, ob es möglich wäre, daß diese Männer über die Shan im Bilde waren, aber nicht über die Wa. Als hätte er seine Gedanken gelesen, sagte ihm Johnny, daß Männer mit edlen Absichten nicht zwangsläufig naiv sein müßten.

»Uns ist bekannt, daß Sie gewisse Sympathien für die Sache der Wa und ihren Kampf gegen die Shan hegen.«

Aber das würde sie nicht kümmern. Die Società Padre

Carmelo hoffe nur, er würde verhindern, daß die Wa den Platz der Shan als Vergifter der Welt einnähmen.

Diese kreuzanbetenden Dummköpfe hatten also keine Ahnung. Daß solche Männer über die Sorte Waffen verfügten, die sie erwähnt hatten, schien dem General mehr als gefährlich.

»Wie dem auch sei«, sagte Johnny, »wir hoffen, daß die Wa nicht vergessen, wer ihre Freunde sind.«

Nein, sagte er sich, er selbst war der Dummkopf gewesen. Jetzt war ihm klar, wer diese Männer waren, jetzt kannte er den wirklichen Namen ihrer Organisation. Der Mann von der Botschaft war mittlerweile davon überzeugt, daß sie Geheimdienstleute waren – SISDE, SISMI, CIA, oder eine Kombination davon –, die in irgendeine undurchsichtige Verschwörung verwickelt waren.

Der General wollte wissen, welche Gegenleistung sie für ihre Unterstützung verlangten.

Gar keine.

Gar keine?

»Wie wir schon gesagt haben. Wir möchten, daß man uns als Freunde im Gedächtnis behält. Mehr nicht.«

Louie erkannte, was Johnny mit traumwandlerischer Sicherheit getan hatte: Er hatte genau jenen Ton von Doppeldeutigkeit getroffen, auf den es ankam. Natürlich würden sich die Wa-Kriegsherren nie behaupten können. Sie und die Triaden Hongkongs würden nicht die Zeit haben, die Art von internationaler Organisation aufzubauen, der es bedurfte. Die Wiederherstellung der Infrastruktur des Mittleren Ostens würde sie, und General Saw, zu bloßen Randfiguren degradieren, noch ehe Asim Saus Leiche in ihrem Grab kalt geworden war.

Man würde sich an sie erinnern, sagte der General. Das könne er ihnen jetzt schon versichern.

An diesem Abend verschlug es Johnny und Louie in ein Shan-Restaurant, das 999, in der Dreiundvierzigsten Straße. Es lag nördlich der Sule Pagode, einem zweitausendjährigen Baudenkmal, das angeblich ein Haar von Buddhas Kopf enthielt. Sie bestellten ihr Essen, indem sie auf die Gerichte auf den Nachbartischen zeigten, die ihnen eßbar erschienen, und entschieden sich für Schüsseln mit dampfenden Reisnudeln, gepfefferten Pökelaal und gewürztes, rohes Gemüse, das mit einer Paste aus gegorenem Garnelenfleisch bestrichen war.

»Diese Itaker, die Virgilio nach Hongkong schicken wird«, fragte Johnny, »wie sollen wir die erkennen?«

»Überhaupt nicht«, antwortete ihm Louie. Er hielt ein Eßstäbchen ins Licht und murmelte etwas, bevor er es mit seiner Seviette abwischte. »Würden wir ihre Identität kennen, könnte man sie vielleicht entdecken. Sie werden dasein. Wir werden uns bloß um uns selbst kümmern, nicht um sie.« Nachdem er die Serviette näher begutachtet hatte, murmelte er wieder etwas und gab seine Bemühungen ganz auf. Als der Kellner kam, griff Louie sich frische Eßstäbchen und warf ihm einen gehässigen Blick zu.

Das kalte Mandalay-Bier schmeckte gut, und es machte ihnen bewußt, wie hungrig sie waren. Als das Essen serviert wurde, stürzten sie sich darauf wie die Wölfe. Sie sahen einander an, und dann musterten sie die zufriedenen Gesichter der Restaurantbesucher rings um sie herum. Der Aal schmeckte, als hätte man ihn aus der Kanalisation gefischt. Die gegorene Garnelenpaste inspirierte Louie zu einer ungewohnten, poetischen Ausdrucksweise: »Dieses Zeug schmeckt wie Fotzenschleim aus einer Krebsstation.«

Es war die Jahreszeit, in der der Monsun auf seinem Weg vom Indischen Ozean zu den im Norden gelegenen Dschungeln über Yangon hinwegfegte. Die schwüle Abenddämmerung, ein dichter, gelblicher Dunst aus stechenden Insekten und extremer Luftfeuchtigkeit, wich einer schwarzen, mondlosen Nacht aus prasselnden, dampfenden Regengüssen. Vom Fenster in Johnnys Zimmer schienen der Fluß und der wasserspeiende Himmel eins zu sein, und die Welt insgesamt erschien ihm wie ein Ort ohne Licht, oder Brise, oder Zeit. Oder Wahrheit. Daß er Männer betrogen und getäuscht hatte, einen Premierminister, einen General, mächtige Herrscher, Gebieter über Nationen, erfüllte ihn keineswegs mit Selbstvertrauen, Befriedigung oder Stolz. Es erfüllte ihn eher mit der unheimlichen und bedrückenden Ahnung, daß sein einziger Erfolg in der Erkenntnis bestand, daß Lüge und Wahrheit bloß verschiedene, billige Kupfermünzen ein und derselben schäbigen, aber universellen Währung waren. Hatte sich jemals eine Regierung an die Wahrheit gehalten, außer sie von ihren Feinden zu fordern und sie ihren Bürgern als Ideal zu predigen? War die Idee der Wahrheit zwischen den Menschen denn etwas anderes als eine Lüge, vor der die Menschen ihre Augen verschlossen?

Ihm fielen die Mutter und ihre beiden Töchter ein, die er in Bangkok mit auf sein Hotelzimmer genommen hatte: der Lampretenmund der Mutter, fest über die Brust jener Tochter gestülpt, deren ausgemergelter Schädel zwischen seinen Schenkeln lag wie die auf einen Pfahl gespießte Kriegstrophäe eines wilden Eingeborenenstammes, während die zweite Tochter schwach und hungrig an seiner Brust leckte und den Schädel und den Pfahl mit trockenen, knöchernen Fingern streichelte. Der Uroboros, den sie formten, während sie sich wie Sargschlangen um seinen Körper wanden, kam ihm vor wie ein sonderbares Bestattungsritual für die Sinne. Aber vielleicht starben die drei ja tatsächlich, indem sie von einem schleichenden Marasmus dahingerafft wurden. Vielleicht gab es etwas in ihm, das sie spüren konnten – einen Herzschlag, ein Pulsieren in Schwanz oder Handgelenk –, etwas, das tief in seinem Inneren rumorte, dort, wo das Geheimnis jener Seelen ruhte, die er mit Messer und Revolver an sich gerissen hatte.

Er dachte an Diane – dachte daran, wie sie den verfaulten Schwanz dieses Bullens gelutscht hatte. Ihr ganz persönliches Bestattungsritual. Ein Todesritual für diesen mutterfickenden Bullen, das jedenfalls stand fest.

Hatte sie? Eine Kupfermünze oder die andere. Er würde es nie erfahren. Und hier, in diesem heißen schwarzen Dauerregen, der an die Stelle der Welt getreten war, schien dies auch völlig unerheblich. Hier schien Stolz noch viel weniger zu bedeuten als Reichtum.

In dieser Nacht lag er in seinen Träumen mit Schlangen im Bett. Und als er im strömenden Sonnenlicht erwachte, war das Gefühl ihrer Anwesenheit in seiner Erinnerung noch so lebendig, daß ihm der Schweiß, der aus allen Poren seines Körpers triefte, so unangenehm vorkam wie die Sekrete seiner nächtlichen Besucher. Er duschte und rasierte sich – ohne zu bemerken, was sich, schwarz glänzend und vollkommen reglos, um das kühle Abflußrohr des Waschbeckens geringelt hatte.

31

Es war Nacht, als ihr Flugzeug in Hongkong landete, und sie tauchten aus Gewitterwolken und Turbulenzen in eine Phantasmagorie aus Neonlichtern, aus Myriaden von Zauberlaternen, die in allen Farben des Regenbogens schillerten und wie ein juwelenübersäter Strand durch den schwarzen Sommerhimmel funkelten. Noch nie hatten Johnny und Louie etwas Vergleichbares gesehen. Johnny kam es so vor, als hätte ihn das schwarze Loch der Nacht von Yangon in eine andere Welt ausgespuckt: Babylon, ein Land der Träume, glitzernd und schlaflos, mit geöffnetem Mund und blitzender Klinge.

Als sie ihre Zimmer im Hotel bezogen hatten, rief Johnny seinen Onkel in New York an, wo um diese Uhrzeit noch immer der Nachmittag des vorausgegangenen Tages herrschte. »Du hast das Fleisch vergessen«, sagte der alte Mann, sobald er die Stimme seines Neffen hörte.

»Welches Fleisch?«

»Na, das Fleisch. Das schlechte Fleisch.«

Johnny atmete hörbar ein und aus. Sein Onkel war einfach unglaublich, ehrlich! Da war Johnny nun am anderen Ende der Welt, hatte gerade einen Premierminister und einen Diktator eingeseift, stand kurz davor, das größte Geschäft abzuschließen, das die Ehrenwerte Gesellschaft jemals in Angriff genommen hatte, und das einzige, woran sein Onkel, den er demnächst zum Milliardär machen würde, denken konnte, war dieser vergiftete Fleischbrokken in seinem Gefrierfach. Kein Wie-geht-es-dir und kein Schön-deine-Stimme-zu-hören. Nichts dergleichen. Vielleicht verlor er ja seinen verdammten Verstand.

»Was hast du bloß mit diesem schlechten Fleisch? Was sollte ich überhaupt mit dem Scheißzeug machen?«

»Es ins Ökosystem einführen«, sagte sein Onkel, als verstünde sich das ganz von selbst.

»In was für ein Ökosystem?« Verdammt. Jetzt redete er schon genauso wie sein Onkel. Vielleicht verloren sie ja beide ihren verdammten Verstand.

»Das der Dschungelschlitzaugen. Ich meine diesen Asim Sau und seine Scheißarmee. Da bist du doch gewesen, oder?«

»Nein. Nicht richtig. Der steckt irgendwo nördlich von Bangkok, irgendwo südlich von Yangon.«

»Na und? Wie weit kann das schon sein? Wie von hier bis nach Philly oder nach Baltimore? Du hättest ihm das Zeug direkt in seinen Schoß schmeißen können, direkt in seine gottverdammte Wasserversorgung.«

»Einfach so, was? Wie zum Teufel hätte ich den Burschen finden sollen?«

»Verdammt, du machst doch Geschäfte mit ihm. Dieses Schlitzauge in Hongkong hätte dich bestimmt mit ihm in Kontakt bringen können.«

»Hör mal. Warum nimmst du nicht dein verdammtes Fleisch und verfütterst es an die Bullen oder so? Verfütter es doch an Goo Goos Hund.«

»Du verstehst mich nicht. Damit hätten wir die ganze Bande auslöschen können. Damit hätten wir all das erreicht, was diese verdammten Politiker da drüben vielleicht nie erreichen werden. Das ist nämlich auf Virgilios Mist gewachsen, diese Diplomatiescheiße. Ich wollte die Sache von Anfang an mit diesem Fleisch erledigen.« Dann fragte er, so als wäre ihm das erst nachträglich eingefallen: »Wie ist es überhaupt gelaufen?«

»Was?«

»Was heißt hier ›was‹? Deine Verhandlungen mit diesen verdammten Affen da drüben.«

Johnny ärgerte sich über den herabsetzenden Tonfall seines Onkels. Der alte Mann zeigte kein bißchen Dankbarkeit für das, was Johnny und Louie getan hatten. Aus seinem Mund hörte es sich so an, als seien sie mal eben in einen Zoo gegangen, um eine Handvoll kandierter Nüsse in einen Affenkäfig zu werfen, als verlebten sie hier auf seine Kosten einen netten Urlaub.

»Ach so, das«, sagte Johnny. »Das war 'n Kinderspiel.«

»Gut.« Jetzt klang die Stimme des alten Mannes anders, wärmer und wohlwollender. Es schien, als hätte Johnny, indem auch er seine Arbeit herabsetzte, Joe das gezeigt, was dieser sehen wollte: das Gesicht eines Mannes, der jeder Aufgabe gewachsen war, der nicht innehielt, um sich zu loben, sondern sich statt dessen den Schweiß abwischte und mit seiner Arbeit fortfuhr.

»Wir sehen uns in New York«, sagte Johnny.

»Bis dahin hältst du beim Schlafen besser ein Auge offen. Ich möchte, daß du in einem Stück nach Hause kommst.«

May-ling Woo, die Empfangssekretärin von White Lion Enterprises, war eine wunderschöne Frau. An ihrem Schreibtisch, unter einem aus dem siebzehnten Jahrhundert stammenden Landschaftsgemälde von Dong Qichang, bot sie, wie das Gemälde, einen Anblick von erlesener Zartheit und Harmonie. Als Johnny sie und ihre Umgebung betrachtete, mußte er an die alte Rose denken, wie sie mit ihrem von lippenstiftverschmierten Zigarettenstummeln überquellenden Aschenbecher im Vorzimmer der Novarca gesessen hatte, unter dem Fließbandgemälde mit der Skyline im Sonnenuntergang.

Ng Tai-hei hatte die notwendigen Papiere bereitgelegt: Verkaufsurkunden, Rechnungen, Steuerformulare, eine Zolltabelle und die Herkunftsbescheinigung der Ware. Unterschriebene Kopien würden zusammen mit dem Schiffsfrachtbrief an den amtlich zugelassenen Zollmakler der Novarca in New York geschickt werden, der die Unterlagen über das Automated-Broker-Interface an die zuständigen Behörden weiterleiten würde.

Die Papiere bestätigten den Kauf und Transport von zwölftausend ›Ehehilfen‹ zu einem Konkurs-Ausverkaufspreis von neunzehneinhalb Cent pro Stück. Das war der Preis, den Johnny in die Unterlagen hatte eintragen lassen, obwohl diese Luxusschwänze in Japan und Europa zu einem Stückpreis von dreißig Dollar verkauft werden konnten. Auf Johnnys Bitte hatte man die Transaktion als zwei separate Käufe à sechstausend Stück ausgewiesen. Zunächst herrschte Unklarheit darüber, ob man diese batteriebetriebenen Gummischwänze gemäß der *Einheitlichen Zolltabelle der Vereinigten Staaten von Amerika* als 9503806020, *Spielzeugmodelle mit Motor*, oder als 9021300000, *Andere künstliche Körperteile*, klassifizieren sollte. Am Ende entschied man sich für die weniger makabre Spielzeugkategorie.

»Ich hatte eigentlich erwartet, daß Sie den Stückpreis verdoppeln würden«, sagt Ng. »Um nebenbei ein paar Riesen zu waschen und zwei Fliegen mit einer Klappe zu schlagen.«

»Mein Wahnsinn hat Methode«, sagte Johnny mit einem Lächeln. »Ich will mein Glück nicht überstrapazieren.«

»Und das Geld?« fragt Ng.

»Das ist schon hier in Hongkong«, sagte Louie, »und wartet darauf, überwiesen zu werden. In zwei Tagen läuft unser Schiff aus Singapur ein. Sobald die Ware hier eingetroffen ist, sobald wir sie geprüft und auf unser Schiff geladen haben, können Sie die Überweisung des Geldes persönlich miterleben.«

»Dann ist ja alles in Ordnung. Tuan Ching-kuo, dem es eine Ehre sein wird, Sie kennenzulernen, kommt morgen vormittag mit dem Flugzeug aus Taipeh. Er hat für uns am Abend ein kleines Festbankett geplant.«

»Und Asim Sau?« fragte Johnny.

»Der ist schon hier. Er wird auch zu dem Bankett kommen.«

Von White Lion Enterprises gingen Johnny und Louie zur Anlegestelle der Fähre nach Macau. *Made in Macau.* Diese Aufschrift hatte auf jeder Knallfroschpackung gestanden, die Johnny sich als kleiner Junge gekauft hatte. *Nicht in der Hand behalten. Auf den Boden legen. Lunte entzünden und sich rasch entfernen.* Heutzutage kamen die Knallfrösche nicht mehr aus Macau, sondern vom kommunistischen Festland, aus der nördlich von Hongkong gelegenen Wirtschaftlichen Sonderzone der Provinz Guangdong. Doch für Johnny war das chinesisch-portugiesische Territorium Macau noch immer ein verlockendes Symbol all dessen, was weit entfernt, exotisch und romantisch war. In seiner Jugend hatte er sich Macau als ein Eiland der verlorenen Seelen ausgemalt, voll baufälliger Knallfroschmanufakturen, wo sich einäugige, pferdeschwänzige Kulis unter den Peitschenhieben schießpulversüchtiger Fu Manchus zu Tode schufteten. Jetzt, an Bord der Luftkissenfähre, hielt er Macau noch immer für eine Insel und war überrascht, als er entdeckte, daß es eine Halbinsel war, die, wie Hongkong, mit dem chinesischen Festland verbunden war. Es war eine verspätete Erkenntnis von der Sorte, die Johnny immer wieder daran erinnerte, wie unwissend er doch war. Mochten sie für sich genommen noch so unbedeutend sein, er war dankbar für diese hin und wieder auftauchenden, kleinen Demütigungen, denn er glaubte fest an die Dummheit. Das Bewußtsein von der eigenen Dummheit war, wie er fand, eine unabdingbare Voraussetzung von Weisheit. Wenn man erkannte, wie wenig man wußte, dann öffnete man sich nicht nur dem Wissen, sondern war auch in der Lage, dieses Wissen – und die relative Unvollkommenheit allen Wissens – in die richtige Perspektive zu rücken. *Ex stupiditate, sapientia.* Aus der Dummheit, Weisheit. *Auf den Boden legen. Lunte entzünden und sich rasch entfernen.*

Im Casino de Lisboa spielte Johnny Blackjack, während Louie würfelte. Johnny war davon überzeugt, daß Systemspieler Spieler waren, die aus dem Verlieren eine Wissenschaft machten. Trotzdem hatte auch er so etwas wie ein System. Es lief nicht darauf hinaus, die Karten mitzuzählen oder eine Karte für das nächste Blatt beiseite zu legen oder seinen Einsatz nach den ersten beiden Karten zu verdoppeln. Er nannte es das Stippvisiten-System: Er spielte nie zwei aufeinanderfolgende Blätter am selben Kartentisch. Er begann mit drei 100-Dollar-Chips und hatte innerhalb einer Stunde elfhundert Hongkong-Dollar gewonnen. Nachdem er seine Chips gegen Bargeld eingetauscht hatte, ging er hinüber zu den Würfeltischen. Louie ließ die Würfel rollen, wobei er zur großen Belustigung der chinesischen Spieler, die sich um seinen Tisch versammelt hatten, italienische Flüche von sich gab. Den Geräuschen nach zu urteilen, verlor er gerade sein letztes Hemd. Doch dann sah Johnny die 500-Dollar-Chips, die sich in drei versetzt angeordneten Stapeln vor Louie auf dem grünen Filz häuften; einer davon lag auf der Passierlinie. Zwei von Louies Chips lagen im Paschfeld, umgeben von den geringer wertigen Chips anderer Spieler.

»Porco Maria!« schrie Louie, während er die Würfel in seiner Hand schüttelte und über den Tisch pfefferte: Schweinische Jungfrau Maria!

»Polco Malia!« echoten die Chinesen in einem ausgelassenen Chor, egal, ob sie richtig oder falsch gewettet hatten.

Johnny sah zu, wie Louie viermal hintereinander würfelte und bei jedem Wurf aufschrie. Als er zwei Vieren gewürfelt hatte, trat Louie einen Schritt zurück und nickte den ruhenden Würfeln verschwörerisch zu, so als hätten sie ihre Arbeit gut gemacht. Der Croupier schob einen zweiten Stapel 500-Dollar-Chips neben den Stapel, den Louie auf die Passierlinie gesetzt hatte. Anschließend legte er achtzehn Chips neben die zwei, die Louie im Paschfeld plaziert hatte. Louie nahm einen der Chips und warf ihn dem Croupier zu. 500-Dollar-Trinkgelder waren hier ziemlich selten, ebenso wie das Savoir-faire, mit dem Louie den Chip für jedermann sichtbar über den Tisch geschnipst hatte, wodurch er den anderen Spielern ein Beispiel lieferte, dem sie in Zukunft nacheifern konnten. Der Croupier drehte den Chip elegant zwischen seinen Fingern und ließ ihn dann in seiner Jackentasche verschwinden. Dabei jubelte er: *»Polco Malia!«*

Louie trug seine Chipsstapel zum Kassierer, der ihm dafür einunddreißig nagelneue 1000-Dollar-Noten auf den Tresen blätterte.

»Hast du daher deinen Namen?« fragte Johnny. »Nennt man dich deswegen Bones?« Johnny hatte immer angenommen, daß Louies Spitzname, ›Knochen‹, einen finstereren Ursprung hatte, daß er sich nicht, wie es jetzt schien, auf Würfel bezog, sondern darauf, daß Louie sich seine ›Knochen‹, seine Sporen, verdient oder tatsächlich irgendwelche Knochen verscharrt hatte.

»Die Würfel sind noch mal mein Ruin«, sagte Louie, ohne die Frage wirklich zu beantworten. »Die bringen mich noch an den Bettelstab.«

»Was du da abgezockt hast, sieht nicht gerade nach 'nem Almosen aus, Mann.«

»Das hier? Das sieht bloß nach viel aus. Das sind läppische vier Riesen in unserer Währung. Scheiße, Mann! Unter dem Strich habe ich bloß Miese gemacht. Im Laufe der Jahre muß ich beim Würfeln an die hundert Riesen durch den Schornstein gejagt haben. Das ist ein Scheißspiel, ehrlich. Und ich bin ein alter Pechvogel.«

»Na, auf alle Fälle bist du jetzt ein reicherer Pechvogel als heute morgen.«

»Könnte es sein, daß du eine Einladung zum Abendessen rausschinden willst?«

»So ist es.«

»Meine Rede«, sagte Louie mit einem Grinsen. »Ich bin ein alter Pechvogel.«

Sie spazierten über die Avenida do Amizade, die parallel zum Küstenbogen der Baia da Praia Grande verlief, und dann bummelten sie über die Rua do Comprador Kou No Heng zum Penha Hill. Der Croupier im Casino hatte ihnen erzählt, daß das Hotel Bella Vista auf dem Pena Hill das beste Restaurant Macaus beherbergte. Dort oben, auf der Terrasse, die einen herrlichen Ausblick auf die Bucht gewährte, bestellten sie eine eisgekühlte Flasche Martin Codax Albariño, gebratene Tauben und eine Paella mit frischen Krebsen.

»Glaubst du, die wollen uns aufs Kreuz legen?« fragte Johnny.

»Wie denn?«

»Was weiß ich? Irgendwie eben.«

»Also, ich seh' das folgendermaßen: Wäre dies eine einmalige Sache – ich meine, wenn sie davon ausgingen oder wenn sie wüßten, daß dies eine einmalige Sache ist –, ja, dann würden sie alle möglichen Tricks versuchen. Darauf kannst du einen lassen. Sie wissen, daß wir Stichproben machen, und sie wissen, daß wir diese kleinen *comu si chiam's* haben, diese Teströhrchen, so wie die Bullen. Trotzdem würden sie versuchen, uns übers Ohr zu hauen, und uns die eine oder andere Tonne Puderzucker unterjubeln. Oder etwas in der Art. Aber nach Lage der Dinge würde ich deine Frage verneinen. Sie wären Idioten. Das wäre nämlich das Ende unserer Geschäftsbeziehungen. Außerdem würden sie keinen verdammten Penny sehen, wenn wir eine ihrer Mogelpackungen entdecken, oder gestreckten Stoff, oder was auch immer. Selbst wenn wir hier nichts merken sollten, zu Hause würden wir es auf alle Fälle merken, und dann würden sie nie ihre letzte Rate sehen. Die werden sie zwar ohnehin nicht sehen, aber im Moment gehen sie noch davon aus, daß sie sie sehen werden.«

»Ich wünschte, es gäbe eine Möglichkeit, dieses Scheißzeug mitgehen zu lassen und diese Typen irgendwie auszutricksen, bevor das Geld die Hände gewechselt hat.«

»Die gibt es aber nicht. Wenn wir das versuchen, würden wir alles verlieren, selbst wenn dieses Schiff ungehindert den Hafen verlassen sollte. Das kannst du mir glauben. Die würden dafür sorgen, daß jeder verdammte Bulle in New York auf diese Gummischwänze wartet.«

»Und was sollte sie daran hindern, das nicht in jedem Fall zu tun? Auf diese Weise wären sie die Gewinner und wir die Verlierer.«

»Aber sie würden nicht gewinnen. Wir würden die Bullen auf dieses überwiesene Geld ansetzen, und zwar schneller, als ein Schlitzauge zwinkern kann. Das ist denen klar.«

»Denkst du nicht, daß sie uns die Hölle heiß machen werden, nachdem Virgilios Itaker diesen Ng weggepustet haben?« Johnny dachte an das, was Billy Sing ihm über Männer erzählt hatte, die sich das Ethos der Rache von Kindesbeinen an zu eigen gemacht hatten.

»Willst du mich auf den Arm nehmen? Bei den Summen, um die es hier geht, wird die Mehrzahl seiner Leute froh sein, daß er aus dem Weg geräumt ist, und ihm keine Träne nachweinen.«

Johnny saugte das Fleisch aus einer Krebsschere. »Das ist was anderes als der Fraß in diesem Schuppen in Burma.«

Louie grunzte verächtlich. »Eins würde mich mal interessieren«, sagte er. »Wir haben vier 12-Meter-Container. Und pro Container melden wir als Ladung ein paar tausend Gummischwänze an. Was ist denn mit dem tatsächlichen Gewicht? Ich meine mit diesen hundertfünfunddreißig Tonnen?«

»Die Schwänze werden als LCL-Fracht angemeldet. Eine Hälfte wird von der Novarca importiert, die andere von der R. P.«

»Und was heißt LCL?«

»Das ist das internationale Kürzel für *less than container load.* Seefrachtgut wird entweder als FCL, *full container load*, oder als LCL klassifiziert, als abhängig vom Volumen der Fracht: FCL-Fracht füllt einen ganzen Container, LCL-Fracht nicht. Diese Container gehören uns. Aber das läßt sich nicht bis zu uns zurückverfolgen, über keine der beteiligten Firmen. Wir vermieten diese Container an uns selbst, und zwar über die Inter-Continental Equipment Group in Basel. Wir teilen uns jeden dieser Container mit LCL-Frachtgut, das die Lupino im Namen der Lighthouse Society anmeldet. Auch das ist nicht bis zu uns zurückzuverfolgen. Diese Lupino-Fracht, die ebenfalls über unseren Zollmakler in New York abgewickelt wird, besteht offiziell aus einer karitativen Lieferung von Braille-Lehrbüchern, die in Hongkong gedruckt wurden, von der Lighthouse Society, und unentgeltlich über die American Foundation of the Blind, das Jewish Braille Institute of America und Lighthouse, Inc., verteilt werden sollen. Dreiunddreißig Tonnen pro Container. Die Kisten werden hinter unseren Gummischwänzen verstaut. Technisch gesehen weiß die Novarca nicht, wem die Container gehören oder mit wem oder was sie sich diese Container teilt.

Da wir keinen eigenen Container füllen konnten, hat uns unser Makler in die vier Buchcontainer gequetscht. Wenn man die Container in New York vom Hafengelände fährt, werden die Frachtpapiere verschiedene Lagerhäuser als Bestimmungsort ausweisen; eins gehört der Novarca, ein anderes der Lupino. Diese Schwänze autorisieren uns, die Container zu öffnen und teilweise zu entladen, wenn sie in Jersey angeliefert werden. Und von dem anderen Scheißkram, den wir irrtümlich entladen, haben wir nichts gewußt.«

»Gummischwänze und Braille-Lehrbücher«, sagte Louie gedankenverloren. Dann änderte sich sein Gesichtsausdruck. Er wurde ernster. »Weißt du«, sagte er, »daß du verdammt gute Arbeit geleistet hast? Wenn man bedenkt, was ich zu diesem Trip beigesteuert habe, hätte ich auch zu Hause bleiben können.«

»Ach, komm! Dasselbe hast du schon in Mailand gesagt. Das war damals Quatsch, und heute ist es immer noch Quatsch.«

»Nein. Damals war es meinetwegen Quatsch. Aber jetzt ist es die Wahrheit. Du hast es faustdick hinter den Ohren. Du hast es mehr als faustdick hinter den Ohren. Du wirst in dieser Welt noch viel erreichen. Du wirst Dinge erreichen, von denen Typen wie dein Onkel und ich bloß geträumt haben.«

»Du kannst mir glauben, Lou, wenn wir mit dieser Sache fertig sind, werde ich alles erreicht haben, was mir jemals vorgeschwebt hat.« Johnny wechselte abrupt das Thema. »Du kennst den Kapitän dieses Schiffes, nicht wahr?«

Louie nickte. Obwohl der Dampfer *Golden Stella* unter liberianischer Flagge fuhr, hatte dieses Containerschiff amerikanische Eigner; seine Crew bestand aus Italienern, seine Offiziere waren Amerikaner. Dieses Schiff – es war auf eine Inhaberaktiengesellschaft zugelassen, die von Männern wie Johnnys Onkel kontrolliert wurde – verfrachtete den Altpapierbrei der Novarca nach Übersee. Bisher waren seine Geschäfte völlig legal gewesen. Und selbst jetzt kannten nur seine Besitzer – denen Joe sich erkenntlich zeigen würde, sobald die Verkaufszeit angebrochen war – das Geheimnis seiner verborgenen Fracht. Den Kapitän des Schiffes, einen Mann namens Petrillo, hatte man lediglich wissen lassen, daß es sich bei Louie und Johnny um wichtige Freunde der Eigner der *Stella* handelte.

»Stimmt«, sagte Louie. »Genauer gesagt, ich weiß, was er für einer ist.« Er dachte an die Videokassetten, die er im Hinterzimmer des Ladens dieses Orang-Utans in der Sixth Avenue gesehen hatte. »Der steht auf kleine Jungs.«

Johnny schüttelte den Kopf. »Solche Typen sind das Allerletzte. Die und die Vergewaltiger. Denen sollte man den Schwanz abhacken, ohne Ausnahme.«

»Das seh' ich ganz genauso. Weißt du, was ich nicht kapiere? Diese Hinterwäldler, diese verdammten Jesus-Fanatiker unten im Süden, die rennen durch die Gegend und knallen Leute ab, die für die Abtreibung sind. Das will mir einfach nicht in den Schädel. Ich meine, wenn man wirklich etwas Gutes tun will, dann sollte man ein paar von diesen beschissenen Vergewaltigern umlegen. Oder sie an ihren eigenen Schwänzen ersticken lassen.«

»Diese Recht-auf-Leben-Arschlöcher werde ich nie begreifen: Das sind doch alles Rednecks, die Nigger hassen, nicht wahr? Aber wer kriegt die ganzen Babys? Die Nigger! Sie hassen die Nigger, aber sie wollen noch mehr davon haben. Das kapier' ich einfach nicht.«

»Man sollte diese Wohlfahrtskühe dafür bestrafen, daß sie Babys bekommen, und sie nicht auch noch belohnen.«

»Das würde unseren Markt aber ganz schön zusammenschrumpfen lassen.«

»Richtig.« Louie grinste. »Das erinnert mich an diese Geschichte über Colonel Sanders. Vor vielen Jahren wurde der mal gefragt, was er denn so von Niggern hielte. Darauf der Colonel: ›Die essen doch Hühnchen, oder?‹«

Ihr Festbankett fand am nächsten Abend statt, im Man Wah, einem Restaurant im Dachgeschoß des Hotel Mandarin. Sie machten sich miteinander bekannt, und der Küchenchef, Fok Kam Tong, erschien persönlich an ihrem Tisch, um das Menü zu erläutern, das er für sie zusammengestellt hatte, eine Mischung aus Nouvelle-cuisine-Köstlichkeiten und berühmten Gerichten aus Chinas kaiserlicher Vergangenheit. Der Sommelier brachte eine Flasche Château Mouton-Rothschild des Jahrgangs 1864 und drehte eine Runde um den Tisch, damit jeder von ihnen einen Blick auf das vergilbte Pergamentetikett der Flasche werfen konnte. Der Wein wurde in einem langsamen, behutsamen Ritual entkorkt und zum Atmen beiseite gestellt. Während der Sommelier den Korken mit einer affektierten Bewegung an seine Nase führte, um ihn anschließend auf ein rechteckiges Leinentuch in einem kleinen Silbertablett zu legen, das rechts von Tuans Teller stand, riß Ng einen Scherz über die Verkaufsautomaten, die die Yakuza neuerdings in Tokio betrieben. Für dreitausend Yen spuckten diese Maschinen gebrauchte Schlüpfer aus, die angeblich von japanischen Schulmädchen getragen worden waren.

Als der Wein eingeschenkt wurde, löste Johnny seinen Blick von der glitzernden Kulisse des nächtlichen Hongkong, um die Gesichter von Tuan Ching-kuo und Asim Sau zu mustern. Von ihren drei Gastgebern besaß Tuan das durchschaubarste Mienenspiel. Es war der banale, unheimliche Blick absoluter Falschheit, ein Blick, der Johnny von den flimmernden und gedruckten Bildern unzähliger westlicher Politiker vertraut war. Das Lächeln auf seinen feisten, verweichlichten Lippen war insofern von entwaffnender Offenheit, als daß es die brutale innere Leere dieses Mannes bis aufs I-Tüpfelchen widerspiegelte, eine Leere, die ebenso gefährlich wie abstoßend wirkte. Johnny kam er weniger wie ein Mensch vor, sondern wie ein abscheulicher Parasit, der sich aufgedunsen und zufrieden an seinen Wirt, die Welt, klammerte. Seine Augen waren gleichzeitig die eines Feiglings und die eines Killers, eines Betrügers, nicht nur in Wort und Tat, sondern auch im Hinblick auf Geist und Seele.

Die smaragdgrünen Augen Asim Saus wirkten dagegen wie die Augen jener maskierten Schlangendämonen und Tempelschlangen, die man in seiner Heimat Nagas nannte. Hypnotisch, kalt und reptilienartig, wirkten sie wie gefärbte Glasscherben, die das Höllenfeuer einer tödlichen Seele in ein eisiges, unerforschliches Licht verwandelten. Wenn sich seine schön geformten Lippen mit kaum wahrnehmbaren Bewegungen öffneten, erwartete man fast, ein bedrohliches Zischen zu hören.

Billy Sings Worte drangen in Johnnys Bewußtsein. Ihm war, als hätte er sie in einem anderen Leben gehört. *Wenn ich richtig informiert bin,* hatte Sing zu ihm gesagt, *werden Sie bald das seltene Privileg genießen, einen oder mehrere dieser Männer persönlich kennenzulernen. Ich glaube, es wird für Sie von Vorteil sein, daß Sie noch nie den Schatten gekreuzt haben, den diese Männer werfen. Für die Mehrzahl derjenigen, die in ihrem Schatten hausen, sind sie so etwas wie finstere, unnahbare Götter, und der Gedanke, diesen Männern gegenübertreten zu müssen, würde ihnen Angst einjagen. Für Sie werden sie einfach nur Männer sein – Fremde aus einer fremden Welt, sicher, aber davon abgesehen Männer wie andere auch. Und so sollte es auch sein.* Der schlangenäugige Asim Sau schien jedoch mehr zu sein als ein Mann wie andere auch. Er schien eine Abbadona zu sein, auf ewig mit dem Bösen vereint, ein Wesen, das nur Böses tun und nur Böses denken konnte.

Asim Sau kostete als erster vom Wein. Er schloß verträumt die Augen und genoß ihn, so als würde er ihn laben und mit neuer Kraft durchfluten. Dann lächelte er und begann zu sprechen. »Also, wer wird in diesem Jahr amerikanischer Baseballmeister?«

»Bis dahin sind's noch eine Menge Spiele«, sagte Louie.

Tuan Ching-kuo grinste, als handelte es sich bei diesem Gedankenaustausch um einen bedeutenden kulturellen Brückenschlag zwischen Ost und West.

»Eines Tages, so hoffe ich, werde ich Ihr Land besuchen können«, sagte Asim Sau, der Amerika verabscheute, und dasselbe galt für dieses Geschmeiß von seinen Ufern, mit dem er seinen Wein teilen mußte.

»Dann gehen wir gemeinsam zu einem Baseballspiel«, sagte Louie, »mit allem Drum und Dran.« Du toter Schwanzlutscher.

»Erdnüsse und Cracker Jacks«, sagte Tuan, der in Gesellschaft von Amerikanern stets das Bedürfnis verspürte, die intellektuellen Ansprüche seiner Konversation herunterzuschrauben.

»Ich möchte einen Toast ausbringen«, sagte Ng. Er hob sein Glas. »Auf ein neues Zeitalter.« Ein Zeitalter ohne *haksau dong*.

»Und auf eine neue Prosperität«, sagte Louie. Du räudige Scheißhausratte.

»Bravo«, sagte Tuan. *Diu nei loumou:* Fickt doch eure Mütter.

Die fünf Männer tranken. Kellner servierten ihnen aromatisch duftende Häppchen aus geschmorten Vogelnestern, gewürfeltem Garnelenfleisch, Krebsrogen und Kakteenblüten.

»Werden Sie nach Hause fliegen, wenn das Schiff in See gestochen ist?« fragte Ng.

»Das wissen wir noch nicht.« Louie zuckte mit den Achseln.

»Vielleicht fahren wir auch mit dem Schiff zurück«, sagte Johnny.

»Das ist aber eine ziemlich lange Seereise«, sagte Tuan. Aber nicht so lang, wie ihr denkt.

»Und es ist ein Handelsschiff«, sagte Ng. »Bestimmt werden Sie lieber fliegen wollen.« Es war außerdem der Höhepunkt der Taifunzeit, doch das erwähnte Ng nicht.

Was sollte dieses Theater? Johnny und Louie kamen ins Grübeln. Was kümmerte es diese verdammten Schlitzaugen, ob sie flogen oder das Schiff nahmen. Hatten sie etwa einen Grund, sie von der Schiffsreise abzuhalten? Hatten sie noch irgendwelche Trümpfe im Ärmel? Wollten sie vielleicht das Schiff kapern, wenn sie erst einmal ihr Geld bekommen hatten?

Louie und Johnny hatten sich darüber unterhalten, ob sie als PAC-Passagiere – als *persons in addition to the crew* –

mit der *Stella* nach Hause fahren sollten. Johnny hatte Louie gesagt, daß er private Gründe habe, aus denen er das tun wollte, aber Louie sollte sich nicht verpflichtet fühlen, ihm Gesellschaft zu leisten. Das Problem, das er bewältigen wollte, hatte er ihm gesagt, könne er allein bewältigen. Doch jetzt, nachdem er das Gerede dieser Schlitzaugen gehört hatte, änderte Louie seine Meinung. Sie würden beide an Bord der *Stella* zurückreisen. Sie würden genau das Gegenteil von dem tun, was ihnen diese hinterhältigen Bastarde ganz offensichtlich einzureden versuchten.

»Wir werden sehen«, sagte Louie. »Wahrscheinlich werden wir das Flugzeug nehmen. Andererseits hat die Vorstellung eines Schiffes, das sich langsam von China *entfernt*, auch ihren Reiz.«

Ng nickte. Sie waren ihnen auf den Leim gegangen. Umgekehrte Psychologie. So simpel wie der Umgang mit Laborratten.

»Wie läuft's denn so in Myanmar?« fragte Johnny Asim Sau.

Asim Sau schaute ihn an. Es war ein flüchtiger Blick, der die durchbohrende Wirkung eines ausgedehnten, unergründlichen Fixierens besaß.

»Vielleicht sollte ich Sie dasselbe fragen.«

Seine Worte ließen Johnny das Blut in den Adern gefrieren, sie blendeten und betäubten ihn. *Er wußte Bescheid.* Irgendwie wußte er Bescheid.

»Sie werden doch bestimmt nicht erwarten, daß sich die oberflächlichen Eindrücke eines Außenstehenden mit denen eines Landeskindes messen können?« Er sagte das so lässig, wie er konnte, ohne zu zögern oder auszuweichen, so als hätte er eine beiläufig gestellte Frage ebenso beiläufig beantwortet.

Obwohl sie wußten, was Asim Sau wußte, ließen sich Ng und Tuan nichts anmerken und unterhielten sich in aller Ruhe über den Geschmack der Kakteenblüten und die Erlesenheit des Weins – auf englisch, um jeden Verdacht der Heimlichtuerei von vornherein auszuräumen.

Louie, der ruhig weiteraß, als wäre nichts geschehen,

kaute, ohne etwas zu schmecken, und glaubte einen Augenblick klang, dies sei das Ende.

»Was haben Sie in Yangon gemacht?«

Louie war klar, daß Johnny die Würfel aufnehmen und werfen mußte. Ihm zur Hilfe zu kommen wäre viel zu verdächtig gewesen. Er besaß nicht die Geistesgegenwart, zu beten oder zu hoffen. Er hörte bloß zu, wie Johnnys Worte gegen die Spielbrettumrandung rollten – gegen die beängstigende Ruhe und Gelassenheit des Kriegsherrn.

»Hat Ng Seng nicht ...«

»Nennen Sie mich doch einfach Ah Hei.« Ng korrigierte ihn, bat ihn, die vertraulichere Form der Anrede zu benutzen. Ng widmete sich wieder seinem Essen, so als interessierte er sich nicht für den Fortgang der Unterhaltung, als läge ihm ausschließlich daran, daß es zwischen ihnen keine Förmlichkeiten mehr gäbe. Dabei stellte er sich vor, wie ihre Gesichter, erst das von Johnny, dann das von Louie, wohl im Tod aussehen würden. Das war seine Passion. Mütter versuchten, im Gesicht ihres Kindes das Gesicht des zukünftigen Erwachsenen zu erkennen. Er forschte nach der Todesmaske im Gesicht derjenigen, die, ohne es zu wissen, dem Untergang geweiht waren.

Nettes Schlitzauge, fieses Schlitzauge, dachte Louie.

»Hat Ihnen denn unser Freund hier nicht die Einzelheiten unseres Abkommens mitgeteilt? Es geht dabei um mehr als nur um Geld. Wir haben Ihnen hölzerne Mäntel für Generalmajor Saw Win und für Song Leekpai versprochen. Wir sind dort hingefahren, um bei ihnen Maß zu nehmen, könnte man sagen.«

Louie war so begeistert von Johnnys Einfallsreichtum, daß er vor Erleichterung laut auflachte, und sein Lachen schien nichts weiter zu sein als eine unbekümmerte, ganz natürliche Reaktion auf Johnnys Formulierung.

»Sie hätten wir auch gern besucht«, sagte Louie, »aber wir haben nicht gewußt, wo wir Sie hätten aufstöbern sollen.«

»Woher wissen Sie eigentlich, daß wir dort waren?« fragte Johnny mit unbeteiligter Stimme.

Asim Sau schaute zu Ng und lächelte.

»In der Gegend von Chiang Mai gibt es ein Sprichwort«, sagte Ng. »Östlich des Golfs von Bengalen und westlich des Mekongs wenden sich sogar die Adler an Ah Fu.«

»Dann wissen Sie ja, daß wir keine Zeit verloren haben, um alle Vorbereitungen für die Einhaltung unserer Seite des Abkommens zu treffen.«

Der Kriegsherr sagte nichts. Wozu auch? Bald würden diese Dummköpfe tot sein, und mit der nächsten Ernte würde alles wieder so sein wie früher.

Die Kellner servierten ein Gericht aus Geflügel und Fisch – es hieß ›Das Reh weckt den Hahn auf‹ – und ein anderes, das aus verschiedenen Pilz- und Zwiebelsorten bestand.

Während sie aßen, musterte Asim Sau die Amerikaner unauffällig mit einer beinahe klinischen Faszination. Der ältere der beiden kam ihm vor wie ein Produkt des absoluten Bösen, wie eine Kreatur ohne Sinn und Verstand, die ausschließlich von primitiver und brutaler Gier geleitet wurde. Der italienische Menschenschlag war Asim Sau schon immer besonders diabolisch vorgekommen, eine Rasse, die den Gott ihrer Wahl abwechselnd gekreuzigt und der Welt aufgezwungen hatte. Mord und Hingabe. Das lag ihnen im Blut. Am jüngeren Mann entdeckte er die typischen Züge dieses Menschenschlags und mehr. Wenn der andere ein Produkt des absoluten Bösen war, dann war dieser etwas weitaus Gefährlicheres: ein Mann, der sich Gedanken machte, kein bloßes Produkt des Bösen, sondern jemand, der das Böse auch verstand; jemand, der das siebente Siegel gebrochen hatte und das größte aller dunklen Geheimnisse kannte, die Mutter von Mord und Hingabe, die Mutter aller Heiligkeit und aller Schrecken, den Geist und das Herz der Menschen.

Die Zivilisation hatte sie jedoch verweichlicht, wie verwöhnte Potentaten oder übersättigte Dämonen. Wie Tuan hier. Oder sogar wie Ng, mit seinen Maniküren, seinen Kurtisanen, seinen genußsüchtigen Anwandlungen. Er, Asim Sau, war der einzig Starke unter ihnen. Er war es, der sich mit dem Leoparden bewegte, mit der Flugnatter und dem Wind. Ng und Tuan wußten das. Doch diese *gwailou* wußten es nicht. Wie gern hätte er sie vor sich auf die Knie gezwungen, um sie eigenhändig umzubringen.

»Wir sollten dies hier öfter machen«, sagte er.

»Finde ich auch«, sagte Johnny. »Wir sollten es zu einer jährlichen Einrichtung machen.« Wenn die *Golden Stella* in New York anlegte, würden diese drei Kerle Geschichte sein, und wenn er und Louie sich das nächste Mal zu einem Festschmauß niederließen, würden sie die Mächtigen sein, denen man zuprostete.

»Wissen Sie viel über die Shan oder über unseren Freiheitskampf?« fragte der Kriegsherr.

Dieser Typ war einfach unglaublich, dachte Johnny: Kämpft für die Freiheit eines gottverlassenen Stamms von Dschungelkretins und macht gleichzeitig die Welt zum Sklaven des Heroins.

»Wird dieser Kampf jemals aufhören? Oder wird er endlos so weitergehen, wie bei den Arabern und Juden? Oder wie bei den Iren und Engländern?«

Hört sich verdammt so an, als würde das den Jungen tatsächlich interessieren, dachte Louie.

»Wenn wir kein Ende vor Augen hätten, würden wir nicht kämpfen. Nein, vielleicht stimmt das nicht. Manchmal müssen wir auch ohne Zuversicht kämpfen. Sehen Sie das nicht auch so?«

Nein, ganz im Gegenteil. Johnny hielt sich lieber an die letzte der sechsunddreißig Strategien: *Sich aus dem Staub machen, wenn es keine bessere Alternative gibt.*

»Wenn wir ohne Zuversicht kämpfen, werden wir vielleicht nicht mehr am Leben sein, um eines Tages mit Zuversicht kämpfen zu können.«

»Wer wegrennt, bleibt am Leben und kann später zurückschlagen«, sagte Louie. Seine Worte ließen ein Lächeln über Tuans Gesicht huschen. *Diu nei*, dachte dieser: Fick dich doch selbst!

All diese Sprüche über das Leben, aus dem Mund von Männern, die in Kürze sterben würden, dachte Asim Sau.

Louie erinnerte sich an einen Tag voller Frühlingsschatten und an die Worte eines alten Mannes: *Avimu a fari comu San Giorgio. Avimu a fari muriri u dragu.* Wir müssen es wie der heilige Georg machen. Wir müssen den Drachen töten.

Das Alpha und das Omega, dachte Johnny. Die Kirche in den Hügeln. Das Bild an der Küchenwand seines Onkels.

Seltsam, dachte Ng. Vor vielen Jahren hatte er, nach einem Raub und einem Mord, das Abzeichen der *hóng sanjiao* empfangen. Und jetzt, wo er den Gipfel der Welt erklommen hatte, befaßte er sich noch einmal mit Raub und Mord. Ein letztes Abendmahl im Wert von zehntausend Dollar, mag sein, und viele Millionen statt der Geldbörse eines Kaufmanns, doch im Grunde genommen auch nur Raub und Mord.

Die Kellner brachten den Kaffee, Kognakschwenker mit einem 1931er Quinta do Noval und eine Kiste Hoyo de Monterrey Double Coronas. Ng hob seinen Portwein und sprach noch einmal einen Toast aus.

»Auf Eintracht, Stärke und ein langes Leben.«
Und auf die Fotze deiner Mutter.
Möge nie ein Nachkomme deinen Namen erfahren.
Eine durch dein Gehirn und zwei in deinen Arsch.
Mögen sich die Lebenden an den Toten laben.
Stirb qualvoll und laß dich von Gott ficken.

»Dieser Portwein«, sagte Tuan mit einem Lächeln, »ist so superb wie diese Gesellschaft.«

Die fünf Männer zündeten ihre Zigarren an und ließen träge, silbrigweiße Schwaden eines satten Rauchs emporsteigen, der mit zarten Duftspuren durchsetzt war, die an Muskat, Schokolade, Zimt und Kokos erinnerten.

In dieser Nacht fand Louie am Fußende seines Bettes, neben der frisch gewaschenen und gebügelten Wäsche, die das Zimmermädchen dort abgelegt hatte, ein in Geschenkpapier gewickeltes Päckchen, an dem ein quadratischer weißer Umschlag befestigt war. Im Umschlag steckte eine Karte mit dem Aufdruck *Buon Viaggio!* Louie entfernte die Verpackung und öffnete den darunter zum Vorschein kommenden Schuhkarton. Er enthielt zwei 40kalibrige Pistolen vom Typ Beretta 96, zwei elfschüssige Magazine und eine Gebetskarte aus der Chiesa di San Giorgio in Piana degli Albanese.

Als die Morgendämmerung ihre rosigen Finger über den östlichen Himmel streckte, wurden die Heckleinen der hundertachtzig Meter langen *Golden Stella* über die Poller des Harbour-City-Piers von Kowloon geworfen. Wie tote Beute stiegen 6- und 12-Meter-Frachtcontainer, IMCO-Tanks aus rostfreiem Edelstahl, einzelnes Stückgut und Paletten mit Industrieausrüstungen in den düsteren Klauen der dröhnenden 100-Tonnen-Kräne des Piers vom Deck des Schiffes und aus seinen Ladeluken empor. Andere Container wurden von Zugfahrzeugen und Eisenbahnwagen gehoben und an Bord gehievt. Und dort am Pier, während die Sonne erbarmungslos über ihr emporstieg, wartete die alte *Stella*, mit schwarzem Rumpf, von der See zernarbt und leprös vor Rost.

Einhundertfünfunddreißig Tonnen Uoglobe Heroin Nr. 4 waren fest verpackt worden zu fünftausend quaderförmigen Plastikpaketen, von denen jedes siebenundzwanzig Kilo wog. Jedes Päckchen war mit Plastikfolie in einen Karton eingeschweißt, der mit Schriftzeichen *shu bùláiyè mángwén*, den Worten BRAILLE-BÜCHER und dem Symbol eines Leuchtturms und seiner Lichtstrahlen bedruckt war. Auf jede Kiste hatte man eine gefälschte grün-weiße Steuerbefreiungsplakette geklebt.

Niemand – weder Ng Tai-hei noch Asim Sau, weder Tuan Ching-kuo noch der schweigsame, sehnige, dunkelhäutige Chiu Chao, der die Gabelstapler bediente und die Kartons hochliftete – hatte jemals so viel Heroin auf einem Haufen gesehen. Die Regierung der Vereinigten Staaten hatte in der Vergangenheit große Lieferungen abfangen können: im Jahre 1993 zwei Komma sieben Tonnen Morphinbase in den Ankerkammern der *Lucky S*, im Jahr 1989 achthundert Pfund Heroin, die der alte Peter Woo in Gummireifen an Land gebracht hatte. Doch die Regierung dachte nicht einmal in der Größenordnung der hier angehäuften Menge. Legte man den Großhandelspreis für die *capi bastuni* New Yorks zugrunde, dann war diese Lieferung zehn Milliarden achthundert Millionen Dollar wert. Was sie darüber hinaus wert war, wenn sie einmal in den Straßenhandel gelangte, das wußte nur Gott allein.

In einem verlassenen Militärschuppen auf Stonecutters Island staksten Johnny und Louie zwischen den fünftausend Kartons umher. Wahllos öffneten sie einzelne davon. Sie schnitten in die schweren, kompakten Plastikpakete im Inneren der Kartons, löffelten Messerspitzen des weißen Pulvers in die Glasröhren ihrer Test-Sets, schütteten einige Tröpfchen eines säurehaltigen Reagenzmittels hinzu und beobachteten, wie die milchige Mixtur einen lieblichen, matten Purpurton annahm. Der Chiu Chao folgte ihnen, um die Päckchen und Kartons, die sie geöffnet hatten, neu zu versiegeln. Während sie sich durch den Schuppen arbeiteten, überzogen sie die Kartons mit einem feinen Sprühregen aus einer dunklen, bernsteingelben Flüssigkeit, die in Plastikkanistern aufbewahrt wurde. Die Chancen, daß der Zoll eine Lieferung entdeckte, standen eins zu zehn. Zehn Prozent: Soviel würde der Zoll nach ihrer eigenen Kalkulation erwischen. Die Rauschgifthunde des Zolls waren effektiv, doch es gab eine Substanz, die diese Hunde verängstigte und abschreckte und lieber anderswo schnüffeln ließ: die Pisse von Wildhunden. Die Chiu Chao hielten solche Hunde in Zwingern und sammelten ihre Pisse, um diese an Schmuggler weiterzuverkaufen oder um sie bei ihren eigenen Aktivitäten zu verwenden. Alles, was durch ihre Hände ging, tauften sie mit Wildhundpisse.

Johnny und Louie waren zufrieden: Jede Stichprobe des bitteren weißen Todes nahm die Farbe von Veilchen an.

Die Container wurden beladen, wobei man die Heroinkartons mit den Kisten einmauerte, in denen die Gummischwänze steckten, und mit Lastwagen zu einer privaten

Fähre an der nordöstlichen Küste der Insel gefahren. Am Pier kletterte Asim Sau in eine Barkasse, die dort auf ihn gewartet hatte. Bevor sie sich voneinander verabschiedeten, hielt der Kriegsherr inne, um den beiden Amerikanern ausdauernd und tief in die Augen zu schauen. Im Sonnenlicht kam ihnen das reptilienartige Smaragdgrün seiner Augen nicht mehr ganz so beunruhigend vor. Nun wirkte er weniger wie eine Naga, sondern wie ein Ungeheuer von viel irdischerer Herkunft. Langsam öffnete sich sein Mund zu einem breiten Lächeln.

»Das Leben ist kurz«, sagte er. »Sie haben alles Recht, es in vollen Zügen zu genießen.«

Er artikulierte diese Worte wie eine Grabinschrift, so sehr, daß Johnny und Louie sich fragten, ob er nicht *hatten* statt *haben* gesagt hatte.

Die Fähre schipperte sie nach Kowloon. Johnny und Louie ließen die Container nicht aus den Augen, bis sie von den Lastwagen gehoben, ausklariert und an Bord der *Golden Stella* gehievt worden waren. Louie blieb beim Schiff. Im Büro des Piermeisters stand Ng neben Johnny, während dieser mit der Bank of East Asia, Limited, in der Des Voeux Road 10 telefonierte. Drei Minuten später rief Ng bei der Hongkong and Shanghai Banking Corporation in der Queen's Road 1 an, wo man ihm die Überweisung von fünfhundertneunundvierzig Millionen US-Dollar bestätigte.

»Die Waffen«, sagte Ng, »und die hölzernen Mäntel.«

»Die Attentäter sind bereits in Bangkok und Yangon. Sie warten nur noch auf das Kommando«, sagte Johnny ihm. »Innerhalb der nächsten achtundvierzig Stunden werden schwarz geränderte Briefe verschickt. Und die Waffen sind unterwegs. Das Schiff, mit dem sie kommen, hat bereits den Suezkanal passiert und nähert sich der Straße von Malakka. Im Laufe des Tages werden sich Männer aus Italien mit Ihnen in Verbindung setzen, um alles Notwendige zu arrangieren.«

»Und was passiert, wenn Sie, was Gott verhüten möge, erwischt werden?«

»Das würde sich, abgesehen von der letzten Rate, nicht auf unseren Deal auswirken. Sie haben Ihre Verpflichtungen restlos erfüllt. Abgesehen davon werden Sie Ihre schwarzen Briefe und Ihre Waffen bekommen, lange bevor wir irgendwelche Gefahren zu erwarten haben.«

»Sie sind ehrenwerte Männer.«

»Um das zu erkennen, muß man selber einer sein.«

Auf Stonecutters Island hatte selbst der Chiu Chao, der sich um Kartons gekümmert hatte, nicht bemerkt, daß in einem der vier Container nach dem Beladen weniger Platz freigeblieben war als in den anderen: An seiner Stirnseite hatte man durch den Einbau einer doppelten Wand eine mit Bleiplatten ummantelte Kammer von etwa dreißig Zentimeter Tiefe vom übrigen Container abgetrennt. In diesem Verschlag steckte genug RDX-TNT, um ein Schlachtschiff in die Luft zu jagen. Ein 30-Tage-Zünder war so eingestellt worden, daß er den Sprengstoff in genau zwei Wochen detonieren lassen würde.

Es sei verblüffend, ja geradezu unglaublich, hatte Ng Tai-hei den anderen erzählt, wie viele Schiffe jährlich auf hoher See verschwanden.

Johnny und Louie standen auf dem Brückendeck und ließen ihren Blick über die Piers schweifen. Ihre Reisetaschen waren bereits aus dem Hotel geholt und an Bord verstaut worden. Die *Golden Stella* war aufgetankt, mit Proviant versehen und zum Auslaufen bereit.

»Du bist dir wirklich sicher, daß du das hier machen willst?« fragte Louie.

»Ja. Ich bin mir sicher.«

»Achtundzwanzig Tage.«

»Ich trau' den Burschen nicht.«

»Ich trau' denen auch nicht. Aber achtzehntausend Kilometer? Achtundzwanzig Tage? Das ist 'ne verdammt lange Reise.«

»Ich weiß. Aber wenn jetzt noch irgendwas schiefgehen sollte, nach all den . . .« Johnny brach mitten im Satz ab, als fehlten ihm die Worte für das, was er ausdrücken wollte.

»Falls sie das Schiff tatsächlich kapern, was könnten wir

schon dagegen tun, wir zwei und unsere beiden Erbsenpistolen?«

»Ich weiß es nicht. Um uns kapern zu können, müssen sie erst mal in unsere Nähe kommen. Und wenn man so eine Erbsenpistole an den Kopf des richtigen Typen hält – ich denke da an diesen Kinderficker von Kapitän, an den Ingenieur, oder wer immer dieses verdammte Ding steuert –, dann könnte man sie vielleicht davon abhalten, auf irgendwelche verdammten SOS-Rufe zu reagieren. Ich weiß es nicht, ehrlich. Ich glaube nicht einmal, daß sie uns noch aufs Kreuz legen wollen. Jetzt nicht mehr. Vielleicht haben wir ja bloß Gespenster gesehen, als sie uns mit dieser Scheiße gekommen sind, daß Fliegen bequemer wäre. Außerdem wird dieser gottverdammte Ng mausetot sein, wenn wir hundertfünfzig Kilometer vom Land entfernt sind.«

»Sicher. Aber dieses zweite Schiff würde uns dann trotzdem auf den Fersen sein.«

»Dann werde ich dafür sorgen, daß es uns nicht in die Quere kommen kann.«

»Aber du glaubst, daß die Wahrscheinlichkeit gering ist?«

»Mehr als gering.«

»Warum zum Teufel machst du dir dann Sorgen?«

»Keine Ahnung. Ich habe so ein seltsames Gefühl.«

Louie schwieg eine Weile. Er steckte sich eine Zigarette an, kehrte den Piers den Rücken zu und blickte hinaus aufs offene Meer.

»Ist dir noch nie der Gedanke gekommen, Johnny, daß diese ganze Geschichte seltsam ist? Von A bis Z? Ich meine, schau dir doch mal an, was in den letzten Monaten passiert ist. Was wir getan haben, wo wir gewesen sind. Und jetzt das hier. Scheiße! Was haben wir gerade gekauft? Zwei Drittel des weltweiten Heroinnachschubs? Das ist was anderes, als mal eben um die Ecke zu gehen, um sich 'ne Schachtel Zigaretten zu besorgen. Verdammt, in dieser Situation würde ich mich wundern, wenn mir irgend etwas *nicht* seltsam vorkäme! Was wir gerade machen, das hat vor uns noch keiner gemacht. Das Ganze kommt mir total unwirklich vor.« Er lachte und schüttelte den Kopf. »Wenn ich mich jetzt frage, wie wir es überhaupt so weit bringen konnten, dann fällt mir ums Verrekken keine Antwort ein.«

Nun mußte auch Johnny lachen. »Hör mal«, sagte er. »Warum siehst du nicht zu, daß du von hier wegkommst? Spring in ein Flugzeug, flieg zurück und entspann dich! Es ist nicht nötig, daß wir beide auf diesem Schrotthaufen nach Hause fahren.«

»Und was ist mit dir?«

»Ich muß dafür sorgen, daß alles reibungslos über die Bühne geht. Da sind noch ein paar Kleinigkeiten, um die ich mich kümmern muß. Ich kann einfach nicht anders. Wenn ich das Flugzeug nehme, würde mir jeder dieser achtundzwanzig Tage wie ein Knastaufenthalt vorkommen. Und abgesehen davon muß ich auch ein bißchen nachdenken. Eine schöne lange Seereise könnte genau das sein, was mir der Arzt verschrieben hat.«

»Worüber mußt du nachdenken?«

Johnny erzählte ihm von Diane und dem DEA-Bullen.

»Also, ich finde, du solltest das nicht so eng sehen, Kumpel. Was geschehen ist, ist geschehen. Darum wird man sich schon kümmern. Grübel dich bloß nicht in den Knast. Denn wenn du das tust, könntest du uns alle in Teufels Küche bringen.«

»Was würdest du tun?«

»Was ich tun würde? Nun, vor allem – bitte nimm mir das nicht krumm – hätte ich so eine Zicke nie geheiratet. Versteh mich nicht falsch. Dich trifft keine Schuld. Ein Typ möchte ein geregeltes Leben führen, sich häuslich niederlassen, und er will mehr als bloß 'ne gute Ehefrau haben. Er möchte 'ne Braut, mit der er reden kann, die was im Kopf hat. Und so was kommt am Ende dabei raus. Du kannst nämlich nicht alles in einer Braut haben. Du kannst in einer Braut nicht gleichzeitig eine Mutter und eine Hure haben, eine Ehefrau und eine *cummari*, eine, die was im Kopf hat, und eine, die dich anhimmelt, 'ne gleichberechtigte Partnerin und 'ne Squaw. Wenn du zu glauben anfängst, das sei möglich, dann passieren genau diese Sachen. Früher, in den alten Zeiten, hat es diese Probleme nicht gegeben. Du hast sie zum Traualtar geführt, du hast ihr einmal eine runtergehauen, und dann hast du sie nach Hause gebracht. Und das war's dann. Womit ich nicht sagen will, daß dir die Weiber früher nicht auch auf den Senkel gegangen sind. Aber es war anders. Du darfst nie vergessen, daß Angst die beste Grundlage für Respekt ist.«

»Warum dann überhaupt heiraten? Ich meine, ein Typ wie du. Oder wie mein Onkel. Ohne Kinder. Warum nicht einfach allein bleiben?«

»Weil, was immer sie sind, wir sind viel schlimmer. Wir sind schwach. Wir sind der letzte Dreck. Sie mögen bloß dumme Weiber sein, aber wenn wir sie brauchen, was sind wir dann? Noch viel mieser als Weiber. Ich sage dir, das ist ein Scheißspiel. Von welcher Seite du es auch betrachtest, es ist ein Spiel, bei dem du nur verlieren kannst.«

»Was würdest du tun?«

»Was ich tun würde? Ich würde sie richtig nett behandeln, das würde ich tun. Ich würde ihr verzeihen und die Sache vergessen. Und dann würde ich sie umbringen.«

»Jetzt sagst du mir, ich soll sie umbringen? Erst erzählst du mir, ich soll mich nicht in den Knast grübeln, und dann sagst du mir, ich soll sie umbringen?«

»Nein. Du hast mich gefragt, was ich tun würde. Ich habe dir nur gesagt, was ich tun würde. Du bist viel zu helle, um das zu tun, was ich tun würde. Du wirst schon das Richtige tun.«

»Und was wäre das Richtige?«

»Hey. Mir hat sie nie ins Gesicht geschnarcht. Das mußt du schon selbst rausfinden.«

»Genau. Wie ich bereits gesagt habe. Ich muß ein bißchen nachdenken.«

»Das scheint mir auch so. Und ich wäre ein verdammt schlechter Freund, wenn ich dich dabei im Stich ließe.«

»Nein, Louie. Flieg nach Hause.«

»Ach, leck mich!« Er schaute in Richtung Sonne. »Ich

werd' was für meinen Teint tun. Ein wenig Ruhe und Erholung. Das hab' ich mir verdient.«

In diesem Moment ertönten die Schiffssirenen. Ihr ohrenbetäubendes Dröhnen hallte durch die Membrane des Morgens – ein Gruß an die Sonne, ein Sammelruf – und zerschmetterte alle Unentschiedenheit. Johnny dachte an den alten Frankie-Ford-Song ›Sea Cruise‹, und er mußte grinsen. Er betrachtete Louie, wie er so dastand und rauchte, mit seiner Sonnenbrille, seinem schwarzen Seidenhemd, seinen Tanino-Crisci-Schuhen und seiner Beretta, die er in den Hosenbund seiner Mohairhose geschoben hatte – ein Odysseus der Neuzeit –, und er mußte noch mehr grinsen. Und wenig später glitten sie dahin, unter dem ehernen Himmel, fortgetragen von den Maschinen der *Stella* und dem langsam anschwellenden Atem des Südchinesischen Meeres.

32

In der allmählich abklingenden Hitze der Abenddämmerung, in der würzigen Pinienbrise, die das leise Gezwitscher dem Auge verborgener Vögel herüberwehte, verharrten Ng Tai-hei und sein Chauffeur für einen Augenblick am Eingang zu Ngs Anwesen auf den Hügeln von Victoria Park, am Waldesrand, aber es war niemand zu sehen. Etwas wie das Echo eines menschlichen Geräuschs, ein Herzschlag, eine diffuse Präsenz, schien in der warmen Luft zu liegen. Die tiefliegenden Strahlen der untergehenden Sonne wisperten durch das wogende, üppige Dunkel der Bäume und hauchten ein weiches Licht über die zitternden Schatten auf dem kühlen, moosigen Boden.

Nein, da war nichts.

Durch das lithiumbetriebene Visier des Oakshore-Electronic-Ultra-Dot-30-Zielfernrohrs, das auf den plumpen, schweren, mit einem Schalldämpfer versehenen Lauf des 454er Casull-Gewehrs montiert war, leuchtete ein winziger, glühend roter Punkt wie ein Marienkäfer auf Ng Taiheis Schläfe auf.

Das laute Knacken und Zischen schallgedämpfter Geschwindigkeit scheuchte die eben noch unsichtbaren Vögel aus den Bäumen hervor. Der Marienkäfer verwandelte sich in ein sauberes rundes Loch, und Ngs andere Gesichtshälfte klatschte, wie ein aus der Erde gewirbeltes Rasenstück, in einem blutigen Klumpen aus Kopfhaut, Schädelknochen und Gehirnmasse durch die Luft. Der Chauffeur duckte sich blitzschnell und zog seinen Revolver. Der zweite Schuß traf ihn mitten ins Gesicht: Durch das Leuchtzielfernrohr schien es für das Malerauge des Killers aufzuplatzen wie ein Arcimboldischer Granatapfel.

An Bord der vom Meer gezeichneten *Stella* erfuhren Johnny und Louie nichts von Ng Tai-heis Ende. Sie gingen einfach davon aus, daß ihn sein Schicksal ereilt hatte. In dieser Nacht, während die Hongkonger Polizei die Gegend um den Victoria Peak durchkämmte, saßen sie im Navigationsraum und spielten Karten mit dem Kapitän, dem Steuermann, dem Ersten Ingenieur und dem Deck-und-Maschinenraum-Maschinisten. Sie spielten Dealer's Choice, das Pokerspiel, bei dem der Geber die Regeln bestimmt. Das Blatt wanderte zu Johnny, und er verteilte zwei Runden verdeckter und eine Runde offener Karten.

»Ist das Ihre erste Seereise?« fragte der Kapitän, während er die Ecken seiner verdeckt liegenden Karten anlupfte.

»Ja«, sagte Louie. »Für Sie auch?«

Die anderen Kartenspieler lachten, und der Kapitän schmunzelte still vor sich hin. Er sah nicht aus wie ein Mann, der auf Kinder abfuhr, dachte Johnny. Er sah noch nicht einmal wie ein Schwuler aus. Allerdings hatte er schon so lange keinen Menschen mehr ohne Maske gesehen, daß er sich fragte, ob er jemals wieder in der Lage sein würde, jemanden zu erkennen, der wirklich das zu sein schien, was er war.

Der Maschinist, der zwei Siebenen erwischt hatte, setzte einen Dollar. »Es heißt, Sie hätten einen guten Draht zur Chefetage.«

»Ja, so könnte man es ausdrücken«, erwiderte Louie.

Man stellte ihnen keine weiteren Fragen, obwohl die anderen zu gerne gewußt hätten, warum Männer, die noch recht bei Trost waren, einen Monat auf diesem elenden Kasten verbringen wollten, ohne dafür Heuer und Überstundenzuschläge zu kassieren.

Nach Mitternacht überprüften Johnny und Louie die Schlösser an ihren Containern. Zwei der Container befanden sich auf dem Oberdeck, die beiden anderen in Ladeluke 4, Sektor 1, etwa auf halber Strecke zwischen Kommandobrücke und Bug. Auf allen Ladungsmanifesten stach ihnen die Abkürzung STC – *said to contain*: deklarierter Inhalt – ins Auge. Ihre Container waren gekennzeichnet als ›STC 33½ Tonnen Braille-Bücher, STC 3000 Ehehilfen‹. In der Nähe des Eingangs zu Sektor 1 entdeckten sie einen vergilbten Aushang des US-Zolls, auf dem alle Artikel aufgelistet waren, die unter gar keinen Umständen in die Vereinigten Staaten eingeführt werden durften:

Gefälschte oder nachgemachte Markenartikel
Obszöne, unmoralische oder subversive Druckerzeugnisse
Von Strafgefangenen oder Zwangsarbeitern hergestellte Produkte
Vom Aussterben bedrohte Vögel und Tiere, inklusive ihrer Häute, Stoßzähne, Federn und Pelze sowie daraus hergestellte Produkte
Lotterielose
Weiße oder gelbe Phosphorstreichhölzer
Schnappmesser

»Kein Sterbenswörtchen über Heroin«, sagte Louie.

Später, nachdem Louie ihm eine gute Nacht gewünscht und sich in seine Kabine zurückgezogen hatte, spazierte Johnny allein über die verwaisten Decks und genoß die pazifische Brise. Sie hätten Glück, hatte der Steuermann gesagt: Um diese Jahreszeit sei bis zum 150. Grad östlicher Länge mit Taifunen zu rechnen, doch sie würden diese Wetterzone problemlos passieren können.

Als Johnny auf der Backbordbrücke innehielt, war ihm, als hielten die Gestirne die Welt umklammert: jeder strahlende Stern ein Mysterium, ein Zeuge der Ewigkeit, ein Wegweiser für Brisen und Menschenleben, ein uralter Gott von eigenen Gnaden, geheiligt durch die Gebete und das stumme Staunen von Äonen. Astraea, die Sternenmaid. Im Goldenen Zeitalter hatte sie unter den Menschen gelebt. Doch dann, abgestoßen von der Niederträchtigkeit der Erdbewohner, hatte sie sich in den Abendhimmel zurückgezogen.

Würde es den Menschen jemals gelingen, die Götter wieder hinunter auf die Erde zu ziehen? Würde es ihnen jemals gelingen, mit ihren hohlen Phrasen und ihren Schlingen aus Theologie und Moral, die törichten Vorstellungen ihres Traums vom ewigen Leben zurückzugewinnen? Was hatte der Mensch bei seiner Selbstsuche zuerst entdeckt, die Bändigung des Feuers oder die Vorstellung von Gut und Böse? Wahrscheinlich die Bändigung des Feuers, denn als er das Feuer bändigte, lernte er von der Natur. Als er Gut und Böse erfand, interpretierte er die Natur, machte er einen viel weiteren und fantasievolleren Sprung. Hier, auf dem offenen Meer, unter den Mitternachtssternen, konnte man sich mühelos vorstellen, wie Menschen in denselben dunklen und funkelnden Himmel gestarrt hatten, in der Zeit vor Gut und Böse, in der Zeit vor Richtig und Falsch, in der Zeit vor den Göttern. Der Mensch hatte all diese Dinge aus tieferen Beweggründen ersonnen: um sich hinter den illusionären Rockzipfeln einer Bedrohung zu verschanzen, die größer war als die, die von ihm und seinesgleichen ausging. Und dennoch führte die Moral, die der Mensch heraufbeschworen hatte, um sich zu beschützen, am Ende bloß dazu, daß er sich quälte. Furcht, Schuld und Verzagtheit. Das waren die Wundmale, die die Seele trug, gleich dem schlachtenzernarbten Fleisch eines Kriegers aus den Tagen vor Richtig und Falsch. War es die Niederträchtigkeit des Menschen, die Astraea von ihm fortgetrieben hatte, oder war sie von seiner Erbärmlichkeit, der Feigheit seiner flagellantischen Seele, abgestoßen worden? War sie vor seiner Schwäche zurückgeschreckt, vor seinem Unvermögen, im Einklang mit seiner Natur zu leben und zu sterben, ohne die Drohung der Verdammnis oder die Verheißung des ewigen Lebens?

Er dachte an die Container, an den Tod und an die Pestilenz, an die Wellen des Verbrechens und an das Verbrechen, an all die Dinge, die darin verborgen waren wie die Myriaden von Dämonen, die darauf warteten, aus den Messingkesseln Salomons losgelassen zu werden. Ein Revolverschuß in Mailand, ein Messerstoß in Palermo – das waren Sandkörner, verglichen mit dem Wüstensturm, den diese Container enthielten. Wie viele Unschuldige würden sterben und leiden müssen, auf daß die Erbärmlichen ihre Krankheit mit diesem Giftreichtum lindern konnten? Die Antwort war, wie die damit verbundene Geldsumme, unergründbar in ihrer Ungeheuerlichkeit.

Die Welt wird der Straße in die Hölle folgen, hatte der alte Joe gesagt, *und nichts, kein Mann und auch keine ganze Armee von Männern, wird dem Einhalt gebieten können.* Johnny erinnerte sich an diesen Frühlingstag im Club. *Die Frage, die ich dir stellen will, lautet so: Erlaubt dir deine Moral – oder nenn es, wie du willst: dein Ehrenkodex, deine Prinzipien, dein Gefühl für Richtig und Falsch, dieses kleine Etwas in deinem Herzen oder auch in deiner Seele, das dich von den Monstern unterscheidet –, also erlaubt dir deine Moral, daß du dein Geld mit den Geschäften der Hölle verdienst?*

Und was war seine Moral? Welchen Teil der selbstzugefügten Wunde der Menschheit hatte er ererbt und kultiviert? Er schaute zu den Sternen empor, so als könnte er dort die Antwort erfahren. Doch er sah bloß Astraea, wie sie seinen stummen Blick erwiderte.

Es war nicht die ewige Verdammnis, vor der er sich fürchtete, und er glaubte nicht an das ewige Leben, es sei denn über den Weg der Humifizierung. Aber warum tat er dann Gutes in der Welt? Warum hatte er nach Liebe gesucht? Und warum hatte er sich ohne Liebe beraubt gefühlt? Warum hatte er nie diejenigen betrogen und entehrt, in denen er das Licht der Rechtschaffenheit wahrgenommen hatte? Warum rührte ihn der Anblick eines sterbenden oder verkrüppelten Kindes zu Tränen? Warum hatte er voll Sehnsucht darauf gewartet, von der wortlosen Poesie der Brisen verführt zu werden? Hatten solche Dinge irgend etwas mit Güte zu tun, oder waren sie bloß in seiner Natur angelegt, Eigenschaften und Verhaltensweisen, die ihn auch dann geprägt hätten, wenn er zu der Zeit vor den Göttern unter diesem Sternenhimmel geatmet hätte? Konnte es sein, daß diese Dinge nicht gut waren, sondern einfach bloß *waren*. Und wie stand es mit der Bereitschaft zu töten? Mit der Lust auf Rache? Würde man über sie dasselbe sagen können?

Und was war mit einem Mann, der wegen seines persönlichen Vorteils bereit war, die Welt in den Abgrund zu stoßen? Nun, wenn es die Welt auf ihre eigene Zerstörung anlegte, oder wenn sie sie hinnahm, dann sollte es eben so sein. Wenn der Abschaum der Menschheit nach Heroin verlangte, dann sollte es eben so sein. Wenn die Gesetze der Menschen und die Menschen selbst nicht in der Lage waren, sich vor diesem Abschaum zu schützen, dann sollte es eben so sein. Sollten die Selbstunterdrücker doch untergehen, alle miteinander, hinunterfahren in die Einöde der ausgebrannten Seelen und Fließbandüberzeugungen. »Der Teufel erlebt offensichtlich ein Comeback.« Johnny erinnerte sich an die Worte, die die chinesische Moderatorin der Fernsehsendung *ABC Eyewitness News* von sich gegeben hatte. Und anschließend hatte sie gefragt: »Warum er? Warum jetzt?« Die Frau war von ihrer Welt, der Welt des weißeren Weiß und der vorfabrizierten Gedanken, und sie begriff nicht, wer der wahre Held in Miltons *Verlorenem Paradies* war. Warum nicht er? Und warum nicht jetzt?

Diese Container bargen den Beistand, die geweihte Hostie, den Leib und die Seele des von der Menschheit auserkorenen Erlösers. Es ging nicht darum, einer guten Welt Böses zuzufügen. Der alte Mann hatte recht. Die Welt war ein schwarzes Pferd, das der Hölle entgegenraste, den Körper voller Krankheiten. Sie machten nichts weiter, als auf diesem Pferd zu reiten, einen fürchterlichen Augenlick lang. Bloß einen Augenblick lang. Diesen einen fürchterlichen Augenblick lang.

Zur Hölle mit dieser Welt, und zur Hölle mit denen, die der Welt ihre seichten Ideen von Gut und Böse aufzwingen wollen. Zur Hölle mit dem schwarzen Mann und dem Weißen, dem Junkie und dem Streiter für Recht und Ordnung, dem Philosophen und dem Einfaltspinsel. Zur Hölle mit denen, die großspurig einherstolzieren, und denen, die sich feige verkriechen, mit denen, die die Wahrheit gepachtet haben, und mit denen, die vor ihr fliehen. Zur Hölle mit dem Poeten und dem Bücherverbrenner, dem Führer und dem Geführten. Zur Hölle mit Gott und Gerechtigkeit und jeder anderen Lüge, die den Menschen jemals in Schach gehalten hatte. Nur wenn einer alles in Brand setzte und alles hinter sich ließ, konnte er, und sei es auch nur für einen Atemzug, wieder zurückkehren zu jener Zeit der Reinheit, zu jener Zeit, wo das Feuer die einzige Philosophie gewesen war.

In jenem Park in Mailand hatte sich ihm eine geheime Brise erschlossen. Sie hatte ihm offenbart, daß jeder Augenblick eine in sich geschlossene Welt strahlenden Lichts sein konnte. Diese Brise hatte ihn liebkost, wieder und wieder, transparent, wunderbar und wahr. Und diese Brise war jetzt mit ihm, so wie Astraea über ihm und der Teufel in ihm war.

Während das Schiff in östlicher Richtung den Pazifik durchpflügte und Kurs auf den 10. Grad nördlicher Breite nahm, begann Johnny seine allein auf Deck verbrachten Nächte unter den Sternen zu lieben. Die Tage unter der blendenden Sonne des Äquators waren heiß und mörderisch, aber die Nächte waren, wie jene erste Nacht, wunderbar. Der Zweite Offizier erzählte ihm von den Tagen, bevor SatNav, das satellitengesteuerte Navigationssystem, die Schiffe über die Meere geleitet hatte. Er nahm ihn mit in den Kartenraum und zeigte ihm die Instrumente der Astronavigation: Sextant, Stechzirkel, astronomische Tabelle. Er führte ihn auf die Backbordbrücke und zeigte ihm den Sirius, den hellsten Stern, und Spica, das Juwel der Jungfrau Astraea; er erklärte ihm, wie sich der Saturn im Verlauf ihrer Reise aus einem Morgenstern in einen Abendstern verwandeln würde. Im ruhigen, steten Rhythmus von Sonnenschein und Sternen fiel es nicht schwer, die Zeit zu vergessen, und eine Welt, die jenseits ihres ozeanischen Pfades lag.

»Wie lange sind wir schon auf diesem Schiff?« fragte Louie eines Morgens, als die beiden in der sengenden Sonne auf Deck lagen und rauchten, in Boxershorts und dick eingeschmiert mit Pflanzenöl.

»Keine Ahnung. Eine Woche, vielleicht auch etwas länger.«

Der Zeitzünder in der Geheimkammer ihres Containers zeigte an, daß neun Tage vergangen waren, seitdem man die Lastwagen beladen hatte, daß noch fünf Tage zwischen dem heutigen Tag und dem der Detonation lagen.

»Wir verwandeln uns in verdammte Bronzegötter.«

»Das ist ein Leben, was?«

»Ich sag' dir, Lou, wär' das Essen nicht so beschissen, dann wär's mir egal, ob dieses Ding jemals die Küste erreicht.«

»In puncto Essen stimme ich dir zu. Dieser Scheißitaker von Koch, der hat echt Nerven. *Risotto ai frutti di mare*, so hat er den Fraß genannt, den er gestern abend zusammengehauen hat: 'ne Badewanne voll Uncle Ben's, 'ne Büchse Tomatensaft und 'ne Handvoll eingelegter Garnelen. Unglaublich!«

»Das und was zu lesen. Ich hätte mir 'n Buch mitnehmen sollen.«

»Mensch, auf diesem Kahn wird's doch sicher 'n paar Bücher geben.«

Es gab einen Stapel mit alten Nummern des *Marine-Journals*, eine zerfledderte Taschenbuchausgabe von *Die Brücken am Fluß*, eine komprimierte Bibel von Reader's Digest und ein australisches Männermagazin mit dem Titel *Scharfe Sachen für echte Männer*.

»Nein«, sagte Johnny. »Nicht so richtig.«

»Dann schreib dir eben selber eins. Genug Zeit hast du ja. Scheiße. Neulich stand was über diese alte englische Zicke in der Zeitung, ihr Nachruf oder so was, und da hieß es, daß die alle vierzehn Tage ein Buch geschrieben hat. Auf diesem verdammten Trip hätte die sich gleich zwei aus dem Kreuz geleiert.« Johnny grinste, die Augen vor der Sonne geschlossen. »Mensch«, hörte er Louie sagen. »Schreib doch einfach darüber, wie wir diesen Sommer verbracht haben. Schreib die Geschichte dieser Container.«

Ja, dachte Johnny: *Am Anfang war die Scheiße . . .*

»Ich weiß noch nicht, wie die Geschichte aufhört.«

»›Und wenn sie nicht gestorben sind, dann leben sie noch heute.‹«

»Daran hab' ich auch schon gedacht.« Johnny lächelte blind in die Sonne. »Daran hab' ich auch schon gedacht.«

Die Digitalanzeige des Zeitzünders in der Geheimkammer zeigte 12 Uhr Mittag an: exakt einhundertundzwanzig Stunden bis zur Detonation.

Die Waffen für Generalmajor Saw Win waren von Linosa zum israelischen Hafen Haifa verschifft worden und von dort per Flugzeug nach Yangon gelangt. Als die *Stella* in die westliche Hemisphäre eintauchte, verbreitete sich auf der Welt die Nachricht, daß das, was General Saw den bedauerlichen Bruderzwist von Mynmar nannte, in einem ungeahnten Ausmaß eskaliert sei, und zwar auf der Shan-Hochebene, wo es die Wa-Kriegsherren auf irgendeine Weise geschafft hätten, hochentwickelte westliche Militärtechnologie in die Hände zu bekommen. Die Verluste der Vereinigten Shan-Armee Asim Saus seien beträchtlich gewesen und stiegen weiter an. Der Shan-Kriegsherr selbst, der angeblich nicht verletzt worden sei, habe sich, wie es hieß, über die Grenze ins benachbarte Thailand abgesetzt.

Dort, in Thailand, sollte er herausfinden, daß das Anbau-Substitutionsprogramm von Premierminister Song Leekpai in den nördlichen Bergregionen konkrete Formen angenommen hatte. Da die Saatzeit näher rückte, hatte man den Hmong für Getreide einen höheren Ankaufspreis als für Opiumharz zugesagt, und diese Zusage wurde flankiert von staatlichen Subventionszahlungen für den Erwerb des entsprechenden Saatguts und neuer landwirtschaftlicher Geräte. Durch diese Maßnahmen gelang es der Demokratischen Partei von Premierminister Song, jenen sechs rechtsgerichteten Parteien, die seine Opposition bildeten, das Wasser abzugraben.

Die Padre-Carmelo-Gesellschaft war ihrem Ziel einer humaneren und demokratischeren Welt ein gutes Stück näher gekommen.

An Bord der *Stella*, abgeschnitten von der Außenwelt, erfuhren Louie und Johnny nichts von diesen Dingen, und sie erfuhren auch nichts von gewissen Ereignissen in Amerika.

Special Agent Peter Wang hatte geschafft, was er sich vorgenommen hatte. Er hatte alle losen Enden miteinander verknüpft: Bob Marshalls Tod, die Pest und die Gewalt dieses Frühjahrs, die Logikbombe und den Versuch der kolumbianischen Drogenkartelle, das amerikanische Heroingeschäft an sich zu reißen. Gemeinsam machten FBI und DEA den kolumbianischen Organisationsstrukturen in New York und New Jersey buchstäblich den Garaus. Doch Wang, der dafür hatte sorgen wollen, daß sein Freund nicht vergeblich gestorben war, gelang es nicht, dieses Gefühl der Vergeblichkeit abzuschütteln. Er spürte, daß sein Freund sinnlos gestorben war, doch damit nicht genug: All das, wofür er bisher gekämpft hatte, schien ihm genauso sinnlos.

Dann, rein zufällig, entdeckte Wang sie: die Hieroglyphe, die ihn davon überzeugte, daß er überhaupt nichts miteinander verknüpft hatte. Sie war in Wangs Büro liegengeblieben, nicht in Marshalls, aber die Handschrift war unverkennbar die von Wangs totem Freund. Es handelte sich um ein Streichholzbriefchen aus einem China-Restaurant in Brooklyn, und auf der Innenseite des Pappdeckels hatte Marshall eine Telefonnummer und die Worte *J. hat eign. Wohng.* gekritzelt. Wang wählte die Nummer. Am anderen Ende der Leitung meldete sich ein Anrufbeantworter: »Hier spricht Diane. Ich kann im Moment nicht ans Telefon gehen, werde Sie aber so schnell wie möglich zurückrufen, wenn Sie eine Nachricht hinterlassen.« Diane. J. Brooklyn. Später, nachts in seiner Wohnung, fiel bei ihm der Groschen, und am nächsten Tag ging er der Sache nach. Er hatte recht. Es steckte alles in dem Dossier, das er für Marshall zusammengestellt hatte. John Di Pietro. Wohnt in Brooklyn, zusammen mit seiner Ehefrau, Diane. Womöglich hatte Marshall von Anfang an recht gehabt. Womöglich hatte er die Schleier der Täuschung zerrissen und die Wahrheit entdeckt. Womöglich waren die Umstände seines Todes auch bloß solche Schleier gewesen.

Und auch das FBI befaßte sich, auf seine eigene Art und aus anderen Gründen, noch einmal mit dem alten Giuseppe. Der zweite Besuch der Agenten in den blauen Anzügen verlief nicht so einsilbig wie der erste.

»Ich glaube nicht, daß Antonio Pazienza der Freund war, der er nach Ihren Worten gewesen ist«, sagte der Wortführer der beiden Agenten.

»Ach ja? Wieso denn?« fragte Joe, wobei er weder Geduld noch Ungeduld, weder Neugier noch Desinteresse an den Tag legte.

»Weil Freunde ihre Freunde nicht umbringen.«

»Wollt ihr mir was anhängen?« fragte Joe mit einem feinen, provozierenden Grinsen.

»Kennen Sie das Rätsel der Sphinx?«

»Seid ihr Jungs euch sicher, daß ihr mit eurer Zeit nichts Besseres anzufangen wißt?«

»Das Rätsel der Sphinx. Sie sollen doch ein heller Bursche sein. Kennen Sie die Geschichte von Ödipus?«

»Ich hab' den Film gesehen. Der Kerl hat seine Mutter gebumst, und am Ende hat er sozusagen im Dunkeln gesessen. Und jetzt sperrt mal eure Ohren auf. Ich bin nicht in der Stimmung für diesen Scheiß! Wenn ihr jemandem blöd kommen wollt, dann sucht euch einen anderen aus. Ich bin immer nett zu euch Jungs. Zur Abwechslung könnt ihr auch mal nett zu mir sein. Also zischt ab!«

»Das Rätsel der Sphinx. ›Was läuft am Morgen auf vier, am Mittag auf zwei und am Abend auf drei Beinen?‹ In dieser Garage in der Broome Street, in der es Ihren Kumpel erwischt hat, da waren unsere einzigen Anhaltspunkte ein paar Fußabdrücke im Staub. Als wir am Tatort eintrafen, hatten sich die Bullen von der Funkstreife verdammt viel Mühe gegeben, diese Fußspuren zu zertrampeln. Aber wir fanden den Teilabdruck eines Absatzes, klar und deutlich, am Rand der Blutpfütze. So ein Teilabdruck eines Absatzes verrät einem nicht besonders viel. Man kann noch nicht mal die Schuhgröße bestimmen. Im Grunde genommen kann man das Ganze vergessen, es sei denn, man findet den Schuh mit den entsprechenden Blutspuren.«

»Und jetzt wollt ihr meinen Wandschrank durchwühlen, nicht wahr? Also, dann hört mir mal gut zu: Ihr zieht euch verdammte Gummihandschuhe und Schürzen an und macht meinen beschissenen Herd sauber, ihr schrubbt meinen Fußboden, ihr putzt die Toilette und wienert die Fenster. Das ist nämlich die einzige Möglichkeit, in die Nähe meines Wandschranks zu kommen. Entweder so oder mit einem verdammten Durchsuchungsbefehl.«

Diese Schuhe hatte die Novarca zusammen mit den anderen Kleidungsstücken, die er an jenem Tag getragen hatte, schon vor einiger Zeit wieder dem Ökosystem zugeführt.

»Ihre Schuhe sind uns egal, Joe. Da war nämlich noch ein anderer Abdruck im Blut. Ein runder Tupfen, etwa wie das Zentrum einer Zielscheibe, ein kleiner Kreis, ungefähr so groß wie 'ne Vierteldollarmünze. Derselbe Abdruck war auch hier und da im Staub zu sehen. Wir konnten uns ums Verrecken keinen Reim darauf machen. Doch dann kam ich irgendwie auf das Rätsel der Sphinx. Was geht an seinem Lebensabend auf drei Beinen?« Er griff hinüber und tätschelte den gebogenen Griff des Krückstocks, der an dem Stuhl zwischen ihm und Joe lehnte. »Der Mensch«, sagte er. »Der geht auf drei Beinen. Der Mensch!«

Der alte Giuseppe zuckte mit keiner Wimper. Als ihm die Agenten in die Augen sahen, konnten sie nicht das geringste darin entdecken.

»Ihr Typen holt euch hier einen runter, ist euch das klar? Und zwar auf Kosten meiner Zeit. Denkt ihr, ich bin der einzige Typ auf dieser Welt, der mit 'nem Spazierstock rumläuft, oder was?«

»Und dann bin ich ins Grübeln gekommen«, fuhr der Agent fort, als hätte Joe nichts gesagt. »Diese Gummizwingen, unten an einem Spazierstock, die sind porös und weisen mit der Zeit typische Abriebspuren auf, die von der Person stammen, die den Spazierstock benutzt. Es würde mich nicht wundern, wenn die unter einem Vergrößerungsglas nicht genauso aufschlußreich wären wie ein Fingerabdruck, mit oder ohne Blutspuren.«

Der Krückstock am Stuhl neben Joe war nicht der, den er an jenem Tag dabeigehabt hatte.

»Und dieser Spazierstock wird auch nirgendwo hingehen.«

»Also, Joe, da irren Sie sich. Und Sie irren sich auch wegen Ihres Wandschranks. Wir haben einen Durchsuchungsbefehl erwirkt, und vor etwa zehn Minuten haben sich ein paar von unseren Jungs Zugang zu Ihrer Wohnung verschafft. Mit Hilfe eines hydraulischen Omni-Guard-Türaushebiers. Ein wunderbares Werkzeug. Einfach wunderbar. Und viel angenehmer als diese alten Shoklock-Sprengkapseln. Keine Bange, die werden die Tür wieder in Ordnung bringen, wenn sie ihren Job erledigt haben. Und keine Bange, ich habe auch dafür gesorgt, daß Sie nicht ohne Gummizwinge durch die Gegend laufen müssen.«

Der Agent legte eine braune Futuro-Spazierstockzwinge auf den Tisch. »Das macht zwei Dollar und 'n paar Zerquetschte, aber ich denke, wir sind quitt.« Der stumme Agent war bereits dabei, die alte Gummizwinge vom Spazierstock zu lösen. Er steckte sie in seine Tasche und ersetzte sie dann durch die neue.

»Und jetzt kommen Sie mit uns mit, Joe«, sagte der Agent mit der Stimme. »Es ist Zeit für den Papierkram.«

Während die *Stella* den Panamakanal ansteuerte, während der Zeitzünder in der Geheimkammer unbeirrbar seinen Countdown fortsetzte, während die goldenen Tage und die Sternennächte dahinflossen wie die Wellen unter ihm, dachte Johnny kaum an seinen Onkel oder an DEA- und FBI-Agenten oder an die Welt jenseits dieses himmelüberwölbten Stücks Ozean. Er dachte an das neue Leben, an den Reichtum, der ihn nach der Zollabfertigung erwartete, in einer Kaskade brisendurchfluteter Momente, die alle Finsternis fortspülen würden.

Und er dachte an Diane, die sich an ihm versündigt hatte und die nun leiden mußte.

Diane hatte keine Ahnung, wo ihr Mann steckte, und dasselbe traf auf sein Büro zu. Sie war sogar so weit gegangen, all ihren Mut zusammenzuraffen und bei seinem Onkel anzurufen. »Dem geht's gut«, war alles, was der alte Mann gesagt hatte. Wo immer er sein mochte, es war besser so. Auf diese Weise würde er Zeit haben, sich zu beruhigen. Der Gedanke ließ sie auf eine traurige Art lachen. Sich zu beruhigen für was? Damit sie in Frieden die Scheidung einreichen konnten? Denn das war die einzige Lösung, die sie sah. Sie waren nicht miteinander verheiratet, sondern mit Kummer und Elend. Es gab keinen anderen Weg.

Für Johnny war Haß die schwache Schwester der Liebe. Zu hassen bedeutete, bis zur Selbstaufgabe von einem Menschen besessen zu sein, dem der Hassende Macht über sein eigenes Leben verlieh, über seinen Seelenfrieden und sein Glück. Es bedeutete, sich eine Schwäche aufzwingen zu lassen, die die Schwäche der Liebe noch in den Schatten stellte. Das eine war eine Leidenschaft, die die Seele stärkte, das andere eine Leidenschaft, die die Seele zerriß. Und er hatte Diane gehaßt, mit einer fieberhaften Inbrunst, die seine Schwäche zum Himmel hinaufgeschrien hatte. Doch jetzt war er ruhig genug, um eins zu erkennen: Nur wenn sich sein Haß legte und die Schwäche von ihm wich, würde er wissen, wie er Diane behandeln mußte oder wie er ihr ohne Voreingenommenheit gegenübertreten konnte.

Doch das hatte Zeit. Eine neue Welt und das erste Aufglitzern eines neuen Lebens lagen vor ihm, wie ein Land der Träume. Unter einem Himmel, der sich allmählich verfinsterte, überquerte die *Stella* den 100. Grad westlicher Länge. Der Zeitzünder im Container zeigte an, daß noch einundzwanzig Stunden blieben.

33

Am darauffolgenden Morgen war der Himmel so grau wie Schiefer, und die Sonne ein verschwommener, heller Fleck. Der aschfahle Dunst, durch den die *Stella* glitt, ließ ihre Besatzung verstummen. Seit zwei Wochen hatten sie kein Land gesehen und auch kein anderes Schiff. Und nun schien es so, als hätte sich auch der Himmel ihrem Blickfeld entzogen und sie ihrem Schicksal überlassen, allein und gespenstisch, in einer Welt trostloser Düsternis. Das Schiff verlangsamte seine Fahrt über das bleierne Meer. Die Männer bewegten sich träger als sonst. Doch der Zeitzünder stockte nicht. In knapp sechs Stunden würde sein unsichtbares Zifferblatt null Tage, null Stunden und null Minuten anzeigen, und dann würde es ein kleines Klicken und ein schwaches Surren geben, Sekundenbruchteile bevor die kombinierten Mengen von Trinitrotoluol und Zyklotrimethylen-Trinitramin zur Detonation gebracht wurden, um mit einer Geschwindigkeit von mehreren tausend Metern pro Sekunde einen vernichtenden, vulkanischen Schlag geballter Schockwellen auszusenden, die den grauen Himmel mit Zerstörung erfüllen würden.

Der Ausguck, weit vorn an der Bugspitze, sollte es als erster entdecken: ein Pünktchen, einen winzigen Fleck im Nordosten, auf der verwischten Linie des trüben Horizonts. Johnny stand neben dem Kapitän, abwartend. Als das andere Schiff in Sicht kam, eilten sie hinaus auf die Brücke. Der Kapitän schaltete den Autopiloten aus und beriet sich mit dem Steuermann. Die *Stella* wurde langsamer, und bald lag sie bewegungslos auf der ruhigen, offenen See.

Louie kam auf die Brücke und fragte, was los sei. Johnny führte ihn von den anderen weg. Sie lehnten sich gegen die Backbordreling und beobachteten das näher kommende Schiff.

»Da kommt unsere Zusatzwette«, sagte Johnny zu ihm.

»Wie soll ich das verstehen?«

»Da drüben, die *Cobán*. Ein Schiff aus Guatemala. Wir werden die Ladung aufteilen. Zwei Container bleiben hier auf der *Stella* und werden in Port Newark entladen. Die beiden anderen fahren mit der *Cobán* nach Long Beach und kommen von dort mit der Bahn nach New York.«

»Warum?«

»Wir brauchten vier Container.«

»Richtig.«

»Und für jeden der vier Container brauchten wir eine Scheinladung, damit wir sie öffnen können, ohne daß man uns auf direktem Weg mit dem Rauschgift in Verbindung bringen kann.«

»Richtig.«

»Der niedrigste Preis, den ich diesen Gummischwänzen verpassen konnte, war neunzehneinhalb Cent pro Stück. Das liegt weit unter den Herstellungskosten.«

»Richtig.«

»Ich habe die Schwänze in zwei separate Lieferungen à sechstausend Stück aufteilen lassen, mit einem Wert von eintausendeinhundertneunzig Dollar pro Lieferung.«

»Richtig.«

»Aber wenn sie mit demselben Schiff ankämen, würden wir Ware im Gesamtwert von zweitausenddreihundertachtzig Dollar importieren.«

»Ist das nicht gehupft wie gesprungen?«

»Bei allem, was über eintausendzweihundertneunundvierzig Dollar und neunundneunzig Cent hinausgeht, stehen wir dumm da.«

»Wieso?«

»Das ist die offizielle Trennungslinie zwischen formloser und förmlicher Einfuhr. Alles, was unter der genannten Summe bleibt, ist zu formloser Einfuhr berechtigt. Alles, was darüber hinausgeht, fällt unter förmliche Einfuhr. Bei formloser Einfuhr besteht die Chance, daß man uns einfach durch den Zoll durchwinkt. Der Makler legt unsere Papiere vor, der Zollinspektor stempelt ein ›Abgefertigt durch den U. S.-Zoll‹ drauf, und das war's. Dann hätten wir's geschafft. Bei förmlicher Einfuhr müssen wir mit 'ner Menge beschissener Formalitäten rechnen – Zollverschluß, eine gründliche Überprüfung der Ladung –, und die Chancen, daß die Container kontrolliert werden, stehen vielleicht zehn zu eins. Und wenn die Container geöffnet werden, sind diese Zollbeamten nur um Armeslänge von unseren Braille-Lehrbüchern entfernt. Formlose Einfuhr, Lou, so heißt das Spiel. Abgesehen davon kommen wir auf diese Weise über zwei Küsten ins Land. Anstelle des Zehn-zu-eins-Risikos, alles auf einen Schlag zu verlieren, steigen unsere Chancen auf zwanzig zu eins. Ich glaube sogar, daß unsere Chancen noch viel besser sind. Die Besitzer dieser Schiffe sind nämlich keine Schlitzaugen. Und die Schlitzaugen sind die einzigen, die das Rauschgift auf dem Seeweg ins Land bringen, schon seit vielen, vielen Jahren.«

»Aber was ist mit diesen Braille-Büchern? Wie kommen die an der förmlichen Einfuhr vorbei?«

»Das sind karitative Spenden. Gemeinnützige, unentgeltliche Sachspenden. Steuerfrei.«

»Respekt, Junge. Allen Respekt.«

»Wo möchtest du also hin? Nach Long Beach oder nach Port Newark? Long Beach, das verkürzt die Reise um eine Woche. Du könntest von L. A. aus nach Hause fliegen. Ich überlasse dir die Wahl.«

»Wozu hättest du denn Lust?«

»Ich weiß es nicht. Ich denke nur, daß einer von uns auf diesem Kasten hier bleiben sollte, und der andere auf dem da drüben.« Er deutete auf die immer näher rückende *Cobán*. Louie zog an seiner Zigarette und dachte nach. Er kannte Leute in Los Angeles, Leute, die er schon eine ganze Weile nicht mehr gesehen hatte. Inzwischen gab es da sogar ein akzeptables italienisches Restaurant. Das *Conda Veneta*, was zum Teufel das auch heißen mochte, in der West Third Street.

»Ich fahre nach Long Beach«, sagte er.

Der Bug der *Cobán* war mit einem motorbetriebenen

Deckkran ausgestattet, und während das Schiff neben der *Stella* festmachte, begannen zwei seiner Besatzungsmitglieder an den Kontrollhebeln der Trommeln und der Drahtseilwinde des Krans zu hantieren. Ein Seemann der *Cobán* kam an Bord der *Stella.* Johnny führte ihn zu den beiden Containern, die auf dem offenen Deck festgezurrt waren. Mit lauten Zurufen und wild gestikulierend dirigierte der Seemann seine Kollegen am Kran. Langsam, wie ein knochiger schwarzer Unterarm, schwebte der Ausleger des Krans in einem Seitwärtsbogen über das Deck der *Stella.* Die meisten Mitglieder beider Schiffsbesatzungen hatten noch nie ein Umlademanöver mitten auf dem Meer gesehen, und alle Mann waren auf Deck, von wo aus sie die Vorgänge neugierig beobachteten. Schon bald machte ein Gerücht die Runde: Illegal ausgeführte Tiere – Raubkatzen oder Dschungelvögel – würden zu einem verschwiegenen Hafen in Mexiko transportiert. Die beiden Container wurden nacheinander in die Höhe gehievt und auf einer freien Fläche zwischen anderen Containern an Bord der *Cobán* abgesetzt. Während der Kran seine Arbeit verrichtete, ächzten seine Drahtseile bedrohlich, und die Höchstlademarke der *Cobán* sackte angesichts des Gewichts der schaukelnden Tonnenlast unter die Wasseroberfläche. Der Kapitän der *Cobán,* ein rotgesichtiger Mann mit Südstaatenakzent, bestätigte Johnny, daß der Zollmakler der Novarca von New York aus alle notwendigen Vorbereitungen getroffen hatte, damit die Container in Long Beach entladen werden konnten.

Louie stand neben Johnny, in der linken Hand eine Zigarette, in der rechten seine Reisetasche. Er steckte sich die Zigarette zwischen die Lippen und reichte Johnny die Hand.

»Ich seh' dich dann in New York«, sagte er.

»Ja«, sagte Johnny. »Wir sehen uns in New York.« Ihm war, als wären er und Louie während dieser letzten Monate gemeinsam durch die Hölle gegangen. Er verabschiedete sich nur ungern von ihm.

Louie befand sich an Bord der *Cobán.* Besatzungsmitglieder beider Schiffe machten die Leinen los. Maschinen begannen zu brummen.

Johnny musterte Louie, wie er so dastand und winkte. Der ältere Mann sah mit einemmal aus wie ein Waisenkind, einsam und verlassen. Als Johnny sein Winken erwiderte, sah er in Louies Augen genauso aus. Die beiden Schiffe begannen sich voneinander zu lösen.

»Rechts zwanzig«, brüllte der Steuermann der *Stella*.

»Links zwanzig«, brüllte der Steuermann der *Cobán*.

»Rechts zwanzig«, bestätigte der Rudergänger der *Stella*.

»Links zwanzig«, bestätigte der Rudergänger der *Cobán*.

»Mittschiffs«, schrien die Steuermänner.

»Mittschiffs«, schrien die Rudergänger.

»Langsame Fahrt voraus.«

Louies Reisetasche landete einige Meter neben Johnny. Louie versuchte, von einem Schiff aufs andere zu klettern, genau in dem Moment, als sich der Abstand zwischen den beiden auf gut einen Meter vergrößerte. Johnny packte ihn und zerrte ihn an Bord.

»Mir ist gerade was eingefallen«, sagte Louie, während er seine Beine über die Reling zog. »Da darf man nicht mehr rauchen. Ich werd' doch nicht in so 'ne beschissene Stadt fahren, wo man in den Rest'rants nicht mehr rauchen darf.«

Johnny lachte, und Louie schaute ihn an. »Oder würdest du das tun?«

Die *Stella* setzte ihre Fahrt in Richtung Osten fort, wobei sie der Handelsroute 12 zum Golf von Panama folgte. Die *Cobán* drehte ab in Richtung Norden, zur Küste von Baja. Es dauerte nicht lange, und jedes Schiff war für das andere wieder nur noch ein Punkt am Horizont.

Plötzlich flammte am nördlichen Horizont ein glutrotes Licht auf, eine Explosion, die den schiefergrauen Himmel erhellte und die *Stella* unter der donnernden, meeraufwühlenden Wucht ihrer Druckwelle erzittern ließ.

Johnny wurde leichenblaß, als ihn der Atem der Explosion erfaßte. Dann dachte er an die Container in Ladeluke 4, Sektor 1, und er lief rot an, davon überzeugt, eine zweite Explosion würde seine Welt vernichten, bevor sein Herz noch einmal schlagen konnte. Die Decks füllten sich mit Offizieren und Besatzungsmitgliedern. Louie klammerte sich an die Reling, mit weiß hervortretenden Knöcheln.

In dem Moment, als dieser Herzschlag erfolgte, wie ein Wunder, wie ein Werk jenes Gottes, den er verflucht hatte, erfaßte Johnny die Bedeutung jener Summen – jener Milliarden, jener aberhundert Millionen –, die von Anfang an sein Vorstellungsvermögen gesprengt hatten. Sie waren weniger wert als ein Herzschlag. Das war ihm nun klar. Denn in seiner panischen Angst war es nicht das Geld gewesen, wonach sein Innerstes geschrien hatte: Es war der nächste Atemzug gewesen, etwas, dessen Gewißheit selbst den ärmsten Schlucker mit einem Reichtum beglückte, der weit über seinen hinausging.

Erst als die Panik abebbte und der Atem wiederkehrte, trauerte er seinem Verlust nach. Ein Drittel des Heroins der Welt! Fünf Milliarden Dollar! Verschwunden in einem das Meer aufpeitschenden Sturm aus weißen Pulverpartikeln, die vom Himmel herniederfielen wie ein feiner, aschgrauer Fallout.

»Das ist nicht das Ende der Welt«, sagte Louie.

»Aber viel hat nicht gefehlt«, sagte Johnny.

»Uns bleibt noch immer die Hälfte. Das ist mehr, als wir brauchen.«

Brauchen? fragte sich Johnny. Vielleicht hatte Louie recht. Vielleicht war für sie, und vielleicht auch für jeden anderen, Gier gleichbedeutend mit Leben, und Leben gleichbedeutend mit Gier.

Louie starrte unverwandt geradeaus, zum nördlichen Horizont.

»Bist du in Ordnung?« fragte ihn Johnny. Es war nicht gerade die Sorte Frage, die man einem harten Burschen stellte, dachte Johnny. Aber sie waren auch keine harten Burschen mehr. Sie waren Freunde.

»Ich bin hier«, sagte Louie. Dann, immer noch geradeaus starrend, sagte er es noch einmal, so als wollte er sich selbst davon überzeugen: »Ich bin hier.«

Sie ließen die achtzig Kilometer des Panamakanals hinter sich und tauchten ein in das weite blaue Meer der Karibik. Innerhalb weniger Tage klarte der Himmel wieder auf, und der ruhige stete Rhythmus von Sonnenschein und Sternenlicht stellte sich erneut ein. Doch die Zeit und die Welt schienen nun nicht mehr zwei voneinander getrennte Sphären. Anstelle von Astraea sah Johnny nur noch jene blassen und über den Himmel verstreuten Sterne – *star light, star bright* –, auf die ihn sein betrunkener Vater in jener weit zurückliegenden Nacht in Brooklyn aufmerksam gemacht hatte. Fünfundzwanzig Grad nördlicher Breite, auf dem Weg nach Norden. Jetzt befanden sie sich auf dem Atlantik, dem Brooklyner Meer, dem Meer eines schmutzigen Traumlandes, dem Meer von *l'America*. Sie waren zu Hause.

Kurz vor Einbruch der Morgendämmerung liefen sie in Port Newark ein. Johnny und Louie waren bereits wach und an Deck gegangen.

»Der Tag des Jüngsten Gerichts«, sagte Louie, aber Johnny nickte nur kurz. Sein Herz pochte wie wild, als sie sich dem Pier näherten.

Es war heller Vormittag, als das Schiff entladen war und der Zoll kam. Johnny, der seit dem Aufstehen eine Zigarette nach der anderen geraucht und ununterbrochen Kaffee in sich hineingeschüttet hatte, fühlte sich wie ein Haufen freigelegter Nervenknoten.

»Sieh zu, daß du dich unter Kontrolle kriegst. Oder überlaß mir das Reden«, sagte Louie zu ihm. »Du siehst aus wie das personifizierte schlechte Gewissen. Geh und besorg dir irgendwo ein paar Pillen. Tu irgendwas dagegen. Du machst mich verdammt nervös.«

Johnny trieb bei einem Matrosen ein paar Valium auf und verzog sich in seine Kabine, wo er sich hinlegte und die Augen zumachte. Es war ein Moment wie jeder andere, sagte er sich, nichts als ein Moment, der verstreichen würde. Doch für ihn war es ein Moment voller Angst. Er atmete tief durch und dachte an die Brise und die Ruhe des Giardino Inglese. Was immer geschehen sollte, sagte er sich, es würde geschehen. Angst würde ihn nicht retten können, sie würde ihn nur zerstören. Der Lärm auf dem Pier und im Schiff war enorm, aber Johnny war beinahe entschlummert, als Louie an seine Kabinentür klopfte.

»Zeit für unseren Auftritt.«

Johnny stand auf, und gemeinsam schritten die beiden Männer die Gangway hinunter, dem Zoll entgegen. Johnny hielt Ausschau nach ihrem Makler, aber er konnte ihn nirgendwo entdecken.

Der Zollinspektor hatte ihre Unterlagen auf einem Klemmbrett befestigt.

»Sie gehören zur Novarca?

»Wir gehören zur Novarca.«

»Sie kommen von der *Stella?*«

»Richtig.«

»Was in Teufels Namen haben Sie auf dem Schiff gemacht?«

»Die Unkosten reduziert.«

»Wie das?«

»Sie kennen unseren Boß nicht. Dessen Vorstellung von Verpflegungsspesen erschöpft sich in 'nem Sechserpack Bier und 'ner Schale Chop Suey aus 'nem chinesischen Außer-Haus-Verkauf. Und bei den Reisespesen sieht's genauso aus.«

»Also sind Sie PAC. Zeigen Sie mir Ihre Pässe.«

Sie zeigten ihm ihre Pässe. Er gab sie ihnen zurück und schaute auf sein Klemmbrett.

»Spielzeugmodelle mit Motor«, las er vor. »Um was genau handelt es sich dabei?«

Johnny langte in seine Reisetasche und zog eine schwarze Pappschachtel von achtzehn Zentimetern Länge, acht Zentimetern Breite und sechs Zentimetern Höhe heraus. An ihr prangte ein pinkfarbenes Etikett, das mit chinesischen und japanischen Schriftzeichen bedruckt war. Er reichte sie dem Inspektor. Als dieser die Schachtel öffnete, fiel sein Blick auf ein schwarzes, fünfzehn Zentimeter langes Objekt aus gegossenem Latex, das einen phallusförmigen Totempfahl darstellte, an dessen Basis ein Biber seine lange Zunge herausstreckte. Ein dünnes, sechzig Zentimeter langes, rot-weiß-blaues Kabel lief zu einem purpurroten Batteriegehäuse aus Plastik, das mit zwei Kontrollschaltern für Geschwindigkeit und Rotation versehen war. »Das dürfen Sie behalten«, sagte Johnny, der bis dahin geschwiegen hatte. Dabei spürte er gleichzeitig den Effekt des Valiums und das Hämmern seines Herzens, und er befürchtete, der Traum seiner künstlichen Gelassenheit könnte jeden Augenblick platzen und ihn dastehen lassen als ein angstschlotterndes Etwas aus zerfetzten Nerven und Schweiß, das man umgehend ins Gefängnis verfrachten würde.

»Neunzehneinhalb Cent. Das ist verdammt billig.« In der Stimme des Zollbeamten schwang ein wenig Skepsis mit.

»Das Zeug ist da drüben längst ein alter Hut. Die finden dafür keine Käufer mehr. Da drüben haben sie inzwischen einen Haufen neuer Modelle. Man hat uns die Dinger mit Verlust verkauft. Aber hier bei uns, glauben wir, könnten die der Renner sein. Hier ist so was noch was Neues.«

»Seit wann importiert die Novarca? Ich dachte, die Novarca würde bloß exportieren. Ich dachte, die Novarca verschifft Papierbrei ins Ausland.«

»Das stimmt«, sagte Johnny. »Aber wir denken daran, uns ein eigenes Schiff zuzulegen. Und sollten wir das tun, würden wir auch ins Importgeschäft einsteigen. Wir sind gerade dabei, die Lage zu sondieren.«

»Da kommt Ihr Makler.« Der Zollbeamte deutete über ihre Schultern. »Lassen Sie Ihre Pässe stempeln, und dann können Sie das Gelände verlassen.«

Der Makler erschien in Begleitung eines älteren Mannes, eines Blinden, der eine dunkle Brille und eine Jarmulke trug und sich seinen Weg mit einem ausziehbaren Blindenstock ertastete. Der Makler nahm kaum Notiz von Johnny und Louie.

»Das hier ist Mister Rothstein vom Jewish Braille Institute in Manhattan. Er sorgt sich um seine Bücher.«

»Was für Bücher?«

»Die in den Containern YCEU 410167-3 und 250009-1. Er möchte wissen, ob sie sicher angekommen sind.«

Der Inspektor schaute auf sein Klemmbrett.

»Moment mal, Kumpel«, sagte Johnny. »Wir waren zuerst da. Sie arbeiten doch auch für uns, nicht wahr? Also immer schön der Reihe nach.«

»Sie sollten froh sein, daß ich Ihre läppische Fracht in diesen Buchcontainern untergebracht habe«, sagte der Makler.

»Was soll das heißen? Läppische Fracht?« sagte Louie, der sofort erfaßt hatte, was der Makler bezweckte. »Aber diese Bücher, nehme ich an, die sind was wert, wie?« Er lachte höhnisch.

»Ja«, sagte der gebrechliche alte Mann mit dem Samtkäppchen. »Für Kinder, die nach Wissen hungern, aber keine Augen zum Lesen haben, sind sie tatsächlich etwas wert. Für die sind sie sogar eine ganze Menge wert.«

Der Inspektor schaute Johnny und Louie an. »Es gibt auf dieser Welt nämlich Wichtigeres als irgendwelchen Neunzehncentschnickschnack. Und wenn Sie ins Importgeschäft einsteigen wollen, werden Sie sich schon ein wenig Geduld angewöhnen müssen. Es kann nämlich vorkommen, daß wir Waren unter Verschluß nehmen, um sie eingehend unter die Lupe zu nehmen.« Seine Stimme hatte einen drohenden Unterton. »Und manchmal kann sich so eine Überprüfung über ein Jahr hinziehen. Angenommen, irgend so ein Typ importiert Waren, deren Wert er mit neunzehn Cents angibt. Angenommen, ich denke, daß er sich um den Einfuhrzoll herummogeln möchte, daß er seine Ware absichtlich unterbewertet. Das wäre ein Grund für eine genaue Überprüfung. Wer mir Schwierigkeiten macht, dem mache ich Schwierigkeiten. Immer schön geduldig sein. Ein bißchen Geduld hat noch keinem geschadet. Außerdem habe ich Ihnen schon gesagt, daß Sie hier nicht dabeizusein brauchen.« Er wandte sich an den Makler. »Unterschreiben Sie hier für die Bücher«, sagte er. Dann sah er den Blinden an. »Es ist alles in Ordnung, Sir. Sobald Ihre Fahrer eingetroffen sind, könnten die Container das Gelände verlassen.«

Als die Lastwagen in der Novarca-Mülldeponie in Jersey City ankamen, hatte der Blinde sein Augenlicht zurückgewonnen und lamentierte über die Bezahlung, die er bekommen sollte.

»Stellt euch nicht so an, Jungs«, sagte er. »Vorhin, da hab' ich schwer was riskiert. Ich meine, was Recht ist, muß Recht bleiben. Als ich einen Riesen verlangt habe, muß ich nicht ganz bei Trost gewesen sein.«

»Dieser verdammte Deckel steht dir wirklich gut, Max. Weißt du das?« sagte der Makler, und alle außer Max brachen in schallendes Gelächter aus.

Louie legte seinen Arm um Max und führte ihn ein Stück zur Seite, als sie von den Lastwagen zum Büro gingen. »Hör mal zu, Max. Ich wußte nicht, daß man dir diesen Job anvertrauen würde. Ich werd' noch einen Riesen drauflegen. Aber du wirst deinen verdammten Mund halten und niemandem von der Sache erzählen. Verstanden! Wenn du nicht die Klappe hältst, werde ich dir deine Augen höchstpersönlich aus dem Kopf reißen. Darauf kannst du dich verlassen.« Er machte eine klauenartige Gebärde mit seiner rechten Hand und klopfte Max mit der linken auf die Schulter.

Die Container waren geparkt und von den Lastwagen gehievt worden. Johnnys Geist und Körper jubilierten. Noch nie in seinem Leben hatte er so eine Ausgelassenheit, so eine Beschwingtheit empfunden. Dieses höllische Gelände, über das er schritt, kam ihm vor wie das Paradies. Die Mindestlohn-Spics, die vor dem riesigen trichterförmigen Schlund der Sortierbehälter durch den Müll krabbelten, erschienen ihm wie Engel des Triumphs und der Glückseligkeit. Der Gestank der Verwesung kam ihm vor wie Ambrosia, das Poltern der Müllabfuhrwagen und Müllcontainertransporter wie eine Symphonie, ein Lied.

Es war vollbracht. Die Welt gehörte ihm. Jetzt konnte er

machen, wozu er Lust hatte: trinken, tanzen, ein Lokal eröffnen, eine *Commedia* von 1481 kaufen, einen Hesiod von 1495, seine Frau umbringen, eine Natursteinvilla kaufen, Hundertdollarscheine an seine Weste pinnen und Schulmädchen ficken. Die erste Hälfte seines Lebens hatte er wie ein Idiot verbracht. Die zweite würde er wie ein Prinz verbringen.

Es war der Aufseher im Büro der Mülldeponie, der das Lächeln auf Johnnys Gesicht gefrieren ließ, und das auf Louies Gesicht genauso.

»Sie haben ihn wegen Mordes verhaftet«, sagte er. »Er ist gegen Kaution freigelassen worden.«

Er saß im Club in der Hester Street, hinter seiner Kaffeetasse, in eine Qualmwolke gehüllt, so als sei dies ein Tag wie jeder andere auch. Er lächelte, als Louie und sein Neffe an den Tisch traten. »Na, ist es wahr, was man sich über die chinesischen Bräute erzählt?« fragte er, wobei er eine Hand horizontal durch die Luft sausen ließ.

»Was ist passiert?« fragte Johnny.

»Was meinst du? Diese Scheiße mit den Bullen? Ich glaube, die stehen unter Drogen, diese Arschlöcher. Die sagen, sie können mir den Mord an Tonio nachweisen. Anhand meines Spazierstockabdrucks. Hast du schon mal so einen Quatsch gehört?«

»Ein Spazierstockabdruck? Geht das?«

»Mein Anwalt sagt, er wird's mich wissen lassen.«

»Wegen eines gottverdammten Spazierstockabdrucks werden die nie einen Schuldspruch bekommen. Das ist doch lächerlich«, sagte Louie.

»Das sagt mein Anwalt auch.«

»Mit so einem Beweis werden sie dich nie in den Knast bringen können.«

»Scheiße, ich werd' mich noch nicht mal vor Gericht bringen lassen. Vorher puste ich mir das Gehirn aus dem Schädel. Oder ich laß die beschissene Kaution verfallen. Die können mich mal. Ich werd' mir mein Geld schnappen und verduften. Für so 'ne Scheiße hab' ich einfach keine

Zeit. Es ist genauso, wie der Typ im Werbefernsehen immer sagt: Dies sind meine goldenen Jahre, verdammt noch mal! Also«, sagte er, so als sei die Erörterung seines Schicksals belangloser Small talk, den man auf sich beruhen lassen könne, »wo ist das Dreckzeug?«

»In Jersey«, sagte Louie. Er schaute zu Johnny.

»Die Hälfte haben wir verloren«, sagte Johnny.

Der Gesichtsausdruck des alten Mannes blieb so steinern wie zuvor. »Wie kann man achtundsechzig Tonnen Rauschgift verlieren?«

Sie erzählten ihm von der Explosion auf hoher See, davon, wie sie beinahe alles und obendrein noch ihr Leben verloren hätte. Giuseppe nickte philosophisch, so als wollte er sagen, so sei halt das Leben. Er rief Frankie Blue herein, der draußen vor der Tür gestanden hatte.

»Es ist Zeit für diese Besuche«, sagte er zu ihm. »Such alle fünf auf. Sag ihnen, das Essen steht auf dem Tisch.«

Er wandte sich an seinen Neffen. »Laß dir von Bill Quittungen über zweihundert Riesen ausstellen, auf deinen Namen, als Beraterhonorar von der Lupino. Das wirst du zwar versteuern müssen, aber auf diese Weise kannst du einen Teil deines Anteils waschen und als legitimes Einkommen ausweisen. Damit kannst du alle verdächtigen, aus dem Rahmen fallenden Ausgaben kaschieren, die du ja sowieso machen wirst, egal, was ich dir sagen würde. Den Rest bekommst du in bar. Also besorg dir ein Schließfach. Ein großes.« Dann, an Louie gerichtet: »Und du besorgst dir 'ne verdammte Schubkarre. Die wirst du nämlich brauchen.«

Johnny legte den ganzen Weg zur Wohnung in der East 67th Street zu Fuß zurück und machte unterwegs einen kurzen Abstecher zum Gewerkschaftsbüro in der Park Avenue South, um die sechs Wochenlöhne abzuholen, die dort auf ihn warteten. Als er durch die Straßen ging, waren selbst die drückende Hitze und das grelle Licht der letzten Sommertage ein Fest für die Sinne; die weiße, gleißende Sonne war ein goldener Schild, der Ruhm und Gewißheit ausstrahlte. Ihm war, als habe Gott ihn errettet und gesegnet und auf ihn herabgelächelt wie niemals zuvor. Er wollte nicht einmal mehr Diane umbringen. Es schien, als habe die reinigende, kraftspendende Woge, die ihn in ein neues Leben getragen hatte, all die kleinlichen Gifte und nagenden Eifersüchte des schmutzigen Kokons seiner Seele fortgeschwemmt. Diane wußte von nichts. Sie hielt ihn noch immer für einen perspektivlos herumkrebsenden Gewerkschaftsknilch. Wenn er sie abstoßen wollte, mußte es gleich geschehen, noch bevor der neue Schnitt seiner Anzüge und Hemdchen ihren Argwohn und ihre Gier erregen konnte. Auf der Basis seines Gewerkschaftsgehalts wären Unterhaltszahlungen eine Sache, mit der er sich durchaus anfreunden könnte.

Und so ertappte er sich dabei, später am Nachmittag, als er die Nummer in Brooklyn wählte und Dianes Stimme hörte, daß er Worte von sich gab, die zu äußern er sich früher nie hätte vorstellen können: »Ich glaube, wir sollten uns mal unterhalten.«

Sie trafen sich noch am gleichen Abend im Lespinasse, einem Restaurant, in das ihn vor einiger Zeit ein hohes Tier aus Jersey mitgenommen hatte, um mit ihm ein paar Gewerkschaftsangelegenheiten zu besprechen. Es war der eleganteste Schuppen, den er kannte.

Er war bereits vor Anbruch des Morgengrauens aufgestanden und hatte den Tag als jämmerliches Häuflein aus freiliegenden Nerven, Koffein, Nikotin, kaltem Schweiß und Valium begonnen. Ausgelaugt von der inneren Anspannung, aber auch von der Euphorie, war er in der Hitze dieses Tages, seines ersten Tages an Land seit einem Monat, kilometerweit durch die Stadt gelaufen. Doch dann hatte er ein heißes Bad genommen und sich kalt abgeduscht. Er hatte sich rasiert, frische Kleidung angelegt, und er fühlte sich gut. Jedenfalls so lange, bis sein Blick auf den schwarzen Kid-Mohair-Anzug fiel, der im Kleiderschrank hing. Hatte sie diesen verdammten Schwanzlutscher nun gefickt oder nicht? Er würde es nie erfahren. Doch das spielte jetzt keine Rolle mehr, sagte er sich. Diane und er waren Geschichte; ihre Ehe war gestorben.

Sie sah wunderschön aus, als sie das Lokal betrat, und Johnny erkannte in ihr die Frau wieder, die ihn vor Jahren in ihren Bann gezogen hatte. Er wünschte sich, sie vorher noch nie gesehen zu haben; er wünschte sich, daß sie in dieser Nacht zusammenkämen, wie zwei Fremde, um miteinander zu spielen, im strahlenden Glanz der Blicke des anderen, jenes erste, jenes verhängnisvolle erste Mal.

»Schön, dich zu sehen«, sagte sie mit sanfter Stimme. Es war erstaunlich, dachte er, wie Gewalt und innerer Aufruhr eine Katharsis der Seele bewirkten, wie sie alle Feindschaft zum Versiegen brachten und Milde, ja sogar Schüchternheit zurückließen.

Ihre Unterhaltung während des Essens war so banal, daß es sie niederschmetterte, sie auf ihre und ihn auf seine Weise.

»Die hast du mir mal geschenkt«, sagte sie, wobei sie die Perlenkette berührte, die sich von der nackten Haut ihres Halses und dem Schwarz ihres Kleides abhob. Und als sie die Kette berührte, begann sie zu schluchzen. Und während sie schluchzte, sagte sie, es täte ihr leid.

Johnny konnte es nicht ertragen, sie weinen zu sehen. Sie so wehrlos zu sehen, machte ihn doppelt so wehrlos. Er wußte nicht, was ihr leid tat. Ihre öffentlich vergossenen Tränen? Ihre Sünden? Das Ende ihrer Beziehung? Sein Schicksal? Oder das Schicksal überhaupt?

»Das wird schon wieder werden«, sagte er zu ihr. »Das wird schon wieder werden.« Die Worte kamen ihm merkwürdig vertraut, beinahe gespenstisch vor. Dasselbe hatte er in jener kühlen Frühlingsnacht zu ihr gesagt, in der Tonio die Messerklinge durch seine Haut gezogen hatte.

»Ich liebe dich«, sagte sie schluchzend. »Ich werde dich immer lieben.«

Nein, er konnte es nicht tun. Er konnte es nicht tun, und trotzdem mußte es sein. Jemanden zu töten war nicht so furchtbar wie das hier. Eine Liebe zerstört zu haben und zu begraben, was man zerstört hatte: Das ließ die Muskeln und Sehnen zu Brei werden. Jene Augenblicke in den Katakomben von Palermo kamen ihm nicht so schrecklich vor wie die in mildes Licht getauchte Überfülle dieser Situation.

»Du bist mehr als die Frau, die ich liebe«, sagte er zu ihr, wobei er merkte, wie ihm angesichts der Verlogenheit seiner Worte das Blut in den Adern geronn. »Du bist mehr als die Frau, die ich liebe«, sagte er zu ihr. »Du bist mein Freund.«

Ihr mühsam unterdrücktes Schluchzen schien jeden Moment mit aller Macht aus ihr herausbrechen zu wollen, und sie erhob sich, schüttelte den Kopf und eilte zur Damentoilette. Johnny saß allein da, starrte ausdruckslos vor sich hin und saugte mit der Zunge zwischen seinen Zähnen, als wollte er ein Bröckchen der bittersten Frucht entfernen.

Als Diane zurückkam, waren ihre Tränen gestillt, und ihr Gesicht war verquollen, gerötet und hart.

»Ich will, daß wir uns scheiden lassen.«

Gott sei Dank! Sie hatte ihn gerettet, hatte ihr Schicksal in die eigene Hand genommen. Er hörte ihr zu, und während sie ihn beschimpfte, ohne Haß und im Namen der Liebe, bemerkte er, daß er ihre Qualen genoß, denn er fühlte, daß sie seine Rache ereilen würde, indem sie sich von ihm lossagte.

Er begleitete sie bis zur Fifth Avenue und umarmte sie in der Nacht. Einen Augenblick lang sah er zu, wie das Taxi, das er herangewunken hatte, mit ihr verschwand, nach Süden, Richtung Brooklyn. Am sternenlosen Himmel stand ein abnehmender Mond. Johnny ging nach Norden, am Central Park entlang, und sog das Laubparfüm von Ahorn und Eiche ein. Es lag etwas Schwermütiges, Sehnsüchtiges im behäbigen Wippen der Bäume, die die letzten langen Tage vor Anbruch ihrer alljährlichen Schlafperiode genossen. Heute nacht verklärte es die Melancholie, die in ihm widerhallte, und statt Traurigkeit oder Wut empfand er eine große, alles durchdringende Kraft. Seine Vergangenheit ruhte im Wippen dieser Bäume. Er konnte spüren, wie sie nach ihm rief, wie ein alter Freund, der in einem Traum von den Toten aufersteht.

Innerhalb von drei Tagen hatte Joe alle bis auf zwölf der siebenundsechzig Tonnen verkauft. Seine eigenen Leute hatten dreizehn bekommen. President Street hatte zehn genommen. Mount Carmel ebenfalls zehn. Sullivan Street sieben. Newark und Cherry Hill jeweils fünf. Philly drei. Billy Sing zwei. Bei achtzig Riesen pro Kilo belief sich das auf vier Milliarden und vierhundert Millionen. Da der Albanischen Ebene eineindrittel Milliarden zustanden, blieben etwas unter drei Milliarden. Nach Abzug aller Unkosten und der Zinsen für den Bankkredit blieb ein Reingewinn von ungefähr zwei Milliarden dreihundertachtzig Millionen und ein paar Zerquetschten. Die eingelagerten Tonnen waren noch einmal neunhundertsechzig Millionen wert – sechshundertvierzig, wenn man Don Virgilios Anteil abzog.

Drei Milliarden und ein paar Zerquetschte. Es war nicht das, was Giuseppe sich ursprünglich vorgestellt hatte, aber zu verachten war es auch nicht. Und das war erst der Anfang. Wenn sich die Karawanen des Mittleren Ostens im kommenden Frühjahr in Bewegung setzten, würden Giuseppe und seine Auserwählten von jeder in die Staaten importierten Lieferung ihren Anteil kassieren.

Als Johnny im Club eintraf, um sein Geld abzuholen, traf er dort Louie, doch der alte Mann war nicht da.

»Wo ist er?« fragte Johnny.

»Dasselbe wollte ich dich gerade fragen.«

Sie setzten sich hin und warteten. Sie rauchten und starrten auf die Tür. Sie versuchten, in seiner Wohnung anzurufen. Sie versuchten, in Frankie Blues Wohnung anzurufen. Als über eine Stunde verstrichen war, atmete Louie tief durch, und dann begann er zu sprechen.

»Er hat es uns neulich selber gesagt. Er hat es uns mitten in unsere verdammten Gesichter gesagt. Er hat gesagt, er würde die Kaution verfallen lassen, sich sein Geld schnappen und verduften. Daß er uns dabei aufs Kreuz legen würde, das hat er uns verschwiegen.«

»Das glaube ich nicht«, sagte Johnny.

»Nein? Dann laß mal deine verdammte Theorie hören.

Es könnte ja sein, daß er dich bezahlt und nur mich gelinkt hat.«

»Ach, fick dich doch ins Knie!«

»Wo vergräbst du deine Toten, du Rotznase? Wer so mit mir spricht, der sollte zusehen, daß er mehr in der Hand hat als ein paar lächerliche Schweißtropfen.«

Dies war eine Seite von Louie, die Johnny noch nie gesehen hatte: wutschäumend, unbeherrscht, haßerfüllt. Das Seidenhemd, das er trug, hatte achthundert Dollar gekostet. Johnny wußte das, denn er war dabeigewesen, als Louie es gekauft hatte, bei de Lisi. Er sog einen dicken Schleimklumpen aus seinen Lungen in seinen Rachen hinauf und zielte sorgfältig. In diesem Moment betrat Frankie Blue den Club.

»Er hatte einen Schlaganfall. Es sieht nicht gut aus.«

Dreißig Minuten später standen sie an seinem Bett in einem Privatzimmer des Lenox Hill. Der Gehirninfarkt hatte ihm das Sprechvermögen geraubt, und seine rechte Körperhälfte war teilweise gelähmt. An seinem Blick konnten sie erkennen, daß er wußte, wer sie waren, daß sein Verstand noch immer arbeitete.

»Wo ist das Geld?« fragte Louie ihn.

Der alte Mann versuchte zu sprechen, doch aus seinem Mund drang nur ein unverständliches Gekrächze.

Neben dem Telefon lagen ein Schreibblock und ein Bleistift. Louie schob den Bleistift in Joes linke Hand und hielt ihm den Schreibblock hin. Als der kranke Mann unter Aufbietung aller Kräfte mit einer Hand zu schreiben versuchte, mit der er noch nie geschrieben hatte, konnte er nur ein unleserliches Gekrakel hervorbringen.

Johnnys Wut auf Louie hatte sich nicht gelegt; sie war nur beiseite geschoben. Als Louie und Frankie Blue gingen, blieb er an der Seite seines Onkels. Er wachte über seinen Schlaf und fragte sich, wie ein Mann mit der Konstitution eines Stiers innerhalb eines Augenblicks zum sabbernden Kind werden konnte.

Als Joe erwachte, schob er seine linke Hand über das Bettlaken und versuchte, die Schublade des Nachttischs neben seinem Bett zu erreichen. Johnny zog die Schublade für ihn auf, und der alte Mann ließ seine Hand darin herumbaumeln. Johnny musterte den Schubladeninhalt: ein paar Einweisungsformulare des Krankenhauses und die Brieftasche seines Onkels. Als er die Brieftasche herauszog, nickte sein Onkel. Vorsichtig begann er die Brieftasche zu untersuchen. Aber sie enthielt nichts, was auf den Aufbewahrungsort des Geldes zu deuten schien. Der alte Mann gab ein scharfes, kehliges Geräusch von sich. Johnny holte alles heraus, was in der Brieftasche steckte. Nacheinander hielt er seinem Onkel diese oder jene Visitenkarte und allerlei anderen Krimskrams vor die Augen, doch der alte Mann schüttelte stets den Kopf. Als er ihm seinen Sozialversicherungsausweis zeigte, nickte er. Johnny starrte auf das Kärtchen. Er las jedes einzelne Wort und jede Zahl, die auf die Karte gedruckt waren, laut vor. Der alte Mann lag bewegungslos da, die Augen auf Johnny geheftet. In diesen Augen konnte Johnny einen sehnsüchtigen Gedanken aufblitzen sehen, den verzweifelten Schrei nach einer Stimme. Als er bei der Zahl Sieben angelangt war, nickte Joe heftig.

»Sieben«, wiederholte Johnny.

Der alte Mann nickte erneut.

»Ist es das?«

Ja.

»Das ist alles?«

Ja.

»Aber da ist noch was anderes.«

Ja.

Johnny fuhr mit seiner Präsentation des Brieftascheninhalts fort. Immer wieder schüttelte Joe den Kopf. Am Schluß war nichts mehr übrig außer einer zerfledderten Mitgliedskarte des Columbus Civic Club sowie einer kleinen, abgegriffenen Fotografie von Johnnys Tante. Als er ihm das Foto seiner toten Frau zeigte, nickte der alte Mann.

»Tante Matilda.«

Ja.

»Tante Matilda und die Sieben.«

Ja.

»Und da ist das Geld?«

Ja.

Johnny schaute entgeistert, hoffnungslos in die Augen seines Onkels. Tante Matilda und die Sieben. Er wanderte ins ehemalige Raucherzimmer und setzte sich für eine Weile zu den Patienten in ihren Morgenröcken, wobei er sich an die Tage erinnerte, als er einer von ihnen gewesen war, in genau diesem Raum. Vier Milliarden und vierhundert Millionen Dollar, zusammengeschmolzen auf einen eingekerkerten Gedanken, verschwunden in einem winzigen, zerplatzenden Bläschen im Blutkreislauf, ebenso sicher, wie die andere Hälfte ihres Vermögens in einer verheerenden Explosion auf dem Meer verschwunden war. Er schüttelte den Kopf und schloß die Augen. Durch das geöffnete Fenster, von der darunter liegenden 77th Street, drang das Donnern und Scheppern und ächzende Zischen von Müllabfuhrwagen.

Mit einemmal öffneten sich seine Augen sperrangelweit. Er stürzte zurück an das Bett seines Onkels.

»Matilda Nr. 7«, sagte er. »Das Geld steckt in Matilda Nr. 7.«

Der alte Mann nickte, und obwohl seine Gesichtsmuskeln keinerlei Regung formen konnten, flammte in seinen Augen ein Feuer auf, ein Feuer, das stärker war als der Tod oder ein lähmendes Schicksal.

Johnny ging zum Kleiderschrank und griff in die Taschen der dort hängenden Hose. Und dann klimperte er mit einem Schlüsselbund.

Ja, nickte sein Onkel, ja.

»Die Lunchbox?« fragte Johnny. Das bezog sich auf den verschließbaren Kasten, der auf der Fahrerseite unter dem Chassis angebracht war.

Nein.

»Im Fahrerhaus?«

Nein.

»Hinten?«

Ja. Er mußte es zwischen der Ladeklappe und der Schaufelvorrichtung verstaut haben.

Johnny rief Diane an und fragte sie, wo das Auto geparkt sei. Er legte den Hörer sofort wieder auf, drückte seinem Onkel die Hand und küßte ihn auf die Stirn. »Ich liebe dich«, sagte er. »Keine Sorge, ich werde mich um dich kümmern.«

Draußen auf der Park Avenue winkte er sich ein Taxi und ließ sich nach Brooklyn fahren. Er fand den Chrysler und machte sich auf den Weg nach Jersey City.

»Wo ist Nr. 7?« fragte er den Aufseher.

»Gleich hinten um die Ecke. Der letzte Wagen in der Reihe. Die Kiste ist kaputt. Vor 'ner Woche, vielleicht auch schon vor zehn Tagen hat das Getriebe den Geist aufgegeben.«

Johnny fand Matilda Nr. 7, schloß sie auf, kletterte in das Fahrerhaus, startete den Motor und betätigte die Kupplung. Er drückte auf den Startknopf der Ladehydraulik, hüpfte aus dem Fahrerhaus und erreichte die Rückseite des Wagens in dem Moment, als sich die Ladeklappe zu heben begann. Ihm purzelten fünf Schnapskartons entgegen, die fest mit breitem schwarzen Klebeband umwickelt waren. Jeder Karton wog ungefähr vierzig Pfund. Er wuchtete sie nacheinander in den Kofferraum des Chryslers, und dann fuhr er los in Richtung Holland Tunnel. Dabei grinste er vor sich hin wie ein Idiot.

Als er den letzten Karton in das Apartment in der 67th Street schleppte, klingelte das Telefon.

»Wie geht's ihm?« fragte Louie.

»Unverändert«, sagte Johnny.

»Und wie geht es uns?«

Johnny antwortete nicht, und ihm schossen finstere Gedanken durch den Kopf. Dann sagte er, mit unbeteiligter Stimme: »Ich hab' dein Geld.« In dem Moment, als er den Hörer auflegte, dämmerte ihm, daß er einen Fehler gemacht hatte. Was sollte Louie jetzt, wo er nicht mehr auf Joe hören mußte, daran hindern vorbeizukommen, ihn umzubringen und das ganze Geld einzustecken?

Auf dem Weg zur 67th Street dämmerte Louie, daß er geradewegs in eine Falle lief. Es gab überhaupt kein Geld. Und Frankie Blue, der ihn dorthin fuhr, könnte er nichts sagen, denn Frankie Blue war Joes Mann, und wer Joes Mann war, der war auch Johnnys Mann. Statt an Johnnys Haustür zu klingeln, rief Louie von der Telefonzelle an der Ecke an. Er bat Johnny, zu ihm hinunterzukommen. Doch Johnny hatte keine Lust, wie ein Trottel vor irgendein Zielfernrohr zu laufen. Woher sollte er wissen, ob Louie nicht von Staten Island aus anrief?

»Vertraust du mir nicht?« fragte Johnny.

»Ich vertrau' dir. Aber ich glaube, du vertraust mir nicht.«

»Ach ja? Du bist doch derjenige, dem auf einmal das Vertrauen ausgegangen ist, Kumpel. Jemand hat 'nen verdammten Schlaganfall, und du denkst, er hat dich aufs Kreuz gelegt.«

»Hast du das nicht auch gedacht?«

»Nein.«

»Du hast also 'ne Stinkwut auf mich. Vielleicht hast du ja noch was anderes in petto?«

»Und vielleicht hast du ja auch was für mich, mein Lieber. Vielleicht hast du ja auch was für mich in petto.«

»Hör mal. Ich weiß, daß du auf mich sauer bist, weil ich vorhin dumm dahergeredet habe. Aber die Sache hat sich ja geklärt.«

»Na, dann kannst du ja raufkommen.«

Vor drei, vier Monaten hätte Louie nichts von diesem Jungen befürchtet. Doch inzwischen hatte Johnny Blut geleckt. Er wußte, was Louie wußte: daß das nichts Besonderes war.

»Zeig mir, daß du die Moneten hast. Schmeiß einen Pakken aus dem Fenster. Wenn ich mich davon überzeugt habe, komme ich rauf.«

»Das ist einfach lächerlich.«

»Tu mir den Gefallen.«

»Wenn ich dich sehe, schmeiß' ich es runter.« Er legte den Hörer auf.

Die Kartons waren mit zusammengebündelten Geldpacken gefüllt, von denen jeder aus tausend 100-Dollar-Scheinen bestand. Wenn nun beim Aufprall das Gummiband riß und die hundert Riesen über die Straße geweht wurden? Er durchwühlte das Schränkchen unter der Küchenspüle und fand schließlich, wonach er gesucht hatte: eine zehn mal fünfundzwanzig Zentimeter große Ledertasche mit Reißverschluß, die einen Haufen Spiralbohrer und anderes Zubehör für elektrische Bohrmaschinen enthielt. Er entleerte die Tasche, stopfte den Packen mit den hundert Riesen hinein, zog den Reißverschluß zu und ging damit zu den großen klassizistischen Fenstern. Er schaute hinaus. Louie stand unten und sah zu ihm hoch. Johnny ließ die Tasche fallen. Einen Augenblick später ertönte seine Haustürklingel. Er stand in der geöffneten Wohnungstür, als Louie den Treppenabsatz erreichte. Jeder musterte den anderen mit dem kalten, argwöhnischen Blick von Fremden, die sich in einer finsteren Gegend über den Weg laufen.

Vor gar nicht so langer Zeit, gleich nach der Explosion auf hoher See, hatte Johnny Louie gefragt, ob er in Ordnung wäre. Das war nicht gerade die Sorte Frage, die man einem harten Burschen stellte, hatte er gedacht, aber andererseits, hatte er gedacht, waren sie auch keine harten Burschen mehr, sondern Freunde. War Freundschaft so schwach, war Vertrauen so zerbrechlich? Oder war die Gier so groß?

»Das von heute vormittag, das tut mir leid«, sagte Louie.

Hätte es ihm auch leid getan, wenn ihm keine hundert Riesen vor die Füße geklatscht wären? fragte sich Johnny. »Ach ja?« sagte Johnny. »Wenn du glücklich bist, siehst du genauso aus.«

»Hör mal. Ich denke, wir sollten sofort reinen Tisch machen und alles ausspucken, was uns auf der Seele liegt.«

Über Johnnys Lippen kroch ein gehässiges Grinsen: Louie trug noch immer dieses Achthundertdollarhemd. Louie hielt dieses Grinsen irrtümlicherweise für ein freundschaftliches, zu dem es dann tatsächlich auch wurde.

»Weißt du«, sagte er, ebenfalls mit einem Lächeln, »wenn mir früher jemand in diesem Tonfall gesagt hat, ich soll mich ins Knie ficken, so wie du heute, dann hat der hinterher Blut gekotzt.« Sein Lächeln wurde breiter. »Jedenfalls, wenn's 'ne Braut gewesen ist.«

»Scheiß auf heute.«

»Ganz meine Meinung.«

Langsam kamen sich die beiden Männer wieder näher. Was Gier zerbrechen konnte, das konnte Reichtum wieder kitten. Sie unterhielten sich eine Weile über Giuseppes Schlaganfall. Wenn Frankie Blue nicht in der Wohnung gewesen wäre, als es passierte, wäre der alte Mann vermutlich gestorben.

»Manchmal frage ich mich, ob so ein langsames Ausgezähltwerden nicht schlimmer ist. Gott kann nie gewollt haben, daß ein Typ wie dein Onkel die letzten Tage seines Lebens in Windeln verbringt.«

Johnny sagte, daß er den alten Mann zu sich in die 67th Street holen würde, wo er sich um ihn kümmern würde.

»Ich hab's früher schon gesagt, und jetzt sag' ich's noch einmal. Du bist ein prima Junge. In solchen Situationen zeigt sich, aus was für einem Holz einer geschnitzt ist.«

Johnny atmete tief durch und verscheuchte die Vorstellung, wie er seinen Onkel pflegte: wie er ihn fütterte und ihm den Hintern abwischte, wie er ihn ankleidete und wusch und dabei diese Augen sah, tagein, tagaus, bis der alte Mann von einem barmherzigen Wind mitgenommen wurde. Vielleicht gab es doch einen Gott, der über Richtig und Falsch wachte. Vielleicht war das ihre Bestrafung. Vielleicht war das ihr Schicksal.

»Was sollen wir damit machen?« fragte er, wobei er mit einer weit ausholenden Armbewegung auf die großen, geldgefüllten Kartons auf dem Fußboden deutete.

»Das sollten wir besser aus der Wohnung schaffen und im Tresorraum unserer Bank verstauen. Wir müssen ja ohnehin in die City, um den Papierkram zu erledigen. Einen

Teil der Kröten werden wir über die Lupino waschen, so wie dein Onkel gesagt hat.« Louie faßte in einen der Kartons und zählte zwanzig Hunderttausenddollarpacken ab, aus denen er vier Stapel bildete, die aus jeweils fünf Packen bestanden. Eine Hälfte gab er Johnny, die andere steckte er sich ein. »Damit sollten wir übers Wochenende kommen.«

Johnny saß da, mit der Million in seinem Schoß, und zündete sich eine Zigarette an.

»Wie hoch ist überhaupt dein Anteil?« fragte Louie ihn.

»Fünfhundert Millionen. Das war jedenfalls ausgemacht, bevor wir die Hälfte verloren haben.«

»Scheiße. Wenn du diese beiden Container nicht umgeladen hättest, wäre alles futsch gewesen. Fünfhundert, dabei bleibt's.«

»Was passiert mit dem Anteil meines Onkels?«

»Das mußt du entscheiden. Ich würde sagen, solange er lebt, rühren wir sein Geld nicht an. Es gehört ihm. Und danach tun wir, was richtig ist.«

Und danach tun wir, was richtig ist. Das Wort *richtig* kam ihm in dieser Situation absurd vor – hier, in diesem Zimmer, wo sie mit all diesem Geld herumhockten. Johnny glaubte keineswegs, daß sie von Natur aus falsch waren oder sich unwiderruflich dem Falschen verschrieben hatten. In seinem Innersten spürte er noch immer das Gefühl für Richtig und Falsch, ungetrübt von jedem Gesetz Gottes oder der Menschen, das er je kennengelernt hatte. Doch das Gewicht dieses Geldes, dieser Schatztruhen voll Unermeßlichkeit, zerdrückte jede hochgestochene Abstraktion und all die unzähligen Worte, bei denen die Menschen Trost suchten, um sich ihr Leben erträglicher zu machen.

Er ging in die Küche, um sich eine neue Schachtel Zigaretten zu holen. Und da war es, an der Wand: Der heilige Georg auf seinem Streitroß, wie er mit seiner Lanze den geflügelten Drachen zu seinen Füßen durchbohrte, während ihm die Jungfrau Maria mit andächtig gefalteten Händen aus dem Hintergrund zuschaute. Johnny erinnerte sich daran, wie er dieses ausgeblichene Bild und das sich aufbäumende Pferd mit den vor Angst geweiteten Augen zum erstenmal betrachtet hatte. Er erinnerte sich, wie ihm dabei die Geschichte eingefallen war, die der alte Mann über das Pferd in der Cornelia Street erzählt hatte, über das *equus mundi*, auf dem sein Onkel reiten wollte. S. GIORGIO, PROTEGGI LA NOSTRA CASA DALL'INSIDIA DEL MALE. War es Schutz, was diesem Haus widerfahren war, oder war es göttliche Vergeltung? Vielleicht waren diese Begriffe doch nicht so abstrakt, nicht so weit entrückt vom Greifbaren und Realen, denn das Gewicht im anderen Zimmer hatte sie nicht zerdrücken oder austilgen können.

Schwarzes Pferd, weißes Pferd. Welches der beiden mochte den alten Joe wohl abgeworfen haben?

In dieser Nacht, als er allein im Wohnzimmer saß, mit seiner Million Dollar und seiner Zigarette, dachte Johnny an Homers Garten des Alkinoos, in dem es keine Jahreszeit ohne Früchte oder Blumen oder Überfluß gab. Genau das war dieses Geld: der Garten des Alkinoos. Plötzlich erinnerte er sich wieder an das Tableau im Museo delle Marionette in Palermo. *Il Giardino di Alcina.* Alkinoos. Alcina. Ja, natürlich! Doch im Garten von Homers König der Phäaken gab es keinen Teufel, keine Schlange und auch keinen geflügelten Drachen. Johnny, der niemals Ariosto gelesen hatte, befand sich auf dem Holzweg. Doch das war unerheblich, denn im Garten von Ariostos Zauberin, der wahren Alcina, gab es genausowenig einen Teufel, eine Schlange oder einen geflügelten Drachen, und in einem hatte Johnny recht: In Sizilien wandelten die Mythen auf dunkleren Pfaden.

Das Telefon klingelte. Als er nach dem Hörer griff, wischte er zweihundert Riesen vom Tisch. Was er hörte, jagte ihm einen eisigen Schauer über den Rücken, denn es war ein dämonisches Echo der scheinheiligen Worte, die er Diane gegenüber geäußert hatte:

»Ich glaube, wir sollten uns mal unterhalten.«

»Wer sind Sie?«

»Ein Feind. Ein Freund. Das hängt ganz von Ihnen ab.«

»Ich kenne Sie nicht. Ich weiß überhaupt nicht, wovon Sie reden. Rufen Sie nie wieder hier an!«

Er legte den Hörer auf. Unmittelbar darauf klingelte das Telefon erneut. Es war dieselbe Stimme, eine Stimme, die er vorher noch nie gehört hatte.

»Wenn Sie weiterhin Spaß an Ihrem Geld und Ihrem Heroin haben wollen, dann sollten Sie sich lieber anhören, was ich zu sagen habe.«

»Sie müssen die falsche Nummer gewählt haben, Kumpel. Ich weiß nicht, was Sie mit diesem Mist bezwecken, aber Sie bellen den falschen Baum an.«

»Lassen Sie es mich mal so formulieren: Ich hab's auf Ihr verdammtes Leben oder auf Ihr verdammtes Geld abgesehen. Was würden Sie mir lieber geben?«

»Wer sind Sie?«

»Jemand, der innerhalb der nächsten fünfundvierzig Minuten mit einem Haftbefehl vor Ihrer Wohnungstür stehen könnte«, sagte Peter Wang. »Es wäre also besser, wenn Sie mich jetzt auf eine Tasse Kaffee zu sich raufbitten würden. Denn wenn ich erst mal den verdammten Haftbefehl aus der Tasche gezogen habe, gibt es kein Zurück mehr. Für mich nicht, und für Sie auch nicht.«

»Ich habe keine Ahnung, wovon Sie reden, und ich werde jetzt auflegen.«

»Eine Sache noch. Wegen dieser fünfundvierzig Minuten. Das war gelogen. Ich hab' den Wisch schon in der Tasche, und ich rufe von der nächsten Straßenecke an. Bis gleich also.«

»Moment. Wo genau sind Sie?«

»In diesem Schuppen mit dem französischen Namen, auf der Madison.«

Johnny legte auf. Peter Wang verließ das Bistro und schaute den Block hinunter, bis er Johnny in seine Richtung kommen sah. Dann ging er wieder ins Lokal zurück und wartete. Als Johnny eintrat, winkte er ihm zu.

»Sind Sie verrückt oder was?« Johnny stand über ihm

und sprach nach unten. Er versuchte, wütend zu klingen, aber nicht schrill und auf gar keinen Fall ängstlich. »Ich sollte die Bullen rufen.«

Wang schlenzte sein Ausweismäppchen auf den Tisch. »Dabei können Sie sich ja auf mich berufen.«

Johnny schlug das Mäppchen auf und warf einen Blick auf die Dienstmarke und den Ausweis.

»Was zum Teufel wollen Sie von mir? Ich habe nichts mit Drogen zu tun. Und ich kenne auch keinen, der mit so was zu tun hat.«

»Nehmen Sie doch Platz.«

Johnny kam der Aufforderung nach und starrte seinem Gegenüber mit gespielter Kaltschnäuzigkeit ins Gesicht.

»Seit Sie nach Mailand geflogen sind, um sich mit diesem Ng Tai-hei zu treffen ... seit damals habe ich all Ihre Schritte überwachen lassen.«

Johnny rutschte das Herz in die Hose. Er konnte nicht wissen, daß Wang nur bluffte.

»Und meinen Partner haben Sie auch auf dem Gewissen.«

Vielleicht war dieses Schlitzauge über alles im Bilde. Vielleicht wußte er, ob dieser Schwanzlutscher Diane tatsächlich gefickt hatte. Vielleicht hatte das Schlitzauge sie ja auch gefickt? Inzwischen war so ziemlich alles möglich. Vielleicht war es ja Diane gewesen, die die Bullen erst auf seine Spur gebracht hatte.

Johnny bestellte sich eine Tasse Kaffee und spielte, ohne es zu übertreiben, den Ahnungslosen.

»Geben Sie mir eine halbe Million, und Sie sind mich los«, sagte Wang, der keine Vorstellung von den wahren Dimensionen des Geschäfts hatte, das über die Bühne gegangen war.

Eine halbe Million? dachte Johnny; das ist ein Trinkgeld. Die Summe, die er oben in der Wohnung hatte, sein Taschengeld, das er einfach so verpulvern konnte, war um einiges höher.

»Wieso sollte ich Ihnen auch nur ein Zehncentstück geben? Ich sitze bloß deshalb hier rum, weil ich einen perversen Sinn für Humor und nichts Besseres zu tun habe.« Er nippte an seinem Kaffee. »Lassen Sie mich mal den beschissenen Haftbefehl sehen.«

Wang hatte tatsächlich einen Haftbefehl dabei. Er war nicht vollständig ausgefüllt. Das einzige, was noch fehlte, war Johnnys Name.

»Zahlen oder sterben. Das ist die Alternative.«

»Sie sind ein ganz schön komischer Bulle.«

»Ich bin kein Bulle. Ich bin ein Ermittlungsbeamter im Dienst des Justizministeriums.«

»Und das hier ist wohl Ihre Vorstellung von Justiz und Gerechtigkeit?«

»Ja. Wenn Sie's genau wissen wollen, dann muß ich Ihre Frage mit einem Ja beantworten. Dem Abschaum auf dieser Welt kann niemand Einhalt gebieten. Früher war ich anderer Meinung. Doch die Zeiten sind vorbei. Der Name Hsüen Tse wird Ihnen sicher kein Begriff sein.«

Johnny sah ihm direkt in die Augen: »›Die Natur des Menschen ist böse.‹«

Wang war sprachlos. Das hier war kein gewöhnlicher Spaghettifresser.

»Der Name Louie das Kinn wird Ihnen sicher kein Begriff sein«, sagte Johnny.

Wang sah ihm direkt in die Augen, sagte aber kein Wort.

»›Ein Mann, der die Worte eines Philosophen bemüht, um sein Verhalten zu begründen, ist überhaupt kein Mann.‹ Scheiß auf Hsüen Tse! Sie verschanzen sich hinter dem Guten, um Böses zu tun. So einfach ist das. Sie sind noch mieser als der Abschaum auf der Straße. Kommen Sie mir bloß nicht mit dieser Gerechtigkeitsscheiße. Sie sind ein Bulle. Ein beschissener, kleiner Bulle.«

»Und was sind Sie?«

»Ich?« Johnny grinste schief. »Ich bin stolz darauf, ein Teamster zu sein. Jawohl, das bin ich!«

Wang schüttelte den Kopf und grinste gehässig.

»Ich mache Ihnen einen Vorschlag«, sagte Johnny. »Über diese Rauschgiftscheiße, von der Sie reden, weiß ich nichts. Aber es gibt was, das Sie für mich tun können. Etwas, das mir die Summe wert sein würde, die Sie vorhin genannt haben.«

Wang sagte nichts, und Johnny fuhr fort.

»Ich habe einen kranken Onkel, der eine falsche Mordanklage am Hals hat. Und ich möchte nicht, daß er vom Krankenhaus in den Knast verfrachtet wird. Sie sind ein Bundesagent. Lassen Sie seinem Anwalt eine offizielle Erklärung zukommen, wonach Sie meinen Onkel am 27. Juni dieses Jahres den ganzen Tag über beschattet haben. Sie verbürgen sich dafür, daß er an diesem Tag nichts Gesetzwidriges gemacht hat. Ich wiederhole: nichts Gesetzwidriges gemacht hat. Punkt.«

»Eine eidesstattliche Erklärung fälschen? Unter Eid die Unwahrheit sagen? Das ist Meineid!«

»Nein, ist es nicht. Das ist Gerechtigkeit. Wenn Sie Ihr Geld haben wollen, dann müssen Sie auch was dafür tun. Die Hälfte bekommen Sie gleich, den Rest, wenn die Sache gelaufen ist. Und wenn Sie mich danach noch einmal belästigen, dann können Sie Ihren Vorfahren sagen, daß sie mal ein bißchen zusammenrücken sollen.«

Wang beglich ihre Zeche, und dann machten sie sich auf den Weg.

Oben im Apartment gab Johnny ihm eine Viertelmillion Dollar. Anschließend hielt er ihm ein Blatt Papier und einen Federhalter unter die Nase.

»Was soll ich damit?« fragte Wang.

»Schreiben Sie mir eine Quittung. Ich will eine Quittung. Mit Datum und Unterschrift. Sie haben gegen mich was in der Hand, ich will was gegen Sie in der Hand haben.«

Wang tat, wie ihm gesagt wurde. Johnny bat ihn um sein Ausweismäppchen. Er verglich die Unterschrift auf der Quittung mit der auf Wangs DEA-Ausweis.

Das Telefon klingelte. Johnny steckte die Quittung ein, gab Wang sein Ausweismäppchen zurück und nahm den Hörer ab.

Einen Augenblick später legte er den Hörer wieder auf und stand reglos da.

»Die eidesstattliche Erklärung können wir vergessen. Die brauchen wir jetzt nicht mehr. Er ist gestorben.«

»Das tut mir leid«, sagte Wang, wobei ihn seine eigenen Worte überraschten.

Johnny schaute ihn an, als hielte er diese Beileidsbekundung für einen gezielten Affront. Er gab ihm eine weitere Viertelmillion. »Und jetzt raus mit Ihnen. Ich habe Sie nie gesehen.«

Wang bat ihn um eine Plastiktüte. Johnny starrte ihn einen Augenblick lang an, und dann holte er ihm eine aus dem Schränkchen unter der Küchenspüle.

»Sekunde«, rief ihm Johnny hinterher. »Ich hätte da noch eine Frage.«

Wang drehte sich langsam zu ihm um.

»Dieser Partner von Ihnen. Ist der in die Wohnung in Brooklyn eingebrochen, oder hat ihn meine Frau reingelassen?«

»Ich weiß es nicht«, sagte Wang.

Johnny nickte, drehte sich um und hörte, wie der Chinese die Wohnungstür hinter sich ins Schloß fallen ließ.

Im Restaurant, nach der Beerdigung, starrte Johnny auf das vor ihm stehende Weinglas und schnipste ein Stück Zigarettenasche vom Ärmelaufschlag seines schwarzen Brioni-Anzugs. Er studierte die Rechnung, die ihm der Bestatter ausgehändigt hatte.

KOSTEN – BESTATTUNGSINSTITUT:

Benutzung der Räumlichkeiten des Instituts sowie der dortigen Einrichtungen	$ 700,00
Dienstleistungen von Institutsdirektor und Personal	1220,00
Bronzierter Stahlsarg, wie ausgesucht	2980,00
Betongruft (Standardausführung)	750,00
Gesamtbetrag	$ 5650,00

BARAUFWENDUNGEN UND SONSTIGE AUSLAGEN:	
Greenwood Friedhof – Grabstelle und Ausheben des Grabes	$ 655,00
Trauerandacht – St. Anthony's	100,00
Sargträger – 6 à $ 25,00	150,00
Bestattungsschein plus 24 Abschriften	360,00
Sonderzuwendungen	20,00
Überführung des Leichnams	185,00
Benutzung von Leichenwagen zum Friedhof	135,00
Gebetskarten, Traueranzeigen, Kondolenzlisten für Trauergäste, Kruzifix	146,00
3 Limousinen	00,00
Gesamtbetrag der Baraufwendungen und sonstige Auslagen	$ 1751,00
BESTATTUNGSKOSTEN INSGESAMT	$ 7401,00

»Den Dollar erlasse ich Ihnen«, sagte der Bestatter zu ihm.

Du eingebildeter Lackaffe, dachte Johnny. Er blätterte ihm vierundsiebzig Hundertdollarscheine auf den Tisch.

Louie schaute von der gegenüberliegenden Seite der langen Festtafel zu ihm herüber. Neben ihm saß seine Frau, Medusa, mit frisch glasiertem Haar und von üppigem Trauerschwarz umwallt. Diane saß neben Johnny. Ihr war, als säße sie neben einer tickenden Zeitbombe.

»Ohne ihn wird's nie mehr so wie früher sein«, sagte Louie.

»Ja, nie mehr«, sagte Johnny.

Louies Frau schnalzte mit der Zungenspitze und schüttelte teilnahmsvoll den Kopf, ungefähr so, wie jemand sein Bedauern ausdrücken würde, der seinen Kaffee über ein Tischtuch gegossen hatte.

»Zuerst Tonio, und jetzt er. Schrecklich«, sagte sie.

Louie zog die Augenbrauen hoch. Johnny schnaubte verächtlich.

»Gottes Wege sind unergründlich«, sagte eine andere Frau, die diese Worte immer dann von sich gab, wenn der Tod jemanden zu sich geholt hatte oder ein unmögliches

Paar vor den Traualtar trat. Für sie waren alle Paare unmöglich.

Weiter unten am Tisch erinnerte sich eine Gruppe alter Männer unter großem Gelächter an eine Episode aus ihrer Jugendzeit: Damals hatte Giuseppe einen Besenstiel zersägt, die einzelnen Stücke mit Haken und Ösen aneinandergekettet, mit Wachspapier umwickelt und das Paket an einen Burschen im Gefängnis geschickt, der auf Wurst versessen war. Die jüngeren Männer – Guarino, Rosario und andere, die Johnny kaum kannte – schauten wiederholt zu Johnny und Louie herüber, als erwarteten sie von ihnen ein Zeichen. Als er sie so betrachtete, mußte Louie an die Augen des Judas an der Wand des Refektoriums von Santa Maria delle Grazie denken. Willie Gloves saß unter ihnen, nicht wie einer, der den Hals nicht vollkriegen konnte, sondern wie jemand, der Erfolg hatte und mit seinem Leben rundum zufrieden war. Komisch, dachte Johnny, daß ein Typ wie Willie, dessen tägliches Brot mit Mord gesäuert wurde, einen Anstand besitzen sollte, der dauerhafter und tiefer war als der der meisten anderen Menschen. Stanley Krauss und Bill Raymond von der Novarca schienen sich unbehaglich zu fühlen. Rose, die alte *comare* des toten Giuseppe, sah so aus, als glaubte sie fest an die Existenz eines Testaments, in dem die zärtlichen Erinnerungen eines alten Mannes ihren handfesten Niederschlag gefunden hatten.

Johnny bezahlte die Rechnung und verteilte ein paar Hunderter als Trinkgeld an die Kellner. Sein Glas Wein stand noch immer unangerührt auf dem Tisch. An diesem Tag hatte er keinen Appetit darauf, und auf das Vergessen genausowenig.

»*'A cummari secca*«, sagte Louie, als sie sich vom Tisch erhoben, um zu gehen. Einen Augenblick lang dachte Johnny, er hätte Rose gemeint. »Das hat dein Onkel immer gesagt, wenn jemand gestorben ist.«

Der alte Mann hatte recht gehabt, dachte Johnny. Genau das war er, der Tod: eine trockene Geliebte. Unser ganzes Leben lang durchdrang sie unsere Seelen und überschattete unsere Tage, und am Ende holte sie uns zu sich, ohne auch nur ein Stück von sich selbst aufzugeben.

Draußen, in der warmen Septemberluft, ging Diane ihrer Wege, und Johnny ging seiner. Er schaute ihr nach. Ihre Beine waren noch immer schön, und ihr Hüftschwung war noch immer so fließend wie ein Gedicht. Vor Jahren hatten sie einmal darüber gesprochen, sich eine Videokamera anzuschaffen. Jetzt bedauerte es Johnny, daß sie es nicht getan hatten. Dann könnte er jetzt Videobänder mit diesem Hüftschwung haben, mit diesen Augen, mit diesen geschmeidigen Beinen, wie sie sich um seinen Rücken wickelten. Auf gewisse Weise würde er sie dann immer noch haben. Statt dessen hatte er nichts. Sie bog um die Ecke und war verschwunden. Der Himmel über dem Hudson schillerte, wie Perlmutter. Mutter der Melancholie, Mutter der Trauer, Mutter der in dieser Welt Alleingelassenen.

34

Louie fieberte größeren Dingen entgegen. Asim Sau und Tuan Ching-kuo waren dem Tod entronnen, doch ihre Macht war gebrochen. Sizilien, die herrliche Insel, würde nun wieder die Venen der Welt füllen. In Louies Reich, das sich über ganz New York erstreckte, konnte Johnny nach Lust und Laune umherschweifen und auswählen unter den an keine Jahreszeit gebundenen Früchten eines blühenden Überflusses ohne Ende. Als der Herbst ins Land strich und der Himmel über der Stadt klar und blau und heiter war, saß Johnny im Park oder wanderte stundenlang durch die Straßen. Hin und wieder fuhren er und Willie, so wie früher, nach East Harlem hinauf, um dort freitags Tintenfisch zu essen, doch der alte Mann war nicht mehr richtig bei der Sache. Er zog sich mit Körper und Geist aus dieser Welt zurück und starb allmählich in der von ihm gehüteten Gruft.

»Wie ein flotter Junggeselle kommst du mir gerade nicht vor«, sagte Willie eines Tages zu ihm, nachdem er den Tintenfisch zur Seite geschoben hatte, der nur noch einen schwachen Hauch seines einstigen, meersüßen Aromas besaß. »Wenn ich dein Geld und dein Aussehen hätte, würde ich jede Nacht schwer einen draufmachen.«

»Wie kommst du darauf, daß ich das nicht tue?«

»Ich seh's dir einfach an. Du hast diese ungesunde Mönchshaut.«

»Soll ich dir sagen, woran's liegt, Willie? Ich sag' dir, woran's liegt. Die Bräute, die ich in meinem Leben kennengelernt habe, die habe ich alle über das Trinken kennengelernt.«

»Dann trink doch.«

»Dadurch würde ich mich zu meinem eigenen Henker machen.«

»Das kauf' ich dir nicht ab. Ich glaube nicht, daß du so

schwach bist. Versteh mich nicht falsch. Ich weiß, daß es dir ohne Alkohol besser geht. Aber wenn dein Bewußtsein nicht stärker ist als dein Körper, dann wird dich dieser Enthaltsamkeitsfimmel nicht stärker machen, er wird dich bloß schwächer machen.«

»Glaubst du etwa, daß es einfach ist, nicht zu trinken? Ich meine, daß es für mich einfach ist, nicht zu trinken?«

»Nein. Ich glaube, es fällt dir verdammt schwer. Ich hab' dich ja früher gesehen. Das war, als würde man einem Typen zusehen, der sich vordrängelt, um möglichst schnell auf den Friedhof zu kommen. Für einen Typen wie dich muß es verdammt hart sein, ohne diese Scheiße zu leben. Ich stell' mir das so vor, als müßte man ohne Arme leben. Aber ich glaube, daß es für einen Typen wie dich noch viel schwerer ist, sich einen reinzudröhnen und am nächsten Tag mit dem Mist aufzuhören. Wenn du das schaffst, wäre die Sache halb so tragisch.«

»Genau da liegt der Haken. Meine Dröhnung. Da reicht keine Flasche. Da muß ein ganzer Ozean her.«

»Ich glaube trotzdem, daß du stärker bist als 'ne gottverdammte Flasche.«

Manchmal glaubte Johny das auch. Manchmal wußte er es sogar.

»Verdammt«, fuhr Willie fort. »Man kann's drehen und wenden wie man will, der Geist ist einfach stärker als die Materie. Vergiß den Schnaps, zieh einfach nüchtern los, und mach all die Sachen, die du im Suff machen würdest. Sei unausstehlich. Mach dich zum Vollidioten. Vermöbel ein paar Bullen. Beleidige deine Freunde, und sei nett zu Fremden. Steck dir den Finger in den Hals, und kotz dir hin und wieder die Schuhe voll. Wenn das dein persönlicher Schlüssel zur Kunst des Liebens ist, dann sollte das nüchtern genausogut funktionieren wie besoffen.«

»Reißt du deine Bräute immer noch in der Kirche auf?«

»Warum nicht? Das ist der ideale Ort dafür.«

Johnny schüttelte den Kopf und grinste. »Du bist mir einer, mein lieber Mann! Du ziehst einfach los, tust, was immer du tust, und hinterher besprenkelst du dich mit Weihwasser.«

»Hey, hör mal.« Plötzlich wich die Unbeschwertheit aus Willies Miene und Tonfall, und er wurde ernst. »Ist Gott nicht schon immer ein Gott der Zerstörung gewesen?«

»Ist das der Spruch, mit dem du deine Betschwestern rumkriegst?«

»Nein.« Die Unbeschwertheit in Willies Miene und Tonfall kehrte so plötzlich zurück, wie sie verschwunden war. »Denen sage ich, daß sie in Gnade und Frieden zu wandeln scheinen.«

Johnny lachte.

»Und das Witzige daran ist«, sagte Willie, »daß . . .«

». . . sie es dir auch abkaufen.«

»Nein. Das Witzige daran ist, daß ich es wirklich so meine.«

Eines Nachmittags kaufte sich Johnny eine Flasche Scotch und stellte sie oben auf den Kühlschrank. Jeden Morgen schaute er sie an. Bald, so sagte er sich. Bald.

Auf der Straße sah er Frauen. Willie hatte recht. Manche von ihnen strahlten Gnade und Frieden aus. Er dürstete danach, ihre Seelen zu erforschen, ihnen ein Geschenk zu machen, oder sich selbst zu befreien, von der Last seiner eigenen Seele. Trotzdem war er noch nicht von Diane geheilt, die, indem sie ihn verlassen hatte – ja, genauso sah er es –, nicht bloß für sich selbst gesprochen und gehandelt hatte, sondern auch für alle übrigen Frauen. Ihre Gnade und ihr Frieden, das spürte er, waren nicht für ihn bestimmt. Aber unter ihnen müßte es eine geben, oder mehr als eine, die verstehen konnte. Die die Brisen fühlen konnte. Die zu erkennen vermochte, wie, in einem ziellos umherirrenden Geist, ein dem Ersticken preisgegebener Hauch von Poesie in der Finsternis zu Mord werden könnte. Er würde sie finden, und die Liebe würde sich wieder einstellen. Bald, sagte er sich. Bald.

Es war noch gar nicht so lange her, obwohl es ihm inzwischen wie eine halbe Ewigkeit vorkam, da hatte ein Junkie vor seinen Augen sterben müssen, nur damit er sich ein neues Getriebe für sein Auto leisten konnte. Jetzt besaß er, über den Daumen gepeilt, eine Milliarde. Er dachte daran, sich ein Haus zu kaufen. Vielleicht irgendwo an der Küste. In Spring Lake oder einem ähnlichen Ort. Scheiße! Er könnte sich ein Schloß in Italien leisten, eine Stadtvilla in Manhattan. Scheiß auf die Küste! Er könnte seine eigene Insel besitzen, und einen Jet, der ihn dort hinbringen und abholen würde. Er dachte daran, sein Geld gewinnbringend anzulegen und eine Weltreise zu machen. Jetzt könnte er alles tun. Bald, sagte er sich. Bald.

Manchmal schien es ihm, als würden die Brisen der verflossenen Jahreszeit keine weiteren nach sich ziehen. Manchmal schien es ihm, als gediehen jene Brisen und jene Momente nur in der Stille, die inmitten von Tod und Vernichtung herrschte. In solchen Augenblicken dachte er daran, Louie anzurufen. Bald, sagte er sich. Bald.

Die Flasche, seine Beatrice, der Dollar, der Revolver. Diese wurden zu den Stationen seines täglichen Kreuzwegs, während sich die selbstgeschliffenen Juwelen seiner Augenblicke in die glatten Obsidianperlen eines endlosen, unerbittlichen Rosenkranzes verwandelten.

Als er die Wohnung seines Onkels entrümpelt hatte, war er auf wenig gestoßen, das ihm aufhebenswert erschien. Unter dem Kühlschrank hatte er zwei große Packpapierumschläge gefunden, vollgestopft mit den riesigen Banknoten der zwanziger Jahre, die sein Onkel ›Bettlaken‹ getauft hatte. Der Nennwert der Scheine belief sich auf insgesamt zehntausend Dollar. Auf dem Sammlermarkt, schätzte Johnny, würden sie um einiges wertvoller sein. Ebenfalls unter dem Kühlschrank – er hätte sie beinahe übersehen – entdeckte er drei papierumwickelte Rollen aus 20-Dollar-Goldmünzen. In einer Nachttischschublade fand er ein bißchen Goldschmuck: ein Paar Manschettenknöpfe, eine Schlipsklammer, einen Geldclip, einen Ehering. Es gab keine Fotografien, keine handschriftlichen Überbleibsel, keine Gegenstände, außer dem Schmuck und dem alten Baseballschläger neben der Tür, in denen

Johnny Erinnerungsstücke an jenen Mann zu erkennen vermochte, dessen Tod ihn zum letzten Vertreter der DiPietro-Linie gemacht hatte.

In einer Kommodenschublade, unter einem Stapel vergilbter Oberhemden, sorgfältig versteckt, so als handelte es sich um einen Schatz, entdeckte Johnny ein kleines Leinensäckchen. Es enthielt drei zementüberzogene Steine. Wie der luftdicht verschlossene Behälter mit ›schlechtem Fleisch‹, der im Gefrierfach lag, hatten diese tristen und banalen Steine etwas zu bedeuten gehabt. Auf gewisse Weise waren sie die eigentliche Hinterlassenschaft des alten Mannes. Über die todbringenden Kräfte in jenem Behälter konnte Johnny nur Vermutungen anstellen, und trotzdem lag er einfach so da, wie ein x-beliebiger Haushaltsartikel, zwischen den Eiswürfeln und den Erbsen. Für Johnny gab es kein passenderes Andenken an das unergründliche Tun und Trachten eines Onkels: Erbsen für mich, schlechtes Fleisch für die Welt. Doch es war das Bild dieser rätselhaften Steine, das ihm nicht mehr aus dem Kopf gehen wollte. Welche Bedeutung mochten sie für den Mann gehabt haben, der sie so sorgfältig aufgehoben hatte. Johnny würde es nie erfahren. Für ihn stellten diese wertlosen Steine ein Mysterium dar, so grandios und wunderbar, wie es nur ein wahres Mysterium sein konnte, ein Rätsel, auf das es keine Antwort gab, vielleicht. Männer starben, doch die Geheimnisse ihrer Seele, die Rätsel ihres Tuns und Trachtens, überdauerten.

Johnny hatte einmal an den berühmten Satz des Sokrates geglaubt: Erkenne dich selbst. Aber im Laufe der Zeit hatte er diesen Glauben als anmaßend empfunden. Man konnte nur vorgeben, das Unerkennbare zu erkennen, und wenn man das tat, wurde man letzten Endes ein Opfer von Selbsttäuschungen und Lügen. Wenn man sich wirklich selbst erkannte, dann wußte man um die Unmöglichkeit endgültiger Selbsterkenntnis. An diesem Punkt stießen Philosophie und Logik und Ethik an ihre Grenzen. Denn es gab eine Finsternis, eine Gottheit vielleicht, ein in sich geschlossenes Universum, unter der Haut der Seele, wo von Menschen geschaffene Elemente, Elemente wie sie selbst, nicht existieren konnten, wo andere Kräfte, andere Mächte, walteten.

Johnny hatte einen der Steine auf das Grab seines Onkels gelegt und ihn mit dem Stiefelabsatz tief in die weiche Erde gedrückt. Die beiden anderen hatte er behalten. Einen davon hatte er auf ein Regalbrett gelegt – eine Art private Ikone, eine Erinnerung an seinen Onkel und an den Tod, vor allem aber an die Allgegenwart des Rätselhaften. Den anderen hatte er wieder in das alte Leinensäckchen gesteckt und in einer Schublade verwahrt.

Die Blätter wurden hell mit Tod. An einem herrlichen Tag, gegen Ende Oktober, der Jahreszeit, die er am meisten mochte, nahm er einen tiefen, süßen Atemzug, stopfte sich die linke Hosentasche voll Geld, brach die Versiegelung der Flasche auf und schritt zum Telefon. Es war Zeit, eine Brise zu finden.

GLOSSAR

AA: Abkürzung für *Alcoholics Anonymous*, die 1935 von William G. Wilson (Bill W) und Robert Smith (Dr. Bob S) in den USA gegründete Selbsthilfeorganisation für Alkoholabhängige, die heute in über 90 Ländern vertreten ist. Die *Anonymen Alkoholiker* gehen von ›zwölf Schritten‹ der Abstinenz aus, die vom bloßen Entschluß, mit dem Trinken aufzuhören, bis zur Erkenntnis und Bewältigung der zugrundeliegenden Probleme reichen. Die Teilnehmer der Meetings stellen sich mit ihrem Vornamen (und dem Anfangsbuchstaben ihres Nachnamens) vor. Die ›AA-Bibel‹, ein 1939 herausgegebenes Selbsthilfebuch mit dem Titel *Alcoholics Anonymous*, heißt bei vielen AA-Mitgliedern ›the big book‹. Die in Deutschland erschienene Übersetzung, *Anonyme Alkoholiker*, heißt in AA-Kreisen ›das blaue Buch‹.

Abbadona: eine ostasiatische Schlangengottheit des absoluten Bösen.

Abzeichen (button'): In der Mafia-Terminologie kennzeichnet dieser Betriff den Status eines ›Gemachten‹, eines ›Mannes von Ehre‹, der nach einem Initiationsritus dem inneren Zirkel der Organisation angehört. Im Gegensatz zum sichtbaren Abzeichen des Polizisten ist das des Mafioso bloß ein ideelles Symbol.

akunnilorun: nigerianischer Slangbegriff für Heroin.

ammazzacrist': das schlimmste sizilianische bzw. italienische Schimpfwort für Juden (Christusmörder).

Arpège: Markenname eines amerikanischen Parfüms; der Werbeslogan ›Promise her anything, but give her Arpège‹ ist in den USA zum geflügelten Wort geworden.

baccaus (bzw. baccausa): eine unter Italo-Amerikanern gebräuchliche Italienisierung des englischen Wortes ›backhouse‹ (= Häuschen; primitive Toilette außerhalb des Wohnhauses) mit der Bedeutung ›Klosett‹. *Boss of the Baccaus* ist eine scherzhafte Bezeichnung für einen Wichtigtuer, für jemanden, dessen Thron die Klosettschüssel ist.

bach-phien: Vietnamesisch für ›Heroin; weißes Pulver‹.

BCCI: Bank of Credit and Commerce International.

Beatrice: In Dantes *Divina Commedia* geleitet Beatrice (= die Beglückende, Bringerin der Seligkeit) den Dichter, nachdem dieser Inferno und Purgatorium hinter sich gebracht hat, durch die Sphären des Paradieses.

beccamort': Sizilianisch für *beccamorti* (Totengräber).

Bills Mädchen: vgl. *AA.*

blaues Buch: vgl. *AA.*

bubbonia: Italienischer Slangbegriff für Heroin.

Buck-Rogers-Kram: Buck Rogers ist die Hauptfigur eines 1929 erschienenen Science-fiction-Romans von Philip Nolan *(Armageddon 2419).* Auf der Basis des Romans entstand ein populärer Zeitungsstrip, der bis 1967 erschien. 1932 bekam Buck Rogers eine eigene Radioserie. Es folgten eine Reihe von Kinofilmen und eine 1950 produzierte, 39teilige Fernsehserie, die 1979 neuaufgelegt wurde. Für Generationen von Amerikanern war ›Buck-Rogers-Kram‹ ein Sammelbegriff für die wissenschaftlich-technische Thematik des Science-fiction-Genres.

Brillo: Markenname von Topfreinigern bzw. Scheuerkissen aus Putzwolle.

carruba: Slangausdruck für *carabinieri.*

Cherry Hill: ein am Delaware River, gegenüber von Philadelphia, Pennsylvania, gelegener Ort in New Jersey; Cherry Hill war und ist eine Hochburg der Mafia-Familie Gambino.

chuchifritos: Sammelbezeichnung für gegrillte Fast-food-Gerichte puertorikanischer, haitianischer oder kubanischer Imbißbuden.

Colonel Sanders: Harlan T. Sanders (1904–1980), der Gründer von *Kentucky Fried Chicken,* einer auf panierte Hähnchenteile spezialisierten Fast-food-Kette.

commissioni: Gemeint sind die ›Anti-Mafia-Kommission‹

des italienischen Parlaments (ein Untersuchungsausschuß, der sich ausschließlich mit der Mafia beschäftigt und 1988 mit einigen richterlichen Befugnissen ausgestattet wurde) und der sogenannte ›Anti-Mafia-Pool‹ (eine Arbeitsgruppe von Richtern und Staatsanwälten in Palermo, die sämtliche Untersuchungen und Verfahren gegen die Mafia koordinierte).

Con Ed: Consolidated Edison, das Stromversorgungsunternehmen von New York.

Constitution und Tenth: Gemeint sind die Straßen *Constitution Avenue* und *Tenth Street* im Zentrum von Washington, D. C. An dieser Straßenecke befindet sich das Justizministerium.

cosche: So bezeichnen sich die sizilianischen Mafia-Klans bzw. -Familien. Jede *cosca* herrscht über ein genau abgegrenztes Territorium: ein Dorf, eine Stadt, eine oder mehrere kleine Gemeinden, einen Stadtteil (Palermo z. B. ist unter 20 verschiedenen *cosche* aufgeteilt). Nach Schätzungen der italienischen Behörden gibt es auf Sizilien 150 bis 185 *cosche* mit insgesamt 6000 Mitgliedern.

Cracker Jack: Markenname einer klassischen amerikanischen Süßigkeitenmischung aus Nüssen und karamelisiertem Popcorn, die in einer Art Wundertüte verkauft wird.

cugliuni: Sizilianisch für *coglioni* (Eier, i. S. von Hoden).

DiMaggio, Joe: legendärer Baseballspieler, der zwischen 1936 und 1951 für die New York Yankees spielte (und später für kurze Zeit mit Marilyn Monroe verheiratet war).

DOA: offizielle Abkürzung von *dead on arrival*, ein Begriff aus dem Krankenhausbereich (Patient bei Ankunft bzw. Einlieferung tot).

Dodgers-Braves: die Baseballmannschaften *Los Angeles Dodgers* und *Atlanta Braves.*

Dong (bzw. *Tong*): Kantonesisch für ›Versammlungshalle, Treffpunkt‹. Mit diesem Begriff bezeichnen die Chinesen in den USA ihre legalen, in der Öffentlichkeit operierenden Vereinigungen und Selbsthilfeorganisationen, aber auch ihre geheimen Logen. Ursprünglich wurden die Dongs als wohltätige und gemeinnützige Gesellschaften der chinesischen Bevölkerung gegründet, gerieten aber später – nicht zu Unrecht – in den Ruf, Fassaden für kriminelle Aktivitäten zu sein, amerikanische Varianten der Triaden Hongkongs, obwohl kulturelle und gemeinnützige Aktivitäten weiterhin eine Rolle spielen. Die im Roman erwähnten Vereinigungen gibt es tatsächlich im heutigen New York; man kann sie an den angegebenen Adressen finden.

Drāno: Markenname eines Abflußreinigers.

Drug Enforcement Administration (DEA): dem Justizministerium unterstellte Bundesbehörde zur Drogenbekämpfung – eine Art FBI für den Kampf gegen den Rauschgifthandel –, die nicht nur in den USA operiert, sondern, ähnlich wie die CIA, auch Büros im Ausland unterhält, um direkt vor Ort aktiv werden zu können (zum Beispiel in Hongkong und Thailand).

›erstgeborener Sohn‹: So redet Charlie Chan seinen ältesten Sohn und Assistenten in den Charlie-Chan-Filmen an (vgl. Oland, Warner).

Falcone: vgl. Maxi-Prozeß.

Golden Nugget: Spielkasino mit Filialen in Las Vegas und Atlantic City.

Gotti: John Gotti, das angebliche Oberhaupt der Gambino-Familie, ein New Yorker Mafia-Boß (auch ›der Teflon-Pate‹ genannt, weil ›einfach nichts an ihm hängenblieb‹); 1992 wurde er dann doch überführt, nach jahrelanger FBI-Beschattung, und zu einer lebenslangen Haft verurteilt.

Heroin Nr. 4: praktisch reines Heroin, das in asiatischen Untergrundlabors hergestellt wird.

Hill, Joe: eine Märtyrerfigur der amerikanischen Arbeiterbewegung. Hill betätigte sich als Werber für die *Wobblies* (die *Industrial Workers of the World,* eine radikalsozialistische, Mitte der 20er Jahre aufgelöste Gewerkschaft) und wurde 1915 nach einer fadenscheinigen Mordanklage hingerichtet. ›Joe Hill‹, die von Earl Robinson und Alfred Hayes komponierte Ballade über sein Schicksal, wurde seit den frühen 60er Jahren vor allem durch den Folk- und Protestsänger Pete Seeger populär gemacht. Der in dieser Passage erwähnte *Jimmy Black* ist eine fiktive Gestalt.

Hogan's Alley und *Combat Village:* zwei Trainingseinrichtungen auf dem Gelände der DEA-Akademie in Quantico, eine nachgestellte Straße und eine Art Kulissenstadt, in denen zukünftige DEA-Agenten unter realistischen Bedingungen auf spätere Einsätze vorbereitet werden.

Hongkong: die britische Kronkolonie Hongkong geht im Jahr 1997 gemäß dem britisch-chinesischen Abkommen von 1984/85 wieder in chinesische Hoheit über (wobei vorgesehen ist, das bisherige Wirtschafts- und Gesellschaftssystem noch mindestens 50 Jahre beizubehalten). Die beiden größten Städte sind die auf der Insel Hongkong gelegene Hauptstadt Victoria (das Verwaltungs-, Finanz- und Handelszentrum) und das auf dem Festland gelegene Kowloon (der Verkehrsknotenpunkt und das touristische Zentrum der Kolonie mit der Hauptgeschäftsstraße Nathan Road, der sogenannten ›Goldenen Meile‹).

Houston-Mets, acht-neun etc.: Kurzformen für die Baseballbegegnungen Houston Astros – New York Mets; Philadelphia Phillies – Colorado Rockies; New York Yankees – Texas Rangers; Detroit Tigers – California Angels. Bei den angegebenen Zahlen handelt es sich um die Wettquoten für die aufgelisteten Baseballspiele, die nach einem komplizierten Modus von drei in Las Vegas ansässigen Serviceagenturen für Sportwetten errechnet werden und von den legalen Wettannahmestellen, die es nur in Las Vegas gibt, und den illegalen Buchmachern im ganzen Land benutzt werden. ›Houston-Mets, acht-neun‹ bedeutet, daß die Houston Astros favorisiert sind: Wettet jemand auf ihren Sieg, lautet die Wettquote 9:5 (der Wetter muß 90 Dollar riskieren, um 50 Dollar zu gewinnen); wer dagegen auf die New York Mets setzt, erhält eine umgekehrte Quote von 8:5 und gewinnt 80 Dollar bei einem Einsatz von 50 Dollar.

IMCO: Inter-Governmental Maritime Consultative Organization. So hieß bis 1982 die *International Maritime Organization (IMO)*, die Internationale Seeschiffahrts-Organisation.

Internationale Niederlassungen: Nach dem Frieden von Nanking (1842), der den ›Opiumkrieg‹ beendete, mußte China Hongkong an England abtreten und den Kolonialmächten – in erster Linie England, Frankreich, Italien, Deutschland und den USA – Handelskonzessionen für fünf Seehäfen einräumen. Zwei Jahre später erzwangen die imperialistischen Mächte weitere Zugeständnisse: autonome Niederlassungen mit eigener Verwaltung, Gerichts-, Polizei- und Zollhoheit (die internationalen Niederlassungen in Schanghai galten noch bis 1946 als exterritoriale Gebiete).

Jolson, Al: amerikanischer Sänger, Schauspieler und Entertainer (1886–1950), der im ersten kommerziell erfolgreichen Tonfilm, *The Jazz Singer* (1927), die Titelrolle spielte: einen weißen Sänger, der im Rahmen einer Minstrel-Show, als Schwarzer geschminkt, am Broadway reüssiert und bei seinen Auftritten alle weißen Klischeevorstellungen vom ›Neger‹ bedient.

Knicks: Spitzname des Basketballteams *New York Knickerbockers.*

Komprador: so nannte man im vorkommunistischen China einheimische Repräsentanten und Angestellte ausländischer Firmen.

Kowloon: vgl. *Hongkong.*

Kuomintang: die 1912 gegründete Nationale Volkspartei Chinas, die unter Chiang Kai-sheks Führung in zwei blutigen Bürgerkriegen mit der Kommunistischen Partei Mao Tse-tungs um die Vorherrschaft in China rang, zeitweilig die Oberhand behielt, aber 1949 für immer vom chinesischen Festland vertrieben wurde. Chiang Kai-shek mußte nach Taiwan fliehen. Versprengte Reste der 3. und 5. Kuomintang-Armee setzten sich nach

Burma ab, in den sogenannten Shan-Staat im Goldenen Dreieck, wo sie unter Duldung der CIA kräftig im Opiumgeschäft mitmischten – angeblich zur Finanzierung von Operationen gegen das kommunistische Regime in ihrer Heimat.

LASCIATE OGNI SPERANZA, VOI CH'ENTRATE: »Laßt, die ihr eingeht, alle Hoffnung schwinden!« So lautet in Dantes *Divina Commedia* der letzte Satz der Inschrift über dem Tor zur Hölle.

Manny, Moe & Jack: die Gründer und Symbolfiguren von *Pep Boys – America's Automotive Supercenter*, einer überall in den USA vertretenen Firmenkette, die Autozubehör und alle möglichen Dienstleistungen rund um das Auto verkauft; das Firmenlogo präsentiert die drei ›Pep Boys‹ als Cartoongestalten, die den Betrachter breit angrinsen.

Maxi-Prozeß: das größte Gerichtsverfahren in der italienischen Justizgeschichte. Bei diesem 1986/87 in Palermo geführten Mammutprozeß wurden 476 Mafiosi verurteilt. Der 1992 bei einem Bombenattentat getötete Richter Giovanni Falcone war die treibende Kraft hinter diesem ersten Maxi-Prozeß (1987/88 und 1988/89 fanden weitere Prozesse dieser Größenordnung statt).

Michele: gemeint ist der Sizilianer Michele Sindona, der zwischen 1966–1974 vom kleinen Privatbankier zum Herrn über ein Finanzimperium aufstieg, das sich über mehrere Kontinente erstreckte. Sindona galt als Bankier der Mafia, als ihr verlängerter Arm in der Finanzwelt. Seine Bank machte 1974 Konkurs, er setzte sich in die USA ab, kehrte später überraschend nach Italien zurück und starb 1986 in der Untersuchungshaft an einem vergifteten Espresso (vgl. Nick Tosches: *Geschäfte mit dem Vatikan – Die Affäre Sindona*, München 1987).

Miracle Ear, Micro-Elite: Miracle Ear ist der Markenname eines amerikanischen Hörgeräteherstellers, und *Micro-Elite* ist eines seiner Modelle.

Mister Softee: Mister Softee of the Bronx, ein Speiseeishersteller.

mulagnan' Sparks: Sparks Steakhouse ist ein exklusives Restaurant an der East 46th Street, angeblich das beste und teuerste Steakhaus von New York; das Schimpfwort *mulagnan'* ist eine italo-amerikanische Verballhornung des italienischen Worts ›melanzana‹ (= Aubergine), das im italienischen und sizilianischen Slang gleichbedeutend mit ›Nigger‹ ist.

Myanmar: vgl. *Shan-Staat.*

Naugahyde: Markenname eines amerikanischen Kunstleders.

Nicky Newark: in den 50er und 60er Jahren in Newark und Umgebung gebräuchliche Bezeichnung für weiße Halbstarke oder Mitglieder italo-amerikanischer Jugendbanden.

Oba Duji: eine personifizierende Verknüpfung des nigerianischen Begriffs für ›König‹ *(Oba)* und eines amerikanischen Slangbegriffs für Heroin *(duji).*

Oland, Warner: amerikanischer Schauspieler (1880–1938), der von 1931 bis zu seinem Tod die Titelrolle in vielen Filmen der Charlie-Chan-Serie spielte: einen chinesischen, auf Honolulu lebenden Detektiv, der seine Fälle mit skurrilen Weisheiten und Aphorismen zu kommentieren pflegt (vgl. ›erstgeborener Sohn‹).

pentito: ein ›reuiger‹ Angeklagter, ein Aussteiger aus der Mafia, der gegen Zusicherung von Strafminderung oder Straffreiheit zur Kooperation mit den Strafverfolgungsbehörden bereit ist und in Anti-Mafia-Prozessen als Kronzeuge aussagt.

Pontiac Grand Am: ein preiswerter Personenwagen von General Motors, der 1989 auf dem amerikanischen Automobilmarkt zu den zehn meistverkauften Modellen gehörte. Was den Grand Am von anderen billigen Mittelklasseautos unterschied und zum Verkaufsschlager machte, war die serienmäßig eingebaute phonstarke Stereoanlage.

Power, Tyrone: amerikanischer Schauspieler (1913–1958). Das Zitat stammt aus dem Film *Nightmare Alley (Der Scharlatan),* einem Film noir aus dem Jahr 1947.

quaglia: Wachtel.

Rikers Island: eine Insel im New Yorker East River (in der Nähe des La Guardia Airport), die das größte amerikanische Staatsgefängnis beherbergt.

Sears: Sears, Roebuck & Company, Amerikas ältestes Versandhaus, inzwischen eine große Warenhauskette.

Shan-Staat: eine von den Shan und anderen Bergstämmen bewohnte Region von der Größe Griechenlands, die im Nordosten Myanmars (das ist seit 1989 der offizielle Name Burmas bzw. Birmas) liegt und mit den vier Nordprovinzen Thailands und dem Westrand von Laos das ›Goldene Dreieck‹ bildet. In dieser quasi autonomen, unwegsamen Gebirgs- und Urwaldregion operieren diverse konkurrierende ›Befreiungsbewegungen‹ mit ihren Privatarmeen (Vereinigte Shan-Armee, Wa-Nationalarmee, Vereinigte Karin-Revolutionsarmee etc.) sowie Reste ehemaliger Kuomintang-Armeen, die sich über den Anbau und Verkauf von Opium finanzieren: Für die überwiegende Mehrheit dieser von feudalen Kriegsherren geführten Privatarmeen ist ›der legitime Unabhängigkeitskampf‹ inzwischen nur noch der Deckmantel für einen äußerst profitablen Rauschgifthandel.

Sparks: vgl. *mulagnan' Sparks.*

Special Agent in Charge (SAC): ein DEA-Dienstgrad (›Leitender Sonderagent‹).

Spic: ein Slang-Begriff für spanischsprachige Lateinamerikaner oder amerikanische Staatsbürger lateinamerikanischer (v. a. mexikanischer, kubanischer oder puertorikanischer) Abstammung; diese diffamierende Bezeichnung für *Latinos* oder *Hispanic-Americans* – sie entspricht der Beleidigung ›Nigger‹ – ist angeblich eine Verkürzung der grammatisch falschen Beteuerung ›No *spick* English‹.

»Sprach der Rabe: ›Nimmermehr.‹«: Schlüsselzeile aus Edgar Allen Poes lyrischem Gedicht *Der Rabe (The Raven,* 1845).

Spray Pal: Markenname von Sprühflaschen zum Befeuchten von Zimmerpflanzen (›Sprüh-Kumpel‹).

›Star light, star bright . . .‹: Hierbei handelt es sich um Zeilen aus einem traditionellen amerikanischen Kinderlied.

Steeplechase-Grimasse: Steeplechase Park war ein populärer Vergnügungspark auf Coney Island. Der Besitzer dieses Rummelplatzes war ein gewisser George C. Tilyou. Auf dem Logo von *Steeplechase Park* prangte ein breit grinsendes, fratzenhaftes Gesicht.

Taipan: chinesische Bezeichnung für den Leiter oder Eigentümer einer ausländischen Firma.

Teamsters: inoffizieller Name der größten Einzelgewerkschaft der USA, der *International Brotherhood of Teamsters, Chauffeurs, Warehousemen, and Helpers of America* (grob übersetzt: Transportarbeitergewerkschaft). Die *President's Commission on Organized Crime* stellte 1986 fest: ›Die Führer der . . . International Brotherhood of Teamsters . . . sind seit den fünfziger Jahren fest in der Hand des organisierten Verbrechens‹. (Vgl. Dagobert Lindlau: *Der Mob: Recherchen zum organisierten Verbrechen*, Hamburg 1987, S. 110)

Tenderloin 400 Blue Book: Name eines 1898 erschienenen Bordellführers für Storyville, das Rotlichtviertel von New Orleans; unter dem Titel *Blue Book* erschien dieser Führer bis 1915 in mehreren aktualisierten Auflagen. Mit dem Begriff *Tenderloin* (= zartes Lendenstück; Filet) bezeichnete man im 19. Jahrhundert das Stadtviertel, in dem sich die Bordelle und Spielhöllen befanden.

ti-doa: Schanghainesisch für Rasiermesser, insbesondere für altmodische Barbiermesser mit gerader Klinge.

Tilyou, George C.: vgl. *Steeplechase.*

Toobz: Markenname von Baßlautsprechersystemen der Firma Pyle Industries.

Wall Street 23: Unter dieser Adresse befindet sich der Stammsitz des Bankhauses J. P. Morgan & Co., Inc.

Wang Wei: chinesischer Maler und Lyriker (699–759).

ANHANG

Übersetzung italienischer bzw. sizilianischer Textpassagen:

Seite 21: »Alles ist dunkelbraun.«
Seite 22: »Wir sind echte Sizilianer.«
Seite 22: »Ja, das wahre Blut.«
Seite 23: »Ja, die Kraft des Willens.«
Seite 23: »Die Kubaner, die Dominikaner, die Haitianer, die Nigerianer, der Abschaum aller Couleur.«
Seite 31: »Sei gegrüßt, Satan. Nehmen Sie Platz.« »Also.«
Seite 32: »Das Geld, mein Herr. Wo ist das Geld?« »Immer mit der Ruhe.« »Ich habe es oben im Safe.«
Seite 32: »Ich exkommuniziere dich, Priester.«
Seite 81: ». . . aus ein und demselben Blut . . . eine alte Ehre . . . von jedem der anderen Männer . . .«
Seite 82: ». . . diese heilige Pflicht darfst du nicht verraten . . . du würdest auf schreckliche Weise getötet . . . und ewige Höllenqualen erleiden . . .« ». . . hüte dich, das zu vergessen . . .«
Seite 82: »Neues Blut, neue Kraft.«
Seite 184: Ital. Sprichwort: »Ende gut, alles gut.«
Seite 214: »Für den Arsch deiner Schwester, vielleicht.«
Seite 263: ›Heiliger Georg, beschütze unser Haus vor den Gefahren des Bösen.‹
Seite 300: »Wo wir gerade hier sind, können wir zehn Millionen haben?«
Seite 336: ›Gegen den bösen Blick, für die Liebe, das Glück usw.‹
Seite 353 f.: »Ja, ja, ja. Nukleare Sprengköpfe. Ja. Das darfst du mich nicht fragen! . . . Woher soll ich das wissen . . . Kampfhubschrauber. Die Apache Mi-24, Mi-25 . . . F-16.

Ja. Um die Raketen abzuschießen. Frag mich nicht. Ja, ja . . . Die Amraam. Ja. A, em, err, doppel a, em . . . Ja, ja. Plutonium. Urandioxid.«
Seite 405: »Sein schenkt Leben.«
Seite 434: Fleischerei u. Hammelkopf.